Der Kapuzenkönig

Von Rosemarie Schatz

Buchbeschreibung:

Finlay ist in englischer Gefangenschaft. Doch seine Freunde setzen alles daran, ihn zu befreien. Als es ihnen gelingt, scheint die Welt wieder in Ordnung. Roberts Erfolge mehren sich, Dundee und Perth fallen, Edinburgh und Roxburgh ebenso. Und doch schweben sie alle in höchster Gefahr. Denn Verrat ist ein heimliches Gift, das im Verborgenen wirkt, und so erkennt Finlay erst viel zu spät, dass er jahrelang hintergangen wurde ...

Über die Autorin

Rosemarie Schatz wurde 1972 in Berlin geboren. Sie studierte Medizin an der Freien Universität und lebt und arbeitet noch heute mit ihrer Familie in dieser Stadt. In der Trilogie »Der Kapuzenkönig« vereinte sie ihre Leidenschaft für das Mittelalter, die Medizin und Schottland.

Der Kapuzenkönig

Entscheidung

von Rosemarie Schatz

FSC
www.fsc.org
MIX
Papier aus verantwortungsvollen Quellen
Paper from responsible sources
FSC® C105338

1.Auflage

Bibliografische Information der Deutschen Nationalbibliothek:

Die Deutsche Nationalbibliothek verzeichnet diese Publikation in der Deutschen Nationalbibliografie; detail-lierte bibliografische Daten sind im Internet über http://dnb.dnb.de abrufbar.

Herstellung und Verlag: BoD – Books on Demand, Norderstedt

Korrektorat: Jana Oltersdorff

Covergestaltung: Mit bestem Dank an Oberholster Venita, ChrisFiedler und Gorkhs via Pixabay sowie Kingthings Calligraphica Light via Fontsquirrel.

ISBN: 978-3-752626391

Dramatis Personae:

Blair Castle

Finlay MacKinnoch – Herr von Blair Castle
Raelyn ferch Cadfan – seine große Liebe und Ehefrau
Cadfan – ihr gemeinsamer Sohn
Alan Murray – sein Freund
Mary – Alans Ehefrau
Agnes und Maud – ihre gemeinsamen Töchter
Ean Belneaves – Finlays Knappe
Isabel von Atholl – ehemals Herrin von Blair Castle
Ealasaid – Heilerin auf Blair Castle und Nonne des Zisterzienserordens
Lachlan O'May – ihr Gehilfe
Sir Hugh – Waffenmeister der Burg
Duncan – erster Torwächter
Riley Piper – erster Leibwächter
Pater Dunsten – Priester der Burg
Pater Samuel – Hauslehrer auf Blair Castle und Mönch des Dominikanerordens
Pater Calum – Mönch des Franziskanerordens

Das Königshaus

Robert the Bruce * – König von Schottland
Elizabeth de Burgh * – Königin von Schottland
Marjorie Bruce * – König Roberts Tochter aus seiner ersten Ehe mit Isabel de Mar
Edward Bruce * – Roberts Bruder und wichtigster Feldherr
Isabella *, Mary *, Christina * – Schwestern des Königs

Der Klerus

William de Lamberton * – Bischof von St. Andrews

Lucas Rattray – Priesterschüler im Dienst von William de Lamberton
Robert Wishart * – Bischof von Glasgow
David de Moray * – Bischof von Moray und Sir Arrans Bruder

König Roberts Mitstreiter
Roger de Kirkpatrick * – König Roberts Leibwächter
Thomas Randolf * – Roberts Neffe
Neil Campbell * – Roberts Cousin und Herr von Innes Chonell
Malcolm of Lennox * – Herr von Balloch Castle
Angus Og MacDonald * – Hält Dunaverty Castle für König Robert
James Douglas * – Erbe von Douglasdale Castle
James Steward * – High Steward von Schottland
Walter Steward * – sein Sohn
Gilbert de la Haye * – High Constabler von Schottland
Robert Keith * – Marschall von Schottland
John Crabbe * – ein Kaufmann aus Flandern

König Roberts Widersacher in Schottland
John Comyn * – sein Cousin und Graf von Buchan
John of Menteith * – Herr von Dumbarton Castle
John MacDougall * – Herr von Lorne
Philip de Mowbray * – schottischer Heerführer und später Kommandant von Stirling Castle
Ingram de Umfraville * – sein Sohn
David de Strathbogie * – Graf von Atholl
Alexander de Abernethy * – Wächter aller Gebiete nördlich des Forth
Murdoch MacEwan – Neffe von Alexander de Abernethy und Bailiff von Dunkeld
Dungal MacDowall * – Kommandant von Dumfries und Rushen Castle.

Engländer

Edward II * – König von England
Piers Gaveston * – Günstling des Königs und Earl of Cornwall
Aymer de Valance * – Earl of Pembroke
Thomas of Lancaster * – Earl of Lancaster
John de Warenne * – Earl of Surrey
Guy de Beauchamp * – Earl of Warwick
Edmund FitzAlan * – Earl of Arundel
Gilbert de Clare * – Earl of Gloucester
Henry Percy * – Baron von Alnwick Castle und Heerführer in Schottland
Robert Clifford * – Heerführer in Schottland und Herr über Douglasdale Castle
Andrew Harclay * – Kommandant von Carlisle Castle
Henry – ein Bastard von Humphrey de Bohun
Humphrey de Bohun * – Earl von Hereford und Lord High Constabler des Königs
Henry de Bohun * – sein Cousin
Master Athelstan – Der Küchenchef von Westminster Palace

*Historische Persönlichkeiten wurden mit einem * gekennzeichnet*

Kapitel 1

Schwerterklirren und Schreie erfüllten die Luft. Im Nu fand Ean sich von drei Gegnern umringt, und Panik stieg in ihm auf. Ihre Angriffe fuhren in so rasender Folge auf ihn nieder, dass ihm kaum Zeit blieb, Luft zu holen. Doch es gelang ihm, die Hiebe zu parieren und die Angst niederzukämpfen. Als der Mittlere seinen Schild einen Moment sinken ließ, nutzte Ean die Gelegenheit und stieß sein Schwert vor. Einen Spann tief drang es dem Engländer in den Hals, und Blut sprudelte aus der Wunde. Im selben Augenblick stürzten die beiden anderen vor, doch er trat behände einen Schritt rückwärts. Sie stießen mit den Köpfen zusammen. Mit seinem Dolch machte Ean dem Linken den Garaus, während er gleichzeitig sein Schwert in den Rücken des Rechten trieb.

Alan kämpfte grimmig keine sechs Schritte entfernt von ihm, bedrängt von zwei Engländern; Sir Finlay war nirgends zu sehen.

»Rückzug!«, hörte Ean den Kommandanten Northumberlands brüllen, gerade als Sir Alan sich seiner Gegner entledigt hatte. Mit so entschlossener Gegenwehr hatten die Engländer offenbar nicht gerechnet. Die noch kämpfenden Soldaten machten auf dem Absatz kehrt und versuchten davonzukommen. Nicht allen gelang es.

Schwer atmend gesellte Ean sich zu Alan. »Wo ist Sir Finlay?«

»Keine Ahnung.« Beunruhigt sah er sich um.

Sie machten sich auf die Suche. Doch niemand schien ihn gesehen zu haben, nachdem er so wutentbrannt aus dem Lager gerauscht war. Sie fanden ihn nicht beim König, nicht beim Versammlungszelt, nicht in ihrer Unterkunft. Er war weder unter den Verletzten noch – Gott sei Dank – unter den Toten.

»Wo kann er nur stecken?«

»Wir sollten die Wachen befragen«, entschied Ean.

Sie teilten sich auf. Als Ean den Rand des Lagers erreicht hatte, meinte er, im Schein der Wachtfeuer etwas auf dem Hang unter ihm schimmern zu sehen. Er schnappte sich eine Fackel und lief darauf zu. Von vielen Füßen in den aufgeweichten Grasboden gestampft, fand er Sir Finlays Schwert nur noch mit dem Heft hervorschauend. Vorsichtig hob er es auf, bevor er sich an die Wachen wandte. »Habt Ihr Sir Finlay gesehen?«

Einer der Männer nickte. »Nicht lange vor dem Angriff lief er an uns vorbei und den Hügel hinab zum Fluss. Er war es, der uns gewarnt hat. Wir hörten ihn rufen, kurz bevor die Engländer angriffen. Ohne seine Warnung hätten wir schlechter dagestanden.«

»Was ist mit ihm passiert?«

Der Mann zuckte mit den Schultern. »Ich habe ihn nicht mehr gesehen. Wir bliesen Alarm, dann waren die Engländer auch schon da.«

»Verflucht!« Ean ballte die Faust, bevor er sich bedankte und zu Alan zurückrannte.

Als der Finlays Schwert sah, wurde er blass.

»Ist er tot?«

Ean schüttelte den Kopf und zuckte gleichzeitig hilflos mit den Schultern. »Wir müssen morgen nach weiteren Spuren suchen. Heute ist es zu dunkel.«

*

»Die Engländer hätten sich nicht die Mühe gemacht, einen toten Schotten mitzunehmen«, stellte Edward Bruce am nächsten Morgen grimmig fest. Sie hatten die gesamte Umgebung abgesucht, doch keinen Hinweis auf Finlays Verbleib gefunden.

»Nein, sicher nicht«, stimmte der König ihm zu. »Das heißt, dass er noch am Leben war und es jetzt hoffentlich auch noch ist.«

»Wohin könnten sie ihn gebracht haben?«, fragte Alan.

»Carlisle«, mutmaßte der König.

»Praktisch uneinnehmbar …«, fügte Thomas Randolf hinzu.

»Solange er dort ist, können wir nichts für ihn tun«, folgerte Neil Campbell düster.

»Oh Gott, wir hätten schon gestern die Verfolgung aufnehmen müssen«, erkannte Ean bestürzt.

»Wenn wir Glück haben, verlangen die Engländer schlicht ein Lösegeld für ihn und lassen ihn dann frei«, versuchte Thomas Randolf, Ean zu beruhigen.

»Wenn wir Glück haben«, schnaubte Ean. »Und wenn nicht? Wir können ihn doch nicht einfach seinem Schicksal überlassen!«

Die anderen Männer sahen sich betreten an.

»Wenn sie ihn foltern, um mehr über Eure Pläne zu erfahren, Majestät?«

»Ean«, begann der König behutsam. »Wir können Carlisle nicht nehmen.«

»Dann müssen wir eben mit einer List in die Burg gelangen!«

»Hinein ist eines«, bemerkte Alan. »Du musst auch wieder hinaus. Und zuvor musst du Finlay befreit haben.«

Aufgewühlt ging Ean im Zelt auf und ab. »Wir müssen es doch zumindest versuchen.« Entschlossen blieb er vor dem König stehen. »Ich will es versuchen, ich bin sein Knappe. Ich gehe allein. Finde ich einen Weg, komme ich zurück und hole Verstärkung.«

»Kein leichtes Unterfangen«, bemerkte Thomas Randolf. »Und vielleicht begebt Ihr Euch völlig unnütz in Gefahr.«

»Vielleicht«, bestätigte Ean. »Doch er hat mich einmal aus dem Pranger befreit und ist dafür beinahe an der Staupsäule gestorben. Ich bin es ihm schuldig.«

»Die Engländer werden Euch sofort erkennen, sobald Ihr den Mund auftut«, warf der Bruder des Königs ein.

Ean schüttelte den Kopf. »Ich kann ein wenig Englisch.«

»Du kannst Englisch?« Verwundert starrte Alan ihn an.

»Lucas hat es mir beigebracht. Ich fand es ganz nützlich, unsere Feinde zu verstehen.«

Robert sah Ean prüfend an. »Wie alt seid Ihr, Ean?«

»Neunzehn.«

Der König nickte bedächtig. »Dann seid Ihr vielleicht wirklich der richtige Mann für diese Aufgabe. Das Heer wird bei Solway wieder die schottische Grenze überschreiten. Stoßt zu uns, wenn Ihr mehr wisst.«

*

Beißender Schmerz im Rücken weckte Finlay.

Mehrere Eindrücke stürzten gleichzeitig auf ihn ein: schmutziges, faulig riechendes Stroh unter ihm, Eisenschellen an seinen Handgelenken und ein Mann hinter ihm, der ihm diese Qual zufügte. Mit einem Schrei bäumte Finlay sich auf, schüttelte den vermeintlichen Angreifer ab und wich rückwärts an eine Wand. Wieder fuhr ein brennendes Stechen durch sein Schulterblatt. Er zuckte zusammen und kauerte sich auf den Boden. Ketten klirrten. Gehetzt blickte er um sich und fand sich in einem niedrigen Raum ohne Fenster wieder. Eine Pechfackel steckte in einem Eisenring und war die einzige Lichtquelle, während der Ausgang von einer schweren, eisenbeschlagenen Tür versperrt wurde. Offensichtlich war dies ein Verlies. Und er war mit Händen und Füßen angekettet.

Der Dämon sprang Finlay mit seiner hässlichsten Fratze an.

Sein Herz begann zu rasen, Schweiß brach ihm aus allen Poren, und sein Blickfeld engte sich ein. Nur mit Mühe konnte er die Kontrolle über seine Blase behalten.

»Ruhig, mein Sohn, ich wollte den Bolzen herausziehen, solange Ihr bewusstlos seid. Aber es wird auch so gehen.« Der Mann, der ihm den Schmerz zugefügt hatte, entpuppte sich als dicker Mönch mit gutmütigem Gesichtsausdruck, der ihn fragend und besorgt anschaute.

Verzweifelt versuchte Finlay, gegen die Panik anzukämpfen. Er hob die Hand, um anzuzeigen, dass er einen Moment in Ruhe gelassen werden musste, und schloss die Augen, aber der unwirtliche Ort und die gerade erst überwundene Bewusstlosigkeit machten es ihm schwer. Sein Kopf hämmerte, während die Wände mit dünner Stimme furchtbare Worte flüsterten. Wütend ballte er die Faust und hieb gegen die Wand; wieder zuckte Schmerz durch seinen Rücken.

Und dann endlich, endlich hörte er die Stimme seines Großvaters, und es gelang ihm einzutauchen in die Erinnerung. Er brauchte länger als jemals zuvor.

Als sein Atem sich beruhigt und sein Herzschlag normalisiert hatte, öffnete er die Augen. Noch immer schaute ihn der Mönch unverwandt an.

»Besser?« Seine Stimme war warm und freundlich.

Finlay nickte erschöpft.

»Ich bin Bruder Calum.«

»Finlay MacKinnoch.«

»So seid Ihr Schotte, ich dachte es mir schon.« Der Mönch klang erfreut. »Ich komme aus dem Kloster in Dumfries.«

»Wo sind wir hier?« Finlays Schädel brummte, es fiel ihm schwer, sich zu konzentrieren.

»Carlisle.«

Süßer Jesus, in der Hand der Engländer … Er schloss wieder die Augen. »Wie lange bin ich schon hier?«

»Sie brachten Euch gerade erst.«

»Mag es Mittag oder Abend sein?«

»Mittag würde ich meinen.«

Also fehlte fast ein Tag in seiner Erinnerung. Frustriert fuhr Finlay sich mit den Händen durchs Haar. Die Ketten seiner Hände klirrten, während er an seiner Schläfe eine schmerzhafte Beule ertastete.

»Was ist Euch zugestoßen? Seid Ihr mit König Robert? Gerüchte gingen, sein Heer hätte die Grenze überschritten und suche nun die Engländer heim.«

Finlay nickte. »Es ist wahr, was die Gerüchte erzählen.« Er seufzte. »Aber englische Soldaten dieser Burg griffen uns an, als wir bei Corbridge lagerten. Ich weiß nicht, was aus den Männern des Königs und aus dem König selbst geworden ist …«

»Ich glaube nicht, dass man König Roberts Heer geschlagen hat.« Gelassenheit und ein wenig Schadenfreude schwangen in der tiefen Bassstimme des Mönches mit. »Sonst wären die Wachen hier besser gelaunt. Eher haben die Engländer eine Schlappe einstecken müssen. Sie sind augenblicklich selbst für ihre Verhältnisse ungewöhnlich mürrisch. Und dass man Euch in Ketten legte, ist wohl auch dieser Übellaunigkeit zuzuschreiben, oder seid Ihr ein so gefährlicher Bursche?« Fragend zog er eine Augenbraue hoch.

»Ich würde mich nicht als harmlos bezeichnen«, Finlay zuckte mit den Schultern, bereute die unbedachte Bewegung aber sofort. Er versuchte, einen Blick auf seinen Rücken zu werfen.

»Ein Armbrustbolzen steckt in Eurer Schulter«, erklärte der Mönch.

»Großartig.«

»Wie es scheint, hattet Ihr Glück. Eure Lunge ist wohl unverletzt, aber wir sollten den Bolzen herausziehen, bevor die Wunde brandig wird.« Bruder Calum blickte abwartend. »Wollt Ihr einen Schluck Gerstenbrand, bevor ich es tue?«

»Uisge beatha?«, fragte Finlay verwundert.

»Nur wenig in dieser kleinen Flasche an meinem Gürtel hier. Die Wachen haben es glatt übersehen.« Ein schelmisches Schmunzeln huschte über das Gesicht des Mönches, während er das Fläschchen entkorkte und herüberreichte.

Finlay schnupperte. Es roch schauderhaft, dennoch nahm er einen Schluck. Das Zeug brannte in seiner Kehle, aber es wärmte ihn und verlieh ihm Kraft.

»Ich wäre Euch dankbar, wenn Ihr mir helfen wolltet, Bruder Calum.«

»Dreht Euch um und haltet Euch fest.«

Ergeben umfasste Finlay den Eisenring in der Wand, an dem seine Ketten befestigt waren.

»Beißt die Zähne zusammen.«

Der Mönch umfasste den Bolzen mit festem Griff und begann, mit drehenden Bewegungen zu ziehen – Finlays

Schulter protestierte heftig. Stöhnend biss er in seine lederne Armschiene, was Bruder Calum indes nicht davon abhielt, unermüdlich so lange zu ziehen, bis der Bolzen endlich heraus war.

»Wir sollten Euer Kettenhemd und das Gewand ausziehen. Dann kann ich die Wunde säubern.«

Finlay ließ es geschehen. Mit mehr Zartgefühl, als der Ritter ihm zugetraut hätte, zog ihm der Mönch Kettenhemd und Kleidung aus.

»Gütige Jungfrau, Euch ist schon Schlimmeres begegnet als ein Armbrustbolzen«, murmelte der Mönch, als er Finlays Narben sah.

Der machte eine wegwerfende Handbewegung. »Seid so gut und gebt etwas von dem Lebenswasser auf die Wunde.«

»Seid Ihr sicher?«

Finlay nickte nur und biss erneut die Zähne zusammen, bevor Bruder Calum einen Streifen von Finlays Gewand riss, um ihn zu verbinden, und ihm danach wieder in die Kleider half.

»Ich danke Euch.« Erschöpft war Finlay auf den Boden gesunken und lehnte Kopf und Rücken an die kühle Wand; das Hämmern in seinem Kopf und das Pochen in seiner Schulter ließen etwas nach.

*

Er merkte erst, dass er eingenickt war, als das Rasseln des Türriegels ihn hochschrecken ließ.

Zwei Wachen kamen herein. Einer von ihnen, ein Buckliger, der das rechte Bein nachzog, machte sich mit einem großen Schlüsselbund an Finlays Ketten zu schaffen, während der andere, ein breitschultriger Kerl, dessen Vollbart nur unzureichend eine lange Narbe über der rechten Wange verdeckte, eine Fackel hochhielt, um dem Mann mit dem Schlüssel die Arbeit zu erleichtern.

Als Finlays Ketten von der Wand gelöst waren, verband der Bucklige Fuß- und Handschellen miteinander, bevor er ihm einen unsanften Stoß gab.

»Mitkommen!«

Kalter Schweiß rann Finlays Rücken hinab; allzu viel erinnerte ihn hier an Stirling. Bruder Calum warf ihm noch einen aufmunternden Blick zu, doch Finlay blieb keine Zeit, ihn zu erwidern, da ein zweiter Stoß ihn bereits aus der Zelle beförderte. Unsicher stolperte er voran. Die Kette zwischen seinen Füßen erlaubte ihm nur kurze Schritte, und in seinem Kopf hämmerte noch immer der Schmerz. Zwei Treppen bugsierten ihn die Wachen hinauf, an deren Ende drei Gänge abzweigten. Der Bucklige wählte den rechten. Bei einer hölzernen Tür blieb er stehen. Finlay schloss die Augen und sandte ein Stoßgebet um Kraft gen Himmel.

Der Bucklige klopfte. Auf einen Ruf hin öffnete er die Tür und stieß Finlay hindurch, bevor die Wachen die Tür wieder schlossen und sich davor postierten.

Ein groß gewachsener Mann mit gepflegtem Bart und dunklem Haar saß an einem Tisch über ein Schriftstück gebeugt. Er trug ein schlichtes Gewand aus gutem Tuch, doch seine breiten Schultern und die Muskeln seiner Arme verrieten, dass man ihn sicher auch oft in voller Rüstung zu sehen bekam.

»Name?«

»Finlay MacKinnoch.«

Überrascht ruckte der Kopf des Engländers hoch, und dunkle Augen musterten Finlay erstaunt. »Dreht den Gefangenen um und entblößt seinen Rücken.«

Grob kamen die beiden Wachen diesem Befehl nach. Finlay unterdrückte ein Stöhnen, als sie seine verletzte Schulter berührten.

»Ich kenne dich«, hörte er den Engländer verwundert.

Die Wachen ließen ihn wieder los.

»Mein Name ist Andrew Harclay. Ich bin Kommandant hier auf Carlisle. Doch vor vier Jahren war ich Unteroffizier in

Stirling. Ich brachte dich zur Staubsäule.« Ein vager Anflug von Anerkennung stand in seinem Blick. »Ich hätte nicht gedacht, dass du überleben würdest.«

Finlay wusste nicht, was er darauf sagen sollte.

Unterdessen wandte sich Harclay fast strafend an die Wachen. »Warum ist dieser Mann in Ketten?«

Der Bucklige trat verunsichert einen Schritt vor. »Er ist ein schottischer Rebell!«

»So ... ist er das.« Harclay erhob sich. »Ich hätte deinen Freunden damals wohl untersagen sollen, dich mitzunehmen. Nun, sei's drum ...« Er umrundete den Tisch und setzte sich auf dessen Kante. »Gibt es jemanden, der für dich Lösegeld zahlen würde?«

Finlay zögerte. Er wollte nicht, dass Raelyn von seiner Gefangennahme erfuhr. Außerdem hatte er nicht ohne Grund seinen Titel bei der Frage nach seinem Namen verschwiegen. Hielt man ihn nur für einen einfachen Soldaten, würde man hoffentlich nicht versuchen, ihm Informationen über König Roberts Pläne abzupressen.

»Nun?« Der Kommandant sah ihn abwartend an. Der Blick aus seinen dunklen Augen war hart, aber nicht grausam. »Du verstehst sicher, dass ich dich nicht so laufen lassen kann. Du würdest alt und grau in diesen Verliesen werden.«

»Meine Familie lebt auf Blair Castle.« Das war ja nicht einmal gelogen. »Meine Frau würde sicher versuchen, ein Lösegeld aufzubringen.« Finlay hoffte inständig, dass die Forderung nur schriftlich überbracht werden würde.

»Dafür solltest du beten«, riet Harclay. »Bringt ihn zurück in seine Zelle.« Er winkte sie hinaus. »Aber nehmt ihm die Ketten ab.«

*

»Und?« Bruder Calum sah ihn fragend an, als die Tür ihres Verlieses wieder ins Schloss gefallen war.

»Gegen ein Lösegeld werden sie mich frei lassen.«

»Das sind doch gute Neuigkeiten.«

Finlay stützte seinen noch immer hämmernden Kopf in die Hände. »Meine Frau ist schwanger. Sie wird sich sorgen, wenn sie hört, dass ich den Engländern in die Hände gefallen bin.«

»Sie würde sich noch mehr sorgen, wenn Ihr nicht nach Hause kommt.«

Wieder rasselte der Türriegel.

»Ah, das Abendbrot.« Der Mönch erhob sich und holte Brot, eine Schale und einen Krug herüber.

»Die Küche der Engländer lässt zwar zu wünschen übrig, aber Ihr solltet versuchen, etwas zu essen.« Er brach das Brot und gab Finlay einen Teil, bevor er den Kopf zum Gebet senkte.

»Aller Augen warten auf dich, Herr. Und du gibst ihnen ihre Speise zur rechten Zeit. Du tust deine Hand auf und sättigst alles, was lebt nach deinem Wohlgefallen. Amen.«

In der Schale war eine dünne Suppe, angewidert verzog Finlay nach dem ersten Schluck das Gesicht.

Bruder Calum nickte verständnisvoll. »Nach meiner Erfahrung ist es am besten, mit der Suppe zu beginnen, solange der Hunger noch groß ist. Außerdem überdecken Brot und Bier dann dieses außergewöhnliche Aroma.« Todesverachtend trank auch er von der Suppe.

»Wie lange seid Ihr schon hier, Bruder?«

»Zwei Wochen. Und die Speisenfolge ist jeden Tag gleich.« Er zwinkerte Finlay zu, während er auf seinen dicken Bauch klopfte. »Mir kann eine kleine Fastenkur allerdings nicht schaden.«

Das Brot war eine Zumutung für die Zähne. Der Mönch reichte den Bierkrug herüber, und Finlay trank einen Schluck, um das Brot aufzuweichen.

Eine Weile kauten sie schweigend.

»Und weshalb hat man Euch hier eingesperrt?«

Der Mönch zuckte gleichmütig mit den Schultern. »Die Franziskaner in Dumfries stehen auf Seiten der Engländer. Ich nicht … Ich war der Bursarius und habe Gelder für König Robert abgezweigt … Nun bin ich hier.«

»Bursarius?«

»Der Bursarius ist sozusagen der Schatzmeister des Klosters und arbeitet dem Prior zu.«

»Was wird man Euch vorwerfen?«, fragte Finlay besorgt.

»Ich nehme an, Verrat …« Bruder Calums Vermutung hallte unheilvoll nach. Er hatte Angst, das war ihm anzusehen, dennoch sagte er: »Ich wusste, was ich tat. Und würde es wieder tun.«

»Ihr seid ein mutiger Mann.«

»Vermutlich steht Ihr mir darin nicht nach.«

»Ich habe gute Beziehungen zum Bischof von St. Andrews, und der Bischof von Moray ist mein Großonkel. Ihr seid ein Mann der Kirche. Wenn ich frei bin, werde ich ein Wort für Euch bei ihnen einlegen.«

Bruder Calum schien bewegt. »Ich danke Euch.«

Kapitel 2

»Ich bin mir nicht sicher, ob ich das, was du vorhast, mutig oder dumm nennen soll.« Alan sah ihn besorgt an, während Ean Proviant für zwei Tage in seine Satteltaschen packte.

»Ich auch nicht«, gestand er.

Alan hielt ihm ein Bündel hin. »Bewaffnet lassen sie dich sicher nicht rein.«

Ean nahm den einfachen Bauernkittel entgegen. »Danke.«

»Ich wünsche dir Glück.«

»Nicht mir. Sir Finlay.«

Alan legte ihm kurz die Hand auf die Schulter. »Dir und Finlay.«

Sechsundvierzig Meilen durch feindliches Gebiet trennten ihn von Carlisle. Ean mied die offenen Straßen, benutzte Waldwege und Wildwechsel, wann immer es möglich war, und kam erstaunlich gut voran. Die Sonne hatte kaum ihren Zenit überschritten, da hatte er sein Ziel fast erreicht. Jetzt allerdings musste er doppelte Vorsicht walten lassen, denn auf den Straßen wimmelte es vor Soldaten. Er band sein Pferd abseits aller Pfade im Wald an und schlich zu Fuß weiter. Gute dreihundert Yards um die Burg war der Wald gerodet worden; sicherheitshalber machte Ean in den letzten Ausläufern des Unterholzes halt. Wuchtig erhob sich der aus rötlichem Sandstein erbaute Bergfried hinter einer hohen Mauer. Links vom Bergfried führte eine Zugbrücke über einen tiefen Graben zum äußeren Torhaus. Die Brücke war herabgelassen, aber mindestens sechs Wachen standen darauf. Hier war sicher kein Hineinkommen, bewaffnet oder nicht. Ean begann, die Burg soweit wie möglich zu umrunden, doch überall schien die Mauer unüberwindlich. Auf den Wehrgängen patrouillierten die Soldaten, der Graben war an keiner Stelle schmaler als fünf Yards.

Sollte er sich den Bauernkittel überstreifen, zu den Wachen marschieren und einfach um Arbeit bitten? Doch wenn sie ihn abwiesen, hätte er nichts erreicht, und obendrein wäre dann sein Gesicht schon bekannt.

Grübelnd kehrte er zu seinem Pferd zurück. Mittlerweile war es recht warm geworden; der September zeigte sich von seiner freundlichen Seite. Hoch und blau wölbte sich der Himmel über ihm. Gutes Wetter für die Ernte, dachte er beiläufig – und blieb abrupt stehen. Die Ernte ... In wenigen Tagen war Michaelis.

Eine Idee begann, in seinem Kopf zu reifen. Er könnte sich in einem der umliegenden Weiler als Erntehelfer anbieten. Die Bauern mussten ihre Abgaben sicher in der Burg entrichten. Nach Einbringen der Ernte könnte er beim Beladen der Wagen behilflich sein. Und beim Abladen ... Doch um seinen Plan umzusetzen, müsste er sein Pferd loswerden. Kein Bauer ritt auf einem Pferd wie dem seinen. Er konnte es aber auch nicht verkaufen. Für den Rückweg brauchte er es ja noch. Also blieb ihm nichts anderes, als es für Geld irgendwo unterzustellen. In seinem Geldbeutel fand er fünf und einen viertel Penny. Hoffentlich reichte das.

Er ritt Richtung Brampton zurück. Nicht weit von diesem Marktflecken entfernt lag die Priorei von Lanercost, ein bedeutendes Augustinerkloster. Ean hatte freilich nicht vor, diese aufzusuchen, schließlich hatten sie die Priorei noch im August drei Tage belagert, und am Ende erinnerte sich hier jemand an sein Gesicht, aber das Kloster war ein beliebtes Pilgerziel, und so gab es an der Hauptstraße sicher ein Wirtshaus mit einem Mietstall.

Er machte sich über seine Tarnung Gedanken. Solange er sein Pferd bei sich hatte, konnte er nicht als Bauer auftreten. Doch in Kettenhemd und bewaffnet würde er mit seinem eindeutigen schottischen Akzent auch Argwohn erregen. Grübelnd ritt er durch den lichten Wald der Abendsonne entgegen, die goldene Kleckse auf den moosbedeckten Boden malte. Er könnte sich als Pilger ausgeben, der in der Priorei

Buße tun wollte. Vielleicht war er ein Kaufmann auf Pilgerschaft? Er müsste seine schottische Herkunft nicht mal verleugnen, im Süden seines Landes hielten es viele mit den Engländern.

Doch musste er seine Rüstung loswerden.

Ein Bach plätscherte links neben ihm; eilig floss das Wasser über Felsen und Steine. Am anderen Ufer entdeckte Ean eine verkrüppelte Weide, die er sicher wiedererkennen würde. Ob sich zwischen den Felsen ein gutes Versteck fand?

Ohne seine Rüstung kam er sich seltsam nackt vor. Kettenhemd, Helm, Arm- und Beinschienen sowie sein Schwert lagen nun fein säuberlich versteckt in einer Felsnische, nur seinen Dolch und das Essmesser hatte er behalten.

Die Dämmerung war schon hereingebrochen, als er endlich ein Wirtshaus fand. Es stand an einer Kreuzung und schien genau zu sein, wonach er gesucht hatte. Der Schankraum war gut besucht. Bauern, Handwerker und Soldaten drängten sich an den Tischen. Ean spürte sein Herz bei ihrem Anblick heftiger pochen, doch er versuchte, sich nichts anmerken zu lassen.

Der Wirt, drahtig und hager, war offenbar viel unterschiedliches Publikum gewöhnt, denn er schenkte Ean kaum Interesse.

»Ist es möglich, mein Pferd einige Tage hier unterzustellen?«, bemühte er sich in seinem besten Englisch.

Der Wirt nickte nur. »Macht einen halben Penny pro Tag.«

»Ich bin auf dem Weg zur Priorei von Lanercost. In spätestens zehn Tagen würde ich mein Pferd wieder abholen.«

»Ist recht«, brummte der Wirt. »Pete!«, rief er über die Schulter. »Stell das Pferd dieses Gastes unter!«

Ein vielleicht zwölfjähriger Bursche kam herbeigelaufen.

»Seid Ihr auf Pilgerschaft, Master?«

Ean nickte nur und folgte dem Jungen nach draußen. Im Stall fragte er ihn: »Ob es möglich ist, dass auch ich hier im Stroh übernachte?«

»Wollt Ihr keine Kammer?«
Ean schüttelte mit dem Kopf.
»Dann ist es wohl eine Bußfahrt?«
Er schenkte dem Jungen ein zerknirschtes Lächeln.
Der Bursche grinste. »Ich denke, das geht schon in Ordnung.«
Ean überreichte ihm die fünf Pennys.
»Wenn Ihr die Leiter dort hinaufsteigt, könnt Ihr es Euch auf dem Heuboden bequem machen.«

Am nächsten Morgen machte Ean sich in aller Frühe auf den Weg. Seine guten Kleider, die Stiefel und seinen Dolch gab er Pete zur Verwahrung. Da der Junge ihn auf einer Bußfahrt wähnte, wunderte er sich nicht über den ärmlichen Kittel, in dem Ean ihm die Sachen überreichte.
»Müsst Ihr wirklich barfuß gehen?«, erkundigte er sich mitleidig.
»Hin schon«, gab Ean mit echtem Missmut zurück. Lieber hätte er Schuhwerk getragen, aber seine guten Stiefel passten nicht zu einem Erntehelfer.
»Eure Füße werden bluten«, prophezeite der Junge. »Ihr habt wohl eine schwere Sünde begangen, wenn man Euch eine so harte Buße auferlegt hat.«
Zur Antwort seufzte Ean nur. Pete hatte recht: Seine Füße würden bluten, sie waren das Barfußgehen nicht gewöhnt. Doch mit blutenden Füßen konnte er unmöglich bei der Ernte helfen. Er musste sich irgendwo unbedingt noch einfaches Schuhwerk besorgen.
»Gott sei mit Euch«, wünschte ihm der Junge noch.

Natürlich begab sich Ean zunächst auf den Weg zur Priorei von Lanercost. Doch kaum war das Wirtshaus außer Sicht, verließ er die Straße und schlug sich in den Wald. Die Morgensonne im Rücken marschierte er los. Der weiche Waldboden war zwar angenehmer als die steinige Straße, dennoch hatte er nach nur fünf Meilen Blasen an den Füßen.

Er brauchte wirklich dringend Schuhe, und da es höchst unwahrscheinlich war, dass er hier im Wald welche finden würde, musste er doch zur Straße zurück. Er hatte sie kaum erreicht, da erspähte er einige Häuser, die wie hingeworfen neben der Straße lagen.

Auf dem Dorfplatz saß ein alter Mann im Schatten einer Eiche und döste vor sich hin. Ean ging zum Dorfbrunnen und zog sich einen Eimer Wasser herauf. Erst trank er durstig, dann goss er ein wenig von dem kühlen Wasser auf seine geschundenen Füße. Schließlich setzte er sich neben den Alten in den Schatten und holte den letzten Proviant aus seinem Beutel.

»Wohl bekomms«, brummte der Alte.

»Wollt Ihr mein Brot mit mir teilen?«, fragte Ean und hielt ihm die Hälfte hin.

»Nein, danke. Lass es dir schmecken. Meine Schwiegertochter hat für ein üppiges Frühstück gesorgt.«

Ean zuckte mit den Schultern und biss herzhaft zu.

»Was treibt dich in diese Gegend?«, fragte der Alte. »Du bist nicht von hier.«

Sein Englisch ließ also noch zu wünschen übrig. »Ich suche Arbeit. Dachte, ich könnte bei der Ernte helfen.«

»So …« Der Alte musterte Ean kritisch. »Hast du schon mal bei der Ernte geholfen?«

»Nein«, gab Ean zu, der den Blick des Alten auf seine Füße nicht übersehen hatte. Fieberhaft sann er über eine passende Geschichte nach; die von der Pilgerfahrt konnte er schließlich nicht mehr verwenden. »Mein Vater ist Kaufmann. Wir waren auf dem Weg nach Carlisle.«

»Und habt euch gestritten«, mutmaßte der Alte, nicht ohne Schadenfreude.

Ean nutzte die Vorlage. »Immerzu nörgelt er an mir herum. Keine meiner Ideen, und seien sie auch noch so gut, lässt er gelten. Lieber bleibt er beim Althergebrachten.« Er bemühte sich um einen missmutigen Seufzer. »Ich habe gesagt, dass ich mein Brot lieber als Bauer verdienen wollte, als weiter nach seiner Pfeife zu tanzen ...«

»Und er nahm dich beim Wort.« Jetzt feixte der Alte geradezu.

Ean nickte und ließ in gespielter Verzweiflung die Schulter sinken. »Er gab mir diesen groben Kittel und zwang mich, meine guten Kleider abzulegen. ›*Wenn du arbeiten willst, wie ein Bauer, dann kleide dich auch wie einer!*‹, hat er verlangt. Ich war zu stolz, um nachzugeben.« Vorsichtig zog Ean seine geschundenen Füße an. »Ich hätte nie gedacht, dass ich meine Stiefel so schnell vermissen würde.«

Der Alte lachte gutmütig. »Du bist in Ordnung. Wenn du willst, kannst du meinem Sohn Alfred bei der Ernte helfen. Scheinst mir trotz deiner Herkunft ein kräftiger Bursche zu sein. Mein Sohn kann derzeit jede Hilfe gebrauchen. Und für deine Füße werden wir schon ein Paar passende Schuhe finden.«

*

Fünf Tage später spürte Ean schmerzhaft jeden einzelnen Muskel in seinem Körper. Eine Sense zu halten, war eben doch etwas anderes als ein Schwert. Doch immerhin hatte ihn die Familie des Alten nach anfänglichem Argwohn freundlich aufgenommen. Jetzt saß er neben Alfred auf dem Kutschbock des hoch mit Kornsäcken beladenen Wagens, und Carlisle war schon in Sicht. Eans Herz begann zu klopfen.

Gemächlich folgte der Wagen der staubigen Straße unter einem strahlend blauen Septemberhimmel, die genau auf das schwer bewachte Tor der Burg zu lief, und sie waren nicht die einzigen: In einer langen Reihe folgten weitere Bauern der Gegend, um ihre Abgaben zu entrichten. Nicht nur Korn fand sich auf den Wagen, auch Heu, Vieh, Holz und Wolle wurde zur Burg transportiert.

Ean schluckte trocken, als der Wagen über die hölzerne Zugbrücke rumpelte; Staub und Anspannung ließen seine Zunge am Gaumen kleben. Doch die Wachen würdigten ihn keines Blickes. Unbehelligt erreichten sie die erste Einfriedung, die Gemüsegärten und Weiden beherbergte. Rechts der Einfriedung schützten ein weiterer Graben und eine zweite Mauer den Bergfried, der sich massig in den Himmel erhob und einen langen bedrohlichen Schatten auf ihr Gefährt warf. Eine schmale Zugbrücke überspannte diesen zweiten Graben, doch Alfred lenkte ihren Wagen nicht dorthin, sondern machte vor einem der Koppelzäune halt.

»Fahren wir nicht hinein?«

Der Bauer schüttelte den Kopf. »Die Soldaten kommen heraus, zählen die Säcke und nehmen, was ihnen angeblich zusteht. Dann dürfen wir mit unserem Anteil wieder nach Hause fahren.«

Ean sank der Mut. Wie sollte er so etwas über Sir Finlay erfahren?

Wagen um Wagen machte neben ihnen halt. Als die Schar der Bauern versammelt war, kamen zehn Soldaten, begleitet von einem Schreiber aus dem inneren Burgring. Sie brachten einen Tisch und einen Schemel mit, und der Schreiber begann sogleich, die Namen der Bauern zu notieren sowie die Menge ihrer Güter, nachdem sie von den Soldaten gezählt worden waren. Dann wurde einem Jeden mitgeteilt, wie hoch seine Abgaben zu sein hatten. Murren und Raunen erhob sich, als klar wurde, dass auch in diesem Jahr die Last wieder gestiegen war, und auch Alfred machte ein missmutiges Gesicht. Doch die Soldaten duldeten keinen Widerspruch, und so wurde Ean geheißen, fünf Säcke Korn abzuladen.

Die Pachtgüter begannen sich zu stapeln. Schweine grunzten, Hühner gackerten. Eier, in Stroh verpackt, fanden Platz neben Töpferware und Holzschuhen. Zuletzt war es ein beachtlicher Haufen.

»He, du!«

Eans Herz setzte einen Schlag aus. Einer der englischen Soldaten baute sich breitbeinig vor ihm auf und schaute ihn grimmig an.

»Ich?« Er gab sich die größte Mühe, arglos zu klingen.

»Ja, du. Hilf tragen!«

Auch einige andere der jüngeren Burschen wurden aufgefordert, beim Transport der Pachtgüter zu helfen. Im Gänsemarsch folgten sie schwer beladen den Soldaten über die zweite Zugbrücke.

Verstohlen sah Ean sich im inneren Burgring um. Rechter Hand fand sich der Bergfried, in dem sich sicher auch die Verliese befanden, daran angrenzend Ställe und Speicher, linker Hand der Palas und geradezu die Burgkapelle. Bedauerlicherweise schien alles in tadellosem Zustand zu sein. Wachen patrouillierten auf der Mauer, der Hof war aufgeräumt, niemand lungerte herum. Es war unübersehbar: Diese Burg wurde von einem fähigen und strengen Kommandanten geführt.

»Bringt die Kornsäcke zu dem Speicher dort drüben!«

Ean beeilte sich, der Forderung nachzukommen. Als er seinen Kornsack abgeladen hatte, half er dem nachfolgenden Soldaten, noch dessen zu tragen. Überrascht sah ihn der Engländer an und bedankte sich mit einem Nicken.

Ean nahm all seinen Mut zusammen. »Sag, Freund, ob es hier auf der Burg Arbeit für mich gibt? Die Ernte ist vorüber, und ich bin wieder arbeitslos.« Sein Englisch hatte sich in den vergangenen fünf Tagen erheblich gebessert. Unermüdlich hatte er mit Alfred und seiner Familie geschwatzt.

Der Soldat musterte ihn. »Verstehst du dich auf Pferde?«

Ean nickte.

»Dann kannst du vielleicht dem alten Gilbert zur Hand gehen. Augenblicklich plagt ihn die Gicht sehr.«

In der Nacht bekam Ean zunächst kein Auge zu. Er konnte kaum glauben, dass es letztlich so leicht gewesen war, sich einzuschleichen. Andererseits stellte er in seinem einfachen Bauernkittel und unbewaffnet auch keine Gefahr für die Engländer dar. Dennoch: Ein wenig genoss er seinen Triumph und konnte es sich nicht verkneifen, in die Dunkelheit zu grinsen. Fehler durfte er sich gleichwohl keine erlauben. Wenn sie ihn erwischten, würde er sterben. Und vermutlich nicht auf die leichte Art.

Todmüde und doch zu angespannt, um einzuschlafen, wälzte er sich auf die andere Seite.

Sie hatten ihm ein Strohlager auf dem Heuboden über dem Stall zugewiesen. Die Halme kratzten und kitzelten ihn, er zog die dünne Wolldecke enger um sich. Durch die Ritzen der schlecht gefügten Bretterwand konnte er den Bergfried erkennen. Fackeln brannten über dem Eingang, vor dem zwei Wachen auf- und abpatrouillierten. War Finlay im Inneren dieser Festung? Ean hatte noch keine Gelegenheit gehabt, sich unauffällig umzusehen. Man hatte ihm gleich etliche Aufgaben zugeteilt, und bis zum Dunkelwerden war er mit Füttern und Ausmisten beschäftigt gewesen. Für den nächsten Tag musste er sich einen Plan überlegen, wie er in den Bergfried hineinkommen wollte. Doch bevor er einen fassen konnte, übermannte ihn die Erschöpfung.

Der Morgen brach früh und geschäftig an.

Fünfundzwanzig Pferde standen in diesem Stall, und sie alle wollten gestriegelt, getränkt und gefüttert werden. Immerhin gab es noch einen weiteren Burschen. Anthony war sechzehn, blond, gewitzt und von froher Natur. Ohne es zu wollen, schloss Ean praktisch schon am Vormittag mit ihm Freundschaft, und zum ersten Mal verstand er Lucas, der sagte, er vergesse, dass die Engländer Feinde seien, solange er unter ihnen lebte.

»Wie lange arbeitest du schon hier auf der Burg?« Ean schaufelte Mist in eine Karre.

»Seit zwei Jahren. Ich bin der jüngste von drei Söhnen. Ich durfte wählen, ob ich ins Kloster oder hier arbeiten und mein Brot selbst verdienen wollte.« Anthony grinste. »Die Pferde waren mir lieber.«

Ean grinste zurück. »Es muss aufregend sein, hier zu leben. Sicher geschieht immer irgendetwas.«

Anthony winkte ab. »In den zwei Jahren, die ich hier lebe, ist wenig Spannendes passiert.« Er stieß seine Mistgabel beherzt in das schmutzige Stroh. »Soviel ich weiß, stand Carlisle zuletzt vor zwölf Jahren unter Belagerung.«

»Nun, es muss ja keine Belagerung sein. Vermutlich kommen oft bedeutende Besucher, vielleicht sogar der König. Oder es werden wichtige Gefangene hier eingesperrt.«

»Der König war erst einmal hier. Kurz nachdem sein Vater gestorben war, haben ihm die Earls hier Treue und Gefolgschaft geschworen, aber das war vor meiner Zeit.«

Ean getraute sich nicht, nochmals nach möglichen Gefangenen zu fragen. Zu offensichtlich wäre sein Interesse daran gewesen.

»Da, trink.« Anthony hielt ihm einen Becher hin. Dankbar nahm der ihn entgegen. Die Arbeit machte verdammt durstig. In schnellen Zügen stürzte er das Dünnbier hinunter und setzte den Becher dann mit einem wohligen Aufseufzen ab.

»Danke.«

»Nicht dafür.« Anthony schnappte sich wieder die Mistgabel, fuhr aber nicht mit dem Misten fort, sondern seufzte: »Herrje! Noch mehr Arbeit.«

Ean folgte seinem Blick. Ein Reiter kam eilig durch das Tor. Anthony stellte die Mistgabel ab und ging in den Hof, um das Pferd des Mannes in Empfang zu nehmen, auf dessen Satteldecke Ean Henry Percys Wappen erkannte. So viel er wusste, befand Percy sich mit seinen Truppen derzeit in Perth, nachdem Gaveston ihm im Mai befohlen hatte, dieses zu halten.

Der Reiter verschwand im Bergfried. Ob er wohl wichtige Nachrichten aus Schottland brachte?

»Ich bringe den Mist weg«, erbot sich Ean und packte die voll beladene Schubkarre, konnte aber ein leises Stöhnen nicht unterdrücken, als er sie anhob. Sie war schwer, und die letzten Tage steckten Ean noch in den Knochen.

»Kreuzweh?« Anthony feixte.

Ean grinste zerknirscht.

»Wenn du willst, kannst du eine kurze Pause machen«, bot der blonde Stallbursche gutmütig an. »Wir sind mit dem Misten ja fast fertig. Und ich muss das Pferd des Kommandanten zum Schmied bringen.«

Der Misthaufen fand sich gleich hinter dem Stall. Ean entlud die Karre und stellte sie dann ab. Er befand sich jetzt nicht nur auf der Rückseite des Stalles, sondern auch auf der des Bergfrieds. Dieser war nämlich nicht, wie Ean zunächst vermutet hatte, Teil der Ringmauer, sondern erhob sich mit einem guten Yard Abstand von ihr. Zwischen Mauer und Turm lag ein schmaler, dunkler Gang, in halber Höhe des Turms überdacht vom Wehrgang. Offensichtlich war die Mauer später als der Bergfried errichtet worden. Nun, das war nicht so ungewöhnlich. Häufig wurden Festungen zunächst nur von einem Erdwall mit einer Palisade und einem Graben geschützt. Steinmauern waren kostspielig. Der Anblick des Ganges brachte Ean auf eine Idee: Ob es Fenster auf der der Mauer zugewandten Wehrturmseite gab? Aus jener Zeit, als die Mauer noch nicht stand? Fenster, durch die man etwas hören, durch die man vielleicht sogar unbemerkt in den Bergfried hineingelangen konnte?

Unauffällig sah er sich um. Im Hof standen zwei Soldaten, doch sie hatten ihm den Rücken zugewandt. Kurz entschlossen schlüpfte Ean in den Gang hinein. Mit pochendem Herzen lauschte er einen Moment: Keine Rufe, keine Schritte; niemand hatte sein kleines Manöver bemerkt. Nachdem seine Augen sich an das Dämmerlicht gewöhnt hatten, entdeckte Ean vielerlei Unrat am Boden. Und es roch, als ob so mancher hier seine Notdurft verrichtete. Angewidert rümpfte Ean die Nase, während seinen Blick nach oben wanderte. Fenster konnte er keine entdecken, jedoch etwas anderes: einen Mauervorsprung mit einem runden Loch im Boden – ein Abtritt. Natürlich! Wo, wenn nicht auf der hofabgewandten Seite? Kein Wunder, dass es hier unten so bestialisch stank. War das eine Möglichkeit, unbemerkt in den

Bergfried zu gelangen? Kritisch betrachtete er das Mauerwerk. Die Fugen waren bröckelig, die Steine nicht sehr glatt gefügt. Vermutlich würde es ihm gelingen, hier hochzuklettern. Doch passte er durch das Loch des Abtrittes? Und was, wenn jemand diesen betrat, gerade, wenn er versuchte, sich hindurchzuzwängen? Vielleicht sollte er doch besser unter irgendeinem Vorwand an den Wachen vorbei durch den Eingang in den Wehrturm spazieren? Nur unter welchem?

Da ihm auf die Schnelle kein passender einfallen wollte, beschloss er, zumindest zu versuchen, ein Stück die Mauer hinaufzuklettern.

Es ging leichter als gedacht. In kürzester Zeit hatte er die Unterseite des Abtrittes erreicht. Dunkel gähnte das Loch über ihm. Ean lauschte. Kein Geräusch war zu vernehmen: Offensichtlich war der Abtritt augenblicklich unbenutzt. Jetzt oder nie! Er packte den Rand der Öffnung und zog sich nach oben. Gerade so passten seine Schultern hindurch, und nur, weil er sich mit den Füßen an der Mauer abstoßen konnte, gelang es ihm, sich durch den schmalen Auslass zu zwängen. Wie üblich war zwei Fuß über dem Mauerloch ein Sitzbrett aus Holz; unsanft stieß Ean sich den Kopf daran. Auf dem Rand des Bodenloches sitzend, hob er das Brett vorsichtig an. Der Abtritt war dunkel und leer. Ean kletterte endgültig hinein und legte das Brett wieder in seine Position, bevor er die Tür einen Spalt breit öffnete: Vor ihm erstreckte sich ein von Fackeln erhellter, leerer Gang. Rechts zweigten zwei Türen ab, links eine Treppe. Stimmen drangen in den Gang, Männerstimmen. Sie schienen uneins. Mit pochendem Herzen schlüpfte Ean in den Gang und schlich zu der ihm näher gelegenen Tür. Die Stimmen wurden lauter. Jetzt konnte er verstehen, was sie sagten.

»Ich habe bereits einen Boten um Lösegeld geschickt!«

»Auf das Lösegeld werdet Ihr verzichten müssen.«

»Ist Sir Henry sich sicher?«

»Absolut! Der Mann gehört zu den engsten Vertrauten des schottischen Räuberkönigs.«

»Ich hatte ihn für einen einfachen Bewaffneten gehalten.«

»Verständlicherweise hat er Euch in diesem Glauben lassen wollen.«

Der andere Mann brummte ungehalten. »Wann also soll er nach London gebracht werden?«

»König Edward erwartet ihn zu Allerheiligen in London.«

»Als würde das die Schmach des misslungenen Feldzuges vom letzten Herbst wettmachen.«

»Sir?«

»Ach, vergesst es. Bestellt Henry Percy, dass ich den Wünschen des Königs natürlich mit der größten Freude nachkomme. Finlay MacKinnoch, überraschenderweise Herr von Blair Castle und Ritter des Kapuzenkönigs, wird nach London verbracht. Ich werde seinen Transport organisieren.«

»Finlay MacKinnoch und sämtliche weitere schottische Gefangene, die Ihr hier auf Carlisle festhaltet.«

Ean hörte einen spöttischen Laut. »Sämtliche anderen Gefangenen? Unsere Verliese beherbergen sonst nur noch einen dicken, abtrünnigen Mönch aus Dumfries.«

»Der Befehl lautet: sämtliche schottische Gefangene.«

»Jesus …«

»Sir?«

»Ja, ja. Sämtliche schottische Gefangene. Der Transport wird am fünfzehnten Oktober aufbrechen. Und jetzt lasst mich allein, ich habe noch zu tun. Meine besten Wünsche an Sir Henry.«

Schritte nährten sich der Tür. Ean hastete zurück in den Abtritt. Er konnte die Tür gerade noch rechtzeitig schließen, bevor Henry Percys Gesandter in den Gang trat.

Mit noch immer wild klopfendem Herzen lehnte Ean den Kopf an die Tür und lauschte den sich zügig entfernenden Schritten des Mannes.

Finlay war also wirklich hier. Doch Ean blieben jetzt nur noch zwei Wochen, um seine Befreiung zu organisieren, bevor er nach London gebracht würde. Wofür, das konnte er sich nur allzu lebhaft vorstellen: Finlay sollte William Wallaces Schicksal teilen.

Kapitel 3

– Carlisle, am 14. Tag des Monats Oktober im Jahre des Herrn 1311 –

»Ihr habt mir Euren Titel und Eure Stellung verschwiegen.« Andrew de Harclay sah Finlay mehr interessiert als wütend an. Dann gab er seinen Wachen einen Wink. »Lasst uns allein.«

Ungefesselt war Finlay in Harclays Zimmer gebracht worden. Jetzt bot der ihm sogar einen Stuhl an.

»Setzt Euch.« Der Kommandant von Carlisle nahm ihm gegenüber Platz und betrachtete ihn eine Weile mit unergründlichem Blick. »Ich bin Euch nicht gram. Hätte es vermutlich ebenso gemacht.«

»Wollt Ihr das Lösegeld erhöhen?« Finlay fragte sich schon, ob er deswegen hierhergebracht worden war. Wer immer das Geld aus Blair Castle überbringen würde, müsste mittlerweile angekommen sein.

Harclay schüttelte den Kopf. »Ich musste Euren Steward – Colin Campbell, so hieß er wohl? – wieder fortschicken.«

Finlay spürte seinen Mund trocken werden. »Weshalb?«

»Ihr werdet in London erwartet.«

Finlay schloss die Augen. Mit einem Schlag waren seine Hände eiskalt und gefühllos.

»Man wird Euch Gelegenheit geben, König Edward Treue zu schwören«, fuhr Andrew de Harclay fort. »Und ihm Informationen über Robert the Bruces Machenschaften zukommen zu lassen. Ich rate Euch: Tut es.«

Ohne die Augen zu öffnen, entgegnete Finlay: »Euer König ist ein seltsamer Mann, dass es ihn nach meinem erzwungenen Eid verlangt, der die Atemluft nicht wert ist, mit der ich ihn ausspräche, bräche ich doch im selben Moment den Eid, den ich freiwillig und aus vollem Herzen meinem König schwor.«

»An Eurem Eid ist ihm nicht gelegen, macht Euch keine falschen Hoffnungen. Gelegen ist ihm an der Schmach und Erniedrigung, die Euer König erfährt, ganz gleich, wie Ihr Euch entscheidet.«

Jetzt öffnete Finlay die Augen und sah de Harclay geradeheraus an. »Und wenn ich mich dagegen entscheide?«

»Wird man Euch als Hochverräter hinrichten lassen, nachdem die Folter Euch die gewünschten Informationen abgepresst hat.«

Finlay stieß ein ergebenes Schnauben aus.

»Es tut mir leid.« Harclay meinte es ernst. Er beugte sich vor und sah Finlay eindringlich an. »Ich weiß, dass Ihr ein tapferer Mann seid, aber kein Mensch kann dem standhalten, was Euch in London erwartet. Ich rate Euch also: Schwört Edward Treue und offenbart ihm the Bruces Pläne.«

»Ihr meint, da ich es unter der Folter ohnehin tun würde, sollte ich sie mir ersparen?«

Der Kommandant nickte ernst.

»Ihr wisst sehr wohl, dass es dennoch ein Unterschied ist.«

»Ich habe befürchtet, dass Ihr versuchen werdet, den Helden zu spielen.«

»Mit Heldenmut hat das nichts zu tun. Eher mit Selbstachtung. Dem Letzten, das mir noch bleibt.« Finlay erhob sich. Es drängte ihn fortzukommen aus dieser Kammer. Trotzdem musste er eine Frage noch stellen: »Wann habt Ihr meinen Steward heimgeschickt?«

»Vor drei Tagen.«

Also würde Raelyn spätestens übermorgen von seinem Schicksal erfahren.

»Ich hätte ihm gerne eine Botschaft mitgegeben.«

Echte Anteilnahme stand in Harclays Augen. »Das konnte ich Euch nicht erlauben. Aber wenn Ihr einen Brief schreiben wollt? Ich würde dafür sorgen, dass er überbracht wird.«

Finlay nickte. Er konnte Andrew de Harclay nicht länger in die Augen sehen, seine Beherrschung war nur noch pergamentdünn. Schon abgewandt fragte er: »Wann?«

»Morgen.«

Kapitel 4

Auch später noch konnte Ean kaum glauben, wie simpel es gewesen war, wieder aus Carlisle zu verschwinden. Er war einfach durch das Tor marschiert, nachdem er durch den Abtritt hinabgeklettert war. Direkt, ohne zu zögern, mitten am helllichten Tag. Auf der Burg herrschte stets ein reges Kommen und Gehen, und die Wachen kontrollierten nur, wer in die Burg hineinwollte. Scheinbar seelenruhig war Ean zwischen Händlern, Bewaffneten und Bauern die Straße von Carlisles fortgegangen, und niemand hatte ihn angesprochen, was nicht zuletzt dem Gestank zu verdanken war, den er nach seiner Kletterei durch den Abtritt verbreitet hatte.

Jetzt saß er hier auf einem nordenglischen Baum, tiefer im Land seiner Feinde als je zuvor, keine dreizehn Meilen von Bernard Castle entfernt, und wartete.

Schon bei den ersten Schritten seines Rückweges war ihm klargeworden, was sie zu tun hätten: Sie würden natürlich nicht Carlisle belagern, sie würden den Transport überfallen.

So schnell er konnte, war er, kaum dass die Burg hinter dem Saum des Waldes verschwunden war, zunächst zu der Herberge, dann zu seinem Versteck und zuletzt zum Heerlager des Königs nach Solway geeilt. Überraschend viele Männer meldeten sich freiwillig für dieses nicht ungefährliche Unterfangen. Natürlich Alan, aber auch Neil Campbell und sogar der Neffe des Königs, neben sämtlichen Männern aus Blair Castle. Nur James Douglas schloss sich nicht an. Obwohl Ean sogar glaubte, dass ihm das schwerfiel. Es tat ihm offensichtlich leid, dass Finlay in Gefangenschaft geraten war, doch er fühlte sich scheinbar zu Unrecht dafür verantwortlich gemacht. Dabei hatte doch Finlay aus seiner Sicht den Streit begonnen. Ean verstand, dass es für James einem Schuldeingeständnis gleichkäme, würde er sie begleiten.

Die Dämmerung senkte sich bereits herab. Sie hatten lange über verschiedenen Karten gebrütet und waren zuletzt übereingekommen, dass der Gefangenentransport wohl diese Straße nehmen müsste. Jetzt betete Ean, dass sie sich nicht geirrt haben mochten. Ungeduldig starrte er die Straße hinunter. Auf etlichen Bäumen beidseits des Weges hockten seine Gefährten, Alan gerade gegenüber. Sie tauschten einen Blick.

Ein Rumpeln wurde hörbar. Und Hufschlag, Ean schätzte, von mindestens zehn Pferden. Er ließ die Schultern kreisen und lockerte sein Schwert. Die Straße führte hier über einen kleinen Hügel. Jetzt wurden die ersten Köpfe hinter dem Kamm sichtbar: zwei, vier, sechs. Im Takt des Trabes hüpften sie auf und ab. Ein vergitterter Wagen, gezogen von zwei Pferden, folgte, dann vier weitere Wachen.

Finlay war in unbequemer Position mit beiden Armen an die Gitterstäbe des Gefährts gekettet, und seinem Gesicht war anzusehen, dass er wohl in tiefer Finsternis wandelte. Ihm gegenüber, ebenso angekettet, saß ein wohlbeleibter Mönch mit kaum gelassenerem Ausdruck.

Wieder suchte Ean Alans Blick. Mit einer kleinen Geste überließ der ihm die Führung: Dies war sein Kommando. Als die Kolonne genau unter ihnen war, sprang er auf die Engländer herab und landete direkt auf dem Kutschbock. Verdattert starrte der Wagenlenker ihn an, während Eans Gefährten sich aus den anderen Bäumen herabfallen ließen.

»Gott zum Gruße, Gentlemen!« Er bemühte sein bestes Englisch.

»Ich bitte Euch, den Wagen anzuhalten. Ihr transportiert Fracht, an der uns sehr gelegen ist.« Ohne weiter abzuwarten, griff er nach den Zügeln und brachte das Gespann selbst zum Stehen.

Die acht Wachen, umzingelt von Neil, Alan, Thomas Randolf und den Männern aus Blair Castle hoben die Hände, während Ean sein Schwert gegen den Mann auf dem Kutschbock zog. »Absteigen«, verlangte er liebenswürdig.

Der Engländer beeilte sich derart, dieser Forderung nachzukommen, dass er hinterrücks vom Wagen fiel. Randolf, Neil und Alan feixten.

»Ihr anderen auch!«, fügte Ean hinzu und an die Männer aus Blair Castle gewandt: »Und dann fesselt sie.«

Mit größter Freude und Genugtuung kamen die diesem Befehl nach, nachdem die Wachen sehr fügsam aus ihren Sätteln gestiegen waren.

»Wer hat den Schlüssel zu diesem Wagen und den Ketten?« Ean blickte in die Runde der Gefangenen.

»Ich.« Der Älteste unter den Wachleuten meldete sich zu Wort. Ean trat zu ihm. »Wo?«

»An meinem Gürtel.«

Alan hielt dem Mann sein Schwert an die Kehle, während Ean sich hinabbeugte, um den Schlüssel zu lösen.

»Besten Dank.«

Als Ean den Wagen aufschloss und in das Innere des Käfigs kletterte, war ihm Finlays bewegter Gesichtsausdruck Lohn genug für alle Mühen der vergangenen drei Wochen.

»Ean.« Sein Dienstherr musste sich räuspern.

»Sir Finlay.« Ean zwinkerte ihm zu, auch um den Moment zu überspielen, und machte sich an den Handfesseln zu schaffen.

»Wie kommt ihr hierher?« Nicht nur die Stimme wackelig, stand Finlay auf und rieb sich die schmerzenden Gelenke.

»Habt Ihr ernsthaft geglaubt, wir würden Euch im Stich lassen?«

»Das nicht. Aber ich glaubte, es gäbe keine Möglichkeit, mich zu retten.« Im ersten Impuls schien Finlay ihm anerkennend durch den Schopf strubbeln zu wollen, doch dann hielt er inne. Ganz langsam hob er die Hand. Durchaus ein wenig perplex erkannte er: »Ich glaube, es gibt nichts mehr, das ich dich noch lehren könnte.«

Ean schlug ein. Fest umschlossen sich ihre Hände. Jetzt war er es, dem bewegt die Worte fehlten.

»Zeit, dass du aufhörst, mich mit Sir anzureden.« Finlay verstärkte ihren Händedruck. »Freund und Kampfgefährte.«

»Freund und Kampfgefährte«, wiederholte Ean. Es klang verdächtig nach einem Schwur.

»Finlay!« Alan war ebenfalls in den Käfig gestiegen und nahm ihn einmal fest in den Arm. »Du hast uns einen schönen Schrecken eingejagt.« Dann sah er Ean fragend an. »Was machen wir mit den Engländern?«

Der dachte nur einen kurzen Moment nach. »Wir fesseln und knebeln sie und sperren sie in diesen Käfig. Dann fahren wir den Wagen ein Stück in den Wald hinein und verstecken ihn dort. Bis sie gefunden werden, sind wir über alle Berge.«

Alan akzeptierte mit einem knappen Nicken. »Ihr habt es gehört!«, wies er die Männer Blair Castles an.

Unterdessen wandte Finlay sich dem dicken Mönch zu. »Ean. Darf ich dir Bruder Calum vorstellen?« Er lächelte den Franziskaner an. »Wie es scheint, sind wir unserem Schicksal doch noch mal entronnen.«

»Es fiele mir leichter, das zu glauben, könnte ich erst meine Hände bewegen.«

»Oh, verzeiht.« Ean beeilte sich, auch die Ketten des Mönches zu lösen.

»Und jetzt?«, fragte Finlay.

»Schlagen wir uns in die Pennies«, entgegnete Ean grinsend. Auch auf dem Herweg hatten sie schon die Deckung dieses dünn besiedelten Hügellandes genutzt. »Größere, englische Truppenverbände werden uns dort nicht begegnen. Es gibt praktisch keine Straßen.«

*

Geraume Zeit später saßen sie, gut versteckt zwischen den Hügeln und Hochmooren der Pennies, am Lagerfeuer und teilten, was die Freunde an Proviant dabeihatten. Obwohl es nur Brot und Käse und ein wenig Trockenfleisch war, kam es Finlay vor wie ein Festmahl. Immer wieder wanderte sein Blick zu Ean, der gerade haarklein von seinen Erlebnissen berichtete. Kantig war sein Gesicht geworden. Groß und breitschultrig saß er hier, und die Art und Weise, mit der seine blonden Haare ihm ins Gesicht fielen, verlieh ihm einen verwegenen Ausdruck. Er war zum Mann gereift. Wann war das passiert?

»Jetzt bist du an der Reihe, Finlay«, verlangte Alan.

»Was soll ich euch groß berichten? Als die Männer aus Northumberland unser Lager angriffen, wurde ich von einem Armbrustbolzen getroffen. Ich erwachte im Verlies von Carlisle, und Bruder Calum hier war so freundlich, mich von dem Geschoss zu befreien. Zunächst wollte mich der Kommandant der Burg gegen ein Lösegeld freilassen, wohl auch weil er mich für unbedeutend hielt. Doch aus irgendeinem Grund wurden die Pläne geändert.« Nur ungern erinnerte er sich an die letzte Nacht – sicher die finsterste seines Lebens.

»Nicht aus irgendeinem Grund«, korrigierte Ean nachdenklich. »Henry Percy schickte einen seiner Männer. Er überbrachte Harclay den Befehl, dass du nach London gebracht werden sollst – ich frage mich, woher Henry Percy von deiner Gefangennahme wusste und wer du bist.«

Das wunderte Finlay auch.

»Wir wissen letztlich zu wenig über die Männer, die uns in jener Nacht angriffen«, bemerkte Thomas Randolf. »Wir schlugen sie zu schnell in die Flucht. Doch unter den Getöteten waren nicht nur Soldaten aus Carlisle. Ich sah auch Männer mit dem Wappen von Alnwick Castle, und das gehört bekanntlich Henry Percy.«

»Aber Percy ist derzeit in Perth stationiert«, wunderte sich Ean.

»Jetzt nicht mehr.« Randolf schüttelte den Kopf. »Edward hat ihn nach London zurückberufen. Doch im September war er es noch, da habt Ihr recht.«

»Die Männer aus Northumberland konnten also keinen Schaden anrichten?«, fragte Finlay.

»Nein.« Neil feixte. »Mir brachte ihr Überfall sogar einen nicht unbedeutenden Gefangenen. Richard de Mowbray.«

Finlay nickte anerkennend.

»Laut de Lamberton haben die englischen Magnaten auf ihrem Parlament im August erneut Gavestons Exil gefordert. Zunächst hat er sich geweigert, doch jetzt, da auch sein Günstling in Schottland keinen Sieg erringen konnte, musste er nachgeben. Zu Allerheiligen wird Gaveston des Landes verwiesen.« In Neils Gesicht trat die Finlay schon bekannte Mischung aus Sehnsucht und grimmiger Entschlossenheit. »Edward wird sich einem Gefangenenaustausch nicht länger widersetzen können.«

»Weiß de Lamberton, wie es Mary geht?«

»Den Umständen entsprechend.«

Neils und sicher auch König Roberts Geduld wurde wahrlich auf eine harte Probe gestellt. Eineinhalb Jahre war es mittlerweile her, dass Mary Bruce aus Roxburgh nach Newcastle verlegt worden war, und doch war sie noch immer nicht frei. Berechtigt war Neil in Sorge. Die Jahre in diesem Käfig in Roxburgh hatten Marys Gesundheit gewiss erheblich zugesetzt, und auch wenn Newcastle eine Verbesserung war, so war es doch sicher kein Ort der Genesung.

Finlay dachte an Raelyn.

»Ich muss nach Hause. So schnell wie möglich.« Es war ihm nicht gelungen, einen Abschiedsbrief zu schreiben. Innerlich taub hatte er vor dem Pergament gesessen, das Andrew de Harclay ihm wie versprochen hatte bringen lassen, und kein Wort darauf gebracht.

Thomas Randolf nickte. »Mein Onkel weiß das. Er erwartet Euch nicht im Heerlager. Kehrt so schnell wie möglich heim. Ich werde ihm berichten.«

»Ich danke Euch.« Am liebsten wäre Finlay sofort aufgebrochen, doch die Hochmoore dieses unbekannten Gebietes ließen ein Reisen bei Dunkelheit nicht zu.

»Was ist mit Euch, Bruder Calum?«, wandte er sich dann an seinen Zellengenossen. »Wohin wollt Ihr Euch wenden?«

Der Franziskaner zuckte mit den Schultern. »Irgendein Kloster weiter im Norden wird mich schon aufnehmen.« Doch es wirkte nicht, als sei er sehr erpicht darauf.

Finlay kam eine Idee. In den langen Tagen und Nächten ihrer Gefangenschaft hatte er den wohlbeleibten Mönch zu schätzen gelernt. »Ihr könntet mich auch nach Blair Castle begleiten. Unseren vorherigen Hauslehrer musste ich entlassen. Es wäre mir eine Freude, wenn Ihr den Unterricht übernehmen würdet.«

Bruder Calum begann zu lächeln. »Das wäre in der Tat etwas, das ich gerne tun würde.«

Auch Finlay lächelte. »So ist es abgemacht.«

Sie brachen früh am Morgen auf und schlugen sich weiter durch das unwirtliche Hügelland. Finlay ging es viel zu langsam voran. Mit jeder Meile, die sie hinter sich brachten, nahm seine Unruhe zu. Raelyn musste entsetzlich leiden. Er mochte sich gar nicht vorstellen, wie es in ihr ausgesehen hatte, als sie erfuhr, dass er nicht freigelassen, sondern nach London gebracht werden sollte. So kurz wie möglich wollte er sie weiter der Qual dieses Wissen überlassen. In der Nähe von Hermitage Castle überschritten sie die schottische Grenze. Getrieben von seiner Unruhe verlangte Finlay alles von Pferden und Reitern, und so gelang es ihnen, innerhalb von drei Tagen Blair Castle zu erreichen.

Die untergehende Sonne warf ein rötliches Zwielicht auf die Burg, als sie den Tilt endlich überquerten.

Duncan machte große Augen, als Finlay über die Zugbrücke ritt. Er schien etwas sagen zu wollen, doch Finlay hielt nicht an.

Niemand kam, sie zu begrüßen. Bedrückende Stimmung herrschte im Burginnenhof, der wie ausgestorben dalag. Beklommen tauschte Finlay einen Blick mit Alan. Er wollte gerade absteigen, da öffnete sich die Pforte der kleinen Kapelle einen Spaltbreit, und Cadfan kam auf seinen kurzen Beinchen herausgestakst. Zielstrebig hielt der nun bald

Zweijährige auf eine nahe Pfütze zu, ohne Reiter und Pferde zu bemerken. Er hockte sich neben die Pfütze und begann, kleine Steinchen in das Wasser zu werfen. Glucksend beobachtete er die Kreise im Wasser.

Mit klopfendem Herzen hockte Finlay sich neben seinen Sohn. »Cadfan …«

»Papa!« Die Augen des Jungen leuchteten, als er seinen Vater erkannte. Glücklich schlang er seine Ärmchen um Finlays Hals.

Finlay küsste ihn auf den Schopf. »Wo sind denn alle?«

Cadfan zeigte auf die Kapelle, bevor sein Gesicht einen bekümmerten, unsicheren Ausdruck annahm. »Mama krank.«

Einen Moment fürchtete Finlay, sein Herz würde stehen bleiben. Es kostete ihn alle Willensanstrengung, weiter zu atmen, doch in diesem Moment öffnete sich die Pforte der Kapelle abermals, und Colin trat suchend heraus.

»Cadfan?« Als er die Reiter sah, ging er raschen Schrittes auf Finlay zu.

Was der Burgherr an seinem Steward am meisten schätzte, war dessen Gradlinigkeit. Obwohl er nicht minder überrascht sein konnte als Duncan eben, sagte er ohne Umschweife: »Deiner Frau geht es sehr schlecht. Lachlan und Ealasaid sind bei ihr.«

Finlay wartete keine weiteren Erklärungen ab. Er machte kehrt und rannte zum Palas.

Die Tür zu ihrem Gemach stand einen Spalt offen. Leises Gemurmel war zu hören, und flackernder Lichtschein drang in den dunklen, kalten Gang. Raelyn stöhnte so qualvoll, dass es Finlay das Herz zusammenzog. Er musste all seinen Mut zusammennehmen, die Hand zu heben und die Tür zu öffnen.

Raelyn lag im Bett, das Gesicht beinahe durchscheinend, so blass war sie. Schweiß stand auf ihrer Stirn, und das Haar klebte daran fest. Neben ihr kniete Ealasaid und hielt einen Becher an ihre Lippen. Als Raelyn flatternd die Lider öffnete, fiel ihr Blick auf ihn.

»Finlay …« Obwohl ihre Stimme nur mehr ein kraftloses Flüstern war, schob sie Ealasaids Hand entschlossen beiseite.

Mit drei Schritten war er bei ihr.

»Raelyn …« Erschüttert küsste er ihre eiskalten Hände.

»Finlay.« Sie begann zu weinen. Furchtbar zu weinen. Kummer und Erleichterung schüttelten sie so erbarmungslos, dass es auch ihm Tränen in die Augen trieb.

»Ich bin ja hier.« Ganz fest nahm er sie in die Arme und wiegte sie sacht. »Ich bin hier.«

Lachlan sprach aus, was sie wohl alle dachten: »Wir hatten die Hoffnung aufgegeben. Wie kommst du hierher?«

Ohne Raelyn loszulassen, erklärte Finlay mit belegter Stimme: »Ean hat ein Meisterstück vollbracht. Gerade noch rechtzeitig haben sie mich befreit.«

»Das ist …« Lachlans Anspannung und Erleichterung lösten sich in einem ungläubigen Lachen. Er suchte Ealasaids Blick, die nicht minder aufgewühlt wirkte.

Ganz langsam schien Raelyn sich in Finlays Arm ein wenig zu beruhigen. »Was ist mit ihr?«

»Der Kummer über Euer Schicksal hat eine Frühgeburt verursacht«, berichtete Ealasaid ernst.

»Großer Gott …«

Überraschenderweise schenkte Ealasaid ihm jedoch ein kleines Lächeln.

»Eurem zweiten Sohn geht es gut. Die Geburt war eigentlich unkompliziert. Viel leichter als die vorherige.« Dennoch nahmen die Sorgenfalten auf Ealasaids Stirn wieder zu. »Leider löste sich die Nachgeburt nicht vollständig. Der Mutterkuchen riss. Ein Teil blieb in der Gebärmutter.« Voller Mitleid sah Ealasaid Finlay an. »Sie hört nicht auf zu bluten. Wir haben beinahe alles versucht. Äußerliche Griffe, inwendige Spülungen … nichts hat bisher geholfen. Und jetzt hat sie Fieber bekommen.«

»Nein …«

Ungeachtet seines Entsetzens nahm ihr Gesicht einen entschlossenen Ausdruck an. »Uns bleibt noch eine letzte

Möglichkeit. Wir müssen die Gebärmutter ausschaben. Wir wollten eben beginnen, als Ihr kamt.«

Er konnte in ihren und Lachlans Augen lesen, dass es ein höchst gefahrvoller Eingriff war, und suchte Raelyns Blick.

Sie nickte. Längst hatte sie sich entschieden, dennoch musste Finlay sich zwingen, die Hand nach dem Becher auszustrecken, den Ealasaid noch immer hielt. Behutsam stützte er Raelyns Kopf. Bevor er den Becher an ihre Lippen setzte, flüsterte er: »Ich habe mein Versprechen gehalten. Ich bin zurückgekehrt. Jetzt musst du mir etwas versprechen.«

Sie sah ihn mit großen Augen an.

»Kämpfe!«, verlangte er.

Sie nickte abermals. Lang und innig küsste er sie auf den Mund, bevor er ihr den Schlafwein einflößte.

Unterdessen hatten Lachlan und Ealasaid ihre Vorbereitungen getroffen. Auf einem sauberen Leinentuch lagen ihre Instrumente ausgebreitet, und Finlay erhaschte einen Blick auf etwas, das aussah wie ein schmaler Löffel mit einem langen Griff. Gänsehaut kroch seinen Rücken hinauf, als er die anderen Instrumente betrachtete, und er musste den Blick abwenden.

Dann deckten sie Raelyn auf. Lachlan winkelte ihre Knie an und band Unter- und Oberschenkel zusammen, so dass Raelyn sie nicht mehr ausstrecken konnte.

Finlay wähnte sie tief schlafend, das Opium hatte rasch gewirkt, doch als Ealasaid nun mit ihrem Eingriff begann, stöhnte Raelyn gequält auf.

»Sie schläft nicht tief genug.« Bestürzt sah er Ealasaid an.

Die nickte einmal knapp, machte aber keine Anstalten, ihr Tun zu unterbrechen. Wieder stöhnte Raelyn.

»Ealasaid!« Fassungslos stand er auf und machte einen Schritt auf sie zu, aber ehe er die Heilerin erreichen konnte, trat Lachlan ihm in den Weg.

»Wir können ihr nicht mehr geben, denn sie ist so geschwächt, dass sie sonst vielleicht nicht mehr aufwacht. Was wir ihr gegeben haben, wird ausreichen, ihre Schmerzen auf ein eben erträgliches Maß zu lindern.« Er sah ihn eindringlich an. »Du kannst uns helfen und dafür sorgen, dass sie sich nicht bewegt, oder die Kammer verlassen, aber du musst uns *jetzt* unsere Arbeit machen lassen. Die Zeit läuft uns davon.«

Wie betäubt drehte Finlay sich wieder um und kniete sich neben das Bett. Er nahm Raelyns Hände und kreuzte ihre Arme vor der Brust, bevor er ihren Oberkörper fest mit den Seinen umschloss. Mit einem Kopfnicken gab er zu erkennen, dass er bereit war – hinsehen konnte er nicht.

»Der Gebärmutterhals hat sich schon wieder geschlossen, ich komme mit dem scharfen Löffel nicht hinein«, hörte er Ealasaid murmeln. »Reich mir die Stäbe, Lachlan, und fang mit dem kleinsten an. Ich muss erst aufweiten.«

Das Opium machte Raelyn willenlos, aber die Schmerzen, die Ealasaid ihrem geschundenen Körper zufügte, riefen instinktive Abwehrbewegungen hervor. Finlay musste erstaunlich viel Kraft aufbieten, um sie ruhig zu halten, während grauenvolle, unartikulierte Schmerzenslaute aus ihrer Kehle drangen. Er vergrub den Kopf an ihrem Hals und betete.

Dann verbreitete sich ein fürchterlicher Gestank, und ihm wurde übel. Als er meinte, es nicht mehr aushalten zu können, hörte er Ealasaid sagen:

»Jetzt fließt nur noch Blut. Ich werde die Gebärmutter noch einmal mit Lebenswasser spülen, dann ist es gut.«

Und nach einer Weile: »So. Binde ihre Beine los, Lachlan, und massiere den Bauch.«

»Die Gebärmutter zieht sich zusammen«, bemerkte der hoffnungsfroh.

Sanft berührte Ealasaid Finlay an der Schulter. »Wenn das Fieber bis zum Morgen fällt, wird sie es schaffen.«

*

»Finlay!« Mit einem Ruck wurde Raelyn wach.

Eine beinahe vollkommene Stille herrschte in ihrer Schlafkammer; nur das leise Knistern der Flammen im Kamin war zu hören, deren Schein ein warmes, sanftes Licht verbreitete. Hatte sie nur geträumt, oder war er wirklich zurückgekehrt?

Doch sie entdeckte Finlay gleich neben sich. Auf dem Boden kniend war er eingeschlafen und hielt, den Kopf auf das Laken gebettet, ihre Rechte mit seiner Linken fest umschlossen.

Zärtlich und voller Dankbarkeit betrachtete sie ihn: Er sah erschöpft aus; dunkle Bartstoppeln zierten seine Wangen. Noch immer steckte er in Kettenhemd und Lentner und hatte nicht einmal seine Armschienen oder das Schwert abgelegt.

Als sie ihm sacht durch sein dunkles Haar strich, schreckte er hoch. Ungläubig sah er sie einen Moment an, bevor er langsam die Hand hob, um ihre Stirn zu berühren.

»Kein Fieber mehr.« Er schien nicht einmal zu bemerken, dass ihm Tränen der Erleichterung die Wangen hinabzulaufen begannen. Heftig nahm er sie in den Arm.

»Vater im Himmel, ich danke dir«, hörte sie ihn leise flüstern.

»Ich bin so froh, dass du wieder da bist.« Sie klammerte sich an ihn. »Ich hatte nicht geglaubt, dass …«

»Ich weiß.« Er wiegte sie wieder. »Es tut mir leid. So unendlich leid.«

»Küss mich, bitte«, verlangte sie kläglich. Sie hatte solche Sehnsucht – obwohl er sie doch schon im Arm hielt. Schniefend stieß er ein kleines Lachen aus und hob den Kopf. Und erst jetzt, als sie endlich seine warmen sanften Lippen auf ihren spürte, fühlte sie sich wieder wirklich geborgen. Nichts war jetzt mehr wichtig, nicht der Schmerz, der dumpf in ihrem Unterleib pochte, nicht die Sorge der vergangenen Tage. Er war zurück.

Bevor ihre Küsse inniger werden konnten, löste er sich sanft, aber bestimmt von ihr.

»Du darfst dich nicht zu sehr anstrengen.« Statt ihres Mundes küsste er ihre Stirn. Dann schien er sich an etwas zu erinnern.

»Und ich soll dir zu trinken geben. Ealasaid hat gesagt, du musst trinken, wenn du aufwachst.« Er erhob sich und füllte aus einem Krug, der nahe beim Feuer stand, heißen Wein in einen Becher. Vorsichtig stützte er ihren Kopf und gab ihr davon. Raelyn verzog das Gesicht.

»Zu heiß?« Erschrocken setzte er ab.

Sie schüttelte den Kopf. »Es schmeckt fürchterlich.«

Dem verdünnten Wein waren offensichtlich einige Kräuter beigemischt worden, die ihm einen bitteren, erdigen Geschmack verliehen.

Zum zweiten Mal lachte Finlay leise auf. »Gott, bin ich froh, dich schimpfen zu hören.« Er nahm selbst einen kleinen Schluck – und zog angewidert die Augenbrauen zusammen. »Wirklich ...« Trotzdem setzte er den Becher wieder an ihre Lippen.

»Und jetzt schlaf«, verlangte er, als der Becher leer war.

»Nur, wenn du dich zu mir legst.«

Bereitwillig schnallte er Schwertgurt und Lentner ab, befreite sich von Arm- und Beinschienen und mühte sich zuletzt aus dem Kettenhemd.

»Du bist verletzt!«

»Nichts Ernstes.« Nachlässig warf er einen Blick auf seinen Rücken.

»Zeig!«

Folgsam setzte er sich auf die Bettkante, vor allem wohl, da er nicht wollte, dass sie sich aufregte, und Raelyn strich vorsichtig über die Verletzung. Sie schien wirklich bereits zu verheilen.

»Was ist geschehen?«

»Das erzähle ich dir morgen«, versprach er und sah sie bittend an. »Du musst dich jetzt ausruhen.«

Ganz vorsichtig schlüpfte er zu ihr unter die Decke. Als er neben ihr lag, zog sie seinen Arm um sich und schmiegte ihren Rücken an seine Brust, voller Dankbarkeit, seinen warmen Körper zu spüren, seinen Atem, der sanft ihren Nacken streichelte, und von seinem Duft umhüllt zu werden. Geborgen schlief sie ein.

Sie erwachte am späten Vormittag.

Finlay saß neben ihr am Bettrand und hielt seinen neugeborenen Sohn in den Händen. Voll Zärtlichkeit war er in die Betrachtung dieses kleinen Wesens versunken. Das Baby schlief tief und fest, das Näschen ein wenig gekräuselt.

»So winzig«, flüsterte er kaum hörbar.

»Er wurde vier Wochen vor der Zeit geboren«, gab Raelyn leise zurück, fügte jedoch schmunzelnd hinzu: »Aber er ist ein Kämpfer. Du hättest ihn schreien hören sollen … ohrenbetäubend!«

Finlay schien noch immer müde, aber nicht mehr so erschöpft wie in der letzten Nacht. Er war rasiert und gewaschen und hatte ein frisches Gewand angelegt. Mühelos nahm er seinen Sohn nur in die Linke und streichelte Raelyn mit der Rechten sanft über die Wange.

»Wie geht es dir?«, fragte er. Sein Blick verlangte eine ehrliche Antwort.

»Besser. Ich glaube nicht, dass ich schon aufstehen könnte, aber die Schmerzen sind fast vergangen, und ich fühle mich nicht mehr so schwach.«

Er nickte erfreut.

»Und ich habe Durst.«

Geschickt erhob Finlay sich mit dem Kleinen im Arm und füllte aus einem Krug Wein in einen Becher, während Raelyn versuchte, sich ein wenig im Bett aufzusetzen, und erleichtert war, dass es besser ging als erwartet.

»Ich hoffe, nicht dasselbe wie gestern?«, fragte sie misstrauisch.

»Ich fürchte doch«, gab er schmunzelnd zurück und reichte ihr den Becher.

»Verräter.« Todesverachtend trank sie ihn leer.

Finlay musste lachen. Er beugte sich vor und küsste sie auf den Mund, um den Geschmack mit ihr zu teilen.

Ihr Sohn gab ein leises Maunzen von sich. Liebevoll strich Raelyn dem Kleinen über die Wange.

»Wie soll er heißen?«

»Gavin?«, fragte Raelyn leise zurück.

»Nach meinem Vater also.« Finlay nickte zustimmend und begann zu lächeln.

In diesem Augenblick öffnete sich die Tür, und die Amme kam herein, in der einen Hand ein Tablett mit Frühstück, an der anderen den zappelnden Cadfan.

»Mama!« Der kleine Knirps riss sich los und stürmte auf seine Mutter zu. Er kletterte aufs Bett und küsste Raelyn schmatzend auf die Wange.

»Wieder gut?«, fragte er unsicher.

Raelyn umarmte ihn fest. »Ja, mein Liebling, mir geht es wieder gut. Hast du deinen kleinen Bruder schon gesehen?«

Cadfan nickte stolz. Trotzdem kuschelte er sich in einem Anflug von Eifersucht auf die andere Seite seiner Mutter und hielt ihre Hand ganz fest.

Gavin erwachte. Unruhig suchend zuckte sein Näschen, bevor er mit enormer Lautstärke zu brüllen begann.

Finlay hob erstaunt die Augenbrauen. »Du lieber Himmel, so laut hast ja nicht einmal du gebrüllt, Cadfan.«

Der hielt sich vorsichtshalber die Ohren zu, während die Amme schleunigst herbeigeeilt kam. Sie nahm dem Vater das schreiende Kind ab und trug ihn nach nebenan. Innerhalb kürzester Zeit wurde das Gebrüll von deutlichem Schmatzen abgelöst.

Als Gavin gestillt und in seiner Wiege eingeschlafen war, kam die Amme zurück.

»Wollen wir sehen, ob die Köchin ein Stück Honigbrot für uns hat?«, fragte sie Cadfan und hielt ihm die Hand entgegen. Augenblicklich kletterte der kleine Junge vom Bett und folgte ihr aus der Kammer.

»Erzähl mir, was passiert ist.«

Finlay erzählte. Von ihren Übergriffen auf die Engländer, von seinem Unbehagen damit, vom Streit mit James, vom Angriff der Engländer und von seinem Erwachen im Verlies.

»Wie kamst du frei?«

Finlay erzählte auch noch den Rest der Geschichte.

Raelyn nahm sich vor, Ean zu danken.

Kapitel 5

– auf den Straßen Nordenglands, am 27. Tag des Monats Januar im Jahre des Herrn 1312 –

Lucas zog seinen Mantel fester um sich. Zwar fiel Schnee nur in spärlichen Flocken, doch von Westen her fegte ein schneidender Wind über die hart gefrorenen Felder und ließ seine Finger zu Eiszapfen gefrieren. Missmutig schaute er zum Himmel und blies sich in die Hände. Bis zur nächsten Rast musste er sich wohl noch eine Weile gedulden.

Seit vierzehn Tagen waren sie unterwegs, trotz winterlicher Temperaturen jeden Tag im Sattel. Weihnachten hatten sie noch in der behaglichen Wärme von Westminsters großer Halle verbracht, doch schon am siebenundzwanzigsten Dezember waren sie mitsamt dem Hof und König Edward persönlich zunächst nach Windsor und dann Richtung York aufgebrochen. Letzteres hatten sie am elften Januar erreicht. Doch Bischof de Lamberton und Lucas war es nicht vergönnt, länger dort zu bleiben. Ihr Ziel lag noch weiter im Norden: Roxburgh Castle. Wieder einmal war de Lamberton ausgewählt worden, Waffenstillstandsverhandlungen mit Robert the Bruce zu führen, denn zu Lichtmess würde der im Herbst vereinbarte enden. Acht Bewaffnete begleiteten sie – und David de Strathbogie, denn auch er war als Unterhändler benannt. Um sich von der Kälte abzulenken, musterte Lucas den Grafen von Atholl unauffällig. Er war kostspielig gewandet. Ein dicker, gefütterter Pelzmantel schützte ihn vor dem ungemütlichen Wetter, und perfekt gearbeitete Lederhandschuhe hielten seine Hände warm. Sein gut geschnittenes Gesicht, umrahmt von einer Zobelfellmütze, wirkte intelligent, nicht hochmütig. Offen und interessiert blickte er über die Landschaft. Wie zufällig lenkte er sein Pferd nach einer Weile neben de Lamberton. Lucas schloss sich an.

»König Robert hat die Northumbrians ordentlich ausgenommen, wie man hört. Zweitausend Pfund sollen geflossen sein.«

»So hörte man«, stimmte der Bischof zu. Seine Nase war rot vor Kälte, obwohl auch er einen warmen Mantel trug.

»Ich muss zugeben, seine Siege haben mich beeindruckt.«

De Lamberton warf einen überraschten Blick auf den Grafen von Atholl.

Der lächelte entwaffnend. »Ich gehöre zu der Sorte Mann, die in der Lage sind zuzugeben, wenn sie einen Fehler begangen haben.«

»Einen Fehler?«, fragte Lucas.

Sir Davids Augen richteten sich auf ihn. Einen kurzen Moment zögerte er, dann schien er Lucas' Anwesenheit zu akzeptieren. »Ich habe Robert the Bruce unterschätzt. Damals nach seiner Krönung. Ich hätte nicht für möglich gehalten, dass er es soweit bringt.«

»Warum erzählt Ihr uns das?«

»Weil ich glaube, dass Robert the Bruce ein offenes Ohr für Euch hat.«

Lucas wechselte einen kurzen Blick mit de Lamberton.

»Das will ich hoffen«, entgegnete der Bischof süffisant. »Als Unterhändler wäre ich sonst gänzlich ungeeignet.«

Sir Davids Lächeln verriet, dass er das nicht gemeint hatte. »Mit dem Geld, das ihm die Northumbrians eingebracht haben, wird er sich nun vermutlich Dundee zuwenden, und wenn es ihm gelingt, auch diese Stadt zu nehmen, hat er die Kontrolle über den Tay.«

De Lamberton hob die Augenbrauen.

»Ich will offen sprechen.« Der Graf von Atholl senkte ein wenig die Stimme. »Ich möchte in König Roberts Frieden zurückkehren.«

Lucas tauschte einen zweiten Blick mit de Lamberton.

»Ich weiß, in welcher Funktion Ihr an Edwards Hof seid«, setzte David de Strathbogie nach. »Ich weiß es schon all die Jahre. Und ich habe stets Stillschweigen bewahrt.«

Auch de Lamberton hüllte sich in Schweigen.

»Ich bitte Euch, König Robert meiner zukünftigen Treue zu versichern.«

»Was versprecht Ihr Euch davon?«

»Die Ländereien meiner Familie.«

»Sie sind die Euren, soviel ich weiß.«

»Die Besitzungen meiner Tante habe ich schon verloren. Und auch die anderen werden mir nicht bleiben, wenn König Robert gelingt, was er sich vorgenommen hat. Ich bin sicher, dass es ihm gelingen wird.«

»Wollt Ihr Anspruch auf Blair Castle erheben?«

Der Graf von Atholl schüttelte den Kopf. »Ich respektiere König Roberts Entscheidungen und kann durchaus verstehen, warum er sie getroffen hat.« Wieder zeigte er dieses entwaffnende Lächeln. »Ich habe zu lange auf der falschen Seite gestanden. Ich bin Schotte. In Schottland geboren. Es wird Zeit, dass ich heimkehre.«

»Eurer Frau wird das nicht gefallen«, bemerkte Lucas.

»Meine Frau ist für meine politischen Entscheidungen nicht von Belang.«

De Lamberton nickte nachdenklich. »Ich werde König Robert Euer Ansinnen mitteilen.«

»Glaubt Ihr, er meint es ernst?«, fragte Lucas später, als sie allein in ihrer Kammer im Gasthaus waren.

De Lamberton wiegte den Kopf. »Ich glaube nicht an seinen Patriotismus. Aber er ist gewieft. Vollkommen richtig hat er erkannt, wie mächtig Robert geworden ist, und dass er seine Ländereien in Schottland verlieren wird, wenn er nicht in Roberts Frieden zurückkehrt.«

»Aber er hat Besitzungen in England. Erst kürzlich sind ihm Suthcave und Etton aus dem Besitz der Templer übereignet worden.«

»Doch Chilham, die Ländereien seiner Mutter in Kent, sind ihm von Edward nun endgültig vorenthalten worden. Und die sind einiges mehr wert als die kleinen Templerbesitzungen in York. Bisher wurde Chilham von Davids Stiefvater gehalten, und nach Alexander Balliols Tod im letzten Jahr hat David sicher gehofft, er würde Chilham nun erben. Doch offensichtlich steht er nicht hoch genug in Edwards Gunst. Der englische König hat Bartholomew de Badlesmere, einen seiner Vertrauten aus dem Rat, damit bedacht.«

»Er handelt also aus wirtschaftlichen Interessen.«

»Vermutlich.« De Lamberton nieste.

»Gesundheit! Was werdet Ihr König Robert raten?«

»Wirtschaftliche Interessen sind nicht die schlechtesten. Bei einem so ehrgeizigen und machtbewussten Mann wie David de Strathbogie sind das starke Motive.«

»Seine Treue ist also käuflich.«

»Die Treue der meisten Männer ist käuflich.« De Lamberton nieste wieder.

»Habt Ihr Euch erkältet, Exzellenz?«

»Wie sollte man das nicht, bei diesem fürchterlichen Wetter.« Fröstelnd zog der Bischof seinen Umhang enger.

»Ich hole Euch noch einen heißen Würzwein«, erbot sich Lucas und warf einen besorgten Blick auf seinen Mentor. »Und schüre das Feuer auf.«

In den folgenden Tagen verschlechterte sich der Gesundheitszustand des Bischofs zunehmend; zum Schnupfen gesellte sich ein trockener Husten. Dennoch setzten sie ihre Reise täglich fort und erreichten Roxburgh rechtzeitig am neunundzwanzigsten Januar. König Robert war mit seinem Gefolge schon da. Es war jedes Mal ein seltsames Gefühl für Lucas, wenn sie Robert als Unterhändler der englischen Seite begegneten. Die offiziellen Verhandlungen zogen sich über drei Tage, und erst am Nachmittag des zweiten gelang es ihnen, sich unbemerkt zu einem vertraulichen Gespräch mit Robert zurückzuziehen.

»König Edward schickt mich mit einem weiteren, sozusagen inoffiziellen Angebot zu dir«, begann de Lamberton, kaum, dass sie in der Kapelle von Roxburgh Castle allein waren. »Dir ist bekannt, dass Edward im letzten Herbst den so genannten Ordinances zustimmen musste?«

Robert nickte.

»Von der Tatsache abgesehen, dass sie Edwards Handlungsfähigkeit und Macht erheblich beschränken, enthielt Artikel zwanzig die Forderung nach Piers Gavestons erneuter, nun endgültiger Verbannung.«

»Der Günstling des Königs?«

»Günstling, Freund, Geliebter? Ich weiß es nicht«, entgegnete der Bischof. »Sicher ist nur, dass Edward jedes Augenmaß verliert, wenn es um diesen Mann geht. Zweimal schon war Edward nahe daran, seine Krone wegen dieses Gascogners zu verlieren, und hat England an den Rand eines Bürgerkrieges gebracht.«

»Nicht zu meinem Schaden«, bemerkte Robert trocken. »Immerhin gaben mir Edwards Querelen mit seinen Magnaten Gelegenheit, die Dinge hier in Schottland zu ordnen.«

»Unbenommen. Im letzten November musste Gaveston England nun zum dritten Mal verlassen«, fuhr de Lamberton fort, und Lucas fügte grinsend an: »Wobei er zwei Tage später als gefordert und nicht von Dover, wie festgelegt, sondern von London aus Lebewohl sagte.«

Der Bischof nickte. »Edward hat bis zuletzt alles versucht, die Verbannung doch noch abzuwenden, doch die Lords Ordainer waren unerbittlich.«

»Dennoch gingen Gerüchte, Gaveston habe England gar nicht verlassen«, sagte Lucas. »Er würde von Ort zu Ort wandern oder sich in Cornwall verstecken – oder in den Gemächern des Königs.« Sein Grinsen wurde breiter.

Robert blickte aufmerksam zwischen ihnen hin und her.

»Wie auch immer«, de Lamberton wedelte ungeduldig mit der Hand. »Ob Gaveston England nun niemals verlassen hat, oder in Flandern war – er ist zurück. Am achtzehnten Januar hat Edward wider alle Vernunft Gavestons Verbannung aufgehoben.«

Erstaunt hob der König die Augenbrauen.

»Du kannst dir vorstellen, dass die Lords Ordainer schäumen vor Wut.«

»Und wie lautet das Angebot?«

»Edward weiß genau, dass die Lords Ordainer, allen voran Thomas of Lancaster und die Grafen Warwick, Hereford und Arundel nicht ruhen werden, bis sie Gavestons habhaft geworden sind. Wenn du Gaveston Schutz bietest – wird Edward dich als König von Schottland anerkennen.«

Das verschlug Lucas die Sprache. Entgeistert sah er auf seinen Mentor. Er hatte gewusst, dass Edward König Robert um Schutz für seinen Günstling bitten, doch nicht, was er dafür bieten würde. Das Ziel ihrer aller Mühen schien zum Greifen nahe. Lucas Herz pochte, de Lambertons Miene jedoch war unergründlich. Er ließ Robert Zeit, nachzudenken. Auch der wirkte ein wenig erschüttert. Schweigend trat er an den Altar und stütze die Hände darauf ab. Ihnen noch immer den Rücken zugewandt, sagte er irgendwann leise: »Wie könnte ich Edward trauen, da er doch nicht einmal die Versprechen hält, die er seinen eigenen Lehnsmännern gibt.«

Die Enttäuschung überspülte Lucas wie ein kalter Wasserguss.

»So ist es«, stimmte de Lamberton zu. »Und selbst wenn er versuchen wollte, es zu halten, hätte er nicht die Macht, es durchzusetzen. Niemals würden Englands Magnaten dem zustimmen.«

Ein wenig beschämt nahm Lucas zur Kenntnis, dass er daran gar nicht gedacht hatte. Zu verlockend war das Ziel gewesen.

Robert drehte sich wieder um und verschränkte die Arme. »Edward ist also wirklich bereit, wegen dieses einen Mannes seine Krone fortzuwerfen.«

Der Bischof nickte. »Er ist verzweifelt. Und das stärkt deine Verhandlungsposition natürlich enorm. Edward kann nicht nach Süden. Dort hätten die Lords Ordainer sofortigen Zugriff auf seinen Günstling.«

»Wenn ich mich also entschlösse, nach Enden des Waffenstillstandes meine Truppen wieder in den Norden Englands zu führen, vielleicht sogar bis nach York ...«

»Du kannst eine hohe Summe für einen erneuten Waffenstillstand fordern. Und noch etwas: Philip de Mowbray ersucht um die Freilassung seines Bruders Richard. Soviel mir bekannt ist, weilt der in Neil Campbells Gewahrsam?«

»Mary ...«

»Ja. Die Zeit scheint endlich reif, zumindest eine deiner Schwestern zu befreien.«

»Doch wird Edward das nicht ablehnen, wenn ich ihm Schutz für seinen Günstling verweigere?«

De Lamberton wiegte den Kopf hin und her. »Es ist richtig: Edward neigt derzeit zu irrationalen Entscheidungen, doch da er praktisch die gesamte Front der Lords Ordainer gegen sich hat, muss er sich zumindest der Unterstützung der lokalen Lords versichern. Die Familie Mowbray ist mächtig im Norden Englands und Süden Schottlands.«

Der König setzte sich auf einen der Fenstersimse. Auf einmal wirkte er müde. »Hast du etwas von Marjorie gehört?«

Der Bischof verneinte bedrückt. »Deine Tochter wird in Watton noch immer in Einzelhaft gehalten. Es ist schwer, Informationen zu bekommen.«

Ein trauriges Lächeln umspielte Roberts Lippen. »Sie muss schon eine junge Frau sein, vermutlich bildhübsch. Fünfzehn ist sie jetzt. Ob ich sie überhaupt wiedererkennen würde?«

»Robert ...«

»Und ob sie mir je verzeihen wird, was ich ihr angetan habe?«, fügte er leise an.

»Robert, du tust, was du kannst.«

»Könnte Richard de Mowbray nicht gegen Eure Tochter ausgetauscht werden?« Lucas empfand tiefstes Mitleid mit dem König.

De Lamberton antwortete an dessen statt. »Marjorie ist Roberts einziges legitimes Kind. Sie ist eine zu wichtige Geisel.«

»Und wenn Ihr doch anbötet, Gaveston Schutz zu bieten, nicht für Eure Anerkennung als König, sondern im Gegenzug für die Freilassung Eurer Tochter? Ich meine …«

Mit einem tadelnden Blick brachte der Bischof Lucas zum Schweigen. »Watton liegt einhundertsechzig Meilen südlich von York. Selbst wenn Edward einem solchen Austausch in seiner derzeitigen Verzweiflung zustimmen würde, die Lords Ordainer wüssten es sicher zu verhindern.«

Seufzend fuhr der König sich einmal mit der Linken von der Stirn über die Augen. »Wie steht es um Elizabeth?«

»Edward will sie nach Windsor verlegen lassen. Da dein Schwiegervater Richard de Burgh noch immer sein Verbündeter ist, ist zumindest das Los deiner Frau leichter. Sie hat Dienerschaft und wenigstens etwas Komfort.«

»Gut.« Robert erhob sich. »Gehen wir also in die nächste Verhandlungsrunde.«

De Lamberton hielt ihn auf. »Noch etwas. Die prekäre innenpolitische Lage in England beschert uns möglicherweise einen neuen Verbündeten.«

»Wen?«

»David von Atholl.«

»Strathbogie will überlaufen?« Der König wirkte überrascht.

Der Bischof nickte. »Er hat extra beim König um Erlaubnis ersucht, an den Waffenstillstandsverhandlungen teilnehmen zu dürfen.«

»Und auf dem Weg hierher hat er sich uns offenbart«, fügte Lucas an.

»Ob er von meinen Plänen Wind bekommen hat zu enteignen, wer nicht bis Ende des nächsten Jahres in meinen Frieden gekommen ist?«

»Möglich«, stimmte de Lamberton zu. »Er scheint Informationen zu sammeln wie andere Leute Schmuckstücke. Und nicht zu Unrecht schätzt er Edward als schwachen und dich als starken Feldherrn ein.«

Robert nickte langsam. »Die Verhältnisse haben sich in den letzten fünf Jahren wahrlich umgekehrt, seit David dem alten

Edward Treue schwor. Damals war er der mächtige König und meine Position denkbar schlecht.«

»Dennoch gibt es Männer, die von der ersten Stunde an stets an Eurer Seite standen«, bemerkte Lucas ein wenig spitz.

Der König lächelte. »Und auf ihren Schultern ruht mein Reich. Doch wenn ich Schottland endlich einen will, muss ich auch die Männer aufnehmen, die zunächst gegen mich waren.«

»Und David von Atholl könnte einer von ihnen sein – und durchaus von Nutzen. Er ist intelligent. Ein charismatischer Anführer. Seine Männer folgen ihm bedingungslos«, setzte de Lamberton hinzu.

»Gut. Geben wir ihm also eine Chance, sich zu bewähren.«

De Lamberton hustete. Die ganze Zeit schon war seine Stimme immer heiserer geworden.

»Du gehörst ins Bett, mein Freund«, befand Robert.

Der Bischof winkte ab. »Nicht der Rede wert. Das vergeht auch wieder von allein.«

Der König guckte skeptisch. »Muss ich dir erst einen Befehl erteilen?«

William de Lamberton brummte. »Wir sehen uns bei der Verhandlung.«

*

Die Waffenstillstandsverhandlung kam mit einem befriedigenden Ergebnis zum Abschluss. Robert versprach, den Norden Englands gegen die Zahlung eines Tributes bis Mittsommer in Frieden zu lassen, sofern seine Schwester Mary freigelassen und keine englische Armee die schottische Grenze überschreiten würde. De Lamberton sandte umgehend einen Boten mit diesem Ergebnis nach York, um es von Edward absegnen zu lassen. Bereits am folgenden Mittag brachen Lucas und de Lamberton wieder auf, da den Bischof wichtige Geschäfte in St. Andrews erwarteten. Wiederum in Begleitung von David von Atholl, der Robert in der Abtei von Melrose Treue schwören sollte. Es war nur eine kurze, geheime Zeremonie, doch Sir David dankte de Lamberton nachfolgend aufrichtig.

Am nächsten Morgen brachen sie gemeinsam wieder auf, David de Strathbogie zu seinen Ländereien, Robert zurück nach Roxburgh. Es war etwas milder geworden, doch statt Schnee ging nun unablässig ein leichter Nieselregen auf sie herab, und der durchnässte ihre Mäntel stärker, als Schnee es getan hätte. Als sie Queensferry endlich erreichten, war nicht nur Lucas vollkommen durchgefroren: Der Bischof zitterte. Die ganze letzte Meile hatte er nahezu ununterbrochen gehustet.

»Wir müssen Euch so schnell wie möglich in ein Wirtshaus bringen, Exzellenz«, entschied Lucas.

Doch der schüttelte widerspenstig den Kopf. »Wenn noch eine Fähre geht, will ich übersetzen. Dann können wir die Nacht im Kloster von Dunfermline verbringen.«

»Ihr solltet auf Euren Schüler hören«, pflichtete Sir David bei. »Wir haben gute fünfzig Meilen hinter uns gebracht. Nicht nur wir, auch unsere Pferde sind erschöpft.«

De Lamberton wollte widersprechen, doch ein neuerlicher Hustenanfall hinderte ihn.

»Ich bitte Euch, Exzellenz.« Lucas machte sich wirklich Sorgen. Er war sich sicher, dass sein Mentor Fieber hatte. Trotz der Kälte und seinem starken Zittern waren seine Wangen unnatürlich gerötet und seine Augen glasig.

»Also gut«, gab William de Lamberton matt nach.

Das Wirtshaus war nicht schwer zu finden, es lag direkt am Fährsteg. Da es häufig Pilgern Obdach bot, war es auch ein ganz passables Etablissement. Den Bischof von St. Andrews beherbergen zu dürfen, brachte den Wirt ganz aus dem Häuschen, und natürlich bekamen sie die beste Kammer. Beflissen wieselte er hin- und her, bis alles zu Lucas' Zufriedenheit hergerichtet war. Zuletzt prasselte ein warmes Feuer im Kamin, heißer Wein und kräftige Hühnerbrühe standen bereit. Doch Lucas' Mentor brachte kaum etwas herunter. Vollkommen erschöpft kroch er nach nur wenigen

Löffeln unter die dicken Decken des ausladenden Bettes und fiel in einen unruhigen Schlaf.

Lucas wachte an seinem Bett. Obwohl selbst todmüde, getraute er sich nicht, sich hinzulegen. De Lambertons Fieber schien immer höher zu steigen, während sein Atem mühsam und rasselnd wurde. Kurz vor Mitternacht entschied Lucas, dass er etwas unternehmen musste. Wenn das Fieber noch weiter stieg, würde der Bischof womöglich umkommen.

Die Wirtsstube war beinahe leer, nur David de Strathbogie saß einsam bei einem letzten Becher Wein an einem der Tische. Erstaunt blickte er auf.

»Bischof de Lamberton geht es schlecht«, begann Lucas ohne Umschweife. »Ich denke, wir müssen einen Medikus holen.«

»Einen Medikus?« Sir David blickte zweifelnd. »Um diese Zeit?«

»Es muss sein. In Edinburgh findet sich vielleicht einer. Würdet Ihr dorthin reiten?«

David von Atholl erhob sich. »Ich werde mich beeilen.«

Während Lucas weiter an de Lambertons Bett wachte, begann der Bischof förmlich zu glühen. Unruhig warf er sich auf seinem Lager hin und her, ohne wirklich aufzuwachen, und murmelte Unzusammenhängendes. Lucas versuchte, ihm ein wenig Linderung zu verschaffen, indem er ihm die Stirn kühlte, doch es schien kaum zu helfen. Das Warten wurde zäh. Mehr und mehr nahmen Husten und Rasseln zu, und Lucas begann zu fürchten, der Bischof könnte womöglich ersticken, bevor der Medikus kam. Dann endlich näherten sich Schritte auf der Treppe.

»Ein Medikus war nicht aufzutreiben, aber diesen Bader fand ich«, verkündete David de Strathbogie, während er einen Mann von vielleicht dreißig Jahren mit gepflegtem Bart und blondem Haar durch die Tür schob. »Master Elliot.«

»Master«, Lucas erhob sich, »ich bitte Euch. Ihr müsst ihm helfen.«

Mit durchaus besorgtem Blick unterzog der Bader de Lamberton einer ersten Untersuchung, befühlte seine Stirn und lauschte seinem Atem.

»Das Fieber muss runter. Und die schlechten Säfte aus seinen Lungen. Wir brauchen kaltes Wasser und Tücher für Wadenwickel.« Offensichtlich erwartete er, dass einer der Anwesenden sich darum kümmerte, also machte Lucas sich auf den Weg zur Küche und erbat das Geforderte. Als er wieder zurückkam, war der Bader gerade dabei, gläserne Schröpfköpfe zu erhitzen und auf de Lambertons entblößter Brust zu platzieren.

»Schnell mit den Tüchern«, wies der Bader ihn an.

»Was soll ich tun?«

»Entkleidet seine Beine. Tränkt die Tücher und wickelt sie um seine Waden.«

Lucas tat wie geheißen. Er wollte gerade die Decke wieder über seinen Mentor breiten, als ihn der Bader aufhielt.

»Keine Decke. Seine Hitze muss entweichen können. Am besten öffnen wir noch ein Fenster.«

»Es ist eiskalt da draußen«, bemerkte David de Strathbogie.

»Umso besser. Wenn wir sein Fieber nicht herunterbekommen, wird er sterben.«

Beklommen tauschten Lucas und der Graf von Atholl einen Blick, doch der Bader schien sein Handwerk zu verstehen. Nicht einmal hatte er gezögert und mit geschickten Händen die Schröpfköpfe aufgesetzt. Als Sir David unmerklich nickte, öffnete Lucas eines der Fenster. Kalte Nachtluft floss in breitem Strom herein und ließ die Kerzenflammen zittern. Es dauerte gar nicht lange, und Lucas' Mentor atmete ruhiger. Noch einmal kontrollierte Master Elliot die Schröpfköpfe. Er schien mit ihrer Wirkung zufrieden, denn nacheinander nahm er sie ab, bevor er ein Fläschchen aus seinem Beutel holte und de Lambertons Brust mit einer öligen Flüssigkeit einrieb, deren harziger Duft nach Kiefern und Lerchen sich wohltuend in der Kammer ausbreitete. Selbst auf Lucas, der keinen

Husten hatte, wirkte dieses Öl befreiend, und unbewusst atmete er tief ein.

»Ihr müsst die Tücher feucht halten, bis sein Fieber endgültig gefallen ist.« Der Bader stellte das Fläschchen auf den Tisch. »Und mit dem Öl reibt ihn ein, wann immer er wieder zu husten beginnt.«

»Was sind wir Euch schuldig?«

»Zwei Pence für die Behandlung und einen halben für das Öl.«

Lucas kramte in seinem Geldbeutel. »Ich danke Euch, Master Elliot.«

Der warf noch einen Blick auf de Lamberton. »Die Wadenwickel und das Öl werden hoffentlich dafür sorgen, dass er die Nacht übersteht, doch gesund wird er morgen noch nicht sein. Er wird in den nächsten Tagen viel Pflege benötigen.«

»Ich werde mich um ihn kümmern.«

»Gebt ihm vornehmlich warme und feuchte Speisen. Blanc Manger wäre geeignet.«

Lucas nickte.

»Gut. Dann darf ich mich jetzt verabschieden. Schickt nach mir, wenn Ihr noch einmal meine Hilfe braucht.«

De Lamberton schlief ruhig bis zum nächsten Morgen. Als sein Fieber gefallen war, schloss Lucas zunächst das Fenster, erneuerte aber weiter die Wickel, bis er fand, die Körpertemperatur sei wieder normal. Dann schlief auch er erschöpft für einige Zeit ein.

Ein neuerlicher Hustenanfall des Bischofs weckte ihn, doch als Lucas aufgeschreckt von seinem Lager sprang, fand er de Lamberton aufrecht in seinem Bett sitzend, mit klarem Blick und deutlich gesünderer Gesichtsfarbe.

»Exzellenz.« Er griff nach dem Fläschchen. »Wie fühlt Ihr Euch?«

Sein Mentor machte eine vage Handbewegung, während er noch immer hustete.

»Lasst mich ein wenig von diesem Öl auftragen. Gestern hat es Euch das Atmen erleichtert.«

De Lamberton nickte nur und ließ Lucas gewähren.

Der harzige Duft beruhigte den Hustenanfall. Lucas nahm den Krug, der noch immer beim Feuer stand, und schenkte dem Bischof heißen Wein ein.

»Danke.« Er trank den Wein in vorsichtigen Schlucken. »Habe ich das nur geträumt, oder war ein Bader gestern Nacht in dieser Kammer?«

»Ihr habt nicht geträumt.«

»Scheint ein kundiger Mann gewesen zu sein, ich fühle mich besser.«

Lucas fiel ein Stein vom Herzen. »Gott sei Dank.«

»Geh runter, Lucas, und lass alles für unsere Abreise vorbereiten.«

»Unsere Abreise?«

»Natürlich.«

»Exzellenz, Ihr wäret gestern Nacht beinahe gestorben.«

»Unsinn.« De Lamberton machte Anstalten aufzustehen. »Ich hatte ein wenig Fieber, mehr nicht.«

»Euer Husten ist noch ebenso schlimm wie zuvor.«

»Ich bin mit diesem Husten quasi von York bis hierhergereist, da werde ich das letzte Stück auch noch schaffen.«

Als Lucas nochmals widersprechen wollte, wurde er ungehalten. »Ich wünsche das nicht länger zu diskutieren, Lucas. Geh runter, sage dem Wirt, dass wir etwas frühstücken wollen, und lass satteln. Ankleiden tue ich mich allein.«

Bedrückt ging Lucas nach unten. In der Wirtsstube traf er wiederum auf David de Strathbogie.

»Wie geht es dem Bischof?«

»Besser«, begann er und fügte missmutig an: »Anscheinend zu gut. Er will weiterreisen.«

Der Graf von Atholl hob in einer Mischung aus Skepsis und Anerkennung die Augenbrauen.

»Er ist ein willensstarker Mann.«

»Man könnte es auch störrisch nennen«, grollte Lucas.

Sir David schmunzelte. »Fürchtest du nicht den Zorn deines Mentors, wenn du so über ihn sprichst?«

»Augenblicklich fürchte ich eher um sein Leben. Er kann unmöglich auf einem Pferd reisen!«

»Dann vielleicht in einer Kutsche?«

Lucas blickte auf. »Das wäre vielleicht eine Möglichkeit … Doch woher eine bekommen?«

»In Edinburgh lässt sich sicher eine mieten.«

Lucas setzte ein gewinnendes Lächeln auf. »Würdet Ihr …?«

Der Graf von Atholl lachte. »Du bist auch ein willensstarker Bursche.« Er ergriff seinen Mantel. »Ich mache mich auf den Weg.«

In der verbleibenden Zeit hieß Lucas den Wirt, eine Blanc Manger zuzubereiten, die Bewaffneten zu satteln und ein geeignetes Fährboot zu finden, das auch eine Kutsche transportieren konnte.

Als de Lamberton herunterkam, sogar rasiert, wie Lucas feststellte, stand die Speise dampfend auf dem Tisch.

»Alles bereit?«

»Beinahe.«

»Was heißt das?«

»Sir David ist auf dem Weg, eine Kutsche für Euch zu besorgen.« Lucas sah seinem Mentor geradewegs in die Augen und hielt dessen Blick auch noch stand, als der grimmig wurde.

»Ich hatte keine Kutsche bestellt.«

»Auf einem Pferd könnt Ihr aber nicht reisen.«

»Wer sagt das?«

»Ich sage das.«

»Schon manches Mal ist mir aufgefallen, dass du zu einer gewissen Widerspenstigkeit neigst.«

»Dann hättet Ihr mich aus Euren Diensten entlassen sollen, Exzellenz.«

De Lamberton brummte. »Wann wird die Kutsche da sein?«

»Es kann nicht mehr lange dauern.«

»Also gut.« Der Bischof wandte sich der Blanc Manger zu und schnupperte daran. »Mmmh, gut.« Er begann, mit offensichtlichem Appetit zu löffeln. Dass er in der Lage war zu streiten und mit Hunger aß, gab Lucas ein wenig Hoffnung.

Zunächst ging es auch ganz gut. Das milde Wetter hatte angehalten, und mit etlichen Decken und Fellen versorgt schien de Lamberton nicht zu frieren. Interessiert blickte er aus dem Kutschenfenster, als sie den Forth auf einem großen Fährboot, gerudert von sechs starken Burschen überquerten. Er hustete nur ab und an und lange nicht so quälend wie am Vortag. Bei Dunfermline verabschiedeten sie sich von Sir David und setzten ihren Weg in östlicher Richtung fort.

»Er war überaus hilfsbereit«, bemerkte Lucas.

»Strathbogie?« Der Bischof nickte. »Wir wollen hoffen, dass es ihm wirklich ernst ist mit seinen Absichten.«

»Dass er Euch all die Jahre nicht verraten hat, spricht doch für ihn.«

»Es spricht auf jeden Fall für seine Weitsicht. Offensichtlich ist er kein Mann, der übereilte Entscheidungen trifft.« Nachdenklich blickte de Lamberton aus dem Fenster. »Wie ein Schachspieler, der sechs Züge im Voraus plant.« Blick und Aufmerksamkeit kehrten zu Lucas zurück. »Ungewöhnlich für einen so jungen Mann.«

Der grinste. »Der ideale Politiker.«

De Lamberton nickte. »Ganz anders als König Edward.«

»Du lieber Himmel, ja«, brummte Lucas. »Ich wundere mich, dass Gaveston so unbedacht gehandelt hat und überhaupt zurückgekommen ist. Ich hatte ihn immer für den kühleren der beiden Köpfe gehalten. Er muss doch wissen, in welch große Gefahr er sich jetzt begeben hat.«

»Ich könnte mir vorstellen, dass es nicht seine Absicht war, in England zu bleiben. Ich glaube, er wollte nur seine neugeborene Tochter sehen. Und er ist arrogant genug, sich einen solchen Kurzbesuch selbst zu erlauben.«

Auf dem Weg von London nach Norden hatten sie Margaret, Gavestons hochschwangere Ehefrau, in Wallingford Castle eingesammelt, die am zwölften Januar in York ein gesundes Mädchen zur Welt gebracht hatte.

»Und dann hat Edward ihm die endgültige Entscheidung aus den Händen genommen, indem er einfach sein Exil aufhob?«

De Lamberton hustete und nickte. »So glaube ich. Edward kann nicht leben ohne Gavestons Anwesenheit.«

»Was für eine merkwürdige Beziehung.«

»Edward ist ein merkwürdiger König. Ganz im Gegensatz zu David de Strathbogie trifft *er* alle Entscheidungen nur von seinen Gefühlen geleitet. Und oft genug trügen ihn die. Erinnere dich, wie er Robert Winchelsey vor vier Jahren mit großem Aufwand wieder zum Titel des Erzbischofs von Canterbury verholfen hat. Und heute ist Winchelsey einer seiner erbittertsten Gegner.« Wieder musste de Lamberton husten.

»Ihr solltet Eure Stimme schonen, Exzellenz.«

Lucas' Mentor nickte und wickelte sich fester in seinen Mantel, während die Kutsche weiter über die unebenen Wege gen Osten rumpelte. Auch Lucas hätte das Reisen auf dem Pferderücken bevorzugt, wenn es denn gegangen wäre, so aber wurden sie nun kräftig durchgeschüttelt, und mit jeder Meile, die sie hinter sich brachten, wurde die Gesichtsfarbe des Bischofs grauer. Als sie zu Mittag in der Gegend von Fythkill rasteten, lehnte er das Essen ab.

»Wenigstens eine Kleinigkeit, Exzellenz.« Lucas hatte extra von der Blanc Manger einpacken lassen.

»Du weißt, dass mir in diesen Dingern immer schlecht wird.« Missmutig stieß der Bischof die Kutschentür auf, um mehr frische Luft in das Gefährt zu lassen. »Das Gerumpel ist unerträglich.«

»Ihr habt ja recht. Dennoch, vielleicht beruhigt die Blanc Manger ja auch Euren Magen?«

»Das glaube ich kaum«, widersprach de Lamberton, schloss die Augen und lehnte den Kopf an die Kutschenwand, auch als Zeichen, dass er nicht mehr darüber diskutieren wollte.

Lucas nahm es hin und vertrat sich ein wenig die Beine, obwohl es nasskalt und ungemütlich geworden war. Die Landschaft um sie herum wirkte trostlos im Nieselregen, alle Wege waren schlammig.

»Wie lange werden wir noch nach St. Andrews brauchen?«, wandte er sich an einen der Bewaffneten. Er hatte das untrügliche Gefühl, dass es besser wäre, sie würden sich beeilen.

»Bei den Straßenverhältnissen können wir froh sein, wenn wir es vor Einbruch der Dunkelheit schaffen«, entgegnete der missmutig.

»Wir sollten nicht zu lange rasten«, befand Lucas unbehaglich. »Je eher wir in St. Andrews ankommen, desto besser.«

Der Bewaffnete stimmte ihm zu.

Als Lucas wieder in die Kutsche stieg, wurde de Lamberton gerade von einem neuerlichen Hustenanfall gequält.

»Soll ich Euch von dem Öl geben, das der Bader mir dagelassen hat?«

Sein Mentor nickte nur, sprechen konnte er augenblicklich nicht. Lucas beeilte sich, ihm Linderung zu verschaffen, und wieder gelang es, als der harzige Duft sich in der Kutsche ausbreitete. Doch im Laufe ihrer weiteren Reise musste Lucas immer häufiger nach dem Fläschchen greifen, und die Zeitspanne, die es den Husten unterdrückte, wurde immer kürzer. Mit der Dämmerung kam schließlich auch de Lambertons Fieber zurück und stieg rasch hoch.

»Wie weit ist es noch?«, rief Lucas aus dem Fenster der Kutsche.

»Fünf Meilen, würde ich schätzen«, gab der Bewaffnete zurück.

»Können wir nicht ein wenig schneller fahren?«

»Wir können es versuchen, die Straßen sind hier etwas trockener. Doch von hieran geht es nur noch bergab. Es ist nicht ungefährlich, jetzt Tempo zuzulegen. Wenn die Kutsche ins Rutschen gerät …«

Lucas warf einen besorgten Blick auf seinen Mentor. »Wir müssen es wagen.«

Der Bewaffnete nickte und gab Befehl zum Antraben.

Sie erreichten St. Andrews mit der Dunkelheit. Das Fläschchen mit dem Öl des Baders war praktisch leer und der Bischof kaum noch bei sich. Im Handumdrehen war sein gesamter Haushalt aufs höchste besorgt. Rasch wurde der Bischof in seine Gemächer getragen und der Medikus verständigt. Der entpuppte sich als schwarz gewandeter, auf Lucas hochnäsig wirkender, älterer Mann mit schütterem grauem Haar und unsteten Augen.

Für Lucas' Erklärungen hatte er kaum ein Ohr, die Wadenwickel fand er unsinnig, eben noch fand das Schröpfen vor seinen Augen Gnade. Er ließ de Lamberton ausführlich zur Ader und verbrannte Kräuter in einer Schale, deren Geruch Lucas als stechend und lange nicht so befreiend wie den des Öls empfand. Nach dieser Prozedur schien Lucas der Bischof kränker denn je. Er ersparte sich jedoch jeden Kommentar. Als der Medikus das bischöfliche Gemach endlich verließ, um mit dem Koch die Diät zu besprechen, hieß Lucas eine Magd Wasser und Tücher zu bringen und machte auf eigene Faust Wadenwickel, ganz so wie in der vorherigen Nacht. Doch auch, wenn sie das Fieber etwas senkten, blieb de Lamberton unruhig, und der Husten quälte ihn die ganze Nacht. Lucas selbst schlief irgendwann völlig erschöpft neben ihm auf dem Stuhl ein.

»Hatte ich nicht angeordnet, dass der Bischof warm und die Fenster geschlossen zu halten sind?« Die etwas schrille Stimme des Medikus weckte Lucas. Augenblicklich fuhr er von seinem Stuhl hoch.

»Wie kommst du dazu, meine Behandlung in Frage zu stellen?!«

»Ich wollte Eure Behandlung nicht in Frage stellen, aber das Fieber des Bischofs stieg immer höher, und Ihr wart nicht mehr da. Außerdem haben die Wadenwickel gestern geholfen.«

»Du hättest mich rufen lassen können. Hättest mich rufen lassen müssen! Wie du siehst, hat deine Behandlung diesmal nicht geholfen: Der Bischof fiebert noch immer.«

Doch lange nicht so hoch, dachte Lucas, verbiss sich aber diesen Kommentar.

»Es war das Schröpfen, das gestern das Fieber senkte, und nicht die Wickel«, belehrte der Medikus Lucas noch, bevor er verlangte. »Ich will, dass du dies Gemach verlässt. Du schadest unserem Bischof.«

Lucas gehorchte scheinbar, doch er wusste, was er jetzt zu tun hatte. Mit einem kurzen Umweg über die Küche, in der er hastig eine Schale Hafergrütze löffelte und etwas Proviant erbat, eilte er in den Stall und verlangte ein ausdauerndes Pferd.

Kapitel 6

– Blair Castle, am 04. Tag des Monats Februar, im Jahre des Herrn 1312 –

Friedlich schlummerte Gavin in seiner Wiege. Obwohl zu früh geboren, schien er vor Gesundheit nur so zu strotzen. Er war klein, aber ein Bündel voller Temperament. Finlay konnte nicht anders, als zu schmunzeln, während er seinen Sohn betrachtete. Auch Raelyn war Gott sei Dank wieder wohlauf. Zu Weihnachten hatten sie Gavins Taufe gefeiert, und Neil, der für die Feiertage zu Gast auf Blair Castle gewesen war, wurde sein Pate. Jetzt waren die Schrecken des vergangenen Herbstes beinahe vergessen, und das Leben auf Blair Castle hatte zu einer neuen Normalität gefunden. Finlay genoss die Anwesenheit von Colin und Bruder Calum, die sich so selbstverständlich in seinen Haushalt eingefügt und ihn mit ihrem Humor, ihrem Wissen und ihrer Loyalität bereichert hatten.

Zwei schlanke Arme schlangen sich von hinten um ihn. »Kommst du zum Essen? In der Halle ist alles bereit. Oder möchtest du es der Burgherrin überlassen, das Mahl zu eröffnen?«

Finlay lächelte und streichelte Raelyns Hand. »Ich komme.« Sie hatten keine Gäste heute, dennoch gebot es die Sitte, dass die Burginsassen erst aßen, wenn der Burgherr das Mahl eröffnet hatte.

Doch statt sich auf den Weg zu machen, nahm er ihr Gesicht in beide Hände und küsste sie.

»Appetit anderer Art?« Auch Raelyn lächelte.

»Allerdings«, murmelte Finlay, und seine Küsse wurden leidenschaftlicher. Gerade erst war die Zeit der Enthaltsamkeit, die Ealasaid ihnen auferlegt hatte, zu Ende gegangen, und Finlay hatte noch immer ein großes Nachholbedürfnis. Raelyn stand ihm darin nicht nach. Ihre

Wangen röteten sich bereits, und sie drängte sich begierig an ihn. Kurzentschlossen hob Finlay sie hoch und trug sie bis zum Tisch ihres Gemaches, auf dem Raelyn lachend ihre Röcke raffte. Ohne seine Lippen von ihren zu lösen, öffnete er die Verschnürung seiner Beinkleider, stieß voller Verlangen in sie und entlockte ihr damit diesen hinreißenden Laut des Entzückens, in den er so verliebt war. Rasch wurde ihr Atem schnell und rau. Nicht nur die Zeit der Enthaltsamkeit, auch die Tatsache, dass sie beide geglaubt hatten, einander zu verlieren, hatte ihre Leidenschaft befeuert. Wenn sie sich jetzt liebten, befriedigte das nicht nur ihre Lust. Es ließ sie geradezu in der Nähe des Anderen schwelgen. Mit einem wonnevollen Aufstöhnen ergoss Finlay sich in Raelyn, zog sie fest an sich, vergrub seine Nase in ihrer Lockenflut und berauschte sich am Duft.

»Kommt ihr auch endlich? Ich bin am Verhungern!«, beschwerte Ean sich kurze Zeit später. Schuldbewusst tauschten Finlay und Raelyn einen Blick.

»Nun lass sie mal«, entgegnete Alan gönnerhaft. Mary war endlich wieder schwanger. Eine Tatsache, die Finlays Freund sichtbar froh stimmte – und darauf hinwies, dass auch ihre ehelichen Laken nicht kalt waren.

Ean grummelte, wurde jedoch durch das Auftragen der Bratenplatten besänftigt. Nur noch wenige Tage blieben bis Aschermittwoch, und Ean schien bestrebt, sich vor dem ersten Fastensonntag noch ein kleines Polster zuzulegen. Die Stimmung in der Halle war gelöst, das Essen gut und reichlich. Die Burginsassen schwatzten und lachten, Lachlan scherzte mit Colin, Bruder Calum begeisterte seine Tischnachbarn offensichtlich mit einer Geschichte. Finlay griff nach Raelyns Hand und schenkte ihr ein Lächeln. Auch wenn er wusste, dass es nicht immer so bleiben konnte, für den Moment genoss er sein Glück in vollen Zügen.

Doch schon in diesem Augenblick wurde die Ruhe gestört, als die Tür der Halle heftig aufgestoßen wurde und ein bekanntes Gesicht hereinstolperte.

»Lucas!« Finlay erhob sich beunruhigt.

»Sir Finlay!« Der Priesterschüler war vollkommen außer Atem. »Ich brauche Schwester Ealasaids Hilfe. Bischof de Lamberton ist schwer krank. Ich fürchte um sein Leben.«

»Was fehlt ihm?« Auch Lachlan war aufgestanden.

»Ein Lungenfieber, denke ich.«

»Christus steh ihm bei«, flüsterte Raelyn.

Umgehend verließ Finlay die Tafel, und gemeinsam stiegen sie zu Ealasaids Kammer nach oben.

»Er hat sich schon auf der Reise von York nach Roxburgh erkältet«, berichtete Lucas, als Ealasaid ihn um Einzelheiten bat. »Doch wirklich schlimm wurde es erst auf der Weiterreise nach St. Andrews. Wir kamen in einen kalten Dauerregen. Als wir Queensferry erreichten, hatte er bereits hohes Fieber.«

»Wie konntet ihr die Reise bis nach St. Andrews fortsetzen?«, wunderte sich Finlay.

»Ein Bader half uns. Nach seiner Behandlung ging es de Lamberton so gut, dass er verlangte weiterzureisen.« Lucas wirkte ehrlich verzweifelt, als er hinzufügte: »Hätte ich mich doch nicht von ihm überreden lassen.«

»Er ist dein Dienstherr«, merkte Ean an. »Er dürfte dich kaum überredet haben. Was hättest du gegen seinen ausdrücklichen Wunsch tun sollen?«

»Der Medikus in St. Andrews ist jedenfalls keine Hilfe, so viel steht fest. Eher bringt er de Lamberton um.«

»Wir brechen gleich morgen früh auf«, versprach Ealasaid und legte Lucas tröstend die Hand auf die Schulter.

Der nickte bekümmert. »Ich hoffe, er übersteht die Nacht in den Händen dieses Mannes.«

Sie brachen wirklich früh am nächsten Morgen auf, die Sonne hatte sich noch nicht einmal über die Kämme der Hügel erhoben. Finlay, Alan, Ean und vier Bewaffnete begleiteten Lucas, Lachlan und Ealasaid. Wieder einmal beeindruckte Ealasaid Finlay mit ihrem Durchhaltewillen. Sie rasteten nur selten und kurz und legten die meiste Strecke des Weges in einem flotten Trab zurück. Noch bevor es dämmerte, erreichten sie St. Andrews.

Der Medikus war nicht erfreut, Lucas wiederzusehen. Doch de Lamberton, von dem Finlay schockiert zunächst angenommen hatte, er sei gar nicht bei Bewusstsein, sagte zu dem hageren Mann nur ein einziges Wort, als er Ealasaid erblickte: »Verschwindet.«

Es stand sehr schlecht um den Bischof, auch Finlay konnte das erkennen. Ealasaid und Lachlan machten sich sofort ans Werk, während Finlay Lucas beim Arm nahm und ihn aus dem bischöflichen Gemach führte. Sie sollten jetzt besser nicht stören.

»Was sollen wir nur tun, wenn er stirbt?« Die Anstrengungen der letzten Tage ließen Lucas' letzte Haltung bröckeln.

»Er wird nicht sterben«, entgegnete Finlay fest. »Nicht in Ealasaids Händen.«

Lucas schenkte ihm einen zweifelnden Blick.

»Du bist hungrig und übermüdet. So sieht die Welt immer besonders düster aus. Lass uns in die Halle gehen und etwas essen. Und danach gehst du schlafen. Ich wette, wenn du erwachst, ist de Lamberton beinahe gesund.«

Sein ehemaliger Page wirkte nicht überzeugt, doch er fügte sich und trottete hinter Finlay her in die Halle.

Während sie mit Alan und Ean gemeinsam aßen, fragte Ean: »Was kannst du uns Neues berichten?«

Lucas zuckte mit den Schultern. Nichts schien augenblicklich wirklich Bedeutung für ihn zu haben. »In England geht es drunter und drüber. Edward hat es wieder einmal geschafft, sein Reich an den Rand eines Bürgerkrieges zu bringen. Mit König Robert ist ein neuer Waffenstillstand ausgehandelt. Und David de Strathbogie kehrt in seinen Frieden zurück.«

»Strathbogie?« Finlay war erstaunt und ein wenig beunruhigt zugleich. »Wird er Anspruch auf Blair Castle erheben?«

Sein ehemaliger Page schüttelt mit dem Kopf. »Er respektiert König Roberts Entscheidungen. Aber das politische Desaster in England, König Roberts militärische Erfolge und Sir Davids Sorge um seine anderen Ländereien hier in Schottland treiben ihn zurück. De Lamberton hofft, dass es ihm ernst ist.«

»Was denkst du?«

Wieder zuckte Lucas mit den Schultern. »Er hat uns in Queensferry sehr geholfen. Und König Robert ist bereit, ihm Gelegenheit zu geben, sich zu bewähren.«

Dann verlangte er, von ihren Erlebnissen der letzten Monate zu erfahren, und so berichteten sie abwechselnd von den Überfällen auf Nordengland, von Finlays Gefangennahme, von Eans Kunststück, ihn zu befreien.

»Eure Überfälle haben großen Schrecken in England verbreitet«, bemerkte Lucas. »Das und die Tatsache, dass Edward sich nicht für die Nöte seiner Untertanen interessiert, sondern nur für die Belange von Piers Gaveston, haben das Land in große Unruhe gestürzt.«

»Es ist mir unverständlich, warum wir nicht längst frei sind«, wunderte sich Ean. »König Edward ist überhaupt nicht in der Lage, Robert the Bruce das Wasser zu reichen.«

»Er nicht, aber seine Lords sind es«, entgegnete Finlay. »Auch wenn die Krone verschuldet ist, England ist reich. Reich an Geld, reich an Männern, reich an Pferden.«

»Dennoch sind unsere Chancen jetzt so günstig wie nie zuvor«, sinnierte Alan. »Wenn es uns gelingt, Dundee zu nehmen, wird auch Perth sich nicht mehr lange halten können.«

»Bleiben immer noch sämtliche Burgen in Galloway, neben Edinburgh, Roxburgh und Stirling Castle«, bemerkte Finlay trocken.

»Stirling ...« Alan tank nachdenklich einen Schluck aus seinem Becher. »Diese Nuss wird hart zu knacken sein. Und du hast Berwick vergessen.«

»An Berwick ist derzeit noch gar nicht zu denken«, widersprach Finlay.

»Ich bin gespannt, wann Robert uns nach Dundee ruft.« Eans Tatendrang war kaum zu übersehen. Finlay jedoch hatte keinen Bedarf, Raelyn schon wieder verlassen zu müssen, und so hoffte er im Stillen, dass es noch eine Weile dauern würde, bis Robert sie zu den Waffen rief.

Lucas gähnte. Er war schon ganz grau im Gesicht vor Müdigkeit.

»Du solltest jetzt schlafen gehen«, befand Finlay. »Auch wir werden uns bald zurückziehen. Morgen müssen wir drei wieder abreisen, doch ich lasse meine Bewaffneten hier. Sie sollen Ealasaid und Lachlan zurückeskortieren, sobald de Lamberton genesen ist.«

Doch es kam anders. Finlay war kaum eine Woche wieder zu Hause, als ein Eilbote des Königs Blair Castle erreichte.

»Mary Bruce wird freigelassen.« Irgendwie erschüttert hielt Finlay das Schreiben in den Händen und sah Alan und Ean an. »Der König wünscht, Ealasaid bei dem Gefangenenaustausch dabei zu haben. Sie soll sich gleich um Mary kümmern können.«

»Wann und wo soll der Austausch stattfinden?«, fragte Alan.

»In einer Woche in Coldstream.«

»Bleibt uns nicht viel Zeit, Ealasaid zu holen.«

»Und hoffentlich geht es Bischof de Lamberton auch schon gut genug«, setzte Ean hinzu.

Also machten sie sich wieder auf den Weg, diesmal auch in Begleitung von Riley, Duncan und Tom, der Duncans Cousin und einer der neuen Bogenschützen war. Da sie sich so tief in den feindlichen Süden vorwagen mussten und Ealasaid bei sich hätten, wollte Finlay nicht ohne ausreichenden Schutz reiten.

Zu ihrer Erleichterung fanden sie William de Lamberton in deutlich besserem Gesundheitszustand vor, auch wenn er noch nicht endgültig genesen war. Sie beschlossen, Lachlan für die weitere Pflege des Bischofs in St. Andrews zu lassen, auch weil Ealasaid argwöhnte, dass der sich sonst nicht an die verordnete Bettruhe und die Einnahme der Medizin halten würde.

Gerade noch rechtzeitig erreichten sie am Abend vor der Übergabe die Zisterzienserabtei von Melrose, ihren mit Robert vereinbarten Treffpunkt. Auch Neil – praktisch ein Nervenbündel – war dort.

»Finlay, Alan.« Blass fiel er den Freunden in die Arme, als sie ihn im Kreuzgang trafen.

»Jetzt kommt sie endlich nach Hause«, raunte Finlay, bevor er ihn wieder freigab. Neil nickte fahrig. »Ich bin froh, dass ihr dabei sein werdet. Und natürlich vor allem Ihr, Schwester Ealasaid.« Tief verneigte er sich vor der Heilerin. »Fast fünf Jahre sind vergangen, seit ich sie zuletzt sah. Ich bin überglücklich und gleichzeitig ... Ich wünschte, auch Roberts andere Familienmitglieder würden freigelassen.«

»Das dem nicht so ist, sollte dich nicht mit Schuld erfüllen.« Finlay legte ihm eine Hand auf die Schulter. »Es gibt nichts, das du hättest tun können.«

»Ich weiß ... dennoch.« Er lächelte kläglich. »Darüber hinaus plagen mich unendlich viele Bedenken: Edward könnte es sich im letzten Moment anders überlegen, seine Magnaten Einspruch erheben oder, noch schlimmer, Mary etwas auf dem Weg nach Coldstream zustoßen.«

»Dann ist es ja gut, dass wir jetzt da sind, um dich abzulenken«, bemerkte Alan.

Auch Robert und Edward Bruce schienen Finlay aufgewühlt, als sie später alle zusammen im Haus des Abtes William de Fogo zu Abend aßen. Wenigstens ihre jüngere Schwester wiedersehen zu können, nachdem all ihre Brüder ein so grausames Ende gefunden hatten, Finlay konnte sich gut vorstellen, wie sehr sie das berühren musste. Dennoch waren die beiden besser als Neil in der Lage, ihre Gefühle zu verbergen, während sie höflich mit dem Abt plauderten.

Der nächste Morgen brach mit strahlendem Sonnenschein an. In einer mittleren Prozession machten sie sich nach dem Frühstück auf nach Coldstream – Richard de Mowbray eskortiert von sechs Bewachern. Hoch aufgerichtet ritten der König und sein Bruder an der Spitze des Zuges. Ihnen folgten Neil, Finlay und Alan, Ean und Ealasaid.

Das Wasser des Tweeds glitzerte bereits in der Mittagssonne, als sie den Fluss endlich erreichten. Finlay beschattete die Augen mit der Hand. Gestützt von mehreren steinernen Pfeilern überspannte eine hölzerne Brücke hier bei Coldstream den Tweed auf einer Länge von über fünfhundert Fuß. Es war ein beeindruckendes Bauwerk, doch bedauerlicherweise menschenleer. Obwohl die Sonne ihren Zenit fast erreicht hatte, war die englische Delegation nicht da – und auch weit und breit nirgends zu entdecken.

Finlay tauschte einen Blick mit Alan, während Robert und Edward Bruce mit unbewegten Mienen Richtung Süden sahen. Niemand getraute sich, ein Wort zu sagen, einzig die königliche Standarte flatterte und knatterte im Wind. Angestrengt blickte auch Richard de Mowbray hinüber auf die englische Seite; Finlay gab keinen Pfifferling auf sein Leben, sollten die Engländer sie versetzen. Die Zeit wurde endlos, unerbittlich überschritt die Sonne ihren Zenit. Finlay fragte sich schon, wann der König entscheiden würde, dass es sinnlos war, weiter zu warten, als er aus den Augenwinkeln bemerkte, wie Robert sich in seinem Sattel ein wenig aufrichtete: Eine Bewegung war am Horizont auszumachen. Noch war nicht zu erkennen, ob es sich um Reiter handelte, und wenn, in welche Richtung sie sich bewegten, doch immerhin. Finlay kniff die Augen zusammen und reckte sich selbst ein wenig höher. Es schien ein Geleit zu sein und auf sie zuzukommen. Da die Sicht klar war, schätzte er die Entfernung auf etwa drei Meilen. Als endlich Einzelheiten sichtbar wurden, zählte Finlay etwa zwanzig Reiter, und

Erleichterung durchströmte ihn, als er die Farben von Philip de Mowbray erkannte.

Als das englische Geleit den Fluss erreichte, setzten sich auch der König und sein Bruder in Bewegung. Laut klapperten die Hufe der Pferde auf der hölzernen Konstruktion. Sie war nicht breit, nur etwa drei Yards, so dass gerade zwei Reiter nebeneinander her reiten konnten. Finlay ritt an Neils Seite, ihnen folgten Alan und Ean, dahinter Ealasaid und zuletzt die Wachen mit dem Gefangenen. Mit zehn Yards Abstand machten die beiden Gruppen auf der Mitte der Brücke halt. Finlay überflog die Englische mit den Augen und machte in der vierten Reihe eine junge Frau aus, die Robert und Edward Bruce wie aus dem Gesicht geschnitten war: dunkle Augen, dunkles Haar. Ihr Gesicht war blass und ihre Wangen hohl, dennoch hatte sie einen stolzen und aufrechten Sitz. Auch Neil hatte sie gesehen. Ein Laut gemischt aus Erschütterung und Freude entfuhr ihm.

Philip de Mowbray stieg aus dem Sattel, und die Bruce-Brüder taten es ihm nach.

»Wo ist mein Bruder?«

Ein wenig wichen sie alle zur Seite und gaben den Blick auf ihren Gefangenen frei.

Philip de Mowbray nickte und gab einem seiner Männer einen Wink, worauf dieser Mary Bruce beim Absteigen behilflich war. Auch Neil glitt vom Pferderücken, während Richard de Mowbray nach vorne gebracht wurde. Finlay fand, dass er wesentlich gesünder als Mary aussah. Offensichtlich hatte Neil die Größe besessen, seinen Gefangenen mit Anstand zu behandeln.

Ohne dass es wirklich verabredet worden wäre, setzten sich beide Gefangenen gleichzeitig in Bewegung, Mary Bruce auf unübersehbar schwachen Beinen. Dennoch trug sie den Kopf stolz erhoben und würdigte Richard de Mowbray keines Blickes, als sie einander auf der Brücke kreuzten.

Die Augen fest auf Neils Gesicht geheftet, schienen ihre Beine sie auf den letzten Yards kaum noch zu tragen. Neil wollte einen Schritt auf sie zu machen, doch sie schüttelte unmerklich den Kopf und setzte ihren Weg mit großer Willensanstrengung allein fort, bis sie vor ihrem Bruder stand. Zittrig sank sie in eine tiefe Reverenz. »Mein König.«

Es war nicht zu übersehen, wie schwer es auch Robert fiel, Haltung zu bewahren. Zweimal blinzelte er, während er ihre Ehrerbietung entgegennahm, dann zog er sie hoch und schloss sie fest in die Arme. Geraume Zeit standen Bruder und Schwester so da, bis der König sich des anderen Mannes entsann, der ebenso sehr auf Marys Rückkehr gewartet hatte. Nachdem er noch einmal ihren Schopf geküsste hatte, nahm er ihre Hand und legte sie mit bewegtem Lächeln in Neils. Hatte Mary bis zu diesem Zeitpunkt auch bewundernswerte Gefasstheit gezeigt, diese Berührung überstieg wohl ihre Kraft. Tränen begannen aus ihren Augen zu fließen, in stummem Strom, während sie am ganzen Körper zu zittern begann. Als ihre Knie nachgeben wollten, fing Neil sie auf. Auf den Armen trug er sie über die Brücke, zurück nach Schottland.

*

»Sie hat zwei Zehen am rechten Fuß und ein Stück des linken Ohres eingebüßt«, erzählte Ealasaid etliche Zeit später, als sie sich bereits wieder auf dem Heimweg nach Blair Castle befanden.

»Erfroren?«, fragte Finlay betroffen.

Ealasaid nickte. »Und sie ist unterernährt. Was immer de Lamberton dem Sheriff von Newcastle gezahlt hat, viel hat es Mary Bruce nicht genützt.«

Gleich nach dem Gefangenenaustausch waren sie in die Priorei von Coldstream eingekehrt, einem Tochterkloster von Melrose, geführt von Zisterzienserinnen, und Ealasaid hatte sich Marys angenommen.

»Elender Schuft«, knurrte Ean.

Finlay konnte sich nur anschließen. »Wird sie wieder gesund werden?«

Ealasaid nickte. »Mit genügend Essen und Fürsorge wird sie sich wieder erholen. Sie hat eine erstaunlich starke Konstitution. Trotz der fürchterlichen Umstände ist ihr die Schwindsucht erspart geblieben.«

»Wie wird es jetzt weitergehen?«, fragte Alan.

»Das königliche Heer zieht nach Dundee, und wir sollen in sechs Wochen folgen, doch zunächst müssen wir etwas vorbereiten«, gab Finlay zurück.

»Etwas vorbereiten?«

»Neils Hochzeit.«

»Sie wird auf Blair Castle stattfinden?«

»Da Neil noch immer nicht im Besitz seiner Ländereien ist, habe ich es ihm angeboten.«

»Ein großzügiges Geschenk«, bemerkte Alan. Ein Teil von ihm würde wohl immer Steward bleiben.

Finlay zwinkerte. »Robert wird sich an den Kosten beteiligen. Immerhin ist es seine Schwester, die heiratet.«

»Wann?«, fragte Ean, der offensichtlich nichts gegen ein rauschendes Fest einzuwenden hatte.

»An Maria Verkündigung. Danach werden auch wir mit unseren Truppen nach Dundee aufbrechen.«

Die Nacht verbrachten sie im Kloster von Dunfermline. Am Morgen schickte Finlay Riley, Duncan und Tom nach St. Andrews, um Lachlan zu holen und de Lamberton zu unterrichten, während sie selbst eilig ihren Weg nach Blair Castle fortsetzten. Es gab wahrlich viel vorzubereiten.

Kapitel 7

– Auf der Straße von St. Andrews nach Perth, am 20. Tag des Monats Februar im Jahre des Herrn 1312 –

»Da braut sich was zusammen«, brummte Duncan und warf einen missmutigen Blick zu den bleigrauen Wolken, die schwer über ihren Köpfen hingen.

Ein schneidender Wind wehte von Norden, trieb die finsteren Schwaden vor sich her und setzte Lachlan heftig zu – obwohl er ein gutes Gewand aus dicker Wolle und darüber einen gefütterten Mantel trug. Fröstelnd rieb er sich die Hände und nickte zustimmend. »Gibt sicher Schnee.«

Auch Riley zog seinen Mantel fester um sich. Der Februar war eigentlich mild gewesen. An etlichen Bächen blühten schon die Schneeglöckchen. Dass der Winter jetzt noch einmal zurückkommen wollte, war ihnen allen nicht recht.

»Viel Schnee«, grollte denn auch Tom. Duncans Vetter war Lachlan auf Anhieb sympathisch gewesen. Ebenso lang und dünn wie der Torwächter wohnte in seinen blauen Augen oft der Schalk, dennoch war er pflichtbewusst und schien Lachlan besonnen und umsichtig.

Gerade hatten sie in einem Dörfchen namens Rhynd Halt gemacht, um die Pferde zu tränken. Gedrängt stand die kleine Gruppe um den Dorfbrunnen, ihre Mäntel knatterten im zunehmenden Wind, während Duncan zum dritten Mal die quietschende Winde betätigte.

»Es ist erst Mittag und doch schon so finster, als wolle es Nacht werden«, beschwerte sich Riley und gab seinem Wallach zu saufen.

Duncan nickte. »Ich hatte gehofft, wir würden es heute noch eine gute Strecke weit schaffen, aber wie mir scheint, müssen wir uns bald eine Unterkunft suchen. Von dem Sturm, der da aufzieht, möchte ich nicht auf der Straße überrascht werden.«

»An der Brücke über den Earn gibt es ein Gasthaus«, sagte Tom. »Der Wirt ist ein guter Mann, ich kenne ihn. Und braut gutes Bier«, setzte er feixend hinzu.

»Dann wollen wir dort rasten«, stimmte Lachlan zu. Er strich seinem Pferd beruhigend über die Nüstern. Der Wind und das Flattern der Mäntel machten es ganz nervös.

In diesem Moment trat ein Junge aus einem Haus unweit des Brunnens, gleich neben der Dorflinde. Er war vielleicht zwölf Jahre, weizenblond und hatte eine Unzahl von Sommersprossen im Gesicht. Suchend sah er sich um, während durch die geöffnete Tür hinter ihm der gequälte Schrei einer Frau drang.

Unbehaglich sahen sich die Männer an. Ein zweiter Schrei folgte, und der Junge blickte besorgt über die Schulter, bevor er auf die Reisegruppe zu lief.

»Verzeiht«, hastig deutete er einen kleinen Diener an, »Ihr kommt nicht zufällig aus Perth? Habt Ihr auf der Straße meinen Bruder gesehen? Ein braunhaariger Bursche von neun Jahren?«

Lachlan schüttelte bedauernd den Kopf. »Wir kommen aus St. Andrews.«

Im Gesicht des Jungen machte sich Verzweiflung breit. »Verflixt, wo steckt er bloß? Ich hatte ihn schon am Morgen losgeschickt, die Hebamme zu holen.«

Wieder drang ein lang gezogenes Stöhnen aus der Kate.

»Deine Mutter bekommt ein Kind?«

Der Junge nickte, und Lachlan konnte sehen, wie viel Angst ihm das machte.

»Bist du ganz allein?«

Wieder nickte der Blondschopf, schüttelte jedoch gleich darauf den Kopf. »Meine kleine Schwester ist im Haus. Aber sie ist erst drei Jahre alt.«

Noch während der Junge sprach, öffnete sich eine weitere Tür gegenüber, und eine Bauersfrau trat heraus. Einen Eimer in der Hand wollte wohl auch sie Wasser schöpfen, doch als sie den Nachbarsjungen bei der Gruppe fremder Männer entdeckte, blieb sie zögernd stehen und sah abwartend zu ihnen herüber.

»Wo ist dein Vater?«

»Im Gefängnis.« Die Wut des Blondschopfes war nicht zu übersehen. Erneut drang ein Laut der Qual und Anstrengung aus dem Haus herüber, auch die Bäuerin musste ihn gehört haben, doch sie machte keinerlei Anstalten herüberzukommen.

»Helfen euch die Frauen des Dorfes nicht?«

»Nein!« Trotz gesellte sich zur Wut des Jungen, und die Art, mit der die Bäuerin jetzt ablehnend die Arme verschränkte, verriet Lachlan einiges. Offensichtlich hatte der Vater des Jungen eine Straftat begangen, die ihn nicht nur ins Gefängnis gebracht, sondern ihm auch noch die Missgunst der Dorfgemeinschaft eingetragen hatte.

»Aber irgendetwas stimmt nicht«, bekannte der Blondschopf ängstlich. »Bei meiner Schwester war es viel leichter gegangen. Mutter hatte nicht solche Schmerzen, und es war auch viel schneller vorüber.«

»Soll ich nach deiner Mutter sehen?«

Verdutzt sah ihn der Junge an.

»Ich verstehe mich ein wenig auf die Heilkunst«, erklärte Lachlan.

Die Hoffnung auf Hilfe besiegte das Misstrauen. »Ich wäre Euch wirklich dankbar, doch ich kann Euch nicht bezahlen.«

Der Gehilfe winkte ab. »Das musst du auch nicht, ich will nur einmal nach deiner Mutter sehen.« Er wandte sich an den Torwächter. »Duncan, bitte wartet einen Moment. Ich denke, ich bin gleich wieder zurück.«

Die Kate war ein ärmliches Haus, das nur aus einem einzigen Raum bestand, dessen lehmgestampfter Boden mit einer dünnen Strohschicht bedeckt war. Im hinteren Bereich wurde die Schlafstatt durch einen geflochtenen Wandschirm abgetrennt, auf den der Junge jetzt schnurstracks zuhielt. Auf seinem Weg passierte er die Feuerstelle, die in der Mitte des

Hauses angelegt war und deren Rauch durch ein Loch im Dach abzog. Ein kleines Mädchen in schmutzigem Kittel saß daneben, in der Hand ein Lumpenpüppchen, das den fremden Besucher ängstlich ansah.

Der Junge würdigte die Schwester keines Blickes. »Mutter?«

Ein weiterer gequälter Schrei war die Antwort.

»Mutter, da ist jemand, der dir vielleicht helfen könnte …«

»Jemand?« Die Stimme der Frau war heiser und kraftlos. »Ist die Hebamme endlich gekommen?«

»Nein.« Der Junge druckste herum. »Aber hier ist ein junger Mann. Er sagt, er verstünde etwas von der Heilkunst.«

»Ein Mann?« Die Irritation in ihrer Stimme war nicht zu überhören. Doch dann folgte ein weiterer Schmerzensschrei.

Der Junge konnte kaum sein Schluchzen unterdrücken, als er jetzt sagte: »Mutter, bitte, ich weiß nicht, wo Willi mit der Hebamme bleibt.«

Lachlan trat zu dem Jungen, ohne hinter den Wandschirm zu blicken.

»Gute Frau. Mein Name ist Lachlan O'May. Es ist richtig, ich bin keine Hebamme. Dennoch verstehe ich mich auf die Heilkunst und auch ein wenig auf Geburten. Du brauchst keine Angst vor mir zu haben. Ich will nur sehen, ob ich helfen kann.«

So wie er es sagte, klang es, als verstünde er eine Menge von Geburtshilfe, daher kam er sich augenblicklich wie ein Schwindler vor. In Wahrheit war er erst bei fünfen anwesend gewesen und auch das nur am Rande, schließlich war es unschicklich, dass ein Mann bei einer Geburt dabei war. Doch auf Blair Castle war eben alles ein bisschen anders. Die Burgbewohner akzeptierten Ealasaids ungewöhnliche Einfälle, und weil die meisten Frauen Lachlan mochten, hatten einige zugestimmt, ihn teilhaben zu lassen; Lady Raelyn zuletzt.

Die Gebärende hinter dem Wandschirm keuchte vor Schmerz. »Also gut.«

Als Lachlan hinter den Wandschirm trat, sah er sofort, dass es der Frau außerordentlich schlecht ging. Sie war grau im Gesicht und schweißüberströmt, die Laken waren mit Blut und Fruchtwasser besudelt. Dennoch waren ihre Augen voller Skepsis, als sie den Gehilfen nun musterte.

»Wie ist dein Name?«, fragte Lachlan freundlich.

»Mairi«, brachte sie gerade noch hervor, als die nächste Wehe sie packte.

Er machte einen Schritt auf ihr Lager zu und drückte ihre Hand, bis die Wehe abgeklungen war.

»Und wie lange hast du schon Wehen, Mairi?«

»Seit dem Morgengrauen«, beschwerte sie sich. »Aber es geht nicht voran.«

Während sie sprach, fühlte Lachlan nach ihrem Puls, der schnell und schwach ging.

»Darf ich deinen Bauch abtasten?«

Es kostete sie einen Moment Überwindung, doch dann nickte sie knapp.

Um ihr unnötige Scham zu ersparen, befühlte er ihren Bauch durch das Nachthemd hindurch. Bisher hatte er das erst zweimal gemacht, während Ealasaid ihm erklärte, worauf es ankam. Der Kopf des Kindes war der härteste Teil und sollte sich rund und fest beim Schambein tasten lassen. Der Po war auch rund, aber weicher und fand sich normalerweise unter dem rechten oder linken Rippenbogen. Meist waren links und rechts daneben die Füßchen zu fühlen.

Bei Mairi jedoch war es anders. Lachlan ließ sich lange Zeit, denn er war sich zunächst nicht sicher, doch je länger er den geschwollenen Leib befühlte, umso weniger konnte er es leugnen: Das Kind lag falsch herum. Fest und hart konnte er den Kopf des Kindes in der Magengrube der Gebärenden ertasten. Sein Herz begann unangenehm hart zu pochen. Von einer Steißgeburt verstand er noch weniger als von Geburten im Allgemeinen – im Grunde genommen: gar nichts. Und selbst im Beisein einer erfahrenen Hebamme starben Mutter oder Kind oder im schlimmsten Fall beide bei einer solchen

Fehllage des Babys. Alles, was er darüber wusste, war, was Ealasaid ihm erzählt und in einem Buch gezeigt hatte.

Die Bäuerin jedoch, die während der ganzen Untersuchung sein Gesicht genau gemustert hatte, fragte jetzt ganz ruhig: »Was?«

Lachlan räusperte sich. »Es liegt falsch herum.«

Mairi nickte, als hätte sie damit gerechnet, doch der Junge zog erschrocken die Luft ein.

»Die Hebamme kommt sicher gleich«, versuchte Lachlan sich selbst, dem Jungen und der Frau Mut zu machen. »Und so lange bleibe ich hier. Ich muss nur eben meinen Begleitern Bescheid sagen. Bin gleich wieder zurück.«

Er drängte sich an dem Blondschopf vorbei und trat wieder auf die Straße. Die Bäuerin von Gegenüber stand noch immer vor ihrem Haus und beobachtete das Geschehen.

»Duncan, Riley, ich kann die Frau jetzt nicht allein lassen«, erklärte Lachlan. »Die Hebamme muss ja jeden Augenblick erscheinen, aber bis dahin will ich hierbleiben.« Er wandte sich an Tom. »Wie weit ist es bis zu dem Gasthaus, von dem du sprachst?«

»Knapp vier Meilen, einfach die Straße dort hinunter.«

»Dann reitet schon vor. Ich komme nach, so schnell ich kann.«

»Bist du sicher, Lachlan?«, fragte Riley. »Der Wind nimmt immer stärker zu. Bald könnte es schon nicht mehr möglich sein, auch nur die vier Meilen zurückzulegen.«

»Dann muss ich notfalls eben hierbleiben.« Er sah dem Leibwächter in die Augen. »Ich kann jetzt nicht gehen.«

Der nickte, wenn er wohl auch nicht verstehen konnte, was Lachlan glaubte, bei einer Gebärenden verloren zu haben. »Wir sehen uns in der Herberge.«

Die drei Männer saßen auf und ritten an, während Lachlan sein Pferd am Zügel nahm und zur Bauernkate führte, den Blick der Bäuerin in seinem Nacken. Der blonde Junge stand in der Tür und wartete auf ihn.

»Wie heißt du?«, fragte Lachlan.

»Hamish.«

»Kannst du mein Pferd in euren Stall bringen, Hamish?«

Der Blondschopf ergriff den Zügel und nickte. Lachlan löste seine Tasche vom Sattel und ging wieder ins Haus.

Das kleine Mädchen verlor seinen ängstlichen Blick, als er ihr auf seinem Weg zur Schlafstatt zuzwinkerte.

Mairi quälte sich gerade durch die nächste Wehe. Wieder hielt Lachlan ihre Hand und erntete ein dankbares Lächeln dafür, als sie verklungen war.

»Ich glaube, es wäre gut, wenn du ein wenig herumlaufen würdest.« Das hatte Ealasaid zumindest von allen Schwangeren gefordert, bei deren Geburten Lachlan dabei gewesen war. »Dann hat es das Kind leichter.«

Mairi runzelte zweifelnd die Stirn. Offenbar war sie sich nicht sicher, ob sie dafür noch die Kraft hatte, aber sie reichte Lachlan die Hand, und der zog sie hoch. Dann legte er sich ihren Arm um die Schulter und stützte sie auf dem Weg um das Bett.

»Murthag MacGregor, wenn du es je wieder wagst, dieses Haus zu betreten, bringe ich dich um«, fluchte die Bäuerin leise, als die nächste Wehe sie krümmte.

»Dein Mann?«, fragte Lachlan.

Verbissen nickte Mairi. »Ein elender Säufer. Um Geld zu bekommen oder sich einladen zu lassen, betrog er mit gezinkten Würfeln. All unsere Nachbarn und Freunde …« Sie schüttelte noch immer fassungslos und wütend den Kopf. »Nie werde ich ihm das verzeihen.«

»Mairi«, wandte Lachlan behutsam ein, »du hast eine schwere Geburt vor dir. Vielleicht solltest du deine Seele nicht noch mit Zorn belasten.«

»Falls ich sterbe, meinst du?«

Er schenkte ihr ein kleines Lächeln. »Ich will tun, was ich kann, um das zu verhindern, und Gott wird dir sicher beistehen, aber … sicher ist sicher.«

Ein unwilliges Schnauben entfuhr ihr, doch die nächste Wehe erstickte jeden Kommentar.

Runde und Runde absolvierten sie so in der ärmlichen Kate, während der Wind draußen immer mehr zu nahm, die Läden klappern ließ und durch die Ritzen des Holzhauses heulte.

Sie gingen langsam auf ihrer ziellosen Wanderung, mussten bei jeder Wehe stehen bleiben, und je mehr Zeit verstrich, umso größer wurde Lachlans Unruhe. Gerade, als er sich zum wiederholten Male fragte, wo die Hebamme nur blieb, hörte er die Tür der Kate klappern.

Doch der Wind wehte nur einen kleinen Burschen mit zerzaustem braunem Haar herein. Mit verzweifeltem Gesichtsausdruck stand er neben dem Wandschirm, tapfer bemüht, seine Tränen zu unterdrücken.

»Die Hebamme wollte nicht mit mir kommen, Mutter. Ich fand sie erst im Haus von Sir Malise. Lady Agnes' Tochter Matilda liege in den Wehen und benötige ihren Beistand dringender.«

Mairis Beine knickten ein, Lachlan konnte sie grade noch auffangen.

»Oh lala, wir sollten wohl eine Pause machen …« Er half ihr zurück aufs Bett.

»Es tut mir so leid.« Die Stimme des Jungen bebte.

»Schon gut, mein Kleiner. Du hast es versucht«, murmelte Mairi. Zu erschöpft, um verzweifelt zu sein, rollte sie sich auf die Seite und schloss die Augen.

Lachlan fasste einen Entschluss. »Ich werde nach St. Andrews reiten und die dortige Hebamme holen.«

Erstaunt sahen die beiden Brüder ihn an. In den Augen des jüngeren stand vor allem Hoffnung, doch in Hamishs machte sich schon Zweifel breit. Sicher fürchtete er, von ihm im Stich gelassen zu werden.

»Wie lange werdet Ihr brauchen?«

»Ich verspreche dir, dass ich rechtzeitig zurückkommen werde.«

Der Blondschopf nickte ergeben, nicht wirklich überzeugt, während Lachlan schon auf dem Absatz kehrtmachte. Viel Zeit blieb Mairi nicht mehr.

Doch der Wind riss ihm die Tür aus der Hand, kaum, dass er sie einen Spaltbreit geöffnet hatte. Krachend schlug sie gegen die Katenwand, und Lachlan blieb wie angewurzelt stehen, während er entsetzt nach draußen starrte: Der Himmel war aufgewühlt, fast schwarz und schien jeden Augenblick Unmengen von Schnee entlassen zu wollen. Erste Flocken und Hagelkörner wirbelten vom Wind gepeitscht bereits die menschenleere Straße entlang. Es war ein Wunder, dass Will es noch nach Hause geschafft hatte.

»Gütiger Gott …« Auch Hamish starrte nach draußen in das sich zusammenbrauende Inferno. »Selbst, wenn Ihr wolltet, könntet Ihr den Weg von St. Andrews nicht mehr hierher zurückschaffen.«

Einen sprachlosen Moment sahen sie einander an, bevor der Junge beinahe sachlich feststellte: »Mutter wird sterben …« Sein Gesicht war ganz blass.

»Nein. Das wird sie nicht!« Die Ausweglosigkeit der Situation weckte Lachlans Trotz. »Ich werde es nicht zulassen!«

Wenn er auch nicht viel wusste, er würde Mairi bis zum Schluss beistehen.

»Hilf mir mit der Tür, Hamish.«

Sie brauchten viel Kraft, die Tür gegen den immer stärker werdenden Wind zu schließen.

»Kannst du Wasser heiß machen?«

Der Junge nickte.

»Dann los!« Lachlan kehrte zurück hinter den Wandschirm und setzte sich auf die Bettkante. Mit einem feuchten Tuch wischte er über Mairis Stirn. »Ich fürchte, wir müssen allein zurechtkommen«, begann er behutsam. »Draußen braut sich ein fürchterlicher Sturm zusammen.«

Die Bäuerin schloss die Augen. Ihre Lippen formten stumm ein Gebet.

Lachlan ergriff ihre Hand. »Sieh mich an, Mairi. Ich werde dich nicht allein lassen!«

Sein Tonfall musste wohl überzeugend gewesen sein, zumindest lockte er ein kleines Lächeln auf ihre Lippen, wenn ihre Augen auch noch immer voller Angst waren. Sie erwiderte seinen Händedruck.

»Hast du dich genug ausgeruht?« Er wollte nicht, dass sie weiter über ihre Situation nachdachte. »Dann werden wir noch ein wenig umhergehen.«

Ergeben kam Mairi wieder auf die Beine.

Während sie ihre Runden absolvierten, versuchte Lachlan, sich alles ins Gedächtnis zu rufen, was er je von Ealasaid über Geburten im Allgemeinen und über eine Steißlage im Besonderen gehört hatte. Es war wenig genug, und seine Hände wurden schweißnass, während er die Verantwortung, die er übernommen hatte, schwer auf seinen Schultern spürte. Nach sieben weiteren Wehen fehlte Mairi abermals die Kraft, und sie musste sich erneut hinlegen. Wieder tastete Lachlan ihren Bauch ab, doch das Kind lag unverändert mit dem Kopf nach oben; es wäre auch ein Wunder gewesen, hätte es sich von selbst gedreht. Er erinnerte sich, dass es Griffe gab, mit denen man ein Kind im Mutterleib wenden konnte, aber er wusste weder welche noch ob sie unter der Geburt angewendet werden konnten. Auch hatte er keine Vorstellung, wie weit die Geburt bei Mairi schon vorangeschritten war, die äußerliche Untersuchung bot ihm schlicht keinen Anhalt dafür. Aber es erschien ihm wichtig, sich Klarheit darüber zu verschaffen.

»Mairi«, begann er zögerlich, »wenn wir wissen wollen, wie es steht, müsste ich dich auch inwendig untersuchen.« Es war ihm unsagbar peinlich.

Doch die Bäuerin schien von seinem Ansinnen kaum in Verlegenheit gebracht. Entweder hatte sie schon genug Vertrauen zu ihm gefasst, oder ihr war bereits alles gleichgültig. Sie nickte nur und sagte müde: »Das macht die Hebamme auch immer.«

Nicht, dass Lachlan das schon jemals getan hätte. Aber er hatte Ealasaid dabei beobachtet, und sie hatte ihm erklärt, was sie tat. Der Gebärmutterhals sei wie ein fester, wulstiger Ring. Vor der Geburt noch verschlossen, würde er sich unter den Wehen aufweiten. Wenn er etwa einen Spann Weite erreicht hatte, konnte der Kopf (und Lachlan hoffte, auch der Po) des Kindes hindurchtreten. Das war der Zeitpunkt, an dem die Frauen anfingen zu pressen. So lange, bis das Kind heraus war.

»Also gut«, murmelte er und atmete tief durch. Behutsam ließ er seine Rechte unter ihren Rock gleiten und tastete nach ihrer Scham. Dann schob er Zeige- und Mittelfinger vorsichtig hinein. Erst fühlte er gar nichts, nur ihre Weichheit, Feuchtigkeit und Wärme. Er schloss die Augen, um sich besser konzentrieren zu können und weil es ihn beschämte, ihr dabei ins Gesicht zu sehen. Als seine Finger bis zum Ansatz in ihr verschwunden waren, ertasteten seine Fingerspitzen plötzlich das Gesuchte. Fasziniert erkundete er den Geburtskanal. Er spürte den Po des Kindes, den wulstigen Ring, von dem Ealasaid gesprochen hatte, versuchte, dessen Weite abzuschätzen, und war so vertieft, dass er alles um sich herum vergaß. So bekam er nicht mit, wie sich die Tür der Kate öffnete. Er spürte den kalten Luftschwall nicht und überhörte den erschrockenen Ausruf. Erst als eine ihm vage bekannt vorkommende Stimme scharf die Stille der Kate durchschnitt, kehrte er ins Hier und Jetzt zurück.

»Was in Gottes Namen geht hier vor?«

Erschrocken zog Lachlan seine Hand zurück und sprang auf.

Vor ihm standen die Bäuerin von Gegenüber und – Pater Samuel. Dessen Gesicht war verzerrt von Befremden und Abscheu.

»Ich wusste, dass da etwas faul ist«, murmelte die Bäuerin.

Lachlan schluckte. Erst jetzt schien Pater Samuel ihn zu erkennen. Zu Befremden und Abscheu gesellte sich Wut. »Was machst du hier?«

»Ich helfe dieser Frau.«

»Du?«

»Ja, ich.« Lachlan spürte Trotz in sich aufwallen. »Es ist ja niemand sonst da.«

»Weißt du nicht, dass eine Gebärende unrein ist? Unheil stiftend! Sie ist anfällig für alle Art Dämonen! Jeder Mann sollte sich fernhalten!«

Natürlich hatte Lachlan das schon gehört, und jetzt, wo er daran erinnert worden war, machte es ihm auch wieder Angst. Es war der eigentliche Grund, warum Ealasaid ihn immer nur von Ferne hatte zusehen lassen.

Unwillkürlich wischte er seine Hand an den Beinkleidern ab.

Doch in einem kleinen Winkel seines Herzens stellte Lachlan diese Behauptung infrage. Die Geburt eines Menschenkindes war ein so großes Wunder. Und plötzlich wusste er, dass auch Ealasaid sie infrage stellte, sonst hätte sie ihn niemals zusehen lassen. Dass Männer der Kirche hingegen den Vorgang der Geburt als unrein betrachteten, verwunderte ihn nicht. Blut, Schweiß und Fruchtwasser machten ihn zu einem unappetitlichen Unterfangen. Für einen Priester, der in Keuschheit und abgeschieden lebte, sicher auch erschreckend. Aber Lachlan glaubte fest daran, dass Gott sich etwas dabei gedacht hatte, wenn er Kindern auf diese Weise das Leben schenkte.

»Es wird keine Hebamme kommen. Also muss ich dieser Frau beistehen«, wiederholte er stur.

»Gott wird ihr beistehen und nach seinem Willen das Leben und ein gesundes Kind schenken«, beschied Pater Samuel eisig, begleitet vom zustimmenden Nicken der Bäuerin, die hinter seinem Rücken stand und ebenso sensationslüstern wie hochmütig über seine Schulter blickte. Resolut schritt Pater Samuel auf Mairi zu, wohl um sie zu segnen, doch als er das Kreuzzeichen über ihr machen wollte, schrie sie auf und wand sich vor Schmerzen.

Erschrocken wich der Priester zurück. »Was hast du getan?« Argwöhnisch sah er Lachlan an.

»Ich? Getan?«

»Sie ist wie besessen!« Pater Samuel wich zurück und hob das Holzkreuz seines Rosenkranzes schützend vor sich und die Bäuerin, während er ängstlich auf Mairi und Lachlan blickte.

»Sie hat Wehen!«

Pater Samuel schüttelte den Kopf. »Ich wusste immer, dass es mit der Heilerin auf eurer Burg etwas Unheilvolles auf sich hat. Und offensichtlich bist auch du mit den Mächten des Bösen im Bunde!«

»So ein Unsinn!« Angst und Wut schäumten in Lachlan. »Diese Frau bekommt ein Kind und durchleidet die Schmerzen einer Geburt, das ist alles!«

»Ich weiß, was ich gesehen habe!« Mit diesen Worten drehte der Dominikaner sich um, scheuchte die Bäuerin hinaus und rauschte selbst hinterdrein, hinaus in den stärker werdenden Sturm.

Hoffentlich fällt ihm ein Baum auf den Kopf, grollte Lachlan. Sein Herz pochte aufgebracht, und Unbehagen wühlte in seinem Magen.

Hamish und sein Bruder starrten ihn mit großen Augen an. »Bist du mit den Mächten des Bösen im Bunde?«

Die Anschuldigung war einfach zu monströs. Lachlan fand keine Worte, während der Sturm wie tausend fliegende Dämonen um die Hütte heulte, und schüttelte nur den Kopf.

»Dann beweise es uns«, forderte ihn der Blondschopf auf, drehte sich um und holte aus einer kleinen Truhe einen wunderschön gearbeiteten Rosenkranz mit einem silbernen Kreuz daran.

»Der hat meiner Großmutter gehört. Er ist unser wertvollster Besitz.« Er hielt ihn ihm entgegen. »Nimm ihn in die Hand und bete.«

Ohne zu zögern, ergriff Lachlan das Kreuz, küsste es einmal und kniete sich hin. Dann hängte er sich den Kranz um die Schultern, faltete die Hände um das Kreuz und begann zu beten: Das Paternoster, das Ave-Maria und zuletzt, mehr für sich, den sechsundzwanzigsten Psalm:

»Herr, schaffe mir Recht; denn ich bin unschuldig! Ich hoffe auf den Herrn; darum werde ich nicht fallen. Prüfe mich, Herr, und versuche mich; läutere meine Nieren und mein Herz. Denn deine Güte ist vor meinen Augen, und ich wandle in deiner Wahrheit. Ich wasche meine Hände in Unschuld und halte mich, Herr, zu deinem Altar.«

Der jüngere Bruder sah den älteren fragend an: »Das Kreuz müsste ihn verbrennen, oder nicht? Er könnte nicht solche Worte sprechen und das Paternoster beten?«

Hamish stimmte seinem Bruder nickend zu.

»Was ist mit ihr?« Ängstlich zeigte er auf seine Mutter. »Ist sie besessen?«

Lachlan kam auf die Füße. »Nein. Bestimmt nicht. Sieh!« Er nahm das Kreuz und legte es auf Mairis Stirn. Sie hob die Hand und führte das Kreuz ebenfalls an ihre Lippen. Dann sprach auch sie ein Gebet.

Das überzeugte die Jungen. Dem Jüngeren traten Tränen in die Augen. Er lief zu ihr hinüber und kniete neben ihrem Bett.

»Es ist gut, Sohn. Hör auf zu weinen.« Liebevoll strich sie ihm über den Schopf. »Mit Gottes Hilfe hast du bald ein weiteres Geschwisterchen. Und jetzt geht und gebt Alison etwas zu essen.«

Die beiden Jungen verschwanden, während Mairi von der nächsten Wehe heimgesucht wurde. Als sie abgeklungen war, packte sie Lachlans Hand.

»Versprecht mir etwas!«

»Was?«

»Wenn ich sterbe, bringt meine Kinder zu meiner Schwester nach St. Madoes. Sie wird sich um sie kümmern.«

Lachlan nickte und drückte die Hand der Bäuerin. »Ich verspreche es.«

Der Sturm wurde immer heftiger. Wild heulte der Wind um das kleine Häuschen und rüttelte an den Läden der Fenster. Einmal befürchtete Lachlan gar, er wolle das Dach abheben.

Zweimal untersuchte Lachlan Mairi noch, doch entgegen seinen Befürchtungen machte die Geburt Fortschritte. Als die Presswehen einsetzten, vergaß Lachlan alles um sich herum, seine Unzulänglichkeit ebenso wie die drei verängstigten Kinder nebenan und das apokalyptische Wetter draußen.

Zoll für Zoll schob sich der Po des Babys dem Licht der Welt entgegen, während Lachlan Mairi anfeuerte.

»Ich kann nicht mehr«, jammerte Mairi, als der Po geboren war.

»Doch! Du kannst noch!«, widersprach Lachlan fest, obwohl er sehr besorgt war. Mairi schien wirklich am Ende ihrer Kräfte, doch das Schwerste hatte sie noch vor sich, denn der Kopf war der größte Teil des Babys. Kam er zuerst, war alles andere danach leicht. Nun drohte die Gefahr, dass er stecken blieb.

»Mairi, du musst pressen, hörst du? Bei der nächsten Wehe musst du noch einmal all deine Kraft zusammennehmen. Ich verspreche dir, es wird die letzte sein!« Es gab einen Griff, den Ealasaid Lachlan beschrieben hatte, um dem Kopf den Weg zu erleichtern: Man müsse den Po des Kindes packen und auf den Bauch der Gebärenden legen.

Die nächste Wehe kam. »Jetzt, Mairi!« Entschlossen atmete Lachlan aus, verbannte jede Furcht vor einem möglichen Scheitern aus seinem Herzen und packte den Po des Kindes.

Mairi schrie vor Schmerz und Anstrengung, während der Kopf in einem Schwall aus Blut und Fruchtwasser geboren wurde. Schwer sackte das Baby in Lachlans Arme. Zittrig hielt er es, entsetzt, weil es so blau und leblos war, doch dann regte sich das Neugeborene, kräuselte die Nase und begann, aus Leibeskräften zu brüllen. Grenzenlos erleichtert begann Lachlan zu lachen.

»Eine Tochter! Eine wunderschöne, kleine Tochter«, sagte er und betrachtete voller Erstaunen das runzlige Wesen, bevor er es vorsichtig auf Mairis Brust legte.

Die hatte Tränen in den Augen. Bewegt küsste sie dem Kind die Stirn und sah Lachlan voller Dankbarkeit an, während der sich verlegen den Nacken rieb und wieder dem Notwendigen zuwandte: Die Nabelschnur musste mit dem Zwirn aus seiner Tasche abgebunden und dann durchtrennt werden.

In diesem Augenblick schwoll der Sturm zu einem so ohrenbetäubenden Getöse an, dass die Bauernkate erzitterte und bebte. Verängstigt schrien die Kinder nebenan auf, und auch Mairi und Lachlan tauschten einen furchtsamen Blick. Doch noch ehe Lachlan reagieren konnte, war ein Krachen und Splittern zu hören, und im nächsten Augenblick war das Unwetter mitten in der Hütte. Schützend warf er sich auf Mairi und das Neugeborene, während die Gewalten der Natur um sie herumtobten. Bretter und Bohlen wurden durch die Luft gewirbelt, eiskalter Wind zerrte an ihnen, und Schnee und Hagel peitschten auf sie ein. Lachlan spürte einen scharfen Schmerz in der Wade und gleich darauf einen dumpfen Schlag auf den Kopf.

Sofort wurde es dunkel.

Kapitel 8

– Gasthaus zur Brücke über den Earn, am 22. Tag des Monats Februar im Jahre des Herrn 1312 –

»Großer Gott«, murmelte Duncan, als er vor die Tür des Gasthauses trat und sich umsah. Zwei Tage waren sie Gefangene des Wetters gewesen und hatten kaum den Hof zu den Ställen überqueren können, um die Pferde zu füttern. Jetzt lag der Schnee drei Ellen hoch und bedeckte gnädig, was der Sturm angerichtet hatte: Überall fanden sich abgeknickte Bäume, umgestürzte Karren und herumliegende Trümmer. Immerhin hatten Gasthaus und Stall den Sturm unbeschadet überstanden, nur ein Schuppen war zusammengebrochen.

»Wie es in dem Dorf aussehen mag?«, fügte Riley unbehaglich hinzu, der neben dem baumlangen Torwächter stand und nicht minder erschüttert in die weiße Landschaft blickte.

»Sicher ähnlich verwüstet.« Stumm verfluchte sich Duncan, dass sie Lachlan allein in Rhynd zurückgelassen hatte.

Als könne Riley Gedanken lesen, murmelte er: »Finlay reißt uns den Kopf ab, wenn wir Lachlan nicht heil nach Hause bringen.«

»Wir sollten den Wirt ausbezahlen und uns auf den Weg machen. In dem Schnee wird es eine Weile dauern, bis wir den Weg nach Rhynd zurückgelegt haben«, riet Tom, der auch einen Blick über ihre Schultern nach draußen warf.

Duncan löste seinen Geldbeutel vom Gürtel.

In der Tat hatten es die Pferde schwer im tiefen Schnee. Rhynd lag auf einer kleinen Anhöhe, und so brauchten sie für den Weg fast doppelt so lange wie zwei Tage zuvor. Eine seltsame Stille herrschte um sie herum. Die dicke Schneedecke dämpfte den Hufschlag ihrer Pferde, sämtliche Vögel waren noch verstummt, und außer ihnen schien sich bisher kein Mensch nach draußen gewagt zu haben.

»Als wären wir allein auf der Erde«, murmelte Tom unbehaglich.

Duncan sagte nichts; auch ihm wollte die Stille wie ein böses Omen erscheinen. Grimmig trieb er sein Pferd an, das unwillig schnaubend voran stapfte.

Die wenigen Häuschen von Rhynd waren unter der dicken Schneedecke kaum noch auszumachen.

Duncan versuchte, sich zu orientieren. »Wo ist der Brunnen?«

»Er stand unweit der Dorflinde.« Tom, ein wenig blasser geworden, hob den Finger und wies auf etwas, das Duncan zunächst nicht erkennen konnte. Erst beim zweiten Hinsehen ging ihm auf, dass es das radförmige Wurzelwerk eines großen Baumes war, das dort emporragte.

»Gütiger Jesus ...« Riley drückte seinem Pferd die Fersen in die Flanken.

Die Dorflinde war direkt auf die Kate gestürzt, in der sie Lachlan vorgestern zurückgelassen hatten. Gesplittertes Holz ragte hier und da aus der dichten Schneedecke, doch auch wenn man nicht wirklich viel erkennen konnte, war eines sicher: Von der Bauernkate war praktisch nichts übriggeblieben.

»Ob sie noch darunter sind?« Voller Grauen sah Tom auf die Trümmer.

Duncan schluckte und räusperte sich. »Wir müssen es herausfinden.«

Sie hatten gerade anfangen mit bloßen Händen im Schnee zu graben, als Hufgetrappel sich näherte und neben ihnen Halt machte. Sechs Soldaten, das Abzeichen des Sheriffs von Perth auf den Waffenröcken, begleiteten einen Priester in schwarzem Gewand. Verwirrt erkannte Duncan Pater Samuel und hielt inne. Der Dominikaner sah ebenso verwirrt zurück und dann perplex auf das zerstörte Haus.

»Gott hat sie ihrer gerechten Strafe schon zugeführt.«

»Was redet Ihr da?«

Pater Samuel schien sich ernsthaft zu fürchten. Zittrig wies er auf die zerstörte Kate. »Dämonen trieben vorgestern ihr Unwesen in diesem Haus.«

»Dämonen?«, fragte Riley entgeistert.

»Der Gehilfe Eurer Hexe stand mit ihnen in Verbindung. Vermutlich hat er sie sogar herbeigerufen!«

Duncan tauschte einen unbehaglichen Blick mit seinen Begleitern, doch Riley schüttelte unmerklich den Kopf.

»Seht nach, ob sie wirklich tot sind«, wies der Dominikaner unterdessen den Anführer der Soldaten an. »Nicht, dass Satan ihnen zur Flucht verholfen hat.«

Grob wurden Duncan und seine Gefährten beiseitegedrängt. Die Soldaten waren besser ausgerüstet; ein jeder löste einen kleinen Spaten von seinem Sattel, vermutlich brauchten sie sie sonst, um Befestigungsgräben auszuheben. Beklommen beobachtete Duncan, wie sich die Soldaten zügig durch den Schnee gruben, und fürchtete, jeden Moment eine Hand oder einen Fuß unter einem der umgestürzten Balken zu entdecken.

»He! Pack mit an!«

Gemeinsam mit Riley hob er ein Stück der freigelegten Giebelwand an, die einfach umgestürzt zu sein schien. Eine Schlafstatt kam darunter zum Vorschein, übersät mit Holztrümmern und in der Mitte eingebrochen, die Laken mit Blut besudelt – doch sie fanden keine Leiche. Riley bückte sich und sah unter die Überreste des Bettes. Er schüttelte den Kopf, als er wieder aufstand.

»Hier ist ein totes Pferd«, meldete sich einer der Soldaten von weiter rechts.

Betroffen sahen Duncan, Riley und Tom auf Lachlans erschlagenen Wallach.

»Wenn das Pferd hier ist, können sie auch nicht weit sein.« Die Furcht in Pater Samuels Augen war von einem merkwürdigen Funkeln verdrängt worden. »Sucht weiter!«

Die Soldaten gruben weiter. Sie legten eine erkaltete Feuerstelle frei und eine zerborstene Truhe, aus der

Kleidungsstücke hervorragten. Sämtliche Holztrümmer wurden ein Stück zur Seite geschafft, nur die umgestürzte Linde ließ sich nicht von der Stelle bewegen: Sie war viel zu groß und schwer.

Mittlerweile war Pater Samuel seinerseits vom Pferd gestiegen. Aufmerksam umschritt er den umgestürzten Baum. »Da ist niemand darunter … Niemand mehr in der Hütte«, murmelte er vor sich hin. »Ich kann mir nicht vorstellen, dass die Dorfbewohner mitten im Sturm Leichen aus den Trümmern geborgen hätten.« Er sah zu den umliegenden Bauernkaten. »Entweder konnten sie sich also doch mit Satans Hilfe in Sicherheit bringen, oder sie wurden von den arglosen Dorfbewohnern lebend gerettet.«

Letzteres hoffte auch Duncan.

»Ihr scheint Euch zu freuen …« Der Dominikaner musterte ihn misstrauisch. »Steckt Ihr mit ihm unter einer Decke?«

»Natürlich nicht!«, erklärte Riley an Duncans statt resolut.

»Was habt Ihr überhaupt hier zu schaffen?«

Duncan zuckte scheinbar gleichmütig mit den Schultern. »Wir haben Lachlan begleitet, als der Sturm aufzog. Er verlangte hierzubleiben. Niemals hätten wir geahnt, wofür.«

Pater Samuel bedachte sie mit einem skeptischen Blick. »Ihr verschwindet jetzt besser. Das hier ist Sache des Sheriffs und des Kirchengerichtes.«

Sie ließen es sich nicht zweimal sagen. Zügig, aber ohne übertriebene Hast saßen sie auf und ritten davon, doch kaum, dass Rhynd außer Sicht war, machten sie wieder Halt.

»Du lieber Himmel …« Tom wirkte verstört.

»Glaubst du, er ist schwer verletzt?« Duncan sah Riley fragend an.

»Schwer zu sagen … Hast du das Blut auf dem Bett gesehen?«

»Es müsste ja nicht seines sein«, entgegnete Duncan unbehaglich. Dann fasste er einen Entschluss. »Ich schleiche zurück. Die Soldaten durchsuchen jetzt sicher die umliegenden Häuser. Mal sehen, was sie herausfinden.«

Riley und Tom blieben bei den Pferden, während Duncan einen kleinen Bogen um das Dorf schlug und sich von hinten durch den Wald wieder heranschlich. Hinter einer etwas abseits vom Dorfkern gelegenen Kate machte er halt und spähte vorsichtig zum Dorfbrunnen. Dort saß Pater Samuel wieder auf seinem Pferd und überwachte die Durchsuchung. Derb schlugen die Soldaten an die Türen der Katen und verlangten Einlass, doch sie kamen meist unverrichteter Dinge wieder heraus. Dann allerdings trat der Anführer der Soldaten zu Pater Samuel, sprach kurz mit ihm und zeigte genau auf die Kate, hinter der Duncan sich versteckte. Rasch zog er sich weiter zurück und fand hinter einem Holzstapel Deckung.

»Aufmachen im Namen des Sheriffs!«, hörte er den Soldaten nur wenig später rufen.

»Komme ja schon«, brummelte es von drinnen, während schlurfende Schritte aus der Kate zu vernehmen waren.

Der Anführer donnerte wieder gegen die Tür.

»Ja, ja ...«, grummelte die brüchige, raue Stimme einer alten Frau. »Was ist?«

»Mütterchen, deine Nachbarn sagen, du hättest letzte Nacht einen jungen rothaarigen Burschen hier aufgenommen, als Mairis Hütte eingestürzt ist?«

»Das ist richtig.«

»Dann lass uns ein. Er ist verhaftet!«

Kapitel 9

– Blair Castle, am 25. Tag des Monats Februar im Jahre des Herrn 1312 –

»Blair hat drei Tote zu beklagen«, verkündete Finlay düster, als er seinen nassen Mantel an einen Haken beim Kamin hängte und aus den schneeverkrusteten Stiefeln stieg.

Bekümmert sah Raelyn von ihrer Näharbeit auf.

»In den anderen Dörfern haben gottlob alle überlebt, aber es gibt etliche eingestürzte Hütten, zerstörte Ställe, versprengte Schafherden, umgeknickte Bäume und einige Schäden mehr, die sich wegen der dicken Schneedecke noch gar nicht richtig beziffern lassen.«

Finlay setzte sich mit gerunzelter Stirn neben seine Frau und ergriff ihre Hand.

»Wer ist gestorben?«

»Der Korbflechter mit seiner Frau und ihrem Kind. Ihr Haus war das ärmlichste in Blair. Das Dach ist ihnen einfach auf die Köpfe gefallen.«

Tröstend strich Raelyn mit ihrem Daumen über seinen.

Dieser Schneesturm war schlimmer gewesen als alles, was Finlay je erlebt hatte. Selbst die Mauern Blair Castles hatten im Wind geächzt und gestöhnt und der Dachstuhl bedenklich geknarrt. Ziegel waren davongeflogen und alle Gerätschaften, die sich im Hof befunden hatten, durcheinandergewirbelt. Dennoch hatte die mächtige Burg das Unwetter letztlich unbeschadet überstanden. Als der Wind sich gelegt und der Schneefall aufgehört hatte, war er mit Colin, Alan und Ean aufgebrochen, um die Schäden zu inspizieren und den Menschen seines Lehens Mut und Hilfe zu bringen.

»Hoffentlich dauert der Winter jetzt nicht mehr allzu lang«, sagte Finlay. »Etliche Speicher sind zerstört worden, die Vorräte durchnässt und vom Schnee verdorben.«

»Kann man sie nicht trocknen?«

»Manches vielleicht. Aber wenn der Frühling nicht bald kommt, werden die Menschen trotzdem hungern.«

»Wir haben beinahe März«, entgegnete Raelyn.

Das schien das Wetter nicht zu wissen. Von der dicken Schneedecke abgesehen, herrschten frostige Temperaturen, und ein eisiger Wind wehte.

»Was wird denn nun aus der Hochzeit werden?«

Finlay zuckte ein wenig hilflos mit den Schultern. »Wenn das Wetter noch länger so anhält, wird es wohl ein karges Fest.« Dann schob er entschlossen seine Bedenken zur Seite und drückte Raelyns Hand. »Aber du hast recht. Es ist praktisch März. Und wir haben noch Zeit für die Vorbereitungen.«

»Hoffentlich haben Neil und Mary diesen Sturm unbeschadet überstanden.«

»Soviel ich weiß, wollten sie in der Abtei von Melrose bleiben, bis Mary sich erholt hat. Das Haus des Abtes und die Kirche dort sind aus Stein errichtet. Ich denke nicht, dass ihnen etwas zugestoßen ist.«

Mehr Sorgen machte Finlay sich um Lachlan, Duncan, Riley und Tom. Als er seine Bewaffneten losgeschickt hatte, Ealasaids Gehilfen zu holen, war von dem Unwetter nichts zu ahnen gewesen. Er hoffte inständig, dass sie entweder noch in St. Andrews waren oder unterwegs geeigneten Schutz gefunden hatten. Doch er sagte es nicht.

»Wir werden den Bauern für das Frühjahr Saatgut leihen müssen«, bemerkte er stattdessen.

»Dann tun wir das.« Raelyn lächelte aufmunternd. Das liebte er an ihr: Sie war stets bereit zu geben. Dankbar küsste er ihre Hand und dann, angezogen von ihrem wunderbaren Duft, ihren Mund. Verlangend schlang sie die Arme um ihn. Wie gut es war, ein privates Wohngemach zu besitzen, dachte Finlay beiläufig, während sich seine Hände in Raelyns seidiger Lockenflut vergruben. Bedauerlicherweise klopfte es in eben diesem Moment. Finlay stieß einen Laut des Unwillens aus, ohne seine Lippen von Raelyns zu lösen. Doch es klopfte wieder. Eindringlich. Und dann steckte Ean den Kopf zur Tür herein, ohne auf eine Aufforderung zu warten.

»Tom ist soeben zurückgekommen. Allein. Er wartet in der Halle auf dich.«

Müde und abgekämpft saß der Bogenschütze auf einer der niederen Bänke. Dennoch erhob er sich sofort, als Finlay die Halle betrat.

»Was ist passiert?«

»Lachlan ...«, begann Tom und wusste dann aber offensichtlich nicht weiter.

»Tom!«, knurrte Finlay.

Der riss sich zusammen. »... wird der schwarzen Magie angeklagt.«

Ein Scheppern und Klirren erklang von der Tür her. Ealasaid, ganz blass im Gesicht, stand in Türrahmen, ihren Beutel zu Füßen: Etliche Tiegel und Töpfchen waren herausgefallen und zerbrochen, und verschiedenste Arzneien sickerten ins Bodenstroh.

»Schwester Ealasaid!« Behutsam führte Finlay sie zu einer der Bänke und ließ sie sich setzten. Dann wandte er sich wieder an Tom. »Nun mal der Reihe nach: Was ist passiert?«

Der berichtete: von ihrem Rückweg, vom aufziehenden Sturm und der Gebärenden.

»Als der Sturm vorüber war, wollten wir Lachlan abholen«, fuhr er zerknirscht fort. »Doch die Hütte, in der wir ihn zurückgelassen hatten, war eingestürzt.«

Entsetzt hob Ealasaid die Hand vor den Mund.

»Wir wollten eben nachsehen, ob ...«, beim Anblick von Ealasaids Gesicht schien er lieber darauf zu verzichten, zu beschreiben, nach was sie suchen wollten, »... als Pater Samuel in Begleitung von Männern des Sheriffs auftauchte.«

»Pater Samuel?« Jetzt war Finlay vollends verwirrt.

Tom nickte. »Er ist es, der die Anklage erhebt.«

*

Lachlan war in einem wirren Traum gefangen. Noch immer befand er sich bei Mairi, und die Geburt dauerte an, während der junge Hamish unermüdlich das Feuer schürte und es unerträglich warm und stickig in der Kate wurde.

Mairi presste und schrie. Aber was sie gebar, war kein Baby, sondern Pater Samuels Kopf, der Lachlan vorwurfsvoll ansah.

»Das ist widernatürlich«, murmelte er vor sich hin und fragte sich, wo die Nabelschnur war, die er nun doch durchtrennen müsste. »Widernatürlich ...«

»Was ist widernatürlich?«, fragte ihn eine junge Stimme, die nicht Mairi gehörte.

»Pater Samuel ...«

»Schhh, es ist alles gut. Hier ist kein Priester.« Ein kühles Tuch wurde auf seinen Nacken gelegt.

Blinzelnd öffnete Lachlan die Augen und fand sich bäuchlings auf einem Strohlager wieder. Neben ihm kniete ein Mädchen von vielleicht dreizehn Jahren mit langem kastanienbraunem Haar, das zu einem unordentlichen Zopf zusammengenommen war. Etliche Strähnen fielen ihr daraus ins Gesicht, und große dunkelbraune Augen blickten ihn mit einer Mischung aus Besorgnis und Neugierde an. Sie hatte eine etwas zu lange Nase, doch ihr Lächeln berührte Lachlan auf seltsame Weise.

»Wo bin ich?«

»Bei Großmutter und mir.«

Das half ihm wenig weiter, aber er nahm an, dass er noch in Rhynd war.

»Was ist passiert?«

»Die Dorflinde ist umgestürzt und hat Mairis Haus eingerissen«, erklärte das Mädchen.

»Ist Mairi tot?«

»Nein. Du hast ihr und dem Baby das Leben gerettet. Hamish und Will konnten sich selbst aus den Trümmern befreien und haben Hilfe geholt. Immerhin das haben ihnen die Dörfler nicht verweigert. Als die Männer die Balken fortgeräumt hatten, fand man dich schützend über Mutter und Kind. Sie sind wohlauf.«

Das erleichterte Lachlan, wenn sein Kopf auch höllisch schmerzte. Offenbar hatte ihn die Linde oder ein Teil der Hütte kräftig am Kopf getroffen. Als er versuchte, sich umzudrehen, schoss obendrein ein heftiger Schmerz seine linke Wade empor.

»Wirst du wohl stilliegen, Jungchen, du ruinierst mir den Umschlag mit der Zugsalbe!« Eine zweite Stimme, viel älter, brummelte ungehalten.

Unheil ahnend stützte Lachlan den Oberkörper auf seine Ellenbogen und blickte hinter sich: Am Fußende seines Lagers saß ein altes Mütterchen und hielt ihre runzlige Hand auf einen schmutzigen Umschlag, der um seine Wade gewickelt war.

»Woraus mischst du deine Zugsalbe, Mütterchen?«

»Hauptsächlich Pferdemist«, gab die Alte zurück.

Lachlan schloss die Augen und unterdrückte ein Seufzen.

»Hab Dank für deine Fürsorge, aber wenn du erlaubst, würde ich gerne selbst einen Blick darauf werfen.«

Sie zuckte ein wenig beleidigt mit den Schultern und nahm die Hand weg.

Er biss die Zähne zusammen und drehte sich um.

»Kannst du mir eine Schüssel Wasser und ein sauberes Tuch bringen?«

Das Mädchen nickte und holte es ihm.

Vorsichtig setzte Lachlan sich hin; der Kopfschmerz verursachte ihm Schwindel und eine leichte Übelkeit. Trotzdem nahm er mit spitzen Fingern den stinkenden Umschlag ab und wusch die Reste des Breis mit dem Wasser herunter.

Was er sah, entsetzte ihn: Handtellergroß zierte eine schwärende Wunde seine Wade, flammend rot und geschwollen. Eine rote Linie zog sich bereits Richtung Kniegelenk, und wenn Lachlan nicht alles täuschte, hatte er Fieber.

»Ein Holzsplitter ist eingedrungen, aber wir konnten ihn nicht entfernen«, erklärte das Mädchen ungefragt. »Deshalb hat Großmutter den Umschlag gemacht.«

»Wie lange bin ich schon hier?«

»Einen Tag.«

Lachlan lauschte. Draußen heulte noch immer der Wind.

»Der Sturm hat nicht nachgelassen?«

Sie schüttelte den Kopf. »Und es schneit ohne Unterlass. Der Schnee liegt schon fast zwei Ellen hoch.«

Großartig, dachte Lachlan.

»Habt ihr meine Tasche gefunden?« Mit seinen Utensilien könnte er sich selbst behandeln. Natürlich nicht, schalt sich Lachlan dann jedoch, als sie bedauernd verneinte. Während eines Schneesturms biblischen Ausmaßes und mitten in der Nacht, waren die Dorfbewohner vermutlich froh gewesen, wenigstens die Menschen aus der eingestürzten Bauernkate retten zu können.

Einen Augenblick stützte er den schmerzenden Kopf in die Hände und dachte nach. Doch es half alles nichts: Er musste mit dem zurechtkommen, was er hier vorfinden würde.

»Habt ihr ein scharfes Messer?«

Das Mädchen nickte und ging zu einer Truhe. Als sie zurückkam, lag ein Dolch in ihren Händen. »Er hat meinem Vater gehört.«

Erleichtert nahm Lachlan ihn entgegen und prüfte die Schneide: Sie war tadellos.

»Wie heißt du?«

»Elena.«

»Ich bräuchte starken Wein.«

»Großmutter hat welchen.«

»Musst du dir erst Mut antrinken, Jungchen?«, brummte die Alte, offensichtlich noch immer ein wenig eingeschnappt, weil Lachlan nichts von ihrer Zugsalbe hielt. Dennoch humpelte sie davon und kam mit einem kleinen Krug zurück. »Da, aber sauf mir nicht alles weg. Ist was Besonderes.«

Lachlan schnupperte. »Uisge beatha?« Das hatte er kaum zu hoffen gewagt. Dieses Lebenswasser wurde zwar nicht aus Wein, sondern aus Gerstenmalz gebrannt, doch es war sicher ebenso stark wie das *Aqua Ardens,* das Ealasaid und er zum Reinigen von Wunden verwendeten.

»Hm, aus dem Kloster. Wirst es wohl brauchen.«

»Ich danke dir.«

Wiederum nur brummend schlurfte das Mütterchen davon.

»Würdest du Wasser heiß machen und das Messer hineinlegen, Elena?«

Während sie sich an der Feuerstelle zu schaffen machte, betastete Lachlan vorsichtig seine verletzte Wade. Gut zwei Fingerbreit hatte sich Eiter um den Holzsplitter angesammelt, der tief im Fleisch steckte und nicht zu packen war. Ringsum war die Wunde heiß und sehr schmerzhaft.

»Willst du sie aufschneiden?« Elena sah ihn fragend an.

»Ich muss es tun.«

»Dann ist es wohl besser, du machst es auf dem Tisch dort drüben.«

»Auf unserem Tisch?«, murrte die Alte ungehalten.

»Ich mache ihn später sauber«, beruhigte ihre Enkelin sie.

Mit einiger Mühe erhob Lachlan sich vom Strohlager, sein Kopf nahm die Bewegung übel. Mehrmals musste er tief durchatmen, um Brechreiz und Schwindel niederzukämpfen, bevor er versuchen konnte, zum Tisch zu humpeln, doch Schmerz zuckte bei jedem Schritt von seiner Wade hoch und ließ ihn aufstöhnen.

»Stütz dich auf mich«, bot Elena an und umfasste seine Hüfte.

Mit ihrer Hilfe erreichte er den Tisch. Trotzdem war er schweißnass, als er sich daraufsetzte und sein verletztes Bein vorsichtig vor sich anwinkelte.

»Ich brauche Verbandzeug. Hast du sauberes Leinen?«

Sie ging zu einem kleinen Kasten und holte einen Stapel sorgfältig gefaltetes weißes Leinen heraus.

»Für deine Mitgift?«

Ein gleichgültiges Schulterzucken war ihre ganze Antwort.

»Ich werde es dir ersetzen«, versprach Lachlan. »Kannst du mir jetzt den Dolch holen?«

Mit einer Schöpfkelle angelte Elena im kochenden Wasser nach dem Messer und brachte es herüber. Lachlan hatte bereits eines der sauberen Tücher ausgebreitet.

»Leg es hierauf.«

Er wartete eine Weile, bis der Dolch abgekühlt war, dann nahm er ihn zur Hand und atmete tief durch. Er hatte sich noch nie selbst geschnitten. Hunderte von Eiterbeulen hatte er schon geöffnet, aber sich ins eigene Fleisch zu schneiden, brauchte doch mehr Überwindung, als er gedacht hatte. Seine Hand zitterte.

»Soll ich es tun?«, fragte Elena.

»Denkst du, du kannst das?«

Sie nickte. Ihr Blick wirkte entschlossen und beinahe interessiert, nicht ängstlich.

»Sag mir, wie ich schneiden soll.«

Mit der Spitze des Dolches beschrieb Lachlan den Schnittverlauf. »Hier. Aber nicht zu tief, höchstens ein Zoll. Dann solltest du den Splitter packen und herausziehen können.«

Elena nahm den Dolch zur Hand und wollte gleich beginnen, doch Lachlan hielt ihre Hand fest.

»Warte. Ich werde mich lieber auf den Bauch drehen, dann kommst du besser ran.« Und ich muss nicht hinsehen, fügte er in Gedanken hinzu. Er suchte ihren Blick. »Wenn du begonnen hast, lass dich von mir nicht mehr abhalten. Ich werde meine Kraft wohl brauchen, um das Bein ruhig zu halten. Dass es auch noch für meine Stimme reicht, kann ich nicht versprechen.« Er drehte sich um. »Hast du etwas, auf das ich beißen kann?«

Sie holte ihm einen hölzernen Rührlöffel. Mit einem Tuch umwickelt schob er ihn sich zwischen die Zähne und legte sich auf den Bauch. Dann hielt er sich an der oberen Tischkante fest und nickte Elena zu.

Sie schnitt, ohne zu zögern.

Stöhnend biss Lachlan in den Löffeln. Es wurde noch schlimmer, als sie den Splitter packte, doch irgendwann war er endlich heraus.

»Ich hab ihn.«

Erleichtert gönnte Lachlan sich ein paar Atemzüge Erholung, bevor er den Rührlöffel kurz aus dem Mund nahm.

»Du musst die Wunde ausdrücken. So lange, bis kein Eiter mehr fließt, sondern nur noch Blut.« Er schob sich den Löffel wieder zwischen die Zähne und schloss die Augen. Elena war nicht zimperlich. Grimmig verbat sich Lachlan jedwede Bewegung mit dem Bein, während er sich an die Tischkante klammerte und versuchte, sein Stöhnen zu unterdrücken, was ihm nur unzureichend gelang.

»Jetzt kommt nur noch Blut. Soll ich die Wunde mit Wasser auswaschen?«

»Nein. Mit dem Uisge«, verlangte er gepresst.

»Bist du sicher?«

Er nickte entschlossen.

»Wie du meinst.«

Es brannte entsetzlich. Schweiß brach ihm aus allen Poren, und sein Stöhnen wurde jammervoll. Dennoch gelang es ihm, das Bein ruhig zu halten.

Als es endlich überstanden war, bettete Lachlan den Kopf erschöpft auf seine Arme.

»Sollte es nicht genäht werden? Es blutet ziemlich stark«, merkte das Mädchen an.

Müde schüttelte er den Kopf. »Eine eiternde Wunde darf niemals genäht werden. Sie muss so zuheilen. Nimm ein sauberes Tuch und drücke es solange fest auf die Wunde, wie du brauchst, um dreimal das Ave-Maria zu sprechen.«

Elena nahm das Tuch und drückte, aber sie sprach das Gebet nicht nur in Gedanken.

»Gegrüßet seist du, Maria, voll der Gnade, der Herr ist mit dir. Du bist gebenedeit unter den Frauen, und gebenedeit ist die Frucht deines Leibes, Jesus. Heilige Maria, Mutter Gottes, bitte für uns Sünder, jetzt und in der Stunde unseres Todes. Amen.«

Lachlan lauschte ihrer Stimme. Sie war tief für ein Mädchen ihres Alters und warm. Gerne hätte er sie singen gehört.

»Es hat aufgehört«, stellte sie fest.

»Dann kannst du es jetzt verbinden. Nimm einen Leinenstreifen, tränke ihn mit dem abgekochten Wasser und stopf ihn in die Wunde. Darüber legst du einen festen Verband an.«

Er musste noch einmal die Zähne zusammenbeißen, aber Elena war schnell und geschickt.

»Fertig«, sagte sie nach kurzer Zeit nicht ohne Stolz.

Vorsichtig richtete Lachlan sich auf. Er war völlig erledigt, sein Kopf hämmerte wie verrückt, seine Arme zitterten, und sein Gewand war schweißnass. Dennoch begutachtete er ihren Verband und brachte ein kleines Lächeln zustande. »Das hast du wirklich gut gemacht. Ich danke dir.«

Fast ein wenig beschämt senkte sie den Blick. »Nicht der Rede wert.«

»Doch.« Das Bedürfnis, sich wieder hinzulegen, wurde übermächtig.

»Ich helfe dir rüber.«

Er verzog das Gesicht, als er die Beine vom Tisch baumeln ließ und der Schmerz wieder in seiner Wade zu pulsieren begann.

»Nicht auftreten«, riet Elena. »Du kannst dich wirklich fest auf mich stützen.«

Es tat trotzdem weh. Jede Erschütterung ließ den Schmerz anschwellen, und so kamen die wenigen Schritte bis zum Strohlager Lachlan endlos vor. Mit einem leisen Aufstöhnen ließ er sich bäuchlings auf das Strohlager sinken und schloss müde die Augen. Er hörte, wie die Tür der Kate geöffnet wurde: Der Wind heulte und pfiff, und ein Schwall frischer Luft strömte in die Kate. Dann spürte er, wie etwas himmlisch Leichtes und Kühles auf seinen Nacken und kurz darauf auf sein Bein gelegt wurde. Augenblicklich ließen die Schmerzen nach.

»Besser?« Elenas warme Stimme war ganz sanft.

Er nickte dankbar.

Als er erwachte, sickerte trübes Licht durch die Ritzen der Fensterläden. Verwirrt sah er um sich, bis er die Kate wiedererkannte und wusste, wo er war. Draußen schien der Sturm verklungen; eine vollkommene Stille hüllte Lachlan ein.

Vorsichtig machte er eine Bestandsaufnahme: Sein Kopf war besser, das Fieber schien gefallen, doch in der Wade spürte er noch immer das pulsierende Pochen. Na gut, so schnell ging es eben nicht. Er würde sich nachher die Wunde ansehen. Fürs Erste war er froh, dass ihm der Kopfschmerz keine Übelkeit mehr bescherte. Obschon seine Zunge reichlich trocken am Gaumen klebte. Suchend sah er sich in der schlichten Hütte um, ob er nicht irgendwo einen Krug entdeckte: Über einer gemauerten Feuerstelle hingen Kräuter zum Trocknen, und auf einem Wandbord fanden sich ordentlich gestapelt Holzschalen und Becher, doch kein Krug. Auch auf dem Tisch beim Fenster, jetzt wieder blank gescheuert, stand nichts zu trinken. Er setzte sich auf. Es ging leichter als gestern, nur das Bein nahm die Bewegung übel. Am Fußende seines Strohlagers fand er, wonach er gesucht hatte: Säuberlich mit einem Tuch abgedeckt stand dort ein Krug nebst Becher. Mit zusammengebissenen Zähnen angelte er danach.

»Warte. Ich helfe dir.« In eine warme Decke gewickelt stand Elena neben dem Wandschirm, der ihre Schlafstatt vom Wohnraum abtrennte. Ihr braunes Haar war offen, und bloße zierliche Füße schauten unter der Decke hervor.

Dankbar nahm Lachlan ihr den befüllten Becher ab. Es war Dünnbier und es war schal, dennoch trank er in schnellen Zügen.

»Noch einen?«

Er nickte.

»Geht es dir besser?«

»Ein bisschen.«

»Ich werde mich anziehen und etwas zu Essen machen.«

Lachlan hatte eigentlich keinen Appetit. »Ich will euch nichts wegessen.«

»Das tust du nicht.«

Sie verschwand hinter dem Wandschirm. Als sie zurückkam, war sie angezogen und das Haar wieder geflochten. Mit geübten Händen brachte sie das Feuer in Gang und setzte einen Kessel auf. Nach kurzer Zeit breitete sich ein würziger Duft in der Hütte aus, und Lachlan stellte fest, dass er doch so etwas wie Hunger verspürte.

»Es ist heiß«, mahnte Elena, als sie ihm eine Schale voll reichte.

Vorsichtig blies Lachlan über den Inhalt, bevor er den Holzlöffel eintauchte. Es war eine Hafergrütze. Gewürzt mit Kräutern war sie allerdings deutlich schmackhafter, als man es sonst von diesem einfachen Gericht kannte.

»Mmmh, das ist gut.«

Elena lächelte. »Großmutters Spezialrezept.«

»Verrätst du das Geheimnis?«

»Getrockneter Bärlauch und ganz wenig Rosmarin.«

Lachlan hob anerkennend die Augenbrauen und nahm einen zweiten Löffel. »Wohnst du ganz allein hier mit deiner Großmutter?«

Sie schüttelte den Kopf, und ein kleiner Schatten huschte über ihr Gesicht. »Ich wohne eigentlich in Perth. Meine Mutter hat den Schumacher dort geheiratet, nachdem die Engländer meinen Vater wegen Wilderei aufgehängt haben. Großmutter wollte nicht mit nach Perth. Deshalb besuche ich sie öfter.«

»Einen alten Baum verpflanzt man nicht«, brummelte die Alte in diesem Moment. Sie schlurfte zum Tisch hinüber und setzte sich. »Habt ihr mir was vom Frühstück übriggelassen?«

»Natürlich, Großmutter.« Elena füllte eine Schale und brachte sie ihr.

Während die alte Frau geräuschvoll schmatzte, sah sie Lachlan fast herausfordernd an. »Wie soll es denn nun weitergehen?«

Darüber hatte Lachlan sich auch schon Gedanken gemacht. »Meine Begleiter warten im Gasthaus bei der Brücke über den Earn. Jetzt, wo der Sturm vorüber ist, kann ich mich auf den Weg zu ihnen machen. Wenn du es erlaubst, werde ich mein Bein noch einmal frisch verbinden und dann aufbrechen.«

»Hmmm«, brummte die Alte. »Dein Pferd ist aber verreckt. Von der Linde erschlagen. Wie willst du die vier Meilen mit dem Bein schaffen? Man versinkt augenblicklich knietief im Schnee.«

Mit dem Tod seines Pferdes hatte Lachlan nicht gerechnet. Betroffen sah er sie einen Moment an. »Wenn ich nicht zu ihnen komme, werden sie wohl hierher reiten, um nach mir zu suchen«, vermutete er schließlich.

»Und hoffentlich dauert das nicht zu lange.« Augenscheinlich war es ihr nicht recht, auf unabsehbare Zeit einen Gast zu haben.

»Ich kümmere mich um alles«, versicherte Elena. »Leg dich wieder schlafen, Großmutter. Bei diesem Wetter ist man am besten unter der warmen Bettdecke aufgehoben.«

Die Alte rang einen Moment mit sich, ob sie nicht des Anstandes wegen aufbleiben müsse. Aber dann machte sie eine wegwerfende Handbewegung und schlurfte wieder hinter den Wandschirm. Nach kurzer Zeit hörten sie sie schnarchen.

»Ist sie immer so unfreundlich?«

»Seit sie meinen Vater aufgehängt haben«, entgegnete Elena offen. »Sie vermisst ihn so.«

Beschämt senkte Lachlan den Blick. »Verzeih, es war nicht so gemeint.«

»Schon gut. Sie ist furchtbar unfreundlich.« Elena schenkte ihm ein koboldhaftes Lächeln, das Grübchen auf ihre Wangen zauberte. Fasziniert betrachtete Lachlan sie.

»Soll ich dir mit dem Verband helfen?«

»Das wäre sehr nett von dir.«
»Wieder beim Tisch?«
»Nur wenn es dir nichts ausmacht.«
Sie schüttelte den Kopf. »Besser als hier auf dem Strohlager. Zu viel Schmutz.«
Er lächelte.
»Stütz dich wieder auf mich.«
Elena brachte noch zwei Talglichter, nachdem sie beim Tisch angelangt waren, während Lachlan den Verband abwickelte. Die Wunde war noch immer flammend gerötet und heiß, ihre Ränder geschwollen.
»Sollte es so aussehen?«, fragte Elena leise.
Lachlan schüttelte den Kopf.
»Und jetzt?«
Er atmete einmal durch. So leicht wollte er sich nicht geschlagen geben. »Ist noch von dem Uisge da?«
Sie nickte.
»Dann wäre es gut, wenn du die Wunde noch einmal damit auswaschen könntest.«
Ihr Blick zeigte Mitleid. »Ginge nicht auch ein Kamillensud?«
»Ich fürchte nicht.« Er war sich nicht einmal sicher, ob Auswaschen allein genügen würde. So wie die Wunde aussah, müssten ihre entzündeten Ränder eigentlich ausgeschnitten werden. Doch hier in dieser Hütte, ohne seine Instrumente und ohne schmerzstillendes Opium … Lachlan hoffte, dass ihm das Lebenswasser genug Zeit verschaffen würde, um nach Blair Castle zu kommen. »Aber für den Verband wäre ein Kamillensud hilfreich.«
»Dann mache ich einen.«
Als der würzig-süßliche Duft der Kamille sich in der Hütte ausbreitete, kam Elena vom Herd zurück. »Sollen wir anfangen?«
Es kostete Lachlan ein wenig Überwindung, sich auf den Bauch zu legen. »Ich verspreche, deiner Großmutter das Uisge zu ersetzen.«

»Mach dir darüber keine Gedanken.«
»Doch. Denn ich will, dass du die Wunde ganz damit füllst.«
»Ich soll nicht nur ein Tuch tränken?«
Lachlan schüttelte entschlossen den Kopf.
»Also gut.«
»Aber zunächst musst du den Leinenstreifen entfernen.«
»Sag mir, wann ich anfangen soll.«
»Am besten gleich.« Es war zermürbend zu warten.
Sie machte sich ans Werk. Lachlan klammerte sich wie am Vortag an der Tischkante fest und weil er vergessen hatte, um ein Beißholz zu bitten, blieb ihm nichts anderes, als die Zähne so zusammenzubeißen. Als er die Luft nicht länger anhalten konnte, gelang es ihm auch nicht mehr, sein Stöhnen zu unterdrücken.
»Wie lange?«, fragte Elena besorgt.
Lachlan hätte ihr gerne erklärt, dass es von allein aufhören musste, doch er konnte seiner Stimme derzeit nicht trauen. Also schüttelte er nur mit dem Kopf. Elena schien ihn dennoch zu verstehen. Sanft, aber bestimmt umfasste sie seinen Knöchel, drückte den Fuß auf die Tischplatte und erlöste ihn somit von der Anstrengung, auch noch das Bein ruhig halten zu müssen. Erst als das Brennen endlich nachgelassen hatte und Lachlan in tiefen Zügen Atem schöpfte, ließ sie ihn wieder los. Er hörte, wie sie sich am Herd zu schaffen machte und dann die Tür gehen. Mit zwei Schalen kam sie zum Tisch zurück.
»Soll ich wieder einen Leinenstreifen in die Wunde einlegen?«
Als er nickte, setzte sie nach: »In Kamillensud getränkt?«
»Das wäre gut.« Lachlan musste sich räuspern.
»Leg den Kopf wieder hin. Ich mache schnell.«
Und das tat sie. Mit geübten Händen verband sie ihn.
»Bleib noch ein wenig liegen und ruh dich aus.«
Lachlan spürte, wie sie wieder etwas Leichtes und Kaltes auf seine Wade legte, das den Schmerz sofort besänftigte. Die

Anspannung wich aus all seinen Muskeln. Erleichtert schloss er die Augen.

»Schnee?«, murmelte er.

»Hm.«

»Du bist sehr geschickt.«

»Großmutter hat mir das eine und andere gezeigt.«

»Du hättest das Zeug, die Heilkunst zu erlernen.«

Elena stieß ein kleines Schnauben aus, das zwar geschmeichelt, doch genauso resigniert klang. »Was für ein törichter Gedanke. Ich bin nur eine Frau. Mein Stiefvater hat schon beschlossen, dass ich den Sohn des Sattlers heiraten soll.«

»Magst du den?«

»Als wenn ein Vater jemals danach gefragt hätte.«

Lachlan wollte gerade etwas erwidern, als es plötzlich laut an die Tür hämmerte.

»Aufmachen im Namen des Sheriffs!«

Erschrocken fuhr Lachlan hoch und Elena herum. Doch noch ehe sie zur Tür laufen konnte, war die Alte hinter dem Wandschirm aufgetaucht. Mit dem Finger an den Lippen bedeutete sie den beiden Jüngeren zu schweigen, und winkte sie hinter den Schirm. Eilig half Elena Lachlan aufzustehen.

»Aufmachen!«

»Komme ja schon«, brummelte die Alte und schlurfte betont langsam zur Tür, während Lachlan mit pochendem Herzen und auf Elena gestützt hinter den Wandschirm humpelte.

Wieder donnerte es gegen die Tür.

»Ja, ja …«, grummelte die Alte. Dann öffnete sie. »Was ist?«

»Mütterchen, deine Nachbarn sagen, du hättest letzte Nacht einen jungen rothaarigen Burschen hier aufgenommen, als Mairis Hütte eingestürzt ist?«

Die Alte nickte. »Das ist richtig.«

»Dann lass uns ein. Er ist verhaftet!«

Lachlan gefroren alle Glieder. Elenas Großmutter jedoch gab die Tür nicht sofort frei, sondern fragte verwundert: »Verhaftet?«

Ihre Enkelin nutzte den Moment. Unsanft drückte sie Lachlans Kopf nieder und bedeutete ihm, unter das Bett zu kriechen. Es tat höllisch weh, dennoch robbte er, so schnell er konnte, unter die Schlafstatt, in die Elena sich selbst hineinlegte. Mit klopfendem Herzen lauschte Lachlan dem weiteren Geschehen.

»Ja, verhaftet«, brummte der Soldat und drängte sich an der alten Frau vorbei, wie am Poltern seiner Stiefel zu vernehmen war.

»He, nicht so stürmisch!«

»Wo ist er?«

»Ihr habt ihn verpasst«, log die Alte ohne jedes Zittern in der Stimme. »Er ist in aller Früh aufgebrochen. Wollte nach Perth.«

Der Büttel brummte.

»Was hat er denn verbrochen?«

»Weiß ich nicht«, gab der Soldat kurz angebunden zurück. »Wir sollen ihn nur dem Kirchengericht überstellen.«

»Dem Kirchengericht?« Elenas Großmutter wirkte erschrocken.

Der Büttel schien sich umzusehen. Seine Schritte näherten sich dem Wandschirm, Lachlan trat der Schweiß auf die Stirn. Unwillkürlich hielt er die Luft an, als die Stiefel – eisenbeschlagen und voller Schnee – in sein Sichtfeld kamen, während Elena einen kleinen, spitzen Schrei ausstieß. Abrupt hielten die Stiefel inne, und der Büttel räusperte sich verlegen. »Verzeihung«, hörte Lachlan ihn noch murmeln, bevor die Stiefel wieder umkehrten. »Heute Morgen, sagtest du, Mütterchen?«

»Kurz nach Sonnenaufgang.«

»Und er wollte nach Perth?«

»So hat er gesagt.«

»Das ist seltsam. Wir kommen aus Perth, doch haben wir keine Spuren im frischen Schnee gesehen.«

»Wie unheimlich«, entgegnete Elenas Großmutter. »Offensichtlich ist es nicht ohne Grund, dass er dem Kirchengericht überstellt werden soll.«

Der Soldat brummte. »Ihr könnt von Glück sagen, dass Euch nichts passiert ist.«

»Ich werde dafür beten, dass Ihr ihn schnappt.«

»Tu das, Mütterchen.« Lachlan hörte, wie die Tür der Kate geöffnet wurde. »Und nichts für ungut.«

Elenas Großmutter verriegelte die Tür und spähte durch einen Spalt der Fensterläden. »Sie reiten fort.«

Mühsam kroch Lachlan unter dem Bett hervor, noch immer mit Angst im Magen. Elena reichte ihm die Hand; auch ihre Augen flackerten unruhig. »Gott sei Dank war der Soldat so ein Dummkopf. Weder die Schalen auf dem Tisch noch das zerwühlte Strohlager haben seinen Argwohn erregt, obwohl die Decken sicher noch warm sind.«

»Die wenigsten Büttel sind helle Lichter«, entgegnete ihre Großmutter missfällig und schlurfte zum Tisch hinüber. Lachlan folgte ihr auf Elena gestützt.

»Ich danke dir.«

Die Alte machte eine wegwerfende Handbewegung. »Nicht dafür.«

»Warum hast du mich geschützt?«

Zunächst zuckte sie nur unbestimmt mit den Schultern, dann brummte sie: »Nach meiner Erfahrung kann man jede Geschichte aus zwei Blickwinkeln erzählen. Doch wenn man erstmal in den Händen der Büttel ist, zählt nur noch ihre Sicht der Dinge. Meinem Sohn erging es so, als sie ihn wegen Wilderei hinrichteten.«

»Doch klagt man mich offenbar der schwarzen Magie an. Fürchtest du dich nicht?«

Eine geraume Weile sah sie ihn prüfend an. Dann beschied sie: »Nein.«

»Warum nicht?«

»Vermutlich siehst du mir nicht verschlagen genug aus. Und ich konnte meiner Menschenkenntnis bisher immer vertrauen.« Ihr runzliges Gesicht verzog sich fast zu so etwas wie einem zahnlosen Lächeln. »Außerdem hast du Mairi und ihrem Baby letzte Nacht das Leben gerettet.«

»Dass ich Mairi bei der Geburt geholfen habe, ist nun allerdings der Grund, dass ich jetzt ganz schön in Schwierigkeiten stecke.«

»Vermutlich helfe ich dir auch deshalb. Es wäre unsere Aufgabe gewesen, Mairi beizustehen. Stattdessen nahmen wir sie in Sippenhaft für das, was ihr Taugenichts von einem Mann verbrochen hat.«

Wieder klopfte es. Erschrocken fuhr Lachlan auf, und die Alte wollte ihn abermals hinter den Wandschirm scheuchen, doch noch bevor es dazu kam, klopfte es erneut, eher eindringlich als fordernd, und Lachlan hörte eine hochwillkommene Stimme:

»Mein Name ist Duncan. Ich suche nach Lachlan O'May. Ich bin ein Freund.«

*

»Duncan, Riley, Tom, ihr glaubt nicht, wie froh ich bin, euch zu sehen.«

»Kaum so sehr, wie wir uns freuen, dich zu sehen«, gab Riley zurück.

»Was ist hier überhaupt los?«, fragte Duncan.

Lachlan zuckte mit den Schultern. »Offenbar bezichtigt man mich der schwarzen Magie. Zumindest soll ich dem Kirchengericht überstellt werden.«

»So viel haben wir mitbekommen«, brummte Riley. »Wie kommt Pater Samuel darauf?«

»Also ist er es, der die Anklage erhebt?« Lachlan hatte es befürchtet.

Duncan nickte. »Wir trafen ihn da draußen auf dem Dorfplatz. Du hast ihm offensichtlich einen ordentlichen Schrecken eingejagt. Was hast du gemacht?«

Beschämt senkte Lachlan den Blick. »Er kam dazu, gerade in jenem Moment, als ich die Schwangere untersuchte.«

»Du hast die Schwangere berührt?« Toms Gesicht zeigte durchaus so etwas wie Abscheu.

»Ach, ihr Mannsbilder«, brummte die Alte.

»Aber wie kommt es, dass ausgerechnet Pater Samuel dich überraschte?«, fragte Duncan.

»Ihr kennt diesen Priester?« Elena sah erstaunt in die Runde.

»Er war Hauslehrer auf der Burg, auf der wir dienen«, erklärte Riley.

»Schade, dass ihr ihn nicht behalten habt«, brummte die Alte. »Seit er hier ist, haben Zwist und Hader in unserer Gemeinde Einzug gehalten.«

»Das wundert mich nicht«, bekundete Riley, »bornierter Wichtigtuer, der er ist.«

»Dennoch: Warum kam er überhaupt? Zu einer Schwangeren? Trotz des aufziehenden Sturms?«, wunderte sich Duncan.

»Adelaide hat ihn geholt«, erklärte Elenas Großmutter. »Euer Pater Samuel scheint überall das Böse zu wittern, und seit er hier ist, hetzt er die Gemeinde auf. Bei Adelaide sind seine Predigten auf sehr fruchtbaren Boden gefallen. Sie sah Euren Freund in Mairis Haus gehen und meinte, daran müsse etwas faul sein.«

»Und ich hatte gehofft, Pater Samuel würde einfach in sein Kloster zurückkehren«, grollte Lachlan.

»Das ist er. Den Brüdern mit Priesterweihe obliegt die Betreuung der umliegenden Gemeinden.«

»Und diese Adelaide ist so eilfertig, dass sie trotz des aufkommenden Unwetters bis nach Perth läuft, um ihn zu holen?« Riley hob verwundert die Augenbrauen.

»Das musste sie gar nicht«, entgegnete Elenas Großmutter. »Der alte Patrick lag im Sterben. Schon am Vormittag hatten sie den Priester geholt, ihm die letzte Ölung zu erteilen.«

»So eine dumme Verkettung unglücklicher Umstände«, seufzte Lachlan. »Dass es auch ausgerechnet Pater Samuel sein musste, war wirklich großes Pech.«

»Warum?«, fragte die Alte.

»Er verließ Blair Castle im Streit und verdächtigte schon vorher meine Lehrmeisterin der schwarzen Magie.«

»Dementsprechend hartnäckig wird er jetzt versuchen, Lachlan in die Finger zu bekommen«, schlussfolgerte Duncan. »Sicher sind die Büttel schon auf dem Weg nach Blair Castle.«

»Nun, da ist Lachlan ja nicht.« Riley grinste.

»Aber wenn wir uns nun auf den Heimweg machen, laufen wir ihnen vielleicht in die Arme.«

»Ewig hierbleiben können wir aber auch nicht.«

»Zurück nach St. Andrews?«, fragte Tom.

»Das würde Bischof de Lamberton in größte Schwierigkeiten bringen«, wehrte Lachlan ab. »Außerdem ist das vordringliche Problem, dass ich gar kein Pferd habe. Und dass ich vermutlich nicht in der Lage bin, weitere Strecken zu reiten. Ich habe mich am Bein verletzt, als die Hütte einstürzte.«

»Ich hab mich schon gefragt, warum du so blass um die Nase bist«, meinte Riley.

»Und jetzt?« Ratlos sah Tom in die Runde.

»Vier so große, starke Mannsbilder und keine Idee im Kopf«, brummelte die Alte.

»Mütterchen, wir versuchen gerade, einen Ausweg zu finden«, entgegnete Riley.

»Ach …« Sie machte eine abfällige Handbewegung. »Ihr braucht einen Wagen.«

»Ja, hast du denn einen?«, erkundigte sich Duncan.

»Natürlich, oder wie sollen meine Körbe sonst zum Markt kommen?«

Riley begann zu schmunzeln. »Und mir scheint, du hast auch schon einen Vorschlag für unsere Tarnung, Mütterchen.«

Sie zwinkerte ihm zu, und ihr zahnloser Mund verzog sich zu einem gewitzten Lächeln. »Der ganze Schuppen ist voll mit meinen Körben. Eigentlich wollte ich sie auf dem nächsten

Markt in Perth verkaufen. Wenn ihr einen einfachen Kittel überstreift, den Jungen hinten auf die Ladefläche legt und ihn unter den Körben versteckt, könntet ihr als Knechte durchgehen.«

Duncan zeigte sich beeindruckt. »Ein schlauer Plan.«

»Allerdings sollte einer von uns vorausreiten. Finlay wird reichlich erschrecken, wenn die Büttel an sein Tor klopfen. Besser er ist gewarnt«, merkte Riley an.

Lachlan nickte. »Dann kann er auch ablehnen, mich wiederaufzunehmen. Eine Anklage wegen schwarzer Magie ist schließlich nicht ohne.«

»Das glaubst du doch wohl selbst nicht«, tadelte Duncan.

»Ich werde reiten«, bot Tom an. »Schneller als ihr zwei bin ich allemal«, setzte er mit einem Zwinkern hinzu.

Lachlan ergriff die Hand der Alten. »Ich danke dir für alles, was du für mich getan hast. Und ich verspreche dir, dass du Wagen und Körbe zurückerhältst.«

*

Das Schaukeln war besser zu ertragen als das Rumpeln, wenn die Straße steinig und löcherig wurde. Seit einer gefühlten Ewigkeit lag Lachlan nun begraben unter Flechtwerk unterschiedlicher Form und Größe und glitt mehr und mehr in einen Dämmerzustand ab. Das Fieber war gestiegen: Trotz der Kälte schwitzte er.

Als es dämmerte, hatten sie Perth bereits weit hinter sich gelassen. Unbehelligt waren die beiden angeblichen Knechte mit ihrem Wagen voller Körbe vorangekommen. Jetzt suchten Duncan und Riley eine geschützte Stelle unter einem Felsvorsprung und schlugen das Nachtlager auf.

Mühsam quälte Lachlan sich vom Wagen.

»Du siehst schlecht aus«, bekundete Duncan.

Lachlan nickte abwesend und ließ sich auf eine Decke nahe beim Feuer fallen. Er wusste, er müsste die Wunde versorgen. Aber er hatte Angst. Also sagte er sich, das Feuer brenne noch nicht hell genug, und lehnte den dumpf pochenden Schädel mit geschlossenen Augen gegen die Felswand.

Er musste eingenickt sein. Riley berührte ihn sacht an der Schulter und hielt ihm eine Schale Brühe hin.

»Ich will nichts«, sagte Lachlan und schob die Schale von sich.

»Du solltest was essen«, riet Riley. »Du brauchst Kraft. Das Fieber zehrt an deinem Körper, selbst ich kann das sehen.«

»Und du musst dein Bein versorgen«, verlangte Duncan. »Das sieht nicht gut aus.« Er wies auf den verbundenen Unterschenkel: Eine unappetitliche Flüssigkeit war in das Leinen gesickert.

»Ihr habt ja recht«, murrte Lachlan. »Gebt mir nur noch ein bisschen.«

»Nein«, bestimmte Riley. »Du hast dich ausgeruht. Länger zu warten, hieße Zeit zu vertrödeln.«

Lachlan wurde wütend. »Warum könnt ihr mich nicht einfach in Ruhe lassen?«

»Nun mach schon«, forderte Duncan unbeeindruckt, während Riley ihm aufmunternd zuzwinkerte und ihm sein Messer hinhielt.

»Also gut!«, zischte er. Mit fahrigen Händen durchschnitt Lachlan den Verband. Was er dann sah, brachte ihn augenblicklich zur Besinnung. Schlagartig war er hellwach – und voller Grauen:

Die flammende Rötung hatte den ganzen Unterschenkel erfasst. Die Wundränder schillerten grünlich, und ein bestialischer Gestank erhob sich vom schwärenden Fleisch.

Er schluckte trocken.

Auch Riley und Duncan sahen angewidert auf das Bein.

Dann schloss Lachlan die Augen. »Ich werde eure Hilfe brauchen«, sagte er zittrig.

»Du willst nicht, dass wir dir das Bein hier draußen abnehmen«, wehrte Duncan entschieden ab.

Lachlan schüttelte den Kopf. »Nein. Ich würde mein Leben gern behalten, auch wenn das Bein wohl nicht mehr zu retten ist.« Er sah auf und Duncan in die Augen. »Es muss abgebunden werden, aber auch das wird mir nicht gefallen.«

Der Torwächter nickte. »Ich werde dich festhalten. Sag, was wir tun müssen.«

»Wir brauchen eine Schlinge, möglichst breit. Sie darf nicht reißen, wenn sie angezogen wird. Und einen Holzknebel.«

»Meine Satteldecke ist aus Leder. Geschmeidig geworden von den vielen Stunden auf dem Pferderücken. Ich denke, ein Streifen davon sollte geeignet sein.« Geschickt schnitt Riley einen zurecht, band eine Schlinge daraus und suchte einen geeigneten Holzstock. »So etwa?«

Lachlan nickte. Er haderte mit sich, weil er sich nicht entscheiden konnte, wo er die Schlinge ansetzen sollte. Sicherer wäre am Oberschenkel. Aber er brachte es nicht übers Herz.

»Leg die Schlinge hier unterhalb des Knies an. Und dann ziehst du sie zu, indem du den Holzknebel drehst. So fest du kannst.« Er packte Rileys Hand. »Sie darf nicht mehr aufgehen, wenn sie angezogen ist. Auch nicht auf dem Wagen.«

Der Leibwächter nickte. »Du kannst dich auf mich verlassen. Sie wird nicht mehr aufgehen.«

Duncan löste seinen Gürtel und legte ihn einmal zusammen. »Da, beiß drauf.« Dann hockte er sich hinter ihn.

Lachlan schob sich den Gürtel zwischen die Zähne und lehnte sich an Duncans breite Brust. Der packte seine Arme und nickte Riley zu.

Als sich die Schlinge immer fester um sein Bein und in das entzündete Fleisch zog, begann Lachlan zu schreien.

Zuletzt wurde er ohnmächtig.

Kapitel 10

– Blair Castle, am 27. Tag des Monats Februar im Jahre des Herrn 1312 –

Ealasaids Beine waren schon lange taub, ihr Körper kalt. Seit Stunden kniete sie hier betend in der Kapelle, dennoch wollte sie sich nicht erheben. Sie verdiente es, Buße zu tun. Warum nur hatte sie Lachlan in Geburtshilfe unterweisen müssen? Warum musste sie immer wieder die Regeln brechen? Warum konnte sie sich nicht fügen?

Das Licht der einzelnen Kerze stach ihr grell in die Augen, fast so sehr wie die Reue in ihr Herz.

»Bitte, nimm ihn mir nicht«, flüsterte sie.

In der Halle wurde jetzt wohl das abendliche Mahl aufgetragen. Den ganzen Tag hatte Ealasaid auf die Rückkehr von Duncan und Riley gewartet. War immer wieder auf die Brustwehr gestiegen, um Ausschau zu halten, und in die Kapelle zurückgekehrt, um zu beten. Dass sie noch immer nicht gekommen waren, ließ Ealasaid das Schlimmste befürchten.

Dann drangen Rufe an ihr Ohr. Das Quietschen der Zugbrücke und das unwillige Knarren der Torangeln. So schnell es ihre gefühllosen Beine erlaubten, erhob sie sich und stolperte zur Pforte hinaus.

Im Hof stand ein Wagen voll beladen mit Körben, und im ersten Moment war Ealasaid enttäuscht und wunderte sich, warum man einen fahrenden Händler nach Einbruch der Dunkelheit noch eingelassen hatte. Doch dann erkannte sie Duncan und danach Riley, der bereits begonnen hatte, die Körbe vom Karren zu räumen. Darunter kam blass und mit fiebrig glänzenden Augen Lachlan zum Vorschein.

»Was ist passiert?«

»Er hat sich am Bein verletzt.« Duncans Blick war voller Mitleid.

Unheil ahnend hob Ealasaid die Decke an. Lachlans linker Unterschenkel war blauschwarz, von den Zehen bis zu einem fest angezogenen Tourniquet knapp unterhalb des Knies, und er stank bestialisch. »Oh mein Gott …«

»Nimm ihn ab«, verlangte Lachlan mit kraftloser Stimme und seltsam ausdrucksloser Miene.

Mittlerweile waren etliche Burgbewohner in den Hof gekommen, Sir Finlay und Ean ebenso wie Raelyn, Sir Alan, seine Frau Mary, der Schmied, der Zimmermann, Vater Dunsten und Sir Hugh. Sie alle schauten bestürzt auf den Verletzten.

»Du musst ihn abnehmen«, setzte Lachlan noch einmal matt nach.

Ealasaid versuchte, sich zu sammeln. »Ich werde Hilfe brauchen.«

Niemand regte sich. In allen Gesichtern stand Mitleid, in manchen auch Ekel, doch niemand schien sich in der Lage zu fühlen, bei einer Amputation Hilfe zu leisten.

»Ich werde Euch helfen«, meldete sich dann jedoch eine tiefe Bassstimme von weiter hinten zu Wort, und Bruder Calum drängte sich durch die Menge, das Gesicht ruhig und entschlossen. Ealasaid war dankbar.

Zu viert trugen die Männer Lachlan in ihre Behandlungskammer. Ealasaid zündete sämtliche Kerzen an, während man Lachlan auf den Tisch legte. Er stöhnte leise, und sie beeilte sich, einen Schlafwein zu mischen.

»Warte.« Er hielt ihre Hand fest. »Lass mich zuerst beichten.«

Sie musste die Augen schließen, um Haltung zu bewahren. Heiß brannten die Tränen hinter ihren Lidern. Lachlan drückte einmal ihre Hand.

»Wenn du möchtest, kannst du mir beichten, mein Junge, ich habe die Priesterweihe«, bot Bruder Calum mit seiner warmen, freundlichen Stimme an. »Aber, wenn es dir lieber ist, holen wir auch Vater Dunsten.«

»Nein, es ist in Ordnung.«

Der Franziskanermönch zog sich einen Schemel heran und setzte sich zu Lachlan, so dass sein Ohr ganz nah an dessen Mund war.

»Im Namen des Vaters und des Sohnes und des Heiligen Geistes, Amen«, begann er leise.

»Gott, der unsere Herzen erleuchtet, schenke dir wahre Erkenntnis deiner Sünden und seiner Barmherzigkeit.«

»Vergebt mir, Vater, denn ich habe gesündigt.« Lachlan schluckte mühsam und schien nach Worten zu suchen. »Ich … ich habe einer Frau bei der Geburt geholfen«, gestand er dann.

Bruder Calum runzelte einen Moment die Stirn. »Warum?«

»Weil sonst niemand da war. Die Hebamme kam nicht, und die Frauen des Dorfes mieden die Gebärende.«

»Hat die Frau überlebt?«

Lachlan nickte. »Das Kind auch.«

Ein kleines Schmunzeln huschte über Bruder Calums Züge. »Ich glaube, Gott wird ein Auge zudrücken. Noch etwas?«

»Ich habe im Zorn einem Priester Unheil gewünscht und ihn verflucht.«

Das war schon gravierender. Zorn war eine Todsünde.

»Bereust du es?«

Lachlan zögerte, dann nickte er wieder. »Auch, wenn er mich ungerechtfertigt anklagt: Für mein Bein kann er ja nichts.«

»Und nimmst du deinen Fluch zurück und dir vor, nicht mehr zornig zu sein?«

»Ich nehme ihn zurück. Und ich will es versuchen.«

»Dann ist es gut.« Sanft malte Bruder Calum das Kreuzzeichen auf Lachlans Stirn. »So spreche ich dich los von deinen Sünden. Im Namen des Vaters und des Sohnes und des Heiligen Geistes. Amen.«

»Amen«, flüsterte auch Lachlan und schloss erschöpft die Augen.

»Und jetzt schlaf, Junge, vergiss den Schmerz und sammle deine Kraft.« Behutsam flößte der Franziskaner ihm Schlafwein ein.

Ealasaid starrte auf Lachlan, sah zu, wie er langsam in der Betäubung versank, und konnte sich nicht rühren. Sie fuhr zusammen, als Bruder Calum sie sacht an der Schulter berührte.

»Sollten wir nicht anfangen?«

»Ich weiß nicht, ob ich es kann.«

»Habt Ihr schon einmal eine Amputation durchgeführt?«

»Schon hunderte …«

Bruder Calum nickte verstehend. »Er wird sein Leben verlieren, wenn er das Bein behält.«

»Ich weiß.«

»Und er hat es auch gewusst.«

»Ja, er hat gewusst, was er tat, als er sein Bein abband.«

»Dann sollten wir beginnen, bevor das Opium seine Wirkung verliert.«

»Habt Ihr schon mal eine Amputation gesehen?«

»Ich war Feldscher, bevor ich Mönch wurde.«

Ealasaid sah ihn überrascht an.

»Nicht alle werden früh berufen«, gab er mit einem Zwinkern zurück. »Wo bewahrt Ihr Eure Instrumente auf?«

»In den Schubladen dort drüben.«

Unkompliziert machte Bruder Calum sich ans Werk und suchte zusammen, was sie wohl brauchen würden. »Eine ansehnliche Sammlung, die Ihr da habt. Und so scharf.«

Abwesend streichelte Ealasaid Lachlans Hand. »In Perth gibt es einen sehr begabten Silberschmied.«

Anerkennend fuhr der Franziskaner über das Schneidblatt einer der Sägen. »Solche Instrumente hätten mir früher gute Dienste geleistet. Und meinen Patienten Leid erspart.«

Er trat wieder an den Tisch. »Soll ich es tun?«

Sie riss sich los. »Nein. Ich …«

»Ihr schuldet es ihm.«

»So grotesk es klingt.«

Er lächelte. »Ich kann Euch verstehen.«

»Dann lasst uns beginnen.« Sie ging an eine andere Schublade, entnahm ihr eine zweite Schlinge und zögerte wieder. »Wo soll ich sie anlegen?«

»So wie der Junge die erste Schlinge angelegt hat, wollte er, dass Ihr ihm das Bein im Knie abnehmt.«

»Aber das ist gefährlich nah am brandigen Fleisch. Sicherer wäre es, am Oberschenkel zu amputieren. Oder sogar das ganze Bein abzunehmen.« Sie musste schlucken.

»Im Knie abgenommen könnte er das Bein noch ganz gut gebrauchen.«

»Wenn er dann aber stirbt?«

»Ich glaube, Lachlan hat diese Entscheidung schon für sich getroffen.«

Ealasaid nickte. »Also im Knie.« Sie wand die zweite Schlinge um Lachlans Oberschenkel. Sie würde verhindern, dass es allzu sehr blutete.

Nachdem sie einmal begonnen hatte, gelang es Ealasaid, sich auf das Wesentliche zu konzentrieren und zu vergessen, dass es Lachlan war, dem sie den Unterschenkel abnahm. Bruder Calum brauchte keine Anweisungen. Er war schnell und geschickt und Ealasaid stets mit dem Gebrauchten zur Hand. Lange und gründlich spülte sie die Wunde mit Lebenswasser, nachdem der schwärende Unterschenkel abgenommen war, und bei jedem neuen Guss sprach Ealasaid stumm ein inniges Gebet.

»Ich habe noch nie gesehen, dass jemand Aqua Ardens zum Auswaschen einer Wunde verwendet«, bemerkte der Franziskaner nach dem fünften Guss interessiert, bevor er mit einem Schmunzeln hinzusetzte: »Die meisten Menschen bevorzugen eher die innerliche Anwendung.«

»Wunden, die nur mit normalem Wasser ausgewaschen werden, eitern häufiger.«

»Und das sollen sie nicht?«

»Der gute, lobenswerte Eiter?« Ealasaid schüttelte den Kopf. »Ich halte nichts davon und folge hier lieber den Lehren von Ugo Borgognoni und seinem Sohn Teodorico.«

»Ah, der Leibarzt von Papst Innozenz?«

Sie nickte, während sie zum sechsten Mal vom Lebenswasser auf die Wunde gab. »Wunden heilen sauber und mit geringerer Narbenbildung, wenn sie nicht eitern. Außerdem werden saubere Wunden seltener brandig. Und selbst Hippokrates hatte seine Zweifel am guten, lobenswerten Eiter.«

»Wenn ich mich nicht irre, empfahl Teodorico Wein.«

Wieder nickte Ealasaid. »Einmal hatte ich keinen Wein, doch der Mann, den ich behandelte, besaß ein Fläschchen *Uisge beatha*. Der Erfolg war ungleich besser.«

»Was glaubt Ihr, ist der Grund?«

Sie schwieg eine Weile nachdenklich, während sie begann, sorgsam die großen Gefäße abzubinden, bevor sie ihre Hand nach dem filigranen Brenneisen ausstreckte, um die kleinen zu veröden. »Ich glaube, es hat mit dem Brennen zu tun.«

Das ließ Bruder Calum sich eine Weile durch den Kopf gehen. »Ihr meint, weil eine Wunde, die man ausbrennt, auch seltener eitert?«

»Vorausgesetzt man beherrscht diese Technik«, stimme Ealasaid zu. »Irgendwie scheint es mit der Hitze zu tun zu haben. Der Körper selbst erzeugt Hitze, wenn eine Wunde sich entzündet. Das Gewebe wird rot und heiß. Und auch der Name sagte es ja schon. Es hat sich entzündet wie ein Feuer. Im Fieber brennt der ganze Mensch. Aus irgendeinem Grund hilft es, wenn man das Brennen vorwegnimmt. Mit einem heißen Eisen oder eben mit dem brennenden Wasser.«

»Eine interessante Theorie.« Er reichte ihr ein neues Brenneisen.

»Ich habe festgestellt, dass sogar Materialien, die man vorher erhitzt hat, das Heilungsergebnis verbessern. Nähe ich eine Wunde mit Pferdehaar, so eitern die Wunden viel seltener, wenn ich das Haar vorher gekocht habe. Neben der Tatsache, dass gekochtes Pferdehaar beim Nähen seltener hakt.« Ealasaid gab Bruder Calum das Brenneisen zurück, und er steckte es wieder in die Glut. »Warum habt Ihr die Heilkunst aufgegeben?«

»Die Arbeit eines Feldschers hat mit Heilkunst wenig zu tun. Sie ist mehr ein recht blutiges Handwerk.«

»Ihr hättet studieren können.« Sie begann, die Wunde mit besagtem Pferdehaar zu vernähen.

Der Franziskaner schnitt den ersten Faden ab. »Dazu fehlte mir der Ehrgeiz. Und der Fleiß«, gab er zwinkernd zu. »Außerdem spielt die Heilkunst in den Klöstern ja kaum mehr eine Rolle. Ich aber wollte Mönch werden.«

»Warum?«

»Der Krieg und die Engländer haben meinen Glauben an die Menschheit auf eine ziemlich harte Probe gestellt. Den Entschluss, Mönch zu werden, traf ich, glaube ich, um nicht auch noch den Glauben an Gott zu verlieren.«

»Und habt Ihr ihn bewahren können?«

»Den Glauben an Gott?« Bruder Calum nickte. »Er war tiefer in mir verwurzelt, als ich jemals gedacht hatte.«

»Und der Glaube an die Menschheit?«

Er lächelte sie an. »Wenn ich Menschen wie Euch oder Sir Finlay oder diesen jungen Burschen hier treffe, weiß ich, dass ich ihn nicht verloren habe.« Er schnitt den letzten Faden ab.

»Getan«, sagte Ealasaid zittrig, und auf einmal gaben ihre Beine nach.

Für einen so beleibten Mann überraschend behände fing der Franziskaner sie auf. »Setzt Euch«, befahl er und schob ihr den Schemel unter.

Jetzt nicht mehr auf das Tun ihrer Hände konzentriert, schrie Ealasaid der fehlende Unterschenkel, die Lücke, die er hinterließ, förmlich an.

»Es ist meine Schuld, dass er sein Bein verloren hat«, flüsterte sie.

»Warum?«, fragte Bruder Calum sanft hinter ihr. »Hab Ihr den Baum umgeworfen? Habt Ihr diesen Sturm heraufbeschworen?«

»Ich habe Lachlan in Geburtshilfe unterwiesen. Nur deshalb blieb er bei der Bäuerin.«

»Hätte er der Frau nicht geholfen, wären sie und ihr Kind jetzt vielleicht tot. Wäre das besser?«

»Es wäre vielleicht Gottes Wille.«

»Vielleicht wollte Gott ihnen aber auch Hilfe zukommen zu lassen, als er ihnen gerade im rechten Moment Lachlan an die Seite stellte?«

»Die Kirche rät Männern ab, sich in der Nähe einer Gebärenden aufzuhalten.«

»Die Regeln der Kirche werden von Menschen gemacht, man sollte sie nicht mit Gottes Willen verwechseln. Menschen irren. Bedenkt doch nur, wie oft sie die Regeln ändern. Zum Beispiel die Heilkunst betreffend: Der heilige Benedikt war selbst noch ein großer Heilkundiger, und heute ist den Mönchen und Nonnen die Heilkunst im Wesentlichen untersagt.«

»Wer immer wieder die Regeln verletzt, seien es die der Kirche oder die einer anderen Gemeinschaft, wird zum Ausgeschlossenen.«

»Ihr sprecht aus Erfahrung«, mutmaßte Bruder Calum.

Sie senkte den Kopf. »Ich weiß nicht, wo mein Platz in dieser Welt ist … oder was meine Aufgabe …« Lachlans Augen waren noch geschlossen, doch zuckten seine Lider bereits. Das Licht der vielen Kerzen schimmerte auf seiner schweißnassen Stirn. »Ich war nicht fähig, mich in die Gemeinschaft des Klosters in Elcho einzufügen und nicht in die der Gelehrten in Salerno. Die Menschen auf dieser Burg schätzten mich, doch letztlich trennt mein Habit mich von ihnen. Wenn Lachlan jetzt stirbt, geht mein einziger Fixpunkt verloren.«

Bruder Calum zog sich einen zweiten Stuhl heran. Eine ganze Weile ruhte sein Blick auf ihr, und nichts als Lachlans mühsame Atemzüge und das Knistern der Kerzenflammen füllte die Stille.

»Ihr seid eine Frau mit einem großen Talent.«

Ealasaid zuckte mit den Schultern. Was nützte ihr das? Sie wollte es nicht mehr.

»So außergewöhnliche Gaben werden von Gott verliehen«, setzte er hinzu.

»Aber er verlangt einen Preis dafür«, entgegnete sie müde.

»Ihr meint die Einsamkeit?«

Sie nickte.

»Er stellte Euch Lachlan an die Seite.«

»Und jetzt nimmt er ihn mir wieder.«

»Das wisst Ihr nicht.«

Ealasaid hatte keine Kraft mehr zu widersprechen.

Bruder Calum betrachtete Lachlan nachdenklich. »Lange kenne ich ihn ja noch nicht, doch der Junge kann Euch, scheint mir, das Wasser reichen.«

»Das kann er«, stimmte sie aus tiefster Seele zu, »bei Gott, das kann er. Manchmal denke ich: Sein Talent ist sogar noch größer als meines.«

»Dann ist es vielleicht Eure Aufgabe, seine Lehrmeisterin zu sein?«

Dieser Gedanke war ihr nicht neu, und er war ihr immer tröstlich gewesen. Doch in Anbetracht Lachlans möglichen Todes schien er ihr überholt.

»Habt etwas mehr Vertrauen«, verlangte Bruder Calum behutsam, als sie nicht antwortete.

»Worin?«

»In Euer Talent. Und darin, dass Gott kein Verschwender ist.«

Kapitel 11

Schmerz weckte Lachlan, seine Wade pochte und zog. Stöhnend öffnete er die Augen und sah verwirrt um sich. Tonkrüge und Schalen reihten sich ordentlich auf Borden, ein Arbeitstisch stand bei einer Feuerstelle und ein Behandlungstisch nicht weit daneben. Er erkannte ihr gemeinsames Behandlungszimmer und wusste, wo er war.

»Lachlan …« Ealasaid saß an seiner Bettkante, sie lächelte erleichtert und drückte seine Hand.

Doch der Schmerz in seinem Unterschenkel wurde rasch schlimmer. Das Pochen schwoll an, er meinte, noch immer den Splitter in der Wade zu spüren. Unruhig warf er den Kopf hin und her. »Warum hast du ihn nicht abgenommen?«

Verwirrt runzelte Ealasaid die Stirn. »Schhh, Lachlan, es ist alles gut.«

»Gut? Es wird mich umbringen!« Aufgebracht setzte er sich hin und riss mit einem Ruck die Decke weg, um selbst nach der Wunde zu sehen – doch der Unterschenkel war verschwunden. Das Bein endete in einem sauber verbundenen Stumpf in Höhe des Knies.

Entsetzt stieß er die Luft aus. Es war ein groteskes Gefühl: Seine Wade schmerzte höllisch, obwohl sie nicht mehr da war.

»Lachlan …« Ealasaids Gesicht war voller Mitleid.

Er schluckte schwer. »Es tut weh …«

»Die Wunde?«

»Nein, die Wade.« Fassungslos sah er sie an.

Betroffenheit schlich sich in ihre Augen. »Das kommt vor, Lachlan, du weißt das. Manchmal spüren Menschen ihre Gliedmaßen noch, auch wenn sie abgenommen wurden.«

Benommen schüttelte er den Kopf. Es stimmte, jetzt, wo sie es sagte, erinnerte er sich. Doch von diesem Phänomen gehört zu haben oder es selbst zu erleben, war ein himmelweiter Unterschied. Mit abgehackten Atemzügen starrte er auf sein verkürztes linkes Bein.

Beruhigend strich Ealasaid über seine Hand. »Vermutlich wird es vergehen. Zumindest leichter werden, wenn der Stumpf erst abgeheilt ist.« Sie erhob sich. »Ich gebe dir etwas gegen die Schmerzen.«

Der Wein, den sie ihm brachte, schmeckte süßlich und bitter zugleich. In schnellen Zügen stürzte Lachlan ihn hinunter, er wollte diesem schrecklichen Gefühl so rasch wie möglich entfliehen.

Als das bedrohliche Pochen etwas nachgelassen hatte, sank er erleichtert in die Kissen zurück. Schlaf wollte sich allerdings nicht einstellen. Nachdenklich leckte er nochmals über seine Lippen. »Mädesüß und Weidenrinde?«

»Und nur ein ganz klein wenig Opium«, fügte Ealasaid lächelnd hinzu, da er die Zutaten so gut erraten hatte. »Hilft es?«

Er nickte, aber er wusste nicht, was er sagen, ja nicht mal mehr, was er denken sollte. In seiner Versehrtheit fühlte er sich seltsam beraubt. Niemals würde es wieder so sein wie zuvor.

»Es tut mir so leid, Lachlan.« Sie sagte es, als sei es ihre Schuld.

Verwirrt sah er Ealasaid an. »Du kannst doch nichts dafür.«

»Hätte ich dich nicht zu den Geburten mitgenommen, wärst du sicher nicht bei dieser Bäuerin geblieben.«

Wäre er das nicht? Lachlan dachte darüber nach.

»Du wärest nach Hause geritten und hättest die Frau, wie es sich gehört, der Hebamme überlassen«, fuhr Ealasaid gequält fort.

»Es gab keine Hebamme.«

»Dann eben ihrem Schicksal.«

Je länger er darüber nachdachte, umso sicherer war er, dass er das nicht gekonnt hätte. Er nahm ihre Hand. »Ich wäre auch bei der Frau geblieben, wenn du mich noch nie zu einer Geburt mitgenommen hättest.«

»Wie kannst du so sicher sein?«

Er zuckte mit den Schultern. Er wusste es einfach. »Sie war vollkommen allein und ohne jede Hilfe.« Auf einmal brachte er sogar ein kleines Lächeln zustande. »Doch hättest du mich nicht in Geburtshilfe unterwiesen, wären Mutter und Kind jetzt vielleicht tot. Es war eine Steißgeburt.«

»Eine Steißgeburt?«

Lachlan nickte und spürte, wie Stolz die Leere ein wenig füllte.

»Woher wusstest du, was du tun musst? Du warst nie bei einer Steißgeburt dabei.«

»Du hast mir davon erzählt und es in einem Buch gezeigt.«

»Aber das kann höchstens ein einziges Mal gewesen sein, und es ist mindestens ein Jahr her.«

»Da es darauf ankam, konnte ich mich erinnern.«

Voller Stolz und Anerkennung drückte sie seine Hand, bevor ihre wissenschaftliche Neugier siegte. »Erzähl mir alles davon.«

Er begann in allen Einzelheiten zu erzählen, und Ealasaid hörte gebannt zu. Er war gerade zum Schluss gekommen, als es klopfte und Finlay den Kopf zur Tür hereinsteckte.

»Und wieder einmal sitze ich an deinem Krankenlager«, begann der mild tadelnd. »Was machst du nur für Sachen?« Sorge und Mitleid standen in seinem Gesicht, und Lachlan war gerührt von der Anteilnahme.

»Bis ich dich, was die verbrachte Zeit in diesem Bett angeht, eingeholt habe, muss noch einiges passieren«, gab er mit einem kleinen, sarkastischen Lächeln zurück.

Finlay schmunzelte. »Ich finde nicht, dass du es darauf anlegen musst.«

»Nein«, stimmte er zu. »Hast du gehört, was geschehen ist?«

Finlay nickte. »Soweit Tom in aller Kürze darüber berichtet hat.«

Lachlan wurde ernst. »Sie werden mich suchen. Sicher auch hier.«

»Sie sollen nur kommen«, beschied Finlay. »Doch erzähl mir, wie kommt ausgerechnet Pater Samuel darauf, dich der schwarzen Magie anzuklagen?«

»Eine Verkettung unglücklicher Umstände.« Lachlan seufzte. »Offensichtlich ging er nicht nach Toulouse, nachdem du ihn fortgeschickt hattest, oder er ist schon wieder zurück – was weiß ich –, jedenfalls ist gerade er der Hirte der Gemeinde von Rhynd.«

»Und scheint sich treu geblieben zu sein …«, murmelte Finlay.

»Allerdings. Eine der Dorfbewohnerinnen sah mich in Mairis Haus gehen. Angestachelt durch seine Predigten der letzten Wochen vermutete sie darin wohl etwas Widernatürliches, und da *er* sich auch noch eben zu diesem Zeitpunkt im Dorf aufhielt, holte sie ihn. Sie kamen dazu, gerade als ich die Schwangere untersuchte.« Auf Finlays fragenden Blick fügte er beschämt hinzu: »Inwendig untersuchte.«

»Warum hast du sie so untersucht?«, fragte Finlay durchaus befremdet.

»Weil es notwendig war«, antwortete Ealasaid an Lachlans statt. »Um Kenntnis über den Geburtsfortschritt zu erlangen, muss man das tun. Jede Hebamme tut es bei jeder Geburt. Nur weiß das natürlich Pater Samuel nicht.«

»Wahrlich eine Verkettung unglücklicher Umstände«, murmelte Finlay.

In diesem Augenblick klopfte es erneut, und Duncan erschien auf das »Herein«.

»Ihr müsst mitkommen, Sir Finlay, es gibt Ärger«, sagte er, kaum dass er durch die Tür getreten war.

Kalt spürte Lachlan die Angst seinen Rücken hinaufkriechen. Wer anderes sollte jetzt Ärger machen als der Bailiff mit seinen Bütteln?

*

Gemessenen Schrittes folgte Finlay Duncan.

»Wer ist es?«

»Sir Gilbert mit zwei seiner Männer«, erklärte der Torwächter.

»Habt ihr sie eingelassen?«

Duncan schüttelte den Kopf. »Diese Entscheidung wollte ich Euch überlassen.«

Sie stapften durch den Schnee im Burghof.

Sir Gilbert de Malherbe war seit Murdochs Verschwinden neuer Bailiff von Dunkeld. Auch er war englandtreu, dennoch war seine Ernennung eine deutliche Verbesserung gewesen. Mit vierzig Jahren verfügte er über eine gesetzte Reife und musste sich nicht mehr an der Macht berauschen, die ihm das Amt verlieh. Vielmehr war er durchaus in der Lage, Recht zu sprechen, auch wenn er es eher zugunsten der Engländer tat. Er war besonnen und wenig aufbrausend.

»Öffnet das Tor«, entschied der Burgherr.

Eingehüllt in einen warmen Mantel ritt Sir Gilbert mit seinen Männern über die Zugbrücke. Im Hof angekommen, saß er ab.

»Sir Gilbert«, begrüßte Finlay den groß gewachsenen Ritter mit den grauen Locken. »Was führt Euch her?«

Der Bailiff erwiderte die Verbeugung zur Begrüßung. »Eine Angelegenheit des Kirchenrechts.«

Finlay nickte. »So kommt mit in die Halle. Bei einem Becher heißen Wein lässt es sich besser sprechen.«

»Ihr wisst, worum es sich handelt«, mutmaßte Sir Gilbert wenig später, als ihre Becher gefüllt waren.

»Man klagt Lachlan O´May der schwarzen Magie an, und Ihr sollt ihn dem Kirchengericht in Perth überstellen.«

»So ist es«, bestätigte der Bailiff und trank einen Schluck. »Gebt Ihr ihn heraus?«

Finlay schüttelte lächelnd den Kopf.

»Dachte ich mir«, brummte Sir Gilbert. »Warum nicht?«

»Er ist krank. Sein Bein wurde beim Einsturz der Hütte verletzt und musste am Knie abgenommen werden. Er kann sich augenblicklich nicht vor einem Gericht verantworten.«

»Dann gebt Ihr ihn heraus, wenn er genesen ist?«

Finlay hüllte sich in beredtes Schweigen und nippte an seinem Becher.

Der Bailiff brummte wieder. »Ihr glaubt, er ist unschuldig?«

»Ich weiß, er ist unschuldig.«

»Dann muss er sich vor dem Kirchengericht wohl nicht fürchten.«

Auch das ließ Finlay unkommentiert.

Der Bailiff schnaufte und stellte seinen Becher ab. »Ihr wisst, dass es Euch nicht ansteht, über seine Schuld oder Unschuld zu urteilen. Das kann nur das Kirchengericht.«

»Sicher«, pflichtete er ungerührt bei.

»Nun gut, ich sehe, ich verschwende meine Zeit. Wann, denkt Ihr, ist der Gehilfe genesen?«

Mit einem entschuldigenden Lächeln auf den Lippen zuckte Finlay ratlos mit den Schultern.

Der Bailiff verdrehte missfällig die Augen. »Ihr seid ein harter Brocken«, bemerkte er, bevor er aufstand und sich zum Gehen wandte. »Ich komme in zwei Wochen wieder, und ich rate Euch, mir den Angeklagten dann zu übergeben.«

»Weil Ihr sonst mit einer Armee zurückkehrt und diese Burg erstürmt?«

Sie wussten beide, dass es hierzu nicht kommen würde. Nicht aus diesem Anlass.

Frustriert winkte Sir Gilbert ab. »Also bitte: Hier mag er sicher sein. Wenn er mir aber auf der Straße begegnet, nehme ich ihn in Gewahrsam.«

Als Finlay wieder in Ealasaids Kammer kam, machte Lachlan Anstalten aufzustehen.

»Was soll das werden?« Er hatte nicht einmal eine Krücke und war sichtlich zu schwach.

»Ich werde mich von den Männern des Bailiffs nicht im Liegen forttragen lassen!«

»Glaubst du ernsthaft, ich würde dich ihm ausliefern?«

Trotzig setzte Lachlan seine Bemühungen fort. »Ich will dich nicht in Schwierigkeiten bringen.«

Finlay nahm auf der Bettkante Platz und beendete Lachlans fruchtlose Versuche, indem er ihn sanft, aber bestimmt wieder auf sein Kissen drückte. »Ich werde dich sicher nicht die Rechnung bezahlen lassen, die ich mit Pater Samuel offen habe.«

»Es ist auch meine Rechnung.«

»Trotzdem.«

»Und wie soll es dann jetzt weitergehen?«

Finlay zuckte mit den Schultern. »Vorerst ist Sir Gilbert unverrichteter Dinge abgezogen und wird dich hier auf Blair Castle in Ruhe lassen.«

»Hier auf der Burg. Das heißt, ich bin praktisch ein Gefangener.«

»Lachlan ...«

»Und was heißt vorerst?«

»Vorerst heißt, dass nichts geschehen wird, solange Dunkeld keinen Bischof hat.« Noch immer war die Stelle vakant und William Sinclair nicht vom Papst bestätigt. »Auch Sir Gilbert weiß, dass ein solcher Prozess nur vom örtlichen Bischof geführt werden kann.«

»Du meinst einen Inquisitionsprozess.«

»Lachlan ...« Finlay konnte verstehen, dass ihm allein das Wort Angst machte. »Es ist nun mal schwarze Magie, derer du angeklagt wirst.«

»Aber ich habe nichts getan!«

»Das weiß ich. Und William Sinclair wird das auch erkennen. De Lamberton beschreibt ihn als fähigen Mann und gütigen Hirten.« Er lächelte ihn aufmunternd an. »Ohnehin musst du zunächst einmal gesund werden.«

Lachlan verschränkte die Arme und wandte das Gesicht ab. »Ich werde nie mehr gesund.«

»Wenn Ihr Lachlan nicht dem Kirchengericht überstellt, wird Pater Samuel vielleicht den Druck erhöhen und auch Anklage gegen mich erheben«, gab Ealasaid bedrückt vom Fenster her zu bedenken. »Allein die Tatsache, dass ich mich hier der Chirurgie widme, macht mich angreifbar. Wenn er mir auch Sir Grahams seltsames Verschwinden anlastet ... Ich glaube, es würde ihm nicht schwerfallen, Anklage gegen mich zu erheben.«

Betroffen ruckte Lachlans Blick zu seiner Lehrmeisterin. »Oh Gott, ich bringe euch alle in Schwierigkeiten.«

Finlay ergriff seine Hand. »Du hast einer Mutter und ihrem Kind das Leben gerettet. Und Tatsache bleibt, dass Dunkeld derzeit keinen Bischof hat.«

»Eben deshalb könnte Pater Samuel einen päpstlichen Inquisitor herbeordern«, befürchtete Ealasaid, doch Finlay hatte seine Zweifel.

»Wegen eines fraglichen Falls schwarzer Magie und einer ungehorsamen Nonne soll ein päpstlicher Legat die weite Reise bis nach Schottland auf sich nehmen?« Er schüttelte den Kopf.

»Viele von ihnen sind Dominikaner. Pater Samuel hat sicher gute Beziehungen zu ihnen.«

»Dennoch kann ich mir das kaum vorstellen. Und steht Ihr nicht unter dem Schutz des Königs?«

»Der Schutzbrief des Königs kann mich nicht vor einem Disziplinarverfahren der Kirche bewahren.«

»Dafür stehen aber Bischof de Lamberton und mein Großonkel Bischof de Moray auf unserer Seite.«

»Seid nicht so sicher. Auch sie sind Männer der Kirche. Lachlan ist nun mal ein Mann und keine Hebamme. Selbst de Lamberton wird befremdet sein, wenn er hört, dass Lachlan eine Geburt geleitet hat. Und ich verstoße gegen die Regeln der Kirche, wenn ich mich der Chirurgie widme. Wenn Ihr den Forderungen des Kirchengerichtes nicht Folge leistet, wird man Euch womöglich mit Exkommunikation drohen.«

Finlay ließ sich ihre Bedenken durch den Kopf gehen. »Dennoch oder gerade deswegen müssen wir de Lamberton und auch meinen bischöflichen Großonkel informieren.«

Sie seufzte. »Wir bringen Euch beide in Schwierigkeiten. Wenn es Euch lieber ist, verlassen wir Blair Castle.«

Absichtlich ließ er sich Zeit mit seiner Antwort: »Ihr werdet beide immer unter meinem Schutz stehen.«

In der Halle traf Finlay auf Colin.

»Wie geht es Lachlan?«

Finlay setzte sich seufzend. »Er wird überleben, doch die ganze Geschichte macht ihm schwer zu schaffen. Vom Verlust seines Beines ganz abgesehen.«

Colin nickte voller Verständnis. »Die erste Zeit ist die schwerste.«

Finlay sah auf. »Richtig, du musst es ja wissen. Sag, Colin, wenn man es nicht weiß, sieht man dir gar nicht an, dass dein Unterschenkel fehlt. Wie kommt das?«

»Auf der Burg meiner Eltern lebte ein begabter Schmied. Er hat mir ein eisernes Knie geschaffen.« Ein metallischer Laut erklang, als er dagegen klopfte. »Unbelastet beugt es sich, trete ich drauf, bleibt es steif. So kann ich beinahe normal gehen.«

»Würdest du Lachlan besuchen? Ich könnte mir vorstellen, ein Blick auf dieses Knie könnte ihm wenigstens ein wenig Hoffnung schenken.«

Der Steward lächelte. »Natürlich. Und danach gehe ich zu Eurem Schmied, damit er ein ebensolches fertigen kann.«

Kapitel 12

– Blair Castle, im April des Jahres 1312 –

»Sie kommen, sie kommen!« Aufgeregt kam Agnes in die Halle gelaufen.

Vor fünf Wochen, wenige Tage nach Neil Campbells Hochzeit, die ein rührendes Fest gewesen war, waren die Männer Blair Castles in Begleitung des Königs zur Belagerung Dundees aufgebrochen. Häufig hatte man Agnes während all der Zeit auf der Brustwehr gesehen, den Blick sehnsüchtig in die Ferne gerichtet. Sicher vermisste sie ihren Vater, vielleicht aber auch Ean.

Helfend streckte Raelyn Mary die Hand entgegen, die sich schwerfällig von der Bank erhob; ihre Schwangerschaft war schon weit vorangeschritten und ihr Bauch kräftig gerundet. Voll banger Freude, und so schnell es Mary möglich war, eilten die Frauen in den Burghof.

Quietschend ging die Zugbrücke nieder, und Raelyns Herz machte einen Sprung, als sie Finlay munter und wohlauf entdeckte. Sein Blick traf ihren, und sein stolzes Lächeln kündete von einem Sieg.

Bei ihr angelangt, sprang er von Faileas' Rücken und nahm sie fest in die Arme. Am liebsten hätte sie ihn auf den Mund geküsst, hier vor aller Leute Augen, doch der Anstand verbot es, und so begnügte sie sich mit dem sittsamen Kuss, den er ihr auf die Stirn gab, und hoffte auf mehr zu einem späteren Zeitpunkt.

»Du bist wieder da.«

»Wie versprochen«, gab er zurück und küsste sie gleich ein zweites Mal.

Nach und nach kamen alle Soldaten aus Blair Castle über die Brücke in den Burghof. Die Nachhut bildete ein Wagen, auf dem die Verletzten transportiert wurden. Es waren nur wenige, aber Ean lag blass zwischen ihnen, einen dicken, schmutzigen Verband um seinen Kopf gewunden. Raelyn erschrak, als sie ihn so sah, und auch Agnes zog erschrocken die Luft ein.

»Er wird's schaffen«, beruhigte Finlay laut genug, dass auch Agnes es hören konnte. Leiser setzte er für Raelyn hinzu: »Ein scharfkantiger Stein hat seinen Helm zerbrochen und ihm die halbe Kopfhaut abgetrennt. Er hat geblutet wie ein Schwein. Ich hatte alle Mühe, ihn aus der Gefahrenzone zu schaffen. Doch Gregor MacLean, unser Feldscher, hat ganze Arbeit geleistet.«

Jetzt nahmen sich Ealasaid und Lachlan der Verletzten an, Letzterer wieder vollständig wohlauf. Zwar humpelte er noch ein wenig, das hielt ihn jedoch nicht ab, sich seinen Pflichten zu widmen.

»Seid ihr hungrig?«, fragte Raelyn. »Soll ich eine Mahlzeit richten lassen?«

Finlay schüttelte den Kopf. »Wir sind erst am Vormittag von unserer letzten Rast aufgebrochen und hatten noch genug Proviant für ein ordentliches Frühstück.« Er strahlte hochzufrieden. »Aber für heute Abend sollen die Köche ein Festmahl zubereiten, denn Dundee fiel vor vier Tagen in unsere Hände.« Übermütig nahm er Raelyn hoch und wirbelte sie im Kreis.

»Wo sind die Kinder?«

»Bei der Amme.«

»Das trifft sich gut.« In Finlays Augen schlich sich ein Blick, der Hunger ganz anderer Art ausdrückte.

»Es will mir scheinen, dass eine siegreiche Belagerung Euer Verlangen erheblich steigert, Sir Finlay«, flüsterte sie in sein Ohr.

»Oh, Ihr ahnt nicht wie, Mylady.«

Später lagen sie, noch eng umschlungen und nass vom Schweiß ihrer Erregung, in ihrem Bett, und Finlay erzählte von der Belagerung Dundees. Von ihren unermüdlichen Angriffen auf die Mauern der Stadt. Von ihren Bemühungen, die Nachschubwege abzuschneiden, nicht nur an Land, sondern vor allem zu Wasser. Von der Unterstützung der Freibeuter, die sie dabei erfahren hatten. Von ihrem ersten Verhandlungserfolg mit William de Montefichet, dem Kommandanten der Stadt, der bereit war, Dundee gegen die Herausgabe englischer Gefangener friedlich zu übergeben. Und von Edwards Intervention, die dieses Arrangement zunichtegemacht hatte.

»Edward begann, an der Ostküste Truppen auszuheben und zu bewaffnen, um sie mit Schiffen nach Dundee zu transportieren, aber die Freibeuter haben jeglichen Nachschub auf dem Seeweg abgeschnitten. Als de Montefichet erkannte, dass Edward nicht mehr kommen würde, hat er sich im April ergeben, und die Stadt war unsere.« Finlay räkelte sich. »Damit ist noch eine wichtige Hafenstadt in König Roberts Besitz. Und nicht nur das. Da wir sie nun unter Kontrolle haben, bekommt die Garnison in Perth Probleme mit dem Nachschub über den Seeweg, denn wer Dundee hält, kontrolliert die Einfahrt in den Tay. Das macht Perth sehr verwundbar.«

»Dann wird Perth als Nächstes belagert?«, fragte Raelyn.

Finlay nickte zustimmend. »Aber nicht sofort. Die Belagerung Dundees hat große Löcher in die königlichen Finanzen gerissen. Daher plant Robert nun zunächst wieder in Nordengland einzufallen. Die Waffenstillstände nähern sich ihrem Ende. Zeit, neuen Tribut zu fordern.«

Das versetzte Raelyn einen Stich. Der letzte Einfall nach England war ihr in sehr schlechter Erinnerung, doch Finlay schien ihre Sorge zu bemerken. Liebevoll nahm er ihr Gesicht in seine Hände.

»Mich hat Robert freigestellt.«

Raelyns Augen wurden groß. Finlay küsste sie sanft auf die Lippen.

»Die vierzig Tage Kriegsdienst, die ich Robert schulde, sind für dieses Jahr schon lange abgegolten. Und Robert weiß, was es mich kosten würde.«

Sie schickte ein stummes Dankgebet nach oben.

»Er ist wahrlich ein guter König.«

Finlay nickte. »Das ist er.«

*

Leise klopfte Lachlan an, bevor er den Kopf zur Tür hereinsteckte.

Ean bewohnte mittlerweile eine eigene kleine Kammer im Seitenflügel der Burg, deren größter Komfort die Privatsphäre war.

»Du bist an der Reihe«, sagte Lachlan, als er sah, dass Ean wach war.

Der ehemalige Knappe nickte und winkte seinen Freund herein.

Sie begrüßten sich mit einem Handschlag.

»Wie geht's dir?«, fragte der Rotschopf.

Ean zuckte mit den Schultern. »Geht schon«, brummte er. Dann wanderte sein Blick unwillkürlich zu Lachlans Bein. »Und dir?«

»Gut. Der Schmied hat das eiserne Knie noch mal verbessert. Man könnte sagen: Es läuft jetzt wie geschmiert.« Mit einem Grinsen fügte er hinzu: »Zumindest, wenn ich es gut gefettet habe. Dann quietscht es nicht mal.«

»Du bist unmöglich«, befand Ean kopfschüttelnd.

»Was?«, beschwerte sich Lachlan. »Wenn ich nicht drüber lache, müsste ich heulen, und dazu habe ich keine Lust.«

Der Anfang *war* schwer gewesen. Ständig hatte er Druckstellen am Stumpf bekommen, die grässlich wehgetan hatten. Es hatte einige Wochen gedauert, bis sich die Haut an die Belastung gewöhnt und sie das richtige Maß Polsterung gefunden hatten. Und dann war es alles andere als einfach gewesen, mit dem Holzbein zu laufen. In einem fort hatte er das Gleichgewicht verloren und war gestürzt. Doch Colin hatte ihm geholfen und ihm immer wieder Mut gemacht. Jetzt bereitete ihm das Tragen der Prothese keine Schmerzen mehr. Er lief recht flüssig und konnte sich wieder um die Kranken der Burg kümmern. Nur verlassen konnte er Blair Castle nicht. Mit schöner Regelmäßigkeit kam der Bailiff alle vier Wochen und forderte seine Herausgabe, um dann unverrichteter Dinge wieder abzuziehen.

»Ich will mir deine Wunde ansehen«, beschied Lachlan jetzt. »Kannst du dich dort an den Tisch setzen? So wie der Verband aussieht, muss ich die Wunde waschen.«

Etwas unsicher wankte Ean hinüber.

»Beug den Kopf über die Schüssel.«

Er begann, den verklebten Verband vorsichtig zu lösen. Mit Geduld und viel Wasser wurde er schließlich mit dem Anblick einer langen, nicht sonderlich filigran genähten Wunde belohnt, die sich von der linken Schläfe bis in den Nacken zum Haaransatz zog.

»Und? Wird es mich doch noch den Kopf kosten?«

»Nein, es sieht gar nicht so schlecht aus. Ich will nicht sagen, dass der Feldscher sich über die Maßen Mühe gegeben hat, dir eine hässliche Narbe zu ersparen, aber sein Handwerk hat er verstanden.«

Erschrocken hob Ean den Kopf. »Entstellt es mich?«

Lachlan vereinte. »Mach dir keine Sorgen. Wenn dein Haar wieder gewachsen ist, wird man gar nichts sehen.«

»Die Haare sind ab?«

»Nun, zum Nähen brauchte er schließlich Sicht.«

Ean seufzte, bevor er unbewusst die Hand hob und begann, an der Wunde zu kratzen.

»Wirst du wohl aufhören.«

»Aber es juckt so grässlich. Ich dachte, das sei der Dreck, aber es hört überhaupt nicht auf zu jucken.« Wieder stahl sich seine Hand nach oben.

Lachlan hielt sie fest.

»Das liegt am Hanf. Damit ist die Wunde genäht. Er verursacht den Juckreiz. Vom Heilungsprozess mal abgesehen.«

»Na großartig …«

»Wenn du mir sagst, wie lange es her ist, kann ich dich vielleicht erlösen.«

»Neun Tage«, muffelte Ean.

»Das reicht. Ich zieh den Faden.«

Mit einem scharfen Messer und geschickten Fingern zog Lachlan den Hanffaden Stück für Stück heraus und befreite seinen Freund damit von der Qual. Zuletzt trug er eine Salbe aus Zaubernuss, Ringelblume und Stiefmütterchen auf.

»Mmmh … viel besser«, bedankte sich Ean gerade, als es leise klopfte.

Lachlan ging zur Tür und öffnete. Agnes stand davor mit einem Tablett in der Hand. Suppe, Brot und warmes Fleisch dufteten verführerisch. Als sie Lachlan erblickte, senkte sie den Blick und errötete leicht. »Ich wollte nur fragen, wie es ihm geht und ob er etwas zu essen möchte.«

Lachlan konnte sich ein Schmunzeln nicht verkneifen. »Es geht ihm gut, und Hunger hat er bestimmt fürchterlichen.« Er wollte ihr das Tablett abnehmen, doch Agnes gab es nicht frei.

»Weiß deine Mutter, dass du hier bist?«

Agnes nickte schüchtern. »Ich darf nur ganz kurz bleiben.«

Er zwinkerte ihr zu. »Ich muss ihn noch verbinden. Aber ich mache schnell.« Vergeblich um Ernsthaftigkeit bemüht bekundete er, kaum, dass er die Tür geschlossen hatte: »Dein Abendessen wartet.«

Ean wurde ebenso rot wie Agnes. »Ich hatte mich schon gefragt, wann sie kommt.«

Dann sah er Lachlan bittend an.

»Mach den Verband so, dass sie die Narbe nicht sehen kann.«

Lachlan schnalzte missbilligend mit der Zunge. »Natürlich! Wofür hältst du mich?«

Kapitel 13

– York Castle, am 12. Tag des Monats Juni im Jahre des Herrn 1312 –

»Ach, dich gibt es auch noch?« Henry versuchte, spöttisch zu grinsen, doch es geriet vor allem erleichtert. »Ich dachte schon, auch ihr wäret unter die Abtrünnigen gegangen.«

Lucas schüttelte den Kopf, und Henry schloss ihn für einen kurzen Moment in die Arme, bevor er ihm in seiner gewohnt burschikosen Art kräftig auf die Schulter drosch. Er war ein gutes Stück gewachsen in dem halben Jahr, in dem sie sich nicht gesehen hatten, und Lucas' Knie knickten ein wenig ein. »Komm, wir suchen uns ein Plätzchen, wo man in Ruhe reden kann.«

»Gibt es den hier überhaupt?« Zweifelnd sah Lucas sich im weitläufigen und hoffnungslos überfüllten Burgkomplex um. Die halbe königliche Verwaltung mit all ihren Ministern, Beamten, Richtern und Schreibern folgte Edward jedes Jahr nach York und verstopfte jeden Saal, jedes Gemach und jede Kammer von York Castle. Das Schatzamt residierte im imposanten, aus weißem Kalkstein erbauten Wehrturm, und für den Zivilgerichtshof war extra ein neues Gebäude errichtet worden.

»In der Burg nicht«, stimmte Henry zu. »Hast du ein wenig Zeit?«

Lucas nickte. De Lamberton hatte ihm für den ganzen restlichen Tag freigegeben.

»Dann los.« Geschickt lotste Henry ihn durch das Gewimmel von Menschen zu den Ställen, wo sie sich zwei Pferde sattelten. Die Wachen am kleinen Tor begrüßten Henry mit einem freundlichen Nicken, als sie sich in die Stadt aufmachten. Auch York war zum Bersten mit Menschen gefüllt. Wer in der Burg keinen Platz mehr gefunden hatte, hatte sich eine Unterkunft in der Stadt gesucht. Nur mühsam kamen sie daher im Schritt voran, umrundeten Karren und fluchende Knechte, schwatzende Mägde und spielende Kinder, immer entlang des Ouse, an dessen Ufer Händler ihre Schiffe be- und entluden. Lucas atmete befreit auf, als sie das Stadttor endlich durchritten und York hinter sich ließen. Etwa zwei Meilen folgten sie dem Fluss noch in nordwestlicher Richtung. Es war ein schöner, milder Frühsommertag. Die Sonne schien von einem zartblauen Himmel, Wald und Wiesen leuchteten in saftigem Grün, und das Wasser des Flusses glitzerte neben ihnen. Als der Ouse, beschattet von Birken und Weiden, eine große Kehre machte, stieg Henry ab und setzte sich an die grasige Uferböschung.

»Hier sieht es beinahe aus wie an unserem Lieblingsbadeplatz an der Themse.« Lucas setzte sich neben Henry.

Der nickte abwesend. »Nur zum Wettschwimmen reicht es leider nicht.«

Das stimmte wohl. Der Ouse war – verglichen mit der Themse – ein schmales Flüsschen. Beinahe war Lucas deswegen ein wenig enttäuscht. Er hätte sich gerne mit Henry gemessen. Noch nie waren der Bischof und er so lange in St. Andrews geblieben, und Lucas hatte das Meer dort zu schätzen gelernt. Fast täglich war er nach langen Stunden in den Schreibstuben an den Strand gegangen und hatte seine überschießende Kraft im Wasser ausgetobt. Vielleicht hätte er Henry heute geschlagen.

»Ich bin froh, dass du wieder da bist«, bekannte der derweil. Die letzten Wochen hier in York schienen alles andere als einfach gewesen zu sein.

»Gaveston ist verhaftet worden?«

Henry nickte.

»Erzähl mir, was passiert ist, seit wir nach Roxburgh aufbrachen.« Auf ihrem Weg nach York hatten de Lamberton und er etliches an Gerüchten gehört, doch es war beinahe unmöglich gewesen, Wahres von Unwahrem zu unterscheiden.

»Nach Edwards unnachahmlich dummem Schritt, Gavestons Verbannung aufzuheben«, begann Henry düster, »versammelten sich schon im Februar die Lords Ordainer in London, darunter natürlich auch mein Vater, und beratschlagten, wie sie nun vorgehen sollten.«

Und wie gut, dachte Lucas bei sich, dass die Lords nicht gewusst hatten, mit welchem geheimen Auftrag Edward de Lamberton nach Roxburgh gesandt hatte, sonst wäre ihr Zorn sicher noch größer gewesen.

»Sie entschieden, dem König jeglichen Zugriff auf die königlichen Schatztruhen zu verweigern. Meinem Vater war das nicht genug. Er schwor, gemeinsam mit Thomas of Lancaster, Aymer de Valance, Arundel und Warwick, Gaveston als Feind des Reiches gefangen zu nehmen. Schon im März begann Lancaster, nach Norden zu ziehen. Turniere auf dem Weg abhaltend, um unauffällig Männer zu sammeln, während mein Vater zunächst nach Hereford zurückkehrte.« Henry schüttelte in Gedanken versunken den Kopf. »Du kannst dir nicht vorstellen, welche Anspannung in dieser ganzen Zeit auf York gelastet hat.« Missmutig warf er einen Kiesel ins Wasser. »Edward, nun ja im Grunde mittellos, versuchte, den Anschein des Normalen aufrecht zu erhalten, wurde sogar noch verschwenderischer, doch seine Angst war immer zu spüren. Als Lancaster weiter vorrückte, zog Edward sich mit Gaveston nach Newcastle zurück, angeblich, um einer Belagerung Berwicks entgegenzutreten, doch jeder wusste, dass es nichts anderes als eine Flucht war.«

»Viel genützt hat es ihm anscheinend nicht.«

»Nein, hat es nicht. Lancaster hätte ihn und Gaveston schon in Newcastle beinahe erwischt. Im letzten Moment gelang es dem König und seinem Günstling am dritten Mai noch zu entkommen, aber«, Henry begann zu grinsen, »in ihrer Hast mussten sie ihren Tross zurücklassen, und Lancaster ließ es sich nicht nehmen, diesen zu beschlagnahmen.«

»Und dann?«

»Edward zog sich mit Gaveston nach Scarborough Castle zurück.«

Die Burg galt als gut befestigt. »Wie kam es, das Gaveston dennoch in Gefangenschaft geriet?«

Henrys Blick wurde beinahe mitleidig. »Sie hatten die Burg nicht ausreichend mit Proviant versorgt.«

»Du lieber Himmel.«

»Henry Percy, Robert Clifford, Aymer de Valance und John de Warenne begannen, die Burg am zehnten Mai zu belagern. Sie brauchten nur neun Tage. Edward hat noch versucht, Scarborough zu entsetzen, aber seinem Aufruf sind kaum Männer gefolgt, und Lancasters Truppen hätten einen solchen Vormarsch ohnehin verhindert.«

»Gaveston hat sich also ergeben?«

Henry nickte. »Und die Burg ausgehändigt. Er steht jetzt unter Arrest. Aymer de Valance wird ihn nach Wallingford eskortieren, wo er zu bleiben hat, bis das Parlament am ersten August tagt, das über sein weiteres Schicksal entscheiden wird.«

»Wo ist der König jetzt?« Die königliche Standarte hatte nicht über York Castle geweht.

»Verkriecht sich mit seiner schwangeren Gemahlin in Burstwick.«

Lucas hatte durchaus Verständnis dafür. Edward musste krank sein vor Sorge. »Werden die Lords Ordainer auf dem Parlament Gavestons Tod fordern?«

Henry zuckte mit den Schultern. »Ich weiß es nicht. Mein Vater will ihn tot sehen, das weiß ich, aber Edward wird dem niemals zustimmen.«

»Hat er denn eine Wahl?«

»Würden die Lords Ordainer wirklich mit einer Stimme sprechen: nein. Doch Männer wie John of Brittany, Gilbert de Clare und William Marshall stehen auf Seiten des Königs.«

Lucas nickte nachdenklich. Dieses Todesurteil musste wohl einstimmig fallen.

»Seit Gaveston gefangen genommen wurde und Edward sich in Burstwick verkrochen hat, geht nichts mehr seinen geordneten Gang. Der königliche Haushalt ist wie paralysiert. Edward hat keinerlei Anweisungen hinterlassen, geschweige denn, wann er zurückzukehren gedenkt. Dabei wäre in Anbetracht des anstehenden Parlaments etliches vorzubereiten.«

»Er ignoriert es«, mutmaßte Lucas. »Weil er nicht weiß, was er tun soll.«

Henry nickte. »Er ist vollkommen hilflos. Schon im letzten Jahr habe ich mich für unseren König geschämt, doch in diesem …« Resigniert winkte er ab.

»Bischof de Lamberton wird Edward in Burstwick aufsuchen. Er hat Nachrichten aus Schottland für ihn.«

»Sicher keine guten«, murrte Henry. »Dundee ist gefallen, wie wir gehört haben.«

»Ja, auch vom Verlust Dundees wird er berichten, aber vielleicht kann de Lamberton Edward dazu bewegen, nach York zurückzukehren und sich wieder seinen Aufgaben zuzuwenden.«

»Das wäre vermutlich ein Segen.«

*

Es gelang de Lamberton. Und mehr noch. Edward, momentan praktisch isoliert, begann zunehmend, auf de Lambertons Ratschläge zu vertrauen, und so rückte der Bischof in den engsten Kreis der königlichen Berater vor. Das führte dazu, dass auch Lucas sich immer öfter in den königlichen Gemächern aufhielt. So auch am sechsundzwanzigsten Juni. Es war ein trüber Tag. Regen fiel in dünnen Bindfäden seit den Morgenstunden und hatte den Burghof in eine Wüstenei aus Schlamm verwandelt. Wer immer konnte, hielt sich im Inneren auf. Edward saß neben seiner schwangeren Gemahlin auf einem von einem Baldachin überdachten Podest und lauschte dem Vortrag seines Minnesängers, die Miene ebenso trüb wie das Wetter draußen.

Fasziniert hatte Lucas den englischen König in den vergangenen Tagen, da er ihm nun so viel nähergekommen war, beobachtet. Es ließ sich kaum abstreiten: Äußerlich war Edward stattlich. Groß, gut gebaut, das Gesicht gefällig geschnitten. Doch der Blick aus seinen blauen Augen wirkte unsicher, ja beinahe gehetzt, und nichts schien ihn wirklich ablenken zu können, auch nicht William Milly, dessen Lied soeben zu Ende ging. Abwesend klatschte Edward Beifall. Zweimal hatte Lucas in den vergangenen Tagen beobachtet, wie der englische König mit einem Spaten bewaffnet auf das Feld vor der Burg gezogen war, um dort einen Graben auszuheben, und sich an Henrys Worte erinnert, Edward fände mehr Gefallen daran, ein Dach zu decken oder mit den Bauern der Gegend um die Wette zu rudern, als sich den Regierungsgeschäften zu widmen. Er schien sich in diesem Punkt nicht gewandelt zu haben. Obwohl er jetzt alles daransetzen müsste, Intrigen gegen seine Feinde zu schmieden und seine wenigen Verbündeten um sich zu scharen, saß er hier, tat nichts und gab weiterhin Unsummen für Musiker, Künstler und Akrobaten aus. Der englische König war Lucas ein Rätsel.

Isabella, mittlerweile sechzehn, stand ihre frühe Schwangerschaft gut. Rosig leuchteten ihre Wangen, und ihre Hand strich dann und wann versonnen über ihren noch kaum gewölbten Leib. Sie schien Edward durchaus zugetan. Immer wieder beugte sie sich zu ihm herüber, ergriff mitfühlend seine Hand oder versuchte, ihn mit einem kleinen Scherz aufzumuntern. Das fand Lucas durchaus bewundernswert, bedachte man die Intensität der Gefühle, die Edward Gaveston entgegenbrachte. Nur wenige Frauen wären nicht eifersüchtig. Edward wiederum schien von den Bemühungen seiner Frau durchaus ein wenig getröstet. Zumindest schenkte er ihr ein dankbares Lächeln, wenn sie seine Hand ergriff, und schmunzelte über ihre Scherze.

Der nächste Künstler kam: Gracioso, der Trommler. Lucas hatte ihn schon einmal spielen gehört und freute sich auf dessen Vortrag, denn es gab niemanden, der so geschickt das Tamburin schlug. Doch sein Spiel hatte kaum begonnen, da wurde er jäh unterbrochen. Eilige Schritte näherten sich dem Gemach, dann flog die Tür krachend auf, und Aymer de Valance schritt, gefolgt von den überrumpelt wirkenden Türwachen, herein. Er kam in voller Rüstung, durchnässt und schlammbespritzt, das Gesicht grau und angespannt. Vor dem König fiel er auf beide Knie und senkte tief den Kopf.

Edward erhob sich mechanisch.

Lucas wechselte einen Blick mit de Lamberton, der schräg hinter dem englischen König stand. Was hatte das zu bedeuten?

De Lamberton zuckte unmerklich mit den Schultern. Eine angespannte Stille hatte sich auf den Raum herabgesenkt, Lucas wagte kaum zu atmen.

»Sir Aymer?« Der englische König war sehr blass geworden.

De Valance schienen die Worte zu fehlen. »Majestät … Gaveston … Warwick, hat …«

Noch niemals zuvor hatte Lucas den Grafen von Pembroke derart fassungslos gesehen. Doch zuletzt straffte er sich, hob den Kopf und blickte den König direkt an.

»Majestät, Warwick entführte Piers Gaveston aus meiner Obhut und verschleppte ihn auf seine Burg. Dort verurteilten ihn die Grafen Lancaster, Warwick, Arundel und Hereford zum Tode.«

Königin Isabella stieß einen erstickten Schrei aus und hob erschrocken die Hand vor den Mund. Edward stand wie erstarrt.

»Der Graf von Cornwall ist tot, Majestät. Durch meine Schuld. Ich habe versäumt, ihn ausreichend zu schützen.« Aymer de Valance senkte wieder das Haupt. »Ich bitte um eine gerechte Strafe.«

Edward wankte auf ihn zu. Er schüttelte den Grafen von Pembroke, dass dessen Rüstung nur so schepperte, und versetzte ihm eine schallende Ohrfeige, die de Valance ritterlich ertrug. Er zuckte nicht einmal mit der Wimper.

Edward hingegen fiel vornüber, geradewegs auf den Steinboden, und begann jämmerlich zu weinen. Lucas beobachtete es ebenso befremdet wie fassungslos. Und es dauerte. Niemand schien sich an den König heranzutrauen, auch nicht die Königin, während de Valance unbewegt, keinen Fuß breit von ihm entfernt, kniete.

Zuletzt war es de Lamberton, der einschritt.

»Mein König, ich bitte Euch, Ihr müsst Euch beruhigen.«

Edward schien ihn gar nicht zu hören. Immer wieder flüsterte er Gavestons Namen.

»Majestät …« De Lamberton kniete an Edwards Seite nieder. »Wir sollten für seine Seele beten.«

Das hat sie auch bitter nötig, dachte Lucas, schließlich war Gaveston im März exkommuniziert worden, wie Henry berichtet hatte. Er würde nicht einmal in geweihter Erde bestattet werden.

»Majestät. Lasst uns beten.«

Vielleicht, weil Lucas' Mentor ihm eine Aufgabe gab, kam Edward auf die Füße. Mühsam, als wäre alle Kraft aus seinen Gliedern gewichen. Als er endlich stand, wandte er sich an de Valance.

»Erhebt Euch, Sir Aymer, ich vergebe Euch, denn ich weiß, es war nicht Eure Schuld.« Sein Blick wurde kalt, als er voller Hass flüsterte: »Die Schuld trifft einzig und allein Warwick, Lancaster, Arundel und Hereford …«

De Valance hob den Kopf, stand aber noch nicht auf. Lucas konnte keine wirkliche Erleichterung in seinem Blick ausmachen. Er hob die Hand zum Schwur.

»Mein König, ich schwöre, ich werde dieses Unrecht und meinen Fehler wiedergutmachen. Und ich werde die Männer, die meine Ehre beschmutzt haben, zur Rechenschaft ziehen!« Erst jetzt erhob er sich. Nach einer letzten Verbeugung verließ er das Gemach.

*

»Wenn Lancaster und Warwick gehofft haben, den König durch die Hinrichtung Gavestons weiter zu isolieren, so sind sie in diesem Punkt gescheitert.«

William de Lamberton saß am Tisch in seinem Gemach, einen Becher Wein in der Hand.

»Ihr glaubt, Aymer de Valance wird nun zum König stehen?«

William de Lamberton nickte. »Bisher war der Graf von Pembroke einer der Unentschlossenen gewesen, aber heute hat er sich entschieden. Dass Warwick Gaveston aus seiner Obhut entführt hat, hat ihn tief in seiner ritterlichen Ehre getroffen. Von nun an wird ihn nichts mehr von Edwards Seite bringen.«

Lucas nickte nachdenklich. »Was wird der König tun?«

»Er wird versuchen, sich zu rächen. Vor allem an Thomas of Lancaster. Aber natürlich auch an Warwick, Arundel und – an Henrys Vater. Ich denke, es wäre wohl besser, wenn dein Freund vorerst vom Hof verschwindet.«

Erschrocken sah Lucas seinen Mentor an. »Aber Henry ist nur ein Bastard«, widersprach er schwach.

»Was ihn umso mehr gefährdet. Er wäre eine geeignete Zielscheibe für Edwards Zorn.«

Bestürzt erkannte Lucas, was das bedeutete. »Er wird nie mehr zurückkehren können …«

De Lamberton schüttelte beruhigend den Kopf. »Das glaube ich nun wieder nicht.«

»Aber Edward wird den vier Grafen nie verzeihen.«

»Er wird es nicht wollen – doch es wird ihm nicht viel anderes übrigbleiben.«

»Wie meint Ihr das?«

»Auch, wenn de Valance heute auf die Seite des Königs gewechselt ist: Edward hat kaum noch Verbündete. Letztlich kann er nicht auf seine Magnaten verzichten. Vergiss nicht: Thomas of Lancaster ist der reichste Mann in diesem Land. Ihm gehören fünf Grafschaften. Der König ist auf seine Unterstützung und vor allem sein Geld angewiesen. Du wirst es erleben, Lucas, er wird Thomas of Lancaster und ebenso auch Henrys Vater Pardon erteilen. Nicht heute, nicht morgen, doch spätestens in einem Jahr.« Der Bischof lächelte Lucas aufmunternd zu. »Doch bis dahin sollte dein Henry sich unsichtbar machen.«

Lucas fand Henry in der Waffenkammer, wo der mit Hingabe ein Schwert schliff.

»Lucas?«

»Du musst verschwinden, Henry.«

»Verschwinden?«

»Hast du nicht gehört, was passiert ist?«

»Nein. Was?«

Lucas verdrehte ungeduldig die Augen. »Himmel, wie ist dir das gelungen? Der ganze Palast brodelt. Gaveston ist tot, und dein Vater hat ihn mit verurteilt!«

Henry wurde blass.

»Du musst York Castle verlassen. Am besten jetzt gleich!«

»Und wohin bitte, soll ich gehen?«

»Nach Hereford natürlich.«

Wut funkelte in Henrys Augen. »Ich soll zu dem Mann zurückkehren, der mich als Tarnung für sein Vorhaben missbrauchte?!«

Betroffen hielt Lucas inne. Von dieser Seite hatte er es noch gar nicht betrachtet. »Henry, so hat er es bestimmt nicht gemeint. Vielleicht hat er es nur nicht richtig bedacht.«

Das machte es nicht besser.

»Nicht bedacht?! Du meinst, er hat mich schlicht vergessen?«

»Pssst! Nicht so laut!« Ängstlich sah Lucas über die Schulter. »Henry, bitte. Vielleicht hat dein Vater auch einfach angenommen, dass du schlau genug bist, dich rechtzeitig aus dem Staub zu machen. Und genau das solltest du jetzt auch tun.«

Henry schnaubte unwirsch, aber er wandte sich zum Gehen.

Erleichtert stieß Lucas die Luft aus. »Wir treffen uns am Ouse. Ich komme nach und bringe dir ein Pferd, Proviant und deine Kleider.«

Die Glocken von York Minster schlugen gerade zur Vesper, als Lucas seinen Freund am Ufer des Ouse fand. Noch immer war es kühl und trüb. Graue Wolken hingen schwer und düster am Himmel, doch immerhin hatte der Regen nachgelassen.

»Suchen sie schon nach mir?«

Lucas schüttelte den Kopf. »Nein.« Er nahm neben seinem Freund Platz. »Vermutlich fällt dein Fehlen erst heute Abend auf, wenn du deinen Dienst an der hohen Tafel nicht antrittst.«

Henry nickte abwesend. »Es wäre an mir gewesen, dem König aufzuwarten.« Schwungvoll flog ein Kiesel ins Wasser. »Ich bin froh, dass es mir erspart bleibt.«

Lucas nickte verständnisvoll.

»Weißt du, was genau passiert ist?«

Natürlich wusste Lucas das. Die Details der Hinrichtung verbreiteten sich in York Castle bereits wie ein Lauffeuer. »Aymer de Valance ließ Gaveston unter Bewachung in einer Pfarrei in Deddington, um selbst seinen Gütern und seiner Frau in Bampton einen Besuch abzustatten. Vor gut zwei Wochen drang Warwick in den Hof der Pfarrei ein, nachdem er Pembrokes Wachen überwältigt hatte. Sie nahmen Gaveston gefangen und sollen ihn unter den Augen etlicher Schaulustiger barfuß durch die Straßen von Deddington getrieben haben. Dann brachten sie ihn nach Warwick Castle, legten ihn in Ketten und sperrten ihn ins Verlies. Warwick schickte Boten an Lancaster, Arundel und deinen Vater. Neun Tage später beschlossen sie seinen Tod und schickten Gaveston nach Kenilworth. Am Blacklow Hill soll er auf Geheiß der Grafen von zwei Walisern geköpft worden sein.«

»Von zwei Walisern … Was für ein Ende.«

»Aymer de Valance hat deinem Vater und den anderen drei Grafen Rache geschworen«, setzte Lucas behutsam hinzu. »Du solltest dich vor ihm genauso wie vor dem König in Acht nehmen.«

»Ich werde mich in Acht nehmen. Auch vor meinem Vater.«

»Henry …«

»Er hätte genug Zeit gehabt, mich zu warnen, Lucas. Schon vor Gavestons Hinrichtung, aber erst recht danach.«

»Warum willst du nicht glauben, dass er dich schlicht für schlau genug hält, selbst zu verschwinden?«

Henry zuckte missmutig mit den Schultern.

»Anders herumgefragt: Was sollte es ihm nützen, dich hierzulassen?«

»Dass Edward keinen Verdacht schöpft?«

»Sei mir nicht böse, Henry: Warum sollte Edward Verdacht schöpfen, nur weil einer seiner zahllosen Knappen in irgendeiner familiären Angelegenheit nach Hause beordert wird?«

»Weil mein Vater *mich* noch nie nach Hause beordert hat«, gab Henry leise zurück.

Lucas hielt betroffen inne. Er glaubte zwar nicht, dass Edward diese Tatsache schon jemals aufgefallen war, aber er verstand, was Henry so bedrückte.

»Als ich noch klein war«, erinnerte Henry sich, »hat mein Vater viel mit mir unternommen. Ich war noch keine fünf, da hat er mich schon vor sich in den Sattel gesetzt und ist mit mir ausgeritten. Mit sechs hat er mir das Schachspielen beigebracht, mit acht durfte ich ihn auf die Jagd begleiten. Er hat mich nie spüren lassen, dass ich nur sein Bastard war. Auch nicht, als er meine Stiefmutter heiratete. Vielleicht, weil ihre ersten, gemeinsamen Kinder alle kurz nach der Geburt starben und das erste, das überlebte, ein Mädchen war.« Neuerlich platschte ein Kiesel ins Wasser. »Doch dann wurde mein Halbbruder John geboren. Und überlebte. Noch im selben Jahr gab mich mein Vater zur Ausbildung fort.«

»Wie alt warst du?«

»Zehn.«

»Das ist ja wohl ein mehr als übliches Alter, um als Page in einen anderen Haushalt zu wechseln«, gab Lucas zu bedenken. »Und immerhin gab er dich in den Haushalt des Königs. Hättest du ihm gar nicht am Herzen gelegen, hätte er dich auch in den Haushalt eines seiner niederen Vasallen geben können.«

Henry wirkte nicht überzeugt. »Seit ich am königlichen Hof bin, war ich nicht einmal wieder zu Hause. Nicht an Weihnachten, nicht an Ostern, nicht zu den Tauffesten meiner zahllosen Halbgeschwister.«

»Dein Vater und seine Frau sind ja auch oft am königlichen Hof«, wandte Lucas halbherzig ein.

Henry ersparte sich eine Antwort und hob nur spöttisch eine Augenbraue.

»Also schön, vielleicht wollte dein Vater dich loswerden, als sein Erbe geboren wurde, und vielleicht hat er nur sein Gewissen beruhigt, als er dich in den Haushalt des Königs gab. Er mag ein herzloser Schuft sein, der dich jetzt schlicht vergessen hat, aber ich glaube nicht, dass du dich vor ihm fürchten musst. Du bist keinerlei Bedrohung für ihn.«

Das schien Henry zuzugestehen. Zumindest widersprach er nicht, aber er fragte: »Würdest du zu einem Mann, der zwar dein Vater ist, dich aber vergessen hat, zurückkehren wollen?«

»Vermutlich nicht. Aber du hast wenig andere Wahl.«

»Ich könnte mich auch allein durchschlagen.«

»Das könntest du. Aber wäre es intelligent? Versuch doch, die Chance zu nutzen, die sich dir hier jetzt bietet.«

»Ich weiß nicht, von welcher Chance du sprichst.«

»Gott, Henry. Gehen wir meinetwegen vom Schlechtesten aus: Dein Vater hat dich schlicht vergessen. In Anbetracht der politischen Unruhen und der Geburten deiner zahllosen Halbgeschwister ist das vielleicht nicht einmal so verwunderlich.«

Henry wollte entrüstet auffahren, doch Lucas ließ ihn nicht zu Wort kommen. »Wie alt ist dein Halbbruder John jetzt?«

Henry guckte verdutzt. »Sechs.«

»Meinst du nicht, dein Vater wäre erfreut, wenn er – gerade, weil er dich vielleicht wirklich vergessen hat – jetzt bemerkt, dass er einen fast erwachsenen Sohn hat, der ihm zur Seite stehen kann? Einen Sohn, der immerhin sein Erstgeborener ist? Zu dem er ein gutes Verhältnis hatte, solange er noch bei ihm lebte. Der intelligent ist, ein hervorragender Schwertkämpfer und guter Stratege?«

»Wen meinst du bloß ...«, spöttelte Henry, doch in seine Augen war ein ganz klein wenig Hoffnung eingekehrt.

»Also. Schluck deinen Stolz herunter und zeig ihm, was in dir steckt.«

»Meinen Stolz herunterschlucken ...« Henry atmete einmal tief durch.

Lucas' Blick wanderte zum wolkenverhangenen Himmel. »Du musst aufbrechen. Nicht mehr lange bis zum Einbruch der Nacht.«

Henry erhob sich langsam. »Ob wir uns je wiedersehen?«

Lucas lächelte aufmunternd und hob die Rechte zum Abschied. »De Lamberton sagt, auch, wenn der Zorn des Königs jetzt groß ist, wird er sich doch den Lords Ordainer beugen müssen. Er wird auch deinem Vater Pardon gewähren.«

»Das Wort deines Bischofs in Gottes Ohr«, entgegnete Henry und schlug ein.

Kapitel 14

– Blair Castle, am 29. Tag des Monats Juli im Jahre des Herrn 1312 –

Ein heißer Spätsommernachmittag lastete auf der Burg. Draußen zirpten Grillen ein vielstimmiges Konzert, das vom hohen Wid-wid der Schwalben und dem trägen Summen einiger Insekten begleitet wurde. Die Luft flirrte in der Hitze, und nur innerhalb der dicken Burgmauern war es angenehm kühl.

»Ein Brief für Euch, Schwester Ealasaid«, sagte Finlay zur Begrüßung. »Ein Bote brachte ihn eben.«

Überrascht blickte die Heilerin von ihrer Näharbeit auf und lud ihn mit einer Geste zum Platznehmen ein, bevor sie das Siegel betrachtete.

»Von Bischof de Lamberton …« Hoffnungsvoll sah sie zu Lachlan, der bis eben an einem Fenster gestanden und missmutig hinaus in den staubigen Burghof gestiert hatte.

Hastig überflog sie die ersten Zeilen. »Der Papst hat William Sinclair endlich als Bischof von Dunkeld bestätigt!«

Erleichterung machte sich auf Lachlans Gesicht breit.

»Aber Sinclair weilt noch immer in Italien«, fuhr Ealasaid fort. »In Tusculum, um genau zu sein, wo er von Kardinal Fredoli die Bischofsweihe empfangen hat. Es ist noch nicht bekannt, wann er nach Schottland zurückkehren wird.«

»Na, großartig …« Die Erleichterung verflog. Abrupt drehte Lachlan sich wieder um und starrte erneut aus dem Fenster.

Finlay hatte Verständnis für seine wachsende Verzweiflung. Seit nunmehr fünf Monaten war er auf Blair Castle eingesperrt. Mit schöner Regelmäßigkeit kehrte der Bailiff von Dunkeld zurück und forderte Lachlans Herausgabe. Doch da noch alle auf die Ernennung des neuen Bischofs warteten, war es zu keinen weiteren Unannehmlichkeiten gekommen.

»Ich halte es langsam nicht mehr aus«, bekundete Lachlan leise, ohne sich umzuwenden.

Finlay trat zu ihm. »Hab noch ein wenig Geduld. Das sind gute Neuigkeiten, jetzt kann es nicht mehr lange dauern.«

Lachlan schloss die Augen und nickte, doch in diesem Moment gab Ealasaid einen erstickten Laut von sich, als fehle ihr plötzlich die Luft zum Atmen. Sie war ganz blass geworden.

»Lachlan muss fort.«

»Warum?«, fragte Finlay verwirrt.

»Weil er sich der Inquisition stellen muss.«

»Das wissen wir doch. Er wird der schwarzen Magie angeklagt. Aber Inquisitor wird jetzt William Sinclair, und ich bin weiterhin zuversichtlich, dass er Lachlan wohlgesonnen sein wird.«

»Pater Samuel wird sich niemals mit einem milden oder gar wohlwollenden Inquisitor zufriedengeben.«

»Was soll er dagegen schon unternehmen?«

»Einen Päpstlichen herbeordern«, entgegnete Ealasaid sichtlich beklommen.

Jetzt verstand Finlay gar nichts mehr. »Das hatten wir doch schon. Warum sollte sich ein päpstlicher Legat wegen eines so unbedeutenden Falles auf eine so weite und gefahrvolle Reise begeben?«

»Weil beim Konzil von Vienne Beschlüsse gefasst wurden, die Pater Samuel die Möglichkeit geben, eben dies einzufordern.« Mit zitternder Hand hielt sie de Lambertons Schreiben hoch.

Konsterniert sah Finlay sie an.

Ealasaid seufzte und begann zu erklären: »Im Grunde gibt es seit der Schaffung der Inquisition vor allem in Südfrankreich und Oberitalien Rangeleien zwischen den päpstlichen Legaten und den örtlichen Bischöfen. Je nach Machtverhältnissen wird die Inquisition durch die örtlichen weltlichen Machthaber und die Diözese mal unterstützt, mal behindert. In manchen Fällen lieferten sich Bischöfe und päpstliche Legaten hinter den

Kulissen geradezu Duelle, inhaftierten Angehörige der Gegenpartei, bespitzelten sich und sorgten so auch für die Durchsetzung ihrer eigenen, politischen Machtinteressen.« Sie deutete auf de Lambertons Brief. »Jetzt wurde entschieden, dass bei Kompetenzstreitigkeiten der Vorsitz eines Inquisitionsgerichts vom Diözesanbischof *und* einem bestellten päpstlichen Inquisitor zu führen sei.«

»Und?« Finlay wusste noch immer nicht, was das mit Lachlan zu tun hatte, und auch der sah seine Lehrmeisterin fragend an.

»Ja, versteht Ihr denn nicht? Dies Vier-Augen-Prinzip soll verhindern, dass politische oder persönliche Interessen des zuständigen Inquisitors das Verfahren beeinflussen. Oberflächlich betrachtet mag das positiv klingen, scheint es doch das Streben nach der Wahrheit zu unterstützen, doch Pater Samuel legt diese Entscheidung ein Instrument in die Hand, mit der er William Sinclair kontrollieren lassen könnte. Er könnte ihm Befangenheit unterstellen, und diesen Beschlüssen folgend, *müsste* dann ein päpstlicher Legat anreisen.«

Bestürzung überspülte Finlay wie eine eiskalte Welle. »Das heißt, selbst wenn der neue Bischof uns wohlgesonnen ist, könnte er in einem solchen Inquisitionsverfahren keine Milde zeigen.«

»Er würde sich selbst verdächtig machen«, konkretisierte Ealasaid. »Auch wenn die Ketzerei hier in Schottland bisher kaum eine Rolle gespielt hat, durch die Templerprozesse ist der Blick der päpstlichen Inquisition auch auf England und Schottland gefallen. Schon vor zwei Jahren beklagten die französischen Inquisitoren, dass die Untersuchung in England keine brauchbaren Geständnisse erbringe, und dass beinahe alle Templer aus Schottland vor ihrem Prozess fliehen konnten, warf kein besonders gutes Licht auf de Lamberton.«

Bisher hatte Lachlan dem Gespräch stumm und unbewegt gelauscht, doch jetzt begannen seine Hände zu zittern. Und Finlay hatte Verständnis dafür: Der Verlauf eines

Inquisitionsprozesses hing maßgeblich von der Person des Inquisitors ab. Der Angeklagte war nur Objekt, ohne Anspruch auf rechtliches Gehör. Natürlich konnten Zeugen gesucht werden, die für Lachlan aussagten, doch vorrangig ging es darum, ein Geständnis zu erreichen. Und zu diesem Zwecke galt auch die Folter als legitimes Beweisfindungsmittel. Ein Inquisitor musste sich nicht dieses Mittels bedienen, aber man hörte Schreckliches über die Inquisition in Italien und Frankreich.

»Wenn Lachlan also nicht für den Rest seines Lebens auf dieser Burg gefangen sein will, muss er fort.«

Der war blass auf die Fensterbank gesunken. »Kann mir mal jemand sagen, wohin?«

Nachdenkliches Schweigen folgte. Wohin konnte Lachlan fliehen, um der Inquisition zu entgehen? Finlay wollte nichts Brauchbares einfallen, doch in Ealasaids Kopf schien sich ein Gedanke zu entzünden. Sie erhob sich und trat nun ihrerseits ans Fenster, vielleicht um ihn in Ruhe reifen zu lassen. Dabei wirkte sie bedrückt, als laste eine schwere Entscheidung auf ihr. Nach einer ganzen Weile sagte sie leise: »Bologna.«

Verdutzt sah ihr Gehilfe sie an. »Bologna?«

Die Heilerin dreht sich wieder zu ihnen, jetzt mit mehr Entschlossenheit im Blick.

»Bologna«, bekräftigte sie noch einmal nickend.

»Und was soll ich in Bologna?«

»Medikus werden.«

Das verschlug ihm einen Moment die Sprache.

»Aber das Studium dauert acht Jahre!«, entrüstete er sich dann.

»Nun, genug Zeit also, hier Gras über die Sache wachsen zu lassen«, entgegnete Ealasaid ungerührt.

»Und wie soll ich nach Bologna kommen? Ich kann wohl schlecht fliegen, und wenn ich mich auf die Straßen wage, schnappt mich der Bailiff am Ende doch noch. Davon abgesehen: Auch in Italien oder vielmehr gerade dort ist die heilige Inquisition tätig.«

Dieses Problem gab ihr erneut zu denken. Mehr zu sich selbst murmelte sie. »Wir müssen erreichen, dass William Sinclair eine Pilgerfahrt nach Rom als Buße für deine Verfehlung akzeptiert, bevor es zu einem richtigen Prozess kommt. Also bald. Sehr bald. Möglichst noch, während er in Italien weilt. Und vor allem, bevor die Beschlüsse des Konzils allgemein bekannt werden und Pater Samuel zu Ohren kommen.«

Lachlan schüttelte verwirrt den Kopf. »Rom? Eben sprachst du noch von Bologna?!«

»Von Rom nach Bologna ist es nur ein Katzensprung.«

»Und was heißt hier Buße und Verfehlung? Ich habe nichts getan!« Lachlan stand auf und lief aufgebracht hin und her.

»Lachlan«, sagte sie eindringlich, »ich weiß, dass du unschuldig bist. Aber es ist leichter, eine Pilgerfahrt als Buße zu akzeptieren als deine Unschuld in einem Inquisitionsprozess zu beweisen, in dem wir uns nicht auf das Wohlwollen des Inquisitors verlassen können!«

Noch immer in Aufruhr setzte er sich wieder und fuhr sich mit beiden Händen durch das rote widerspenstige Haar. »Kannst du mir bitte erklären, wie ich mit diesem Bein eine Pilgerreise unternehmen soll?«

»Niemand verlangt, dass du den ganzen Weg zu Fuß zurücklegst. Du kannst eine große Strecke mit dem Schiff reisen.«

»Wenn ich mich recht erinnere, ist es weit nach Rom, und dein Katzensprung nach Bologna misst mindestens zweihundert Meilen«, murrte Lachlan.

Das machte Ealasaid offensichtlich wütend. »Du kannst auch den Rest deines Lebens hier auf der Burg hocken. Wir wollen Sir Finlay ein langes Leben und König Robert Erfolg wünschen, denn ob der nächste Burgherr dir auch seinen Schutz gewährt und bereit ist, einen Gehilfen auf Jahre durchzufüttern, bleibt noch infrage zu stellen!«

Verletzt starrte Lachlan seine Lehrmeisterin an.

Zerknirscht schlug sie die Augen nieder. »Entschuldige.« Dann sah sie wieder auf. »Lachlan, längst schon hätte ich dich zu einer solchen Entscheidung drängen sollen, ganz unabhängig von den nun erhobenen Vorwürfen. Es war pure Selbstsucht, die mich bisher immer zögern ließ, mir immer vorgaukelte, es wäre noch Zeit. Du bist ein so begabter Heilkundiger. Doch wenn du hierbleibst, wirst du immer nur mein Gehilfe sein und nach meinem Tod gar nichts. Wenn du aber nach Bologna gehst und Medizin studierst, dann wirst du geehrt sein und geachtet bei deiner Rückkehr. Dann wird niemand mehr behaupten, du hättest anderen schaden wollen, und dich so einfach der schwarzen Magie anklagen.«

Wortlos hatte Finlay ihre Debatte mit angehört. »Wie wird man in Bologna aufgenommen?« Er fand die Idee durchaus bestechend.

»Man braucht eine Empfehlung und Geld«, erklärte Ealasaid.

»Wie viel Geld?«

»Etwa zwanzig Pfund pro Jahr.«

Lachlan lachte sarkastisch und winkte mit der Hand ab. »Woher sollte ich so viel Geld nehmen?«

»Von mir«, sagte Finlay ohne Umschweife.

Perplex starrte Lachlan ihn an. Ealasaid schmunzelte.

»Du willst mir einhundertsechzig Pfund schenken?«

»Ein Darlehen«, korrigierte Finlay lächelnd. »Nach deinem Abschluss kannst du es mir zurückzahlen.«

Ealasaid kehrte unterdessen zum Kernproblem zurück. »Doch wie überzeugen wir William Sinclair, dass er auf einen Prozess verzichtet und dich auf Pilgerfahrt lässt? Was, wenn er sich selbst ein Bild machen will? Schwarze Magie ist eine schwere Anschuldigung, nicht ohne Grund hat die Kirche sie zur Häresie und zum Majestätsverbrechen erklärt.«

»Ich denke, wir können uns auf Bischof de Lambertons Unterstützung verlassen. Er könnte einen Brief an William Sinclair schreiben.«

»Wird er das tun? Ohne sich selbst ein Bild zu machen?«

»Soll er sich ein Bild machen. Auch wenn es ihn befremden mag, dass Lachlan bei einer Geburt geholfen hat, ich glaube nicht, dass er ohne Weiteres annimmt, schwarze Magie wäre im Spiel gewesen. Darüber hinaus könnte ich Zeugen beschaffen.«

»Zeugen?«

»Die Frau selbst, ihren ältesten Sohn, wohlgesonnene Nachbarn …« Finlay machte eine *Und so weiter*-Geste.

Ealasaid nickte zustimmend. »De Lamberton schreibt, dass er zu Mariä Himmelfahrt wieder in St. Andrews sein will.«

»Ich schicke ihm einen Boten.«

*

Unangenehm hart fühlte Lachlan sein Herz hinter dem Brustbein schlagen. Die Angst vor der Inquisition setzte ihm zu, und die Vorstellung fortzumüssen, machte es bleischwer.

Es hatte ihn nie in die Welt hinausgezogen. Und auch wenn er sich in den letzten Monaten entsetzlich eingesperrt gefühlt hatte, so wollte er doch nur einmal wieder über die Zugbrücke gehen. Vielleicht bis Rhynd reiten …

Bologna.

Es kam ihm weiter weg vor als der Mond.

»Du hast alles, was du brauchst, um die Universität in Bologna zu besuchen«, sagte Ealasaid in die lastende Stille. »Du sprichst fließend Latein, du bist unverheiratet, du hast das richtige Alter. Bedenke die Möglichkeiten, die sich dir eröffnen.« Ihr Blick bekam einen sehnsüchtigen Ausdruck. »In einer Bibliothek studieren. Dir werden unermesslich viele Bücher zur Verfügung stehen. Und dann die Anatomie …«

Beim Letztgenannten ruckte Lachlans Kopf hoch.

»Großer Gott, es wird mir ergehen wie dir«, flüsterte er.

»Nein. Du wirst nicht denselben Fehler machen. Du weißt, worauf es ankommt, und wirst dich anpassen. Und wir werden korrespondieren.«

In seinem Herz entzündete sich ein kleiner Funke. Anatomie, Bücher über Bücher, Wissen über Wissen. Kommilitonen, um sich auszutauschen. Man hörte viel Gutes von der Universität in Bologna. Große Gelehrte unterrichteten dort. Vielleicht war es doch kein so großes Unglück?

Kapitel 15

– Blair Castle, am 20. Tag des Monats August im Jahre des Herrn 1312 –

»Es sind schwere Anschuldigungen, die gegen dich erhoben werden, mein Sohn.« William de Lamberton saß in Sir Finlays Privatgemach und studierte die Anklageschrift, während Lachlan mit klopfendem Herzen und gesenktem Haupt vor ihm stand.

»Ich versichere Euch, Vater, sie sind unzutreffend.«

»Wie kommt Pater Samuel zu dieser Anklage?«

Wieder erzählte Lachlan von den Geschehnissen, die sich damals in Rhynd zugetragen hatten.

»Dieser Dominikaner behauptet, du hättest etwas Obszönes und Magisches getan, und daraufhin sei die Frau besessen gewesen.«

Lachlans Wangen färbten sich rot, als er antwortete. »Ich habe nichts Magisches getan. Aber Pater Samuel mag es obszön vorgekommen sein.« Er schluckte und hob den Blick. »Ich habe die Frau untersucht.«

Jetzt war auch im William de Lambertons Gesicht das Befremden nicht mehr zu leugnen. »Du hast die Gebärende berührt?«

Lachlan nickte und senkte wieder das Haupt.

In diesem Augenblick mischte sich Bruder Calum ein, der ebenso wie Vater Dunsten, Finlay, Alan, Colin, Lucas und Ealasaid anwesend war.

»Wenn ich etwas anmerken dürfte, Eure Exzellenz.« Der Franziskaner trat einen Schritt vor. »Natürlich sind Gebärende und ebenso Wöchnerinnen unrein, doch in diesem Fall handelte es sich um eine Notlage. Die Frau war ganz allein ohne jede Hilfe. Lachlan ließ sich vom Gebot der Nächstenliebe leiten, als er ihr beistand. Und begab sich doch eher selbst in Gefahr.«

Jetzt trat Vater Dunsten vor. »Und ich kann bezeugen, dass Lachlan ein guter Christ ist. Regelmäßig besucht er die Messe und kommt zur Beichte.«

Ein klein wenig entspannte Lachlan sich. Menschen zu seiner Verteidigung sprechen zu hören, war wohltuend.

De Lamberton sah Ealasaid an. »Schwester, ich weiß, Ihr kennt Euch auch mit Geburten aus. Ist es üblich, eine Schwangere während der Geburt zu berühren und zu untersuchen?«

Die Heilerin nickte. »Jede Hebamme tut das bei jeder Geburt.«

Jetzt erhob sich Sir Finlay. »Auch ich will für Lachlan zeugen: Ich kenne ihn seit nunmehr sieben Jahren. Niemals habe ich ihn in dieser Zeit magische Riten, heidnische Praktiken oder auch nur abergläubischen Firlefanz ausüben sehen. Er hat einer Gebärenden beigestanden, aber Ihr könnt Euch selbst überzeugen, dass diese keine Anzeichen von Besessenheit aufweist, denn ich habe sie mit ihren vier Kindern hierherbringen lassen. Sie warten in der Halle.« Er machte eine kurze Pause. »Lachlan ist ein guter Heilkundiger. Und jetzt will er Medikus werden. Ich glaube, seine Seele ist rein. Wenn aber allein die Tatsache, dass er einer Frau bei der Geburt ihres Kindes beigestanden hat, seine Seele befleckt hat, so wird eine Pilgerfahrt nach Rom ihn sicher reinwaschen.«

William de Lamberton ließ sich Zeit mit seiner Entscheidung, und Lachlans Unruhe nahm wieder zu. Bisher hatte er den Bischof von St. Andrews immer für einen gütigen Menschen gehalten. Doch jetzt blickte er ernst und streng, und auch das Befremden war ihm immer noch anzusehen.

»Tritt vor, Lachlan O'May, leg die Hand auf diese Bibel und sieh mich an: Bist du mit bösen Mächten im Bunde?« De Lamberton sah ihn so eindringlich an, dass er das Gefühl hatte, er würde ihm bis auf den Grund seiner Seele blicken. Trotzdem trat er, ohne zu zögern, vor und legte die Hand auf die Heilige Schrift.

»Ich schwöre, dass ich niemals mit bösen Mächten im Bunde war.«

*

»Hoffentlich bleibt uns genug Zeit, Lachlan nach Rom zu schicken, bevor Pater Samuel von den Beschlüssen des Konzils erfährt«, sagte Finlay bedrückt.

»Schottland ist weit von Vienne entfernt. Auch ich habe von den Beschlüssen nur so früh erfahren, weil wir in London weilten und der Abt von Westminster Abby ein guter Freund des Bischofs von Canterbury ist«, entgegnete de Lamberton. »Und dieser Pater Samuel müsste auch noch die richtigen Schlüsse aus der Unzahl der Entscheidungen ziehen. Dass eure Schwester Ealasaid so rasch begriffen hat, welche Gefahr in ihnen liegen könnte, muss nicht bedeuten, dass ihm das auch gelingt.«

»Dann begibt sich Lachlan vielleicht völlig unnötig auf eine gefahrvolle Pilgerreise?«, meldete sich Lucas nun erstmals zu Wort, der den ganzen Tag über – und auch seit sie jetzt zusammensaßen – sehr schweigsam gewesen war.

»Auch wenn sie noch so klein ist, möchte ich Lachlan keinesfalls der Gefahr aussetzen, sich der Inquisition stellen zu müssen«, entgegnete Finlay. Leise fügte er hinzu: »Niemand widersteht der Folter.«

Der Bischof nickte. »Da habt Ihr recht. Auch ich halte wenig davon. Wie soll ein Inquisitor unterscheiden, ob es nun Gott ist, der einem Unschuldigen Stärke verleiht, oder ein Dämon, der den Angeklagten lehrt zu leugnen, zu lügen und ihn gegen den Schmerz verhärtet?« Er seufzte. »Viel mehr vertraue ich persönlich da einem Reinigungsschwur, wie ich ihn Lachlan auferlegte.« Er trank seinen Becher leer. »Ich bin heilfroh, dass wir hier in Schottland niemals mit diesem Übermaß an Ketzerei zu tun hatten. Katharer, Waldenser, ketzerische Beginen und Begarden ... Es ist nicht verwunderlich, dass die heilige Mutter Kirche zu immer drastischeren Gegenmitteln griff und jetzt ein

Wiederaufflammen der großen Ketzerbewegungen verhindern will.«

»Doch gleichzeitig wird der Vorwurf der Häresie ein immer beliebteres Mittel in politischen Machtkämpfen«, bemerkte Lucas. »Denkt nur an die Templer. Zwar wurde auf dem Konzil von Vienne festgehalten, dass die gegen sie erhobenen Vorwürfe doch nicht nachgewiesen werden konnten, aber ihr Orden ist aufgelöst und ihr Vermögen an die Johanniter geflossen.«

Er sah Finlay an. »Mir tut Lachlan sehr leid. Er wollte nur helfen.«

»Du hast ein gutes Herz, Lucas«, entgegnete Finlay lächelnd. »Doch ich finde, auch Ealasaid hat recht. Lachlan sollte seine Begabung nutzen. So gesehen ist es wirklich nur ein Katzensprung von Rom nach Bologna.«

Sein Blick wechselte wieder zum Bischof. »Dabei gibt es noch eine Kleinigkeit, um die ich Euch bitten wollte, Exzellenz.«

»Um welche?«

»Zur Aufnahme an die Universität braucht man ein Empfehlungsschreiben. Natürlich werde ich ihm eines ausstellen, ich konnte mich ja oft genug von seinen Qualitäten überzeugen …«

»Aber eine Empfehlung des Bischofs von St. Andrews hätte mehr Gewicht?«, mutmaßte de Lamberton schmunzelnd.

Finlay nickte.

»Daran soll es nicht scheitern.« Er erhob sich. »Zeit, ins Bett zu gehen. Ich werde also morgen Bischof Sinclair schreiben. Soviel ich weiß, hat er York mittlerweile erreicht. Sobald seine Antwort da ist, kann Lachlan sich auf den Weg machen.«

Kapitel 16

– Blair Castle, am 1. Tag des Monats Oktober im Jahre des Herrn 1312 –

Alle Bewohner der Burg waren im Hof zusammengekommen, um Lachlan zu verabschieden, denn es gab praktisch keinen, der nicht irgendwann in den letzten Jahren von ihm behandelt worden war. Sie alle wünschten ihm Glück, schüttelten ihm die Hand, klopften ihm auf die Schulter oder umarmten ihn.

Nur Ealasaid stand allein oben an ihrem Fenster.

Finlay wartete mit Ean bei den Pferden. Gestern hatten sie noch das Erntefest begangen, und so befanden sich in Lachlans Proviantbeutel etliche Überbleibsel der Festtafel: Fleischpastete und Eier, kaltes Huhn und Braten, Äpfel, Birnen, Nüsse, Käse und Brot.

Schließlich stieg Lachlan als Letzter in den Sattel, doch als er über die Zugbrücke ritt, hielt er noch einmal inne und atmete tief durch.

»Ich kann nicht fassen, dass ich sechs Monate lang nicht mehr über diese Brücke gegangen bin.«

Ean wendete sein Pferd und lachte ihn an. »Dann trödele jetzt nicht.«

Er lächelte zurück und setzte sich in Bewegung.

Er hätte Blair Castle in den letzten zwei Wochen verlassen können, nachdem Bischof Sinclair ihnen mitgeteilt hatte, dass er Lachlans Buße akzeptierte. Aber es hatte sich keine rechte Gelegenheit ergeben. So viel war zu erledigen und bedenken gewesen. Und außerdem war ihm nun, da er im Begriff stand, eine so weite Reise anzutreten, Blair Castle auf einmal so sicher und vertraut erschienen.

»Wer als Erster über den Tilt ist«, rief Ean und preschte los.

Lachlan stob hinterher.

Der Herbst war nasskalt. Trotzdem spürte er das Erwachen seiner Lebensgeister, als sie in hohem Tempo bis nach Aberfeldy galoppierten, in wilder Jagd, sich gegenseitig mal den Weg abschneidend, mal anfeuernd. Wasser spritzte hoch auf, wenn die Pferde in tiefe Pfützen traten, und der Wind ließ Lachlans Gewand flattern.

»Wie kommst du denn nun nach Rom?«, fragte Ean, nachdem sie ihren wilden Ritt beendet hatten und ihre Reise in gemütlicherem Tempo fortsetzten.

»Alastair Fraser wird mich an Bord seiner Kogge mitnehmen. Finlay hat ihn darum gebeten. Eigentlich sollte er mich nur nach Brügge bringen, und ich wollte mir von dort ein anderes Schiff suchen, das nach Italien fährt, aber Master Fraser hat plötzlich die Reiselust gepackt, und nun will er selbst bis nach Venedig segeln und mich bis Rom mitnehmen.«

»Dann wird es nicht Genua?« Viele Pilgerschiffe legten dort an.

Lachlan schüttelte den Kopf. »Es würde die Reise unnötig verlängern, wenn ich von Genua nach Rom laufe. Vermutlich würde ich das auch nicht schaffen mit meinem Bein. Ich bräuchte ein Pferd, aber das wäre kostspielig.« Und mit einem betretenen Blick zu Finlay, der ein gutes Stück vor ihnen ritt und ihre Unterhaltung bisher nicht teilte, fügte er hinzu: »Er gibt ohnehin schon zu viel Geld für mich aus.«

Der drehte sich um. »Du sollst dir darüber keine Gedanken machen«, tadelte er schmunzelnd. »Alastair lässt dich praktisch umsonst mitfahren, nachdem ich ihm erzählt habe, was für ein guter Heiler du bist. Seine Mannschaft war noch nie so gut versorgt, sagt er. Und sicher wirst du an Bord mit Hand anlegen. Du verdienst dir deine Reise also selbst.«

Brummend nahm Lachlan das zur Kenntnis, das ungute Gefühl, eine so große Summe anzunehmen, blieb jedoch.

Ean wechselte das Thema: »Gott, wie lange werdet ihr brauchen?«

Lachlan zuckte mit den Schultern. »Das weiß ich nicht. Ich weiß nur, dass ich in Dundee ein Schiff besteige …« Er hoffte inständig, dass er nicht seekrank werden würde, denn auch wenn er nicht genau wusste, wie lange sie brauchten, war ihm klar, dass es Monate waren.

Anfangs hatte Lachlan gehadert, dass er sich unschuldig auf eine so strapaziöse Reise begeben musste. Aber je öfter er über die Orte gelesen hatte, die sich an den Küsten der Länder befanden, die sie umsegeln würden, desto größer war sein Wunsch geworden, all die Wunder zu sehen, die sich auf der Strecke befanden, Brügge, Caen, Bordeaux, Lissabon, Valencia, Barcelona, Marseille, Genua, Pisa, um nur einige zu nennen. Etliche Pilgerstätten fanden sich ebenso an dieser Route, darunter Soulac, Bayonne und nicht zuletzt Santiago de Compostela. Nun, Letztgenanntes lag etwa zwölf Meilen von der Küste entfernt, doch vielleicht hatte auch Master Fraser den Wunsch, diese bedeutende Pilgerstätte zu besuchen? Irgendwann war Lachlan zu dem Schluss gekommen, dass eine Pilgerreise vielleicht ein guter Anfang für dieses ehrgeizige Projekt war, ein studierter Medikus zu werden.

»Wirst du uns schreiben?« Ean klang beinahe ein wenig verzagt.

»Natürlich. Wann immer sich die Gelegenheit bietet.« In Lachlans Bauch krabbelten tausend Ameisen.

Auch um seiner Aufregung zu entkommen, trabte er wieder an, während die Sonne sich hinter einer Wolke vorwagte und das Heidekraut purpurn aufleuchten ließ.

Als die Sonne im Zenit stand, fragte Finlay: »Was haltet ihr von einer Rast?«

Sie hielten an einem Bächlein, an dem Gras, Moos und Heidekrautbüschel einen bequemen Rastplatz versprachen, und machten sich über kaltes Hühnchen, Käse, Brot und Wein her.

Dundee erreichten sie am späten Nachmittag.

»Wir sollen Alastair in der Hafenschenke treffen«, sagte Finlay.

Als sie die gefunden hatten, saßen sie ab und brachten die Pferde in den benachbarten Stall.

»Gut abreiben und tränken«, wies Finlay den Stallburschen noch an und schnippte ihm einen viertel Penny zu, um sich seiner Gewissenhaftigkeit zu versichern.

Im Schankraum war es voll. Seeleute, Hafenarbeiter, Händler und Dirnen saßen an den Tischen. Es war laut und es stank.

Ean entdeckte Alastair Fraser als Erster. »Da hinten in der Ecke. Himmel, wie hält er es dort nur aus? Die Luft ist hier an der Tür ja schon unerträglich.«

Trotzdem machten sie sich auf den Weg zu ihm. Alastair erhob sich erfreut, als er Finlay mit seinen Gefährten entdeckte.

Niemals hätte Lachlan den Mann für einen Kaufmann gehalten. Er war muskulös und gestählt, sein Gesicht von Seeluft gegerbt, und in seinen Augen loderte die Abenteuerlust. Vermutlich war es die Freibeuterei, die einen anderen aus ihm gemacht hatte.

»Sir Finlay!« Sie begrüßten sich mit Handschlag. »Und du musst Lachlan sein.« Der Gehilfe deutete eine kleine Verbeugung an.

»Nicht so förmlich«, lachte Alastair und hielt auch ihm die Rechte entgegen.

»Gut, Euch zu sehen, Alastair«, sagte Finlay. »Wie steht es auf den sieben Weltmeeren?«

»Wie es am anderen Ende der Welt steht, kann ich Euch nicht sagen, aber hier steht es prächtig. Seit Dundee und Aberdeen unser sind, ist die englische Blockade praktisch wirkungslos.« Er begann zu feixen. »Erst kürzlich haben wir im Mündungsgebiet der Schelde drei englische Schiffe aufgebracht, die Wolle und Waren im Wert von viertausend Pfund an Bord hatten. Fünf englische Kaufleute nahmen wir außerdem gefangen und brachten sie nach Aberdeen. Sie haben uns ein hübsches Lösegeld in die Kasse gespült.«

Er deutete auf die Bänke. »Aber nun setzt euch erst mal. Auf den ersten Blick wirkt diese Schenke etwas heruntergekommen, aber ich versichere euch, ihr bekommt hier die beste Krebspastete, die ihr je gegessen habt.«

Er bestellte und hatte ihnen nicht zu viel versprochen. Die Krebspastete war delikat.

»Erzählt mir, Master Fraser, wie lange werdet Ihr unterwegs sein?«, bat Ean mit unverhohlener Neugier.

Fraser lehnte sich zurück und ließ sie gönnerhaft an seinem seemännischen Wissen teilhaben. »Mein Schiff macht durchschnittlich vier Knoten«, begann er stolz. »Bei gutem Wind schafft es auch sechs, doch wir wollen ja realistisch bleiben. Wenn wir in See gestochen sind, werden wir zunächst vier Tage kein Land sehen, bis wir Brügge erreicht haben.« Er nahm einen Schluck aus seinem Becher. »Von dort aus werden wir immer entlang der Küste segeln. Wenn wir jede Nacht ankern, brauchen wir etwa fünfzehn Tage bis nach Bayonne, weitere zwanzig bis nach Cadiz und dann noch mal sechsundzwanzig bis nach Civitavecchia.« Auf die fragenden Blicke der anderen setzte er hinzu: »Das ist der Rom am nächsten gelegene Hafen.«

»Du lieber Himmel. Zwei Monate«, murmelte Ean, und Lachlan stimmte ihm unbehaglich zu.

»Nur bei gutem Wetter«, schränkte Alastair jetzt auch noch ein. »Eventuell müssen wir irgendwo überwintern, wenn die See im November zu rau wird. Zwar wird es, je südlicher wir kommen, immer wärmer, doch Stürme sind auch da keine Seltenheit.«

Finlay machte ein besorgtes Gesicht. Fraser bemerkte es und zwinkerte ihm zu. »Über das Wetter macht Euch keine Sorgen. Ich liebe mein Schiff. Niemals würde ich das Risiko eingehen, Schiffbruch zu erleiden. Wir bleiben immer in der Nähe der Küste. Ziehen Sturmwolken auf, machen wir fest.«

Lachlan schluckte. »Das hört sich so an, als sollten wir uns eher über etwas anderes sorgen.«

Alastair Fraser sah ihn ernst an. »Eine so weite Reise ist kein risikoloses Unterfangen. Die größte Gefahr droht uns, wenn wir die Straße von Gibraltar passieren, denn dort herrschen noch immer die Mauren. Außerdem ist die Küste Afrikas nicht weit, und viele Piraten treiben in diesen Gewässern ihr Unwesen.«

Lachlan umfasste seinen Becher fester, sonst hätten die anderen wohl bemerkt, dass seine Hände zitterten. »Und wenn sie uns aufbrächten?«

»Wären wir im besten Fall tot.«

»Und im schlechtesten?« Eigentlich wollte er die Antwort gar nicht hören.

»Würden wir in die Sklaverei verkauft.«

Er musste blass geworden sein, denn Maser Fraser lächelte aufmunternd. »Wir werden es schon schaffen. Meine Männer verstehen zu kämpfen, und unser Schiff ist gut bewaffnet.« Er tätschelte väterlich Lachlans Hand.

Der war wenig beruhigt. Eine Weile unterhielten sich Finlay und Alastair noch, tauschten Neuigkeiten und Pläne aus, sprachen über den Krieg und Politik. Als die Sonne tief am westlichen Horizont stand, erhob sich Alastair Fraser.

»Zeit aufzubrechen, die Flut kommt.«

Sie gingen in den Stall, holten die Pferde, und Alastair führte sie zu seinem Schiff. Höchst widerstreitende Gefühle nahmen von Lachlan Besitz. Er spürte die Angst vor den Gefahren der weiten Reise und der endlosen See in seinem Magen rumoren, während sein Herz gleichzeitig vor Abenteuerlust und Fernweh kräftig schlug. Es drängte ihn fortzukommen, doch gleichzeitig zog sich seine Brust schon im Heimweh nach Blair Castle zusammen. Schweigend legte er deshalb den Weg zurück und versuchte, dieses Durcheinanders Herr zu werden. Schließlich erreichten sie den Hafen.

Eine stolze Kogge schaukelte seicht auf den Wellen, das Rahsegel noch gerefft am Mast, hinter dem achtern ein imposantes Schiffskastell thronte.

Schwappend klatschten Wellen an den Bug des Schiffes, ein rhythmisches Rauschen und Plätschern, begleitet von den Möwen, die hoch über ihnen kreischten. Die Luft schmeckte salzig auf Lachlans Zunge. Es roch nach Tang und Teer und Fisch.

Fraser rief seinen Männern einige Befehle zu, worauf sie begannen, das Schiff klar zum Auslaufen zu machen.

Jetzt war er also gekommen, der Moment des Lebewohlsagens. Lachlan spürte eine flatterige Nervosität.

Finlay machte den Anfang. Er umarmte ihn kräftig.

»Ich wünsche dir stets Sonne im Gesicht und Wind im Rücken. Möge Gott dich schützend in seiner Hand halten und mit dir auf deinem Lager ruhen. Und möge dir die See freundlich entgegeneilen.« Dann löste Finlay die Umarmung. »Ich lasse dir jedes Jahr zum Jakobstag zwanzig Pfund zukommen, entweder über Alastair oder einen anderen Kaufmann.«

Lachlan war in Aufruhr, und ihm versagte vorübergehend die Stimme. Also umarmte er Finlay nochmals und flüsterte ihm nur ein »Danke« ins Ohr.

Dann war Ean an der Reihe. Lange sahen sie sich an, aber Worte fand keiner von ihnen. Schließlich hob Ean die Rechte, und Lachlan schlug ein.

»Schreib«, verlangte Ean noch einmal.

Lachlan nickte. »Und ihr seht zu, dass ihr Schottland befreit habt, bevor ich zurückkehre.«

Ean lachte. »Wird gemacht.«

Dann schulterte Lachlan sein Gepäck und balancierte über die Planke.

Er stellte sich neben Alastair Fraser an die Rehling und schaute hinüber, während die Matrosen das Rahsegel hissten. Machtvoll blähte der Wind das große Tuch.

»Leinen los«, rief Alastair, und während die Kogge lautlos aus dem Hafen glitt, hob Lachlan grüßend die Hand.

*

Zur selben Zeit hörte Ealasaid Schritte auf dem Kies, während ihre Hände unbewusst fortfuhren, Unkraut aus den Beeten zu zupften. Sie wollte sich nicht umdrehen.

»Wollt Ihr wirklich die Meisterwurz ausreißen?«, brummte Bruder Calums tiefe Stimme gutmütig.

Erschrocken hielt Ealasaid inne.

»Lasst mich Euch helfen.« Trotz seiner Leibesfülle hockte er sich recht behände neben sie. »Mir ist zwar bewusst, dass Ihr Euch hier verkriechen wolltet«, bemerkte er beiläufig, ohne sie anzusehen, »aber ich glaube, es ist besser, wenn Ihr nicht zu sehr ins Grübeln verfallt.«

Ein wenig steif nahm sie ihre Arbeit wieder auf. »Mir ist nicht nach Scherzen zumute.«

»Nein. Ich weiß.«

»Und ich wäre gerne noch ein wenig allein geblieben.«

»Aber Ihr seid nicht allein. Auch jetzt nicht, da Lachlan fort ist.«

Seine Worte brachten sie beinahe um ihre Fassung. »Nicht?« Ihre Stimme zitterte.

Er schüttelte ernst den Kopf. »Nein.«

»Ob ich ihn jemals wiedersehen werde?«

»Warum denn nicht? Ist es denn so unwahrscheinlich? Ihr selbst habt in Italien studiert und seid zurückgekehrt. Immer mehr Menschen reisen heutzutage nach Rom. Es ist ja nicht das Heilige Land.«

»Nein.« Ealasaid erhob sich müde. Ihre Knie schmerzten. »Aber ich bin nicht mehr jung. Vielleicht sterbe ich, bevor er sein Studium beendet hat.«

»Das liegt in Gottes Hand.« Er richtete sich ebenfalls wieder auf. »Ich kann mir zwar vorstellen, dass Gehorsam Euch immer schwerer gefallen ist als Nächstenliebe oder Armut, aber jetzt ist es Zeit, Euer und Lachlans Schicksal demütig in Gottes Hände zu legen.«

Ealasaid senkte den Kopf, schloss die Lider und versuchte, die brennenden Tränen zurückzuhalten.

»Doch es in Demut anzunehmen, heißt nicht, dass Ihr nicht trauern dürft«, setzte er mitfühlend hinzu.

Jetzt war es um ihre Fassung endgültig geschehen. Stolpernd machte sie zwei Schritte vorwärts und ließ sich auf eine der Steinbänke sinken. Bruder Calum setzte sich neben sie und ließ sie weinen.

Die Sonne ging unter über ihrem Leid, Wind erhob sich, ließ das Laub rascheln und bedeckte den Abendhimmel mit grauen Wolken. Erst als es fast ganz dunkel war, versiegte endlich der Strom ihrer Tränen.

»Ihr seid nicht allein«, wiederholte Bruder Calum leise.

Zaghaft wuchs Zuversicht in ihrem Inneren. Es hatte nichts mit Bruder Calums Anwesenheit zu tun, auch nicht mit der Hoffnung, dass sie Lachlan vielleicht eines Tages wiedersehen würde. Sie wurde sich plötzlich einer Nähe bewusst, die zwar schon immer da, doch noch nie so deutlich gewesen war. Als würden sich Hände schützend um ihr wundes Herz legen, die es heil machten und ihr die Sicherheit gaben, dass sie aushalten konnte, was auch immer die Zukunft brachte.

Sie entspannte sich. Ihre Schultern sanken hinab, lang wich Atem aus ihrem Mund.

Bruder Calum zwinkerte ihr zu.

Sie lächelte. »Nein. Ich bin nicht allein.«

Kapitel 17

– Blair Castle, im Dezember des Jahres 1312 –

Leichter Schneegriesel fiel vom Himmel, als die Soldaten der Burg wieder einmal abmarschbereit mit ihren gesattelten Pferden im Hof bereitstanden.

Finlay hielt Raelyns Gesicht umfangen, der Abschied fiel ihm schwer.

Sie hatten einen wundervollen Herbst gehabt, fast hätte man meinen können, es herrsche Frieden. Dass Lachlan fort war, betrübte ihn zwar, dennoch war es besser, ihn in der Ferne, doch dafür in Sicherheit zu wissen. Ohne die ständigen Besuche des Bailiffs hatte Finlay sich in Ruhe um seine Familie und sein Lehen kümmern können. Alan war im Sommer Vater eines Sohnes geworden, den sie zu Ehren des Königs Robert getauft hatten. Cadfan und Gavin waren unglaublich gewachsen und erfreuten täglich Finlays Herz. Sie alle waren gesund. In Anbetracht der Aneinanderreihung so vieler glücklicher Umstände hatte er nicht widerstehen können, Pläne zu machen. Er hatte einen Steinmetz gesucht, und nun lagen Grundriss und Entwurf für den Wiederaufbau Sianar Daraichs in seiner Truhe. Sobald der Frühling kam, sollten die Bauarbeiten beginnen.

Und doch musste er jetzt wieder fort. Robert erwartete sie; Perth sollte fallen.

»Ich verspreche dir, dass ich zurückkomme.« Schon jetzt voller Sehnsucht küsste er Raelyn auf die Stirn.

Sie nickte gefasst. »Ich liebe dich.«

»Papa!« Cadfan zog an seinen Beinkleidern. Finlay hob ihn hoch.

»Auf Wiedersehen, mein Sohn. Sei artig, hörst du?«

Cadfan nickte ernst und drückte seinem Vater einen schmatzenden Kuss auf die Wange.

Durchaus schweren Herzens übergab Finlay den Dreijährigen an Raelyn, bevor er zu Faileas ging und aufstieg.

*

Als sie Perth erreichten, war die Belagerung schon in vollem Gange, niemand konnte hinaus oder hinein. Doch die Stadt war geschützt vom Fluss, einem zusätzlichen breiten Graben und ihrer mittlerweile sehr hohen Mauer.

Mehrere Wurfmaschinen schleuderten Steine und Geröll gegen Perths Befestigung, während gleichzeitig Bogenschützen die Soldaten auf der Brustwehr in Atem hielten. Das Sirren der Bogensehnen erfüllte die Luft ebenso wie das Knarren der Katapulte, das Poltern der Geschosse und das Rufen der Soldaten. Faileas schnaubte und schlug mit dem Kopf, als Finlay ihn an der Spitze seiner Männer durch das königliche Heerlager lenkte.

»Majestät, ich bringe Euch fünfzig Mann«, meldete Finlay, als er mit seinen Freunden vor dem König kniete.

»Sir Finlay!« Robert erhob sich erfreut. »Sir Alan, Ean! Gut, Euch alle wieder zu sehen.« Er bedeutete ihnen, sich zu erheben.

Sie trafen alte Freunde wieder. Herzlich begrüßten sie Neil, Malcolm und Thomas Randolf, nur bei James brachte Finlay nicht mehr als ein knappes Nicken zustande.

»Wie steht es in Perth?«, erkundigte sich Malcolm.

»Sir William Oliphant, de Montefichet, den wir mit seiner Garnison von Dundee hierher haben abziehen lassen, und Malise, der Earl von Strathearn, befehligen die Garnison«, berichtete Edward Bruce. »Wie es scheint, haben sie über den Sommer reichliche Vorräte angelegt, so dass wir bislang noch keinen großen Nutzen aus der Eroberung Dundees ziehen konnten. Fluss und Graben machen unsere Angriffe überdies nicht gerade einfach. Dennoch gehen wir ihnen vermutlich schon ziemlich auf die Nerven. Bei diesen ungemütlichen Temperaturen auf der Brustwehr Dienst zu tun, ist sicher kein Vergnügen.«

»Sir William … Es heißt, er sei ein gebrochener Mann«, bemerkte Neil.

Robert nickte. »Würde Oliphant Perth allein halten, hätten wir leichtes Spiel.«

»Warum?«, fragte Ean leise an Finlay gewandt.

»Sir William hielt Stirling Castle, als der alte Edward es vor acht Jahren so grausam erobert hat. Vier Jahre verbrachte er danach in englischer Gefangenschaft. Wie man hört, waren sie alles andere als einfach«, gab er ebenso leise zurück.

»Also haben wir es vor allem mit Montefichet und Strathearn zu tun«, folgerte Neil.

»Ist es richtig?«, mischte James sich ein. »Der Sohn von Strathearn kämpft für Euch, Mylord?«

Robert nickte grimmig. »Wird eine hübsche Überraschung für Sir Malise werden, sollten wir Perth nehmen.«

»Ist ihm zu trauen?«, setzte James nach.

»Der Graben, der dieses Land spaltet, spaltet auch so manche Familie«, erwiderte Robert. »Von euch allen hier abgesehen, gibt es wenige Männer, die so inbrünstig für mich kämpfen wie der junge Strathearn.«

»Ich frage mich auch eher, ob Atholl zu vertrauen ist«, grummelte Malcolm. Offenbar war es für ihn eine Überraschung gewesen, David de Strathbogie hier im Heerlager anzutreffen.

»Er führte schon Truppen gegen Dundee mit uns«, entgegnete Robert.

»Und hat keinen Zweifel an seiner Loyalität aufkommen lassen«, setzte sein Bruder hinzu.

»Seine Frau ist die Tochter von John Comyn«, betonte Malcolm jedoch. »Und die Nichte von Aymer de Valance.«

Robert nickte. »Doch offensichtlich stellt er politische Belange über familiäre Angelegenheiten.«

Malcolm brummte, nicht wirklich überzeugt.

»Wie geht es Mary?«, fragte Finlay Neil später, als sie schon alle einen Becher Wein in den Händen hielten.

Allein die Frage zauberte Neil ein kleines Lächeln auf die Lippen. »Gut.«

»Sie hat sich vollständig erholt?«

Neil nickte. »Schneller, als ich erwartet habe.« Eine leichte Röte zog auf seine Wangen.

Fragend schaute Finlay ihn an, auch wenn er schon ahnte, was der letzte Satz bedeutete.

»Sie ist schwanger?«

Er nickte.

»Neil. Das ist wunderbar. Ich gratuliere dir herzlich. Richte auch Mary meine besten Glückwünsche aus.«

Fast ein wenig beschämt senkte Neil den Kopf. »Ich hätte nie gedacht, dass es so schnell gehen würde. Eure Heilerin hatte uns acht Wochen Enthaltsamkeit auferlegt. Ich hatte Verständnis dafür, denn es wäre sicher gefährlich für Mary gewesen, in ihrem unterernährten Zustand schwanger zu werden.« Er schmunzelte. »Sie hat alles darangesetzt, rasch gesund zu werden.«

»Wo ist sie jetzt?«

»Auf Balloch Castle. Margaret und Mary sind schon seit langem befreundet.«

Finlay erinnerte sich, dass Malcolms Frau auch Christina Bruce sehr zugetan war, und wie sehr es sie betrübt hatte, von deren Schicksal zu hören.

Plötzlich wieder ernster setzte Neil hinzu: »Wenn die Träume nicht wären, könnte man glauben, es wäre nie geschehen.«

»Suchen sie sie oft heim?«

»In den ersten Wochen kamen sie jede Nacht. Doch seit sie schwanger geworden ist, ist es etwas leichter.«

»Sollte es zu quälend für sie sein: Kommt nach Blair Castle. Ihr müsstet eine Weile bleiben, doch ich bin sicher, dass Ealasaid Mary helfen könnte.«

»Ich danke dir für dein Angebot.«

»Ihr seid immer auf das herzlichste willkommen.«

*

Eingezwängt zwischen Alan und Finlay saß Ean, einen Weinbecher in der Hand, und beobachtete den König verstohlen. Es faszinierte ihn, wie nah Robert seinen Rittern war, ohne dabei auch nur einen Deut seiner königlichen Autorität preiszugeben. Jeder der Männer in diesem Zelt würde für diesen König in den Tod gehen, jedes seiner Worte war für sie Gesetz, und doch lachten und scherzten sie jetzt zusammen wie eine Horde übermütige Knappen. Eifersüchtig musste Ean sich eingestehen, dass er noch immer nicht richtig dazugehörte. Diese Männer verband etwas, das er schlicht nicht teilte. Und er hatte sich bisher kaum beweisen können. Dass ihm in Dundee aber auch dieses Missgeschick mit dem Stein passieren musste!

Nach der Zusammenkunft machten sich Finlay, Alan und er wieder auf den Weg zu ihren Zelten. Es dämmerte bereits. Schnee fiel, doch blieb er auf dem matschigen Boden nicht liegen. Nur auf ihren Stiefeln und Schultern sammelte sich eine dünne weiße Schicht, während der Wind ihnen kräftig ins Gesicht blies. Grimmig dagegen gebeugt, schritten die drei lang aus, um möglichst bald dieser Kälte zu entfliehen.

Plötzlich jedoch blieb Finlay wie angewurzelt stehen. Seine Augen verengten sich zu zwei schmalen Schlitzen, bevor er unvermittelt losrannte.

Verdutzt blickten Alan und Ean sich an, während sie Finlay um ein Zelt herum verschwinden sahen. Als auch sie um die Ecke bogen, fanden sie ihren Freund, verwirrt dreinblickend, an einem Zelteingang stehen.

»Hast du den Leibhaftigen gesehen?«, fragte Alan.

»Ich war mir sicher, ich hätte Murdoch gesehen.«

»Murdoch?«, rief Ean einigermaßen entsetzt.

»Bist du dir sicher?«, setzte Alan nach.

Finlay schüttelte den Kopf. Er war offensichtlich noch ganz durcheinander.

»Da war ein Soldat. Er trug Kettenhemd und Helm, deshalb konnte ich sein Haar nicht sehen, aber er hatte Murdochs Gesicht.«

»Ich weiß nicht, Finlay. Er ist seit Jahren verschwunden, vermutlich ist er tot.« Alan sah sehr zweifelnd drein. »Und wenn er wiederauftauchte, würde ich ihn eher in der englischen Garnison dort hinter der Mauer vermuten.«

Finlay nickte, dennoch schienen sämtliche Alarmglocken in ihm zu schrillen, seinem Gesichtsausdruck nach zu urteilen. Noch immer huschte sein Blick suchend über die Zelte.

»Ich habe ein verflucht ungutes Gefühl.«

Kapitel 18

– Im Heerlager des Königs, am 28. Tag des Monats Dezember im Jahre des Herrn 1312 –

Die Belagerung zog sich hin.

War das Wetter auch nicht eisig, so kroch einem die feuchte Kälte dennoch bis in die Knochen. Täglich wurden die Rationen kleiner und die Stimmung der Männer schlechter. Finlay war wortkarg und schien weiterhin nach dem vermeintlichen Murdoch Ausschau zu halten. Ean selbst ärgerte sich, dass es noch immer keine Gelegenheit gegeben hatte, sich den König zu beweisen. Zwar malträtierten die Katapulte unermüdlich die Verteidigungsanlagen der Stadt, doch zu einem Kampf Mann gegen Mann würde es auf absehbare Zeit nicht kommen. So versuchte Ean, wenigstens durch Fleiß und Ausdauer auf sich aufmerksam zu machen. Trotz des ungemütlichen Wetters verzichtete er auf Aufwärmpausen und war von Sonnenauf- bis Sonnenuntergang unterwegs. Doch ob der König das überhaupt bemerkte, konnte er nicht sagen.

Der Einzige, der dem Ganzen mit stoischem Gleichmut begegnete, war Alan. Ihn schien nichts so leicht aus seiner Gemütsruhe zu bringen.

Jetzt hatte Ean gerade die Bogenschützen Blair Castles auf Finlays Geheiß in Stellung gebracht. Es war ein nebliger Morgen, nur undeutlich war die Stadt in den weißen Schwaden auszumachen. Die Männer murrten, da sie eigentlich nicht recht wussten, worauf sie zielen sollten, dennoch begannen sie – ebenso wie die Besatzung der Katapulte – mit dem Beschuss. Ean stand neben ihnen und betrachtete nachdenklich die vor ihm aufragenden Mauern. Wenn sie nur dorthin gelangen könnten.

Schuld an ihrem mangelnden Fortschritt war der fehlende Frost. Die Belagerung war schließlich für den Winter geplant worden, da dann der Graben zugefroren sein sollte. Doch es sah nicht so aus, als wolle sich das Wetter noch wenden.

»Gib mir Deckung«, bat er Tom, und der Bogenschütze nickte.

Er wollte sich diesen Graben doch einmal genauer ansehen. Seinen Schild schützend erhoben, huschte er die Böschung zum Rand des Wassers hinunter. Sofort zischten Pfeile um ihn, zwei blieben zitternd in seinem Schild stecken. Doch Tom hielt sein Versprechen und begann nun seinerseits zu schießen, so dass Ean sich etwas unbehelligter umsehen konnte.

Es gab zwei Stellen, an denen der Graben deutlich schmaler wurde. Ean suchte sich einen geeigneten Stock und begann, die Tiefe auszuloten.

Zwei Abende später fand wieder eine Lagebesprechung statt. Robert the Bruce war ebenso schlecht gelaunt wie der Großteil seiner Männer.

»Wir kommen nicht voran!«, beschwerte er sich. »Ich habe langsam keine Lust mehr, mir hier noch länger den Hintern abzufrieren, während sich Oliphant, Montefichet und Strathearn am Kamin die Hände reiben.«

»Und unsere Vorräte gehen zur Neige«, fügte sein Bruder hinzu.

»Vorräte lassen sich beschaffen«, widersprach Malcolm, aber großer Enthusiasmus schwang nicht in seiner Stimme.

»Solange dieser verflixte Graben nicht zufriert, können wir die Mauern der Stadt nicht erreichen«, ärgerte sich der König. »Das heißt, es bleibt uns nichts anderes übrig, als die Garnison weiter auszuhungern. Doch anscheinend haben sie mehr Vorräte angelegt, als wir erwartet haben. Fast drei Monate sind sie nun schon von jeglichem Nachschub abgeschnitten, doch noch immer kann ich ihren Haferbrei riechen, wenn er abends über den Feuern blubbert.«

Offensichtlich wusste niemand Rat, denn betretenes Schweigen breitete sich im Zelt aus. Die Aussicht, noch lange hier ausharren zu müssen, war nicht eben erbaulich.

Ean schluckte und fasste sich ein Herz. »Wir sollten abziehen«, sagte er laut.

Alle Männer, auch Finlay, drehten sich um und sahen ihn befremdet an. Der König runzelte die Stirn.

Ohne sich davon beeindrucken zu lassen, setzte Ean hinzu: »Mit großem Brimborium. Sie sollen denken, wir geben auf.«

Das weckte Roberts Interesse. »Und dann?«

»Kommen wir zurück. In der Nacht, wenn sie es nicht mehr erwarten. Nur eine Handvoll erfahrener Männer.« Er machte eine Pause. Sein Herz klopfte laut und schnell, jetzt, da er die ungeteilte Aufmerksamkeit des Königs hatte. »Dann erstürmen wir die Mauern.«

»Und wie kommen wir über den Graben?«, hakte der nach.

»Es gibt eine Stelle, an der er durchwatet werden kann. Das Wasser ist dort allenfalls schultertief. Immer zwei Mann tragen eine Sturmleiter. Wenn sie nicht mit uns rechnen, werden nicht viele Wachen auf der Brustwehr sein. Und die Kommandeure werden schlafen. Haben wir die Wachen erst überwältigt, ist die Stadt unsere.« Sein Mund war trocken vor Aufregung, trotzdem bemühte er sich um eine feste Stimme.

Roberts Augen begannen listig zu flackern. »Ihr seid Euch sicher mit dem Graben?«

Ean nickte mit aller Überzeugung. »Ich habe die Stelle selbst ausgekundschaftet.«

Der König nickte anerkennend, Eans Herz machte einen Sprung.

»Würdet Ihr die Stelle auch im Dunkeln finden?«

Dessen war er sich sicher.

»Dann machen wir beide jetzt einen kleinen Ausflug.« Robert wandte sich um, und hieß Ean, ihm zu folgen. Natürlich folgten auch seine Leibwache und alle anderen Ritter, die sich im Zelt befunden hatten, doch als sie in Sichtweite der

Stadtmauern kamen, befahl ihnen Robert zu warten und schnappte sich eine Lanze.

»Zeigt es mir.«

Vorsichtig schlich Ean voran, während sich Schweiß in seinen Handflächen bildete. Hoffentlich fand er die Stelle wirklich sofort wieder. Und hoffentlich wurden sie nicht entdeckt. Dass der König sich selbst so nah an die Mauern der Stadt wagte, war höchst gefährlich. Beunruhigt blickte Ean nach oben zur Brustwehr, auf der die Wachtfeuer hell brannten.

Robert the Bruce schien das jedoch nicht zu beeindrucken. Er verschwendete keinen Blick auf die feindlichen Soldaten, und jetzt erkannte Ean auch, warum: Die Feuer brannten zwar hell, doch ihr flackernder Lichtschein erreichte nicht den Boden. So waren die Engländer eher geblendet, als dass sie erkennen konnten, was direkt unter ihrer Nase vonstattenging. Nur leise musste es geschehen.

Rasch orientierte er sich nochmals, korrigierte seine Richtung ein wenig und führte den König lautlos zu der Stelle, die er vor zwei Tagen ausgekundschaftet hatte.

Robert nahm die Lanze und prüfte die Tiefe. Ean konnte sein Gesicht nicht genau erkennen, doch er meinte, ein zufriedenes Lächeln auszumachen. Sein Herz tat einen zweiten Sprung.

Dann traten sie den Rückzug an. Als sie die anderen Männer erreicht hatten und wieder außer Sicht- und Schussweite waren, legte der König vor aller Augen Ean die Hand auf die Schulter.

»Unser junger Freund hier hatte einen hervorragenden Einfall.« Robert zwinkerte ihm zu, bevor er seine Befehlshaber ansah. Ean wurde rot.

»Gebt Order an das ganze Heer: Morgen ziehen wir ab!«

Auf dem Weg zu ihrem Zelt hatte Ean das Gefühl, handbreit über dem Boden zu schweben. Schmunzelnd sah Finlay ihn von der Seite an.

»Ich hoffe, du hast dir gut überlegt, was du da vorgeschlagen hast«, neckte er.

Fragend sah Ean zurück.

»Das Wasser wird eiskalt sein. Viel kälter als im Burggraben Blair Castles damals«, merkte der Ritter an, knuffte seinen ehemaligen Knappen aber dennoch stolz gegen die Schulter.

Als die Engländer am folgenden Morgen feststellten, dass das Heer abziehen würde, brach Jubel unter ihnen aus. Bis zum späten Nachmittag dauerte es, die Zelte abzubauen, alle Katapulte zu zerlegen und auf Wagen zu verladen. Die ganze Zeit wurde der Aufbruch von Schmähungen der Engländer begleitet, die sich feixend über die Brustwehr lehnten, zotige Witze und beleidigende Anspielungen riefen und mit faulem Gemüse warfen. Dann zog das königliche Heer in ungeordnetem Marsch nach Norden ab. Englische Kundschafter verfolgten ihren Rückzug bis nach Dunkeld, und der König ließ sie gewähren.

Nachdem die Kundschafter verschwunden waren, setzte sich in der fünften Nacht ein kleiner Trupp vom restlichen Heer ab.

Angeführt vom König machten Neil Campbell, James Douglas, Malcolm of Lennox, Finlay, Ean, Alan sowie ein Großteil jener Männer, die schon in den Hügeln und Mooren Carricks für den König gekämpft hatten, kehrt. Auch der Sohn des Earls of Strathearn begleitete sie.

Der Bruder des Königs und Thomas Randolf blieben beim Heer. Sie würden in drei Tagen mit der gesamten Streitmacht nachfolgen.

Zweihundert Mann erreichten so in der Nacht vom siebten auf den achten Januar wieder die Stadt, doch nur fünfzig sollten den Graben überwinden und die Mauern erklimmen. Bei der letzten Rast, noch versteckt in den Wäldern um Perth, hatten sie Sturmleitern gefertigt. Fünfundzwanzig Stück. Wenn die Mauer genommen war, wollten sie die Tore öffnen und die wartenden Kämpfer einlassen. Malcolm und Neil erhielten den Befehl über sie.

»Wenn wir die Leitern aufgestellt haben, beginnt Ihr, aus dem Wald Richtung Tor zu schleichen«, befahl der König. »Wir werden uns bemühen, das Tor so schnell wie möglich zu öffnen.« Er schulterte den vorderen Teil einer der Sturmleitern. »Kommt, Ean.« Er ruckte mit dem Kinn in Richtung des hinteren Endes der Leiter. »Lasst uns die Stadt nehmen.«

Mit pochendem Herzen ergriff Ean das Ende. Seine Hände zitterten einen Moment vor Aufregung, doch auch vor Stolz.

Die Nacht war tiefschwarz. Wolken bedeckten den Himmel, so dass weder Mond- noch Sternenlicht ihr Nahen verriet. Als sie den Waldrand erreichten, verstummten alle bis dato geflüsterten Gespräche, und sie schlichen lautlos bis an den Graben. Kein Geräusch – nur das träge Schwappen des Grabenwassers war zu vernehmen. Offensichtlich wiegten die Engländer sich in Sicherheit, denn es brannten auch keine Wachtfeuer auf der Brustwehr.

Robert the Bruce hob die Hand zum Zeichen vorzurücken, bevor er, ohne zu zögern, als Erster in den eiskalten Graben stieg.

Ean, der direkt darauf in das Wasser trat, musste alle Beherrschung zusammennehmen, um keinen Laut von sich zu geben. Das eisige Wasser stach wie mit Nadeln in sein Fleisch, und als es ihm bis zur Brust reichte, stockte ihm der Atem. Trotzdem kämpfte er sich weiter, dem König folgend. Und so taten es auch alle anderen Männer.

Als sie den Graben überwunden hatten, waren Eans Beine taub vor Kälte. Doch es hielt nicht lange an. Denn jetzt, so wenige Augenblicke vor dem Angriff, begann sein Blut zu kochen. Sein Blick fokussierte sich auf die Mauerkrone, sein Gehör schärfte sich, während sich die Männer lautlos auf dem schmalen Streifen unterhalb der Mauer verteilten. Der König und Ean stellten ihre Leiter dicht beim Tor auf, keine zehn

Schritte daneben folgten Finlay und Alan, dann James und die anderen Kämpfer.

Mit einem Zwinkern und einer auffordernden Geste ließ der König Ean den Vortritt. Der zog sein Schwert, packte mit der Linken den rauen Holm und wartete auf den Befehl.

Dann gab Robert das Zeichen.

Behände erklomm Ean so leise wie möglich die Sprossen und erreichte die Brustwehr als Erster. Der König folgte ihm dicht auf den Fersen.

Vorsichtig lugte Ean über die Mauerkrone. Rechts von ihm war eine Wachstube im Torhaus, deren Tür offenstand. Drinnen brannte ein Feuer, um das sich mindestens sieben Soldaten die Hände wärmten. Links von ihm patrouillierten zwei weitere Wachen ahnungslos den Wehrgang entlang auf einen zweiten Turm zu, der etwa dreißig Yards entfernt lag und sicher auch Soldaten beherbergte. Einen Lidschlag lang sah Ean zwischen zwei Zinnen Finlays Kopf aufblitzen, gerade als die Patrouille seine Stellung passierte.

Mit einem Schrei sprang Ean auf den Wehrgang. Die Wachen fuhren herum und stürzten sich auf ihn. Zwei, drei Schläge wehrte er mit Schild und Schwert ab, dann versetzte er dem Rechten einen so heftigen Fußtritt, dass der rückwärts direkt in Finlays Schwert taumelte. Den Linken beförderte er selbst mit einem Schulterstoß über die Brustwehr und machte kehrt.

Robert the Bruce kämpfte allein gegen die Wachen aus dem Turm. Kampflärm und Geschrei lockte mehr Männer an, die versuchten, auf den Wehrgang zu drängen, doch da der so schmal war, konnten sich dem König immer nur zwei Gegner auf einmal stellen. Ean sprang an seine Seite, und allein die Nähe des Königs schien ihn zu beflügeln. Sein Schwert fühlte sich leicht an, fast als wäre es ein Teil von ihm. Jeder Hieb saß. In enormem Tempo drängten sie die Engländer gemeinsam zurück in die Wachstube. Als sie über die Türschwelle traten, waren sie ihrer Gegner ledig, und zwölf Leichen säumten ihren Weg. Für einen kurzen Moment übermütigen Triumphs trafen sich ihre Blicke, bevor Ean eine schmale Wendeltreppe nach oben spurtete. Irgendwo dort musste sich die Hebevorrichtung der Zugbrücke befinden. Doch kaum hatte er die höhere Ebene erreicht, sprang ihm schon der nächste Gegner entgegen und drängte ihn die Stufen wieder hinab. Jetzt musste er treppauf kämpfen und wurde noch dazu von der Mauer der Wendeltreppe behindert. Das Gesicht des Engländers verzerrte sich zu einem siegesgewissen Grinsen. Grimmig schleuderte Ean dem Mann seinen Schild entgegen und wechselte die Hand. Das wischte das Grinsen aus dem Gesicht seines Gegners. Schritt für Schritt und Hieb um Hieb drängte Ean den Soldaten zurück, bevor er ihm mit einem letzten Stoß seine Klinge in die Seite rammte.

»Ihr seid geschickt mit der Linken«, hörte er den König anerkennend hinter sich.

Noch recht außer Atem drehte Ean sich um. »Sir Finlay und Sir Alan sei Dank. Sie haben mich ewig damit gequält.«

Er entdeckte die Verriegelung der Hebevorrichtung, wies mit seinem blutigen Schwert darauf und hob fragend die Augenbrauen.

»Nur zu«, sagte Robert schmunzelnd und ließ Ean auch hier den Vortritt.

Rasselnd ging die Brücke hinunter. Angriffsgebrüll erhob sich jenseits des Grabens. Ean eilte nach unten, um das Tor zu öffnen. Auf dem Weg traf er Finlay und Alan. Gemeinsam hoben sie den schweren Sperrbalken beiseite, und ihre Gefährten strömten wie eine ungezügelte Flut in die Stadt. Die noch kämpfenden Engländer wurden überwältigt, der Rest ergab sich. Nur die Befehlshaber von Perth lagen zu diesem Zeitpunkt noch schlafend in ihren Betten und staunten nicht schlecht, als sie von den Männern des Königs geweckt wurden. Malise of Strathearn wurde von seinem eigenen Sohn gefangen genommen.

Als das Heer Perth drei Tage später erreichte, zerstörten sie die Verteidigungsanlagen der Stadt. Die Bevölkerung leistete keinen Widerstand, auch nicht, als Roberts Soldaten plündernd durch die Straßen zogen.

Kapitel 19

– Blair Castle, am 16. Tag des Monats März im Jahre des Herrn 1313 –

Fast hatte Finlay erwartet, dass Ean sich nach der erfolgreichen Eroberung von Perth dem König anschließen würde. Ein Teil seines Herzens wünschte das vermutlich auch, doch zu Finlays Freude hatte er nicht um Entlassung aus seinen Diensten gebeten, sondern war mit ihnen nach Blair Castle zurückgekehrt. Jetzt lehnte Finlay am Zaun des Sandplatzes und beobachtete ihn und Alan beim Schwertkampf. Seit Perth hatte Ean offenkundig seine Mitte gefunden. Er strahlte eine ruhige Kraft und Besonnenheit aus und war kaum noch zu schlagen; Alan hatte seine liebe Müh, ebenbürtig zu sein. Zwar sicherte ihm seine jahrelange Erfahrung einen Vorteil, doch in Eans Muskeln wohnte die unbändige Energie der Jugend.

Eine Weile sah er den beiden noch zu, während er seinen Gedanken freien Lauf ließ.

Nicht zuletzt war es vermutlich Alans Tochter, die Ean zum Heimkehren bewogen hatte. Mit ihren fast dreizehn Jahren stand Agnes kurz davor zu erblühen. Es war jetzt schon abzusehen, was für eine wunderschöne Frau aus ihr werden würde, und seit dem Weihnachtsfest machte Ean ihr nach allen Regeln der Kunst den Hof.

Finlay seufzte verstohlen. Wenn Ean Agnes heiratete, war er wirklich alt.

»Sir Finlay?« Eine unbekannte Stimme riss ihn aus seinen Gedanken. Er erblickte einen Mann in staubigen Reisekleidern.

»Ich habe einen Brief für Euch aus dem fernen Italien.«

»Aus Italien?« Erfreut streckte Finlay die Hand aus. Auch Alan und Ean kamen näher.

Umständlich suchte der Bote in einer großen Tasche, bevor er Finlay das Schriftstück überreichte.

»Wisst Ihr auch Neuigkeiten aus dem Süden?«, erkundigte sich Ean noch immer etwas außer Atem. »Vom König?«

Der Kundschafter nickte. »Buittle und Dalswinton sind schon im Februar gefallen. Jetzt belagern seine Majestät und sein Bruder Dumfries.« Er feixte. »Sah nicht gut aus für die Gallovidians, als ich nach Norden aufbrach.«

Die Männer lachten sich an.

»Das sind gute Neuigkeiten, die Ihr da bringt. Geht in die Halle. Man wird Euch etwas Warmes zu Essen geben.«

Dann erbrach Finlay das Siegel des Briefes und überflog die Zeilen.

»Lies vor!«, verlangte Ean ungeduldig.

»Schon gut«, wehrte Finlay ab. »Hier steht:

An meine sehnlichst vermissten Freunde in der Heimat. Von Lachlan, dem Weitgereisten. Grüße.

Dies ist nur ein kurzes Lebenszeichen von mir, denn der Bote, den ich fand, ist nicht bereit, länger auf mein Schreiben zu warten. Und wollte ich von allen Wundern, denen ich auf meiner Reise begegnet bin, berichten, so bräuchte ich sicher zwölf Seiten Pergament und eine Woche Zeit. Daher mehr ein anderes Mal.

Könntet Ihr mich jetzt sehen, wüsste ich nicht, ob Ihr mich wiedererkennen würdet: Aus mir ist ein Seemann geworden. Ich kann Bug von Heck und Steuer- von Backbord unterscheiden, ein Segel flicken und ein Leck abdichten, einen Quadranten benutzen und die verschiedensten Knoten mit den unmöglichsten Namen binden. Meine Haut ist braun wie nie zuvor und mein Haar fast blond von Sonne und Seeluft.

Da uns das Wetter gewogen war, erreichten wir das Mittelmeer schon Mitte November. Durch die Straße von Gibraltar schlichen wir uns bei finsterster Nacht und blieben Gott sei Dank unbehelligt.

Vor drei Tagen, am dritten Advent im Jahre des Herrn 1312, erreichte ich Rom.

Diese Stadt ist ein Wunder Gottes und ebenso die Basilika St. Peter, die nunmehr seit beinahe tausend Jahren auf dem Grab des

Heiligen Apostels steht. Mit fehlen die Worte (und auch die Zeit, denn eben steckt der Bote wieder den Kopf zur Türe herein und fragt, ob ich nicht bald fertig bin), um meine Eindrücke zu beschreiben. Ich habe am Grab des Apostels gebetet. Für die Vergebung meiner Sünden und für das Gelingen eures Kampfes. Nach Neujahr werde ich mich auf den Weg nach Bologna machen. Wenn ich am Ziel meiner Reise bin, schreibe ich wieder (und suche erst dann einen Boten, wenn die Nachricht verfasst ist).

Möge Gott euch alle behüten.

Lachlan.«

»Er ist wirklich in Rom angekommen!« Ean war sichtlich erfreut und neidisch zugleich.

»Du solltest den Brief Ealasaid zeigen«, merkte Alan an.

*

Lachlans schwungvolle Handschrift zu lesen, trieb ein wehmütiges Lächeln auf Ealasaids Lippen. »Er müsste jetzt schon in Bologna sein …« Sanft strich sie über die Zeilen.

Nachdenklich sah Finlay sie an. »Ihr vermisst ihn sehr.«

Sein ehrliches Mitgefühl ließ sie den Blick senken, und augenblicklich überkam Finlay ein unbestimmtes Gefühl der Schuld. »Ich habe Euch nie wirklich gedankt.«

Überrascht sah sie wieder auf. »Wofür?«

»Für alles. Ihr habt mir das Leben gerettet, ebenso Raelyn, Ihr habt meine Kinder auf die Welt geholt.«

»Ihr seid mir nichts schuldig.« Auf seinen zweifelnden Blick setzte sie mit einem Schmunzeln hinzu: »Und das ist die reine Wahrheit. Raelyns Freundschaft bereichert mich jeden Tag, und Eure Kinder wachsen zu sehen, ist ein steter Quell der Freude.«

»Trotzdem komme ich mir schäbig vor.«

»Warum?«

Ein wenig ratlos zuckte er mit den Schultern. »Weil wir immer nur zu Euch kommen, wenn wir in Not sind?«

»Ich habe auch Eure Freundschaft, oder nicht?«

»Die habt Ihr. Immer.«

»Das genügt.«

Sie wechselte das Thema. »Wie steht es mit Sianar Daraich?«

»Die Bauarbeiten schreiten voran, sämtliche Fundamente sind ausgehoben.«

Das Leuchten, das wohl in seinen Augen sein musste, brachte sie zum Lächeln. »Es erfüllt Euch mit Stolz.«

»Und mit Ungeduld. Ich kann es kaum erwarten, es fertig zu sehen.«

»Und nach Hause zu kommen«, setzte sie mutmaßend hinzu.

»Ja …« Verwundert runzelte er die Stirn. »Es ist merkwürdig: Bis heute habe ich das Gefühl, Blair Castle stünde mir nicht zu. Ich komme mir wie ein Schwindler vor … oder wie ein Gast.« Fragend sah er sie an. »Fühlt Ihr Euch hier zu Hause?«

»Mehr als an jedem anderen Ort.« Und auch das schien die reine Wahrheit zu sein.

Kapitel 20

– Blair Castle, am 13. Tag des Monats April im Jahre des Herrn 1313 –

Ein verregneter Karfreitag näherte sich seinem Ende. Das schlichte Mahl in der Halle war vorüber und die meisten Bewohner der Burg bereits zu Bett gegangen. Nur Finlay saß noch mit Alan und Ean am Kamin und starrte nachdenklich in die Flammen.

»Was grübelst du?«, fragte Alan.

»Heute sind es genau vier Jahre, dass Graham verschwunden ist.« Er konnte nicht verhindern, dass Alan die Trauer in seinen Augen bemerkte.

»Vier Jahre ...« Ean schüttelte ungläubig den Kopf. »Wie schnell die Zeit vergangen ist.«

Alan sagte nichts, und so schwiegen sie eine ganze Weile.

»Er hätte seine Freude am Verlauf der Dinge gehabt«, grinste Ean dann. »Daran, wir wie den Engländern zugesetzt haben, wie wir Dundee genommen haben. Und Perth.«

Das brachte auch Finlay zum Schmunzeln. »Oh ja, das hätte ihm gefallen.« Er hob seinen Becher. »Auf Graham.«

»Auf Graham.« Der Wein war den Fastengesetzen entsprechend dünn und sauer, Graham hätte wohl mürrisch das Gesicht verzogen.

»Und König Robert«, fügte Alan an.

»Und König Robert.« Sie tranken zum zweiten Mal.

»Dumfries und Caerlaverock sind gefallen.« Finlay hatte es während der Messe gehört, der sie auf Einladung William Sinclairs in Dunkeld beigewohnt hatten.

Alan nickte. »Endlich geht es auch in Galloway voran.«

»Allerdings ist Dungal MacDowall entwischt«, setzte Finlay nach.

»Den werden wir auch noch bekommen«, entgegnete Ean zuversichtlich.

Alan hob zweifelnd eine Augenbraue. »Er hat sich auf Rushen verschanzt, wie man hört.«

»Na und?«

»Rushen liegt auf der Isle of Man«, bemerkte Finlay. Als Ean immer noch sorglos dreinschaute, fügte er an: »Ziemlich weit südlich. Gegenüber der *englischen* Küste.«

»Oh …« Jetzt schien Ean ein Licht aufzugehen.

»Dennoch wird Robert über kurz oder lang auch Rushen angreifen«, mutmaßte Alan. »Wir brauchen die Isle of Man. Wer sie hält, kontrolliert die Irische See.«

»Das wird kein Spaß«, entgegnete Finlay. »Rushen ist gut befestigt, wie man hört.«

»Das hat man auch von Perth sagen können. Dennoch ist es jetzt in unserer Hand.«

»Stimmt«, gestand Finlay zu. Eans List, Perth zu nehmen, war wirklich ein Meisterstück gewesen. Beim Gedanken an die geglückte Eroberung und die Belagerung zuvor tauchte wieder das Gesicht des Soldaten vor Finlays innerem Auge auf, in dem er meinte, Murdoch erkannt zu haben. Eine Gänsehaut zog sich über seinen Rücken. Er hatte das ganze Heerlager nach dem vermeintlichen Murdoch durchsucht und war nicht fündig geworden. Dennoch …

Fragend sah Alan ihn an.

Finlay winkte ab. Er hatte keinen Bedarf zu hören, er würde an ein Hirngespinst glauben.

»Du fürchtest noch immer, Murdoch gesehen zu haben?«

»Kannst du eigentlich Gedanken lesen?«

»Wenn man dich so lange kennt wie ich, braucht man das nicht. Es reicht, in deinem Gesicht zu lesen.«

Er brummte mürrisch.

»Mach dir keine Sorgen, Finlay. Selbst wenn es Murdoch war – was ich nicht glaube –, wäre er allein und isoliert. Was sollte er anrichten?«

»Wenn er es war, ist er gewiss nicht allein und isoliert. Dann ist er Teil eines Plans.«

Alan runzelte die Stirn. »Was sollen wir tun?«

Finlay zuckte hilflos mit den Schultern. »Die Augen offenhalten?«

»Vielleicht sollten wir den König informieren?«

»Worüber? Dass ich in Schneegriesel und Dämmerung einen Mann sah, der Murdoch MacEwan ähnelte, den ich dann aber nie mehr ausfindig machen konnte?«

»Er würde dir trotzdem zuhören«, bemerkte Ean.

»Ja, das würde er. Dennoch.« Er war sich einfach nicht sicher genug. Er hatte so oft das Gesicht des Mannes heraufbeschworen, dass er nicht mehr unterscheiden konnte, was echte Erinnerung und was von der Einbildung dazu gemogelt war.

»Vielleicht verbietet auch nur mein mir angeborener Pessimismus, die Gnade der gegenwärtigen Glückssträhne zu würdigen.«

Die letzten Monate waren unerhört erfreulich verlaufen. Blair Castle blühte und gedieh, die Bauarbeiten auf Sianar Daraich schritten zügig voran, Lachlan war in Sicherheit, Raelyn und seine Kinder gesund und munter und Alan ganz vernarrt in seinen Sohn, dessen ersten Geburtstag sie nun bald feiern konnten. So viel Glück machte Finlay misstrauisch.

»Das würde ich nicht ausschließen wollen«, grinste Alan und duckte sich unter dem freundschaftlichen Schlag weg, den Finlay ihm verpassen wollte.

Ean gähnte. »Zeit, ins Bett zu gehen.«

»Hast recht«, stimmte Alan zu, und gemeinsam erhoben sie sich. »Was ist mit dir?«

»Ich bleibe noch ein wenig.«

»Aber grübele nicht mehr so viel.« Er knuffte Finlay gegen die Schulter.

»Verschwinde.«

Das Feuer brannte herunter. Die Scheite knisterten und knackten leise, und rote Glut kroch wie Gewürm über das stark geschwärzte Holz. Finlay war schon ganz benommen, als er plötzlich Schritte auf der Treppe hörte.

»Sir Finlay?« Duncan stand im Eingang der Halle.

»Was gibt es?«

»Eben kam ein königlicher Bote mit zwei Begleitern.«

»Um diese Zeit?«

Duncan nickte.

»Wer ist es?«

»Sie wollten sich nicht zu erkennen geben, aber sie zeigten mir das königliche Siegel.«

Irritiert zog Finlay eine Augenbraue in die Höhe und streckte die Hand nach der Botschaft aus, doch Duncan schüttelte mit dem Kopf.

»Eine mündliche Nachricht. Sie verlangten, Euch allein zu sprechen.« Der Torwächter wirkte etwas ratlos. »Ich habe sie in die Wachstube geführt. Riley gibt acht, dass sie daraus nicht verschwinden. Ich hoffe, das war in Eurem Sinne?«

»Sicher.« Finlay erhob sich noch immer verwundert und stieg mit Duncan die Treppen zum Hof hinab.

Der Burghof war von Fackeln erhellt, deren gelblicher Schein wie eine Glocke die nächtliche Finsternis aussperrte. Vor der Wachstube stand Riley, die Hand am Schwert, und sah ihn fragend an.

Finlay zuckte mit den Schultern und öffnete.

Drei große, breitschultrige Männer standen um den kleinen, wackligen Holztisch herum, die Kapuzen tief ins Gesicht gezogen.

»Wir warten hier vor der Tür«, versicherte Duncan leise.

Finlay nickte und schloss die Tür. »Ihr habt eine Nachricht?«

Einer der Männer schlug die Kapuze zurück.

»Ma …« -jestät, wollte Finlay ausrufen, aber der König hob rasch den Zeigefinger vor den Mund und bedeutete ihm zu schweigen.

Auch die anderen beiden schlugen ihre Kapuzen zurück, und Finlay erkannte Thomas Randolf und einen nun schon ziemlich in die Jahre gekommenen Sir Roger de Kirkpatrick. Haar und Bart waren vollständig ergraut und seine Haut zerknittert wie altes Pergament.

»Schickt Eure Wachen fort«, verlangte der König leise.

»Wenn Ihr vertraulich sprechen wollt, sollten wir nicht hierbleiben.« Finlay deutete über sich. »Es gibt ein Obergeschoss.«

Der König und Sir Roger wechselten einen Blick.

»Was schlagt Ihr vor?«

»Mein Privatgemach?«

Der König nickte, und alle drei zogen wieder die Kapuzen über die Köpfe.

»Duncan, Riley«, sie wirkten verdutzt, ihn wieder so schnell auftauchen zu sehen, »es ist in Ordnung, ihr könnt auf eure Posten zurückkehren. Aber lasst zuvor ein wenig Brot, Wein und Käse in mein Gemach bringen.«

Die beiden nickten verdattert.

In schweigender Prozession führte Finlay seine hohen Gäste durch das nächtlich verschlafene Blair Castle, drei Treppen hinauf, bis zu seinem privaten Wohngemach. Der Raum war leer und dunkel, Raelyn schon lange zu Bett gegangen. Finlay entzündete einige Kerzen und machte sich dann an der Feuerstelle zu schaffen. Die Glut war noch heiß, und so dauerte es nicht lange, bis ein munteres Feuer prasselte.

»Was führt Euch her?«

Robert hatte mit seinen Begleitern am Tisch Platz genommen. Sie wirkten müde.

»Hauptsächlich der Wunsch nach einem sicheren Schlafplatz. Wir sind auf der Durchreise.« Der König zwinkerte. »Aber in geheimer Mission.«

»In geheimer Mission?«

»Ihr habt gehört, dass wir Dumfries nehmen konnten?«

»Gerade heute.«

Robert nickte, zwar zufrieden, doch mit einem gewissen Groll im Blick. »Und hörtet Ihr auch, dass uns Dungal MacDowall erneut entwischt ist?«

Finlay bejahte. »Er soll sich in Rushen verkrochen haben.«

»Ich habe nicht vor, ihn ungeschoren davon kommen zu lassen.«

»Verständlich.« Dungal MacDowall war der Mann, der vor sechs Jahren Thomas und Alexander Bruce bei ihrem Versuch, in Galloway zu landen, überfiel und an den alten Edward auslieferte. »Aber Rushen wird eine harte Nuss.«

»Nicht umsonst hat Dungal MacDowall sich genau dort verschanzt«, grollte Sir Roger.

»Dieser feige Hund.« Kalte Wut stand in Roberts Augen. »Doch letztlich wird ihm seine Feigheit selbst zum Verhängnis werden. Von dieser Insel kann er mir nicht entwischen.«

Daran hatte Finlay seine Zweifel. Sie selbst waren mit einem Boot praktisch von einer Insel geflohen, damals, als sich der Belagerungsring um Dunaverty Castle schon geschlossen hatte, doch er sagte es nicht, denn in diesem Augenblick klopfte es leise.

Finlay ging zur Tür und nahm der Magd das Tablett mit den Speisen ab, bevor sie hereinkommen konnte. »Es ist gut«, dankte er ihr. »Du kannst wieder schlafen gehen.«

Hungrig fielen die drei Reisenden über das Essen her. Sie waren offensichtlich nicht nur im Geheimen, sondern auch ohne viel Proviant aufgebrochen.

»Ich würde Euch ja mein Schlafgemach für die Nacht anbieten …«

Robert schüttelte den Kopf. »Keine Umstände. Die Engländer sollen mich noch in Galloway wähnen.«

»Wenn ich die Besatzung darauf einschwöre, wird niemand von Eurer Anwesenheit erfahren.«

»Da wir in aller Frühe wieder aufbrechen wollen, lohnt es der Mühe kaum. Lasst Eure bezaubernde Gattin nur ruhig weiterschlafen, diese Stühle sind doch sehr bequem.«

»Ganz, wie es Euch beliebt.« Finlay sah sich in dem Raum um. »Soll ich wenigstens noch ein paar Decken bringen lassen?«

»Das ist nicht nötig. Wir haben unsere Mäntel und …«, der König wechselte einen Blick mit seinen Begleitern, »… schon bedeutend unbequemer geschlafen.«

Thomas Randolf und Sir Roger nickten.

»Wann werdet Ihr nach Rushen aufbrechen?«

»In etwa vier Wochen. So lange wird die Flotte brauchen, die ich in Aberdeen geordert habe, um sich über Banff und Inverness langsam heranzuschleichen, bevor sie mein Heer in Wigtown aufnehmen kann. Ich erwarte Euch mit fünfzig Eurer Männer in der ersten Maiwoche in Wigtown«, verlangte Robert, und Finlay deutete eine kleine Verbeugung an, bevor der König hinzusetzte: »Wenn wir an Bord gegangen sind, können wir Rushen bei günstigem Wind in einer halben Nacht erreichen.«

Finlay verstand. »Mit einem Überraschungsangriff ist die Burg vielleicht zu nehmen.«

Robert stimmte grimmig zu. »Ja, eine Belagerung dagegen würde beinahe ein Ding der Unmöglichkeit. Die Isle of Man ist viel zu klein, um das Heer mit Proviant zu versorgen, und die englische Küste verflixt nah. Ihre Kriegsschiffe würden ständig unseren Nachschub aufbringen und uns außerdem vom Wasser aus in die Zange nehmen.«

»Da ist es von Vorteil, dass der Überraschungsangriff nicht unser einziger Trumpf ist«, knurrte Sir Roger.

Überrascht sah Finlay auf den gealterten Leibwächter und wartete auf weitere Erklärungen. Zufällig streifte dabei sein Blick Thomas Randolf, dessen Gesicht eindeutig Unbehagen verriet.

»In der Tat …« Der König ließ seinen Wein im Becher kreisen. »Diesmal wird Dungal MacDowall mir nicht entwischen«, grollte er leise und mehr zu sich selbst. »Er wird büßen.«

Ein ungutes Gefühl beschlich Finlay. »Darf ich fragen, worum es sich handelt?«

Robert stellte den Becher ab und verschränkte die Arme. »Während der Belagerung von Dumfries schickte Dungal MacDowall seinen letzten verbliebenen Sohn mit einer Eskorte über die Grenze nach England, um ihn in Sicherheit zu bringen. Nach York, um genau zu sein. Gerade zu dieser Zeit war James mit seinen Geächteten auf dem Rückweg von

Northumberland in den Selkirk Forest. Die Eskorte lief ihm praktisch in die Arme …«

»Es versteht sich von selbst, dass der Junge York nie erreichte«, fügte Sir Roger grinsend hinzu.

Die Härchen an Finlays Unterarmen stellten sich auf. »Wie alt ist MacDowalls Sohn?«

»Sechs«, antwortete Thomas Randolf und erntete einen ungehaltenen Blick des Königs.

Finlay schluckte. »Ein Kind …«

»Eine äußerst nützliche Geisel«, korrigierte Robert kalt. »Und ein hochwillkommenes Druckmittel.«

»Ich bin mir sicher, Ihr werdet Rushen nehmen können, ohne den Jungen einsetzen zu müssen. Selbst wenn es etwas länger dauert.«

Randolf schmuggelte ihm ein dankbares Lächeln zu, und Finlay beschlich der Verdacht, dass es dessen Idee gewesen sein könnte, hier Rast zu machen. Offenbar suchte er einen Verbündeten.

»Ich bin nicht bereit, über Gebühr Männer, Geld und Waffen für die Eroberung der Isle of Man zu investieren.«

»Aber ein Kind?«

»Dungal MacDowall hat meine Brüder auf dem Gewissen. Es wird mir nicht den Schlaf rauben, es ihm mit gleicher Münze heimzuzahlen.«

Es war nicht zu übersehen, dass Robert nur noch mühsam beherrscht war. Trotzdem konnte Finlay den Mund nicht halten.

»Eure Brüder waren erwachsene Männer, die sich im Krieg befanden.«

»Ich hatte nicht erwartet, Eure Billigung zu erfahren«, entgegnete der König scharf und in einem Tonfall, der jeglichen weiteren Widerspruch unterband. »Und sie ist auch nicht von Nöten. Morgen Abend wird mir James den Jungen in der Kreuz-Kirche in Peebles übergeben. Daher würde ich es begrüßen, wenn Ihr uns jetzt allein ließet.«

Betroffen fand sich Finlay wenige Augenblicke später im dunkeln Gang wieder und starrte auf die verschlossene Tür seines eigenen Privatgemaches. Er konnte nur hoffen, dass es ihnen gelang, Rushen im Sturm zu nehmen.

Kapitel 21

– Blair Castle, am 22. Tag des Monats April im Jahre des Herrn 1313 –

»Es kam noch ein Brief von Lachlan?«, fragte Ean neugierig und nahm sich zum dritten Mal von dem saftigen Schweinebraten, dessen Kruste so verführerisch duftete.

Finlay nickte. »Nach dem Essen werde ich ihn vorlesen.«

»Was schreibt er?«

»Warte es ab«, beschied Alan und spülte seinen letzten Bissen mit einem Schluck Bier hinunter.

Als alle Platten abgeräumt waren und nur noch die Becher auf den Tischen standen, zog Finlay das Schreiben hervor. Er selbst hatte den Brief schon gelesen, und auch Ealasaid hatte er ihn gezeigt. Aber Lachlan berichtete von so vielen Wunderdingen, dass Finlay fand, alle Burgbewohner sollten an seinen Schilderungen teilhaben.

Er räusperte sich.

»An Sir Finlay MacKinnoch, Ealasaid, Ean und alle Bewohner Blair Castles. Von Lachlan, dem Studenten.«

Ein wohlmeinendes Raunen ging durch die Halle.

»Nun endlich finde ich die Zeit, Euch etwas ausführlicher von meiner Reise zu berichten. Bote wird Alastair Fraser höchstselbst sein, denn auf seiner Rückreise von Venedig stattete er mir hier in Bologna noch einen Besuch ab. Doch wo soll ich beginnen? Soll ich Euch berichten von der unendlichen See, vom Glitzern der Wellen und ihrem Wogen, das man selbst dann noch spürt, wenn man schon lange wieder festen Boden unter den Füßen hat? Oder vom Wind, der einen so eilig vorantreibt und die Gischt ins Gesicht, das Salz überall auf der Haut trocknet? Oder vom Schiff, von seinen knarrenden Planken, den sich im Wind blähenden Segeln und dem schwankenden Deck?

Am besten beginne ich mit dem Anfang.

Nach fünf Tagen auf hoher See erreichten wir Brügge. Was für ein Hafen! Schiffe über Schiffe, aus aller Herren Länder, und Waren über Waren. Tuche, Wolle, Pelze, Brokat, Gewürze, Holz, Wein und vieles mehr. Und Menschen über Menschen, die die unterschiedlichsten Sprachen sprechen. Das reinste Babel, dem Master Fraser jedoch rasch wieder entfliehen wollte, da es auch etliche Schenken und Huren gab … Mildes Wetter und günstiger Wind ließen uns rasch vorankommen, und so erreichten wir schon eine gute Woche später Santiago de Compostela. Natürlich muss ich Euch von Santiago erzählen.

Es liegt ja nicht direkt am Meer, sondern ein wenig im Landesinneren. Dennoch drängte es auch Master Fraser, am Grab des heiligen Jakobus zu beten, und so ließen wir das Schiff in der Obhut seiner Männer und machten uns auf den Weg.

Schon das Portal der Basilika ist beeindruckend, noch nie habe ich etwas Vergleichbares gesehen: Hunderte aus Stein gemeißelter Figuren zieren es, und in ihrer Mitte thront Christus, allmächtig und übergroß, und seine Augen scheinen einem jeden Pilger ins Herz zu sehen und zu sagen: Fürchte dich nicht, denn ich habe dich erlöst!

Im Inneren der Kathedrale umschließt ein herrlich gewölbtes Grabmal, erleuchtet von Karfunkelsteinen und Kerzenglanz, den kunstvoll verzierten Marmorsarg, in dem der Heilige ruht. Es heißt, dass man seinen Leichnam keinen Zoll von der Stelle bewegen kann, und dies ist nur eines unzähliger Wunder, das über diese heilige Stätte berichtet wird.

Gemeinsam mit Master Fraser habe ich am Grabmal gebetet und auch für Euer Wohlergehen und das Gelingen Eures Kampfes eine Kerze angezündet.

Aus Rom schrieb ich Euch ja schon.

Kurz vor Neujahr lernte ich einen Weinhändler namens Sebastiano del Ferro kennen, dessen Familie in Bologna lebt und der mich einlud, auf seinem Wagen mitzufahren. Bologna ist vielleicht eine Stadt! So etwas habt ihr noch nicht gesehen! Unzählige Türme, allesamt schmal und hoch und manche sicher über dreihundert Fuß wachsen aus ihr empor. Fast mutet die Stadt wie ein steinerner Wald an. Sebastiano erklärte mir, dass jeder dieser Türme einer angesehenen Familie gehört. Je reicher und mächtiger diese ist, umso höher ist ihr Turm. Es sollen einmal über einhundertachtzig gewesen sein, und manche stehen schon seit zweihundert Jahren. (Allerdings scheinen nicht alle Familien kundige Bauherren beschäftigt zu haben, denn zwei der Türme sind so schief, dass ich mich bis heute nicht getraue, an ihnen vorbeizugehen. Sie sehen aus, als müssten sie jeden Moment umstürzen.)

Ich bin in einer kleinen Burse nahe der Universität zu einem erträglichen Preis untergekommen. Mein Zimmer ist winzig, hat aber einen wunderschönen Ausblick auf die Kathedrale San Pietro, deren Glockengeläut mich allmorgendlich weckt. Das Essen ist furchtbar, meist gibt es nur Grütze und Rüben und Kohl, die Gesellschaft dafür erträglich. Mit klopfendem Herzen ging ich am dritten Tag nach meiner Ankunft zur Universität und schrieb mich ein. Nun bin ich also wahrhaftig ein Student ... (So ganz vermag ich es noch immer nicht zu glauben.)

Gott behüte Euch alle bis zu dem Tag, an dem wir uns wiedersehen werden.

Lachlan.«

Eine ganze Weile war es still in der Halle. In den Gesichtern der Zuhörer konnte Finlay die unterschiedlichsten Regungen ausmachen: Fernweh, Neugier und Reiselust.

Am heftigsten leuchtete das Fernweh in Eans Augen. »Warst du schon einmal in Italien? Oder überhaupt auf dem Festland?«

Finlay schüttelte den Kopf. »Wenn wir wissen wollen, wie es dort ist, müssen wir wohl Ealasaid fragen.«

Aber die Nonne teilte wie üblich nicht das Mahl in der großen Halle.

Auch Raelyns Gesicht trug einen sehnsüchtigen Ausdruck. »Sie hat mir von Salerno erzählt, von all den Wundern auf der Reise dorthin, von der Kathedrale in Reims, dem mächtigen Gebirge, das Italien von Deutschland trennt, vom wunderschönen Siena ... Wenn man Lachlans Bericht so hört, bekommt man gerade selbst Lust, sich auf eine Pilgerreise zu begeben.«

Finlay küsste ihre Hand. »Vielleicht tun wir das irgendwann.«

In Eans Augen gesellte sich Abenteuerlust zum Fernweh. »Eine Pilgerreise … doch nicht nach Rom. Ins Heilige Land!«

Alan hob seinen Becher. »Dich zieht es ja weit fort. Du kannst dich dem König anschließen«, schlug er mit einem Augenzwinkern vor. »Wenn Schottland frei ist, wird Robert auf einen Kreuzzug gehen. Das hat er zumindest dem Papst versprochen.«

»Dann lasst uns beeilen, die Engländer nun endlich zu ver…« Ean verstummte, denn auf der Treppe erhob sich ein Tumult. Alle Blicke ruckten zur Tür; Finlay und Alan erhoben sich, die Hand am Schwert. Dann wurde krachend die Tür aufgestoßen, und Riley stolperte rückwärts in die Halle, gefolgt von Thomas Randolf und einer schwer bewaffneten Eskorte.

»Das könnt Ihr nicht tun, Sir Thomas.« Der Leibwächter versuchte, die Männer aufzuhalten. »Legt wenigstens Eure Waffen ab.«

Aber Randolf schenkte Riley kein Gehör. Mit entschlossenen Schritten durchquerte er die Halle und blieb vor der hohen Tafel stehen.

»Sir Finlay, ich verhafte Euch im Namen des Königs!«

Finlays Mund wurde staubtrocken.

»Seid Ihr wahnsinnig?«, fragte Alan entsetzt.

Randolf bedachte ihn mit einem kalten Blick.

»Was wirft man mir vor?« Finlay musste seine Zunge zwingen, sich zu bewegen.

»Verrat.«

»Das ist doch wohl ein Witz!« Ean lachte höhnisch auf.

»Verrat ist mit Sicherheit kein Witz«, wies Randolf ihn zurecht.

»Aber das könnt Ihr doch nicht ernst meinen. Niemand ist dem König so treu ergeben wie Finlay!«, setzte Ean entgeistert nach.

»Und doch gab es einen Überfall auf die Kreuz-Kirche in Peebles«, entgegnete Randolf und musterte den Burgherren eisig.

Finlay schloss die Augen. Er hatte das Gefühl zu fallen. In seinem Kopf ging alles durcheinander.

»Einen Überfall wo?«, fragte Ean verständnislos.

»Er weiß, wovon ich spreche«, urteilte Randolf.

»Ist dem König etwas zugestoßen?«, fragte Finlay schwach.

Sir Thomas schüttelte den Kopf. »Er ist unversehrt. Aber Sir Roger wurde schwer verletzt. Wir fürchten um sein Leben.«

»Großer Gott.«

»Ihr hättet vorher bedenken sollen, wohin es führt, anstatt jetzt Reue zu heucheln.«

»Ich habe es nicht getan.«

»Das zu beurteilen, obliegt dem König. Spart Euch Eure Reden also für Euren Prozess.«

Finlay blieb nichts anderes übrig, als zu nicken. »Wohin sollt Ihr mich bringen?«

»Balloch Castle.«

Mechanisch löste er die Schnalle seines Gurtes und reichte Randolf das Schwert mit dem Heft voran. Raelyn schlug die Hand vor den Mund. Finlay konnte sie nicht ansehen. Er hatte keinen Trost für sie.

»Finlay, wir sind in der Überzahl …«, begann Ean.

»Halt den Mund!«, fuhr er ihn an. »Es ist ein Befehl des Königs, und auch wenn es augenblicklich einen anderen Anschein hat, bin ich kein Verräter und werde seinen Befehlen immer Folge leisten!«

Dann stieg er, ohne sich noch einmal umzuwenden, vom Podest herunter. Die Eskorte nahm ihn in ihre Mitte, und mit Randolf an der Spitze verließen sie die Halle.

Er durfte nicht auf Faileas reiten. Sie setzten ihn mit auf dem Rücken gefesselten Händen auf einen braunen Wallach, den Randolf persönlich am Zügel nahm, und brachen trotz Dunkelheit sofort auf.

Die Nacht war pechschwarz, kein Stern zeigte sich am Himmel, und das flackernde Licht der Fackeln tauchte die Szenerie in den unwirklichen Schein eines Alptraumes. Finlay war wie betäubt, er konnte kaum einen klaren Gedanken fassen. Doch mit jeder Meile, den sie ihn von Blair Castle, von Raelyn und seinen Kindern, von Ean und Alan fortbrachten, wuchs das Gefühl einer starken Bedrohung, die weit über sein persönliches Schicksal hinausging.

Dann und wann sah Randolf sich nach ihm um, mit einem Blick, in dem sich Wut und Unverständnis, seltsamer Weise aber auch Reue mischten.

Irgendwann bekannte er: »Es ist auch meine Schuld.«

Verwirrt sah Finlay ihn an.

»Ich wusste, Ihr würdet die Pläne meines Onkels, ein Kind als Druckmittel einzusetzen, nicht gutheißen, und so hoffte ich auf Eure Unterstützung. Ich hätte nicht gedacht, dass ich Euch in einen so starken Gewissenskonflikt bringe, dass Ihr unser Vorhaben an die Engländer verratet.«

Resigniert entgegnete Finlay: »Ich habe niemandem – keiner Menschenseele – von der Übergabe in Peebles erzählt. Ich habe nicht einmal meiner Frau oder Alan gegenüber erwähnt, dass der König in jener Nacht zu Gast war, geschweige denn, seine Pläne offenbart.« Noch im Morgengrauen, lange bevor die Burgbewohner erwacht waren, hatte sich Robert the Bruce mit seinen Begleitern wieder auf die Reise gemacht. Ohne dass ihre Unstimmigkeit, den jungen MacDowall betreffend, beigelegt gewesen wäre. »Bindet mich los, gebt mir eine Bibel und ich schwöre darauf. Ich schwöre es beim Grab meiner Schwester, ich schwöre es bei Raelyns Leben.«

»Ich habe Euch nie für einen Mann gehalten, der leichtfertig Meineide schwört.«

»Und das würde ich auch niemals tun.«

Unschlüssig sah Randolf ihn an. »Ich möchte Euch glauben, auch weil ich mich mitverantwortlich fühle. Doch alles spricht gegen Euch. Allein Eure Beteuerungen werden Euch nicht retten oder meinen Onkel besänftigen. Er war außer sich vor Zorn.«

Obwohl Finlay bewusst war, dass alle Indizien gegen ihn sprachen, traf ihn das tief. Wie konnte der König nur glauben, er würde ihm schaden wollen, auch wenn er seine Meinung nicht teilte? Wie konnte Robert glauben, er wäre zu so etwas Abscheulichem in der Lage? Nach all den Jahren, nach allem, was sie zusammen durchgestanden hatten?

»Wenn ihm mein Wort nicht mehr genügt, ist es wohl besser, er lässt mich gleich hinrichten.«

»Es nützt wenig, jetzt den Beleidigten zu spielen«, bemerkte Randolf, bevor er ernsthaft fragte: »Wenn Ihr es nicht wart, wer soll es dann gewesen sein?«

»Was weiß ich?« Finlay war am Verzweifeln. »Einer von James' Männern? Ihr selbst?«

Randolf strafte ihn mit einem tadelnden Blick. »*Wir* waren alle in dieser Kirche. James und seine Männer haben wie besessen gekämpft, um das Schlimmste zu verhindern. Ihr wart der Einzige, der auch von der Übergabe wusste und nicht in der Kirche war. Und Ihr wart allein mit uns in Eurem Gemach.«

»Dann hat vielleicht jemand an der Tür …« Er hielt mitten im Satz inne, als ihm die Bedeutung seiner eigenen Worte bewusst wurde.

Fragend sah Randolf ihn an. »Wenn es irgendetwas gibt, das Euch entlastet, dann redet!«

»Jemand könnte an der Tür gelauscht haben«, wiederholte Finlay fassungslos, während sich in seinem Kopf die Gedanken überschlugen. Wie die Steinchen eines Mosaiks ordneten sich die Ereignisse der vergangenen Jahre plötzlich zu einem furchtbaren Verdacht.

Zweifelnd runzelte Randolf die Stirn. »Nur wenige Menschen haben überhaupt unsere Anwesenheit in jener Nacht mitbekommen.«

»So wenige auch wieder nicht.« Ihm wurde ganz schlecht bei der Menge der möglichen Mitwisser. »Die Wachen am Tor, die Magd, die das Essen brachte, die Köchin, die es zubereitete. Wer weiß, wer vom Gesinde in dieser Zeit noch wach war? Und wir haben nicht besonders leise gesprochen.«

»Jedoch kannte keiner – außer Euch – unsere Identität.«

»Aber, dass da seltsame Boten gekommen waren, hat sich sicher rasch rumgesprochen«, murmelte er mehr zu sich selbst.

Randolf wirkte nicht überzeugt, Finlay konnte es ihm kaum verübeln. Zu ungeheuerlich war sein Verdacht. »Erinnert Ihr Euch, dass Blair Castle vor vier Jahren durch eine List in die Hand unserer Feinde geriet?«

Randolf nickte.

»Drahtzieher des Ganzen war damals ein gewisser Murdoch MacEwan.«

»Ein Neffe von Alexander de Abernethy, oder irre ich?«

»Ein Neffe von Alexander de Abernethy und mein Feind, solange ich denken kann«, bestätigte Finlay. »Er war der Mann, der mich schuldlos an die Staubsäule brachte und mir mein Gut raubte. Im Winter vor dem Parlament schleuste er einen Mann in unsere Wache ein.«

»Machte nicht einer Eurer Bogenschützen gemeinsame Sache mit ihm?«

»So dachten wir damals.«

»Jetzt nicht mehr?«

»Wir hatten nie einen wirklichen Beweis, nur Indizien, die für Reeds Schuld sprachen.«

Randolf sah ihn fragend an. »Wenn ich mich recht entsinne, verschwand dieser Murdoch, als Ihr die Burg zurückerobert habt.«

»Im Heerlager in Perth meinte ich, ihn wiedergesehen zu haben.«

»Diesen Murdoch MacEwan?«

Finlay nickte.

»Warum habt Ihr dem König nichts gesagt?«

»Weil ich mir nicht sicher war«, entgegnete Finlay frustriert. »Ich sah den Mann nur kurz im Halbdunkel, und obwohl ich das ganze Heerlager in den folgenden Wochen durchsucht habe, fand ich ihn nicht wieder.«

»Dann war er es vermutlich nicht.«

Finlay zuckte hilflos mit den Schultern. »Trotzdem werde ich jetzt des Verrats beschuldigt, und das Einzige, das ich sicher weiß, ist, dass ich es nicht getan habe.«

Randolf schwieg eine Weile. Fast mitleidig sagte er: »Das würde bedeuten, dass dieser Murdoch MacEwan nicht nur wiederaufgetaucht ist, sondern dass er überdies wiederum einen Spion in Eurer Besatzung angeworben oder eingeschmuggelt hat.«

»Das ist *ein* mögliches Szenario ...«

Randolfs Augen weiteten sich, als er nun endlich verstand. »Ihr glaubt, dieser Bogenschütze damals war unschuldig, und der wahre Verräter hat sich vier Jahre ruhig verhalten, um Euch in Sicherheit zu wiegen?«

Finlay wusste selbst, wie unglaubwürdig das klang.

»Wer?«

»Ich weiß es nicht!« Er fürchtete sich zum Gotterbarmen. »Ich wusste es schon damals nicht.«

»Ihr müsst zugeben: Die ganze Geschichte klingt ziemlich abstrus.«

Finlay nickte. Er hatte keinerlei Beweis – und war sich doch tödlich sicher. Die Angst schnürte ihm den Hals zu. Raelyn und seine Kinder waren dem Verräter schutzlos ausgeliefert. »Sir Thomas?«

»Was?«

»Würdet Ihr noch einmal nach Blair Castle reiten, wenn Ihr mich in Balloch abgeliefert habt?«

»Wozu?«

»Wenn zutrifft, was ich befürchte, ist meine Familie in größter Gefahr.«

Zweifel und Mitleid hielten sich in Randolfs Blick die Waage. »Und wenn ich hin ritte?«

»Könntet Ihr Alan von meinem Verdacht berichten. Nur Alan, niemandem sonst. Er muss Raelyn und meine Kinder von Blair Castle fortbringen.«

»Wenn wahr ist, was Ihr glaubt, könnte auch Sir Alan der Verräter sein.«

Finlay nickte. »Dennoch.« Alan war sein ältester Freund. Sie waren gemeinsam durch so viele Höhen und Tiefen gegangen.

Randolf seufzte. »Also gut.«

Den Rest des Weges legten sie schweigend zurück. Am Loch Lomond rasteten sie für den Rest der Nacht und erreichten Balloch Castle in den Abendstunden des folgenden Tages.

Malcolm erwartete ihn im Burghof. In seinem Gesicht war nicht die Spur eines Zweifels – nur Zorn. »Wie konntest du nur, Finlay? Du hast ihm Treue und Freundschaft geschworen.«

Finlay nickte. »Und immer gehalten.«

Die Faust des Burgherrn traf ihn mit voller Wucht in den Magen. Finlay krümmte sich. Hätten ihn Malcolms Wachen nicht gehalten, wäre er gestürzt.

»Sir Malcolm, mäßigt Euch!«, verlangte Randolf.

Doch der Burgherr bedachte ihn nur mit einem kalten Blick. »Ihr habt ihn hergebracht. Damit ist Euer Auftrag beendet. Jetzt steht der Verräter unter meiner Obhut.« Er gab den beiden Wachen einen Wink. »Schafft ihn fort!«

Wenig zartfühlend schleiften die Wachen Finlay zu einem der Wachtürme. Doch es ging nicht treppauf. Zwei steile Wendeltreppen schleiften ihn die beiden Männer hinab, und als sie am feuchten Grund des Turmes angekommen waren, öffneten sie eine eisenbeschlagene Tür und warfen ihn in ein finsteres Loch.

Kapitel 22

– Blair Castle, am 25. Tag des Monats Mai im Jahre des Herrn 1313 –

»Du musst es dir bitte noch einmal überlegen.«

»Nein!«

»Es war Finlays letzter Wunsch!«

»Sag nicht letzter Wunsch, als ob er schon tot wäre!«

Müde fuhr Alan sich über die Augen. »Raelyn. Es nützt doch nichts hierzubleiben.«

Das fürchtete sie auch. Dennoch war es das Einzige, das sie überhaupt tun konnte.

»Wer kann es sein, Alan?«

»Ich weiß es nicht. Und wir werden es auch nicht herausfinden, nur weil du hierbleibst.«

Er ergriff ihre Hände. So viel Mitleid war in seinem Blick, dass ihr sofort die Tränen in die Augen stiegen. »Wir sind in Ungnade, Raelyn. Es gibt hier für einen Verräter nichts mehr zu holen.«

Ohnehin war kein Geheimnis, wo der König war und was er tat. Am 17. Mai war er in Ramsey gelandet. Die Burg von Rushen stand für jedermann ersichtlich unter Belagerung.

»Dann wird er vielleicht gehen, und wir erkennen ihn daran.«

»Er hat vier Jahre abgewartet. Er wird sich jetzt sicher nicht unbedacht verhalten.«

»Wer ist so kaltblütig, Alan? Wer ist so kaltblütig, lebt mit uns, isst mit uns, schläft mit uns unter demselben Dach, vier Jahre lang, nur um auf den richtigen Augenblick zu warten?«

Alan blieb die Antwort schuldig. Er war grau im Gesicht und wirkte erschöpft.

»Im Kloster von Elcho wärst du mit den Kindern in Sicherheit.«

»Ich kann nicht, Alan.« Wegzugehen schien ihr gleichbedeutend mit Aufgeben. »Sie werden Finlay hinrichten, wenn wir den wahren Verräter nicht finden.«

»Raelyn, wir haben vor vier Jahren jeden einzelnen Mann, jede einzelne Frau und jedes Kind dieser Burg vernommen und *nichts* herausgefunden.«

»Aber Graham hatte etwas herausgefunden.«

»Und dafür mit seinem Leben bezahlt!« Er sah sie flehentlich an. »Wer auch immer es ist, hat nicht nur Graham, sondern auch Reed nur um seiner Tarnung willen getötet. Du musst fort von hier. Denk doch wenigstens an deine Kinder.«

»Ich denke an meine Kinder! Wenn wir fortgehen, nehme ich ihnen den Vater!«

»Wenn du bleibst und der Verräter sich bedroht fühlt, nimmst du ihnen mit größter Wahrscheinlichkeit auch noch die Mutter!«

»Ich tue doch nichts, Alan!« Was konnte sie auch wirklich tun? »Ich will doch nur den Anschein aufrechterhalten. Er soll mich trauernd und entsetzt und verstört herumlaufen sehen« – was ihr auch überhaupt nicht schwerfiel – »und annehmen, wir glauben an Finlays Schuld. Wenn du uns fortbringst, Alan, wird er Verdacht schöpfen, und dann bist auch du in Gefahr.«

Resigniert ließ Alan ihre Hände los und stand auf. »Wir hätten Blair Castle schon vor vier Jahren aufgeben sollen.«

»Glaubst du wirklich, das hätte etwas genützt?«

»Natürlich.«

»Ich glaube das nicht. Wir hätten uns doch nicht in alle Winde zerstreut. Du, Finlay, Ean, ihr wäret zusammengeblieben. Vermutlich auch an Sir Arrans Seite. Wir hätten den Ort gewechselt, ja, aber dennoch wäret ihr Teil der Rebellion geblieben. Und sicher wäre auch ein Teil der Männer und ein Teil des Gesindes mit uns gegangen. Wie hätten wir auf sie verzichten sollen? Ein Leichtes also für den Verräter, sich unter sie zu mischen.«

Das schien etwas in Alan anzustoßen. Unruhig begann er, auf und abzugehen. »Wenn wahr ist, was du vermutest, müssten wir den Verräter im engsten Kreis suchen … bei den Männern, denen wir am meisten vertrauen.«

Raelyn nickte beklommen.

»Großer Gott.« Er ließ sich ihr gegenüber auf den Stuhl fallen und barg das Gesicht in den Händen.

Sie konnte genau nachfühlen, was er empfand. Nackt und schutzlos waren sie, in ihrem eigenen Zuhause. Und die Zeit lief ihnen davon.

*

Das Loch, in das Malcolm Finlay hatte werfen lassen, war garantiert das finsterste, das diese Burg zu bieten hatte.

Schon wenige Augenblicke nach seiner unsanften Ankunft hatte er bemerkt, dass er nicht einmal aufrecht darin stehen konnte. Wenn er die Arme ausstreckte, konnte er zu beiden Seiten das feuchte Mauerwerk fühlen, und wenn er sich lang ausstreckte, berührten seine Füße die Tür, während sein Kopf an die stirnseitige Mauer stieß. Als er sich dieser Enge bewusst geworden war, hatte ihn eine namenlose Panik überfallen. Lebendig begraben unter Tonnen von Stein bekam er keine Luft mehr. Er schlug gegen die Tür und schrie um Hilfe, aber niemand hörte ihn oder dachte daran, zu ihm zu kommen. Vermutlich war er weder der erste noch der letzte Gefangene, der sich in diesem Verlies so aufführte. Erst nachdem er sich heiser geschrien hatte, fiel er vorübergehend in einen entrückten Dämmerzustand.

Mittlerweile hatte er sich an die Enge gewöhnt.

Nicht aber an die Dunkelheit.

Es herrscht immerwährende Finsternis in diesem Loch. Er bekam kein Licht, nicht einmal zum Essen, und das war entsetzlich zu ertragen, denn so war es ihm unmöglich zu beurteilen, wie viel Zeit verstrich. Er vermochte nicht zu sagen, ob Tage oder Wochen seit seinem Eintreffen auf Balloch Castle vergangen waren.

Um seine Qual zu komplettieren, herrschte eine krankmachende feuchte Kälte in den Tiefen dieses Turms, gegen die er sich nicht einmal durch körperliche Bewegung zur Wehr setzen konnte.

Als er fürchtete, verrückt zu werden, befahl er sich mit einem letzten Rest Willen an seinen sicheren Ort. Aber er war aus der Übung, und es kostete ihn viel Kraft. Er rollte sich auf dem schmutzigen, klammen Stroh zusammen und versuchte, die Stimme seines Großvaters zu hören.

Es dauerte endlos, bis es ihm gelang.

Dann aber umfing ihn die Geborgenheit seiner Erinnerung. Zumindest in Gedanken entfloh er diesem grabähnlichen Ort, an dem ihn der Turm mit all seinen Gesteinsmassen zu erdrücken schien, und das rettete seinen Verstand.

Jetzt nährte er seit einigen Tagen – oder waren es Wochen? – seinen Überlebenswillen mit der Kraft, die ihm die Gnade dieser Erinnerung verlieh. Solange er es aushalten konnte, versuchte er, Dunkelheit und Kälte zu trotzen, indem er sich die Zeit mit Liegestützen und Rumpfbeugen vertrieb. Wenn er die Enge nicht mehr ertrug, rollte er sich wieder zusammen und zog sich zurück in die Halle seiner Kindheit.

Nur zuweilen gestattete er sich, an Raelyn zu denken. Dann beschwor er den Duft ihres Haares herauf und den Klang ihres Lachens, die vom Spannen der Bogensehne hervorgerufene Verhornung der Finger ihrer rechten Hand und den stürmisch-wogenden Blick ihrer wundervollen Augen. Hinterher bezahlte er die kurze Wonne mit endloser Sorge.

Zweimal am Tag, so nahm er jedenfalls an, bekam er zu essen. Dies waren die wichtigsten Momente seines monotonen Dahinvegetierens, da ihm der flüchtige Lichtschimmer bewies, noch nicht blind geworden zu sein. Es war immer ein Kanten hartes Brot und ein kleiner Krug Bier. Gerade eben genug, um nicht rasch zu verhungern. So wurde er täglich schwächer, brachte es bald nicht einmal mehr auf zwei Dutzend Liegestütze am Stück, während sich ein trockener Husten in seiner Lunge einnistete.

Über all dem schwebte jedoch nicht nur die verzweifelte Wut eines zu Unrecht Eingekerkerten, sondern die klägliche Erkenntnis, dieses Schicksal selbst mitverschuldet zu haben.

Er hatte es vier Jahre lang versäumt, dem wahren Verräter auf die Schliche zu kommen, und jetzt erntete er, was er gesät hatte.

Kapitel 23

– London, am 1. Tag des Monats Juni im Jahre des Herrn 1313 –

Ein Windstoß wehte vom Fenster herein. Geistesgegenwärtig hielt Lucas den Stapel Rechnungen und Quittungen fest, der sich neben ihm auftürmte und ihn wohl noch den ganzen Tag beschäftigen würde. Sie waren im Verzug. Das königliche Haushaltsbuch musste à jour gebracht werden, und die Rechnungen, die er hier übertrug, datierten zum Teil noch aus dem letzten Jahr.

Für John Lauge, Steward Königin Isabellas, und seine Frau Joan, für das Überbringen der freudvollen Nachricht über die Geburt des Thronfolgers: 80 Pfund jährlich. Gegeben in Windsor Castle, Dezember, im Jahre des Herrn 1312.

Lucas schüttelte den Kopf und legte den übertragenen Beleg beiseite. Der König war bei der Geburt seines Sohnes selbst auf Windsor Castle gewesen. Es war kaum anzunehmen, dass der Weg von den Gemächern der Königin bis zu denen des Königs so beschwerlich gewesen war. Achtzig Pfund jährlich ... Das überstieg das Einkommen so manchen Ritters.

Für Lady Nichola, Ehefrau von Sir Peter Lubaud, als königliches Geschenk, ein wertvoller Sattel, mit einem aus Perlen gestickten Löwen auf purpurnem Samt, Westminster, am 19. Tag des Monats Dezember, 1312: 100 Schilling.

Für William de Seton, ihren Diener, am selben Tag: 6 Schilling, 8 Pence.

Für Ivo of Argyll: 15 Pence für jeden Tag seines Dienstes in Berwick-on-Tweed, vom 19. August 1312 bis 05. Februar 1313 – somit 166 Tage: 10 Pfund, 7 Schilling, 6 Pence.

Lucas streckte seinen schmerzenden Rücken. Immerhin hatte er es jetzt schon bis zum Februar geschafft. Dennoch schien der Stapel nicht kleiner werden zu wollen. Doch es half alles nichts: Die Rechnungen mussten endlich übertragen werden, und die Zeit war günstig, denn der König weilte mit seiner

Königin in Frankreich. Also nahm Lucas die Feder wieder zur Hand. Es folgten Quittungen über Botenlöhne, Rechnungen über Kleider und Schmuck, Belege über Gagen, gezahlt an Edwards ungezählte Artisten und Minnesänger. Wenn Lucas allein die Summen überschlug, die er bisher übertragen hatte, kam er bereits auf über tausend Pfund.

Für Alexander de Abernethy, der in Angelegenheiten des Königs zum Gerichtshof in Rom reiste, 20 Schilling pro Tag, vom 9. August 1312 bis zum 29. November 1312 – somit 113 Tage: 113 Pfund, gegeben in Windsor am 17. Tag des Monats April im Jahre des Herrn 1313.

Alexander de Abernethy ... Lucas' Blick verharrte auf dem Namen. Seine Frau Lady Margaret war seit über einem Jahr Hofdame der Königin und de Abernethy selbst kaum noch in Schottland. Er stand hoch in Edwards Gunst und begleitete ihn auch jetzt mit seiner Frau nach Frankreich.

Ein neuerlicher Windstoß fegte herein, und diesmal war Lucas nicht schnell genug. Der Stapel mit den Quittungen erhob sich anmutig in die Luft – und verteilte sich dann in der ganzen Schreibstube.

»Großartig!« Lucas warf die Feder auf das Pult. Jetzt konnte er mühsam alles wieder in die richtige Reihenfolge bringen, nachdem er es aufgesammelt hatte. Leise vor sich hin fluchend kroch er auf dem Boden umher und klaubte die Pergamente zusammen, bis er plötzlich erstaunt innehielt. Zwischen all den Rechnungen stach ihm ein weiterer bekannter Name ins Auge.

Für Sir David, Graf von Atholl, der in königlichen Angelegenheiten nach Roxburgh reiste: 100 Schilling.

Der Beleg trug kein Datum. Und auch keinen Ort, an dem er ausgestellt wurde. Verdattert blickte Lucas auf das Schriftstück. Dann erhob er sich so ruckartig, dass er sich den Kopf unsanft am Pult stieß.

»Und du bist sicher, dass die Summe erst in diesem Jahr beglichen wurde?« Aufmerksam betrachtete de Lamberton das unscheinbare Stückchen Pergament. »Der Beleg trägt schließlich kein Datum.«

»Die ältesten, noch nicht übertragenen Belege stammten aus dem Oktober des letzten Jahres. Und seht Ihr das Zeichen dort unten? Gilbert hat es ausgestellt!«

Der Bischof sah Lucas verständnislos an.

»Er kam erst diesen Februar in die königliche Schreibstube!«

De Lamberton nickte bedächtig. »Es ist wohl nicht anzunehmen, dass Edward einem Abtrünnigen noch seine Unkosten erstattet, ein Jahr, nachdem dieser übergelaufen ist.« Er wirkte betroffen.

»Das halte ich auch für höchst unwahrscheinlich. Was sollen wir tun?«

»Du wirst den Beleg an die richtige Stelle im Haushaltsbuch übertragen.«

»Ihr meint Januar des letzten Jahres?«

De Lamberton nickte. »Niemand soll wissen, dass wir Verdacht über Sir Davids möglichen Auftrag geschöpft haben.«

»Ihr seid Euch noch nicht sicher?«

»Dass er in diesem Jahr noch Geld von Edward erhielt, beweist nur, dass der englische König David de Strathbogie für seinen Spion *hält*. Ob er es auch wirklich ist …? Der Graf von Atholl ist ein gerissener Spieler.«

»Ihr glaubt, er treibt ein doppeltes Spiel?«

»Zutrauen würde ich es ihm.«

»Wir müssen König Robert informieren.«

Der Bischof nickte. Er stand auf und trat ans Fenster. Mehr zu sich selbst murmelte er: »David de Strathbogie ist also womöglich doch ein Verräter … Nun, in seinem Falle hatten wir ja zumindest damit gerechnet.«

Verwundert runzelte Lucas die Stirn. »Was meint ihr?«

De Lamberton seufzte und bedachte ihn mit einem merkwürdig unschlüssigen Blick, der Lucas ein drückendes Gefühl in der Magengegend bescherte.

»Gibt es etwas, das ich wissen sollte?«

Der Bischof zögerte; Mitleid stand in seinen Augen, als er sich schließlich einen Ruck gab.

»Sir Finlay ist verhaftet worden. Wie es scheint, hat auch er den König verraten.«

»Nein!« Lucas war wie vor den Kopf geschlagen und starrte seinen Mentor an. »Das … das kann nicht sein.«

»Ich fürchte, es ist aber so.«

»Niemals hat Sir Finlay den König verraten!«

»Setz dich, Lucas.« De Lamberton drückte seinen Schützling sanft auf eine der Fensterbänke, bevor er neben ihm Platz nahm.

Vollkommen verwirrt schüttelte Lucas den Kopf. »Wie kommt es zu diesem ungeheuerlichen Verdacht?«

Nach und nach erzählte der Bischof Lucas die ganze Geschichte. Der fand nichts davon überzeugend.

»Weil er nicht König Roberts Meinung teilte, soll er ihn verraten haben?«

»Offensichtlich hat es ihn in einen starken Gewissenskonflikt gebracht.«

»Das ist doch kompletter Unsinn!«

»Lucas …«

»Er hätte versucht, ihn umzustimmen, er hätte vielleicht seine Mithilfe verweigert, aber niemals – niemals hätte er den König verraten!«

»Es ehrt dich, dass du so fest zu deinem ehemaligen Dienstherrn stehst.«

»Das hat nichts mit vergangenen Verpflichtungen zu tun!« Aufgebracht stand Lucas wieder auf. »Wie lange wisst Ihr schon davon?«

»Seit einer Woche.«

»Und wann hattet Ihr vor, es mir zu sagen? Wenn Sir Finlay hingerichtet worden ist?!«

»Lucas …« De Lamberton erhob sich ebenfalls und legte ihm beide Hände auf die Schultern. »Ich werde mich selbst dafür einsetzen, dass es soweit nicht kommt.«

»Wie wolltet Ihr es verhindern? Auf Verrat steht der Tod!«

»Und doch könnte die Strafe bei minderschwerer Schuld in lebenslange Verbannung abgemildert werden. Sir Finlay handelte ja nicht aus Rache oder Habgier. Es war seine Menschlichkeit, die ihn zum Verräter werden ließ.«

Lucas schüttelte die Hände ab. »Wie könnt Ihr nur so selbstverständlich von seiner Schuld ausgehen?!«

»Weil alles dafür spricht.«

»Es sprach auch alles dafür, dass Sir David wirklich in unsere Reihen zurückkehrt, und doch haben wir nun den Beweis, dass er es nur als Spion tat!«

»Wir nehmen an, dass Edward ihn als Spion schickte …«, korrigierte de Lamberton sanft.

»Seht Ihr denn nicht, dass da ein Zusammenhang ist? Sir David kehrt scheinbar in Roberts Frieden zurück, und kurze Zeit später gerät der in ernste Gefahr.«

»Zwischen Sir Davids Rückkehr – sei es als Spion oder auch nicht – und der misslungenen Übergabe in Peebles lag über ein Jahr.«

»Nun, er musste ja auch auf eine passende Gelegenheit warten!«

»Wie soll er davon erfahren haben? Als Robert die Nachricht von James Douglas über die Gefangennahme des jungen MacDowalls bekam, war er allein mit Sir Roger und Thomas Randolf in Aberdeen. Weit weg vom Heerlager und damit auch von Sir David.«

»Was weiß denn ich?! Dennoch scheint es ihm irgendwie gelungen!«

»Lucas. Verrenn dich nicht. Jeder kann einmal fehlen. Auch Sir Finlay.«

»Das kann ich nicht glauben.« Lucas ließ sich wieder auf die Fensterbank fallen. »Nicht Sir Finlay. So lange ich ihn kenne, trug er immer Verantwortung für seine Entscheidungen. Er riskierte sein eigenes Leben, sein gesamtes Hab und Gut, nur um seinen Knappen zu retten. Ich kann glauben, dass er nicht einverstanden war, ein Kind als Druckmittel einzusetzen. Ich kann nicht glauben, dass er bereit wäre, deshalb das Leben des Königs zu gefährden.«

»Er selbst beteuert ebenfalls seine Unschuld.«

»Da seht Ihr's.«

»Und bietet eine noch abstrusere Erklärung als deine.«

Hoffnungsvoll sah Lucas auf. »Welche?«

De Lamberton hob zweifelnd eine Augenbraue. »Ich weiß nicht, ob es gut ist, deinen Kopf jetzt mit weiteren, verrückten Ideen zu füttern.«

»Bitte.«

»Er glaubt, einen gewissen Murdoch MacEwan bei der Eroberung von Perth im Heerlager entdeckt zu haben.«

»Murdoch ...« Ein eiskalter Schauer rann über Lucas Rücken. »Das würde zu ihm passen.«

»Es ist höchst unwahrscheinlich, dass es sich wirklich um ihn handelt. Niemand im Heerlager kennt einen Mann dieses Namens, Sir Thomas hat Erkundigungen darüber eingezogen. Sir Finlay selbst sah ihn nur ein einziges Mal, in Dämmerung und Schneefall, und hat wochenlang nach seinem vermeintlichen Widersacher gesucht, ohne fündig zu werden.«

Trotzdem schrillten in Lucas sämtliche Alarmglocken. Da musste es eine Verbindung geben ... »Wann können wir nach Schottland zurückkehren?«

»Vorerst nicht. Edward erwartet meine Anwesenheit beim nächsten Parlament. Aber da wir auch König Robert über unseren Verdacht Sir David betreffend informieren müssen, werden wir gleich danach aufbrechen.«

»Das Parlament ist erst für Juli angesetzt.«

»So lange müssen wir warten.«

»Wird König Robert mit seinem Urteil auch so lange warten?«

»Unser König hat augenblicklich andere Sorgen.«

»Die Belagerung von Rushen?«

De Lamberton nickte.

»Wo wurde Sir Finlay gefangen gesetzt?«

»Auf Balloch Castle.«

Lucas war ein wenig erleichtert. »Immerhin ist Sir Malcolm ein Freund. Auf sein Ehrgefühl wird man sich wohl verlassen können.«

Der Bischof mied seinen Blick.

»Exzellenz?«

»Soweit ich Sir Thomas' kurzen Zeilen entnehmen konnte, hat Sir Malcolm Kerkerhaft angeordnet. Robert ließ ihm offensichtlich freie Hand.«

»Kerkerhaft ...?« Lucas schluckte trocken. Allein die Umstände brachten viele Gefangene um. »Er wird ihm doch genügend zu Essen, Licht und warme Decken zubilligen?«

Sein Mentor hob die Schultern. »Über die genaueren Umstände schrieb Randolf nichts.«

»Wann wurde Sir Finlay eingekerkert?«

»Ende April.«

»Ende April?!« Entsetzt sprang Lucas wieder auf. »Das sind ja beinahe schon sechs Wochen!«

De Lamberton nickte bedauernd.

»Jesus, wir können nicht bis Juli warten.«

»Wir müssen bis Juli warten.«

»Aber bis dahin ist Sir Finlay vielleicht schon tot!«

»Lucas, wir können nicht alles, was wir hier aufgebaut haben, dem Schicksal eines einzelnen Mannes opfern. Das Schicksal eines ganzen Landes hängt von unserem Tun ab.«

»Ihr wollt hinnehmen, dass Sir Finlay unschuldig in einem Verlies verreckt?«

»Wir wissen nichts Genaues über seine Haftbedingungen, also müssen wir auch nicht zwingend das Schlimmste annehmen. Und nach allen Regeln der Vernunft, Lucas, ist er vermutlich schuldig.«

»Ihr meint, er hat es verdient, im Kerker zu schmachten?«

»Das habe ich nicht gesagt.« Doch die kleine steile Falte zwischen den Augenbrauen seines Mentors verriet seinen Ärger.

»Ihr könnt mir nichts vormachen.« Wütend wandte Lucas sich ab.

»Ich glaube, du vergisst, mit wem du sprichst«, grollte der Bischof leise in seinem Rücken. »Aber ich will großzügig sein und deine Erschütterung als Entschuldigung nehmen. Doch jetzt gehst du besser und kommst irgendwo zur Besinnung.«

Nichts tat Lucas lieber. Er rauschte aus dem bischöflichen Gemach, die Treppen hinunter und auf den Hof hinaus. Nur einen kurzen Moment unschlüssig blieb er stehen, dann hielt er zielstrebig auf die Stallungen zu. Viele der Einstände waren derzeit verwaist, daher war es ein guter Ort, um sich zu verkriechen. Er suchte sich eine Box in der hintersten Ecke des Gebäudes. Zu aufgebracht, um sich hinzusetzen, ging er auf und ab und trat dann voller wütender Verzweiflung immer wieder gegen eine der Trennwände. Erst als er drohte, sich dabei den Fuß zu brechen, hielt er ein und ließ sich ins Stroh sinken.

»Es kann einfach nicht sein …«

Obwohl heute sieben Jahre älter, saß in Lucas' Brust genau die gleiche hilflose Bestürzung, die er als Zehnjähriger empfunden hatte, damals, als Murdoch Sir Finlay nach Stirling Castle hatte verschleppen lassen. Konnte Murdoch auch diesmal dahinterstecken?

Lucas versuchte, sich an alles zu erinnern, was er über Murdochs Verschwinden gehört hatte, doch es war wenig genug. Schließlich waren die Ereignisse schon über vier Jahre her und er damals bereits mit Bischof de Lamberton in London gewesen. Er erinnerte sich noch daran, dass Murdoch von Raelyn verletzt worden war, doch dass es kein Begräbnis in Abernethy oder Dunkeld gegeben hatte. Murdoch musste also überlebt haben, alles andere verbat die Logik. Dass er dennoch von der Bildfläche verschwand, ließ Lucas grübeln. Hätte Alexander de Abernethy seinen Neffen nur vor König Roberts Zugriff schützen wollen, hätte er ihn doch in aller Öffentlichkeit auf eines seiner Güter in England bringen können. Und nach dessen Genesung hätte er ihn doch auch mit an den königlichen Hof gebracht. Dass er das nicht tat, musste einen tieferen Sinn haben. Lucas erhob sich wieder und begann – nun nachdenklich – im Einstand auf- und abzugehen. Eine mögliche Erklärung bestand natürlich darin, dass Murdoch erst auf dem englischen Gut verstarb, dort begraben lag und deshalb nie wieder Erwähnung fand. Lucas blieb stehen und knetete seine Unterlippe. Das müsste sich doch herausfinden lassen. Schließlich war Lady Margaret – Alexander de Abernethys Eheweib – Hofdame von Königin Isabella, also oft hier in Westminster Palace. Irgendjemand von ihrem Gesinde könnte doch gehört haben, wie sich Onkel und Tante über den bedauerlichen Tod ihres Neffen unterhielten, das Begräbnis planten, irgendetwas … Und wenn niemand etwas gehört hatte, wenn der Name Murdoch MacEwan kein einziges Mal zwischen Alexander de Abernethy und seiner Frau fiel, nicht einmal in Erinnerung, deutete das nicht an, dass man absichtlich schwieg? Lucas nahm seine Wanderung wieder auf. Zu dumm, dass sie sich augenblicklich in Frankreich befanden. Andererseits, ihre Gemächer waren derzeit also unbewohnt … Ohne weiter nachzudenken, machte Lucas sich auf den Weg.

Noch immer befanden sich die Gemächer der Königin neben dem Gebäude des königlichen Haushalts, und auch ihre Hofdamen waren dort untergebracht. Welches Gemach Lady Margaret hier in Westminster üblicherweise bewohnte, wusste Lucas zwar nicht, doch augenblicklich wollte er sich von derlei Kleinigkeiten nicht abbringen lassen.

Niedere Zofen im Erdgeschoss, Hofdamen und Kammerdiener im ersten Stock … Lucas wandte sich der Treppe zu und stieg nach oben. Der Flur verlor sich im Dämmerlicht. Er war sicher besser beleuchtet, wenn der Hof anwesend war, doch jetzt steckte nur eine einsame Fackel gleich bei der Treppe in ihrem Halter und verbreitete ihren unruhigen, goldenen Schein. Links und rechts des Ganges zweigten etliche Türen ab. Lucas wusste, dass die Gemächer der Hofdamen zur Linken lagen, mit den Fenstern zum

Innenhof, doch es hatte nie Grund gegeben zu erfahren, welches Lady Margaret überlassen war. Unschlüssig lief er den Gang langsam ab und besah sich die Türen. Sie waren allesamt mit schönen Beschlägen und Schnitzereien verziert, gewährten jedoch keinen Hinweis auf ihren Bewohner. Bei der Fünften, nun fast in völlige Dunkelheit getaucht, denn die Fackel hatte er in ihrem Halter stecken lassen, hielt er inne und neigte sich vor. Kein Geräusch war zu vernehmen. Er warf einen Blick nach links und rechts und legte die Hand auf den Riegel. Die Tür war unverschlossen. Lucas öffnete sie nur einen Spaltbreit und schlüpfte hinein.

Der Raum atmete Verlassenheit. Staub lag auf den Borden und dem Tischchen, das beim Fenster stand. Die Luft war abgestanden und muffig, das ausladende Bett mit den kostbaren Vorhängen nur unordentlich gemacht. Durch die Ritzen der geschlossenen Fensterläden sickerte trübes Licht und ließ Lucas gerade eben genug sehen. Ein vergessenes seidenes Schultertuch hing achtlos über einer Stuhllehne, Briefe, zum Teil ungeöffnet, lagen auf dem Tischchen beim Fenster. Er trat näher und besah sich den Adressaten, ohne die Briefe auch nur anzurühren.

Lady Eleanor … Hugh le Despensers Ehefrau, Tochter von Gilbert de Clare und – was noch bedeutsamer war – Enkelin des alten Edward. Eine wichtige Persönlichkeit – doch leider nicht Lady Margaret. Dennoch juckte es Lucas in den Fingern, die geöffneten Briefe zu überfliegen. Er hatte gerade die Hand nach dem Ersten ausgestreckt, als ein Geräusch vom Gang her ihn herumfahren ließ: Jemand kam. Eilig sah Lucas sich um und hatte eben noch Zeit, hinter einen der schweren Brokatvorhänge zu verschwinden, als die Tür auch schon geöffnet wurde. Eine Wäschemagd kam herein. Schnaufend stellte sie einen Weidenkorb auf dem Boden ab und rümpfte die Nase.

»Wie im Ziegenstall«, hörte er sie murmeln, dann machte sie sich am Fensterladen zu schaffen, keine zehn Zoll von Lucas entfernt. Er hielt die Luft an.

»Besser«, befand die Magd, als sie die Läden weit aufgestoßen hatte, und begann, das Bett abzuziehen sowie Kissen und Decken aufzuschütteln. Dabei schnaufte sie derart, dass Lucas nicht anders konnte, als hinter dem Vorhang hervorzublinzeln. Sie war schwanger. So wie sich ihr Leib rundete, konnte es nicht mehr lange bis zur Niederkunft dauern. Sichtlich angestrengt bezog sie das Bett frisch, stopfte die schmutzige Wäsche in ihren Korb, hob ihn mit einem leisen Ächzen hoch und verschwand. Lucas stieß die zu lange angehaltene Luft aus. Es war wohl keine gute Idee, länger hier zu verweilen. Also öffnete er die Tür einen Spaltbreit und spähte den Gang hinunter. Von der Magd war nichts mehr zu sehen. Leise machte er sich davon, einen Plan im Kopf.

Er postierte sich am Treppenabsatz und wartete. Nicht lange, und er hörte wieder das Schnaufen der Wäschemagd. Wie vermutet kam es von oben, wo sich Wäschekammern und Nähzimmer befanden. Also schickte er sich an, leise pfeifend die Treppe zu erklimmen.

Im dritten Stock traf er auf sie.

»Kann ich behilflich sein?«

Ein wenig erstaunt hielt sie inne.

»Mit dem Korb. Mir scheint, du trägst auch so schon viel.«

Sie errötete, doch Lucas ließ sich nicht beirren und streckte die Hände nach der Wäsche aus. Der Kreuzschmerz siegte. Sichtlich erleichtert übergab sie ihm den schweren Korb und drückte den Rücken durch.

»Danke.«

»Wohin?«

»Nach unten. Erste Etage, die Gemächer der Hofdamen.«

Sie stiegen die Treppe hinab.

»Ich hätte nicht gedacht, dass es so viel zu tun gibt, jetzt wo der Hof in Frankreich weilt.«

Sie schnaubte unwillig. »Doch wenn sie zurückkommen, wollen sie ihre Wäsche gewaschen und die Betten frisch bezogen, die Kammern gelüftet und mit frischem Stroh ausgelegt vorfinden. Und es heißt, sie kommen schon in zwei Wochen.«

»Und da die Hälfte des Gesindes mit in Frankreich ist, haben die Daheimgebliebenen doppelte Arbeit.«

Sie nickte ein wenig mürrisch und strich sich eine nussbraune Haarsträhne hinters Ohr, die sich unter ihrer Haube hervorgemogelt hatte.

»Die Gemächer der Königin habt ihr dann vermutlich schon fertig.«

»Nee … Die kommen immer als Letztes dran. Königin Isabella liebt es, in frisch duftenden Laken zu schlafen.«

»Dann ist diese Wäsche hier für …?«

»Lady Joan.«

»John de Warennes Frau?«

»Hm. Sechste Tür links.«

Lucas stellte den schweren Korb vor der bezeichneten Tür ab. »Und danach kommt Lady Margarets Gemach an die Reihe …«, bemerkte er beiläufig.

Die Wäschemagd runzelte die Stirn. »Wie kommst du darauf?«

Lucas zuckte mit den Schultern. »Ihr Name fiel mir einfach ein. Vielleicht weil sie Schottin ist.«

»So wie du?«

»Hm.«

»Lady Margarets Gemach habe ich schon fertig. Ist immer das Erste, gleich vorne am Gang.«

Lucas schmunzelte. »Ich sehe, du hast ein System.«

»Danke fürs Tragen.«

»Keine Ursache.« Er verabschiedete sich mit einer kleinen Verbeugung, während sie die Tür zu Lady Joans Kammer öffnete. Als sich die Tür hinter ihr geschlossen hatte, huschte Lucas zum Anfang des Flures. Auch Lady Margarets Gemach war unverschlossen. Er lauschte noch einen Moment, dann trat er ein.

Das Zimmer war peinlichst aufgeräumt, nicht nur die ordnende Hand der Wäschemagd zu erkennen. Nirgends fand sich ein vergessenes Wäschestück, herumliegende Korrespondenz oder auch nur ein Staubkörnchen. Beim Fenster stand ein filigraner Sekretär, dessen polierte Oberfläche matt im hereinfallenden Licht glänzte. Lucas nahm auf dem davorstehenden Schemel Platz. Langsam strichen seine Hände über das glatte, rötliche Kirschholz. Dann zog er probeweise an einem der Elfenbeingriffe. Die Schublade tat sich auf. Eine kostbare kleine Bibel, gebettet auf einem Samttuch, fand sich darin. Die nächste Lade beherbergte ein Regiment Kerzen, die dritte Tintenfass und Schreibfeder. In der untersten Lade fanden sich mehrere, mit Seidenbändern zu ordentlichen Päckchen gebundene Briefe. Mit klopfenden Herzen ergriff er das erste und löste vorsichtig die Schleife. Sämtliche Briefe stammten von einer Ellen, in der Lucas nach wenigen Zeilen eine Schwester von Lady Margaret vermutete, und waren unbeschreiblich langweilig. Ellenlang ergingen die Schwestern sich über erlebte Feste, getragene Kleider, den neusten Schmuck und Klatsch und Tratsch aller Art, der Lucas binnen kürzestem zum Gähnen brachte. Er ergriff den nächsten Stapel. Hier hatte Lady Margaret die Briefe ihres Mannes zusammengebunden. Aufmerksam studierte Lucas die Zeilen, doch Murdoch MacEwan wurde nicht einmal andeutungsweise erwähnt. Die Eheleute besprachen Einladungen und geplante Reisen, de Abernethy äußerte sich missfällig über König Roberts Erfolge, doch wirklich Interessantes fand sich weder in noch zwischen den Zeilen.

Ein Klappern vom Gang her schreckte Lucas auf. Tappende Schritte näherten sich – und zogen am Gemach vorbei. Erleichtert atmete er aus. Dann band er die schon gelesenen Briefe wieder zu ordentlichen Päckchen und legte sie in die Schublade zurück, bevor er sich dem letzten Stapel widmete. So konnte er notfalls mit den Briefen hinter einen Vorhang verschwinden, falls doch jemand kam.

Die Briefe stammten von einer Lady Joan, von der Lucas bezweifelte, dass es sich um John de Warennes Ehefrau handelte, denn in den Briefen ging es um Schottland, um eine

Ankunft an einem Ort namens Rothiemay und darum, dass die Schreiberin Lady Margaret vermisste. Rothiemay … Wo in drei Teufels Namen lag dieser Ort? Lucas konnte sich nicht erinnern, dabei war ihm so, als müsste dieser Ort ihm etwas sagen. Im letzten Brief kündigte die Schreiberin ein Geschenk an, das sie nach Westminster zu schicken gedenke, eine Überraschung, mit der sie hoffe, Lady Margaret große Freude zu machen. Der Brief war auf den zwanzigsten April datiert. Nachdenklich legte Lucas die Briefe wieder in den Sekretär, peinlichst darauf bedacht, alles wieder wie vorgefunden herzurichten. Dann kehrte er in die bischöflichen Gemächer zurück.

De Lamberton war nicht da. Lucas ging zu einer der Truhen, in denen Schriftstücke und Karten verwahrt waren, und nahm eine von Schottland heraus. Er breitete sie in dem buttergelben Flecken, den die Sonne durch das Fenster auf den Tisch warf, aus und flog mit den Augen über Städte, Burgen, Straßen und Flüsse.

Rothiemay.

Da war es. Nordwestlich von Aberdeen in Aberdeenshire gelegen. Doch viel interessanter war der Ort, der sich nur wenige Meilen südwestlich davon befand: Strathbogie. Lucas fiel es wie Schuppen von den Augen: Rothiemay gehörte zu den Ländereien der Familie Strathbogie, die seit über vierzig Jahren den Titel des Grafen von Atholl innehatten. Somit handelte es sich bei der Lady Joan, von der die Briefe stammten, mit höchster Wahrscheinlichkeit um David de Strathbogies Ehefrau. Er musste sich setzen.

»Hast du einen Geist gesehen?« De Lamberton stand in der Tür und sah ihn stirnrunzelnd an.

»Wie es scheint, sind die Ehefrauen von David de Strathbogie und Alexander de Abernethy befreundet und pflegen noch immer Kontakt.«

Der Bischof hob mäßig interessiert eine Augenbraue und trat näher. »Nun, sie waren gemeinsam Hofdamen Königin

Isabellas. Wäre es so ungewöhnlich, dass sie sich angefreundet hätten?«

»Das nicht. Aber würden ihre Ehemänner dulden, dass sie noch heute Kontakt pflegen, obschon sie sich nun in verfeindeten Lagern befinden?«

Sein Mentor nickte nachdenklich. Ihr Streit von vorhin schien vergessen, jedenfalls schien de Lamberton nicht auf eine Entschuldigung zu warten. »Du hast recht. Noch ein Indiz, das gegen den Grafen von Atholl spricht. Wie kommst du darauf?«

Lucas setzte ein entschuldigendes Grinsen auf. »Ich habe mich in Lady Margarets Gemächern umgesehen.«

»In der Hoffnung, einen Hinweis auf diesen Murdoch MacEwan zu finden«, mutmaßte der Bischof mit tadelndem Blick.

Lucas zuckte reumütig mit den Schultern.

»Und? Fündig geworden?«

»Nein. Überhaupt nichts. Auch in den Briefen zwischen de Abernethy und seiner Frau findet ihr Neffe keinerlei Erwähnung.«

»Was vermutlich bedeutet, dass er doch tot ist.«

»Oder dass man ihn absichtlich verschweigt. An einen Toten erinnert man sich doch zumindest dann und wann.«

»Nicht, wenn man von ihm enttäuscht wurde und ihn lieber vergessen würde.«

Lucas brummte missmutig. »Vielleicht. Doch irgendwie werde ich das Gefühl nicht los, dass die Drei unter einer Decke stecken: Alexander de Abernethy, David de Strathbogie und Murdoch MacEwan. Oder besser gesagt: dass de Abernethy und der Graf von Atholl gemeinsame Sache machen – womöglich im Namen Edwards – und sich Murdochs bedienen.«

»Dafür hast du keinerlei Beweise.«

»Noch nicht.«

Kapitel 24

– Blair Castle, am 9. Tag des Monats Juni im Jahre des Herrn 1313 –

Das hohe Tschilpen der Mauersegler war auch hier auf dem Heuboden zu hören. Ein lauer Sommerwind strich durch die offene Dachluke, und im schräg einfallenden Sonnenlicht tanzte der Staub.

»Wenn du so viel die Stirn runzelst, wirst du vor der Zeit Falten bekommen.«

Agnes' Tadel riss Ean aus seinen düsteren Gedanken. Er stützte sich auf die Ellenbogen und versuchte, seine Stirn zu glätten. »Verzeih ...« Sie waren wahrlich nicht hier heraufgekommen, um Trübsal zu blasen.

Sie setzte sich auf und strich ihm liebevoll und mitfühlend über die Wange. Ihre satten, braunen Locken leuchteten kupfern auf, dort, wo die Sonne sie küsste. Er legte seine Hand auf ihre und schmiegte sich für einen Moment mit geschlossenen Augen in ihre Rechte. Wie gerne würde er sich fallen lassen.

»Wann willst du meinen Vater fragen?«, fragte sie leise.

Er behielt die Augen geschlossen und ließ ihre Hand nicht los. »Ich glaube nicht, dass derzeit ein geeigneter Moment ist, um deine Hand anzuhalten.«

»Warum nicht?«

»Weil dein Vater mir offensichtlich misstraut.«

»Das kann ich nicht glauben. Warum sollte er das tun?«

»Ich weiß es auch nicht.« Er seufzte, gab Agnes' Hand doch frei, zog die Knie an und schlang die Arme darum. »Seit sie Finlay verhaftet haben, ist unser Verhältnis merklich abgekühlt. Er spricht nur noch das Notwendigste mit mir, und wenn er denkt, ich sehe nicht hin, mustert er mich mit einem überaus argwöhnischen Blick.«

»So macht er es derzeit mit allen. Du bist nicht der Einzige.«

Ean nickte unbestimmt.

»Das ist die Anspannung«, setzte Agnes nach. »Die ganze Burg ist wie paralysiert.«

Damit hatte sie recht. Seit Finlays Verhaftung stand das Leben auf Blair Castle praktisch still.

»Ich wüsste nicht, was wir ohne Colin täten«, bekannte er mit einem Kopfschütteln. »Er scheint der Einzige zu sein, dem es gelingt, die Übersicht zu bewahren.«

Sie nickte. »Ohne ihn würden derzeit vermutlich weder die Kühe gemolken noch das Heu eingeholt, geschweige denn, die Wachpläne geschrieben oder die Löhne gezahlt.«

»Und ich verstehe nicht, warum dein Vater sich nicht überreden lässt, irgendetwas zu Finlays Rettung zu unternehmen. Hundertmal bin ich zu ihm gegangen. Doch er hat all meine Vorschläge abgeblockt, immer mit diesem merkwürdigen Blick in den Augen.« Wütend ballte Ean die Fäuste.

»Er ist selbst verzweifelt. Noch nie habe ich meinen Vater so …«

»Hilflos?«

Sie zuckte mit den Schultern. »Ich weiß nicht, ob ›hilflos‹ das richtige Wort ist. Entsetzt kommt er mir vor. Gleichzeitig resigniert, und doch hast auch du recht: Er scheint jedermann mit Misstrauen zu begegnen. Ich denke, er will nicht glauben, dass Finlay schuldig ist, und doch raunt eine Stimme in ihm, dass es vielleicht dennoch so ist. Das entsetzt ihn so.«

Auch in Ean raunte diese Stimme, und es entsetzte ihn gleichermaßen, sie zu hören. Dabei war es wenig hilfreich, dass sie kaum etwas über das Vorgefallene wussten. Aus den Andeutungen, die Thomas Randolf bei Finlays Verhaftung hatte fallen lassen, schloss Ean, dass der Burgherr offenbar in ein Geheimnis eingeweiht war, das irgendetwas mit der Kreuz-Kirche in Peebles zu tun hatte. Von Duncan wusste Ean, dass einige Nächte vor Finlays Verhaftung seltsame Besucher nach Blair Castle gekommen waren, und er vermutete darin einen Zusammenhang. Doch so oft er auch darüber nachgrübelte: Er konnte sich keinen Reim darauf machen.

Agnes bette ihren Kopf an seine Schulter. »Glaubst du nicht, dass wenigstens wir zusammenhalten sollten? Gerade wenn die Welt aus den Fugen gerät?«

»Wir sind in Ungnade, Agnes. Ich weiß nicht, ob ich dir jemals etwas werde bieten können.« Und er verfluchte dieses Schicksal. Gerade hatte er sich in Perth beim König einen Namen machen können, und nun war alles dahin.

»Du musst mir nichts bieten. Ich will nur dich.«

Ean lächelte traurig. »Und mit mir verhungern?«

»Notfalls auch das.«

»Das würde ich niemals zulassen.«

»Sei nicht so verflucht ritterlich.«

»Lady Agnes ...« Er schnalzte mit der Zunge und schüttelte in mildem Tadel den Kopf. »Ich fürchte, Pater Dunsten wird Euch zehnmal das Ave-Maria auf Knien beten lassen, wenn Ihr so flucht.«

»Dann küss mich noch einmal, damit ich wirklich etwas zu beichten habe und sich die Buße auch lohnt.«

Nichts tat Ean lieber, auch wenn es durchaus heikel war. Wie um zu unterstreichen, dass sie nun im heiratsfähigen Alter war, war Agnes im letzten halben Jahr vollständig zur Frau erblüht, und ihre Reize waren eine stete Herausforderung für seine Beherrschung.

Behutsam glitten seine Hände über ihr enganliegendes Kleid, unter dem er ihren straffen Körper erahnte, hinauf zu ihren wundervollen Brüsten, die sich so verführerisch in ihrem Ausschnitt wölbten. Sie gab ein wonniges Stöhnen von sich, als sein Finger langsam am Rand des Ausschnittes entlangfuhr.

»Oh, Ean, bitte. Frag meinen Vater«, murmelte sie zwischen seinen Küssen. »Ich möchte nicht mehr warten.«

Er wollte auch nicht länger warten. Und doch blieb ihm nichts anderes übrig. Also verzichtete er darauf, seinen Finger in den Ausschnitt hineinwandern zu lassen, und nahm sie stattdessen fest in den Arm.

»Ean?!«

Ertappt ließen sie voneinander ab.

»Ean!«

»Das ist Duncan.« Die Stimme des Torwächters drang vom Hof zu ihnen herauf.

»Was mag er wollen?« Agnes ordnete ihre Kleider.

»Ich werd' besser nachsehen.« Er gab ihr noch einen letzten Kuss. »Geh etwas später und nimm den Ausgang durch die Pferdeställe. Ich gehe durch die Wachstube.«

Behände stieg er die Leiter vom Heuboden herab und klopfte sich – unten angekommen – Staub und Halme vom Gewand.

In der Wachstube traf er auf Tom und Riley, die sich beim Würfelspiel die Zeit vertrieben.

»Duncan sucht dich«, bemerkte Tom und würfelte einen Pasch, der ihn siegesgewiss grinsen ließ.

»Na endlich«, brummte der, als Ean in die Hitze des Burghofes traf. »Ein Bote wartet auf dich.«

»Auf mich?«

Duncan zuckte mit der Schulter. »Beim Tor.«

Der Bote saß noch auf seinem Pferd, offensichtlich hatte er es eilig weiterzukommen.

»Ean Belneaves?«

»Der bin ich.«

»Ein Brief für Euch aus London.«

Duncan hob überrascht die Augenbrauen.

Ean streckte nicht minder verwundert die Hand aus. Der Bote nestelte an seiner Tasche.

»Wollt Ihr nicht hereinkommen? In der Halle gibt es sicher etwas zu trinken für Euch. Ihr müsst durstig sein bei diesem Wetter.«

Der Bote schüttelte den Kopf und übergab Ean das versiegelte Schriftstück. »Keine Zeit.«

Ean hatte es kaum entgegengenommen, da drückte der Mann seinem Pferd auch schon die Fersen in die Flanken.

»So was …«, murmelte der Torwächter.

Ean besah die Botschaft und erkannte die Schrift. »Von Lucas.« Er steckte den Brief unter sein Gewand.

»Willst du ihn nicht lesen?« Duncan konnte seine Neugier kaum verhehlen.

Irgendetwas riet Ean, dass er diesen Brief lieber allein lesen sollte. »Später.« Er zwinkerte dem enttäuschten Torwächter zu. »Wenn König Edward tot von seinem Nachttopf gefallen sein sollte, werde ich dir berichten.«

Die Tür seiner Kammer verschloss Ean sorgfältig, bevor er Lucas' Siegel erbrach. Die Botschaft war verschlüsselt.

»Herrje, Lucas, weißt du nicht, dass mir der Reichtum für eine eigene Bibel fehlt?«, murmelte er missmutig. Ganz Blair Castle beherbergte nur zwei Bibeln. Eine in Vater Dunstens Obhut, die zweite – Familienbibel der MacKinnochs – in Finlays Privatgemächern. Er faltete das Schriftstück wieder zusammen und machte sich auf den Weg.

Der mittlerweile vollständig ergraute Hirte der Burg war zwar milde überrascht, doch erfreut, als Ean vorgab, Trost in der Heiligen Schrift suchen und gleichzeitig sein Latein verbessern zu wollen, und gab die Bibel bereitwillig heraus.

Zurück in seiner Kammer schlug Ean das Matthäus-Evangelium auf und begann, bewaffnet mit Griffel und Wachstafel, die Botschaft zu entschlüsseln.

»An Ean Belneaves, von Lucas. Grüße.

Mit Bestürzung habe ich von Sir Finlays Verhaftung erfahren und mit noch größerer zur Kenntnis genommen, dass sogar Bischof de Lamberton seine Schuld ernsthaft in Betracht zieht. Sei versichert, dass ich das niemals tun werde. Vielmehr glaube ich, dass Sir Finlay Opfer einer viel größeren Intrige geworden ist, deren Ziel König Robert und nicht er selbst war. Es mehren sich die Hinweise, dass David de Strathbogie nur zum Schein in Roberts Frieden zurückkehrte. Gleichzeitig bestehen noch immer Kontakte zwischen seiner und Alexander de Abernethys Ehefrau. Und de Lamberton berichtete, dass Finlay glaubt, Murdoch MacEwan gesehen zu haben. Ich fresse mein Tintenfass, wenn da nicht ein Zusammenhang besteht. Also werde ich hier in London weiter die Augen offenhalten, in der festen Annahme, dass auch ihr auf Blair Castle alles daransetzt, Finlays Unschuld zu beweisen, und der Hoffnung, dass euch meine Informationen vielleicht dabei helfen. Vernichte diesen Brief. Ich schreibe, wenn ich Neues erfahre. Gott schütze dich.«

Perplex und durchaus ein wenig beschämt starrte Ean auf Lucas' Zeilen. David de Strathbogie – Alexander de Abernethy – Murdoch MacEwan. Die Namen echoten in seinem Kopf mit einem unheilvollen Klang. Doch Murdoch war aller Wahrscheinlichkeit nach tot und de Abernethy kaum noch hier in Schottland, so viel hielt er sich am englischen Hof auf. Nachdenklich hielt Ean eine Ecke des Pergamentes in die Flamme seines Talglichtes und sah zu, wie die Glut das Geschriebene auffraß. Dann erhob er sich entschlossen. Er musste mit Alan reden.

Er fand ihn gemeinsam mit Raelyn in Finlays Privatgemächern. Die Burgherrin war blass und hohlwangig, seit jenem schrecklichen Abend schien sie kaum noch zu essen, und auch Alan wirkte grau und müde. Er stand beim Fenster und starrte hinaus. Es schien Ean nicht, als würde er mit seinem Eintreten eine lebhafte Unterhaltung unterbrechen.

»Lucas hat aus London geschrieben.«

Überrascht wandte Alan sich um und streckte die Hand aus.

»Der Brief war an mich, nicht an dich gerichtet.«

Alan ließ die Hand wieder sinken. »Was schreibt er?«

»Merkwürdige, beunruhigende Dinge.«

Alan und Raelyn tauschten einen Blick.

»Ich will jetzt endlich wissen, was hier los ist. Und warum du mich so ansiehst.«

Alan und Raelyn tauschten noch einen Blick. Doch es war schließlich Raelyn, die aufstand und zu ihm kam. Als sie ganz dicht vor ihm stand, sagte sie leise: »Möglicherweise haben wir uns in Reeds Schuld getäuscht.« Es trug ihr einen tadelnden Blick von Alan ein.

Ean brauchte einen Moment, bis er den Sinn ihrer Worte verstand, doch dann schien sich der Boden unter ihm aufzutun. Erst war es nur Angst, die er empfand, doch ziemlich bald gesellte sich Zorn dazu. »Und ihr glaubt, dass ich …?« Das Entsetzen raubte ihm beinahe die Stimme.

»So, wie die Dinge liegen, könnte ich es ebenso sein«, bemerkte Alan.

»Oder ich«, fügte Raelyn an.

»Wir können niemandem mehr vertrauen.« Alan wirkte erschöpft.

Ean musste sich setzen, und da er bei einer der Fensterbänke stand, ließ er sich einfach darauf sinken. Alan und Raelyn nahmen neben ihm Platz.

»Aber ihr vertraut einander.«

Alan zuckte mit den Schultern. »Nachdem Randolf Finlay in Balloch Castle abgeliefert hatte, kehrte er auf Finlays Bitte hin noch einmal hierher zurück.«

»Alan sollte mich und die Kinder in ein Kloster schaffen.«

»Da er einen Verräter hier auf der Burg vermutet«, mutmaßte Ean.

»Da er *noch immer* einen Verräter hier auf der Burg vermutet«, konkretisierte Alan.

»Noch immer …«

»Wenn wahr ist, was Finlay befürchtet, dann hat dieser Jemand Graham aus dem Weg geschafft, als der drohte, ihn zu entlarven, und Reed nur um seiner Tarnung willen getötet.« Raelyns Stimme zitterte ein wenig.

»Und vielleicht lebt er schon viele Jahre unter uns«, setzte Alan hinzu.

»Großer Gott – wer? Und seit wann?«

»Wir wissen es nicht.«

»Was schrieb Lucas?«, erkundigte sich Raelyn mit einem winzigen Hoffnungsschimmer in den Augen.

Ean schüttelte einmal den Kopf, um zur Besinnung zu kommen. Den Brief hatte er beinahe vergessen. »Auch er glaubt nicht an Finlays Schuld. Er hat in London Hinweise gefunden, dass David de Strathbogie nur als Spion in Roberts Reihen zurückkehrte, und obendrein, dass die Ehefrauen von Strathbogie und de Abernethy noch immer Kontakt pflegen.«

»Obwohl sie sich nun in verfeindeten Lagern befinden ...«, sinnierte Alan. »Das ist schon ungewöhnlich.«

Auch in Raelyn schien diese Nachricht etwas anzustoßen. Nachdenklich kräuselte sich ihre Stirn, und ihre Augen verengten sich ein wenig, als sie offensichtlich ihre Schlüsse zog. »Vielleicht habt ihr nach Grahams Verschwinden die falschen Fragen gestellt.«

Alan sah sie verständnislos an.

»Wir gehen davon aus, dass Murdoch allein für den Überfall auf Blair Castle verantwortlich war, auch weil de Abernethy so überzeugend seine Mittäterschaft daran leugnet, aber was, wenn Murdoch sich des Mannes bediente, der hier schon viel länger und in anderem Auftrag für unsere Feinde spionierte?«

Alan nickte langsam. »Oder wenn Murdochs kleinlicher Rachefeldzug gegen Finlay diesem sogar in die Quere kam.«

»Wie meinst du das?«, fragte Ean.

»Ich halte Murdoch weder für intelligent noch für kaltblütig genug, hier einen Mann einzuschleusen, der über Jahre für ihn spioniert. In Murdoch schäumt die Wut.«

Raelyn stimmte in bitterer Erinnerung zu: »Und wenn er Ränke schmiedet, dann setzt er seine Pläne rasch in die Tat um.«

»Aber ihr habt damals nach Grahams Verschwinden jeden Mann und jede Maus dieser Burg befragt und keinerlei Verbindung zu Murdoch oder den Abernethys aufdecken können.«

»Sie haben jedoch nicht nach Verbindungen zu David de Strathbogie geforscht«, merkte Raelyn leise an.

»Diese Verbindung wäre ja auch offensichtlich«, entgegnete Alan.

Ean sah Alan verwirrt an.
»Lady Isabel ist David de Strathbogies Tante.«

Kapitel 25

– London, am 12. Tag des Monats Juni im Jahre des Herrn 1313 –

»Das Parlament wurde auf unbestimmte Zeit verschoben.«

»Oh nein.« Entsetzt sah Lucas von den Büchern auf und seinen Mentor an. Es drängte ihn, nach Schottland zu kommen.

»Wir werden uns wohl noch eine Weile in Geduld üben müssen.«

»Ihr wisst genau, dass es für Sir Finlay weit mehr als eine Geduldsübung ist.«

»Das weiß ich.« Aufrichtige Anteilnahme stand in de Lambertons Blick. »Und doch können wir es nicht ändern.«

»Könnte ich nicht wenigstens nach Schottland reisen?«

»Um was zu tun?«

»Um …« So recht wusste Lucas es auch nicht. Am liebsten würde er sich in David de Strathbogies Haushalt einschmuggeln, doch ein geeigneter Vorwand für ein solches Unterfangen wollte ihm beim besten Willen nicht einfallen.

»Ich glaube, wir haben weit größere Chancen, hier in London etwas über ihre Pläne in Erfahrung zu bringen.«

»Aber müssen wir nicht wenigstens König Robert über unseren Verdacht David de Strathbogie betreffend informieren?«

Der Bischof nickte nachdenklich. »Dann besser jetzt, bevor Edward aus Frankreich zurück ist. Aber es darf kein Bote aus Westminster sein. Du wirst in London einen finden müssen.«

Lucas würde alles daran setzen. Und mit genügend Geld ließen sich die erstaunlichsten Dienstleistungen einkaufen.

»Wenn Ihr dem König schon eine Nachricht sendet …«

»… könnte ich dann auch um Hafterleichterung für Sir Finlay bitten?«, vollendete der Bischof Lucas' Satz.

Er nickte flehentlich.

Sein Mentor legte ihm eine Hand auf die Schulter. »Ich werde Robert bitten.«

Lucas schloss erleichtert die Augen.

»Doch ich weiß nicht, ob er auf mich hören wird«, schränkte de Lamberton behutsam ein.

»Zumindest haben wir es dann versucht.«

Kapitel 26

– Balloch Castle, am 20. Tag des Monats Juni im Jahre des Herrn 1313 –

Finlays Kleider starrten vor Dreck, genau wie er selbst. Läuse und Flöhe taten sich an ihm gütlich, aber er brachte kaum noch den Willen auf zu kratzen. Jegliches Zeitgefühl war ihm abhandengekommen, und es hätten auch schon Jahre sein können, die er in diesem finsteren Schlund der Hölle zubrachte. Doch wenn er sich einmal aufraffte, in seinem Gesicht zu kratzen, sagte ihm die Länge seines Bartes, dass es nur Wochen gewesen sein konnten.

Dachte er anfangs, Enge, Kälte und Dunkelheit seien am schwersten zu ertragen, so hatte er mittlerweile erfahren müssen, dass es die Isolation war, die ihn fast in den Wahnsinn trieb. Nie sprach jemand mit ihm. Das Essen wurde wortlos durch die Klappe geschoben und das leere Geschirr ebenso wieder fortgeräumt. Jetzt wünschte er sich schon, sie würden wenigstens kommen, um ihn zu verprügeln, aber nicht einmal das geschah. Als wolle sich niemand die Hände an ihm schmutzig machen.

Auch Malcolm kam nicht, nicht ein einziges Mal. Was wohl nicht zuletzt an dem unerträglichen Gestank lag, der Finlay umgab, war er doch gezwungen, seine Notdurft in einer Ecke dieses viel zu kleinen Verschlages zu verrichten.

Manchmal hörte Finlay Stimmen: Cadfans fröhliches Geplapper, Grahams gemütliches Brummen, Eans übermütiges Erzählen, Raelyns wundervolles Singen. Er wusste, sie waren nicht real.

Und manchmal wisperten die Wände dünne, grausame Worte. Dann hielt er sich die Ohren zu und schrie.

Der Riegel seiner Kerkertür wurde zurückgezogen.

Das war ein ungewohntes Geräusch, verwundert wendete Finlay den Kopf in Richtung des bisher allzeit verschlossenen Ausgangs. Mit Scharren und Knirschen wurde die Tür langsam geöffnet, Staub rieselte herab. Heller Fackelschein stach ihm schmerzhaft in die Augen, und er musste sie schließen, bevor er wirklich etwas erkennen konnte.

»Bei allen Heiligen …« Finlay erkannte Thomas Randolfs Stimme. »Was habt ihr getan?« Voller Zorn wandte der Neffe des Königs sich offenbar an die Wachen.

»Ist nie einer von euch Hornochsen auf die Idee gekommen, nach seinem Zustand zu schauen?«

Die Wachen schwiegen betreten.

»Gebt mir die Fackel und verschwindet, ihr Nichtsnutze. Geht mir aus den Augen.«

Schlurfend trollten sie sich.

»Aber Badewasser will ich sehen. In einer Viertelstunde steht oben eine Wanne mit dampfendem Wasser bereit, sonst lernt ihr mich von meiner ungemütlichen Seite kennen!«, rief er ihnen noch wütend hinterher.

Eine menschliche Stimme zu hören, noch dazu eine, die ihm unerwartet freundlich gesonnen war, überforderte Finlay. Er begann am ganzen Leib zu zittern, und Tränen begannen unkontrollierbar in seinen verfilzten Bart zu laufen.

Randolf hockte sich zu ihm, trotz des bestialischen Gestanks, und legte seine Hand auf Finlays Schulter. Nicht mehr und nicht weniger. Als wüsste er, dass auch Erlösung über das hinausgehen konnte, was für einen Mann zu verkraften möglich war.

Es dauerte.

»Könnt Ihr aufstehen?«, fragte Sir Thomas schließlich, als das Zittern etwas abgeklungen war.

Finlay wusste es nicht, aber er wollte es unbedingt versuchen. Er zog die Beine an und drückte sich langsam an der Kerkerwand empor. Gebückt und wacklig kam er zum Stehen, bevor er einen Schritt auf den Gang hinausmachte, blinzelnd gegen den grellen Fackelschein.

Randolf nahm seinen Arm und legte ihn sich über die Schulter.

»Lasst die Augen zu, ich helfe Euch.«

Er schleppte ihn mehr die Wendeltreppe nach oben, als dass Finlay selbstständig ging. Als sie einen Absatz erreicht hatten, spürte er plötzlich die Wärme von Sonnenstrahlen auf der Haut.

»Können wir einen Moment stehen bleiben?«

Randolf verstand ihn ohne weitere Erklärungen. Finlay drehte das Gesicht zur Sonne und atmete tief ein. Die frische Luft war überwältigend. Er versuchte, die Augen zu öffnen; er wollte unbedingt etwas sehen. Aber die Helligkeit war schmerzhaft, und es gelang ihm nur, einen Streifen Grün und Blau zu erhaschen. Wütend ballte er die Faust.

»Ihr werdet ein Fenster haben«, sagte Thomas Randolf leise.

Als sie das Turmzimmer erreichten, hatte Finlay sich wenigstens schon an das Dämmerlicht des Treppenaufgangs gewöhnt.

Es gab sogar zwei Fenster.

Durch eines schien die Nachmittagssonne und malte ein goldenes Rechteck auf den Steinfußboden. Die Helligkeit war noch immer unangenehm, aber jetzt konnte Finlay ihr standhalten.

In der Mitte des kreisrunden Raumes stand, wie verlangt, eine Wanne. Linker Hand lag ein Strohsack mit Decke, rechter Hand stand ein wackliger Tisch mit Schemel. Begierig betrachtete Finlay Formen und Farben und den Ausschnitt des blauen Himmels. Er hatte nicht gewusst, dass man auch mit den Augen verhungern konnte.

Dann klopfte es, und eine Schar Diener und Pagen brachte eimerweise heißes Wasser. Den letzten der Bediensteten hielt Sir Thomas auf.

»Bring noch Rasierzeug und saubere Kleider.«

Der Junge nickte gehorsam.

Bewegt sah Finlay auf das dampfende Wasser im Zuber. Eine dicke Schicht cremigen Seifenschaums schwamm darauf.

»Könnt Ihr Euch allein auskleiden, oder braucht Ihr Hilfe?«, fragte Randolf, als sie wieder allein waren.

»Ich denke, es geht.«

Der Neffe des Königs stellte sich an ein Fenster und kehrte Finlay den Rücken zu, während der sich langsam aus seinen verdreckten Kleidern schälte. Er war knochendürr geworden.

Das warme Wasser umfing ihn mit tröstlicher Umarmung. Nur mühsam konnte er sich davon abhalten, wieder zu weinen, und das Zittern begann von Neuem. Um seinen Gemütszustand zu verbergen, tauchte er mit dem Kopf ganz unter. Als seine Luft knapp wurde, war es besser.

Thomas Randolf stand neben dem Zuber.

»Ich dachte schon, Ihr wollt Euch ertränken.«

Zum ersten Mal brachte Finlay ein Lächeln zustande.

Wieder klopfte es, und der Page trat mit Rasierzeug und frischen Kleidern ein.

»Nimm die alten Kleider mit und lass sie gründlich waschen und ausbessern«, gebot Randolf dem Jungen. »Und bring zu essen. Was Ordentliches!«

»Verbrennen wäre wohl besser«, murmelte Finlay leise, war aber froh, sie wiederzubekommen. Raelyn hatte das Gewand bestickt.

Der Neffe des Königs ergriff das Rasiermesser.

»Lasst mich Euch von diesem Gestrüpp befreien.«

Beschämt schüttelte Finlay den Kopf.

»Bitte«, setzte Randolf nach, »ich fühle mich … schuldig. Lasst mich wenigstens das für Euch tun.«

»Ihr müsst Euch nicht schuldig fühlen. Auch wenn ich Robert nicht verraten habe, habe ich es mir letztlich dennoch selbst eingebrockt. Vermutlich verdiene ich, was ich bekam.«

»Niemand verdient so etwas«, knurrte Sir Thomas, zog sich den Schemel heran und fragte nicht noch einmal um Erlaubnis. Mit geschickten Händen nahm er Finlay den Bart ab.

»Ich bin nicht frei …«, stellte Finlay fest, während das Messer langsam über sein Kinn schabte.

Randolf verneinte bedauernd.

»Welchem Umstand verdanke ich dann meine Hafterleichterung?«

»Wir haben Rushen genommen. Am 12. Juni fiel die Burg in unsere Hände. Ich habe die gehobene Stimmung des Königs genutzt, ein gutes Wort für Euch einzulegen. Und auch de Lamberton hat für Euch gesprochen.«

»Dann ist es ohne Druckmittel gelungen, die Isle of Man zu erobern?«

»Es war ein hartes Stück Arbeit. Als die Vorräte knapp wurden, sandte Robert Schiffe nach Ulster. Aber obwohl Richard Og de Burgh sein Schwiegervater ist, haben sie uns nicht anlanden lassen.« Er stieß ein verärgertes Schnauben aus. »Trotzdem ist es zuletzt geglückt.«

»Und Sir Roger?«

»Hat überlebt und sein Bein behalten.« Konzentriert rasierte Sir Thomas Finlay den Hals.

»Gott sei Dank.« Dann sah er Randolf an. »Ich danke Euch. Auch für Euer Wort beim König.«

Der war fertig mit der Rasur, wischte das Messer an einem Tuch ab und erwiderte Finlays Blick mit ernster Miene.

»Er ist hin und her gerissen. Er will nicht glauben, dass Ihr ihn verraten habt. Wenn ich ehrlich sein soll: Dieser Gedanke schmerzt ihn sehr, mehr, als ich es jemals bei ihm erlebt habe. Aber der Anschein spricht gegen Euch. Ihr wart allein mit uns, niemand sonst war zugegen, der von der Übergabe in Peebles gehört haben könnte. Und Eure Geschichte ist kaum geeignet, Zweifler zu überzeugen. Er kann Euch nicht einfach freilassen.«

Finlay nickte. »Habt Ihr etwas von meiner Frau gehört?« Er musste sich überwinden, diese Frage zu stellen.

Randolf mied seinen Blick. »Vor einigen Wochen sandte Sir Alan mir einen Boten nach Rushen. Es ging ihnen den Umständen entsprechend gut. Doch ich habe keine neueren

Informationen. Nach Ende der Belagerung bin ich so schnell wie möglich hierhergeeilt. Ich wusste, Ihr sitzt im Verlies. Also wollte ich nicht zu lange warten.«

Das Wasser wurde kalt.

Der Neffe des Königs stellte sich wieder an das Fenster, und Finlay kleidete sich an. Es war himmlisch, das saubere, weiche Gewand überzuziehen.

Dann erschien der Page mit dem Essen: herzhafter Eintopf mit Gemüse und Hammelfleisch, Brot und ein Krug mit kräftigem Rotwein. Finlay bemühte sich, langsam zu essen, er wollte nicht, dass alles gleich wieder herauskam. Randolf leistete ihm Gesellschaft, indem er sich auf den Fenstersims neben den Tisch setzte und einen Becher Wein trank.

»Wann wird meine Verhandlung sein?«, fragte Finlay, als seine Schale leer war und das Bohren in seinem Magen wohltuend nachgelassen hatte.

Sir Thomas zuckte mit den Schultern. »Der König will die Dinge in Rushen erst noch ordnen. Außerdem ist Dungal MacDowall doch wieder entwischt. Vielleicht setzt er ihm nach.«

Finlay stützte den Kopf in die Hände. Es konnte also noch Monate dauern, in denen er hier festsaß. Und dass Dungal MacDowall wieder entkommen war, besserte die Laune des Königs sicher nicht.

»Könntet Ihr nach Elcho reiten?« Er musste wissen, ob es Raelyn und seinen Kindern gut ging.

»Finlay …« Bedauern schlich sich in Sir Thomas' Augen. »Sie sind noch auf Blair Castle.«

Entsetzt sah er Randolf an. »Warum in Gottes Namen?«

»Offensichtlich ließ Eure Frau sich nicht überreden, die Burg zu verlassen.«

Jesus, Raelyn, du stures Weibsbild. Er wusste genau, warum sie das tat. Hätte vielleicht selbst nicht anders gehandelt. Doch sie und seine Kinder nun weiter in größter Gefahr zu wissen, raubte ihm fast den Atem.

»Könntet Ihr dann nach Blair Castle reiten?«

»Nicht einmal das kann ich für Euch tun.« Es war ihm sichtlich unangenehm. »Der König erwartet mich in Rushen zurück. Die Burg liegt in entgegengesetzter Richtung.«

Finlay konnte es sogar verstehen.

»Ich werde einen Boten senden. Wenn Ihr einen Brief schreiben wollt?« Randolf sah ihn fragend an.

Kapitel 27

– Blair Castle, am 23. Tag des Monats Juni im Jahre des Herrn 1313 –

Raelyn hielt Finlays Brief in den Händen und war zerrissen zwischen Schrecken, Reue und Erleichterung. Erleichterung darüber, ein Lebenszeichen von Finlay erhalten zu haben, Reue darüber, ihm zusätzliche Sorgen zu bereiten, und Schrecken über die Botschaft, die sie zwischen seinen Zeilen las: Man musste ihn im wahrsten Sinne unsagbar gequält haben.

»Was schreibt er?« Alan sah sie fragend an.

Sie versuchte, sich zusammenzunehmen. »Seine Haftbedingungen seien erleichtert worden, aber noch stünde kein Termin für die Verhandlung fest.«

Alan streckte die Hand nach dem Schreiben aus. »Großer Gott …«, murmelte er, während er die Zeilen überflog.

»Und natürlich ist er mir gram und fordert mich auf, Blair Castle nun endlich zu verlassen«, setzte sie mit schuldbewusster Miene ihren Bericht für Ean fort, der mit ihnen in ihrem privaten Wohngemach saß.

»An meiner Entscheidung hat sich nichts geändert«, stellte sie jedoch gleich klar, als der fragend die Augenbrauen hob.

Über so viel Starrsinn musste Ean offenbar lächeln, doch es geriet recht niedergeschlagen.

»Immerhin haben Sir Thomas und Bischof de Lamberton erreichen können, dass er nicht mehr im Verlies ausharren muss.« Alan gab ihr den Brief zurück.

»Was haben sie ihm nur angetan?« Ihre Stimme zitterte.

Alan ergriff ihre Hand. »Nichts, was er nicht aushalten konnte.«

Sie blinzelte die unwillkommenen Tränen weg.

»Und wir sitzen hier und sind noch immer keinen Schritt vorangekommen.« Missmutig erhob sich Ean und ging rastlos im Gemach auf und ab. Natürlich waren sie relativ rasch zu der gemeinsamen Überzeugung gekommen, dass Lady Isabel niemals die Verräterin sein konnte. Schließlich hatte sie schon vor langer Zeit den Verstand verloren, und dass das nicht bloße Tarnung war, konnte jedermann erkennen, der auch nur einen Blick auf sie warf. Sie war nur noch ein Schatten ihrer selbst.

»Wir sollten doch endlich anfangen, die Burgbewohner zu verhören«, verlangte Ean wohl zum hundertsten Mal.

»Es ist und bleibt zu gefährlich«, wehrte Raelyn ab.

»Aber wie sollen wir jemals etwas herausfinden, wenn wir hier nur herumsitzen und nichts tun?«

»Wir können nur auf einen Zufall hoffen«, entgegnete Alan müde.

Ein Klopfen an der Tür unterbrach den nun schon unzählige Male geführten Streit. Colin streckte den Kopf herein.

Auf Eans Vorschlag hatten sie zumindest den Steward irgendwann ins Vertrauen gezogen, denn schließlich hatte er erst lange nach Grahams Verschwinden seine Stellung auf Blair Castle angetreten.

»Was gibt es Neues?« Die Ankunft des Boten war ihm offensichtlich nicht entgangen.

»Finlays Haftbedingungen wurde erleichtert.«

»Oh, Gott sei Dank.« Er setzte sich neben Alan und schenkte Raelyn ein aufmunterndes Lächeln. »Das sind doch gute Nachrichten.«

Sie nickte und rang sich auch ein kleines Lächeln ab, obwohl ihr alles andere als leicht ums Herz war.

»Der Zimmermann wartet in der Halle, um die Pläne für den Dachstuhl zu besprechen.«

»Ich komme gleich.« Sie verstand selbst nicht so genau, warum sie trotz Finlays Verhaftung an Sianar Daraich weiter bauen ließ, doch es wollte ihr wie eine Versicherung erscheinen.

»Ich habe ihm schon mal Finlays Pläne hingelegt. Er ist also erst mal beschäftigt.«

»Danke, Colin.«

»Nicht dafür.« Er sah Alan an. »Gibt es sonst irgendwelche Nachrichten?«

»Rushen ist gefallen und Dungal MacDowall wieder geflohen.«

»Ich meinte mehr in Bezug auf unsere spezielle Misere?«

Alan schüttelte resigniert den Kopf, und Ean ließ ein grollendes »Wie auch?« hören.

»Vielleicht sollten wir Ealasaid ins Vertrauen ziehen.« Der Steward sah fragend in die Runde.

Von Alan erntete er einen zweifelnden Blick. »Auch sie könnte die Verräterin sein.«

»Das glaubst du doch nicht ernsthaft.«

»Wenn es danach ginge, was ich glaube, würde ich keinem der Burgbewohner ernsthaft derart niederträchtiges Verhalten zutrauen, und doch wurden und werden wir von irgendwem hintergangen.«

»Aber Ealasaid wäre niemals in der Lage gewesen, Graham zu beseitigen«, gab Ean zu bedenken.

»Warum nicht? Niemand kennt sich so mit Giften aus wie sie.«

»Aber wie hätte sie Graham aus der Burg schaffen sollen?«

»Mit Reeds Hilfe? Und dann hat sie auch ihn als Mitwisser aus dem Weg geräumt?«

»Alan …«

»Ja«, räumte der mit einem abgrundtiefen Seufzer ein. »Ich weiß, wie vollkommen irrsinnig das klingt. Und ich glaube es ja auch nicht wirklich. Aber das Schlimme ist: Ich weiß überhaupt nicht mehr, was ich glauben soll.«

»Warum sollten wir Ealasaid deiner Meinung nach ins Vertrauen ziehen?«, fragte Raelyn Colin.

Der Steward zuckte mit den Schultern. »Sie kennt sicher die intimsten Geheimnisse so mancher Burgbewohner. Vielleicht gelingt es ihr, eine Verbindung zu David de Strathbogie aufzudecken.«

»Und sie ist schon länger hier auf der Burg als irgendeiner von uns«, setzte Ean nachdenklich hinzu.

*

»Verbindungen zu David de Strathbogie?« Fragend sah Ealasaid in die Runde, nachdem Alan sie über alles in Kenntnis gesetzt hatte, was sie bisher wussten.

»Irgendjemand, der von ihm gesprochen hat, oder von Strathbogie?«, konkretisierte Raelyn.

Die Heilerin schüttelte mit dem Kopf. »Von Lady Isabel abgesehen hat in den letzten zehn Jahren niemand diesen Namen in den Mund genommen. Und *sie* hat von ihm immer nur als von dem *kleinen Scheusal* gesprochen.«

»Zu unserer Knappenzeit bestand schon Besuchsverkehr zwischen den Gütern«, erinnerte sich Alan.

»Das war ja auch vor Falkirk und vor König Roberts Machtergreifung. Lady Isabel und ihr Bruder John standen sich sehr nahe. Soviel ich weiß, hat Sir John Sir Arran auch beim Aufbau Blair Castles geholfen. Hat ihm Männer für die Besatzung geschickt.«

»Männer?« Ean wurde hellhörig. »Wen?«

Ealasaid zuckte mit den Schultern. »Das weiß ich leider nicht. Ich kam erst nach Falkirk hierher.«

»Ob wir Lady Isabel danach fragen könnten?«

»Sie spricht nicht mehr. Kein einziges Wort. Ich glaube nicht, dass sie ihre Umwelt überhaupt wahrnimmt.«

»Vielleicht gibt es noch alte Briefe darüber ...«, sagte Colin nachdenklich. »Zwar verwenden wir altes Pergament neu, nachdem wir es abgeschabt haben, aber in der Truhe, aus der Finlay das Pergament immer holt, liegen so viele Schriftrollen, dass noch welche übriggeblieben sein könnten.«

»Das wäre eine Möglichkeit!« Ean wurde ganz aufgeregt.

Raelyn erhob sich. »Du meinst diese?« Sie klappte den Deckel einer schön geschnitzten hölzernen Truhe neben dem Kamin auf. Etliche Schriftrollen und Briefe lagen dort beieinander.

Colin nickte.

»Los!« Ean war Feuer und Flamme. »Jeder nimmt sich einen Stapel.«

»Und wie gut, dass wir alle lesen können«, murmelte Alan.

Eine Weile versank die ganze Gruppe in Schweigen. Nur das leise Rascheln des Pergamentes war zu hören. Raelyn las von Einladungen, Glückwünschen und Trauerbekundungen. Von politischen Entwicklungen, die lange überholt, und Plänen, die längst im Sande verlaufen waren.

»Hier«, meldete sich Colin zu Wort. »Hört:

Von John de Strathbogie, Graf von Atholl, an Sir Arran de Moray, Herr von Blair Castle. Grüße. Ich bin erfreut zu hören, dass die Männer, die ich dir schickte, sich gut in deinen Haushalt eingefügt haben. Vor allem bei William hatte ich diesbezüglich auch keine Zweifel. Wenn du jetzt weitere Männer brauchst, würde ich dir Sir Walter und Sir Hugh empfehlen. Gute Männer, die es verdient haben, sich zu bewähren.« Er sah auf. »Der Brief ist auf den achten August 1290 datiert.«

»William.« Alan blickte nachdenklich. »Damit meinte er sicher den alten Steward.«

Ealasaid nickte. »Der ebenso gestorben ist wie Sir Walter.«

»Aber Sir Hugh ist noch am Leben«, bemerkte Ean unbehaglich. Er sah in die Runde. »Sicher ist unser Waffenmeister gemeint.«

»Sir Hugh …« Alan schüttelte den Kopf. »Er war Sir Arran und auch Sir John immer auf das Treuste ergeben. Er hat bei Dunbar, Stirling und Falkirk seine Haut für die schottische Sache riskiert und sein Auge eingebüßt. Er liebt König Robert. Wenn ich mich in ihm täusche, wäre meine Menschenkenntnis wirklich keinen Pfifferling wert.«

»Außerdem war der junge David 1290 gerade mal zwei Jahre alt. Sir Hugh kann vor seinem Weggang keinerlei Beziehung zu ihm aufgebaut haben«, fügte Ealasaid hinzu.

»Sein Sohn Maol?«, fragte Colin.

»Maol ist so alt wie ich«, sagte Ean. »Er muss hier auf Blair Castle zu Welt gekommen sein.«

»Doch vermutlich gab es bis 1306 immer wieder Besuche zwischen Blair Castle und Strathbogie, wenn die Familien so eng befreundet waren. Sie könnten sich später kennen gelernt haben«, gab Colin zu bedenken.

Das machte ihnen allen ein mulmiges Gefühl.

»Maol war eifersüchtig auf mich und böse auf Finlay, als ich vor fünf Jahren in der Schlacht bei Old Meldrum mitkämpfen durfte und er hierbleiben musste. Das hat unserer Freundschaft damals einen Riss zugefügt, der nie wieder ganz verheilt ist.« Eans Blick wurde ein wenig schuldbewusst. »Und ich habe auch nie viel getan, ihn zu kitten.«

»Aber Maol hat tapfer gegen John of Lorne am Ben Cruachan, bei Dundee und auch zuletzt in Perth mit uns gekämpft«, entgegnete Alan.

»Doch in Perth hatte wieder ich die größere Aufmerksamkeit des Königs.«

»Ist da ein Wettstreit zwischen euch?«

»Keiner, der je ausgesprochen wurde. Dennoch spüre ich so manches Mal Maols missgünstigen Blick im Rücken.«

»Hier ist noch ein Name«, meldete sich Ealasaid zu Wort, die noch immer einen der Briefe in den Händen hielt.

»Lieber Arran. Ich danke dir für deine Anteilnahme. Jede Nacht bete ich für John, und es tröstet mich, dass auch ihr ihn in eure Gebete einschließt. Natürlich bedaure ich auch deine Verluste und will versuchen, Männer nach Blair Castle zu schicken. In jedem Falle schicke ich dir Paul, unseren Steinmetz. Die Zeiten werden düster, und Blair sollte über eine starke Mauer verfügen.« Sie sah wieder auf. »Der Brief ist 1296 kurz nach der Schlacht von Dunbar von John de Strathbogies Ehefrau Marjorie verfasst, während ihr Mann im Tower inhaftiert war.«

»Ich erinnere mich«, murmelte Alan. »John de Strathbogie wurde bei Dunbar gefangen genommen und nach London verschleppt. Ein Drittel der Besatzung von Blair Castle fiel in der Schlacht. Wir bekamen ständig Neuzugänge. Doch ich war damals noch Knappe und kann nicht sagen, woher sie alle kamen. Darüber hinaus fielen viele von ihnen wieder in Stirling und dann vor allem bei Falkirk.«

»Alle?«, hakte Colin nach.

Alan zuckte mit der Schulter. »Das weiß ich wirklich nicht mehr. Es ist so lange her. Und auch nach Stirling und vor allem nach Falkirk kamen neue Männer nach Blair. Und wir gingen weg.«

»Gibt es wenigstens einen, von dem du dich erinnerst, dass er aus Strathbogie kam?«

Alan schüttelte den Kopf. »Das war damals überhaupt kein Thema. Alle sprachen ständig nur von William Wallace, von der Rebellion und wie sehr sie die Engländer hassten. Wir waren alle vereint in diesem Hass. Es zählte nicht, woher einer kam, solange er auf Seiten Schottlands stand.«

»Wir wissen also nicht, wie viele Menschen dieser Burg ursprünglich aus Strathbogie kamen«, fasste Raelyn zusammen. »Geschweige denn, dass wir wüssten, wie viele von ihnen in den Jahren bis 1306 eine Beziehung zu David de Strathbogie aufgebaut haben.«

»Es könnte sich also um ein ganzes Nest von Verrätern handeln …« Ean wurde blass.

»Die sich gegenseitig unterstützen und decken«, fügte Alan jetzt fast zornig hinzu.

»Und denen es gemeinschaftlich auch viel leichter gelungen wäre, Graham zu beseitigen.«

»Das ist zwar möglich«, räumte Ealasaid ein, »dennoch glaube ich es nicht. Ein Geheimnis zu hüten, ist schwer. Über so viele Jahre noch viel schwerer. Von einer größeren Gruppe – unmöglich.«

Raelyns Instinkt stimmte Ealasaid zu. »Ihr habt nach Grahams Verschwinden so eingehend alle Bewohner dieser Burg befragt. Ein Einzelner ist vielleicht kaltblütig genug, dem standzuhalten. Eine ganze Gruppe …« Sie glaubte es nicht.

Ean nahm seine frustrierte Wanderung wieder auf. »Wir kommen nicht weiter.«

»Nun, ein kleines Stück weiter sind wir gekommen«, widersprach Colin. »Wir können vielleicht keine Verhöre durchführen, aber ich habe als Steward und neustes Mitglied dieser Burgbesatzung schon die Möglichkeit, unauffällig zumindest Paul dem Steinmetz und auch Maol auf den Zahn zu fühlen.«

*

»David de Strathbogie geriet als Achtjähriger in englische Gefangenschaft. Genauer gesagt musste Sir John seinen Jungen als Geisel an Edward übergeben, als er selbst 1297 aus dem Tower entlassen wurde.«

Draußen herrschte pechschwarze Nacht. Colin hatte ihnen am Nachmittag ein Zeichen gegeben, dass er Neuigkeiten zu berichten hätte, und so waren sie nach und nach und möglichst unauffällig in Raelyns Privatgemach zusammengekommen. Durch die geöffneten Fenster drang das Zirpen der Grillen, doch kein Stern stand am Himmel, und auch der Mond ließ sich nicht blicken.

»Sechs Jahre blieb er dort, konnte mit vierzehn jedoch aus eigener Kraft fliehen und kehrte 1302 nach Strathbogie zurück.«

»Sechs Jahre als Geisel am englischen Hof …« Ean schien sich kaum ein grausameres Schicksal vorstellen zu können.

»Vermutlich kein leichtes Los«, stimmte Alan zu. »Ich erinnere mich, dass Sir John seinen Treueid gegenüber Edward mehrmals brach. 1299 überfiel er englische Truppenverbände im Süden Schottlands, und ein Jahr später ließ er sich von den Comyns, die damals ja noch für John Balliol und damit gegen die Engländer kämpften, zum Sheriff von Aberdeen ernennen.«

»Ob Edward den jungen David für die Missetaten seines Vaters büßen ließ?« Raelyn konnte nicht umhin, Mitleid für ihn zu empfinden.

»Nicht auszuschließen«, entgegnete Colin.

»Ist es da nicht seltsam, dass David de Strathbogie noch so lange auf Seiten der Engländer stand?«, wunderte sich Ean.

»Du meinst, steht«, korrigierte Alan. »Zumindest, wenn zutrifft, was Lucas befürchtet.«

»Das ist doch merkwürdig«, setzte Ean nach. »Wenn er so lange von den Engländern drangsaliert wurde und es ihm gelang, aus eigener Kraft zu fliehen, warum wandte er sich dann gegen seinen eigenen Vater und kehrte auf die Seite seiner Peiniger zurück?«

»Wir wissen ja nicht wirklich, wie es dem jungen David in seiner Geiselhaft ergangen ist«, gab Ealasaid zu bedenken. »Vielleicht hat Edward ihn auch mit allem Anstand behandelt. Schließlich fließt auch in David de Strathbogie das Blut der Plantagenets.«

Überrascht sah Ean auf.

»Davids Großmutter, Isabella de Dover, war eine illegitime Enkelin von König John I.«

»Warum ist er dann geflohen?«

»Niemand ist gerne eine Geisel. Auch wenn ihn seine Blutsbande vorübergehend vor allzu schlechter Behandlung schützten, sein Leben hätten sie letztlich nicht schützen können, wenn es hart auf hart gekommen wäre.«

»Vielleicht hat David ja auch erst nach seiner Rückkehr von den Treuebrüchen seines Vaters erfahren und fühlte sich von ihm verraten.«

»Es wird ihn gekränkt haben«, stimmte Ealasaid zu, »doch das allein dürfte kaum zu dem schweren Zerwürfnis von Vater und Sohn geführt haben.«

»Was meint Ihr?«, fragte Colin.

»In den Jahren vor dem Fall Stirlings Castles waren die politischen Verhältnisse sehr unruhig«, erklärte Ealasaid. »Nach William Wallaces Niederlage bei Falkirk und seinem Verschwinden nach Frankreich fehlte der Rebellion eine Führungsperson. Ich erinnere mich, dass Sir Arran und Sir John in diesen Jahren die Nähe der Comyns suchten. Schließlich waren sie zur damaligen Zeit die mächtigste

Familie in Schottland und den Engländern feindlich gesinnt. Das führte dazu, dass David nach seiner Rückkehr mit Joan Comyn verlobt wurde.«

»Wenn John de Strathbogie den Comyns so nah war, dass er seinen Sohn mit der Tochter des Grafen von Badenoch verlobte, wie kam es dann, dass er zu Robert the Bruce hielt, als dieser John Comyn ermordete?«, wunderte sich Raelyn.

»Das ist etwas komplizierter zu erklären. John und Robert – unser jetziger König – kannten sich gut, denn ihre Ehefrauen, also Lady Marjorie und Roberts erste Frau Isabella, waren Schwestern. Und die beiden Männer mochten sich sehr. Doch in den Jahren 1300-1304 schien die Sache der Bruces recht aussichtslos. John aber hoffte stets auf ein freies Schottland, und so schien eine Weile König Balliols Rückkehr der einzige Weg zu sein, dies durchzusetzen. 1304 jedoch geschahen mehrere Dinge gleichzeitig: Die Comyns kapitulierten vor den Engländern, nachdem Stirling Castle gefallen war und der Papst John Balliol seine Gunst entzogen hatte. Und Roberts Vater starb, so dass er jetzt Erbe der schottischen Krone wurde. Ich denke, das war der Moment, da John das Lager wechselte.«

»Sein Sohn David aber nicht, denn der war ja bereits mit Joan verlobt«, folgerte Alan.

»Ob das der ausschlaggebende Punkt war, bezweifele ich. Vielmehr glaube ich, dass David – mittlerweile ein junger Mann von sechzehn Jahren – die Entscheidung seines Vaters politisch für falsch gehalten hat.«

»Wenn es ihm nur um Macht und Besitz gegangen ist und nicht um die Freiheit Schottlands, war das ja auch nur folgerichtig«, konstatierte Colin. »Die Comyns waren reich und mächtig, und eine Ehe mit Joan brächte ihm zusätzliche Verbindungen zu Aymer de Valance und damit auch zum englischen Königshaus.«

Ealasaid nickte. »Das war die Zeit, in der Lady Isabel anfing, ihren Neffen das kleine Scheusal zu nennen, denn er setzte seinem Vater wahrlich zu.«

»Trotzdem ließ Sir John sich nicht beirren«, mutmaßte Ean.

»Nein. Und so kam es zum großen Zerwürfnis, als Robert John Comyn ermordete. David und Joan hatten erst im Monat zuvor geheiratet.«

»Das muss eine Katastrophe für ihn gewesen sein. Die Ehre seiner Frau beschmutzt und all seine politischen Ambitionen in Gefahr.«

»Ja. Und so ist es nicht schwer zu verstehen, dass er sich 1307 wieder in Edwards Frieden begab.«

»Bezüglich des Verräters in unserer Mitte bringt uns das alles jedoch keinen Schritt weiter«, beschwerte Ean sich.

»Nun«, widersprach Alan, »es macht uns zumindest klar, dass David de Strathbogie vor allem in den zwei Jahren nach 1304 versucht haben könnte, hier auf Blair Castle einen Spion einzuschleusen oder anzuwerben, um auf diesem Wege an Informationen zu gelangen, die ihm sein Vater ob des offenen Streites nicht mehr zukommen ließ.«

Ean nickte nachdenklich. »1304 war Maol zwölf Jahre. Ein Alter, in dem man empfänglich ist für die Schmeicheleien eines Älteren und sich nach Abenteuer und Heldentaten sehnt.«

Colin wirkte skeptisch. »Wenn ich ehrlich sein soll, halte ich ihn nicht für gerissen genug. Er mag kein Hohlkopf sein, aber er scheint mir auch kein besonders helles Licht. Im Gespräch war er vollkommen arglos. Er hat David de Strathbogie wohl das eine oder andere Mal gesehen, wenn Sir John mit seiner Familie hier auf Blair Castle zu Besuch war, aber sie scheinen sich nie näher gekommen zu sein. Und auch wenn er jetzt neidisch auf dich ist, Ean, – was er im Übrigen offen zugibt – macht ihn das noch nicht zum Verräter.«

»Und Paul?«

»Als Paul das Gut der Strathbogies mit seiner Familie verließ, war David gerade acht Jahre alt. Ich konnte nicht den Eindruck gewinnen, dass der Junge bleibenden Eindruck auf unseren Steinmetz gemacht hat. Hingegen ist er noch immer voller Verehrung für den verstorbenen Sir John.«

»Hat Paul erzählt, wer damals mit ihm zusammen nach Blair Castle ging?«, erkundigte sich Raelyn.

»Hat er. Zehn Männer konnte Lady Marjorie – also Davids Mutter – damals erübrigen. Doch sie sind alle längst gestorben. Bei Falkirk oder in den Jahren danach.«

»Irgendwie landen wir immer in einer Sackgasse«, murrte Ean und stand frustriert auf.

»Wenn du jetzt vorhast, wieder ununterbrochen in diesem Gemach auf- und abzugehen, werde ich dich fesseln und knebeln«, drohte Alan leise. »Dabei kann man keinen klaren Gedanken fassen.«

Missmutig ließ Ean sich wieder auf die Fensterbank sinken. »Und was sollen wir jetzt tun?«

»Wir werden Paul und Maol dennoch im Auge behalten, auch wenn ihre Schuld derzeit unwahrscheinlich ist. Und Colin wird sich weiter umhören. Den Briefen zufolge sind ja etliche Männer mehr von Strathbogie nach Blair Castle gekommen, als wir Namen kennen. Vielleicht finden wir durch einen Zufall doch noch einen plausiblen Zusammenhang.«

Kapitel 28

– London, am 29. Tag des Monats Juni, im Jahre des Herrn 1313 –

»*Ciùin* …« Leises Schnauben und Stampfen war aus einer der Boxen zu hören. »*A h-uile deagh.*«

Neugierig näherte Lucas sich dem Einstand. Es war schließlich höchst ungewöhnlich, hier in London Gälisch zu vernehmen. Ein kleiner stämmiger Mann mit den unvermeidlichen O-Beinen eines jahrelangen Reiters stand neben einer weißen Stute und streichelte beruhigend ihren Hals.

»*Tha fàilte*«, grüßte Lucas.

Der Mann sah erstaunt auf. »*Albannach?*«

»Ja, ich stamme aus Schottland«, gab Lucas zu, wechselte aber ins Anglonormannische. Sein Gälisch war allzu eingerostet.

Das schien den Mann indes nicht zu stören. »Gut, einen Landsmann zu treffen«, bekundete er grinsend.

»Lucas Rattray, zu Euren Diensten.« Er machte eine kleine Verbeugung. »Wenn ich Euch irgendwie behilflich sein kann?«

»Duff MacGordon. Es wäre wunderbar, wenn Ihr mir sagen könntet, wo ich in diesem Irrgarten Lady Margaret de Abernethy finden kann.«

»Westminster ist wahrlich ein Irrgarten«, stimmte Lucas mit einem Lächeln zu, »aber Lady Margaret werdet Ihr hier leider auch mit meiner Hilfe nicht finden. Sie und ihr Ehemann befinden sich noch mit König Edward in Frankreich.«

»Herrje. Es hat geheißen, sie kämen schon im Juni zurück.«

»Ja, hat es. Doch nun werden sie erst für Mitte Juli erwartet.«

Der Mann brummte. Er mochte vielleicht vierzig Jahre alt sein. Blondes, drahtiges Haar war im Nacken mit einer Lederschnur zusammengebunden, und blaue Augen blickten jetzt missgelaunt.

»Gibt es Probleme in Abernethy?«, erkundigte sich Lucas so beiläufig wie möglich.

»Ich komme nicht aus Abernethy.«

»Verzeiht, ich dachte …«

»Weil ich nach Lady Margaret suche?«

Lucas nickte.

»Ich bringe ein Geschenk für sie.« Er klopfte der weißen Stute stolz den Hals. »Von Lady Joan mit den besten Grüßen. Doch jetzt werde ich noch zwei Wochen warten müssen, um ihr diese auszurichten.« Es war ihm anzusehen, dass er sich nicht eben wohl in England fühlte.

Lucas hingegen bemühte sich, seinen Gemütszustand zu verbergen. Schon halb abgewandt und so, als würde es ihn nicht wirklich interessieren, fragte er: »Lady Joan Comyn?«

»David de Strathbogies Ehefrau, ja.«

Sein Herz schlug in doppeltem Tempo. »Sicher wollt Ihr die zwei Wochen nicht hier im Stall verbringen. Darf ich Euch zu einem Becher Bier in die Halle einladen, Master Duff?«

»Nur zu gern.«

»Das Bier schmeckt zu Hause zwar besser, doch um mit einem Landsmann anzustoßen, reicht es«, bekundete Master Duff schmunzelnd, kaum dass sie aus ihren Bechern getrunken hatten.

»Wohl wahr«, stimmte Lucas zu und ließ einen leidgeprüften Seufzer hören.

»Vermisst Ihr Schottland?«

»Schon.«

»Aber Ihr werdet nicht danach gefragt?«, mutmaßte Duff.

»Nein, natürlich nicht.«

»Ich bin auch froh, wenn ich die Heimreise wieder antreten kann. Die Politik verwirrt mich.«

»Wen nicht?«, fragte Lucas.

»Mit den Pferden hat man es da leichter«, befand Duff und nahm noch einen großen Schluck aus seinem Becher.

»Ihr kennt Euch gut aus mit Pferden?« Lucas schenkte noch mal Bier in ihre Krüge; nicht, dass sein Gegenüber auf die Idee käme zu gehen.

»Seit drei Generationen stellt meine Familie den Stallmeister der Strathbogies«, bekannte Duff nicht ohne Stolz.

»Dann kommt ihr aus Strathbogie?«

Duff nickte. »Wo stammt Ihr her?«

»Ursprünglich Rattray. Zuletzt lebte ich jedoch auf Blair Castle, bevor ich in den Dienst des Bischofs trat.«

»Ah, Blair Castle.«

»Ihr kennt es?«

»Nur dem Namen nach, ich war nie dort. Aber Sir John – Lady Joans Schwiegervater – und seine Schwester Lady Isabel waren innig verbunden. Als ich noch ein junger Kerl und mein Vater Stallmeister war, gab es viel Kontakt zwischen den Burgen.«

Er trank noch einen Schluck. »Ich wollte Blair Castle immer besuchen, denn ein guter Freund von mir wurde von Sir Johns Ehefrau dorthin geschickt, als Sir Arran sie nach Dunbar um Männer bat.« Er schüttelte den Kopf. »Doch ich bin nie dazu gekommen. Mein Vater starb, ich musste mich in meine neue Aufgabe hineinfinden, bekam selbst Söhne … na ja, wie das Leben halt so spielt.«

Lucas konnte sehen, dass es den Stallmeister ein wenig reute.

»Wie hieß Euer Freund, vielleicht kenne ich ihn?« Und vielleicht ist er der Mann, der die Verbindung zu Strathbogie hält, setzte Lucas stumm und mit wachsender Anspannung hinzu.

Doch Duff schüttelte den Kopf. »Er starb fünf Jahre nach Falkirk an einem Fieber.«

Der Stallmeister schwieg eine Weile, offensichtlich in Erinnerungen versunken. Lucas füllte zum dritten Mal ihre Becher und nahm selbst einen großen Schluck, um seine Enttäuschung herunterzuspülen.

»Doch vielleicht kennt Ihr seinen Sohn«, sagte Duff dann unvermittelt. »Allerdings will mir sein Name nicht einfallen.

Das ist alles schon so lange her … siebzehn Jahre.« Er schüttelte einigermaßen konsterniert den Kopf. »Daran merkt man, wie alt man wird. Archibald war mein bester Freund, und jetzt kann ich mich nicht an den Namen seines Sohnes erinnern.« Im Versuch, sich doch noch zu entsinnen, setzte er nach: »Ich weiß noch, dass der Junge mit dem jungen Sir David ständig zusammensteckte. War so was wie sein Beschützer. Vielleicht, weil Archibald – also sein Vater – in Sir Johns Leibwache diente.«

Lucas' Hand schloss sich fester um seinen Becher.

»Die beiden Jungen waren unzertrennlich, obwohl Archibalds Sohn vier Jahre älter war. War ein schwerer Schlag für den jungen David, als Archibald mit seiner Familie nach Blair Castle geschickt wurde, gerade zu jener Zeit, als Sir John in englischer Gefangenschaft war.«

Lucas musste sich räuspern. »Wie sah er denn aus, der Junge, meine ich?«

»Daran kann ich mich noch gut erinnern.« Duff schmunzelte. »War ein komischer Kauz. Sah Archibald überhaupt nicht ähnlich, was für `ne Menge Getuschel gesorgt hat, doch Archibalds Bruder hatte als Kind genauso ausgesehen.«

Eiskalt lief es Lucas über den Rücken, als er jetzt Duffs Beschreibung lauschte. Er kannte diesen Mann, er kannte ihn ganz genau, die Beschreibung ließ keinen Zweifel. Nur mit Mühe konnte Lucas auf seinem Platz sitzen bleiben und den Ausführungen des Stallmeisters weiter Gehör schenken, der jetzt von Strathbogie schwärmte und darüber nachsann, ob er in den zwei Wochen, die er ja nun zum Bleiben verdammt war, nach ein, zwei guten Stuten für die heimische Zucht suchen sollte. Als er sich endlich verabschiedet hatte, rannte Lucas förmlich in den Stall. Er musste auf dem schnellsten Wege nach London und dort einen Eilboten suchen.

Kapitel 29

– Blair Castle, am 7. Tag des Monats Juli, im Jahre des Herrn 1313 –

Die Männer der Wachablösung kamen herein, um sich nach Stunden in Hitze und Staub einen Becher Bier in der schattigen Halle zu gönnen. Auch Duncan war unter ihnen. Als er Alan erblickte, der mit Colin, Ean und Raelyn an der hohen Tafel saß und die Ernte besprach, kam er herüber.

»Sir Alan, kann ich Euch etwas fragen?« Er deutete eine kurze Verbeugung an.

»Natürlich.«

»Was ist aus dem Boten geworden, der Euch gestern aufgesucht hat?«

Alan machte ein verständnisloses Gesicht. »Ein Bote?«

»Ja, der Eilbote aus London. Er kam gestern am späten Nachmittag mit mündlicher Botschaft für Euch. Er wollte rasch weiter und bat um ein frisches Pferd. Aber er hat es sich nicht geholt. Jedenfalls nicht in den Stunden, in denen ich noch Wachdienst hatte. Ich war ein wenig ungehalten darüber, weil er so gedrängt hatte und ich dann ewig mit dem Pferd herumstand. Aber ich dachte, vielleicht habt Ihr Wichtiges zu besprechen. Danach hab ich es vergessen.« Zerknirscht setzte er hinzu: »Ich hatte eine Verabredung, die mich ablenkte.«

An seinen roten Ohren konnte Raelyn ablesen, dass es sich bei der Ablenkung wohl um eine Dame gehandelt haben dürfte.

»Heute Morgen stand das Pferd des Kundschafters immer noch im Stall. Ich habe Tom gefragt, ob er sich ein anderes geborgt hat, doch Tom verneinte. Keines unserer Pferde ist derzeit ausgeliehen.«

»Hast du einen Kundschafter gesehen?« Alan sah Colin fragend an. Auch Ean verneinte.

»Wann war das genau?«

»Kurz nachdem die Kapellenglocke zur Non geläutet hatte.«

»Zu der Zeit war ich mit Lady Raelyn, Colin und Ean in Finlays Privatgemächern.«

Sie hatten sich wieder einmal die Köpfe heißgeredet und sogar das Nachtmahl nach oben bringen lassen. Erst zu später Stunde waren sie ins Bett gegangen, freilich ohne einen Schritt weiter gekommen zu sein.

»Und niemand hat uns über die Ankunft eines Boten benachrichtigt«, setzte Colin hinzu.

Duncan wirkte zunehmend ratlos. »Ich hatte ihn zur Halle geschickt.«

Ean sah unbehaglich in die Runde. »Ein Bote kann doch schwerlich auf den Treppen hinauf zur Halle verloren gehen.«

»Es sei denn, er wäre jemandem in die Arme gelaufen, der ihn … aufgehalten hat«, bemerkte Colin vielsagend.

Duncan guckte den Steward verwirrt an, doch alle anderen tauschten einen entsetzten Blick.

»Wer hatte gestern Nachmittag Dienst vor der Halle?«

Duncan zuckte mit den Schultern. »Da müsste ich in den Wachplänen nachsehen.«

»Dann tu das«, verlangte Alan.

Der Torwächter deutete eine weitere Verbeugung an und machte sich schleunigst auf den Weg.

Raelyn hatte Herzklopfen. »Warum verschwindet ein Bote?«

»Weil sein Erscheinen irgendjemand beunruhigt hat?«, mutmaßte Colin mit gesenkter Stimme.

»Nachdem erst kürzlich ein Eilbote aus London für mich eingetroffen war«, setzte Ean hinzu, bevor er folgerte: »Und diesmal hat dieser Jemand den Boten beseitigt, so wie er Graham beseitigt hat.«

»Oder hält ihn irgendwo fest, um selbst die Botschaft zu erfahren«, setzte Alan dagegen.

»Wo?«

Sie sahen sich alle vier einen Moment ratlos an.

»Im Kerker?«

»Wir müssen nachsehen.« Alan erhob sich abrupt.

Doch Colin hielt ihn am Arm fest. »Wir wissen weder, wer den Boten gefangen hält, noch ob er allein handelt.«

»Du hast recht«, stimmte Alan zu. »Aber wenn der Bote dort unten ist und unser Verräter ihm zugesetzt hat, hat er sicher nicht mehr viel Zeit. Wenn er überhaupt noch am Leben ist.«

Raelyn folgte den drei Männern nach unten, obwohl es vielleicht klüger gewesen wäre, in der Sicherheit der Halle zu warten.

Als sie die Tür zur letzten Treppe erreichten, zogen die Männer die Schwerter. Ean ergriff eine Fackel, während Alan leise den Riegel zurückschob.

Unheimlich führte die Treppe in gähnende, schwarze Leere hinab.

»Nichts zu hören«, wisperte Colin.

Lautlos schlichen sie hinunter. Raelyns Knie zitterten, doch sie wollte nicht zurückbleiben.

»Hier ist niemand.« Colin sah sich wachsam um. Das unruhige Licht der Fackel beschien die offenstehenden Türen der Verliese. Sie wirkten unberührt, als wäre seit Jahren niemand hier unten gewesen. Und das war ja auch so: Seit Murdochs Schergen aufgehängt worden waren, war niemand mehr auf Blair Castle gefangen gesetzt gewesen.

»Es gibt aber noch eine Tür«, bemerkte Ean und deutete mit der Fackel den kurzen Gang hinunter. »Dort hinter dem Mauervorsprung.«

Diese Tür war fest verschlossen, unruhig tauschten sie einen Blick. Dann hob Alan die Hand und öffnete den Riegel.

Ein kraftloses Stöhnen drang aus dem Dunkeln der Zelle, Raelyn lief es eiskalt über den Rücken. Ean duckte sich unter dem Türsturz hindurch, und der flackernde Schein seiner Fackel erfasste einen Mann, der gekrümmt am Boden lag.

Alan hastete auf ihn zu und drehte ihn vorsichtig an der Schulter herum. Er war grauenvoll zugerichtet worden, Raelyn wurde schlecht vor Mitleid. Sein Gesicht war verschwollen, übersäht mit Blutergüssen und verkrustetem Blut. Brandwunden bedeckten Brust und Bauch. Am fürchterlichsten aber war die linke Augenhöhle, die sie leer anstarrte.

Der Mann war geblendet worden.

Er stöhnte wieder, angstvoll diesmal.

»Schon gut«, beruhigte Alan, »von mir habt Ihr nichts zu befürchten.«

An Colin gewandt fuhr er fort: »Lauf nach oben, aber mach um Himmels willen kein Aufsehen. Sag Ealasaid Bescheid, sie muss unauffällig hier herunterkommen, und bring Rotwein mit.«

Der Steward verschwand.

»Könnt Ihr sagen, wer Euch das angetan hat?«, fragte Ean ungeduldig.

»Lass ihm etwas Zeit, Ean, er ist ja kaum bei Sinnen und seine Zunge sicher ausgetrocknet.« Behutsam stützte er den Kopf des malträtierten Boten.

Überraschend schnell kam Colin zurück.

»Ealasaid kommt, sie packt nur eben ein paar Sachen zusammen.« Dann übergab er Alan den Weinschlauch. Der setzte ihn vorsichtig an die Lippen des Verletzten.

»Hier ist Wein«, sagte er, »versucht, ein wenig zu trinken.«

Es ging besser, als Raelyn erwartet hatte. Zunächst langsam, dann aber mit gierigen Schlucken trank der Mann.

»Genug«, mahnte Alan, »ich verspreche Euch, Ihr bekommt gleich mehr, aber wenn Ihr jetzt zu viel trinkt, kommt alles wieder hoch.«

Der Kundschafter nickte schwach. Trotzdem schien der Wein seine Lebensgeister zu wecken. Er leckte sich mit der Zunge über die verkrusteten Lippen und versuchte zu sprechen: »Weiß keinen Namen.« Seine Stimme war heiser und rau vom vielen Schreien, Raelyn zog es das Herz zusammen. »Hatte sein Gesicht hinter einer Kapuze verborgen.«

»Was wollte er von Euch?«

»Die Botschaft.«

»Und Ihr habt sie ihm nicht gesagt?« Ean klang gleichermaßen ungläubig wie bewundernd.

Der Kundschafter schüttelte matt den Kopf. »Hatte gehofft, mein Verschwinden würde auffallen.«

Und viel zu lange hatte das gedauert, Raelyn machte sich die größten Vorwürfe. Hätten sie sich gestern nicht wieder ewig in nutzlose Debatten verstrickt, wäre der Mann wohl noch unversehrt.

Leichte Schritte nährten sich. Colins Hand glitt zum Schwertknauf, doch es war nur Ealasaid, die an der Zellentür erschien.

»Im Namen Christi …« Sie kniete sich neben den Verletzten. »Wer hat das getan?«

»Wir wissen es nicht.«

Vorsichtig untersuchte sie den Mann. »Wie ist Euer Name?«

»Peter Mortimer«, gab der mit einem leisen Stöhnen zurück, als sie seine Verletzungen berührte.

»Ich gebe Euch etwas gegen die Schmerzen.« Sie griff nach ihrem Beutel, doch Alan hielt ihre Hand fest.

»Wir müssen erst die Botschaft erfahren.«

»Darf sie nur Sir Alan …«

»Ich bin Sir Alan.«

»Woher soll ich wissen, dass das nicht eine Falle ist?«

Sie sahen sich ratlos an. Raelyn konnte seinen Argwohn verstehen. Wenn Mortimer so viel ausgestanden hatte, um sein Leben zu retten, wäre es bitter, nun auf eine List hereinzufallen.

»Ich schwöre, dass ich Sir Alan bin.«

»Und ich schwöre, dass er die Wahrheit spricht«, setzte Ealasaid mit großem Ernst hinzu.

»Ich ebenso.« Ean hob die Schwurhand. Colin und Raelyn folgten nach. Mortimer blickte von einem zum anderen und schien mit sich zu ringen, als wieder Schritte auf der Treppe hörbar wurden. Schwere Schritte von Lederstiefeln diesmal. Alle Männer erhoben sich alarmiert.

»Was in Gottes Namen …?« Es war Duncan, der jetzt im Eingang des Verlieses erschien. Bleich im Gesicht starrte er auf den Verletzten. »Sir Alan?«

Dass der Neuankömmling ihn so nannte, gab für Mortimer offensichtlich den Ausschlag. Er schluckte einmal mühsam, bevor er sagte: »Ich darf sie nur Euch allein übermitteln.«

Alan warf einen Blick in die Runde. Von Duncan abgesehen, standen hier nur Menschen, denen er sich längst entschieden hatte zu trauen.

»Duncan, würdest du bitte oben an der Treppe warten. Wir kommen gleich.« Als der Torwächter verschwunden war, hockte er sich wieder zu dem Verletzten. »Alle anderen hier genießen mein vollstes Vertrauen. Wie lautet die Botschaft?«

»Lucas Rattray aus Bischof de Lambertons Gefolge schickt mich«, begann Mortimer mühsam. »Ein Mann Eurer Besatzung hatte bis zu seinem zwölften Lebensjahr engsten Kontakt zu einem gewissen David de Strathbogie. War gar so etwas wie dessen Beschützer.«

Raelyns Herz pochte fürchterlich. Ihre Hände wurden kalt und feucht.

»Wie lautet sein Name?«, fragte Alan eindringlich.

»Riley Piper.«

»Riley?« Sie sagten es alle im Chor und sahen sich gleichermaßen ungläubig wie entsetzt an.

»Das kann nicht sein …«, brachte Alan hervor.

»Es ist der Name, den ich überbringen sollte.«

Endlich griff Ealasaid nach ihrem Beutel, um dem Boten etwas gegen seine Schmerzen zu geben, während sich die anderen erhoben und verstört die Zelle verließen. Vor der Tür blieben sie noch einmal stehen.

»Ich kann nicht glauben, dass es Riley sein soll«, bekannte Alan vollkommen verwirrt. »Er war Finlay immer in echter Freundschaft zugetan. Man könnte beinahe sagen, er verehrt ihn seit unserer gemeinsamen Knappenzeit. Finlay hat ihn damals beschützt, vor unserem Spott und unseren Gemeinheiten, und Riley hat es ihm mit großer Anhänglichkeit gedankt.«

»Aber als Leibwächter war er immer in einer hervorragenden Position, um selbst vertrauliche Gespräche zu belauschen«, gab Colin zu bedenken.

»Und vieles musste er sicher nicht einmal belauschen. Durch seine Freundschaft zu Finlay hat der ihn vermutlich auch oft genug einfach so ins Vertrauen gezogen«, mutmaßte Ean mit zunehmendem Abscheu.

Alan nickte langsam. »Wir müssen Duncan fragen, wer gestern Dienst vor der Halle hatte.«

Er wandte sich an Ealasaid. »Ich schicke Euch Männer hier herunter, die eine Trage mitbringen.«

»Ist das weise?«, fragte Colin. »Wir wissen nicht, wie viele Menschen in diesen Verrat verstrickt sind. Noch können wir hoffen, dass der oder die Verräter nicht wissen, dass wir den Boten rechtzeitig gefunden haben.«

»Du hast recht«, räumte Alan ein. »Diesen Vorteil sollten wir nicht aufgeben.«

»Lasst uns einfach hier unten«, schlug Ealasaid vor. »Wenn ihr Riley zur Rede gestellt und etwas Klarheit gewonnen habt, schickt Männer, uns zu holen. Oder kommt selbst. Ich habe vorerst alles, was ich brauche, hier in meinem Beutel.«

Duncan erwartete sie oben an der Treppe. Er war noch immer blass.

»Wer hatte gestern Dienst vor der Halle?«, fragte Alan ohne Umschweife.

»Riley.«

Alans Züge wurden hart wie Stein.

»Ich bring ihn um«, knurrte Ean.

»Das wirst du nicht tun!«, verlangte Alan mit Nachdruck. »Wir müssen ihn befragen.«

Duncan schaute verwirrt von einem zum anderen. »Hätte jemand die Güte, mir zu sagen, was hier vorgeht?«

Sie sahen sich einen Moment zweifelnd an.

»Duncans Name taucht in keinem der Briefe auf«, bemerkte Colin, als wäre der Torwächter gar nicht anwesend.

»Und wie ich von Ealasaid weiß, stammt seine Familie aus der Nähe von Elcho«, setzte Raelyn hinzu.

Alan nickte knapp. Dann setzte er Duncan mit wenigen Worten ins Bild. Der Torwächter wurde noch eine Spur blasser. »Ihr glaubt, es könnten mehrere Männer in diesen abscheulichen Verrat verstrickt sein?«

»Wir wissen es nicht. Wir wissen ja nicht einmal, ob Riley wirklich daran beteiligt ist. Aber er ist derzeit unsere einzige wirkliche Spur.«

»Und wenn er derjenige ist, der gestern Dienst vor der Halle tat, hat er vermutlich auch dem Boten so furchtbar zugesetzt«, fügte Ean hinzu.

»Wo ist er?«, fragte Alan.

»Beim Würfelspiel in der Wachstube.«

Die Luft im Burghof flimmerte vor Hitze. Kaum einer hielt sich im Freien auf, die meisten Burgbewohner hatten sich ein schattiges Plätzchen im Inneren gesucht.

Gemessenen, aber entschlossenen Schrittes überquerten die vier Männer den Burghof, und Raelyn folgte hinterdrein. Das Herz pochte ihr bis zum Halse.

Als sie die Wachstube beinahe erreicht hatten, trat Riley zufällig durch die Tür. Er schaute den vier Männern ins Gesicht, erst überrascht, doch dann flackerte einen kurzen Moment Panik in seinen Augen auf. Unruhig warf er einen Blick über die Schulter, als suche er nach einem Fluchtweg.

Duncan zog sein Schwert.

Riley schüttelte mit dem Kopf. »Tu das nicht, Duncan.«

»Du wirst jetzt mit uns kommen, Riley, und ein paar Fragen beantworten.«

Der Blick des Leibwächters ruckte zu Ean, Alan und Colin. »Ihr macht einen Fehler.«

»Fragen zu stellen, dürfte kaum fehlerhaft sein«, gab Alan kalt zurück und zog ebenfalls die Waffe.

Riley versuchte, Richtung Tor auszuweichen, doch Ean verstellte ihm den Weg.

»Mach uns keine Schwierigkeiten.«

»Ihr zieht die falschen Schlüsse«, wiederholte Riley, löste sich aber von der Mauer, als er erkannte, dass es keinen Ausweg gab.

»Dein Schwert«, verlangte Alan.

Der Leibwächter reichte es ihm mit dem Heft voran, und die vier Männer nahmen ihn in ihre Mitte.

»Wohin?«, fragte Colin.

Alan sah sich um. »Wir haben schon genug Aufsehen erregt«, bemerkte er angespannt. Einige Soldaten, Mägde und Knechte folgten dem seltsamen Schauspiel mittlerweile. »Nicht nötig, dass die halbe Burg noch unsere Befragung mithört.«

»Dann also nach oben«, entschied Colin.

Sie hatten den Burghof gerade überquert, als just Cadfan an der Hand der Amme aus dem Palas trat. Völlig unvermutet machte Riley einen Schritt nach vorn und riss den Dreieinhalbjährigen an sich.

Entsetzt schrie Raelyn auf, als Riley ein Messer aus seinem Stiefel zückte und es dem Kleinen an den Hals hielt. Cadfan brüllte und wand sich, doch der Griff des Leibwächters war erbarmungslos.

»Ihr lasst mir keine Wahl«, zischte er, »und jetzt legt die Waffen nieder.«

Raelyn verlor fast die Besinnung. Geistesgegenwärtig packte Colin sie am Arm und hielt sie.

»Legt die Waffen nieder!«, wiederholte Riley bestimmter. »Ihr wollt doch nicht, dass dem Kleinen irgendwas passiert.«

»Komm zur Vernunft, Riley«, knurrte Alan. »Setz den Jungen runter. Wir wollen nur reden.«

Doch der Leibwächter schüttelte den Kopf. Er drückte Cadfan seine Klinge etwas fester an den Hals, und der Kleine hörte augenblicklich auf zu zappeln. Raelyn beobachtete mit Entsetzen, wie sich die Augen ihres Kindes in Todesangst weiteten.

»Zum letzten Mal: Legt die Waffen nieder.«

Einige Herzschläge lang passierte gar nichts. Die Männer beäugten sich wachsam, ein jeder auf den Fehler das anderen lauernd, und nur Cadfans angstvolles Wimmern füllte die angespannte Stille. Doch schließlich warf Alan sein Schwert zu Boden. Die anderen Waffen folgten klirrend.

»Du«, verlangte Riley und nickte Ean zu, »geh in den Stall und sattle mein Pferd. Bring es über die Zugbrücke bis zum Tilt und mach es am Brückengeländer fest.«

Der schien sich zunächst weigern zu wollen, doch auf Alans gestrengen Blick fügte er sich. Mit wutverzerrtem Gesicht machte Ean kehrt und ging in den Stall.

Unterdessen zog Riley sich schrittweise an die Mauer neben dem Tor zurück, wobei er immer wieder wachsam einen Blick über die Schulter warf. Cadfan zitterte am ganzen Leib, und sein Weinen war so angstvoll, dass Raelyn es kaum ertragen konnte.

»Tu ihm nicht weh«, flehte sie leise.

Schließlich kam Ean mit dem Pferd am Zügel zurück und brachte es wie verlangt bis zum Tilt.

Als er durch das Tor zurückkehrte, sagte Riley: »Dann verabschiede ich mich jetzt.« Er deutete gar so etwas wie eine Verbeugung an. »Ich rate Euch, mir nicht zu folgen.«

Hilflos musste Raelyn mit ansehen, wie der Leibwächter sich langsam Richtung Ausgang bewegte. Colin hielt sie fest, als spürte er, dass sie sich in ihrer Verzweiflung am liebsten auf Riley geworfen hätte. Ihre Augen brannten, und sie schluchzte erstickt auf. Als der Leibwächter mit Cadfan hinter dem Torhaus aus ihrem Blickfeld verschwand, hielt sie es nicht mehr aus. Sie riss sich los und rannte tränenblind über den Hof auf die Treppe des Wehrgangs zu. Gebückt huschte sie oben den Gang entlang zum Wehrturm, in dessen erstem Stock Pfeile und Bögen verwahrt wurden. Mit fahrigen Händen wählte sie einen aus und kehrte zu den Zinnen der Burgmauer zurück.

Vorsichtig spähte sie nach unten.

Riley hatte erst zwei Drittel der Strecke zurückgelegt, denn das Rückwärtsgehen machte ihn langsam. Sie wusste, sie würde nur eine einzige Gelegenheit bekommen: Wenn er Cadfan aufs Pferd setzen wollte, musste er seine Deckung für einen kurzen Moment aufgeben.

Mit geschlossenen Augen lehnte sie den Kopf an die Steinmauer und atmete tief durch, bevor sie mit schweißnassen Fingern einen Pfeil einlegte.

Der Leibwächter hatte das Reittier erreicht. Aber er umrundete den Hengst und fand so hinter dessen massigem Leib zusätzlichen Schutz. Inbrünstig betete Raelyn um eine Gelegenheit.

Jetzt setzte er Cadfan in den Sattel.

Sie spannte den Bogen und zielte auf Rileys Kopf.

Aber ihre Hände zitterten wie verrückt. Und der Leibwächter saß nicht auf. Im Schutz des Pferdekörpers setzte er sich in Bewegung. Cadfan wurde im Sattel des trabenden Hengstes auf- und niedergeworfen. Verzweifelt versuchte Raelyn, seinen Entführer anzuvisieren, aber sie hatte entsetzliche Angst, ihr Kind zu treffen, während das Pferd sich unaufhaltsam dem Wald näherte. Nochmals spannte Raelyn den Bogen straffer. Doch sie fand kein sicheres Ziel. Ohnmächtig musste sie mit ansehen, wie das dämmrige Grün ihren Jungen zuletzt verschluckte, und brach wimmernd auf dem Wehrgang zusammen.

*

»Wir müssen hinterher!« Ean sah Alan auffordernd an.

»Das können wir nicht!«, brauste der auf. »Er macht Ernst und tötet Cadfan!«

»Wir müssen hinterher«, wiederholte Ean jedoch stur. »Ich habe seinen Sattelgurt angeritzt. Er wird jeden Moment reißen. Wenn Riley fällt, müssen wir da sein.«

Einen Moment starrte Alan ihn perplex an. »Du bist vollkommen wahnsinnig geworden.« Doch dann machte er kehrt und spurtete zum Stall. Auch hier hatte Ean vorgesorgt und den Burschen angewiesen, vier Pferde zu satteln. Alan prallte beinahe gegen ihn, als er durch die Tür rannte.

»Hier, Sir!« Der Stallknecht drückte ihm die Zügel in die Hand. Alan saß in Windeseile auf und preschte los. Ean stand ihm nicht nach. Noch auf der Brücke überholte er Alan und hielt im gestreckten Galopp auf den Wald zu. Als er zwischen die Bäume eintauchte, war von Riley nichts zu sehen, doch die Spuren seines Pferdes hatten sich tief in den weichen Boden gegraben. Ean, Alan, Duncan und Colin nahmen die Verfolgung auf. Die ganze Zeit betete Ean, dass sein irrwitziger Plan gelänge, dass Cadfan beim Sturz nichts zustieß, dass der Gurt auch wirklich riss. Er trieb seinen Hengst energisch an, in einer Heidenangst, sie könnten den richtigen Moment verpassen. Wenn Riley schon gestürzt war, wäre die Chance vertan.

Doch da sah er ihn. In mäßigem Galopp tauchte er gerade aus einer Senke vor ihm auf.

Ean drückte seinem Pferd die Sporen in die Flanke.

»Mach, dass der Gurt jetzt reißt«, betete er mit zusammengebissenen Zähnen, doch Gott tat ihm den Gefallen nicht. Unbeschadet setzte Riley seine Flucht fort, setzte gar über einen Baumstamm, ohne dass der Riemen brach. Ean konnte nicht ausmachen, wie es Cadfan erging. Nach vorne gebeugt, saß Riley über ihm und versperrte jegliche Sicht auf den Jungen.

»Lass den verdammten Gurt reißen!«, flehte Ean wieder. Er spürte Alan aufschließen, doch er wollte sich nicht zurückhalten lassen. Also ritt er noch schneller. Krachend brach ein Ast unter den Hufen seines Pferdes. Vom Geräusch aufgeschreckt blickte der Entführer über die Schulter.

In diesem Moment stieß Cadfan einen gleichermaßen wütenden wie verzweifelten Schrei aus und warf sich vom Pferd. Riley versuchte, ihn zu packen, doch die ruckartige Bewegung gab dem Gurt endlich den Rest. Der Sattel rutschte zur Seite weg und riss den Reiter mit sich. Mit einem dumpfen

Aufprall landete Riley auf dem Waldboden und schlug mit dem Kopf hart an einen Stein.

Ean zog sein Schwert, preschte zu der Stelle und sprang aus dem Sattel, während Duncan und Colin zu Cadfan rannten, der über den moosbedeckten Waldboden gerollt war und sich jetzt gerade schluchzend versuchte aufzusetzen.

Riley hingegen rührte sich nicht.

»Ist er tot?« Alan trat neben ihn.

Ean wusste es nicht. Mit klopfendem Herzen beugte er sich über den vermeintlichen Verräter und suchte nach seinem Puls. Tot würde er ihnen nichts nützen. Doch dann spürte er das langsame rhythmische Klopfen unter den Fingerspitzen.

»Er lebt.«

Alan nickte grimmig, seine Kiefer mahlten; Ean konnte sehen, wie jede Faser seines Körpers unter Anspannung stand. Es kostete ihn offensichtlich alle Beherrschung, nicht über Riley herzufallen und ihm den Garaus zu machen.

»Binde ihn«, verlangte er und wandte sich abrupt ab. »Ich sehe nach Cadfan.«

Auch Ean spürte den Hass in sich brodeln, doch sein Kopf war erstaunlich klar und die Erleichterung über Cadfans Befreiung groß. Gewissenhaft fesselte er Riley nach allen Regeln der Kunst, bevor er ihn hochhievte und auf den Rücken des nun sattellosen Pferdes band.

Als es getan war, sah auch Ean sich nach Cadfan um. Er fand ihn auf Alans Arm, umringt von Duncan und Colin. Der Kleine wimmerte schmerzgeplagt und noch immer vollkommen verängstigt. Alan versuchte, ihn zu beruhigen, doch mit nur mäßigem Erfolg.

»Hey.« Ean grinste den Knirps aufmunternd an. »Das war ja ein tollkühner Sprung.«

Cadfans Tränen versiegten, und ein kleines, verwegenes Lächeln zeigte sich auf dem Kindergesicht. »Wollte weg von dem bösen Mann.«

»Verständlich«, stimmte Ean ernst zu und streckte die Arme nach Finlays Sohn aus.

Vorsichtig übergab Alan ihn.
»Mein Arm tut furchtbar weh«, beschwerte sich Cadfan und lehnte den Kopf erschöpft an Eans Schulter.
Der warf einen kritischen Blick darauf und verstand: Der linke Arm des Kindes war offensichtlich gebrochen.
»Ich bringe dich zu Ealasaid. Die macht ihn wieder heil.«
»Versprochen?«
»Versprochen. Du reitest jetzt mit mir. Ich halte dich ganz fest. Nichts kann dir mehr passieren.«

Nur mit Mühe konnte Lady Raelyn die Tränen der Erleichterung zurückhalten, die zwischen ihren Wimpern schimmerten, als Ean mit Cadfan vor sich im Sattel in den Burghof ritt. Behutsam übergab er ihn in ihre Arme, und Mutter und Sohn standen geraume Zeit innig umarmt da. Dann fanden Raelyns Augen Eans, und in ihrem Blick lag so große Dankbarkeit, dass alle Worte überflüssig waren.

»Kannst du ihm nicht etwas zum Schlafen geben?« Bang sah Raelyn die Heilerin an.
Ealasaid schüttelte bedauernd mit dem Kopf. »Opium wäre zu stark für einen so kleinen Körper. Und es wird auch ganz schnell gehen. Du musst ihn nur gut festhalten.«
»Ich kann das nicht«, flüsterte Raelyn durchaus verzweifelt und doch bemüht, Cadfan nichts davon merken zu lassen.
»Ich kann es tun«, bot Ean sich an.
Erleichtert sah die Burgherrin zu ihm auf. Der lächelte ihr zu und hockte sich dann zu dem Jungen nieder.
»He Cadfan, du tollkühner Ritter. Meinst du, du kannst noch einmal so tapfer sein wie vorhin?«
Der Knirps blickte unsicher.
Ean streckte seine Hand aus. »Ich werde dir auch dabei helfen.«
Als der Kleine sie ergriff, hob Ean ihn wieder hoch.

»Ealasaid wird jetzt deinen Arm heil machen«, erklärte er, während er sich auf den Behandlungsstuhl setzte und den Jungen auf den Schoß nahm.

»Und das tut weh?«, schlussfolgerte der aus dem Verhalten der Erwachsenen, und seine Augen füllten sich erneut mit Tränen.

Ean nickte ernst. »Ja. Aber nur kurz, und du kannst ganz fest meine Hand drücken.«

»Warum ist mein Papa nicht hier?«, fragte Cadfan kläglich. »Ich will seine Hand drücken.«

Fluchtartig trat Raelyn den Rückzug zur Wand an, eine Hand vor den Mund gepresst.

Auch Ean musste sich räuspern, bevor er voller Anerkennung sagte: »Weil du heute so wagemutig und tapfer warst, wird dein Vater bald wieder hier bei dir sein.«

»Noch mal versprochen?«, hakte Cadfan nach und ergriff mit der gesunden rechten Eans Hand.

»Hoch und heilig«, bekräftigte der und gab Ealasaid ein Zeichen, dass sie es jetzt tun und den Kleinen nicht länger warten lassen sollte. Geschickt packte die Heilerin zu und richtete mit einem Ruck den Knochen, während Ean den Jungen fest an seine Brust drückte. Cadfan schrie, doch noch ehe sein Schrei verklungen war, hatte Ealasaid seinen Arm schon mit einem weichen Wollvlies umwickelt und begann, ihn zu schienen.

»Schhhh, Cadfan, schhhh«, murmelte Ean in sein Ohr. Er lockerte seinen Griff und begann, den Kleinen nun seinerseits sanft zu wiegen. »Du hast es schon überstanden.«

Noch einmal schluchzte Finlays Sohn auf, bevor er vor Erschöpfung sofort in Eans Arm einschlief.

Als Ean geraume Zeit später in die Halle kam – hungrig, durstig und selbst reichlich erschöpft –, vermisste er Alan. Nur Colin saß an der Tafel und trank mit bitterer Miene einen Becher Bier.

»Was habt ihr mit Riley gemacht?«

»Alan hat ihn in den Kerker schaffen lassen«, entgegnete der Steward, und es war ihm anzusehen, dass es eine Meinungsverschiedenheit darüber gegeben hatte.

Ean schwante nichts Gutes. »Er will die Wahrheit aus ihm herausholen?«

Colin nickte bekümmert.

»Herrje!«, beschwerte sich Ean und stand wieder auf. Er hätte wirklich gern auch einen Becher Bier getrunken, aber offensichtlich war ihm das nicht vergönnt.

»Bin gespannt, ob du ihn umstimmen kannst«, schickte der Steward ihm noch verdrießlich hinterher. »Auf mich hat er nicht gehört.«

Eilig hastete Ean die Stufen zum Kerker hinab. Schon an der letzten Tür hörte er Rileys Schreie. Als er das Verlies erreichte, war Alan eben daran, dem Leibwächter mit einem Knüppel zu Leibe zu rücken.

»Hör auf!«, brüllte er ihn an und packte ihn von hinten an beiden Armen.

Der Ritter, sonst stets so besonnen, wehrte sich mit Bärenkräften.

»Lass mich los, Ean«, fauchte er.

»Nein!« Ean verstärkte seinen Griff. »Komm zu dir, Alan!«

»Er hat Finlay und den König verraten und uns alle hintergangen – jahrelang!«, brüllte der. »Wir haben ihm vertraut, wir haben ihm unsere Sicherheit anvertraut, die Sicherheit unserer Kinder!« Er versuchte, sich loszureißen. »Wenn er der Verräter ist, dann hat er garantiert auch Graham auf dem Gewissen! Und das will ich jetzt aus seinem dreckigen Maul hören!«

»Es nützt aber nichts, wenn du es hörst«, zischte Ean in sein Ohr. »Der König muss es hören!«

Das schien ihn zu erreichen. Jedenfalls wand er sich nicht mehr wie irre. Dennoch getraute Ean sich noch nicht, locker zu lassen.

»Ich bin auch wütend«, gestand er, »was heißt wütend: Rasend vor Zorn, aber es geht hier nicht um uns und unsere Wut. Es geht um Finlay. Um seine Freiheit.«

Alan ließ die Schultern sinken, die Spannung wich aus seinen Muskeln.

»Du kannst mich loslassen.«

»Sicher?«

Der Ritter nickte knapp, doch Ean traute dem Frieden noch immer nicht.

»Jemand muss den König benachrichtigen«, befand er daher, bevor er Alan freigab, »und ich denke, es ist eine gute Idee, wenn du das machst. Du solltest noch heute aufbrechen.«

Grollend riss Alan sich los und stürmte aus dem Kerker.

Riley hing stöhnend in seinen Fesseln von der Decke herab. Ean durchschnitt den Strick, der durch einen eisernen Ring im Gewölbe geführt war, und fing den Geschundenen ohne jedes Mitleid auf.

»Danke«, flüsterte Riley heiser.

Ean wurde speiübel. »Ich bin nicht gekommen, dich zu retten. Ich bin gekommen, dich am Leben zu erhalten, bis der König auf Blair Castle eintrifft«, presste er zwischen den Zähnen hervor.

»Ihr habt den Falschen …« Der Leibwächter hustete erstickt und stöhnte gleichzeitig auf. Sicher hatte Alan ihm einige Rippen gebrochen.

»Spar dir deinen Atem für Robert the Bruce.« Jetzt musste er sich selbst zurückhalten, um nicht auf den Gebundenen loszugehen. Gewissenhaft überprüfte er stattdessen Rileys Hand- und Fußfesseln.

»Ich rate dir zu gestehen«, grollte er. »König Robert ist ein Mann, der bereit ist, Gnade walten zu lassen. Aber er wird tun, was nötig ist, wenn du dich widerspenstig zeigst.«

»Wie soll ich etwas gestehen, das ich nicht getan habe?«, brachte Riley verzweifelt hervor.

Ean starrte ihn hasserfüllt an. »Für wie dumm hältst du mich?«

Dann wandte er sich angewidert ab und verließ den Kerker, nicht ohne die Tür sorgfältig zu verschließen und den Schlüssel an sich zu nehmen.

»Wird er es schaffen?« Colin stand an der Treppe zum Verlies.

Ean nickte. »Ich denke schon. Aber Ealasaid soll ihn sich ansehen.« Nach einer Pause fügte er hinzu: »Riley beteuert seine Unschuld.«

Der Steward machte kein besonders überraschtes Gesicht. »Glaubst du ihm?«

»Nach dem, was vorgefallen ist?« Er stieß ein entrüstetes Schnauben aus. »Sicher nicht!«

Jetzt war es Colin, der bedächtig nickte. »Dennoch sollten wir ihn nicht da unten lassen. Kälte und Feuchtigkeit gelingt sonst vielleicht, was Alan missglückt ist.«

»Was schlägst du vor?«

»Eines der vergitterten Turmzimmer im Bergfried. Nur einen Strohsack, keine Holzmöbel – nichts, was ihm als Waffe dienen könnte.«

»Scheint mir eine gute Idee.«

»Wir wissen immer noch nicht, ob er allein gehandelt hat«, gab Colin zu bedenken.

Das ließ Ean einen heißen Stich der Angst durch die Eingeweide fahren. »Du hast recht.« Konzentriert sann er darüber nach. »Duncan, du und ich sollten uns die Wache vor seiner Zelle teilen.«

»Klingt vernünftig.« Der Steward lächelte erleichtert. »Ich bin froh, dass du einen kühlen Kopf bewahrt hast.«

Ean sah ihn ernst an. »Als Riley Cadfan in seine Gewalt brachte … Das hat Alan halb wahnsinnig gemacht – vor Angst und Hilflosigkeit. Es stand in seinem Blick. Ich denke, er macht sich die größten Vorwürfe, dass er diese Gefahr nicht kommen sah.«

Colin seufzte. »Vermutlich.«

»Er wird jetzt den König benachrichtigen.«

»Gut. Und wir wollen hoffen, dass sie bald hier sind.«

Alan, angetrieben von seinem unbändigen Zorn, musste geritten sein wie der Teufel, denn bereits eine Woche später traf er mit dem König, Thomas Randolf und fünfzig Bewaffneten auf Blair Castle ein.

*

»Was ist denn nun geschehen?«, fragte Sir Thomas, als sie sich in Finlays privatem Wohngemach an den Tisch gesetzt hatten. Raelyn, die blass an ihrem Platz saß und schweigend der Unterhaltung folgte, hatte für ein leichtes Mahl und Wein sorgen lassen.

»Lucas fand heraus, dass Riley als Junge ein Freund und Beschützer David de Strathbogies war«, begann Ean mit seiner Erklärung. Er hatte den Boten, der gottlob auf dem Weg der Besserung war, lange befragt. »Diese Nachricht wollte er uns mitteilen lassen, doch sie erreichte uns nicht, da jemand – und wir nehmen an, dass es Riley war, denn er hatte Dienst vor der Halle, als der Bote eintraf – den Mann gefangen nahm und folterte, um seinerseits die Botschaft zu erfahren.« Ein Schauer lief ihm bei der Erinnerung an das entstellte Gesicht, das den Boten nun für den Rest seines Lebens zeichnen würde, über den Rücken. »Zu unserem Glück erwies sich Peter Mortimer jedoch als zäh, und es gelang uns, ihn zu befreien. Als wir Riley in Gewahrsam nehmen wollten, bemächtigte er sich Sir Finlays Sohn und floh.«

»Dank Ean konnten wir ihn dennoch gefangen nehmen«, fügte Alan dem Bericht abschließend hinzu.

Der König sagte lange Zeit nichts. Es war Ean unmöglich, seine Gedanken zu erraten.

»David de Strathbogie befindet sich seit über einem Jahr in meinem Frieden«, gab Robert schließlich leise zu bedenken.

»Doch Ihr habt ihm nie wirklich getraut«, merkte Sir Thomas an.

»Nein.« Der König fiel wieder in nachdenkliches Schweigen. Dann erhob er sich. »Kein Grund, es länger aufzuschieben. Wir sollten diesen Riley befragen.«

Zu viert – der König, Thomas Randolf, Alan und Ean – überquerten sie den Burghof und stiegen die steile Wendeltreppe des Bergfrieds empor. Der Tag näherte sich seinem Ende, und die tief stehende Sonne schickte ein rötliches Licht durch die schmalen Fenster des Wehrturms, dessen Stiegen alt und tückisch waren und unter den Stiefeln der vier Männer knarrten.

Vor der Tür im obersten Stockwerk hielt Duncan Wache. Er kniete vor dem König nieder, bevor er auf dessen Geheiß die schwere, eisenbeschlagene Tür öffnete.

Riley saß auf seinem Strohsack. Als er den König erkannte, stand er auf und sank dann langsam vor ihm auf beide Knie.

»Riley Piper – Ihr werdet des Verrats bezichtigt.«

»Ich bin unschuldig, Majestät.«

»Warum habt Ihr dann einen Boten gefangen genommen und gefoltert?«

Riley schaute auf. »Einen Boten?« Verwirrung machte sich in seinem Gesicht breit.

»Peter Mortimer«, knurrte Alan. »Tu nicht so, als wüsstest du nicht, von wem der König spricht.«

Riley suchte Roberts Blick. »Ich weiß von keinem Boten.«

»Und doch warst du es, der vor der Halle Dienst hatte, als der Bote eintraf«, konterte Alan eisig.

Riley starrte ihn in zunehmender Verzweiflung an. »Natürlich hatte ich Wachdienst vor der Halle, aber es ist nie ein Bote dort angekommen!«

»Duncan hier hat ihn aber selbst dort hinaufgeschickt!«

»Es ist aber dennoch keiner gekommen!«

Der König unterbrach mit einer einzigen Geste dieses fruchtlose Hin und Her. »Entspricht es der Wahrheit, dass ihr als Junge mit David de Strathbogie befreundet wart?«

Jetzt blickte der Leibwächter verdutzt. »Ja, Majestät.«

»Und wann saht Ihr ihn zuletzt?«

»Das muss vor zehn oder elf Jahren gewesen sein, als Sir John mit seiner Familie hier auf Blair Castle zu Besuch war.«

»Danach nie wieder?«

»Nein, Majestät.«

»Und es bestand auch sonst kein Kontakt? Kein Briefwechsel?«

Riley schüttelte den Kopf.

Alan schien nicht mehr an sich halten zu können. »Du lügst mit jedem Wort, das dir aus dem Mund kommt! *Du* hast uns an David de Strathbogie und die Engländer verraten. Vermutlich schon zum ersten Mal, als wir den König nach Methven am Loch Dunmore trafen, dann wieder und wieder, ich möchte gar nicht wissen, wie oft, und nun zuletzt das Treffen des Königs mit James in Peebles!«

»Ich?!«, schrie Riley entsetzt. »Weil ich als Junge mit David befreundet war? Bist du übergeschnappt? Halb Blair Castle stammt ursprünglich aus Strathbogie, warum sollte gerade ich der Verräter sein?«

Der König blickte fragend zu Alan, doch der war zu aufgebracht, um es zu bemerken, daher ergriff Ean das Wort: »Das entspricht zwar der Wahrheit, Majestät, doch sind die meisten Männer, die damals aus Strathbogie nach Blair kamen, schon tot.«

»Die meisten, aber eben nicht alle«, unterstrich Riley. »Sir Hugh kam mit seiner Familie schon vor mir und meinem Vater nach Blair, und mit uns ging Paul, der Zimmermann. Davon abgesehen: Duncan hier mag nicht aus Strathbogie stammen, dennoch hat er familiäre Verbindungen dorthin.« Er musterte den Torwächter mit kaltem Blick.

Konsterniert drehte Ean sich um.

»Was meint er, Duncan?«

Der war ein wenig blass geworden. Er räusperte sich, bevor er zugab: »Eine meiner Schwestern ist mit dem Waffenmeister der Strathbogies verheiratet.« Sein Blick suchte den des

Königs. »Aber ich schwöre Euch, Majestät, ich habe seit über zehn Jahren kein Wort mehr mit ihr gewechselt.«

Ean lief es kalt den Rücken hinunter. Alan hingegen schien von dieser neuen Erkenntnis unbeeindruckt. »Und warum hast du dir dann Cadfan geschnappt, als wir dich zur Rede stellen wollten?«, zischte er Riley voller Hass an.

Dessen Wangen röteten sich. »Ihr habt mich vollkommen überrumpelt. Seit längerem habe ich Duncan in Verdacht, und als ihr dann gemeinsam mit ihm auf mich zu kamt, befürchtete ich, ihr steckt mit ihm unter einer Decke. Ich geriet in Panik – und wollte Cadfan in Sicherheit bringen.«

Jetzt war es um Alans Beherrschung endgültig geschehen. Mit einem mörderischen Schrei wollte er sich auf Riley stürzen, doch Ean bekam ihn gerade noch zu fassen.

»Du elender Heuchler!«, brüllte Alan, während er versuchte, sich aus Eans Griff zu winden. »Du willst uns weismachen, du hättest Cadfan in Sicherheit bringen wollen? Mit einem Messer an seinem Hals?!«

Er kämpfte wie besessen, Ean hatte seine liebe Müh, ihn festzuhalten.

»Sir Alan!« Die donnernde Stimme des Königs brachte ihn zur Räson. »Mäßigt Euch!«

Keuchend blieb er stehen und schüttelte unwirsch Eans Hände ab.

»Majestät.« Riley ergriff die Gelegenheit, sich erneut Gehör zu verschaffen. »Ich weiß: Dass ich Cadfan in meine Gewalt brachte, wirft ein zweifelhaftes Licht auf mich, doch ich schwöre Euch, dass ich es in Bedrängnis tat. Sie hatten die Schwerter gezogen, und ich sah mich bedroht.«

Ean konnte sehen, dass der König nicht mehr wusste, was er glauben sollte, und auch Riley erkannte das.

»Majestät, Ihr habt den falschen Mann!«, setzte er nach, und sein Blick wanderte anklagend zu dem baumlangen Torwächter. »Duncan bewachte das Tor, als Murdoch MacEwan sich dieser Burg bemächtigte.«

»Ich wurde hinterrücks niedergeschlagen«, stellte der Torwächter mühsam beherrscht klar. »Und erwachte gefangen im Verlies.«

»Seine Schwester ist das Weib des Waffenmeisters in Strathbogie«, wiederholte Riley.

»Zu der ich seit Ewigkeiten keinen Kontakt mehr hatte.«

»Und er war es, der in jener Nacht die geheimnisvollen Boten einließ. Vermutlich hat er deren Gespräch mit Sir Finlay heimlich belauscht und dann beschlossen, die Übergabe des jungen MacDowall in Peebles zu vereiteln.«

Der Torwächter hatte einen Schritt zurück an die Wand gemacht und starrte mit zusammengepressten Zähnen auf Riley, Wut in den Augen und eine pochende Ader an der Schläfe. Doch er verteidigte sich mit keinem Wort mehr.

»Sir Finlay war der einzige Mann auf Blair Castle, der wusste, dass es in Peebles um die Übergabe des jungen MacDowall ging«, bemerkte Thomas Randolf schneidend und musterte Riley kalt. »Der Junge wurde sonst mit keinem Wort erwähnt. Von niemandem heute in diesem Zimmer und auch nicht damals, bei Sir Finlays Verhaftung.«

Eine unheimliche Stille senkte sich auf den Raum herab. Alle Blicke wanderten zurück zu Riley, der schlagartig blass wurde, während Schweißperlen begannen, auf seiner Stirn zu glänzen. Dann verzerrten sich seine Züge zu einer so hasserfüllten Fratze, dass Ean ihn kaum wiedererkannte. Ohne einen Laut stürzte sich der Leibwächter auf den König, warf ihn nach hinten um und packte ihn an der Gurgel.

Entsetzt sprang Ean auf ihn zu und versuchte, ihn von Robert zu zerren. Alan, Duncan und Thomas Randolf kamen ihm zu Hilfe, doch Riley schien plötzlich teuflische Kräfte zu haben. Trotz vereinten Bemühens brachten sie ihn nicht vom König fort, und dessen Gesicht verfärbte sich bereits bläulich, während er röchelnd um Luft rang.

Verzweifelt riss Ean seinen Dolch aus der Scheide und schlug Riley mit dem Griff heftig auf den Kopf.

Bewusstlos brach der auf Robert the Bruce zusammen.

*

Zwei Tage später fand sich Ean im Kerker von Blair Castle wieder.

Man hatte Riley nackt an die Wand des Verlieses gekettet. Aufrecht und mit ausgebreiteten Armen. Hasserfüllt starrte er ins Leere, die Kiefer fest aufeinandergepresst, loderten seine Augen im unruhigen Schein der vielen Pechfackeln. Noch war sein Körper unversehrt.

Auf einem Tisch vor ihm hatte man verschiedene Werkzeuge ausgebreitet: Zangen, Daumenschrauben, Messer, Peitschen, eiserne Haken, Ketten und Gewichte, die Ean allesamt eine flaue Übelkeit bescherten. Riley hingegen würdigte sie keines Blickes.

Fünf Männer waren außer ihm und Ean in der kleinen Zelle versammelt: Robert the Bruce, Thomas Randolf, Colin, Alan und der Scharfrichter.

»Riley Piper, gesteht Ihr, Geheimnisse dieser Burg und des Königreiches an die Engländer verraten zu haben?« Die Stimme des Königs schien sachlich, wenn sie auch kalt war und eine Spur heiser. Noch immer ließen sich die Würgemale an seinem Hals erkennen.

Der ehemalige Leibwächter richtete seine glühenden Augen auf Robert. Zunächst glaubte Ean, er würde kein Wort sagen, doch dann verzerrte sich Rileys Gesicht zu einer hämischen Fratze, und er antwortete: »So ist es.«

Ean hatte noch nie so viel Hass gesehen. Rileys Blick schnitt brennend durch die kalte Luft des Kerkers. Seine ganze Haltung war die eines grausamen Tieres, ungeachtet der ausgelieferten Lage, in der er sich befand.

»Wer von den Burginsassen ist noch in diesen Verrat verstrickt?«

»Niemand. Ich habe stets allein gehandelt.« Er spuckte verächtlich auf den Boden. »Sie sind Euch ja alle so treu ergeben.«

Robert schien sich nicht provozieren lassen zu wollen. »Dann war der Bogenschütze Reed nicht Euer Komplize?«

»Nein.«

»Warum hat er sich dann erhängt?«

Ein süffisantes Lächeln entstellte Rileys Züge. »Er tat es nicht selbst.«

»Aber seine Hände waren ungebunden«, fiel Alan dazwischen, »und der Wein im Krug nicht vergiftet.«

»Der im Krug nicht.« Rileys Lächeln wurde abfällig. »Ihr seid ja so leicht zu täuschen.«

»Warum hast du das getan?«

»Es durchkreuzte meine Pläne, dass die Burg nicht mehr als sicher galt.«

»Eure Pläne, hier zu spionieren«, stellte der König fest. »Seit wann kundschaftet Ihr diese Burg schon aus?«

»Seit Ihr es gewagt habt, Hand an Schottlands Krone zu legen.«

»Seit über sieben Jahren ...« Alan war fassungslos. »Wie konntest du Finlay das nur antun?«

Riley bedachte ihn mit einem kalten Blick. »Er hatte immer die Wahl, sich auf die richtige Seite zu stellen.«

»Er war dir stets ein Freund!«

Der ehemalige Leibwächter nickte. Gar so etwas wie Bedauern schlich sich für einen Lidschlag in seinen Blick. »Wäre mein Plan gelungen, wäre er niemals unter Verdacht geraten.«

»Weil alle, die in jener Nacht hier auf der Burg waren und Sir Finlay hätten beschuldigen können, in Peebles ums Leben gekommen wären«, konstatierte Thomas Randolf angewidert.

»In der Art«, entgegnete Riley mit einem durchaus liebenswürdigen Lächeln, das Alan erneut zum Aufbrausen brachte.

»Du hast dich auch vorher nie um seine Sicherheit geschert! Mit jedem Mal, da du uns verraten hast, hast du auch sein Leben in Gefahr gebracht!«

»Dies ist ein Krieg«, stellte Riley verächtlich klar. »Wer auf der falschen Seite steht, muss mit Schaden rechnen. Das Ziel hatte immer oberste Priorität.«

»Das Ziel, mich zu töten«, stellte Robert fest. »Wer war Euer Mittelsmann?«

»Murdoch MacEwan.«

Ean zuckte unwillkürlich zusammen, als der Name fiel.

»Das dürfte wohl kaum der Wahrheit entsprechen«, knurrte Alan. Sein Gesicht war fast weiß vor Zorn. »Murdoch MacEwan ist vor vier Jahren verschwunden.«

»Und es ist weiß Gott nicht schade darum«, grollte Riley.

»Was soll das heißen?«, hakte der König nach.

»Es soll heißen, dass ich mich in den ersten Jahren Murdoch MacEwans bedient habe, aber nachdem er zuletzt beinahe alles zerstört hätte, was ich hier aufgebaut hatte, froh war, dass er von der Bildfläche verschwand.«

»Ist er gestorben?«

Riley zuckte mit der Schulter. »Als ich ihn zuletzt sah, war er jedenfalls nicht weit davon entfernt. Lady Raelyns Pfeil hatte ihm die linke Lunge durchbohrt.«

»Wenn also in den letzten vier Jahren nicht mehr dieser Murdoch MacEwan Euer Mittelsmann war, wer dann?«

»Niemand. Nach Murdochs unnachahmlich dummem Überfall auf diese Burg verzichtete ich auf weitere Mitwisser.«

»Warum hast du ihn damals überhaupt eingelassen?«, fragte Ean unvermittelt. Die Frage war an sich unwichtig und Ean eigentlich nicht in der Position, überhaupt das Wort zu erheben, doch sie schoss ihm durch den Kopf und war heraus, bevor er sich auf die Zunge beißen konnte. Offensichtlich überraschte sie auch Riley. »Murdoch machte mir weis, dass …«, mitten im Satz brach er ab.

»Dass was?«

»Nichts. Ich hatte die Situation damals falsch eingeschätzt. Als ich meinen Irrtum erkannte, versuchte ich zu retten, was zu retten war.«

»Und hast Graham ermordet, weil er dir auf die Schliche gekommen war«, schloss Alan voller Hass.

»Er war mir heimlich gefolgt, als ich des Nachts zum Gut der Abernethys ritt. Auf dem Rückweg stellte er mich. Zu seinem Pech nicht sehr weit vom Gut entfernt.«

»Was hast du mit ihm gemacht?«

»Ich?« Jetzt zuckte Riley beinahe gelangweilt mit den Schultern. »Gar nichts. Aber er hat wohl nicht gut vertragen, dass ihn eine der Wachen Abernethys von hinten niederschlug.«

»War er tot?« Alan machte aufgebracht einen Schritt auf ihn zu.

Riley blieb unbeeindruckt. »Ich habe mir nicht die Mühe gemacht, nach seinem Befinden zu sehen.«

»Ihr habt Murdoch MacEwan damals eingelassen, weil Ihr annahmt, er würde im Einvernehmen mit Eurem eigentlichen Auftraggeber handeln«, kam Thomas Randolf auf Eans Frage zurück. Rileys Blick ruckte zu ihm, und einen ganz kurzen Moment konnte Ean Unsicherheit darin ausmachen, doch der ehemalige Leibwächter hatte sich rasch wieder unter Kontrolle.

Herausfordernd setzte Randolf nach: »Ihr spioniert nicht erst seit der Machtergreifung meines Onkels hier. Von Anbeginn seid Ihr David de Strathbogies Auge und Ohr auf dieser Burg. Ich weiß nicht, was Euch an diesen Mann bindet, aber Ihr seid ihm auf das Treueste ergeben, und nur sein Wille und Wunsch ist für Euch maßgeblich.«

»Und ich weiß nicht, wie Ihr darauf kommt«, wehrte Riley kalt ab.

»Nun, wir wissen, dass Ihr schon als Junge eine ungewöhnlich feste Beziehung zu David de Strathbogie hattet«, begann Randolf. »Wir wissen, dass Alexander de Abernethy für David de Strathbogie gebürgt hat, als der zum Grafen von Atholl ernannt wurde. Wir wissen, dass die beiden Familien noch immer Kontakt haben. Und eben habt Ihr zugegeben, in der Nacht zu Alexander de Abernethys Gut geritten zu sein.« Seine Stimme wurde schärfer, als er jetzt schloss: »Das hättet Ihr wohl kaum getan, nur um Euch nach Murdochs Befinden zu erkundigen, der doch Euren Worten nach nichts als ein Handlanger war. Ihr seid nach Abernethy geritten, um Euch mit Sir Alexander zu besprechen, und ich möchte wetten, dass auch Sir David anwesend war. Vermutlich seid Ihr sogar nur auf dessen Wunsch nach Abernethy geritten, denn es war damals mit einem hohen Risiko für Euch verbunden, die Burg heimlich zu verlassen, wo doch alle argwöhnisch nach dem Verräter suchten, der Murdoch MacEwan das Tor öffnete.«

Der ehemalige Leibwächter sah Randolf nur an und schwieg.

»Ihr habt Euch bis jetzt einsichtig gezeigt, ich würde Euch nicht raten, diesen Kurs zu verlassen«, warnte Robert leise. »Hat mein Neffe recht?«

Rileys Blick wechselte zum König, doch er sprach weiterhin kein Wort.

Robert erhob die Stimme: »Ich frage Euch noch einmal: Ist David de Strathbogie ein Verräter, und handelt Ihr in seinem Auftrag?«

»Ich verfluche Euch, Robert the Bruce, mögen Eure …«

Weiter kam er nicht. Mit voller Wucht rammte Thomas Randolf dem Angeketteten die Faust in den Magen und nahm ihm so die Luft zum Sprechen. »Wage es nicht, den König zu verfluchen, du dreckige Ausgeburt der Hölle«, zischte er leise, und dass er jetzt seine höflichen Umgangsformen fahren ließ, machte Ean deutlich, wie zornig auch der Neffe des Königs war.

Riley, zusammengekrümmt in seinen Ketten hängend, begann keuchend zu lachen. Es war ein schreckliches Lachen – kalt, freudlos und aus Wahnsinn geboren –, das laut zwischen den Mauern hallte und Ean die Haare zu Berge stehen ließ.

»Genug jetzt«, verlangte Robert. »Zum letzten Mal: Gab David de Strathbogie Euch den Auftrag, auf dieser Burg zu spionieren?«

Rileys Lachen verstummte. Er richtete sich wieder auf, starrte den König bösartig an und begann: »Ich verfluche Euch …«

Wieder traf ihn Randolfs Faust.

»So lasst Ihr mir keine Wahl«, erkannte der König. »Scharfrichter, waltet Eures Amtes.«

Was nun folgte, gehörte zum Schrecklichsten, das Ean je erlebt hatte. Riley schrie und tobte, wann immer der Scharfrichter ihm in immer grausamerer Weise zu Leibe rückte, doch sobald man von ihm abließ, verfluchte er den König und brachte sonst nichts über die Lippen. Die Nacht schritt voran, die Mauern des Kerkers schluckten Rileys Schreie und der Boden sein Blut. Er büßte beide Ohren, ein Auge und etliches an Haut ein. Er wurde gerissen, gequetscht und geschlagen, gewürgt und gebrannt, doch nichts löste seine Zunge. Ean war wie gelähmt, konnte den Blick nicht abwenden. Sein Zorn verlangte Genugtuung, sein Verstand die Wahrheit, doch diese Qual war kaum mit anzusehen. Er fragte sich, wie ein Mensch so viel erdulden konnte, warum Riley sich nicht selbst erlöste. Und dann war es plötzlich vorbei. Riley sackte in seine Ketten und gab keinen Laut mehr von sich. Als der Scharfrichter nach seinem Herzschlag lauschte, schüttelte er den Kopf.

»Er ist tot, Majestät.«

Kapitel 30

– Balloch Castle, am 20. Tag des Monats Juli im Jahre des Herrn 1313 –

Ein Sommergewitter zog heran.

Graue Wolken türmten sich zu immer mächtigeren Gebilden auf, bedeckten das Blau des Himmels und verdunkelten die Sonne. Stürmischer Wind erhob sich, rüttelte an den Fensterläden und Fahnen der Burg. Wer sich noch im Hof befand, blickte kurz gen Himmel und begab sich dann eilig in den Schutz der Halle. Bizarre Blitze krochen unter der bleigrauen Wolkendecke umher, bevor sie wie Peitschenhiebe auf Balloch Castle niedergingen, gefolgt von Donner, der ohrenbetäubend zwischen den Mauern der Burg rollte. Dann begannen Hagelkörner, klickend auf die Fenstersimse zu prasseln, und bald war der Burghof mit einer weißen Schicht bedeckt.

Finlay stand am Fenster seines Turmzimmers und verfolgte das Schauspiel unbewegt. Er machte nicht mal einen Schritt rückwärts, als ihn die Hagelkörner wie Nadelspitzen im Gesicht und an den Armen trafen.

Als sich die Wut der Natur ausgetobt hatte, hüllte besänftigender Regen die Welt in einen grauen Schleier. In dichten Fäden rauschte er vom Himmel. Die Luft roch nach Feuchtigkeit, nach heißem Stein und trockener Erde, die sich begierig mit kühlem Nass vollsaugte.

Finlay wandte sich immer noch nicht ab. Dem Unwetter zuzuschauen, hatte ihn eine Zeitlang von seiner hilflosen Unruhe abgelenkt, doch die Monotonie des Niederschlags brachte diese nun unbarmherzig zurück.

Die letzten Wochen waren eine Kette endloser Selbstvorwürfe und Schreckensvorstellungen gewesen. Körperlich hatte er, dank ausreichendem Essen und ungezählter Liegestütze, wieder zu seiner alten Form gefunden, aber seelisch wanderte er durch immer schwärzer werdende Finsternis. Mal wurde er von heftiger Rastlosigkeit befallen und lief stundenlang in seinem Gefängnis auf und ab, mal lähmte ihn Hoffnungslosigkeit, und er saß wie erfroren auf dem Schemel am Tisch, unfähig, sich zu rühren.

Er hatte begonnen, Malcolm zu hassen, weil er nie heraufkam, weil er ihm keinerlei Nachrichten zukommen ließ. Er hatte begonnen, den König zu hassen, da alles wichtiger zu sein schien als seine Verhandlung und er ihn hier hilflos schmoren ließ, und er hasste vor allem sich selbst, weil er sich in diese Situation gebracht hatte und Raelyn und seine Kinder im Stich gelassen hatte.

Schritte näherten sich auf der Treppe. Vermutlich brachte einer der Pagen ein neues Buch. Der Priester bedachte ihn regelmäßig mit Lektüre, um ihn abzulenken; zuletzt hatte er Finlay Heiligengeschichten bringen lassen. Doch er hatte sich auf keine konzentrieren können, nur stumpf auf die Seiten gestarrt.

Die Tür wurde geöffnet.

»Seid so gut und legt das Buch auf den Strohsack, ich sehe es mir später an«, sagte Finlay, ohne sich umzuwenden. Er hatte keinerlei Interesse am Lesen.

»Ich habe kein Buch bei mir.«

Die Stimme des Königs!

Perplex fuhr Finlay herum. Robert the Bruce stand in der Tür, durchnässt vom Regen, und sah seinen Gefolgsmann fragend an. Der spürte den fast unbezähmbaren Drang, dem König zunächst die Faust ins Gesicht zu schlagen und ihn dann zu umarmen. Stattdessen fiel er auf beide Knie.

»Majestät …« Er hielt den Kopf tief gesenkt, wusste weder, was er sagen noch was er fühlen oder denken sollte. Er war unendlich erleichtert, den König zu sehen, und voller Zorn und Angst.

Finlay hörte, wie der König die Tür schloss, bevor er auf ihn zuschritt. Als die königlichen Stiefel in seinem Blickfeld angekommen waren, blieben sie stehen. Sie waren nass und schlammig und bildeten rasch eine Pfütze auf dem kahlen Steinboden.

Die Stille wurde immer dichter. Robert räusperte sich.

»Erhebt Euch, Sir Finlay.«

Ansprache und Tonfall ließen Finlay vermuten, dass er nicht mehr in Ungnade war, aber er konnte nicht aufstehen.

»Wollt Ihr nicht endlich aufstehen?« Die Stimme des Königs verriet Unsicherheit.

Finlay versuchte es, aber er fühlte seine Beine kaum.

»Herrgott noch mal, Finlay, beschämt mich nicht so«, knurrte Robert the Bruce.

Überrascht hob er den Kopf. Das war nicht seine Absicht gewesen.

Ihre Blicke trafen sich, unsicher, beinahe als befürchteten sie, eine Art körperlichen Schmerz durch die Augen des anderen zu erleiden. Als würden sie gezwungen, über eine sehr empfindliche Stelle zu streichen.

Dass er diesen Ausdruck in den Augen des Königs fand, befreite Finlay.

Trotzdem senkte er den Kopf wieder.

»Ich weiß nicht, ob Ihr mir so leicht verzeihen solltet, Majestät, denn auch wenn ich kein Verräter bin, so habe ich Euch doch in höchste Gefahr gebracht, weil ich es versäumt habe, Blair Castle zu einem sicheren Ort zu machen.«

»Wie mir Thomas berichtet hat, habt Ihr Eure Strafe für dieses Vergehen verbüßt. Eine härtere Strafe, als ich sie dafür verhängt hätte.« Der König streckte ihm die Hand entgegen. »Ich bitte Euch, steht auf, Sir Finlay.«

Erschüttert ergriff er die dargebotene Rechte. Als er stand, ließ der König ihn nicht los, sondern umfasste Finlays Unterarme. Sie standen einander gegenüber und sahen sich an.

»Ihr seid klatschnass, Majestät.«

»Ich wollte gleich zu Euch.«

»Was ist passiert?«

»Der wahre Verräter wurde gefasst.«

»Wer …?«

»Riley Piper.«

»Riley …« Finlays Beine gaben nach. Geschickt bugsierte Robert ihn auf den wackeligen Schemel, doch er versuchte, gleich wieder aufzustehen. »Ich kann unmöglich sitzen, wenn Ihr steht, Majestät.«

Robert drückte Finlay an der Schulter nieder. »Dageblieben«, befahl er und nahm auf dem Tisch Platz.

In Finlays Kopf ging alles durcheinander. Riley hatte sie verraten? Es war ihm beinahe unmöglich, das zu glauben.

»Seid Ihr Euch sicher?«

Der König nickte und strich sich mit einer unbewussten Bewegung, die Finlay verwirrte, über den Hals. »Er hat sich selbst verraten und dann gestanden.«

»Wie kam es dazu?«

Nach und nach setzte Robert ihn ins Bild, bis zu jenem Moment, da Alan, Ean, Duncan und Colin Riley zur Rede stellen wollten.

»Was ist dann geschehen?«

Die Art, wie der König nun seinen Blick mied, ließ befürchten, dass noch schrecklichere Dinge vorgefallen sein mussten.

»Was ist dann geschehen?«

Robert the Bruce sah seinen Ritter mit zweifelnd erhobener Augenbraue an, so als fragte er sich, ob es wirklich klug war, ihn in die Geschehnisse einzuweihen.

»Was ist dann geschehen?«, presste Finlay, jetzt nur noch mühsam beherrscht zwischen den Zähnen hindurch.

Der König machte eine ergebene Geste. »Als Eure Freunde versuchten, den Verräter zu verhaften, nahm er Euren Sohn Cadfan als Geisel und floh.«

»Barmherziger Gott …«

Robert legte ihm die Hand auf die Schulter.

Finlay schloss die Augen. Hilf mir, Jesus, betete er stumm, wenn er mir jetzt sagt, dass mein Kind tot ist: Wie soll ich das aushalten? In seinen Ohren begann ein merkwürdiges

Rauschen, das ihn der Wirklichkeit zu entrücken schien. Wie von weitem hörte er Roberts Stimme.

»… ausgegangen.«

Der König rüttelte ihn leicht an der Schulter.

»Hört Ihr mich, Sir Finlay? Ich sagte: Es ist gut ausgegangen.«

Verständnislos sah Finlay ihn an.

Robert begriff, dass wohl mehr Erklärung notwendig war.

»Ean wollte sich nicht mit Rileys Verschwinden abfinden und ritzte dessen Sattelgurt an. Eure Freunde machten sich an die Verfolgung des Verräters, kaum dass der außer Sicht war. Und Euer Sohn, so klein er auch sein mag, bewies eine erstaunliche Geistesgegenwart. Als Riley die Verfolger hörte, sah er sich um. In diesem Moment muss sich sein Griff gelockert haben, jedenfalls sprang Euer Sohn vom Pferd. Offenbar war seine Angst vor dem Mann größer als vor der Höhe und dem Tempo. Der Gurt riss, und Riley stürzte zu Boden.«

»Ist Cadfan etwas passiert?« Finlay bemerkte selbst, dass er stammelte.

»Er hat sich den Arm gebrochen. Aber wenn Ihr mich fragt, war dies das kleinere Übel, und Eure Heilerin schwört, dass er wieder ganz in Ordnung kommt.«

Das mittlerweile wohlbekannte Zittern überfiel Finlay.

»Es ist gut ausgegangen«, versicherte der König noch einmal sanft, aber sein Gegenüber konnte nur nicken, nicht sprechen.

Suchend sah Robert sich um und entdeckte in einer Nische einen Weinkrug. Nach einem prüfenden Blick füllte er einen Becher.

»Da, trinkt etwas.«

Beschämt schüttelte er den Kopf.

»Herrgott, nun vergesst doch einmal diese dämliche Etikette. Es ist ja niemand außer uns hier.« Unwirsch hielt der König ihm den Becher hin.

Finlay stürzte den Wein hinunter, und es half tatsächlich.

Robert setzte unterdessen seinen Bericht fort. »Nachdem Riley seine Geisel verloren hatte, war es für Eure Männer ein Kinderspiel, ihn gefangen zu nehmen. Sie sperrten ihn ein, und Sir Alan überbrachte mir die Nachricht.«

»Wer war sein Auftraggeber?« Beim besten Willen konnte Finlay sich nicht vorstellen, dass Riley aus eigenem Antrieb gehandelt hatte.

Hier machte der König einen missfälligen Laut. »Das wissen wir nicht, doch wir vermuten, dass es sich dabei um den Grafen von Atholl handelt.« Mit wenigen Worten setzte der König Finlay über Lucas' Erkenntnisse ins Bild. »Mit Gewissheit werden wir es jedoch nun niemals mehr erfahren. Piper schützte ihn bis zum Schluss.«

Was das bedeutete, ließ Finlay eine Gänsehaut den Rücken hinabkriechen.

»Ihr habt Riley foltern lassen?« Er konnte noch immer nicht das runde, gutmütige Gesicht mit dem eines Verräters in Einklang bringen. Und es sich jetzt schmerzverzerrt unter Folter vorzustellen, gelang ihm gar nicht.

»Es war notwendig.«

»Doch anscheinend ergebnislos?«

»Nun, immerhin einen Namen hat er genannt.«

»Welchen?«

»Murdoch MacEwan.«

»Murdoch?« Finlay war schon wieder im Begriff, sich zu erheben, aber Roberts Hand hinderte ihn. »Lebt er noch?«

Der König zuckte mit der Schulter. »Vermutlich nicht. Laut Riley war er tödlich verletzt, als er ihn zuletzt sah. Der Pfeil Eurer Ehefrau durchbohrte seine Lunge.«

Finlay fuhr sich einmal über die Augen. Wieder sah er das Antlitz des Mannes in Schneegriesel und Dämmerung vor sich.

»Riley gestand, was er preiszugeben bereit war«, fuhr Robert fort. »Danach haben wir nichts mehr aus ihm herausbekommen.« Sein Gesicht verriet, wie grauenvoll es gewesen sein musste.

»Ihr sagtet: bis zum Schluss …?«

»Er starb unter der Folter und nahm das Geheimnis um seine Verbindung zu Strathbogie mit ins Grab.«

Eine Weile schwiegen sie.

»Warum hat Riley das nur getan?«

Robert schüttelte ratlos den Kopf. »Sein Hass auf mich war … atemberaubend«, stellte er durchaus betroffen fest. »Unklar bleibt, ob es sein eigener Hass war, denn ich kann mich nicht erinnern, ihm oder seiner Familie je ein Leid zugefügt zu haben.«

Finlay nickte langsam. »Der Graf von Atholl wird sicher jede Beziehung zu Riley leugnen.« Sein Blick suchte den des Königs. »Ihr solltet ihn im Auge behalten.«

»Das werde ich, seid versichert.«

»Hat er etwas zu Grahams Verschwinden gesagt?«

»Wenig erhellendes«, gab Robert zurück. »Sir Graham habe ihn verfolgt, als er sich des Nachts zum Gut der Abernethys schlich. Als er ihn zur Rede stellte, wurde er von einer der Wachen Abernethys niedergeschlagen.«

»Er wusste nicht, ob Graham noch lebte?«

»Es hat ihn nicht interessiert.«

»Das heißt, es wäre möglich, dass Graham noch immer Gefangener der Abernethys ist?« Diese Vorstellung war geradezu unerträglich.

»Das kann ich mir kaum vorstellen«, entgegnete der König behutsam. »Warum sollten sie ihn so lange am Leben lassen?«

Er hatte recht. Um Rileys Identität zu schützen, war es viel sicherer, Graham zu beseitigen. Lebend wäre er immer eine Gefahr geblieben.

»Könnt Ihr mir verzeihen, dass ich Euch fälschlich verdächtigte?«

Finlay nickte stumm. Reumütig fügte er an: »Ich beging denselben Fehler, als ich den jungen Burschen Will halb totschlug, ohne mir Gedanken über das Ausmaß seiner Schuld zu machen.«

»Das ist nicht dasselbe. Ihr kanntet diesen Burschen kaum. Und er war ja auch schuldig, wenn auch nicht allein.« Robert sah ihn an. »Ich hingegen kenne Euch.«

Finlay erwiderte den Blick: »Ich schwor Euch Treue und Freundschaft.«

Plötzlich hatte er das Bedürfnis, sich hinzuknien, und diesmal ließ er sich nicht abhalten. »Freundschaft, die niemals vergeht, alles mitträgt und mächtiger ist als Blut. Freundschaft, die durch Sturm und Feuer, raue See und tiefe Nacht bis in den Tod Bestand hat. Es gibt nichts zu verzeihen.«

Kapitel 31

– Blair Castle, am 23. Tag des Monats Juli im Jahre des Herrn 1313 –

Ein einsamer Reiter kam den Weg nach Blair Castle hinaufgeritten. Auf der trockenen Straße wirbelten die Hufe des Pferdes so viel Staub auf, dass der Reisende in eine gelbe Wolke gehüllt und sein Gesicht nicht zu erkennen war. Trotzdem begann Raelyns Herz heftig zu pochen. Seit zwei Tagen verbrachte sie jede freie Minute auf der Brustwehr, um Ausschau zu halten. Der Reiter hob grüßend die Hand.

Ihr Herz drohte stehen zu bleiben. Sie musste nach Luft schnappen, wandte sich um und rannte die Treppe hinunter, über die Brücke und den Weg entlang, bis sie das Pferd erreichte.

Finlay sprang ab, und im nächsten Moment versank sie in seinen Armen. Sie versuchte gar nicht erst, ihre Tränen aufzuhalten. Er küsste ihren Schopf und ihre tränenfeuchten Wangen, ihre Augen und die Stirn, ihre Ohren und den Hals, und dann küsste er ihren Mund, lang und innig, und an der Art, wie er atmete, merkte sie, dass auch er weinte.

Aber seine Umarmung war fest und tröstlich, und Raelyn spürte, wie sie ihre Sicherheit wiedererlangte. Wie die Welt, die so viele Wochen aus den Fugen geraten war, sich wieder ordnete.

Ein Stimmchen erhob sich. »Papa …?« Ganz allein stand Cadfan auf der Brücke, den verletzten Arm noch immer in einer Schlinge.

»Cadfan.« Entschuldigend sah er sie an, bevor er zu seinem Sohn lief.

»Cadfan.« Behutsam hob er ihn hoch.

»Wo warst du, Papa?« Ein leiser Vorwurf schwang in der Kinderstimme. Raelyn sah, wie ihr Mann kurz die Augen schloss, und sein Ausdruck von Schuld schnitt ihr tief ins Herz.

»Zu lange fort, mein Sohn. Es tut mir leid, dass ich nicht da war, dich zu beschützen.« Ernst sah er Cadfan in die Augen.

Der legte seine runden Ärmchen um den Hals seines Vaters und schmiegte sein Gesicht an dessen Schulter.

»Schon gut«, murmelte er.

Aus Finlays Augen stahlen sich zwei weitere Tränen, und er wiegte seinen Sohn sanft. »Tut es dir noch weh?«

Cadfan löste die Umarmung und sah seinen Vater treuherzig an.

»Nein.«

»Der König hat mir erzählt, wie tapfer du warst.«

Ein stolzes Lächeln ließ Cadfans Gesicht aufleuchten.

»Der König?«

»Hm.«

»Das muss ich Gavin erzählen.«

Unter Tränen musste Raelyn schmunzeln. Gavin war erst eineinhalb Jahre alt und gar nicht in der Lage zu begreifen, was sein großer Bruder ihm so alles erzählte, aber Cadfan rannte immer zu ihm, wenn es etwas zu berichten gab.

»Dann wollen wir reingehen, was meinst du?«, fragte Finlay, und gemeinsam überschritten sie die Zugbrücke.

Geraume Zeit später, als Finlay auch seinen kleinen Sohn, Alan und Ean, Ealasaid und alle anderen Bewohner von Blair Castle begrüßt und ihre unendlichen Fragen beantwortet hatte, nahm Raelyn ihren Ehemann bei der Hand und führte ihn wortlos zum Stall.

Verwundert ging Finlay mit.

Sie hatte Faileas schon gesattelt. Es war später Nachmittag, die Luft flirrte in der Hitze, und Schwalben jagten hoch in der Luft nach Insekten.

»Du willst ausreiten?«

Raelyn nickte nur.

Finlay begrüßte sein Pferd voller Wärme und Freude, und der Hengst rieb seine Nase an seinem Gewand. Dann saßen sie auf.

»Wohin?«

»Lass dich überraschen.«

*

»Es ist beinahe fertig!«

Überwältigt stand Finlay vor dem neuen Wohngebäude, dessen heller Sandstein in der untergehenden Sonne golden leuchtete. Am Dachstuhl war letzte Hand angelegt worden. Stolz ragten die frisch behauenen Balken in den tiefblauen Himmel.

Heute, am Sonntag, ruhten die Bauarbeiten natürlich, und so waren sie ganz allein auf Sianar Daraich. Raelyn legte von hinten ihre Arme um Finlay.

»Gefällt es dir?«

Er schien die Unsicherheit in ihrer Stimme zu bemerken, denn er drehte sich um, nahm ihr Gesicht in seine Hände und sagte: »Es ist wundervoll.«

Erleichtert küsste sie ihn. »Lass uns reingehen.«

Sie ergriff seine Hand und zog ihn mit sich. An der Schwelle des zukünftigen Hauses blieb Finlay jedoch stehen. Mit einem feierlichen Ausdruck in den Augen hob er Raelyn hoch und trug sie durch die noch leere Türöffnung.

»Zu Hause«, sagte er und küsste sie mit einem glücklichen Lächeln sanft auf den Mund, bevor er sich neugierig umsah.

Links und rechts würden Lagerräume entstehen. Geradezu führte eine Treppe in den ersten Stock, von der aus sich die Wohnhalle hoch und großzügig öffnete, und auch, wenn sie noch lange nicht fertig war, konnte man schon jetzt erkennen, wie prachtvoll sie werden würde.

Eine weitere Treppe führte in den zweiten Stock zu den Privatgemächern. Hier waren noch keine Räume abgetrennt und da das Dach noch nicht gedeckt war, standen sie wieder unter freiem Himmel.

»Ich danke dir, Raelyn, das ist ein wundervolles Geschenk.«

Sie senkte den Kopf. »Ich musste es weiterbauen lassen. Es schien mir immer, als müsstest du wiederkommen, wenn hier die Arbeiten voranschreiten, als würde das verhindern, dass sie dich …«

Eigentlich hatte sie ihre furchtbare Angst vor ihm verbergen und ihm weismachen wollen, sie wäre tapfer gewesen, aber mit diesem Satz bröckelte ihre Tarnung.

Er zog sie wieder in seine Arme, ganz fest.

»Ich bin da.«

»Lass mich nicht mehr allein.«

Er küsste sie auf den Schopf und sagte lange Zeit nichts.

»Du weißt, dass ich auch wieder fortmuss.«

Sie nickte stumm. »Wie lange müssen wir das noch aushalten?«

»Vielleicht nicht mehr lange. So viel ist schon gewonnen.« Er löste sich von ihr und sah ihr in die Augen. »Und dann werden wir hier zu Hause sein. Hierher werden wir uns zurückziehen, wenn uns der Trubel auf Blair Castle zu viel wird, bis die Kinder groß sind.« Er bekam einen übermütigen Ausdruck. »Und wenn Cadfan ein Mann ist, werde ich den König bitten, ihm Blair Castle zu überschreiben. Blair Castle soll an den ältesten Sohn gehen, wenn der zum Ritter geschlagen wurde.« Er begann schelmisch zu lächeln. »Sollen sich doch die Jungen mit dem alten Kasten herumschlagen.«

»Das würde auch dem Fluch ein Schnippchen schlagen«, schmunzelte Raelyn. Es sollte ein Scherz sein.

»Es gibt keinen Fluch«, entgegnete Finlay ernst. »Blair Castle ist eine Burg wie jede andere, und Mauern töten nicht. Lady Isabel war nicht mehr Herrin ihrer Sinne, als sie das sagte.«

»Ich glaube ja auch nicht wirklich daran.«

Er nickte zufriedengestellt.

»Konntest du Malcolm verzeihen?«

Wieder nickte er. »Er war sehr zerknirscht. Hat mir jegliche zukünftige Unterstützung angeboten – inklusive der Ausbildung unserer Söhne.«

»Das ist ja wohl auch das Mindeste …«

»Er war zornig, Raelyn. Genau wie ich, als ich Will halb totschlug. Und später hat er sich geschämt.«

»Zu Recht.«

»Vielleicht. Doch etliches sprach für meine Schuld.« Überraschend wechselte er das Thema. »Mir ist heiß. Kommst du mit mir schwimmen?«

Gemeinsam eilten sie die Stufen wieder hinunter und dann das kurze Stück bis zum Loch Broom, an dessen Ufer sie hastig ihre Kleider abstreiften und ins Wasser rannten.

»Du schwimmst wie ein Fisch«, sagte Raelyn anerkennend, als Finlay mit kräftigen Zügen ein gutes Stück auf den See hinausgeschwommen und dann zu ihr zurückgekommen war.

»Und du bist wunderschön wie eine Wasserelfe.« Seine starken Arme schlangen sich um sie. Seidig und kühl umschmeichelte das Wasser ihre Haut, während Finlays Duft sie schier um den Verstand brachte. Begierig küsste sie ihn, so froh, ihn wiederzuhaben, und das Kribbeln, das seine Lippen auf den ihren verursachten, begann sich in ihrem Körper auszubreiten. Ihre Brüste wurden groß und empfindlich, ihre Brustwarzen verlangte es nach Berührung, und ihre Scham begann zu pulsieren.

Verlangend strichen seine großen Hände über ihren Rücken und wanderten nach unten. Raelyns Atem wurde rau, als Finlay ihren Po erreichte und dann weiter zu ihren Oberschenkeln hinab glitt, die er umfasste und sie hochhob.

Langsam drang sein pralles Glied in sie ein, und allein das schenkte ihr ihren ersten Höhepunkt. Genießerisch hielt er die Augen geschlossen und lächelte glücklich, während ihre Schauder verebbten. Dann begann er, sich in ihr zu bewegen. Erst bedächtig kreisend, dann mit zunehmendem Tempo. Er presste sie an sich, vergrub sein Gesicht in ihren nassen Locken und gab sich seiner Lust hin, auch sein Atem nun schnell und rau. Sie küsste seine Stirn, seine Augen und seinen Mund, als sich sein Same in sie ergoss.

»'S tusa gràdh mo bheatha«, murmelte Finlay leise.

Raelyn sah ihn fragend an. Sie sprach nur wenige Brocken Gälisch.

»Du bist die Liebe meines Lebens«, übersetzte er.

Kapitel 32

– London, am 11. Tag des Monats November im Jahre des Herrn 1313 –

»Da kommt dein Freund wieder«, bemerkte Bischof de Lamberton leise.

Lucas' Blick ruckte zum Tor. Und wirklich: Ein Gefolge von mindestens dreißig Reitern passierte soeben die Zugbrücke, an deren Spitze Humphrey de Bohun, Henrys Vater, ritt. Vor einem Monat hatte König Edward ihm das erwartete Pardon erteilt.

Eilig suchte Lucas die nachfolgenden Reihen mit den Augen ab. In der vierten wurde er fündig, und sein Herz machte einen kleinen Sprung, als er Henry entdeckte.

»Mir ist es hier zu ungemütlich«, sagte de Lamberton. Ein schneidender Wind fegte über den Hof von Westminster Palace und obwohl die Sonne blass vom Himmel schien, war es kalt. »Aber du willst ihn sicher begrüßen.« Er zwinkerte seinem Schüler zu und verabschiedete sich Richtung Gästequartiere. »Ich erwarte dich zur Mittagszeit.«

Lucas verbeugte sich dankbar. Mittlerweile war die Equipage im Hof angelangt. Stallburschen und Knechte kamen, um die Pferde in Empfang zu nehmen, und der Haushofmeister begrüßte den Earl of Hereford gebührend.

Henry hielt die Zügel eines prachtvollen Schlachtrosses und nahm den Schild eines stattlichen Ritters entgegen, den Lucas noch nie gesehen hatte. Der junge Mann trug eine perfekt gearbeitete schwarze Rüstung, die selbst im matten Licht der Novembersonne glänzte. Den Helm mit dem ausladenden Federbusch hatte er unter den Arm geklemmt. Seine edlen Gesichtszüge trugen einen etwas hochmütigen Ausdruck, doch als er sich jetzt zu Henry herabbeugte, um ihm auch den Helm zu übergeben, lachte er über einen Scherz, den dieser wohl gerade gemacht hatte, und der Hochmut verflog.

Blendend weiße Zähne blitzten auf. Elegant schwang er sich aus dem Sattel des Pferdes. Das Tier hatte ein tiefbraunes Fell und eine dichte schwarze Mähne, die in sanften Wellen über seinen stolz gewölbten Hals floss. Die Haare des unbekannten Ritters waren ebenso schwarz gewellt, Ross und Reiter bildeten ein perfektes Paar, und Henry war augenscheinlich voller Verehrung. Noch nicht einmal hatte sein Blick bisher von dem Ritter abgelassen.

Lucas konnte nicht mehr warten. Er eilte auf den lang vermissten Freund zu.

»Henry!«

Erstaunt sah der Angesprochene sich um. Auch er hatte sich in diesem Jahr seiner Abwesenheit verändert. Er war nochmals gewachsen. Seine Schultern waren breit, seine Gesichtszüge kantiger, als Lucas sie in Erinnerung gehabt hatte, und die Nase war offensichtlich abermals gebrochen worden.

»Lucas!«

Ehe er sich versah, hatten ihn Henrys kräftige Arme umschlungen und drückten ihm beinahe die Luft ab, bevor er ihn ebenso schnell wieder freigab und ihm freudig auf die Schulter drosch.

»Gut, dich wieder zu sehen!«

Der fremde Ritter musterte Lucas mit distanziertem Interesse.

»Henry«, sagte Henry, »darf ich dir meinen Freund Lucas vorstellen.«

Der verbeugte sich.

»Und Lucas«, Henrys Stimme nahm einen sehr ehrfürchtigen Ton an, »dies ist mein Namensvetter und Großcousin Henry de Bohun.«

»Eine Freude, Euch kennenzulernen, Sir«, bekundete Lucas höflich.

Der junge Ritter nickte, doch es war nicht zu übersehen, dass er einen Priesterschüler für langweilige Gesellschaft hielt.

Henry hingegen fuhr unbekümmert fort mit seiner Vorstellung: »Lucas gehört zum Gefolge des Bischofs von St. Andrews.«

Die Langeweile wich Abneigung. »Ein Schotte?«

Henry runzelte die Stirn. »Ein Schotte, ja, doch er steht auf der richtigen Seite.«

Die Gesichtszüge des Ritters glätteten sich in gespielter Gleichgültigkeit.

»Ist das so …« Er würdigte Lucas keines weiteren Blickes und wandte sich der Halle zu.

»Bring das Pferd in den Stall, dann komm und hilf mir aus der Rüstung.«

Henry nickte eifrig, und der Ritter schritt erhobenen Hauptes davon.

»Ich bin sein Knappe«, erklärte Lucas' Freund voller Stolz auf dem Weg über den Hof. »Aber er ist mir eher wie ein älterer Bruder.«

Gemeinsam betraten sie den Stall. »Du solltest sehen, wie er sein Schwert führt«, schwärmte Henry, während er dem mächtigen Ross Sattel und Zaumzeug abnahm und die kostbare Schabracke zusammenlegte, die das Pferd bedeckt hatte. »Und auf dem Turnierplatz ist er nicht zu schlagen. Niemand geht so geschickt mit der Lanze um wie Henry.«

Lucas schmunzelte. »Nun, ich werde wohl Gelegenheit bekommen, ihn zu bewundern. Der König veranstaltet ein Turnier anlässlich der Rückkehr deines Vaters.«

»Oh«, sagte Henry überrascht. »Das ist gut.« Dann grinste er und senkte die Stimme. »Wie recht du damals gehabt hast. Es ist kaum ein Jahr vergangen und mein Vater wieder in allen Ehren am Hof aufgenommen. Und nun sogar ein Turnier …«

»Wie ist es dir in dem Jahr ergangen?«, fragte Lucas und hängte das Zaumzeug über einen Nagel, nachdem Henry das Mundstück in einem bereitstehenden Eimer abgewaschen hatte.

»Erstaunlich gut«, entgegnete sein Freund. Er sah Lucas nachdenklich an. »Ich bin ihm richtig nahegekommen.

Meinem Vater, meine ich. Noch nie haben wir so viel Zeit miteinander verbracht. Bei der Jagd, beim Schachspiel, abends am Kamin.« Er zuckte etwas verlegen die Schultern. »Fast glaube ich jetzt, dass er mich sogar mag.« Dann räusperte er sich und wechselte das Thema. »Und ich habe Henry kennengelernt.« Wieder bemerkte Lucas diesen ehrfurchtsvollen Ausdruck in den Augen seines Freundes und spürte zu seiner Überraschung einen Stich der Eifersucht.

»Ich muss mich sputen, Lucas, er erwartet mich sicher schon«, bemerkte Henry dann und war verschwunden, bevor Lucas noch irgendetwas sagen konnte.

Perplex sah er ihm hinterher. Henry hatte nicht mit einem Wort nach seinem Wohlergehen gefragt.

Das versetzte ihm einen zweiten Stich.

*

Das Turnier fand am folgenden Sonntag statt. Offensichtlich wollten höhere Mächte die Versöhnung des Grafen von Hereford mit dem König feiern, denn die Sonne schien von einem zartblauen Novemberhimmel, und die Temperaturen waren ungewöhnlich mild. Für dieses vergleichsweise kleine Spektakel hatte man die hölzerne Tribüne und die Kampfbahn, die Buden und Zelte nicht in Smithfield, sondern direkt neben Westminster Palace auf der Wiese aufgebaut. Lucas trieb sich schon am frühen Morgen auf dem Platz herum. Bereits am Vortag waren Gaukler und ein Bärenführer angekommen. Fasziniert beobachtete der Priesterschüler, wie das große Tier mit dem struppigen braunen Fell und dem Maul voller scharfer Zähne sich über einen Batzen rohes Fleisch hermachte, froh, dass der Bär an einer so dicken Eisenkette hing. Jongleure gingen umher und übten ihre Kunststücke, während in den Buden alles für die Verköstigung der edlen Damen und Herren sowie der Turnierteilnehmer vorbereitet wurde. Es begann, nach gesottenem Fleisch, nach Met und Wein zu duften. Hier briet man Fische an einem Spieß über dem Feuer, dort wurden in einem fahrbaren Ofen kleine Brote, Kuchen und Pasteten gebacken. Schmuckhändler bauten ihre Waren auf, Waffenschmiede stellten ihre kunstvoll gearbeiteten Messer und Schwerter aus. An einem Stand entdeckte Lucas Kettenhemden, Lederwamse, Arm- und Beinschienen, an einem anderen Helme aller Machart mit prachtvollen Verzierungen. Ein Händler bot sogar Jagdvögel feil. Falken, Habichte und Sperber hockten angekettet auf Stangen und folgten Lucas mit ihren kleinen glänzenden Augen, als er vorbeiging.

Dann läuteten die Glocken von Westminster Abbey, und Lucas beeilte sich zurückzukommen. Das Turnier begann wie üblich mit einer Messe.

Als er die Kirche betrat, war sie schon gerammelt voll. Viele Edelleute aus den umliegenden Grafschaften waren gekommen, hatten ihre Frauen und Kinder, ihre Verwandten und Knappen mitgebracht.

Er entdeckte Henry in einer der vorderen Reihen, natürlich an der Seite seines Großcousins. Die Freunde hatten in den letzten Tagen kaum ein Wort gewechselt, immer hatte de Bohun die Anwesenheit seines Knappen verlangt. Und Henry hatte nicht einmal Anstalten gemacht, sich davonzustehlen, wie es früher seine Art gewesen war. Untypisch pflichtbewusst wartete er seinem Ritter bis spät in die Nacht am Tisch auf, reinigte seine Rüstung, schliff sein Schwert, putzte seinen albernen Gaul, hielt de Bohun den Steigbügel, schleppte ihm seine Waffen hinterher und hatte keinen Blick für Lucas übriggehabt.

Er bemühte sich darum nicht, zu seinem Freund zu gelangen.

Stattdessen fand er noch einen Platz neben Athelstan. Der Küchenchef war in die Jahre gekommen. Etliche Krähenfüße umkränzten seine Augen, und sein Haupthaar war mittlerweile ausgefallen. Dafür sprossen umso mehr Haare aus seinen Ohren.

»Viel beschäftigt, unser Henry«, bemerkte Athelstan leise.

Lucas brummte nur.

Der wohlbeleibte Mann bedachte den Jüngeren mit einem aufmunternden Stups.

»Warte noch ein wenig«, riet er. »Wenn dieses Turnier erst vorbei ist, wird der Trubel nachlassen und Henry wieder mehr Zeit haben.«

Lucas seufzte zweifelnd. »Ich glaube, de Bohun hält nicht viel von uns Schotten«, bemerkte er.

Athelstan hob kritisch eine Augenbraue. »Und du meinst, unser Henry lässt sich davon beeinflussen?«

Der Priesterschüler zuckte mit den Schultern, doch zu einer Antwort kam er nicht mehr, denn jetzt begannen die Glocken abermals zu läuten, und die Mönche hielten in großer Prozession ihren Einzug. Der Gottesdienst nahm seinen Lauf.

Nach der Messe strömten die Kirchgänger zum Turnierplatz, und dichtes Gedränge entstand zwischen den Zelten und Buden. Alle waren herausgeputzt, Damen und Herren gleichermaßen. Jetzt machten die Händler ihre ersten Geschäfte, denn man war nüchtern zum Gottesdienst gegangen, und die köstlichen Speisen ließen so manchem das Wasser im Munde zusammenlaufen. Lucas erstand eine Pastete und biss herzhaft hinein. Athelstan spendierte einen Becher Bier, und gemeinsam suchten sie sich einen Platz auf der hölzernen Tribüne: Soeben verkündeten die Fanfaren den Beginn der Wappenschau.

Ein Herold baute sich in der Mitte des Kampfplatzes auf und verlas von einer großen Pergamentrolle Namen, Titel, Abstammung und Verdienste der Teilnehmer. Die Aufgerufenen ritten prunkvoll ausstaffiert durch die Arena. Ihre Rüstungen funkelten in der Morgensonne, Lanzen und Schwerter blitzten. Manch einer zügelte sein Pferd vor der Tribüne und senkte seine Lanze vor einer Dame, die dann errötend ein Seidentuch daran festknotete.

An vorletzter Stelle wurde Henry de Bohun aufgerufen. Ein bewunderndes Raunen ging durch die Reihen, als der schmucke junge Ritter auf seinem feurigen Pferd über den Platz ritt. Etliche der unverheirateten Damen warfen ihm schmachtende Blicke zu, doch de Bohun hielt nirgends an. Offensichtlich hatte er sein Herz noch nicht verschenkt.

Dann erschien der König mit seinem Gefolge. Er trug ein Gewand aus Goldbrokat und darüber einen vergoldeten Brustpanzer, der blendend in der Sonne funkelte, an dessen Schultern ein hermelingefütterter Mantel befestigt war.

Lucas rutschte von seinem Sitz, um – wie alle anderen Anwesenden – in einer tiefen Reverenz zu versinken, während Edward auf der Ehrentribüne am Kopf der Kampfbahn Platz nahm und mit einem Wink dem Herold die Erlaubnis erteilte, das Turnier zu beginnen. Wieder erschollen Fanfaren.

Zunächst würde es einen Tjost geben. Im Gegensatz zu früheren Zeiten musste dabei heute nicht mehr unbedingt mit dem Tod eines der Kontrahenten gerechnet werden, denn seit gut zwanzig Jahren galt in England das *Statutum Armorum,* welches regelte, dass stumpfe Lanzen und Schwerter zu verwenden waren, dass einem gefallenen Ritter aufgeholfen werden musste, dass Knechte und Fußvolk die Farben ihres Herrn zu tragen hatten und keine Angriffswaffen bei sich haben durften. Der alte König Edward hatte diese Regeln eingeführt, möglicherweise, mutmaßte Lucas, weil er selbst schlechte Erfahrungen auf einem Turnier hatte sammeln müssen. 1273 waren die Dinge in Chalons außer Kontrolle geraten, als der dortige Graf den König von England am Genick gepackt hatte und vom Pferd werfen wollte – unter Bruch der Regeln, wie Edward damals meinte. Das Fußvolk griff ein, es gab einen erbitterten Kampf und kam zu Toten und Verwundeten unter den Beteiligten und den Zuschauern.

»Ist hier noch ein Plätzchen für mich frei?« Bischof de Lambertons Stimme drang zu Lucas' Erstaunen an sein Ohr. Hurtig sprang er auf die Füße.

»Gewiss, Exzellenz«, beeilte er sich zu sagen.

Der Bischof begrüßte auch den Küchenchef. »Hat es schon angefangen?«

»Ihr habt noch keinen Reiter verpasst«, entgegnete Athelstan.

In diesem Augenblick ritten die ersten beiden Kontrahenten in die Bahn. Edmund FitzAlan, der Graf von Arundel, und William Montagu, der große Besitzungen in Somerset, Dorset und Devon sein Eigen nennen konnte, verneigten sich auf ihren Rössern vor dem König, bevor sie ihre Helme aufsetzten, das Visier herunterklappten und ihre Ausgangspositionen einnahmen. Eilig brachten die Knappen ihre Lanzen und Schilde herbei.

»Ich werde mir nie merken können, wie nun der Sieger ermittelt wird«, murmelte de Lamberton. Der Bischof hatte wenig Interesse an Turnieren.

»Es gibt ein Punktesystem. Genauer gesagt werden Lanzen gezählt«, klärte ihn Lucas auf, ohne den Blick von der Kampfbahn abwenden zu können. »Eine Lanze erhält, wer seinen Gegner zwischen Sattel und Helmbolzen trifft, zwei, wer oberhalb des Helmbolzens trifft, und drei, wer seinen Gegner aus dem Sattel stößt oder ihn so entwaffnet, dass er nicht mehr weiterkämpfen kann.«

»Helmbolzen?«, fragte der Bischof.

»Dieser runde Buckel auf der Mitte des Schildes.«

»Am Ende haben jedoch die Damen das Sagen«, setzte Athelstan die Erklärung fort. »Die Herolde notieren während des gesamten Turniers die Lanzen aller Ritter, nicht nur hier beim Tjost, sondern auch bei den weiteren Wettkämpfen. Diese Listen werden der Königin und ihren Damen übergeben, und sie wählen dann den Sieger des Turniers aus.«

Ein Trompetenstoß kündigte den Beginn des ersten Durchgangs an. Die beiden Ritter gaben ihren Pferden die Sporen und preschten aufeinander zu, während dem Publikum der Atem stockte. Splitternd krachte FitzAlans Lanze auf Montagus Schild. Der Stoß war heftig genug, um Sir William rückwärts aus dem Sattel zu schleudern. Ein »Oh!«, ging durch die Reihen, als er hart auf den Boden schlug. Doch

Montagu rappelte sich wieder auf und humpelte vom Platz, während sein Knappe das reiterlose Pferd einfing.

Unterdessen waren schon de Bohun und David Flitwick, ein Ritter aus Bedfordshire, vor den König geritten. Lucas sah, wie Henry seinem Herrn Schild und Lanze reichte, dann galoppierten auch diese beiden gegeneinander. De Bohuns Lanze brach an Sir Davids Schild, doch beide Ritter blieben im Sattel. Im zweiten Durchgang traf de Bohun Flitwick mitten auf den Brustpanzer, doch wieder konnte Sir David sich halten.

»Wie lange wollen sie das noch machen?«, fragte der Bischof. Bereits jetzt war ihm eine gewisse Langeweile anzumerken.

»Meist werden sechs Durchgänge geritten, wenn keiner aus dem Sattel befördert wird«, entgegnete Lucas und sah seinen Mentor von der Seite an. »Warum schaut Ihr zu, wenn es Euch nicht interessiert?«

De Lamberton hob vielsagend die Augenbrauen und senkte die Stimme, so dass nur Lucas ihn hören konnte. »Weil König Edward Andeutungen machte, die mich bewogen, dem Spektakel ausnahmsweise einmal beizuwohnen.«

»Andeutungen?«, fragte Lucas verwirrt.

»Vielleicht irre ich mich auch«, wehrte der Bischof ab und wollte sich nicht näher äußern. Sein besorgter Gesichtsausdruck verursachte seinem Schützling jedoch ein leichtes Magenkribbeln.

Ein lautes Krachen und vielstimmig gestöhnte »Ahs« und »Ohs« lenkten Lucas' Aufmerksamkeit wieder auf das Turniergeschehen. Sir David lag im Staub, während Henry de Bohun mit geschwellter Brust von der Bahn ritt.

Es folgte Durchgang auf Durchgang. Hugh le Despenser ritt gegen den Earl of Gloucester, Sir John de Warenne maß sich mit William Brabazon, und selbst Thomas of Lancaster ritt in die Bahn und zerbrach seine Lanze am Schild von Henry de Beaumont. Doch zuletzt war es de Bohun, der als Einziger ungeschlagen blieb. Selbst von hier oben auf der Tribüne konnte Lucas ausmachen, wie stolz Henry auf seinen Herrn war. Neidlos musste Lucas zugeben, dass er recht gehabt hatte: Niemand führte die Lanze so geschickt wie der stolze schwarzhaarige Ritter auf seinem prachtvollen Hengst.

Doch dies war nur der erste Teil gewesen, jetzt folgte der eigentliche Turnierkampf. Dafür würden die Ritter zwei Gruppen bilden und wie in einer Schlacht (jedoch mit stumpfen Waffen) gegeneinander kämpfen.

»Ich bin gespannt, wie Edward die Männer einteilt«, sagte de Lamberton leise.

»Was meint Ihr?«, fragte Lucas.

»Unter den hier angetretenen Rittern gibt es einige, die vorbehaltlos zu ihm stehen wie der junge Despenser oder William Montagu, und Gegner, die wie John de Warenne oder Edmund FitzAlan gerade erst wieder die Gunst des Königs erlangt haben.«

»Ihr meint, Edward wird sie gegeneinander kämpfen lassen?«

Der Bischof zuckte mit den Schultern. »Möglich.«

Doch Edward überraschte sie alle.

Zunächst gab es allerdings eine längere Pause, in der man sich noch einmal erfrischen konnte. Athelstan verabschiedete sich, da er nun in die Küche zurückkehren musste, um das Festmahl vorzubereiten. Als alle anderen wieder auf den Tribünen versammelt waren, erhob sich der König, und die Menge verstummte.

»Mylords and Ladys!« Kraftvoll hallte die Stimme des Königs über den Platz. Offensichtlich hatte er die Trauer über Gavestons Tod überwunden und sich mit den Gegebenheiten arrangiert. Zum ersten Mal erinnerte er Lucas an seinen mächtigen Vater. Wie der alte König Edward war er ein großer Mann, maß mindestens sechs Fuß. Breitschultrig und mit den prunkvollen Kleidern angetan wirkte er überaus machtvoll.

»Mit Freuden feiern wir heute unsere Versöhnung mit einigen unserer Lords und erteilen ihnen wieder uneingeschränkt unsere Gunst. Mögen wir uns nie wieder entzweien und bedenken, dass es die Feinde außerhalb

Englands sind, gegen die wir uns wenden sollten!« Er machte eine Kunstpause. »Um den Zusammenhalt zu fördern, der zwischen den Adligen dieses Landes herrschen sollte, werden die hier angetretenen Ritter nicht gegeneinander kämpfen!«

»Sondern gegen wen?«, fragte Lucas leise und unbehaglich. Auch alle anderen Gesichter waren ratlos und gespannt. Edward setzte ein süffisantes Lächeln auf und ließ seine Untertanen noch einen Augenblick im Ungewissen zappeln. Dann gab er einen Wink. »Führt sie herein!«

Soldaten erschienen und eskortierten eine Reihe einfach gerüsteter Männer. An ihrer Spitze marschierte ein junger Kämpfer, sicher nicht älter als fünfzehn Jahre, den man in eine komplette Kettenrüstung gesteckt hatte.

William de Lamberton wurde blass. »Das ist es also …«

»Wer ist das?«, fragte Lucas bang.

»Andrew de Moray«, flüsterte der Bischof.

»Andrew de Moray?« Lucas war vollkommen verwirrt.

»Der Sohn von Sir Andrew de Moray, dem Mann, der mit William Wallace den Sieg bei Stirling Bridge errungen hat. Der junge Andrew wurde vor zehn Jahren vom alten Edward als Geisel nach England verschleppt«, erläuterte de Lamberton schwach.

»Und wer sind die anderen Männer?«

»Auch schottische Kriegsgefangene. Ich sehe Sir William Giffard, Geoffry Edgar, Sir Adam le Picard, Nicholas of Donisier … Sie alle sind seit Jahren in englischer Gefangenschaft.«

Entgeistert sah Lucas auf den Kampfplatz. »Er lässt England gegen Schottland kämpfen?«

De Lamberton nickte. »Was für ein gewiefter Schachzug.«

»Wie haben sie Andrew de Moray und die anderen nur dazu gebracht, hier mitzuspielen?«

»Sie tun es wohl kaum freiwillig.«

Die Schotten wurden bewaffnet und bekamen Pferde, während die Eskorte am Rande der Kampfarena Aufstellung nahm, um zu verhindern, dass sie flüchteten.

»Haben sie überhaupt eine Chance?«, fragte sich Lucas.

»Das glaube ich kaum. Als Gefangene hatten sie sicher wenig Gelegenheit, ihre Kampffertigkeiten zu üben, wenn sie überhaupt genug zu essen hatten. Und Andrew de Moray ist noch ein grüner Junge mit keinerlei Erfahrung. Doch es soll anscheinend nach einem ausgeglichenen Kräfteverhältnis aussehen. Edward will seinen Rittern einen Sieg schenken, auf den sie stolz sind und der sie zusammenschweißt. Und heiß macht auf die wirkliche Schlacht, die er gegen Schottland zu schlagen gedenkt.«

Auch die englischen Ritter bestiegen ihre Pferde. Bei genauer Betrachtung waren sie zahlenmäßig sogar unterlegen. Fünfunddreißig Schotten zählte Lucas, gegen die achtundzwanzig Engländer standen.

Eine Leine wurde zwischen den beiden Lagern gespannt, und der Herold verkündete noch einmal die Kampfregeln. Dann ertönte das Signal, und die Leine wurde fortgezogen. Schreiend stürzten sich die Männer in den Kampf. Lanzen splitterten, stumpfe Schwerter und Streitkolben krachten auf Schilde. Die Schotten kämpften mit grimmiger Verbissenheit und Hass in den Augen. Es war ein unübersichtliches Gewusel, in dem Lucas lediglich versuchte, Andrew de Moray im Blick zu behalten. Der sah sich Gilbert de Clare gegenüber. Der Altersunterschied und die perfekte Ausrüstung des Earls of Gloucester schienen den jungen Schotten nicht zu beeindrucken. Auch sein Gesicht zeigte eine kalte Wut. Gewandt schlug er mit seinem Schwert auf den Engländer ein. Doch de Clare wehrte sich nicht minder geschickt und je länger der Kampf andauerte, umso ersichtlicher wurde seine Überlegenheit. Trotzdem gab Andrew nicht auf, Lucas bewunderte seinen Wagemut. Überraschend ließ er Zügel und Schild fahren, und auch die Menge ließ ein fast bewunderndes Raunen hören, als der junge Schotte sein Pferd nun nur noch mit den Knien lenkte und zusätzlich zum Schwert seinen Streitkolben zückte. Wie besessen schlug er beidhändig auf de Clare ein, der – aus dem Gleichgewicht gebracht von der

Heftigkeit dieses Angriffes – zurückwich. Andrew de Moray hätte vielleicht sogar gesiegt, doch Henry de Bohun wusste es zu verhindern.

»Oh, nein, pass auf, Andrew«, flüsterte Lucas, obwohl der junge Schotte ihn natürlich nicht einmal hätte hören können, wenn er aus Leibeskräften gebrüllt hätte.

De Bohun, eines Gegners gerade ledig, wendete geschickt sein Pferd und preschte mit erhobener Lanze auf Andrew zu. Mit Wucht traf sie ihn mitten auf die Brust, und er wurde aus dem Sattel geschleudert. Benommen blieb er einen Moment liegen, und Lucas fürchtete schon, er sei tot. Doch dann regte er sich, schüttelte den Kopf und kam wieder auf die Beine.

De Bohun sprang seinerseits vom Pferd und trat dem jungen Schotten mit gezücktem Schwert gegenüber.

»Gib's ihm, Henry!«, schrie Lucas' Freund frenetisch vom Rand des Kampfplatzes aus. Der Priesterschüler hörte es, sah Henrys fanatischen Blick und schmeckte Bitterkeit.

De Bohun brauchte nur wenige Schläge – er war viel gewandter, viel größer, viel kräftiger. Binnen kürzester Zeit hatte er Andrew de Moray entwaffnet und auf die Knie gezwungen. Und so erging es allen Schotten. Nach und nach wurden sie überwältigt und dann gefesselt. Als auch der Letzte gebunden war, brachen die Engländer, nicht nur die Ritter auf dem Kampfplatz, sondern auch alle anderen, ihre Knappen, die Lords und Ladys auf den Rängen und der König selbst, in Jubel aus.

Lucas war wie erstarrt, bis er einen schmerzhaften Stoß in die Rippen erhielt.

»Schließ dich an!«, zischte de Lamberton.

Es fiel ihm unsagbar schwer. Doch seinem Mentor folgend hob er die Arme in die Luft und ließ die Sieger hochleben.

*

Das Festbankett war für Lucas eine Qual.

Einmütig saßen selbst sonst verfeindete Ritter beieinander und feierten ausgelassen ihren Sieg über die Schotten. Lucas wartete de Lamberton auf und wünschte sich weit fort.

»Edwards Plan ist aufgegangen«, bemerkte der Bischof leise, als sein Schüler ihm gerade den Becher füllte. Lucas fand keine Worte, er konnte nur nicken. Sein Mentor packte ihn kurz am Ärmel. »Reiß dich zusammen!«

Lucas versuchte es. Er atmete einmal tief durch und führte sich gerade vor Augen, zu welchem Zweck sie an diesem Hof waren, als der Abt von Westminster Abbey sich auf den freien Stuhl neben de Lamberton setzte.

»Wie schön, sie alle wieder so vereint zu sehen«, bekundete er mit Blick auf die feiernden Männer.

William de Lamberton hob den Weinpokal und stimmte lächelnd zu. »Wie recht Ihr habt.«

»Es erinnert mich an das Fest der Schwäne«, fuhr der Abt fort und erläuterte auf de Lambertons fragenden Blick: »Zweihundertsiebenundsechzig junge Männer erhielten damals in unserer schönen Kirche gemeinsam mit unserem heutigen König ihren Ritterschlag und feierten anschließend hier in dieser Halle. Es war eine großartige Zeremonie, die festen Zusammenhalt schuf. Viele, die damals ihren Ritterschlag erhielten, sehe ich heute hier versammelt, wie John de Warenne, William Brabazon, den jungen Despenser, David Flitwick oder auch William Montagu.« Er trank einen Schluck aus seinem Becher. »Es ist eine Schande, dass sie so lange im Zwist untereinander und mit unserem König standen. Doch jetzt findet England hoffentlich wieder zu seiner Stärke und Einigkeit zurück.«

»Dessen bin ich mir sicher.« De Lamberton hob seinerseits den Becher. »Nicht zuletzt aufgrund Gilbert de Clares Vermittlungsgeschick.«

»Der Earl of Gloucester hat seine Sache wahrlich gut gemacht«, stimmte der Abt zu. »Obwohl er den Lords Ordainer angehört, hat er die Nähe zum König nie verloren.« Er senkte die Stimme. »Nach Gavestons Tod fürchtete ich, der

Bürgerkrieg in diesem Land wäre nicht mehr aufzuhalten. Doch in de Clare hatten beide Seiten eine Vertrauensperson, und so ließ sich das Furchtbare noch einmal abwenden. Und Edward hat es ihm gedankt.«

Allerdings hat er ihm gedankt, dachte Lucas. Zweimal hat er ihn nun schon zum Hüter des Reiches ernannt.

»Dabei ist er noch so jung«, stellte de Lamberton fest. »Gerade einmal zweiundzwanzig, wenn ich mich nicht irre.«

»Ihr irrt nicht. Er erhielt seine Grafschaft schon mit sechzehn. Trotz seiner Jugend war er damals schon ein begnadeter Heerführer. Ruhm und den Respekt der anderen Lords hat er sich in Schottland erworben. Unter seiner Führung wurde Rutherglen zurückerobert.«

Nur weil Edward Bruce versäumt hat, es zu zerstören, fügte Lucas still hinzu. Aber der Abt hatte recht: Im Dezember 1308 war es den Engländern gelungen, Rutherglen aus Edward Bruces Händen zu reißen. Als einzige Burg, wenn Lucas sich richtig entsann.

»Ein beachtlicher junger Mann«, bemerkte der Bischof und steckte sich ein letztes Stück Käse in den Mund. Das Mahl war im Grunde vorüber, die Platten halb leer, die Bäuche gut gefüllt, und auch der König hatte sich bereits zurückgezogen. Lucas hoffte inständig, dass er bald verschwinden konnte.

»Seid Ihr gesättigt?«, fragte der Abt denn auch an de Lamberton gewandt.

»Mehr als das.«

»Dürfte ich Euch dann auf ein Wort in meine Gemächer bitten? Es gibt Vertrauliches zu besprechen.«

»Sicher.« Der Bischof erhob sich und nickte seinem Schüler einmal zu. »Ich brauche dich heute nicht mehr, Lucas.«

Erleichtert verbeugte der sich, bevor er sich anschickte, die Halle schleunigst zu verlassen. Er war müde und wollte nur noch in sein Bett.

»Lucas!«

Er hatte fast den Ausgang erreicht, als Henrys Stimme ihn aufhielt.

»Komm, setz dich zu uns! Du kannst doch noch gar nichts gegessen haben.« Sein Freund lachte arglos. Natürlich saß er neben de Bohun, an einem Tisch mit Sir Gilbert de Clare und dessen Knappen. Sie alle waren sichtlich betrunken, und der Wein schien auch de Bohun milde zu stimmen, denn er hob seinen Becher und lud Lucas mit einer Geste ein, Platz zu nehmen.

Widerstrebend kehrte der um.

»Na also!«, freute sich Henry und schlug ihm heftig auf die Schulter, kaum dass er sich gesetzt hatte. »Hier, trink!« Er drückte ihm einen gut gefüllten Becher in die Hand und angelte nach einer Platte, auf der sich noch Reste des Bratens befanden. »Und iss! An solch einem fantastischen Abend sollte niemand hungrig zu Bett gehen.«

Lucas verspürte überhaupt keinen Appetit, doch zumindest tat er einen tiefen Schluck. Der Rote war vollmundig und süß und stieg ihm sofort zu Kopf. Reiß dich zusammen, schärfte er sich selbst noch einmal de Lambertons Worte ein.

»Meinen Glückwunsch zu Eurem Turniersieg«, sagte er deshalb und hob de Bohun prostend den Becher entgegen. Huldvoll nahm der Ritter die Gratulation an.

»War er nicht großartig?«, fragte Henry begeistert.

»Unbedingt«, entgegnete Lucas und zwang sich zu einem Lächeln.

»Wenn wir nach Schottland ziehen, wird die Herrschaft dieses unmöglichen Räuberkönigs endlich ein Ende finden!«, prophezeite sein Freund leicht lallend, doch voller Enthusiasmus.

»So sei es«, stimmte de Clare nicht minder betrunken zu. »Vor sieben Jahren schwor unser alter König Edward bei Gott und der Reinheit zweier weißer Schwäne in ebendieser Halle, dass er Robert the Bruce, diesem Mörder, das Handwerk legen wird. Es ist wirklich Zeit, dass alle, die an jenem Tag ihren Ritterschlag erhielten, nun seinen Schwur einlösen.«

Die vier Engländer hoben die Becher, stießen an, und Lucas beeilte sich, ihrem Beispiel zu folgen.

»Und dann werden wir den Schotten wieder den Platz zuweisen, der ihnen gebührt«, fügte de Bohun mit einem schwer zu deutenden Seitenblick auf Lucas zu.

»Henry«, mahnte sein Knappe. »Was hast du nur immer? Ich sagte dir doch: Lucas und Bischof de Lamberton stehen auf der richtigen Seite.«

»Dennoch sind sie Schotten. Ein englischer König sollte sich nicht auf die Ratschläge eines schottischen Bischofs verlassen«, entgegnete der Ritter überheblich.

Lucas biss die Zähne zusammen und erhob sich.

»Lucas«, murmelte Henry beklommen.

»Ich will Euch nicht länger mit meiner Gegenwart belästigen, Gentlemen«, erklärte er mit seiner freundlichsten Stimme, verbeugte sich und machte Anstalten zu gehen.

»So bleib doch noch«, verlangte Henry. »Du hast doch noch gar nichts gegessen.«

»Ich bin nicht hungrig«, widersprach Lucas, nickte knapp und marschierte zur Halle hinaus.

Kalte Herbstluft umfing ihn, als er aus der stickigen Halle in die Dunkelheit des Hofes trat. Lucas atmete tief durch. Tausende Sterne funkelten an einem wolkenlosen Nachthimmel. Er legte den Kopf in den Nacken und verlor sich in der unermesslichen Zahl kleiner, leuchtender Punkte. Erst hier draußen wurde ihm bewusst, was ihn so bestürzte: All die Jahre hatte er sich der Hoffnung hingegeben, zwischen Schottland und England könne es Frieden ohne Blutvergießen geben. Eine Einigung auf diplomatischem Wege. Eine Einigung, die verhindert hätte, dass er Henry verraten müsste. Seinem Verstand war immer klar gewesen, dass dies nur eine sehr vage Hoffnung gewesen war, doch das Ausmaß seiner Trauer verdeutlichte ihm, wie fest sein Herz mit dieser Möglichkeit gerechnet hatte.

»Ich bin so ein Narr!« Wütend trat er nach einem herumstehenden Eimer. Dann ließ er die Schultern sinken und machte sich auf den Weg zu seinem Quartier.

»Lucas?«

Oh, bitte Henry, lass mich in Ruhe, flehte er stumm. Trotzdem blieb er stehen.

»Er hat es nicht so gemeint«, verteidigte Henry seinen Herrn.

Lucas sah ihn nur an und ersparte sich eine Antwort.

»Schon gut, du hast recht, er meint es so«, gab Henry zerknirscht zu, »aber ich teile seine Ansichten nicht.«

»Das weiß ich«, entgegnete Lucas.

»Können wir noch Freunde sein?«

Die Antwort kam Lucas ganz leicht über die Lippen und entstammte seinem tiefsten Herzen, ungeachtet dessen, was die Zukunft vielleicht bringen mochte.

»Ich werde immer dein Freund sein.«

Kapitel 33

– Im Heerlager des Königs, am 26. Tag des Monats Januar im Jahre des Herrn 1314 –

»Wir müssen uns zuerst nach Edinburgh wenden!« Aufgebracht lief Thomas Randolf im Zelt des Königs auf und ab.

»Edinburgh ist zu stark. Roxburgh lässt sich viel einfacher erobern. Außerdem haben sie vier Jahre die Schwester des Königs in einem Käfig gefangen gehalten! Dafür gehören sie endlich bestraft!« Obwohl James oberflächlich gelassen am Tisch saß, konnte Finlay sehen, wie es in ihm brodelte.

»Sir Piers Lubaud, der Kommandant von Edinburgh, steht auf unserer Seite. Er wird uns helfen«, widersprach Randolf.

»Selbst wenn er zu uns steht, die Garnison ist fest in englischer Hand.«

»Nun, er könnte uns aber einlassen, mehr bräuchte er ja nicht zu tun.«

»Doch die Gerüchte, dass er die Fronten gewechselt hat, gehen schon länger. Ich kann mir nicht vorstellen, dass sie nicht auch dem Feind zu Ohren gekommen sind. Was, wenn sie ihn dingfest machen, bevor wir dort ankommen?«

»Ich wundere mich, James, Ihr seid doch sonst kein Angsthase.« Randolf war stehengeblieben und schaute James provozierend an.

James erhob sich drohend von seinem Stuhl.

»Genug!« Robert the Bruce hatte das Wortgefecht mit gerunzelter Stirn verfolgt. »Ich habe keine Lust, mir noch länger Eure Streitereien mit anzuhören. Niemand von uns weiß, welche Burg einfacher zu nehmen sein wird, aber das spielt auch überhaupt keine Rolle, denn sie müssen beide fallen. Daher übertrage ich Euch beiden diese Aufgabe. James, Ihr werdet Roxburgh angreifen, Thomas, du nimmst Edinburgh ein.«

Fiel es Finlay als einzigem auf, dass der König nach dieser Ansprache etwas tiefer Luft holen musste? Unauffällig musterte er Robert. Er wirkte erschöpft und blasser als gewohnt, und trotz der frostigen Temperaturen schwitzte er. Die Augen aller anderen hingegen waren auf James und Randolf gerichtet, die sich mit Blicken maßen. Dies würde ein Wettstreit werden; ein Wettstreit auch um die Gunst des Königs.

»Und nun, Gentlemen, lasst mich allein, eure Streitigkeiten sind ermüdend. Trefft Eure Vorbereitungen, in einer Woche brecht Ihr auf.«

Etwas beunruhigt kehrte Finlay in ihr Zelt zurück.

Alan und Ean hockten neben dem Kohlebecken. Es war kalt, Schnee lag einen Fuß hoch.

»Und?« Alan schaute neugierig auf.

»Der König schickt Randolf nach Edinburgh und James nach Roxburgh.«

»Und wir?«, fragte Ean.

Finlay zuckte mit den Schultern. »Werden uns vielleicht dem Bruder des Königs anschließen und ihn bei der Belagerung von Stirling unterstützen.« Seit Juni des letzten Jahres setzte Edward Bruce der englischen Garnison dort zu. Doch Finlay beschlich die Angst, dass der König augenblicklich keine Kraft für eine Belagerung haben könnte, diese Tatsache aber sorgsam versuchte geheim zu halten.

Eine Woche später, zu Lichtmess, brachen die beiden Heere auf und wurden vom König verabschiedet. Finlay, der neben Robert the Bruce stand und nicht anders konnte, als den König unentwegt zu beobachten, hörte dessen Atem deutlich schneller gehen, als er es für normal hielt. Als die anderen zu ihren Zelten zurückgingen, sagte er leise, so dass nur der König es hören konnte:

»Täusche ich mich, oder habt Ihr Luftnot, Majestät?«

Erschrocken sah der König ihn für einen Augenblick an, bevor er sich abwandte.

»Kommt in mein Zelt.«

Dort fragte er ohne Umschweife: »Wann habt Ihr es bemerkt?«

»Vor einer Woche.«

Robert fluchte stumm. »Wenn Ihr es bemerkt habt, dann merken es bald auch die anderen. Das darf nicht geschehen.«

»Nehmt Ihr noch die Medizin, die Euch Ealasaid verordnet hat?«

Beleidigt zog Robert die Augenbrauen hoch. »Ich habe die Dosis bereits vor drei Wochen verdoppelt, dennoch wird es von Tag zu Tag schlechter.«

»Dann hole ich Ealasaid her.«

Robert schüttelte den Kopf. »Das Letzte, was wir jetzt gebrauchen können, sind Gerüchte über meinen sich wieder verschlechternden Gesundheitszustand. Mit Grausen erinnere ich mich an die Tage vor der Schlacht bei Old Meldrum. Die Soldaten sind scharenweise desertiert. Niemand darf etwas wissen!«

»Aber sie werden es irgendwann wissen, wenn es Euch immer schlechter geht.«

»Das weiß ich auch. Was ich nicht weiß, ist, was ich tun soll.«

Finlay dachte nach. »De Lamberton weilt in St. Andrews, oder irre ich?«

»Ihr irrt nicht.«

»Wäre es so ungewöhnlich, ihn aufzusuchen?«

»Was soll ich in St. Andrews?«

»Ihr würdet nicht dorthin reiten, doch die Männer sollen es glauben. Wir brechen zum Bischof auf, nur dreißig meiner Männer und Ihr, Majestät, dann schlagen wir einen Haken um Perth und reiten nach Blair Castle.«

Robert ließ sich den Plan durch den Kopf gehen. Schließlich nickte er langsam.

Finlay spann den Faden noch etwas weiter. »Wir könnten Ean wirklich nach St. Andrews schicken. So erfahren wir noch

Neuigkeiten aus England und können de Lamberton in den Plan einweihen. Und wenn Ealasaid Euch behandelt hat, treffen wir uns mit ihm und kehren gemeinsam ins Heerlager zurück.«

*

Später verfluchte Finlay sich, dass sie nicht schon zu Lichtmess aufgebrochen waren. Zwar versuchte der König, sich nichts anmerken zu lassen, als sie drei Tage später endlich die Pferde bestiegen, doch Finlay entging nicht, wie sehr er unter Luftnot litt. Dennoch ließ Robert die Eskorte antraben; auch er wusste, dass sie im Schritt ewig nach Blair Castle brauchen würden. Blassblau wölbte sich der Himmel über ihnen, während sie die Straße nach St. Andrews einschlugen. Schnee lag nur noch spärlich, schmutzig und grau wie ein ungewaschenes Tischtuch über den Hügeln. Er behinderte ihr Vorankommen nicht, trotzdem war es bereits später Vormittag, als sie sich bei Glencarse von Ean trennten und nach Blair Castle ritten. Sie kamen nur mühsam voran. Nach jeder Strecke, die sie in etwas rascherem Tempo zurücklegten, brauchte der König eine Pause, um sich zu erholen.

»Er kann das nicht durchhalten«, raunte Alan und blickte besorgt zu Robert the Bruce, als sie zum wiederholten Male rasteten, kaum dass sie Dunkeld hinter sich gelassen hatten. Er war nicht abgestiegen. Vermutlich befürchtete er, nicht mehr die Kraft zu haben, um aufzusitzen. Mit beiden Händen auf den Sattelknauf gestützt, schöpfte er unter den unbehaglichen Blicken der Soldaten mühsam Luft.

Auch Finlay war sehr besorgt. Was, wenn der König es nicht bis zur Burg schaffte? Wenn er gar starb? »Von jetzt ab reiten wir nur noch im Schritt.«

»Es sind noch zwanzig Meilen«, gab Alan zu bedenken.

Finlay blickte zum Himmel. »Noch ist Zeit bis Sonnenuntergang. Wir sollten es auch im Schritt schaffen.«

Also machten sie sich in quälend langsamem Tempo wieder auf, Finlay dicht neben dem König. Meile für Meile kämpfte

Robert sich voran. Er sprach nicht mehr, erteilte keine Befehle. In seinen Augen stand der grimmige Entschluss durchzuhalten, doch seine Gesichtsfarbe wurde immer grauer. Auch Alan lenkte sein Pferd immer dichter an Robert heran, so dass sie ihren König zuletzt von beiden Seiten schützend flankierten. Die zwanzig Meilen muteten Finlay endlos an. Unnatürlich schien sich der Weg zu dehnen und jede Landmarke weiter weg, als Finlay es in Erinnerung gehabt hatte. Blass zog die Februarsonne über den Himmel, begleitete ihren zähen Ritt, ohne Wärme zu spenden, und im schneidenden Wind wurde es bitterkalt. Die Pferde schnaubten unwillig, die Soldaten machten grimmige und unruhige Gesichter. Finlay begann zu beten. Er betete um Kraft für den König und um Sicherheit für ihren Weg.

Doch als der Abend dämmerte, kippte Robert aus dem Sattel, ohne dass Finlay oder Alan es hätten verhindern können. Wortlos fiel er auf den Boden und blieb regungslos liegen.

»Oh Jesus Christus ...« Panisch sprang Finlay von Faileas' Rücken. Mit pochendem Herzen kniete er sich zum König und drehte ihn vorsichtig um, während die Soldaten mit betretenen Gesichtern einen schützenden Ring um sie bildeten.

Roberts Augen waren geschlossen. Er atmete, doch ein unnatürliches Brodeln war bei jedem seiner Atemzüge zu vernehmen.

»Alan, schnell. Wir müssen dem König Lentner und Kettenhemd ausziehen. Sie behindern seine Atmung zu stark.«

Vom Gewicht der schweren Rüstungsteile befreit, öffnete Robert flatternd die Lider und sah Finlay einen Augenblick verwirrt an, bevor sich sein Blick klärte. »Ich kann nicht mehr reiten.«

»Nein, Majestät, ich weiß.« Behutsam stützte er Roberts Oberkörper, um ihm das Atmen so leicht wie möglich zu machen. »Aber es sind nur noch drei Meilen bis zur Burg. Ich werde Euch jetzt vor mich in den Sattel nehmen. Ihr müsst nichts tun. Ich bringe Euch zu Ealasaid.«

Rasch führte Alan Faileas am Zügel zu ihnen, bevor er ihn hieß, sich hinzuknien. Zu zweit hoben sie den König in den Sattel. Faileas kam auf die Beine, und Finlay saß auf. Mit Furcht im Herzen und klammen Händen umfing er den König und galoppierte an.

Als er über die Zugbrücke ritt, war Robert the Bruce kaum noch bei Bewusstsein. Duncan bekam große Augen, als er die Ankömmlinge sah.

»Hilf uns«, drängte Finlay, und gemeinsam trugen sie den König in Ealasaids Kammer. Polternd stieß Duncan die Tür auf.

Mit einem einzigen Blick erfasste Ealasaid den Ernst der Lage und war sofort bei ihnen.

»Nicht auf den Tisch. Er kann nicht liegen. Setzt ihn auf den Stuhl.«

Kaum dass er saß, hörte sie seine Lunge ab, sein Herz und untersuchte seine Beine. Finlay stand dabei, die Kiefer fest aufeinandergepresst und hielt selbst den Atem an, um nur ja kein störendes Geräusch zu machen.

Dann kniete Ealasaid sich vor den König und sah ihn ernst an. »Diesmal sind es Eure Lungen und nicht Euer Brustfell, die sich mit Wasser gefüllt haben. Ich kann es nicht abziehen.«

Der Boden schien sich unter Finlay aufzutun, entsetzt tauschte er einen Blick mit Alan und Duncan, während sich in die Augen des Königs Todesangst schlich. Seine brodelnden Atemzüge beschleunigten sich, panisch glitten seine Hände über die Stuhllehne und dann zu seinem Gewandausschnitt, an dem sie in fruchtlosem Bemühen um Luft zerrten.

»Majestät …«

Robert versuchte aufzustehen.

»Majestät, bitte …« Ealasaid hinderte ihn, doch der König schüttelte ihre Hand ab und versuchte es erneut, während sein

Atem immer schneller und das Brodeln immer lauter wurde. Tiefblau verfärbten sich seine Lippen.

»Majestät, Ihr müsst versuchen, langsamer zu atmen«, verlangte die Heilerin eindringlich, doch zu Finlays Entsetzten schien sie nicht zu ihm durchzudringen.

»Robert!«

Die unziemliche Ansprache holte den König zurück. Konsterniert sah er sie an.

»Ihr werdet jetzt nicht aufgeben! Ich sehe, dass Ihr noch genug Kraft habt. Wir werden es Euch so leicht machen wie möglich, doch Ihr müsst ruhiger atmen: auf zwei Zeiten ein, auf drei aus. Dies ist Eure Schlacht. Schlagt sie!«

Bestimmt begann sie zu zählen. Robert fügte ihren Anweisungen und hielt sich an ihren Rhythmus, obwohl es ihm offenkundig schwerfiel.

»So ist es gut«, lobte Ealasaid und wandte sich an Finlay: »Schiebt den Stuhl an eines der Fenster, öffnet die Läden weit und deckt den König zu.«

Kühle Nachtluft strömte herein und füllte belebend die Kammer. So dicht am Fenster schien Robert befreiter zu atmen, und Finlay schöpfte etwas Hoffnung: Sie waren in Ealasaids guten Händen. Doch sein Mut sank gleich wieder, als er sah, wie die Heilerin nach der Phiole mit dem Opium griff.

»Was tut Ihr?«

»Ihm die Angst nehmen.«

»Ihr dürft ihn nicht sterben lassen!«

»Ich lasse ihn nicht sterben«, erwiderte sie fast grob und gab einen einzigen Tropfen des Schlafmohns auf einen winzigen silbernen Löffel. Dann trat sie zu Robert. Finlay rang noch mit sich, ob er sie hindern sollte, als sie dem König schon sanft gebot:

»Lasst dies auf der Zunge zergehen.«

In dessen Blick war keinerlei Argwohn, er hatte sich ganz in ihre Hände begeben, und Finlay beschloss, es ihm nachzutun.

Das Opium wirkte, und sogar rasch. Die Angst wich aus Roberts Gesicht, er entspannte sich, und das machte seine Atemzüge tiefer und kräftiger, wenn auch das Brodeln noch immer überlaut zu hören war.

Mit fliegenden Händen setzte Ealasaid einen Aufguss von Fingerhut an.

»Er wird sehr bitter schmecken«, sagte sie warnend, als sie ihm den Becher an die Lippen hielt. »Ich habe so wenig Wasser wie möglich verwendet.« Aber Robert verzog nicht einmal das Gesicht.

Dann begann die quälende Zeit des Wartens. Ealasaid schickte Alan und Duncan hinaus, nur Finlay durfte bleiben, während sich der König mühsam Atemzug um Atemzug erkämpfte. Das brodelnde Geräusch erfüllte den Raum und verursachte selbst Finlay ein unerträgliches Gefühl von Luftnot. Unfähig, sich zu setzen, ging er auf und ab, die Handflächen feucht und klamm.

Irgendwann klopfte es, und Raelyn steckte vorsichtig den Kopf zur Tür hinein. Mit zwei Schritten war er bei ihr und schloss sie in die Arme.

»Wie steht es?«

»Schlecht«, flüsterte er mit mühsam verborgener Furcht in ihr Ohr.

»Was können wir tun?«

»Nur beten.«

»Großer Gott …« Tröstend strich sie über seine Wange. »Verlier den Mut nicht.«

Er schüttelte den Kopf, obwohl ihm der Mut längst abhandengekommen war.

Der Mond verschwand vom Firmament, und die Nacht vor dem Fenster wurde schwarz und undurchdringlich wie vergossene Tinte, ohne dass sich die Luftnot des Königs auch nur einen Deut linderte.

»Es hilft nicht«, flüsterte Finlay verzweifelt, als er etwas abseits mit Ealasaid stand.

»Ihr müsst mehr Geduld haben. Damit das Wasser aus seinen Lungen schwinden kann, muss es zu den Nieren und von dort zur Blase gelangen.«

»Wie lange kann er dem noch standhalten?«

»Ich hoffe, lange genug.«

Das war nicht, was Finlay hatte hören wollen, und er begann wieder zu beten.

Doch endlich, als der Horizont sich bereits wieder silbern färbte, musste der König Wasser lassen.

Es begann langsam. Umgehend bereitete Ealasaid einen zweiten Aufguss von Birkenblättern und Brennnesseln, den sie dem König auch zu trinken gab, und während er wieder und wieder Wasser lassen musste, nahm das bedrohliche Brodeln nach und nach ab. Erschöpft schlief Robert the Bruce irgendwann in den frühen Morgenstunden auf dem Stuhl ein.

Noch einmal lauschte die Heilerin nach seinen Lungen, Finlay ließ sich todmüde auf die Fensterbank fallen.

»Gott sei Dank. Ealasaid, Ihr seid ein Wunder.«

»Gott wirkt die Wunder, Sir Finlay. Er hat den Fingerhut erschaffen, nicht ich. Und lobt den Morgen nicht vor dem Abend.« Sie sah besorgt auf ihren Patienten hinab. »Es hat ihn sehr geschwächt. Diesmal hat nicht viel gefehlt …«

Finlay spürte die Angst wie einen Stein in seinem Magen.

»Wie konnte es dazu kommen?«, fragte sie. »Hatte er wieder ein Fieber?«

Er schüttelte den Kopf.

»Hat er seine Medizin nicht mehr genommen?«

»Robert hat sogar die doppelte Menge genommen, als er bemerkte, dass es ihm schlechter geht.«

Ealasaid dachte eine Weile nach. »Vielleicht waren die Kräuter schon zu alt und haben an Heilkraft verloren. Habt Ihr sie dabei?«

Müde ging Finlay hinunter in den Stall und holte den Beutel aus der Satteltasche des Königs. Die Burg war bereits wieder erwacht, aus der Halle hörte er das Klappern von Schalen und

Bechern und fragte sich, wo Raelyn war. Er sehnte sich unendlich nach ihr, aber noch musste er durchhalten.

Dafür lief er auf der Treppe Alan über den Weg, der ihn fragend ansah. Gemeinsam kehrten sie zu Ealasaids Kammer zurück.

Als die Heilerin den Beutel öffnete und daran schnupperte, weiteten sich ihre Augen. Sie schnupperte noch einmal.

»Das ist nicht die Medizin, die ich dem König zukommen ließ!«

»Was?« Finlay war aufgesprungen.

»Wenn meine Nase mich nicht trügt, ist das vor allem Melisse.«

»Jemand hat die Kräuter ausgetauscht?«, fragte Alan langsam. Entsetzt sahen sie sich an.

»Wer?«

Kapitel 34

– Blair Castle, am 22. Tag des Monats Februar im Jahre des Herrn 1314 –

Die Genesung des Königs schritt nur langsam voran. Tagelang schlief er einen fast todesähnlichen Schlaf, sein Herz schlug unregelmäßig und schwach, und Finlay sorgte sich ununterbrochen. Dann bekam Robert auch noch Fieber und einen festsitzenden Husten.

Ealasaid tat alles in ihrer Macht Stehende. Sie ließ ihn die heilsamen Dämpfe von Kampfer inhalieren, verabreichte ihm den Sud von Efeu und Thymian und machte Umschläge. Die ganze Burg schien den Atem anzuhalten. Täglich lasen Vater Dunsten und Bruder Calum gemeinsam eine Messe für den Kranken, bis zwei Wochen später de Lamberton, Lucas und Ean erschienen, die sich in St. Andrews berechtigt gesorgt hatten.

»Exzellenz.« Finlay verbeugte sich und nahm das Pferd des Bischofs persönlich in Empfang.

»Wie geht es ihm?«

»Ein klein wenig besser. Seit gestern hat er kein Fieber mehr.«

»Ich muss sofort zu ihm.«

»Ean, geleitest du den Bischof zu Ealasaids Gemach?«

Der junge Mann nickte, und die beiden verschwanden eilig im Palas.

»Lucas.« Finlay wandte sich seinem ehemaligen Pagen zu. »Du hast mir das Leben gerettet.« Trotz der Sorgen, die ihn plagten, hatte er das Bedürfnis, ihm zu danken.

»Nicht allein«, gab der mit einem Lächeln zurück.

»Nein, aber maßgeblich.« Er nahm ihn kurz in den Arm. Groß und stattlich war der Junge geworden. Nichts erinnerte noch an das schmächtige Bürschchen von einst. Das schlichte

Priestergewand verlieh ihm eine stille Autorität und ließ ihn älter wirken als die siebzehn Jahre, die er nun zählte.

»Wie steht es um die Gesundheit des Königs?«

Finlay senkte die Stimme. »Schlecht. Jemand hat seine Heilkräuter ausgetauscht, und das hat ihn fast umgebracht. Obwohl Ealasaid das Schlimmste verhindern konnte, erholt er sich nur langsam.«

»Was können wir tun?«

»Beten«, gab Finlay zurück. »Und dann den Verräter schnappen, der nach dem Leben des Königs trachtete.«

Von nun an hielt de Lamberton persönlich täglich die Messe für Robert, und Finlay erwischte sogar Ean dabei, wie der abends nochmals in die Kapelle schlich, um mit Gott zu handeln. Was immer mehr Gewicht hatte, endlich schritt die Genesung des Königs rascher voran. Eine Woche nach de Lambertons Ankunft war Robert das erste Mal in der Lage, das Bett zu verlassen.

*

»Es sollte so aussehen, als ob Ihr Eurem Leiden erliegt«, resümierte Finlay.

Ealasaid hatte verfügt, dem König die Nachricht solange vorzuenthalten, bis er ausreichend genesen war. Jetzt saßen sie gemeinsam mit Alan, Lucas und de Lamberton in Finlays Privatgemach. Robert saß nahe beim Feuer, eine Decke über den Knien. Draußen war es bitterkalt geworden. Zwar war kein Schnee gefallen, doch hatte der Winter die Natur in prachtvoller Schönheit erstarren lassen. Raureif überzog Büsche und Bäume in einer dicken Schicht, und die Eiskristalle glitzerten im Licht der Februarsonne.

»Ein schwacher König stirbt an seinem schwachen Herzen …« Robert verfiel in grimmiges Schweigen.

»Das war wohl der Plan«, stimmte Alan indigniert zu.

»Ein gewiefter Plan, dessen Urheber wir unter allen Umständen herausfinden müssen«, mahnte de Lamberton.

»David de Strathbogie«, klagte Lucas, ohne zu zögern, an.

»Der Graf von Atholl war seit Monaten nicht mehr in meiner Nähe«, entgegnete der König. Ob er nicht an Strathbogies Schuld glauben oder nur alle Aspekte bedacht haben wollte, vermochte Finlay nicht zu sagen. »Zuletzt nahm ich seine Dienste bei der Eroberung von Perth in Anspruch.«

»Ich glaube kaum, dass er sich selbst die Finger schmutzig machen würde …«, murmelte Lucas.

»All seine Männer kehrten mit ihm nach Strathbogie zurück.«

»Wisst Ihr das so genau?«, fragte der Priesterschüler jetzt schon fast provozierend und erntete dafür einen strengen Blick vom Bischof. Er senkte den Kopf. In Finlay hatte diese Frage jedoch etwas angestoßen. Ungebeten sah er wieder das Gesicht des Mannes vor sich, in dem er meinte, Murdoch erkannt zu haben.

»Strathbogie könnte schon vor über einem Jahr einen Mann ins Heerlager eingeschmuggelt haben.«

»Du denkst an unseren alten Widersacher?« Alan sah ihn zweifelnd an. »Riley sagte, Murdoch hätte im Sterben gelegen, als er ihn zuletzt sah.«

»Kann man dem Wort eines Verräters trauen?«, entgegnete Finlay.

»Der Mann, den du gesehen hast, schien ein einfacher Soldat zu sein. Glaubst du ernsthaft, Murdoch würde sich dazu herablassen, mit ihnen in ihren dünnen Zelten zu hausen, ihren Fraß und ihre simplen Gespräche zu teilen? Auf seine Titel und seinen Luxus zu verzichten? Niemals.«

»Es wäre zumindest die perfekte Tarnung«, bemerkte Lucas.

Doch Finlay musste Alan zustimmen. Sich mit so hohem persönlichem Einsatz in den Dienst einer Sache zu stellen, passte nicht wirklich zu Murdoch. Er war zu gleichen Teilen frustriert und erleichtert von dieser Erkenntnis.

»Wir sollten nicht vergessen, dass es noch genügend andere Männer gibt, die mich hassen«, warf Robert ein. »Sie alle könnten einen Anschlag auf mein Leben geplant haben.«

»Schon wahr«, stimmte de Lamberton mit einem sarkastischen Schmunzeln zu. »Doch die wenigsten von ihnen befinden sich noch in Schottland. Nur Philip Mowbray sitzt in Stirling und versucht, es gegen deinen Bruder zu halten. Ingram de Umfraville und John Comyn, der Jüngere, hingegen sind in England an Edwards Hof. Ebenso Alexander de Abernethy, der jetzt vermutlich nie mehr nach Schottland zurückkehren wird, seit du seine Ländereien der Grafschaft Angus zugeteilt hast. Und Dungal MacDowall verkriecht sich in Irland, wie man hört.«

»Philip Mowbray käme es wahrlich zupass, würde der König sterben«, gab Finlay zu bedenken. »Euer Bruder, Majestät, setzt ihm mächtig zu.«

Jetzt war es de Lamberton, der ein zweifelndes Gesicht machte. »Ich kenne Mowbray: Er ist ein Ehrenmann. Ich traue ihm eigentlich nicht zu, dass er Robert auf so niederträchtige Weise ums Leben bringen würde.«

»So kommen wir nicht weiter«, stellte Finlay verdrossen fest. »Was schlagt Ihr vor?«

»Ich denke, wir sollten Euer Zelt bewachen, wenn Ihr ins Heerlager zurückgekehrt seid. Wer immer Euch nach dem Leben trachtet, wird erkennen, dass sein Plan bisher nicht aufgegangen ist, und es vielleicht noch einmal versuchen.«

»Mein Zelt ist stets bewacht«, entgegnete Robert.

»Wie viele Männer zählen zu Eurer Leibwache?«, fragte Finlay zurück.

»Zwanzig.«

»Und könnt Ihr ihnen allen wirklich vertrauen?«

»Das würde ich doch meinen.«

»Ich habe von Riley dasselbe angenommen.«

Betroffen hielt Robert einen Moment inne. »So gesehen dürfte ich auch Euch und allen Männern, die Ihr einsetzen wollt, nicht trauen.«

Finlay nickte und tauschte einen Blick mit Alan. »Dennoch gibt es eine Gruppe von Männern, die Euch mehr als Lehnstreue schworen.«

Der König sah sie überrascht an.

»Wir schworen Euch im Glenn Trool aus freien Stücken Freundschaft. Ohne Zwang. Nicht für die Überlassung der Ritterwürde, eines Titels oder irgendwelcher Ländereien. Wir schworen unter freiem Himmel im Angesicht Gottes. Ich glaube, dass uns dieser Schwur auf ganz besondere Weise bindet.«

Kapitel 35

– Im königlichen Heerlager bei Stirling, am 20. Tag des Monats März im Jahre des Herrn 1314 –

»Jemand hat seine Medizin durch unwirksame Kräuter ersetzt?« James Douglas war außer sich.

»Leise«, mahnte Edward Bruce, »wenn wir so rumbrüllen, weiß es gleich das ganze Lager.« Dann sah er seinen Bruder konsterniert an. »Wie kommt es, dass du nichts bemerkt hast? Es muss anders geschmeckt haben!«

Roberts Wangen färbten sich eine Spur rosa. »Das Zeug schmeckt grässlich. Daher trinke ich es immer mit einem ordentlichen Löffel Honig.«

Edward verdrehte die Augen. »Ich wusste, dass deine Leidenschaft für Süßes dich eines Tages ins Grab bringt.«

»Und nun?«, fragte James.

»Werden wir versuchen, entweder den Täter auf frischer Tat zu ertappen, sollte er es noch einmal versuchen, oder jeden weiteren Anschlag durch unsere Wache verhindern.« Und mit wenigen Worten erklärte Finlay sämtlichen Anwesenden den Plan.

*

Sie wachten abwechselnd und heimlich. Versteckt hinter einer Truhe und einem Wandschirm, wann immer Robert sein Zelt verließ oder schlief. Tage und Nächte zogen sich dahin – und vor allem die Nächte waren zermürbend. Müdigkeit und Anspannung zehrten an Finlay. Da nur Neil, James, Alan, Edward und er sich die Wache teilten, waren es viele Stunden, die er zur Bewegungslosigkeit verdammt hinter der Truhe kauern musste. Sie boten ausreichend Gelegenheit, sich zu sorgen. Keineswegs schließlich war gewiss, dass man wieder versuchen würde, die Kräuter auszutauschen. Ebenso gut könnte der Attentäter einen bewaffneten Angriff auf das

Leben des Königs wagen. Seit Finlay dieser Gedanke in Angst und Schrecken versetzt hatte, bewachten sie auch Robert persönlich, wo er ging und stand. Misstrauisch beäugte Finlay einen jeden von Roberts Leibwächtern, doch keiner benahm sich auffällig, selbst wenn sie sich unbeobachtet fühlten. Wann immer er keinen Wachdienst hatte, versuchte er, sich nach Männern des Grafen von Atoll umzusehen, doch schien niemand zu ihm zugehören oder Kontakte zu ihm zu haben. Die meisten der Männer, die ständig um den König und seinen Bruder herum waren, stammten aus Carrick, einige wenige auch aus Garmoran. Und obwohl es unsinnig erschien, ertappte Finlay sich dabei, dass er auch weiterhin nach Murdochs Gesicht Ausschau hielt. Doch das Heerlager war groß. Über dreitausend Mann lagerten vor den Toren Stirlings, und in dem ständigen Gewusel war es schwer, sich einen Überblick zu verschaffen. So waren sie nach zehn Tagen noch keinen Schritt weiter.

Auch die Belagerung Stirlings machte kaum Fortschritte. Waren Roxburgh und Edinburgh schon vor Wochen gefallen – Stirling war von ganz anderem Kaliber. Praktisch unbeeindruckt von den Geschossen ihrer Katapulte thronte es auf seinem Felsen, und Philipp Mowbray hatte offensichtlich für ausreichend Proviant gesorgt, denn obwohl Edward Bruce die Burg nun fast seit einem Dreivierteljahr belagerte, schien der Widerstand der Insassen noch nicht zu bröckeln.

Dafür bröckelte Roberts Geduld, sich weiter auf Schritt und Tritt bewachen zu lassen.

»Ich ehre Euren Durchhaltewillen, Gentleman, doch wenn Ihr weiter so wenig schlaft, werdet Ihr es sein, die tot umfallen.«

Sie hatten alle mittlerweile tiefe graue Schatten unter den Augen.

Finlay konnte nicht leugnen, dass er sich nach seinem Lager sehnte, dennoch schüttelte er mit dem Kopf. »Wir dürfen nicht aufgeben.«

»Dann verteilt die Last wenigstens auf mehr Schultern.«

»Es ist aber niemand weiter aus dem Bund da. Graham ist tot, und Malcolm muss Balloch halten.«

»Ich denke, meinen Neffen können wir ins Vertrauen ziehen. Und Ean ebenso.«

»Mit Verlaub, Majestät«, meldete sich James zu Wort. Er ließ den Kopf gesenkt, als wolle er den Blick des Königs meiden. »Euer Neffe schwor nach Methven nicht nur dem alten, sondern nach dessen Tod auch dem neuen Edward Treue. Er kehrte nicht freiwillig in Euren Frieden zurück.«

Konsterniert sah Finlay zu James.

»Mein Neffe, James, ist über jeden Zweifel erhaben. Er ist durch das Blut an mich gebunden.« Robert entgegnete es nicht einmal scharf.

Jetzt sah James doch auf. »Kain erschlug Abel. Waren sie nicht durch ihr Blut verbunden?«

»Ich weiß, dass Ihr in ständiger Konkurrenz zu meinem Neffen lebt. Gebt Euch damit zufrieden, dass Ihr in Eurem kleinen Wettstreit Roxburgh als erster erobern konntet.«

Douglas schlug die Augen nieder.

»Ich wünsche, dass Sir Thomas und Ean mit in die Bewachung einbezogen werden. Ich brauche Euch, Gentleman. Jeden Einzelnen von Euch. Es ist mir nicht gedient, wenn Ihr Euch für mich opfert.«

Also geschah es so, wie der König wünschte. James wachte mit grimmiger Besessenheit und ließ sich zu mehr Schichten einteilen als jeder andere von ihnen. Thomas Randolf nahm dessen offensichtlichen Argwohn mit Gleichmut hin. Ean schien vor Stolz, das Vertrauen des Königs zu besitzen, bei jedem Schritt einen Spann über dem Boden zu schweben, und stürzte sich mit Feuereifer in seine neue Aufgabe. Dennoch blieben sie erfolglos. Der Frühling hielt endgültig Einkehr, es wurde warm, und die Sonne lockte unzählige Krokusse an den Bachläufen hervor.

Als weitere zehn Tage verstrichen waren, begann Finlay, an der Sinnhaftigkeit ihres Tuns zu zweifeln.

*

»Wieder nichts?«

Finlay schüttelte den Kopf und sank müde auf sein Lager. Die Morgendämmerung tauchte ihr Zelt in ein fahles, graues Licht. Gerade hatte Neil Finlay abgelöst. Ean schlief noch tief und fest, aber Alan lag mit hinter dem Kopf verschränkten Armen und sah ihn an.

»Es ist verrückt, wie viele Menschen ständig im Zelt des Königs ein- und ausgehen«, bemerkte Finlay, während er sich die Stiefel von den Füßen streifte. »Pagen, Knappen, Bedienstete der königlichen Kanzlei, Kommandanten, die Befehle empfangen, Boten.« Müde ließ er sich auf sein Kissen fallen »Heute Nacht waren es zwei Huren.«

Alan schmunzelte. »Nun, auch die Bruce-Brüder sind Männer mit Bedürfnissen.«

»Unbenommen.« Dennoch hatte Finlay sich ein wenig über ihre Schamlosigkeit gewundert. Schließlich wussten sie, dass hinter der Truhe versteckt ein Mann saß und beobachtete.

»Wie steht es mit den Kräutern?«

»Noch immer die Richtigen.« Es gehörte zu ihren Aufgaben, am Geruch die Echtheit der Medizin zu überprüfen, bevor sie Robert seinen Heiltrank zubereiteten. Ealasaid hatte Finlay und Alan genauestens darin unterwiesen.

»Es ist ja auch mehr als fraglich, ob der Attentäter überhaupt noch einmal auf die gleiche Weise versuchen wird, an Robert heranzukommen«, brummte Alan.

»Wenn er es heimlich und unerkannt tun will, bleibt es seine einzige Möglichkeit«, entgegnete Finlay jedoch. Für Speisen und Getränke hatte der König seit jeher einen Vorkoster, und für jeden offenen, direkten Angriff würde der Attentäter mit dem Leben bezahlen. »Was hältst du von James' Verdacht Thomas Randolf betreffend?« Auch weil sie nicht vorankamen, schlich sich diese Frage immer wieder in seinen Kopf.

Alan zuckte ratlos mit den Schultern. »Mein Gefühl sagt eindeutig nein.«

»Meines ebenso«, gestand Finlay. »Aber ich hätte auch niemals Riley eine solche Niedertracht zugetraut.«

Sie schwiegen eine Weile, und nur Eans gleichmäßige, tiefe Atemzüge füllten die Stille.

»Ich habe viel über Riley nachgedacht«, bemerkte Alan dann.

»Und?«

»Wenn er wirklich einen Auftraggeber hatte, muss der große Macht über ihn besessen haben.«

»Weil Riley ihn bis zum Schluss schützte?«

Alan nickte. »Du kannst dir nicht vorstellen, wie es gewesen ist.«

»Ich glaube, das möchte ich auch gar nicht.«

»Entweder war Rileys Hass absolut oder seine Ergebenheit.«

»In beiden Fällen erschreckt es mich, dass ich nie etwas bemerkt habe.«

»Er hat sich gut verstellt.«

Finlay nickte nachdenklich. »Nur ein einziges Mal habe ich ihn überhaupt kritisch über Robert the Bruce sprechen hören. Damals, kurz nachdem wir aus dem Glenn Trool heimgekehrt waren.«

»Was hat er gesagt?«

»Er hat mich gefragt, ob Robert noch sein könne, was er sein wolle, da er doch ohne Armee nach Schottland zurückgekehrt sei und sich in den Wäldern versteckt hielte.«

»Was hast du geantwortet?«

»Dass Robert mit jeder Faser König sei.« Er zuckte mit den Schultern. »Es schien Riley zu überzeugen.«

Wieder entstand eine Pause.

»Erinnerst du dich, wie Murdoch uns damals überraschend auflauerte, als wir die Pacht früher eintrieben, um sie Robert zukommen zu lassen?«, fragte Finlay.

»Du meinst, auch diese Information hatte er schon von Riley?«

Finlay zuckte mit den Schultern. »Er hat stets versucht zu verhindern, dass Robert erstarkt.«

Jetzt war er es, der die Arme hinter dem Kopf verschränkte und nachdenklich an das Zeltdach starrte. Erstes rosa Licht färbte seine Spitze, und eine Amsel hatte ihr trällerndes Lied begonnen. »Rückblickend hat Riley nicht an einem der Kämpfe teilgenommen, die wir gegen Roberts Feinde im Lande oder die Engländer führten.«

»Seine Position als Sir Arrans Leibwächter gab ihm immer einen plausiblen Grund, in Blair zu bleiben.«

»Und gleichzeitig eine gute Gelegenheit zu horchen, so direkt vor Sir Arrans Tür.« Finlay schüttelte den Kopf. »Und ich Trottel habe diese Vorteilsstellung aufrechterhalten, als ich nach meines Großonkels Tod Riley bat, Raelyn und meine Kinder zu beschützen.«

»Du konntest es nicht wissen.«

»Nein. Aber ebenso wenig können wir über Thomas Randolf wissen.«

»Nun, immerhin hat *er* ununterbrochen gegen Roberts Feinde im Lande und die Engländer gekämpft, seit er in den Frieden des Königs zurückgekehrt ist, freiwillig oder nicht.«

Das konnte Finlay nicht leugnen.

»Und er ist durch und durch ein Ehrenmann. Wann immer wir in einem Hinterhalt gelauert haben, Randolf hat nie sein Schwert gegen einen Unbewaffneten gehoben.«

Auch das konnte Finlay nicht abstreiten. Sir Thomas schienen die Gebote der Ritterlichkeit beinahe heilig. Noch nie hatte Finlay miterlebt, dass er von ihnen abließ.

Er konnte ein Gähnen nicht unterdrücken.

»Du solltest schlafen«, riet Alan.

Finlay nickte und rollte sich auf die Seite.

Er schlief nur wenige Stunden. Zu auffällig wäre, würde er sich den ganzen Tag nicht blicken lassen. In der Abenddämmerung machte er sich wieder auf den Weg zum Zelt des Königs, um seine Wache anzutreten. Er hatte es beinahe erreicht, als er plötzlich dumpfe Schläge und unterdrücktes Stöhnen aus dessen Inneren vernahm. Wie angewurzelt blieb er einen Moment stehen, bevor er zum Haupteingang spurtete. Die Wachen hatten ihre Plätze verlassen. Finlay zog sein Schwert.

Im Dämmerlicht des Zeltes rang James mit einem Mönch, während Finlay den König nirgends entdecken konnte. Nur seine Wachen standen verdutzt am Rande und betrachteten das Gerangel, ohne einzugreifen. Aber Douglas brauchte auch keine Hilfe. Rasend vor Zorn schlug er dem Mönch die Faust ins Gesicht, so dass dieser benommen nach hinten taumelte. Dabei rutschte ihm die Kapuze vom Kopf.

»Murdoch …« Finlays Herz setzte einen Schlag aus.

Dünn und sehnig war sein alter Rivale geworden, das aschblonde Haar kurz geschoren, wie bei einem Unfreien. Auch die blassblauen Augen blickten nicht mehr selbstgefällig und gehässig wie früher, sondern hatten einen gehetzten Ausdruck angenommen, während sie verzweifelt nach einem Ausweg suchten.

In diesem Moment flog die Plane des Zeltes zurück, und der König betrat in Begleitung von Alan, Ean und seinem Bruder das Zelt. Murdoch sprang auf, entwischte James' zupackenden Händen und versuchte, den Ausgang zu erreichen, indem er Ean über den Haufen rannte. Doch die Wachen traten ihm grimmig in den Weg, und James warf sich von hinten auf ihn. Er riss Murdoch erneut zu Boden und hielt ihn mit dem Fuß nieder. »Hiergeblieben«, knurrte er, während er den Blick des Königs suchte.

»Da ist er, Majestät. Er schlich sich in Euer Zelt, kaum dass Ihr es verlassen hattet. Den Wachen machte er weis, er käme aus der königlichen Kanzlei und solle einige Dokumente holen. Dann zog er das hier unter seiner Kutte hervor.«

James warf einen Beutel mit Kräutern zu Edward Bruce. Der öffnete ihn und schnupperte daran. Schließlich reichte er ihn an Finlay weiter.

Sofort erkannte der, dass das hier etwas anderes war. Er roch noch einmal und runzelte die Stirn, bevor er seine Nase dann zum dritten Mal in den Beutel steckte.

»Was?« Robert schaute ihn fragend an.

»Das ist ohne Zweifel weder die richtige Medizin, noch ist es Melisse.«

»Was dann?«

»Ich weiß es nicht.«

»Fragen wir ihn«, knurrte James und stieß Murdoch in den Rücken.

»Das wird wohl zwecklos sein«, bekundete Robert. »Holt Bruder Martinus aus dem Schreibzelt. Er ist kräuterkundig.«

Als der Geholte an dem Gemisch roch, weiteten sich seine Augen vor Entsetzen.

»Das ist Blauer Eisenhut, Majestät. Er ist tödlich giftig.«

Mit einem Wink bedeutete Robert, Murdoch aufstehen zu lassen – vielleicht um ihm ins Gesicht zu sehen. James riss ihn an den Haaren hoch und zwang ihn, sich vor den König zu knien.

»In wessen Namen handelt Ihr?«

Murdoch antwortete nicht, starrte nur stoisch geradeaus.

»Für Strathbogie?«

Sein Blick ruckte kurz nach oben, doch dann schüttelte er heftig den Kopf. »Ich handle allein.«

»Das glaube ich kaum«, ließ sich Edward Bruce vernehmen. »Woher hättet Ihr wissen sollen, dass der König Heilkräuter braucht? Wie hättet Ihr wissen sollen, wie das Säckchen aussieht?« Er hielt das mit dem giftigen Eisenhut in die Höhe. »Sie sind genau gleich.« Er schüttelte grimmig den Kopf. »Vom Leiden meines Bruders wissen nur die wenigsten Männer, von der Beschaffenheit seiner Medizin noch weniger. Niemals habt Ihr allein gehandelt.«

Murdoch schwieg beharrlich. Seine Kiefer spannten sich an, und seine Lippen schlossen sich zu einem schmalen, weißen Strich.

»Zum letzten Mal: Wer ist Euer Auftraggeber?«

Als Murdoch noch immer nicht antwortete, wurde der Ausdruck des Königs hart und undurchdringlich. »Lasst alles für eine peinliche Befragung vorbereiten.«

Die Farbe wich aus Murdochs Gesicht. Finlay konnte sehen, dass er sich fürchtete.

»Thomas, Edward, ich brauche euch als Zeugen.«

In ihrem eigenen Zelt setzte Alan sich wortlos auf einen der Holzschemel beim Tisch. Es war ihm anzusehen, dass die Entwicklung der Dinge ihm zu schaffen machte. Unterdessen goss Ean einen Becher randvoll mit Wein und stürzte ihn in einem Zug hinunter, bevor er sich darauf besann, auch ihnen einzuschenken. Fahrig reichte er Finlay und Alan einen Becher.

»Es ist wirklich Murdoch ...«

Finlay nickte. Er fühlte sich ganz benommen. Monatelang hatte er das befürchtet, hatte nicht wenig Unglauben und gutmütigen Spott für seinen Verdacht geerntet, doch was er jetzt empfand, war keinesfalls Triumph.

»Er sah ganz verändert aus«, wunderte Ean sich.

»Kaum zu glauben, dass es sich um denselben Mann handelt, der uns so lange drangsaliert hat«, stimmte Alan matt zu.

»Wo hat er all die Jahre nur gesteckt, und was mag ihn so verändert haben?«

Alan zuckte ratlos mit den Schultern. Dann suchte sein Blick Finlays. »Es tut mir leid, dass ich dir nicht geglaubt habe.«

»Ich war mir ja selbst nie sicher.« Es war ein merkwürdiges Gefühl, seinen alten Widersacher so grundlegend gewandelt wiederzusehen. Durchaus betroffen stellte er fest: »Die letzten Jahre müssen hart für ihn gewesen sein.«

»Höre ich Mitleid?«, fragte Alan verwundert.

»Nein. Mitleid hat er nicht verdient.« Er sah Alan etwas ratlos an. »Aber das ist nicht der Mann, den ich so lange gehasst habe.«

»Kein Wunder, dass du ihn im Heerlager nie ausfindig machen konntest«, bemerkte Ean. »Er muss wirklich die ganze Zeit bei den einfachen Soldaten gehaust haben.«

»So viel … Disziplin, nur um seinen Racheplan umzusetzen …« Alan schüttelte konsterniert den Kopf. »Das hätte ich ihm niemals zugetraut.«

»Wenn es denn ein selbst gewähltes Schicksal war«, gab Finlay zu bedenken.

»Du meinst, er wurde gezwungen?« Ean hob erstaunt die Augenbrauen. »Von wem?«

»Von demselben Mann, der auch hinter Riley stand?«

Alan nickte verstehend. »Als Murdoch damals Blair Castle an sich brachte, hätte er dessen Pläne beinahe zerstört.«

»Und offensichtlich war dessen Macht groß genug, nicht nur Murdochs Verschwinden zu bewirken, sondern auch diese Art der … Wiedergutmachung einzufordern.«

»Gegen den Willen, oder sogar mit dem Einverständnis von Alexander de Abernethy«, fügte Alan nachdenklich hinzu.

»David de Strathbogie?« Ean sah fragend in die Runde.

»Zumindest bestünde zwischen diesen beiden Männern schon lange eine Verbindung.«

»Aber der Graf von Atholl kann höchstens halb so alt wie Alexander de Abernethy sein«, entgegnete Ean. »Würde er sich von ihm vorschreiben lassen, seinen Neffen quasi in die Verbannung zu schicken?«

»Wenn es seinen Interessen dient?«

Ean goss zum zweiten Mal die Becher voll. »Wenn Murdoch gesteht, werden wir es vielleicht erfahren.«

»Ich glaube nicht, dass Murdoch der Folter standhalten kann«, bemerkte Alan.

»Riley konnte es.«

»Riley war aus anderem Holz.«

»Gott sei Dank hat der König uns nicht als Zeugen verlangt.« Ean schüttelte den Kopf. »Ich weiß nicht, ob ich so etwas noch einmal durchgestanden hätte.« Sein Blick verriet Finlay, dass er wohl noch oft von dem Erlebten heimgesucht wurde.

»Wie lange wird es wohl dauern?« Ean sah unbehaglich Richtung in die Runde.

Alans Blick wurde grimmig. »Ich glaube, nicht lange.«

Trotzdem versickerte die Zeit nur zäh, doch irgendwann drangen Murdochs gequälte Schreie bis zu ihnen herüber. Zeltwände waren eben nicht so dick wie Kerkermauern.

Ean wurde noch eine Spur blasser, Alan noch eine Spur grimmiger.

Finlay war innerlich ganz taub, eine merkwürdige Leere erfüllte ihn. Er hätte Wut erwartet. Oder Genugtuung. Oder Abscheu. Nichts dergleichen fühlte er.

Doch Murdochs Schreie verstummten nach relativ kurzer Zeit. Nicht viel später wurde die Plane ihres Zelteinganges zurückgeschlagen, und Thomas Randolf holte sie.

Im Zelt des Königs fand Finlay einen gebrochenen Murdoch vor, und es schockierte ihn, seinen Rivalen in diesem Zustand zu sehen. Der ehemalige Bailiff kniete zitternd vor dem König auf dem Boden und sah sich furchtsam um, wann immer die Zeltplane zur Seite geschlagen wurde. Flecken an seinen Beinkleidern und seinem Gewand bekundeten, dass er sich beschmutzt hatte. Die Hände waren ihm auf den Rücken gebunden. Finlays Blick fiel auf seine Daumen: Sie waren blutunterlaufen und grotesk verschwollen, der linke gar in unnatürlichem Winkel abgeknickt. Daumenschrauben, schoss es ihm unbehaglich durch den Kopf.

Als alle Zeugen versammelt waren, erhob Robert die Stimme.

»Murdoch MacEwan. Ihr wurdet auf frischer Tat gefasst, als Ihr versuchtet, hochgiftiges Eisenkraut in mein Zelt zu schmuggeln. Was bezwecktet Ihr damit?«

Murdoch senkte den Blick und flüsterte: »Euch zu töten.«

»Und wer erteilte Euch den Auftrag?«

Der ehemalige Bailiff schrumpfte noch mehr in sich zusammen, sein Zittern wurde stärker, doch er antwortete nicht.

Roberts Stimme nahm an Strenge zu. »Wer erteilte Euch den Auftrag?«

Zu Finlays Entsetzen begann Murdoch zu weinen. Es war offensichtlich, dass er den Namen nicht preisgeben wollte, dass er sich schämte, es unter der Folter schon getan zu haben, doch die Angst, noch einmal der Tortur unterzogen zu werden, war noch größer. Seine Lippen formten Worte, vielleicht ein Flehen oder eine Entschuldigung, doch schließlich flüsterten sie kaum hörbar:

»David de Strathbogie.«

Grimmiges Gemurmel erhob sich unter den Männern. Neil spuckte angewidert auf den Boden, während Edward Bruce leise einige Befehle an die Wachen erteilte, vermutlich um Strathbogie verhaften zu lassen.

»Was versprach er Euch für Eure Dienste?«

»Mein altes Leben«, wimmerte Murdoch leise.

»Woher wusste er von der Beschaffenheit meiner Medizin?«

»Von Riley Piper. Schon vor sechs Jahren berichtete der von Eurem Leiden. Er besorgte Sir David Leinenbeutel aus dem Vorrat der Heilerin von Blair Castle.«

Finlay schloss die Augen. Die ganze Zeit. All die Jahre. Er erinnerte sich noch genau, wie er Riley nach der Schlacht von Old Meldrum haarklein von Ealasaids Heilkünsten berichtet hatte.

»So entspricht es also der Wahrheit, dass Riley Piper ebenfalls Werkzeug David de Strathbogies war?«

Murdoch nickte. Rotz troff aus seiner Nase, er weinte noch immer.

Der König erhob sich. Seine Stimme war eiskalt und voller Abscheu, als er sagte:

»Murdoch MacEwan. Ihr habt Euch des Hochverrats schuldig gemacht. Ich verurteile Euch hiermit zum Tode.«

Murdoch ließ den Kopf sinken.

»Schafft ihn zum Galgen«, wies Edward Bruce an.

»Der Strick ist für dieses miese Stück Dreck doch viel zu schade«, brauste James außer sich vor Zorn auf. »Warum sollten wir ihm einen leichten Tod gewähren? Er ist ein jämmerlicher Verräter!«

Jetzt war es zustimmendes Gemurmel, das sich erhob. Mit hasserfülltem Blick machte Douglas einen Schritt auf den Gefesselten zu. »Du hältst es doch so mit den Engländern. Sicher weißt du, wie Edward Hochverräter hinrichten lässt?«

Murdochs Zittern nahm zu. Er duckte sich, als ob er einen Schlag erwartete, wagte aber nicht zu sprechen.

»Wir haben niemanden, der sich in dieser … Kunst des langsamen Tötens auskennt«, gab Edward Bruce zu bedenken. »Und auch nicht die Zeit, Gentlemen.«

James nickte unwillig. »Trotzdem ist der Strick für ihn zu schade!« Dann schien ihm eine Idee zu kommen. Er wandte sich an Finlay. »War er es nicht, der dir die einhundertzwanzig Staupenschläge eingebracht hat? So soll er auf die gleiche Weise sterben!«

Murdochs Kopf ruckte hoch. Für einen kurzen Moment blitzte ein Abglanz des alten Stolzes in seinen Augen auf. »Ihr dürft mich nicht wie einen Leibeignen hinrichten. Ich bin von edler Geburt.«

»Und doch hast du genau das Gleiche einem unschuldigen Mann angetan«, knurrte James. »Und mit deinem Verrat hast du deinen Stand verwirkt.« Sein Blick suchte fragend den des Königs, und ein triumphales Schnauben entfuhr ihm, als Robert seine Zustimmung mit einem knappen Nicken erteilte. Grob packte er Murdoch an den Haaren und schleifte ihn aus dem Zelt; Finlay betrachtete es auf seltsame Weise distanziert. In stummer Prozession schritten der König, sein Bruder, Ean, Alan und Neil hinterher. Finlay folgte als Letzter.

Begleitet von einer immer größeren Anzahl Schaulustiger zerrte James den Verräter zu einer Linde, die nahe dem Lager stand. Am Baum angelangt, durchschnitt er ohne Rücksicht auf dessen geschundene Daumen Murdochs Fesseln, nur um ihm die Hände gleich wieder vorne zusammenzubinden. Dann warf er das Ende des Seils über einen Ast und zog, bis der ehemalige Bailiff mit nach oben gestreckten Armen hilflos vor ihm stand.

Blitzartig durchzuckte Finlay eine Erinnerung: Murdoch, mit herabgelassenen Hosen gefesselt an einen anderen Baum – viele Jahre zuvor. Stünden sie heute auch hier, hätte er die Hochzeit seiner Schwester mit Murdoch nicht verhindert?

Unterdessen verschwand James in einem der angrenzenden Zelte. Als er zurückkam, hielt er eine neunschwänzige Peitsche in der Hand.

»Du hast unserem König nach dem Leben getrachtet und einen unschuldigen Mann an die Staupsäule gebracht. Wie sehr wünsche ich dir das gleiche Ende, das William Wallace erdulden musste.« Er beugte sich zu Murdochs Ohr und flüsterte: »Doch auch wenn das nicht möglich ist, verspreche ich dir, ebenbürtig zu sein.« Ein fast glückseliges Lächeln umspielte James' Lippen, während seine Augen schwarz waren wie das Tor zur Hölle, als er Murdoch nun die Peitsche zeigte. »Was denkst du, ob es damit geht?«

Der wimmerte und verlor abermals die Kontrolle über seine Blase.

Fast liebevoll schüttelte James die Riemen der Peitsche aus, stellte sich in Positur und schlug mit aller Kraft, die er besaß, zu.

Murdoch schrie.

Wieder ging die Peitsche auf seinen Rücken nieder und hinterließ neun blutige Striemen. Den nächsten Hieb platzierte James auf Murdochs rechter Schulter, den übernächsten auf der linken. Die Striemen begannen sich zu kreuzen, und Blut rann den mageren Rücken hinab. Finlays Herz pochte unangenehm hart hinter seinem Brustbein. Er hatte Murdoch hängen sehen wollen, Murdoch verdiente den Tod. Er war sein ärgster Feind und bezahlte nur eine längst überfällige Rechnung. Doch was sich hier vor seinen Augen abzuspielen begann, war schwer zu ertragen, das Gefühl von Genugtuung wollte sich einfach nicht einstellen. Er biss die Zähne zusammen, während Murdoch wie von Sinnen in Schmerz und Todesangst schrie, wann immer ihn die Riemen trafen, und in den Pausen dazwischen bettelte. Es war geradezu erbärmlich, wie wenig er sich unter Kontrolle hatte, dennoch gelang es Finlay nicht einmal, Abscheu zu empfinden.

Derweil gab James sich alle Mühe, das Schauspiel in die Länge zu ziehen und so qualvoll wie möglich zu machen. Er hielt sich an keinen Rhythmus: Kurze Pausen, die die Angst vor dem nächsten Schlag nur steigerten, wechselten mit rasch geführten Hieben, die kaum Zeit zum Luft holen ließen. Er zielte auf die Nieren, den Nacken und die Rückseite der Oberschenkel, bevor er wieder zu Schultern und Wirbelsäule zurückkehrte.

Murdochs Haut begann sich abzulösen, während seine Schreie mehr und mehr jammervoll gerieten. Sie zeugten nicht mehr von seiner Angst, sie zeugten vom Leid. Und es war auch nicht mehr erbärmlich, dass Murdoch schrie: Was James ihm antat, war unvorstellbar. Vom Nacken bis zum Gesäß hing Haut in blutigen Fetzen herab. Finlay konnte den Blick nicht abwenden. So musste auch sein Rücken damals in Stirling ausgesehen haben.

Dennoch schien James immer noch ein Plätzchen zu finden, das noch nicht so oft von der Peitsche gekostet hatte. Finlay begann zu schwitzen. Beinahe war es, als würden ihn die Peitschenhiebe treffen. Er musste sich zusammennehmen, um nicht beim Niederfahren der Riemen zusammenzuzucken, denn er erinnerte sich genau an den Schmerz. Mit aller Macht versuchte er, sich ins Gedächtnis zu rufen, dass eben jener Mann ihm das Stäupen eingebracht hatte, der es nun – doch verdient! – selbst erdulden musste. Doch es fühlte sich falsch an, und ihm wurde schlecht, als er erkannte, dass Mitgefühl in ihm aufstieg.

In den Augen der meisten Umstehenden stand grimmige Genugtuung, in denen einiger weniger auch hämischer Freude. Der Blick des Königs war hart und undurchdringlich, und auch der seines Bruders gab nichts preis. Ean jedoch war so blass wie nie zuvor, Neil hatte den Blick halb abgewandt, und Thomas Randolf zeigte offen Abscheu. Nur Alans Gesicht suchte Finlay vergeblich.

Der Gegeißelte wimmerte mittlerweile mehr, als er schrie.

Wie vieler Schläge bedurfte es, einen Menschen zu töten? Woran würde er sterben? Am Blutverlust? Würde er ersticken, wenn seine Beine nachgaben und nur noch die Arme seine Last trugen? Oder konnte übermächtiger Schmerz einen Mann töten? Finlay begann, stumm darum zu beten, dass Murdoch zumindest endlich das Bewusstsein verlieren möge, dass es bald vorbei sein möge – und verabscheute sich dafür, während James mit unverminderter Kraft die Peitsche wieder und wieder niederfahren ließ. Unkontrolliert wüteten Zorn und Hass, nichts konnte ihn in diesem Zustand erweichen.

Dann hielt Finlay es nicht mehr aus. Er fiel James in den Arm, kurz bevor der achtundsiebzigste Schlag Murdochs Rücken traf. Erst jetzt registrierte er, dass er mitgezählt hatte.

»Aufhören«, flüsterte er und sank vor dem König auf beide Knie.

James blieb schwer atmend stehen und schaute verwirrt und zornig auf Finlay. Die Umstehenden murrten.

»Majestät, ich bitte um das Leben dieses Mannes«, sagte Finlay, ohne aufblicken zu können.

»Bist du wahnsinnig?« James schrie ihn förmlich an.

Roberts Augen wurden groß. »*Ihr* bittet mich um das Leben *dieses* Mannes?«

»Ja, Majestät, und ich kann es selbst kaum fassen.«

»Warum?«

Verzweifelt suchte Finlay nach Worten. »Im Grunde bitte ich nicht für diesen Mann. Niemand weiß besser als ich, dass er den Tod verdient hat. Aber nicht *so*. Es muss Dinge geben, die Menschen einander nicht antun. Wir kämpfen doch für unsere Freiheit, um der Grausamkeit der Engländer zu entkommen! Was wäre gewonnen, würden wir ihre Grausamkeit durch unsere ersetzen? Seit zwanzig Jahren ist dieses Land gespalten, weil eine Blutfehde die nächste gebiert. Damit muss Schluss sein! Wir dürfen nicht mehr zulassen, dass Zorn und Rache unser Handeln bestimmen.« Endlich hob Finlay den Kopf und sah Robert the Bruce in die Augen. Der sah zutiefst verwirrt zurück.

»Aber Hochverrat ist das schwerste aller Vergehen.«

»Das ist es. Dennoch glaube ich nicht, dass eine besonders grausame Strafe wirkungsvoller abschreckt. Wir alle würden in London einen wahrhaft grauenvollen Tod erleiden. Hält uns das ab?«

Finlay schüttelte gequält den Kopf und senkte ihn dann wieder.

»Es muss Dinge geben, die Menschen einander nicht antun, egal, wie schwer das Vergehen ist.«

Er dachte an Will und seine unbarmherzige Wut. Daran, dass nichts und niemand ihn in die Schranken hatte weisen können.

»Es muss Grenzen geben, die wir nicht überschreiten. Grenzen, die uns auch vor unseren eigenen Irrtümern schützen, vor unserem Zorn. Ich bitte nicht so sehr für diesen Mann, Majestät. Ich bitte für die Menschlichkeit, ohne die die Freiheit nichts wert ist.«

Mit gesenktem Kopf blieb er vor dem König knien. Es war unglaublich still, nur Murdochs gedämpftes Stöhnen drang leise zu ihnen herüber.

»Was schlagt Ihr also vor?«

»Er trachtete Euch nach dem Leben und hat damit seines verwirkt. Wenn er sterben soll, so bitte ich um einen raschen Tod für ihn. Aber er wäre nicht der Erste, dem Ihr Pardon gewährt, obwohl er Waffen gegen Euch führte.« Finlay schaute kurz entschuldigend zu Thomas Randolf. »Murdochs Niedertracht überschreitet jedoch sicher das Vergehen dieser Männer, daher schlage ich Verbannung auf Lebenszeit vor.« Entrüsteter Protest erhob sich. Finlay musste die Stimme erheben, um seinen Vorschlag zu beenden: »Kehrt er zurück, muss er sterben.«

Robert überlegte lange.

»Schneidet ihn los«, sagte er zuletzt. »Und schickt nach dem Feldscher.« Es war beinahe ein Tumult, den er mit seiner Entscheidung auslöste. James warf die Peitsche zu Boden und rauschte davon. Etliche machten ihrem Ärger und ihrem Unverständnis Luft, beschimpften Finlay und forderten Murdochs Tod. Robert brachte sie mit einer Geste zum Schweigen. Finlays Blick blieb an Thomas Randolfs hängen. Während alle anderen ihn zumindest fragend, wenn nicht gar feindselig musterten, lächelte der Neffe des Königs ihn an.

Murdoch wurde von Edward Bruce nach vorne geschleift.

»Erhebt Euch, Sir Finlay«, verlangte Robert mit fester Stimme, bevor er verkündete: »Murdoch MacEwan, ich verbanne Euch auf Lebenszeit aus Schottland. Ihr verdankt dies einem Mann, dem Ihr mehr schuldet als Euer jämmerliches Leben. Ihr habt drei Wochen Zeit, um Schottland zu verlassen. Erwischen Euch meine Männer danach noch innerhalb dieser Grenzen, werdet Ihr hängen.«

Er wandte sich um und ging davon.

Auch Finlay hielt es keine Sekunde länger auf dem Platz aus. Er drängte sich durch die Zuschauer und rannte fort.

Viele Stunden später fand ihn Thomas Randolf heillos betrunken in einer Schenke in Stirling.

Randolf nahm ihm gegenüber Platz und schaute ihn eine Weile schweigend an, während Finlay in den vor ihm stehenden Becher Gerstenbrand starrte. Nach einer Weile griff Randolf danach, kostete und verzog angewidert das Gesicht. »Ein fürchterlicher Fusel.«

Finlay nahm und leerte ihn, als wäre es Wasser.

»Ich finde, Ihr hattet jetzt genug.«

»Noch lange nicht«, widersprach Finlay. »Herr Wirt! Noch einen!« Er hielt den leeren Becher hoch.

»Wollt ihr Euch umbringen?«

»Vielleicht«, murrte Finlay verdrossen. »Ich werde niemals wieder in einen Spiegel schauen können. Das heißt, ich muss von nun an Vollbart tragen, was ich nicht ausstehen kann … Ich bin so ein Idiot.« Er wollte noch einen großen Schluck aus dem frisch befüllten Becher trinken.

Thomas Randolf hielt seine Hand fest. »Ihr seid der mutigste Mann, dem ich je begegnet bin.«

Finlay schaute unwillig auf. »Mit der Meinung steht Ihr nun, fürchte ich, allein.«

Randolf schüttelte langsam den Kopf. »Die Dummköpfe verstehen vielleicht nicht, was Ihr getan habt, aber einige Männer, vor allem Eure Freunde und ganz besonders der König, zollen Euch Bewunderung.«

Finlay riss seine Hand los.

»Ich habe heute meinem größten Feind das Leben geschenkt. Dem Mann, dem ich diesen Rücken verdanke.« Er zog an seinem Halsausschnitt, so dass ein Teil seiner Narben sichtbar wurde. »Dem Mann, der mein Gut auslöschte. Dem Mann, der Blair Castle überfiel und Lachlan folterte. Dem Mann, der beinahe den König ermordete. Ich kann mich selbst nicht mehr ausstehen.« An den eigentlich wahren Grund, aus dem er sich hier so heillos betrank, getraute er sich nicht einmal zu denken.

Randolf konnte ein Schmunzeln offensichtlich kaum unterdrücken. »Wenn Ihr die Zeit zurückdrehen und Euch noch einmal entscheiden könntet«, fragte er, »welche Wahl würdet Ihr treffen?«

Finlay hielt einen Moment inne, bevor er dann frustriert abwinkte. »Alle Welt wird mich von nun an für einen Schwächling halten.«

»Dessen wäre ich mir nicht so sicher. *Ihr* seid der Mann, der vor Jahren zum Sinnbild für Standhaftigkeit wurde. Euch konnten die Engländer nicht brechen. *Ihr* habt nicht geschrien.«

»Und doch konnte ich heute nicht zusehen, wie ein Mann – der es nun wahrlich verdient hatte – zu Tode geprügelt wurde.«

»Aus guten Gründen, wie ich finde.«

Finlay stieß ein Schnauben aus.

»Gründen, die den König überzeugt und beeindruckt haben«, setzte Randolf ernst nach. »Denn wenn gerade Ihr in der Lage seid, Eurem ärgsten Feind Pardon zu gewähren, dann können geringere Männer Euch dies bei geringeren Vergehen nachtun, ohne das Gesicht zu verlieren.«

Da Finlay immer noch nicht antwortete, ließ auch Randolf sich einen Becher bringen; allerdings bevorzugte er einen guten Rotwein. Bedächtig trank er einige Schlucke.

»Eines interessiert mich. Ihr sagtet, wir würden um unsere Freiheit kämpfen, um der Grausamkeit der Engländer zu entkommen. Stellen wir uns vor, der alte König Edward wäre ein gerechter Herrscher gewesen. Meint Ihr, wir würden uns dann nicht in diesem Kampf befinden?«

Finlay dachte eine Weile nach. Dann schüttelte er den Kopf.

»Hm. Aber müssten wir Schotten nicht auf unsere Unabhängigkeit bestehen, allein weil wir Schotten sind und keine Engländer?«

»Wer sind denn *wir Schotten*? Die Anglonormannen des Südens? Die Kelten des Westens? Die Norweger und Dänen des Ostens? Wir teilen nicht einmal eine Sprache! Das halbe Land versteht die andere Hälfte nicht. Von den unterschiedlichen Sitten und Gebräuchen mal ganz zu schweigen. Uns eint das Leid. Und ehrlicherweise: Nicht einmal das Leid hat es ganz geschafft.«

Randolf schaute Finlay lange an. »Ihr habt Schottland heute einen neuen Grund gegeben, eine Einheit zu bilden.«

Verwirrt schaute Finlay ihn an.

»Ein Königreich, in dem Freiheit und Menschlichkeit ein hohes Gut sind. Ich glaube, eine große Anzahl von Menschen würde daran teilhaben wollen. Ihr habt heute diese Idee in Roberts Kopf gepflanzt.«

Finlay wollte noch etwas erwidern, doch er fiel vornüber von der Bank und blieb besinnungslos im Stroh liegen.

»Ich sagte doch, Ihr hattet genug«, murmelte Randolf seufzend. Er stand auf, schulterte Finlay und brachte ihn zurück ins Heerlager.

*

Zwei Tage später kehrten Finlay und seine Gefährten nach Blair Castle zurück. Vermutlich erkannte Raelyn schon an seinem Gesicht, dass etwas vorgefallen sein musste, denn sie wurde blass. Wortlos nahm er sie bei der Hand und führte sie in ihr Privatgemach. Dort ließ er sie auf der Fensterbank Platz nehmen und kniete sich mit tief gesenktem Kopf vor sie. Er konnte ihr nicht in die Augen sehen.

Zunächst wusste er nicht, wie er anfangen sollte, doch irgendwann begann er in stockenden Worten zu berichten, was sich ereignet hatte. Raelyn sagte nichts, aber er spürte, wie sie immer mehr versteifte, wie sie abrückte von ihm und um Haltung rang.

»Ich weiß, ich hätte dir, wenn schon nicht mir, seinen Tod geschuldet. Doch ich konnte nicht, Raelyn. Du hast es nicht gesehen, du kannst dir nicht vorstellen, was James getan hat.« Sie musste ihn hassen. »Und jetzt kann ich mich selbst nicht mehr ertragen.«

Etliche Herzschläge verstrichen, in denen Finlay stumm und mit demütig gesenktem Haupt verharrte. Doch zuletzt spürte er, wie sich ihre Hand zitternd auf seinen Kopf legte.

Eine Woche später kam ein Bote und brachte ein großes, weiches Paket für den Herrn von Blair Castle.

Zögerlich starrte Finlay auf das mit Sackleinen umwickelte Ungetüm, doch schließlich atmete er entschlossen aus und durchtrennte die Schnüre, mit denen es zusammengebunden war. Ein Wandteppich kam zum Vorschein. Vorsichtig breitete Raelyn ihn aus.

»Wer schickt dir einen so wundervollen Wandteppich? Sieh dir nur das Untier an. Furchteinflößend. Und dann der heilige

Columban. Wie fest er steht. Nur mit dem Kreuz bewaffnet. Der König?«

»Murdoch MacEwan.«

Entsetzt ließ Raelyn von dem Behang ab.

»Diesen Wandteppich schuf meine Mutter«, erklärte Finlay bestürzt, bevor er Raelyn berichtete, wo er einst hing und wie er verloren gegangen war.

»Ich weiß nicht, ob ich es aushalten könnte, ihn täglich zu betrachten.«

Finlay nickte nur, und faltete den Behang zusammen. Als er ihn hochhob, fiel ein Pergament zu Boden.

»Was ist das?«

»Eine Landkarte ...« Finlays Hände zitterten.

Das Gut der Abernethys war eingezeichnet. Und im Wald an der Straße, die nach Blair führte, ein dickes schwarzes Kreuz.

Betroffen tauschten sie einen Blick.

*

Am nächsten Morgen brach Finlay mit Alan und Ean auf. In stiller Übereinkunft, nicht über das zu spekulieren, was sie finden mochten; doch Finlays Herz war schwer.

Es war einsam auf den Straßen, niemand begegnete ihnen. Es gab keine wilde Jagd, kein fröhliches Geplänkel. Mit grimmigen Gesichtern ritten die drei Männer in den Morgennebel.

Als das Gut der Abernethys in Sicht kam, zog Finlay die Karte hervor.

»Wenn dort das Gut liegt und hier die Straße ist«, sagte Alan, der ebenfalls auf die Karte sah, »dann müssen wir dort vorne in den Wald.« Er zeigte auf eine alte Buche, in deren Nähe das Unterholz etwas lichter war.

Sie banden die Pferde an und suchten zu Fuß weiter.

Es hatte zu nieseln begonnen. Nebel hing in Fetzen zwischen den Ästen und Sträuchern, sammelte sich in Senken und ließ den Wald entrückt und unwirklich erscheinen.

Eigentlich wusste Finlay gar nicht, wonach sie suchten. Trotzdem lief er durch das bezeichnete Waldstück, unruhig und wie getrieben, während sich Alans und Eans Schritte immer weiter entfernten; bald konnte Finlay sie im Unterholz nicht mehr ausmachen. Stille senkte sich auf ihn herab, und seine eigenen Schritte kamen ihm überlaut vor.

Er fuhr zusammen, als eine Krähe neben ihm aufflatterte. Sie flog auf den Ast eines nahe gelegenen Baumes, stieß ein einzelnes – wie es Finlay schien vorwurfsvolles – »Krah!« aus und blickte ihn mit ihren tiefschwarzen glänzenden Augen an. Geraume Zeit blieb er stehen und schaute zurück, merkwürdig gebannt. Dann gab er sich einen Ruck und ging weiter, doch kaum dass er sie passiert hatte, flog die Krähe erneut auf und landete ein Stück weiter vorn auf einem anderen Ast.

»Verschwinde, Unglücksbote«, murmelte Finlay unbehaglich. Der Vogel schien indes nicht beeindruckt. Geradezu verächtlich stieß er ein zweites »Krah!« aus und flatterte ein paar Schläge mit den Flügeln, ohne sich in die Lüfte zu erheben.

Ein großer, moosbedeckter Felsen versperrte Finlays Weg. Unschlüssig blieb er stehen. Der Vogel stieß ein drittes »Krah!« aus und landete am Fuß des Felsens. Auffordernd blinzelten die perlschwarzen Augen.

»Was willst du von mir?«

Die Krähe legte den Kopf schief, flatterte kurz auf und setzte sich erneut nieder.

Finlays Blick fiel auf den Waldboden unter ihr: Es schien ein eingesunkener Hügel zu sein.

»Alan!«

Er sank auf die Knie und begann, mit bloßen Händen im weichen Waldboden zu graben.

»Alan, verdammt!«

Hastige Schritte näherten sich, Zweige knackten.

»Was ist?«, fragte Ean verwirrt.

Alan sagte nichts, sondern schloss sich Finlay an.

Der Waldboden unter den Baumnadeln war schwarz und feucht, roch nach Moder und Pilzen. Er kroch unter Finlays Fingernägel, in jede kleine Hautritze und färbte die Knie seiner Beinkleider dunkel. Finlay grub wie besessen. Nach zwei Fuß stieß er auf etwas Hartes. Erschrocken hielt er inne und sah Alan an. Der nickte, und gemeinsam legten sie den Gegenstand frei.

Es war Grahams Schwert. Verrostet und doch unverkennbar.

»Oh Graham …«

»All die Jahre hat er hier gelegen.« Eans Stimme wackelte.

Finlay fehlten die Worte. Er schluckte trocken.

»Was machen wir denn jetzt?«, fragte Alan leise.

»Wir bringen ihn nach Hause.«

Sie bestatteten Grahams Gebeine auf dem kleinen Friedhof hinter der Burgkapelle, dort, wo auch alle anderen Bewohner der Burg ihre letzte Ruhestätte fanden, die nicht zur Familie de Moray gehörten. Vater Dunsten, der Graham seit seiner Knappenzeit gekannt hatte, hielt eine feierliche Totenmesse.

Einen Tag später saß Finlay in seinem Gemach und versuchte, einen Brief an Grahams Brüder zu schreiben. Doch seine Gedanken schweiften immer wieder ab: Zu den Tagen, in denen er Graham kennengelernt hatte, zu den Schlachten, die sie gewonnen, und zu denen, die sie verloren hatten. Erschüttert stellte er fest, dass Grahams Gesicht in seiner Erinnerung ein wenig verblasst war. Doch er entsann sich noch genau an die großen Hände seines Freundes und wie sie ihn gehalten hatten, damals bei der Staupsäule in Stirling.

Sein Tod würde nun ungesühnt bleiben. Wie immer Murdoch auch vom Verbleib seiner Gebeine erfahren hatte, den Namen des Mörders hatte er nicht preisgegeben. Doch nicht einmal Alan oder Ean hatten erwogen, Anklage zu erheben. So viele Jahre waren vergangen, vielleicht war der Mann längst gestorben. Zu allem Überfluss war auch David de Strathbogie flüchtig. Niemand konnte sagen wie, doch er war seiner Verhaftung entgangen und seitdem untergetaucht.

Frustriert ließ Finlay die Feder auf den Tisch fallen und rieb sich mit den Handballen die Augen. Der Kopf tat ihm vom Denken weh, seine Gedanken knirschten. Außerdem gärte, wann immer er an Murdoch dachte, das Gefühl der Scham in ihm. Doch das Geschehene ließ sich nicht mehr rückgängig machen.

Lang stieß Finlay seinen Atem aus. Es blieb ihm nichts übrig, als in Gottes Hände zu legen, was immer nun folgen mochte.

Kapitel 36

– Blair Castle, am 15. Tag des Monats April im Jahre des Herrn 1314 –

»Ealasaid?«

»Raelyn?«

»Kann ich dich kurz sprechen?«

»Natürlich, komm herein.« Die Heilerin legte ihre Näharbeit beiseite und lud Raelyn mit einer Geste ein, neben ihr auf der Fensterbank Platz zu nehmen. Es war ein regnerischer Vormittag. Silbergraue Wolken bedeckten den Himmel, und der Niederschlag fiel schon seit Tagesanbruch in einem gleichmäßigen, dünnen Schleier zur Erde. Doch es war nicht kalt. Die Luft, die durch das Fenster hereinströmte, war mild, roch nach feuchter Erde und frischem Gras.

»Ich brauche einen Tee«, begann die Burgherrin.

Ealasaid lächelte. »Weil dir allmorgendlich übel ist?«

»Wie du das nur immer weißt.«

»Oh, das ist nicht so schwer. Am verräterischsten ist dein Lächeln. Und jetzt bleibst du auch noch dem Frühstück fern …« Die Heilerin zwinkerte schelmisch. In der Halle waren die Burgbewohner sicher noch bei ihrer ersten Mahlzeit.

»Erwähne das Frühstück nicht«, bat Raelyn leidgeprüft. »Noch nie war mir morgens *so* schlecht.«

Ealasaid erhob sich, schürte das Feuer im Herd und hängte den Wasserkessel darüber, bevor sie die getrockneten Blätter und Früchte von Brennnessel, Hagebutte, Hopfen und Schwarzer Johannisbeere in einen Becher gab. Als das Wasser kochte, goss sie es über die Kräuter. Ihr Duft erhob sich in einer kleinen Wolke, doch die Heilerin sperrte ihn ein, indem sie einen Holzdeckel auf den Becher legte. Nichts von der heilenden Wirkung sollte verloren gehen.

»Wann ist deine Blutung ausgeblieben?«

»An Lichtmess.«

»Dann sollte dein Kind im Oktober kommen.«

Raelyn nickte, ohne zu lächeln. »Ich hoffe es.«

Sie erschien Ealasaid bedrückt. »Dir macht mehr als die Übelkeit zu schaffen.«

Raelyn seufzte ungehalten. »Ich bin undankbar«, schalt sie sich selbst. »Ich sollte zufrieden sein. Endlich einmal wenden sich die Dinge zum Guten. Finlay hat wieder die volle Gunst des Königs, der Verräter ist tot, Grahams Gebeine sind gefunden und bestattet, meine Kinder gesund, und ich bin wieder guter Hoffnung. Die Engländer halten nur noch Stirling und Berwick, und beinahe könnte ich vergessen, dass sie dort sind.« Sie sah aus dem Fenster und wiederholte: »Ich sollte zufrieden sein ...«

Der Tee war fertig. Ealasaid seihte ihn durch ein Tuch.

»Doch Murdoch MacEwan ist noch am Leben«, fügte sie Raelyns Aufzählung hinzu.

»Ja, Murdoch MacEwan ist noch am Leben.«

»Hier.« Vorsichtig reichte die Heilerin ihr den Becher.

Gedankenverloren blies die Burgherrin über die heiße Flüssigkeit, bevor sie behutsam einen ersten Schluck nahm.

»Warum hat er das nur getan?«

»Finlay?«

Raelyn nickte, und ihr Blick wurde hart. »Ich kann nicht hinnehmen, dass Murdoch MacEwan noch lebt. Dieser Mann hat den Tod verdient wie kein anderer. Er schuldet sein Leben nicht nur dem König oder Finlay, sondern auch mir!«

»Das tut er«, stimmte Ealasaid zu.

»Und ich bin mir sicher, dass von ihm noch immer Gefahr ausgeht«, fügte Raelyn hinzu. »Selbst, wenn er jetzt das Land verlassen muss, er wird Mittel und Wege finden, sich zu rächen. Ganz davon abgesehen, dass seine Verbannung vermutlich enden wird, sollte König Robert diesen Krieg verlieren.«

»So viele Dinge könnten geschehen, du kannst die Zukunft nicht voraussehen. Wer kann sagen, ob Murdoch überhaupt überlebt? Vielleicht erliegt er den Verletzungen, die James ihm beigebracht hat. Er wäre nicht der Erste. Und wenn er überlebt: Er hat David de Strathbogie verraten. Ich fürchte, dessen Zorn wird keine Gnade kennen. Wo kann Murdoch jetzt hin? Wer steht ihm noch zur Seite?«

»Verlange kein Mitleid von mir.«

»Das tue ich nicht.« Ealasaid ergriff Raelyns Hand. »Ich weiß nur, dass Finlay ein außergewöhnlicher Mensch ist. Verschieden von allen Männern dieser Zeit. Er konnte nicht anders handeln. Und du hast ihm dein Herz geschenkt.«

Raelyn seufzte tief. Die Nonne verstärkte den Druck ihrer Hand.

»Murdoch MacEwan steht nun tief in Finlays Schuld. Vielleicht spielt es einmal eine Rolle.«

»Vielleicht ...« Doch ihr Gesicht war voller Zweifel, während sie schweigend ihren Becher austrank. »Ich bin nicht nur wegen des Tees gekommen«, wechselte sie schließlich das Thema. »Ein Bote kam heute früh. Er brachte einen Brief. Für dich.« Sie zog ein versiegeltes Pergament auf ihrem Ärmel.

Erstaunt übernahm Ealasaid das Schreiben und nickte zerstreut.

»Ich danke dir«, sagte Raelyn dann und erhob sich, »für den Tee und ... deinen Beistand.«

Als sich die Tür hinter Raelyn geschlossen hatte, erbrach Ealasaid mit klopfendem Herzen vorsichtig das Siegel des Briefes.

»An Ealasaid, Heilerin von Blair Castle. Von Lachlan. Grüße.

Diese Zeilen schreibe ich nur für Dich.

Ich habe ein Buch in der Bibliothek gefunden. Oder genauer gesagt, glaube ich, dass Gott es für mich dorthin gelegt hat. Denn es lag auf jenem Pult, an dem ich meistens sitze.

Es heißt: Opus maius und wurde von einem Mann namens Roger Bacon vor etwa fünfzig Jahren geschrieben. Bacon war Franziskanermönch. Er studierte an der Universität von Paris, wo er einen Magistergrad erwarb und auch lehrte. Gegen den Willen der Kirche befasste er sich mit Aristoteles und schrieb Kommentare zu seiner Naturphilosophie und Metaphysik.

Das Buch ist in sieben Teile gegliedert.

Im ersten – Ursachen des Irrtums – wendet er sich gegen die unkritische Übernahme des geschriebenen Wissens, gegen Vorurteile und Scheinwissen.

Im zweiten Teil – Philosophie und Theologie – bestätigt er die absolute Gültigkeit der Bibel, versucht aber auch nachzuweisen, dass eigenes Nachdenken ebenfalls zur Erlangung göttlicher Wahrheit nützlich sein kann.

Vom dritten Teil – Das Studium der Sprachen – könnte ich behaupten, dass Du ihm die Worte eingeflüstert hast. Er beklagt Ungenauigkeit und Fehler von Übersetzungen und empfiehlt, die Werke nach Spracherwerb in der Originalsprache zu lesen.

Der vierte und fünfte Teil behandelt die Mathematik und die Perspektive. Sie sind großartig, aber ich habe noch nicht alles verstanden. Dazu daher später mehr.

Der sechste Teil aber – Die experimentelle Wissenschaft – ist der Grund, warum ich Dir diese Zeilen schreibe. Er erklärt, dass Wissenschaft nur dann einen Sinn habe, wenn sie zu nützlichen Resultaten führt. Er empfiehlt die Durchführung von Experimenten zur Bestätigung einer Theorie.

Liebe Ealasaid, Du magst in Salerno der einzige Mensch gewesen sein, der die Unstimmigkeiten in den Werken Galens und anderer bemerkt hat. Der sich ständig veranlasst gefühlt hat, Fragen zu stellen. Aber Roger Bacon war Dir ein Bruder im Geiste. Und wenn es ihn gab, dann gibt es auch noch mehr Menschen wie uns.

Auch wenn man sie anscheinend wie die Nadel im Heuhaufen suchen muss.

Ich will Dir auch berichten, dass ich mit dem Studium der Anatomie begonnen habe. Ja, es ist noch viel zu früh, ich dürfte das erst in drei Jahren. Ich tue es auch nicht als Student. Ich bin der Gehilfe des Sektionsassistenten, genau wie Du damals.

Die anatomischen Vorlesungen werden von Mondino dei Luzzi gehalten. Er ist ein wahrer Verehrer des geschriebenen Wortes. Keine der Nadeln aus dem Heuhaufen … Ich frage mich ernsthaft, ob er schon jemals hingesehen hat während der anatomischen Demonstration. Die Sektion erstreckt sich über vier Tage. Am ersten wird die Bauchhöhle, am zweiten die Brusthöhle, am dritten der Schädel und am letzten die Extremitäten und die Wirbelsäule dargestellt.

Dei Luzzi steht an seinem Pult und doziert Galen oder Avicenna, während der Sektionsassistent das Erklärte zeigen soll. Dabei gerät der regelmäßig in Schwierigkeiten, wenn auch dei Luzzi von der fünflappigen Leber spricht oder dem Herzknochen … Aber sorge Dich nicht. Ich gucke und schweige. Ich bin Dir unendlich dankbar, dass Du mich nach Bologna geschickt hast. Es ist das größte Geschenk.

Gott schütze Dich.

Lachlan.«

Kapitel 37

– Im Heerlager des Königs, am 7. Tag des Monats Mai im Jahre des Herrn 1314 –

»Großer Gott, Edward, musste das sein?!« Ärgerlich ging Robert im Zelt auf und ab.

Edward Bruce focht das nicht an. »Es ist Zeit, Bruder. Wir sind bereit.«

Finlay schaute von einem zum anderen. Es war das erste Mal, soweit er sich entsinnen konnte, dass Edward etwas entschieden hatte, ohne vorher die Meinung seines Bruders zu erfragen. Seit fast einem Jahr hatte er Stirling Castle nun unter Belagerung, und mittlerweile war die Garnison ausgehungert und mürbe. Jetzt hatte er mit dem Kommandanten, Philip Mowbray, eine Vereinbarung getroffen. Sollte Stirling Castle nicht bis zum Johannistag von einer englischen Armee entsetzt werden, so würde die Burg kampflos übergeben. Das zwang den englischen König zum Handeln.

Finlays Blick ruhte eine Weile auf Edward Bruce. In all den Jahren hatte der klaglos im Schatten seines Bruders gestanden, mehr noch: Stets hatte er alles unternommen, seinen Bruder zu unterstützen, seinen Wünschen zu folgen, ohne Anspruch auf eigenen Ruhm oder Macht. Dabei war er ein begnadeter Heerführer. Seine Männer liebten ihn. Bedingungslos folgten sie ihm in jede Schlacht. Er verstand es ebenso wie sein Bruder, Nähe zu schaffen, etliche seiner Soldaten nannten ihn freundschaftlich »Ed«. Jetzt saß er gelassen am Tisch und hielt dem ärgerlichen Blick seines Bruders unbeeindruckt stand, während von draußen das Ächzen der Katapulte, das Poltern der Geschosse und das Brüllen von Befehlen hereindrang.

»Was meinst du, Neffe?« Robert ließ von Edward ab.

»Wir sind bereit!« Thomas Randolf nickte.

»Und Ihr, Sir Finlay?«

»Wir sind bereit.«

Bereit für eine Schlacht. Diesmal würde es kein Versteckspiel geben. Wenn der englische König kam, würden sie kämpfen, auf offenem Feld.

Robert atmete einmal tief durch. Dann begann sich sein Blick zu wandeln. Man konnte förmlich sehen, wie er die Schlacht strategisch zu planen begann und wie sich Enthusiasmus in ihm ausbreitete.

»Holt eine Karte her.«

Thomas Randolf beschaffte eine und breitete sie auf dem Tisch aus.

Blitzartig ruckten Roberts Augen zwischen verschiedenen Punkten auf dem Plan hin und her. Er verschränkte die Arme, bevor er begann, mit der Rechten seine Unterlippe zu kneten. Ein paar Mal nickte er vor sich hin.

»Wir werden uns hier in New Park postieren.« Entschlossen landete sein Zeigefinger auf der Karte. »Die Engländer werden sicher die Römerstraße heraufkommen. Im Westen ist der New Park Forest dicht und undurchdringlich, er wird unsere rechte Flanke schützen.«

»Wie viele Männer wird Edward aufbieten können?«, fragte Sir Thomas dazwischen.

Der Bruder des Königs zuckte mit den Schultern. »Das ist schwer zu sagen. Wie wir von de Lamberton hörten, gab es eine offizielle Versöhnung zwischen Edward und seinen Lords, und sie mustern schon seit Anfang des Jahres Soldaten. Doch eigentlich muss das englische Parlament dem Feldzug zustimmen, seit sie diese Ordinances erlassen haben. Wenn wir Glück haben, gibt es dort Widerstände.«

»Doch mit zehntausend Mann sollten wir mindestens rechnen«, befand Robert grimmig. »Dazu die Kavallerie …« Sein Blick kehrte zur Karte zurück. »Im Osten werden die Sümpfe unsere linke Flanke decken. Wir werden die Engländer hier im lichteren Teil des New Parks erwarten und das Gelände davor mit Hunderten kleiner Fallgruben präparieren, um ihre Kavallerie auszuschalten.«

Auch Edward Bruce betrachtete die Karte.

»Der Tross mit dem Landsturm sollte hier hinter dem Coxet Hill warten. Im Falle einer Niederlage müssen sie eine Rückzugslinie halten, hinter der wir uns neuformieren können.«

Robert brummte zustimmend, bevor er in die Runde schaute.

»Order an alle Truppenteile: Die Übungseinheiten werden nochmals verschärft. Die Schiltrons müssen standhalten. Es soll sowohl die Kreisformation für die Verteidigung als auch die Phalanx für den Angriff trainiert werden. Sie müssen sich rasch neuformieren können, wenn sie doch zerschlagen werden. Wir werden mit gepolsterten Lanzen üben, die Reiter sollen sie angreifen. Ich will, dass niemand ausbricht, egal wie schnell ein Pferd auf ihn zu galoppiert. Die Unteroffiziere müssen den Überblick bewahren und gegebenenfalls Teilverbände gesprengter Schiltrons zu neuen vereinen.«

Dann sah er seinen Bruder an. »Edward, sende Boten in alle Landesteile. Am Mittsommertag muss das Heer im Torwood nördlich von New Park versammelt sein.«

Er nickte noch einmal bedächtig. »Ja, Gentlemen, ich glaube, Ihr habt recht. Wir sind bereit. Lasst uns trotzdem hoffen, dass es nicht zu viele werden.«

Kapitel 38

– Nordengland, am 18. Tag des Monats Mai im Jahre des Herrn 1314 –

Der königliche Haushalt befand sich in Hull. Auch Lucas und de Lamberton waren Teil der Entourage, obwohl Lucas nicht recht verstand, warum, denn Edward machte immer häufiger spöttische oder sogar beleidigende Äußerungen über Schotten – nicht nur über die Anhänger König Roberts –, gerade so, als hätte er vergessen, dass St. Andrews in Schottland lag. Zunehmend suchte er den Schulterschluss mit Adligen wie seinem Neffen de Clare oder dem jungen Henry de Bohun, der die Schotten leidenschaftlich hasste.

Seit Ende März zogen sie durchs Land. In Ely hatten sie das Osterfest verbracht, hier in Hull Edwards dreißigsten Geburtstag. Es war ein pompöses Fest gewesen mit einem Turnier, einem gigantischen Festschmaus und erlesenen Musikern, die bis tief in die Nacht zum Tanz aufgespielt hatten, kurzum: Ein Spektakel, das die Einwohner von Hull sicher nicht so schnell vergessen würden.

Jetzt kniete Lucas in Hulls kleiner Kirche und lauschte de Lamberton, der heute die heilige Messe hielt. Henry kniete neben Lucas, auch sein Vater begleitete den König. Der Knappe hatte sich redlich bemüht, die alte Vertrautheit zu Lucas wiederherzustellen, und das rechnete der ihm auch hoch an. Viel öfter stahl er sich wieder Zeit, um sie mit Lucas zu verbringen. Waren die beiden jungen Männer ganz allein, war es manchmal wirklich wie früher. Dann konnte Lucas die Beleidigungen und Anfeindungen vergessen, denen er seit dem Turnier im letzten Herbst immer öfter ausgesetzt war, und auch die Angst verdrängen, dass Edward in diesem Jahr nun ernsthaft eine Armee nach Schottland führen würde. Schon seit Februar wurden Truppen, vornehmlich im Norden des Landes, gemustert, und ein Bankier aus Genua war beauftragt, Weizen in großen Mengen an die nördlichen Häfen zu liefern. Vor allem deshalb waren sie hier in Hull.

Der König kniete in der ersten Reihe neben dem Bischof von Leeds, den Kopf gesenkt und die Augen konzentriert geschlossen. Das für den heutigen Tag vorgesehene Kapitel aus dem Alten Testament wurde vorgelesen.

Doch plötzlich hörte man eilige Schritte im Vorraum der Kirche, dann verhaltenes Getuschel. Edward hob den Kopf, eine Falte der Missbilligung auf der Stirn.

Auch de Lamberton hielt irritiert inne.

»Es sind dringende Nachrichten, die der König sofort erfahren muss«, vernahm man von draußen.

»Doch wohl nicht während der heiligen Messe«, beschwerte sich die Wache.

»Mann, ich möchte nicht in deiner Haut stecken, wenn der König erst zu Mittag erfährt, was ich ihm zu berichten habe.«

*

»Wie viele Männer stehen bereit?«

Der König, seine Lords und Heerführer, Bischof de Lamberton und sein Amtskollege aus Leeds, sowie der Proviant- und der Waffenmeister saßen an einem ausladenden Tisch im königlichen Pavillon, silberne Pokale mit Wein vor sich, und lauschten Herefords Ausführungen, nachdem umgehend eine Lagebesprechung einberufen worden war. Lucas stand am Rande, bereit, den Bischöfen aufzuwarten, und beobachtete, während sein Herz schwer wie ein Klumpen Blei in seiner Brust lag. Jetzt war es nicht mehr aufzuhalten: Stirling Castle war in arger Bedrängnis und musste entsetzt werden.

»Etwa zehntausend hier im Norden und noch mal fünftausend im restlichen Land, Majestät«, berichtete Humphrey de Bohun, jetzt wieder High Constabler von England. »Dazu die Kavallerie und die walisischen Bogenschützen.«

Über fünfzehntausend Mann …

Edward klatschte vergnügt in die Hände und schien der Begegnung mit seinem schottischen Rivalen entgegenzufiebern wie einem pompösen Turnier. »So lasst sie sich sammeln. Bei Berwick werden wir die schottische Grenze überschreiten.«

»Brauchen wir überhaupt so viele Männer?« Gilbert de Clare saß mit ausgestreckten Beinen und lässig gekreuzten Knöcheln zur Linken des Königs. »Wie viel Mann kann Robert the Bruce schon aufbieten? Fünftausend?« Er blickte beinahe mitleidig in die Runde. »Ich bitte Euch, Gentlemen, und wären es zehntausend: Es sind *Schotten*.«

Lucas wurde elend, während überhebliches Lachen sich erhob. Der König hob seinen Becher und trank dem Earl of Gloucester zu. »Wie recht du hast, Neffe. Vermutlich laufen sie ohnehin davon, kaum dass sie Uns zu Gesicht bekommen.« Wieder wurde gelacht, nur Humphrey de Bohun stimmte nicht ein. Mit kaltem Blick musterte er Gilbert de Clare.

»Vor zwei Jahren sind sie nicht davongelaufen, wenn ich mich recht entsinne. Sie haben sich keiner offenen Schlacht gestellt, das ist wohl wahr, aber davongelaufen sind sie auch nicht.« Er erhob sich und pochte mit dem Zeigefinger auf die bisher unbeachtete Karte Schottlands, die in der Mitte des Tisches ausgebreitet lag. »Sie haben innerhalb von zwei Monaten Roxburgh und Edinburgh genommen, nachdem ihnen zuvor Dundee, Rushen und Perth in die Hände gefallen waren.« Er nahm wieder Platz. »Ich rate, Robert the Bruce nicht zu unterschätzen.«

»Wenn *ich* mich recht entsinne«, entgegnete der Earl of Gloucester herablassend, »wart Ihr vor zwei Jahren nicht mit von der Partie, Sir Humphrey. Daher dürfte es Euch schwerfallen, über den Mut oder die Feigheit der Schotten zu befinden.«

Der Blick, mit dem Henrys Vater de Clare daraufhin bedachte, ließ Lucas eine Gänsehaut auf den Armen wachsen.

Doch Edward wedelte die Zwistigkeiten seiner Lords ungeduldig davon.

»Wir wollen nicht streiten. Du hast zwar recht, Neffe, vermutlich brauchen wir längst nicht so viele Männer, doch nun haben Wir sie gemustert, und sie wären sicher enttäuscht, würden Wir sie zu Hause lassen.« Er lächelte leutselig. »Ich schlage vor: Ihr alle trefft nun Eure Vorbereitungen. In zwei Tagen wollen wir aufbrechen.«

Mehr strategische Erwägungen gab es nicht.

Umso aufwendiger waren die Reisevorbereitungen, denn obwohl sich der englische König nun auf einen Feldzug begab, schien er nicht bereit, auch nur auf ein Quäntchen Komfort zu verzichten. Lucas zählte zweihundertsechzehn Wagen, die sich schließlich voll beladen mit kostbarem Tafelgeschirr, Juwelen, seidenen Zelten, bequemen Decken und Fellen, Brokatstühlen und sogar den Fässern eines ganzen Weinkellers auf den Weg nach Berwick machten. Sie kamen nur sehr langsam voran. Am 27. Mai, also nur noch einen knappen Monat vor Ablaufen des Ultimatums, erreichten sie Newminster und waren damit noch immer ein ziemliches Stück von Berwick entfernt.

Mit jeder Meile, die sie sich Schottland näherten, fiel es Lucas schwerer, seine Rolle zu spielen, doch er bemühte sich standhaft, denn sein und de Lambertons Überleben hing letztlich davon ab, dass man sie weiterhin für loyal hielt. Er mied jeden Gedanken an die bevorstehende Schlacht und drückte sich vor jedem diesbezüglichen Gespräch, denn er traute seinen Gesichtszügen nicht. So wie König Edward reiste, war das nicht einmal schwer: Jagden, Spiele und Musik sorgten für häufige Ablenkung.

Dass auch Bischof de Lamberton unter enormem Druck stand, wusste Lucas. Sie konnten kaum miteinander sprechen, da sie ständig umringt waren von Engländern, aber der Priesterschüler sah es in den Augen seines Mentors, wie viel

Kraft es ihm abforderte, weiter dem englischen König zu raten und so oft seine Nähe teilen zu müssen.

Jetzt lag die Zisterzienserabtei von Newminster keine hundert Yards mehr vor ihnen. Dort würden sie heute das Nachtlager aufschlagen, obwohl die Sonne noch hoch am Himmel stand und man gut eine weitere Strecke zurücklegen könnte.

»Mein Vater könnte Gloucester erwürgen«, verriet Henry Lucas flüsternd, der auf der staubigen Straße gerade zu ihm aufgeschlossen hatte. Es war meist Gilbert de Clare, der als Erster zustimmte, wenn König Edward wieder ein Fest, eine Jagd oder eine verfrühte Rast vorschlug und damit ihre Reisegeschwindigkeit so quälend verlangsamte.

»Ich glaub's«, versicherte Lucas und bemühte sich um ein Grinsen.

Die Differenzen der beiden Edelmänner waren seit ihrer Abreise aus Hull jeden Tag deutlicher zutage getreten, und dass König Edward seinen Neffen bevorzugte, ließ sich auch nicht mehr von der Hand weisen. Mochte Humphrey de Bohun offiziell wieder in der Gunst des Königs sein, seine Beteiligung an Gavestons Mord schadete ihm: Edward hatte das Vertrauen in ihn offensichtlich verloren.

»Wollen wir nachher noch schwimmen gehen?«, schlug Henry jetzt vor. »Das Meer soll ganz nah sein.«

Lucas nickte, obwohl er sich eigentlich lieber irgendwo verkrochen hätte. Doch auch Henry durfte keinen Verdacht schöpfen. Entschlossen drängte er alle Gedanken an die drohende Schlacht zurück und nahm sich vor, nur diesen Augenblick zu genießen. Es war heiß für Ende Mai. Nicht einmal hatte es geregnet, seit sie von Hull aufgebrochen waren. Der allgegenwärtige Straßenstaub war Lucas in jede Pore gedrungen, und er fühlte sich schmutzig und verschwitzt, ein Bad wäre sicher herrlich.

William de Lamberton ließ seinen Schüler ziehen. Es waren noch lange nicht alle Wagen des Trosses in Newminster eingetroffen, als Lucas und Henry schon wieder im Sattel saßen und sich zum Meer aufmachten. Keine zehn Meilen trennten sie vom Strand. Solange sie noch in Sichtweite der Abtei waren, trabten sie gemessen ihrem Ziel entgegen, doch kaum dass das Kloster hinter einer Biegung verschwunden war, setzte Henry zu einer wilden Jagd an, und Lucas ließ sich von seinem Übermut anstecken.

Schon bald schmeckte die Luft salzig, und Möwen begleiteten kreischend ihren wilden Ritt immer am Fluss entlang, bevor der eine letzte Kehre machte und sich das Meer unendlich weit und blau bis zum Horizont vor ihnen erstreckte. Mit einem Mal fühlte Lucas sich so unbeschwert und frei wie seit Tagen nicht.

Kaum dass sie Sand unter den Füßen hatten, zerrten sie sich eilig die Kleider vom Leib und den Pferden die Sättel vom Rücken, bevor sie wieder aufsaßen und mit ihnen in die Brandung ritten.

Auch die beiden Wallache genossen das kühle Nass. Schnaubend stampften sie durch die Wellen, während Lucas und Henry sich eine wilde Wasserschlacht lieferten. Dann glitt Lucas ins Wasser und schwamm mit kräftigen Zügen aufs Meer hinaus.

Das Wasser war kalt, doch erfrischte es ihn umso mehr nach den langen Stunden in Staub und Hitze. Als er ein gutes Stück vom Strand entfernt war, legte er sich auf den Rücken, schloss die Augen und ließ sich von den Wellen schaukeln.

Wenn er nur immer hier so schweben könnte …

»Herrlich ist das!« Henrys blonde Haare klebten nass an seinem Kopf, und ein mutwilliges Grinsen kündigte an, dass Lucas wohl gleich unfreiwillig tauchen würde.

Bevor es so weit kam, drehte er den Spieß um und warf sich seinerseits auf den Knappen. Lachend und prustend balgten sie, bis Henry sich losreißen konnte und die Flucht zum Strand antrat. Es wurde ein Wettschwimmen wie in ihren besten Zeiten. Lucas gab alles, und so schlug sein Freund ihn nur um eine knappe Elle.

Noch immer lachend und vollkommen außer Atem ließen sie sich in den Sand fallen und von der Sonne trocken.

»Man sollte nicht meinen, dass wir uns auf einem Kriegszug befinden«, bemerkte Henry, als er wieder sprechen konnte. »Mir ist es eher, als befänden wir uns auf einer Sommerfrische.«

Schlagartig verschwand Lucas' gute Laune.

Rasch setzte er sich auf und sah übers Meer, damit Henry sein Gesicht nicht sehen konnte.

»Ich meine, wir jagen und schwimmen, Spielleute begleiten den Tross, allenthalben gibt es Musik und Tanz. So gut unterhalten ist wohl noch keine Armee in den Krieg gezogen«, setzte der Knappe nach, doch seinem Tonfall war anzuhören, dass er im Grunde nicht einverstanden war. Er schnappte sich einen Kiesel und warf ihn raus aufs Meer. »Ich meine, es ist eine Schlacht … Findest du nicht, man sollte der Sache an sich mehr Respekt erweisen?« Unsicherheit schwang in seiner Stimme mit. »Wir sind zu leichtfertig. Es gibt keine taktische Planung, keine Strategie.« Als Lucas nicht gleich antwortete, fragte Henry zaghaft:

»Was denkst du?«

Oh nein, Henry, bitte nicht, flehte Lucas stumm. Du willst nicht wissen, was ich denke.

»Lucas?«

»Die englische Armee wird so viele Männer umfassen, ich denke, da braucht es keine Strategie mehr.« Es gelang ihm nicht, seine Stimme enthusiastisch klingen zu lassen, obwohl er sich die größte Mühe gab.

Henry verstummte einen Moment.

»Es macht dir zu schaffen, dass wir in diese Schlacht ziehen?«, vermutete er dann leise.

Gott, Henry, warum musst du heute den Einfühlsamen spielen?, fluchte Lucas stumm. Doch dann riss er sich zusammen, zuckte gleichgültig mit den Schultern und sagte so gelassen wie möglich: »Robert the Bruce bekommt nur, was er verdient.«

»Aber es werden deine Landsleute sein, die auf dem Schlachtfeld sterben«, fügte Henry behutsam an.

Die im Übrigen zur Hälfte auch deine Landsleute sind, grollte es in Lucas' Kopf, denn deine Mutter war Schottin. Und wer sagt, dass sie fallen? Doch er biss die Zähne zusammen und knurrte: »Wenn sie ihm folgen, haben sie es wohl auch verdient.«

Henry verstummte. Lucas spürte, dass Henry zweifelte, dass er ihn nicht überzeugt hatte. Doch mehr konnte er jetzt nicht sagen, und er konnte den Freund auch nicht ansehen, also stand er auf und ging zu seiner Satteltasche.

»Ich hab einen Mordshunger«, behauptete er und holte Brot und seinen Weinschlauch heraus.

»Ich hab noch Dörrfleisch«, bot der Knappe an und akzeptierte den Themenwechsel.

»Soldatenkost, wie schmackhaft«, zwang Lucas sich zu witzeln.

Sie teilten, was sie hatten, kauten auf den zähen Fleischstreifen herum und schauten schweigend über das Meer. Als die Sonne den Horizont in ihrem Rücken rotgolden färbte, machten sie sich auf den Rückweg – ohne noch ein Wort gesprochen zu haben.

*

Da man William de Lamberton ein Quartier in der Abtei zugewiesen hatte, traf Lucas seinen Mentor seit Wochen erstmals in einer Kammer mit gemauerten Wänden und einer fest verschließbaren Tür und nicht einem hellhörigen Zelt an.

»Ich halte es nicht mehr aus«, bekundete er daher, kaum dass er die Tür hinter sich geschlossen hatte.

Der Bischof saß am Tisch, sichtlich selbst erschöpft, und sagte: »Du musst aber. Wenigstens noch eine kleine Weile.«

Lucas lehnte den Kopf gegen das kühle Holz der Tür und schloss die Augen. »Warum?! Warum können wir nicht einfach verschwinden? Wir können nichts mehr ausrichten! Es wird zur Schlacht kommen, und nichts wird daran noch etwas ändern.«

»Aber wir können wertvolle Informationen sammeln: über die Truppenstärke, über die geplante Taktik.«

»Welche Taktik? Edward ist so überheblich, dass er glaubt, allein sein Erscheinen werde ihm den Sieg bescheren!«

»Dann ist auch das eine wichtige Information«, widersprach der Bischof. »Außerdem erwarten wir den Grafen von Ulster. In zwei Tagen soll er hier in Newminster eintreffen.«

»König Roberts Schwiegervater?«

De Lamberton nickte.

»Was will er hier?«

»Nun, sicher kommt er nicht, um Edward von dieser Schlacht abzuraten«, prophezeite der Bischof. »Vermutlich wird er ihn, ebenso wie seinen Vater damals bei Falkirk, mit irischen Soldaten unterstützen.« Er sah Lucas eindringlich an. »Wir müssen herausfinden, wie viele Männer er Edward zur Verfügung stellt.«

Lucas ließ den Kopf hängen. »Henry spürt etwas«, gab er kläglich zu bedenken. »Er kennt mich zu gut …«

De Lamberton nickte bedächtig. »Dann werde ich dich von ihm fernhalten.« Er sah Lucas mit aufrichtigem Bedauern und doch unerbittlich an. »Wir könnten nicht einmal einfach verschwinden, selbst wenn wir es wollten. Nicht, solange wir noch so weit von der schottischen Grenze entfernt sind. Unser Fehlen würde sofort auffallen, auch Edward kann zwei und zwei zusammenzählen. Meinst du, er lässt uns unbehelligt ziehen?«

Lucas schüttelte den Kopf. Natürlich nicht. Und was sie erwartete, wenn man sie als Verräter enttarnte, mochte er sich gar nicht erst ausmalen. Für de Lamberton als mächtigen Bischof der christlichen Kirche gäbe es vielleicht Milde, doch Lucas würde den qualvollen Verrätertod sterben. Übelkeit nistete sich in seinem Magen ein.

Der Bischof trat zu Lucas und legte ihm seine Hand auf die Schulter.

»Ich werde dich mit Aufgaben überhäufen, du wirst dich darauf konzentrieren und keine Zeit mehr für Henry haben.«

Die Hand auf seiner Schulter machte ihm Mut und schenkte ihm ein wenig Kraft. Lucas ließ sich de Lambertons Worte durch den Kopf gehen und atmete ein paar Mal tief durch. Dann sah er auf und schüttelte den Kopf. »Auch das würde Henry auffallen. Wenn wir keinen Verdacht erregen wollen, muss alles bleiben wie zuvor.«

»Schaffst du das?«

Er rang sich ein klägliches Lächeln ab. »Ich weiß es ehrlich nicht, aber ich werde alles daransetzen.«

Die Tore von Berwick durchritten sie eine Woche vor Mittsommer. Humphrey de Bohun war sichtlich nervös ob ihres zähen Vorankommens, und beinahe gab Lucas sich schon der Hoffnung hin, die Schlacht könne doch – nur aufgrund der Trödelei des englischen Königs – vermieden werden.

Auf ihrem Weg durch die Stadt bemerkte Lucas die schweren Beschädigungen, die Berwick noch immer aufwies, seit der alte König Edward es vor achtzehn Jahren auf so grausame Weise erobert hatte.

Doch Berwick Castle war wiederaufgebaut worden, und ein Meer von Zelten gruppierte sich jetzt rings um die Burg, denn die Heere waren für den 10. Juni herbeordert worden und etliche dem Aufruf des Königs gefolgt.

Jedoch nicht alle, wie der König bald voller Wut feststellen musste: Thomas of Lancaster war ebenso ferngeblieben wie Guy de Beauchamp, Edmund FitzAlan und John de Warenne.

*

»Wie können sie es wagen?« Aufgebracht schnellte Edward von seinem prunkvollen Sessel empor, als man ihm die Nachricht kurz nach ihrer Ankunft überbrachte.

Humphrey de Bohun, dem die unschöne Aufgabe zugefallen war, den König über das Fortbleiben seiner Lords zu unterrichten, starrte einen Punkt etwas oberhalb von Edwards rechter Schulter an und verzog keine Miene. Sie hatten sich in der Halle der Burg zu einer ersten Mahlzeit versammelt.

»Da das Parlament diesen Feldzug nicht genehmigt hat, fühlen sie sich an die Ordinances gebunden und nehmen deshalb nicht persönlich teil. Sie haben jedoch eine Abordnung Fußsoldaten geschickt, um ihrem Lehnseid Genüge zu tun.«

Voller Zorn warf Edward seinen Trinkbecher auf den Boden. »Fußsoldaten?! Wir erwarten berittene Kämpfer!«

»Aber Majestät«, ließ sich Gilbert de Clare beschwichtigend vernehmen. »Ihr braucht sie doch nicht. Wir haben Männer genug, wenn nicht gar zu viele. Thomas of Lancaster, Guy de Beauchamp und die anderen Lords werden erfahren, wie schmachvoll es ist, wenn wir siegreich heimkehren und sie nicht teilhatten.«

Missfällig brummend ließ sich der König wieder auf seinen Sessel fallen, während sich ein Page beeilte, ihm einen neuen Becher mit frischem Wein hinzustellen.

Der Earl of Hereford nahm dies zum Anlass, seinen Bericht fortzusetzen.

»Robert Clifford, Henry de Beaumont, John Segrave, William Marshall und natürlich Aymer de Valance sind Eurem Ruf gefolgt. Mit den Schotten Robert Umfraville, John Comyn IV. und Sir Ingram de Umfraville sowie den seit Februar gemusterten Männern und den Kontingenten aus Irland und Wales sind es jetzt einundzwanzigtausendsechshundertvierzig Soldaten der Infanterie und zweitausendeinhundertfünfzig Reiter schwere Kavallerie, die Euch zur Verfügung stehen, Majestät, und ich stimme Gloucester zu: Das sollte genügen.« Henrys Vater straffte nochmals die Schultern. »Doch es gibt noch weitere schlechte Nachrichten: Königin Isabella hätte schon vor vier Tagen hier eintreffen sollen, doch noch fehlt von ihrer Flotte jede Spur.«

Man hätte annehmen können, dass die Nachricht über das Verschwinden seiner Ehefrau den König schockierte, doch Lucas fand, Edward reagierte recht gelassen darauf.

Dem Earl of Hereford schien das Ausbleiben der Flotte umso mehr Bauchschmerzen zu bereiten: »Die Flotte der Königin transportiert einen wichtigen Teil unseres Proviants für den Feldzug in Schottland. Wollten wir darauf verzichten, müssten wir die Rationen der Soldaten drastisch reduzieren.«

»Sie wird schon noch kommen«, erklärte Gloucester lapidar. Lucas fand seine Miene ätzend arrogant.

Henrys Vater wandte sich mit wutblitzenden Augen an de Clare. »Und wie lange gedenkt Ihr zu warten, Sir Gilbert? Die Frist läuft in zehn Tagen aus, und es sind noch über neunzig Meilen, die uns von Stirling Castle trennen!«

»Man braucht keine zehn Tage, um neunzig Meilen zu überwinden«, widersprach der Neffe des Königs.

»Zu Pferde nicht, aber falls es Euch entgangen ist: Es sind über zwanzigtausend Fußsoldaten – allein bis sie in Marsch gesetzt sind, wird ein Tag vergehen!«

»Du lieber Himmel, dann werden wir das Marschtempo eben etwas erhöhen.« Blick und Tonfall ließen durchblicken, dass der Earl of Gloucester Henrys Vater für überängstlich hielt.

Der Earl of Hereford ersparte sich eine Antwort und wartete auf die Entscheidung des Königs.

Edward musterte seinen High Constabler abschätzig.

»Mir scheint, unser guter Hereford wird auf seine alten Tage zu vorsichtig.« Der königliche Blick glitt wohlwollend zu de Clare. »Wir sind froh, dass Uns auch junges und wagemutiges Blut mit Rat und Tat zur Seite steht.« Er lächelte Gloucester huldvoll an. »Daher haben Wir soeben beschlossen, Euch das Kommando über die Vorhut zu übertragen, lieber Neffe.«

Sir Gilbert sank dankbar aufs Knie, während Sir Humphreys Kiefer mahlten. Er wahrte Haltung, doch der Blick, mit dem er de Clare durchbohrte, war mörderisch.

»Und Wir haben beschlossen, auf die Königin zu warten«, setzte Edward nach. »Wie könnten Wir ohne sie auf einen siegreichen Feldzug gehen?«

Königin Isabella erreichte Berwick einen Tag später, doch ihr Erscheinen verbesserte die Laune von Henrys Vater keineswegs. Ihre Flotte war in schweres Wetter geraten und ausgerechnet zwei der Proviantschiffe gesunken. Unbeschadet hatten dagegen die Schiffe mit ihren Habseligkeiten den Sturm überstanden, und so dauerte es fast einen ganzen weiteren Tag, bis diese auf Wagen verladen waren. Sogar ein kompletter Altar befand sich unter den mitgeführten Sachen.

*

»Lucas!«

Henry holte ihn auf dem Vorplatz der Burg ein, inmitten des Gewusels aus umherhastenden Dienern, Knechten und Soldaten, die Isabellas Gepäck auf Wagen verstauten. Sein Gesicht zeigte eine seltsame Art von Aufregung.

»Was?«, fragte der im Weitergehen. De Lamberton erwartete ihn, auch er war in Eile.

»Der König wird mich zum Ritter schlagen!«

Jetzt blieb Lucas doch stehen. Henrys Augen leuchteten vor Stolz, und Lucas kam nicht umhin, sich mit ihm zu freuen.

»Das ist großartig, Henry.«

Dessen Augen begannen verdächtig zu schimmern. Er räusperte sich und senkte den Blick. »Wer hätte das gedacht? Henry, der Bastard, nun mit kaum achtzehn Sommern ein Ritter des Königs.«

»*Ich* hab es immer gedacht«, versicherte Lucas lächelnd.

»Ja, du hast immer an mich geglaubt.«

»Das war nicht schwer.«

Der Knappe sah wieder auf. »Ich danke dir dennoch dafür.« Dann wurde er hibbelig. »Kurz vor Sonnenuntergang holen sie mich zum Bad, und dann werde ich in der Kapelle wachen. Wirst du morgen zusehen, wenn Edward mich zum Ritter schlägt?«

»Was für eine Frage – natürlich!«

»Dann mach ich mich jetzt auf den Weg. Mein Vater weiß es noch nicht.« Er drehte sich um und wollte davoneilen, hielt aber inne. »Nach der Zeremonie wird es ein Fest geben. Wir feiern zusammen, ja?«

»Unbedingt!«

»Gut! Bis morgen also!« Und weg war Henry.

Lucas setzte seinen Weg zum Zelt des Bischofs fort. Natürlich hatten sie keinen Platz mehr in der Festung gefunden, zu viele englische Lords drängten sich in dem alten Gemäuer. Doch ihre Unterkunft lag – ihrem Rang angemessen – nicht weit entfernt noch auf dem Hügel der Burg.

De Lamberton hörte schweigend zu, als Lucas ihm von den Plänen berichtete. Dann stand er auf und ging nachdenklich im Zelt umher. Schließlich blieb er ganz dicht neben seinem Schüler stehen und flüsterte:

»Eine bessere Gelegenheit zu verschwinden, werden wir wohl nicht bekommen.«

Lucas' Herz begann zu pochen.

»Wenn alle beim Fest sind und schon ein wenig betrunken, werden wir uns davonstehlen.«

»Werden die Wachen uns nicht bemerken?«

»Mit Sicherheit … Wir brauchen einen plausiblen Vorwand, der unser Fortreiten zumindest für eine Wache verständlich macht.«

Auch Lucas begann zu grübeln. »Eine Botschaft?«

De Lamberton wog den Kopf hin und her. »An wen?«

»Sir Patrick Dunbar?« Dunbar Castle lag etwa dreißig Meilen entfernt, und Sir Patrick war ein Unterstützer Edwards.

De Lamberton runzelte zweifelnd die Stirn. »Ich weiß nicht … Es ist recht weit, und Edward hat schon Boten zu ihm gesandt.«

Lucas überlegte weiter. »Was dann?«

Ein listiges Schmunzeln begann in den Mundwinkeln des Bischofs zu lauern. »Ich werde meiner Familie einen Besuch abstatten.«

»Eurer Familie?«, wisperte Lucas verdutzt.

»Lamberton liegt nur vier Meilen von hier entfernt. Mein Cousin ist Herr des Familiengutes.«

»Warum waren wir noch nie dort?«, wunderte sich Lucas.

»Wir können uns auf den Tod nicht ausstehen«, gestand der Bischof mit etwas zerknirschter Miene. »Aber das müssen die Wachen ja nicht wissen.«

»Was ist mit Eurem Gepäck?«

»Das muss hierbleiben. Du wirst unauffällig etwas Proviant beschaffen. Bis nach St. Andrews werden wir etwa drei Tage brauchen, zwei, wenn wir schnell sind.«

»Also nur was in den Satteltaschen Platz findet.«

De Lamberton nickte. »Gut, dass die Nächte so warm sind. Wir werden weder Feuer noch Decken brauchen.«

In dieser Nacht fand Lucas keinen Schlaf. Er war niedergeschlagen und unruhig, und tausend Bedenken schlängelten sich wie ein Knäuel Schlangen durch seinen Kopf, die einfach keine Ruhe geben wollten.

Ihre Flucht würde gefahrvoll werden, daran bestand kein Zweifel. Hundert Meilen waren bis St. Andrews zu überwinden, und sie konnten nicht einmal auf den Schutz einer Eskorte vertrauen. Bis Edinburgh war das Land fest in der Hand von König Roberts Feinden. Und wenn man hier im Heerlager ihr Verschwinden bemerkte, war es mehr als wahrscheinlich, dass Edward ihnen Häscher hinterherschicken würde. Schließlich war William de Lamberton eingeweiht in höchst vertrauliche Pläne.

Weit mehr machte Lucas jedoch Henry zu schaffen.

Jetzt war er also gekommen, der Moment des Verrats. Das machte sein Herz so schwer, dass es sich anfühlte, als würde ein Eisenklumpen mitten in seiner Brust liegen.

Als sich die Morgensonne gerade über den östlichen Horizont erhob, stand auch Lucas auf. Es hatte keinen Sinn, sich weiter in den Laken zu wälzen. Henry würde jetzt aus der Kapelle geholt werden, und obwohl Lucas wusste, dass es selbstquälerisch und heikel war, wollte er doch dabei sein.

Er schlüpfte in sein schlichtes schwarzes Gewand, schlich sich hinaus und machte sich auf zur Burgkapelle.

Im Heerlager herrschte noch schläfrige Stille. Nur die Vögel begrüßten den anbrechenden Tag, und ihr Gesang erhob sich vielstimmig über die unzähligen Zelte. Das Gras unter Lucas' Füßen war zertrampelt, und lediglich, weil es seit Tagen nicht geregnet hatte, versank niemand in knöcheltiefem Schlamm.

Ohne Schwierigkeiten wurde Lucas trotz der frühen Stunde von den Torwachen eingelassen, schließlich war er bekannt. Er hatte kaum den Burghof überquert, da begann die Glocke der Kapelle hell zu läuten.

Ausgerechnet Sir Henry de Bohun schritt auf die Pforte des Gotteshauses zu, offensichtlich war ihm die Ehre zuteilgeworden, die angehenden Ritter zum Umkleiden zu holen.

Lucas blieb stehen. Er verspürte keinerlei Wunsch auf eine nähere Begegnung mit Henrys Dienstherrn. De Bohun betrat die Kapelle, und kurze Zeit später folgten ihm die sechs weiß gekleideten Knappen hinaus. Henry blinzelte in das morgendliche Sonnenlicht. Sein Gesicht zeigte die grauen Schatten einer durchwachten Nacht, doch er wirkte so glücklich, wie Lucas ihn noch nie gesehen hatte. Als sich ihre Blicke kreuzten, zwinkerte er seinem Freund zu, und Henrys Ausdruck wurde noch etwas strahlender. Dann verschwand die kleine Prozession im Palas, sicher um die rituellen weißen Kleider abzulegen und sich zu rüsten.

Lucas suchte sich einen unauffälligen Platz an einer Säule im hinteren Teil des noch leeren Gotteshauses und wartete auf den Beginn der Zeremonie.

Zuerst vereinzelt, später in Scharen kamen die Gottesdienstbesucher: Henrys Vater in Begleitung seines Cousins, dann Aymer de Valance, Gilbert de Clare, Henry de Beaumont, Robert Clifford. Irgendwann verlor Lucas die Übersicht und auch das Interesse an all den englischen Namen. Die Kapelle wurde voll. Als man sich kaum noch rühren konnte, erschien – festlich angetan in Brokat und Seide – König Edward mit seiner Königin. Zuletzt betraten die angehenden Ritter das Gotteshaus. In Zweierreihen schritten sie, Schulter an Schulter, den Mittelgang zum Altar entlang, vor dem Edward sich groß und würdevoll aufgebaut hatte. Die jungen Männer knieten sich auf die Altarstufen, die Gesichter erwartungsvoll ihrem König zugewandt.

Lucas' Blick wanderte von Henrys Rücken zu den Schwertern, die auf dem Altar lagen, und blieb daran haften. Ihr Metall funkelte im Kerzenschein, sie sahen so rein und erhaben aus. Doch bald würde Blut an ihnen kleben. Schottisches Blut. Düsternis senkte sich auf Lucas hinab. Er hatte kein Ohr mehr für die feierlichen Schwüre, auch nicht für den Eid, den Henry ablegte. Erst als sich sein Freund erhob und stolz in die versammelte Gemeinde sah, kehrte Lucas zurück, und ihre Blicke trafen sich.

»Ich wünsche dir Glück«, formten seine Lippen tonlos, und Henry nickte kaum merklich, doch mit freudigem Lächeln, zum Zeichen, dass er es verstanden hatte.

Die Halle in Berwick Castle war festlich geschmückt. Erlesene Speisen wurden serviert, und auch Wein floss reichlich, obwohl man doch morgen nach Stirling aufbrechen wollte und sich das Ultimatum gefährlich seinem Ende näherte.

Lucas wartete de Lamberton auf und fürchtete sich vor dem Moment, da er mit Henry anstoßen musste. Es würde vielleicht das letzte Mal sein, dass er den Freund sah, und doch durfte er sich nichts anmerken lassen, durfte sich nicht verabschieden.

»Geh jetzt zu ihm«, verlangte der Bischof leise, als der letzte Gang abgeräumt wurde und die Halle erfüllt war vom Klappern der Servierplatten, dem Tappen der vielen Füße im Rhythmus der Musik und dem Schwatzen der Gäste. »Sorg dafür, dass er und seine Freunde viel trinken, aber bleib selbst nüchtern. Wenn die Kapellenglocke zur Non schlägt, gehst du in den Stall und sattelst zwei Pferde. Verstau den Proviant und warte am Tor auf mich.« Der Bischof ließ den Blick über die versammelte Ritterschaft streifen. »Zu diesem Zeitpunkt sind sie alle hoffentlich schon so betrunken von ihrer Siegesgewissheit und dem Wein, dass unser Verschwinden vorerst nicht auffällt.«

Lucas nickte und sammelte all seinen Mut. Er verbannte alle Gedanken an ihre bevorstehende Flucht aus seinem Kopf und versuchte sich nur noch an seine schönen Momente mit Henry zu erinnern. Dann holte er tief Luft und ging los.

»Henry!« Am Tisch der jungen Ritter blieb er stehen. »Nein, ich muss wohl nun *Sir* Henry sagen.«

»Untersteh dich!«, verlangte sein Freund lachend und rutschte auf der Bank zur Seite. »Setz dich und trink mit uns!« Er schob Lucas einen Becher zu.

Feierlich erhob der ihn. »Ich gratuliere dir von Herzen und wünsche dir Ruhm und Ehre! Und Euch natürlich auch, Sirs.«

Auch die anderen Ritter tranken Lucas zu. Sie alle lachten und scherzten. Es fiel Lucas erstaunlich leicht, sich hinter Belanglosigkeiten zu verschanzen. Und Henry bemerkte es nicht. Auch er war trunken: von seiner neuen Würde und dem köstlichen Roten, der hier so verschwenderisch floss.

Lucas blieb, solange er es ertragen konnte. Er füllte immer wieder die Becher der jungen Männer und sprach einen Toast nach dem anderen, um sie bei Laune zu halten.

»Sirs, Ihr müsst mich entschuldigen«, bat er zuletzt, »mein Körper verlangt sein Recht.« Er erhob sich, schlug Henry noch einmal auf die Schulter und begab sich – auf scheinbar unsicheren Beinen – zum Abtritt.

Dort blieb er einen Moment im dunklen Gang stehen, lehnte den Kopf gegen die kühle Steinmauer und versuchte, sich zu sammeln. Das war also ihr Abschied gewesen: ein Schlag auf die Schulter. Bitterkeit und Trauer ließen Lucas' Augen brennen, doch er durfte sich jetzt nicht gehen lassen.

Dann erleichterte er seine Blase wirklich.

Wie lange noch bis zur Non? Er konnte es nicht sagen, doch sein Gefühl verriet ihm, dass er sich besser sputen sollte, wenn er noch Proviant besorgen wollte.

Geschwind machte er sich auf zur Küche. Zu seinem Glück war es dort noch betriebsam und unübersichtlich. Küchenburschen liefen hin und her, stapelten Platten und Schüsseln und wuschen Geschirr, Gläser und Pokale, während gleichzeitig immer neuer Wein in Krüge gefüllt und von Dienern zur Halle gebracht wurde. Es fiel gar nicht auf, als Lucas zwei übrig gebliebene Laibe Brot, ein Stück Käse und zwei Würste in seinen Beutel verschwinden ließ.

»He, du, was stehst du hier rum«, wurde er dann aber doch von einem der Köche zurechtgewiesen.

»Bischof de Lamberton wünscht noch einen Krug Wein für sein Zelt.«

»Gibt es in der Halle nicht genug Wein?«, beschwerte sich der Koch, drückte Lucas jedoch einen frischbefüllten in die Hand.

Der zuckte scheinbar gleichgültig mit den Schultern und verabschiedete sich mit einer kleinen Verbeugung.

Einsam lag der Burghof unter bleigrauen Wolken. Wer immer konnte, feierte in der Halle, und auch vom Heerlager drangen grölende Gesänge und Lachen herüber. Auch dort wurde anscheinend auf den erwarteten Sieg und die frisch geschlagenen Ritter angestoßen.

Lucas warf einen kritischen Blick gen Himmel: Lange konnte es bis zur Non nicht mehr dauern. Er nutzte die verbleibende Zeit und besorgte sich einen Weinschlauch, in den er den Inhalt des Kruges umfüllte.

Der Stall war ebenso ausgestorben wie der Hof, nur das leise Schnauben und Malmen der Pferde war zu vernehmen. Vermutlich feierten die Stallburschen mit dem Gesinde.

Lucas machte sich daran, zwei Pferde zu satteln, und wählte mit Bedacht. Ausdauernd sollten die Tiere sein, doch unauffällig. Würde er jetzt zwei kapriziöse Schlachtrösser aufzäumen, würden die Wachen sicher Verdacht schöpfen, auch wenn diese Pferde viel schneller waren als die braven Wallache, die er aussuchte. Zügig und konzentriert machte er sich an die Arbeit. Er hatte gerade dem zweiten Tier den Sattel aufgelegt, als eine Stimme ihn jäh zusammenfahren ließ.

»Was machst du hier?«

Lucas wirbelte herum. Wie aus dem Boden gestampft stand Henry in der Stallgasse und sah ihn verwirrt an.

Lucas' Kehle war schlagartig staubtrocken und sein Kopf so leergefegt wie der Burghof. Rasch drehte er sich wieder dem Pferd zu, zog den Gurt an, um Zeit zu gewinnen, und räusperte sich.

»Satteln.« Er gab sich größte Mühe, seine Stimme nicht zittern zu lassen.

»Jetzt?«, fragte Henry verwundert.

Lucas rettete sich in dieselbe Notlüge, die sie auch den Wachen auftischen wollten. »Bischof de Lamberton wünscht, seine Familie zu besuchen, bevor wir morgen abreisen«, erklärte er und versuchte, dabei verdrossen zu klingen. »Lamberton liegt nur vier Meilen nördlich von Berwick.«

Eine Pause entstand. Lucas sandte ein Stoßgebet gen Himmel, Henry möge ihm glauben, doch das Schweigen wurde drückend.

»Und für vier Meilen braucht ihr Proviant?«, fragte Henry leise. Sein Blick war auf Lucas' Beutel gerichtet, dessen Schnur bedauerlicherweise nicht zugezogen war und aus dem Würste und Brot lugten. Dann wurde er sarkastisch: »Hat dein Bischof beim Mahl nicht ausreichend zugelangt?«

Der Priesterschüler ließ die Arme sinken. Er wusste nicht, was er sagen sollte.

»Lucas?« Henrys Stimme verriet nicht nur Argwohn, sondern auch Angst.

Er drehte sich um und sah dem Freund ins Gesicht.

Wie vor den Kopf geschlagen machte Henry einen Schritt rückwärts. »Ihr wollt fort ...«

»Henry ...«

»Nicht nur fort, ihr wollt überlaufen.« Henrys Gedanken arbeiteten offensichtlich fieberhaft, und diese letzte Erkenntnis brachte ihn völlig aus der Fassung. Es tat Lucas weh zu sehen, wie sehr er seinen Freund verletzte.

»Alles nur gelogen«, flüsterte der junge Ritter und schüttelte ungläubig den Kopf, bevor die Wut wie ein Blitz in seine Augen fuhr und er förmlich brüllte: »Es war alles nur gelogen?! All die Jahre?!«

»Nein!«, widersprach Lucas heftig.

»Wie willst du mir das«, er machte eine weitschweifige Geste über Pferde und Proviant, »dann erklären?«

Verzweifelt suchte der Priesterschüler nach Worten. Sein Schweigen war Henry anscheinend jedoch Antwort genug. »Lüg mich nicht an, Lucas«, presste er durch die Zähne. »Seit Wochen spüre ich, dass mit dir etwas nicht stimmt. Ich wusste, dass dir die bevorstehende Schlacht zu schaffen macht. Ihr wollt verschwinden, das sehe ich in deinen Augen.« Trotz seiner Wut war Henry doch verwirrt, und Lucas konnte seinen dringenden Wunsch spüren, das ganze irgendwie zu verstehen. »Warum?«

»Weil wir nichts mehr ausrichten können.« Es hatte keinen Sinn, länger an der Notlüge festzuhalten, und Lucas wollte es auch nicht mehr.

»Weil ihr nichts mehr ausrichten könnt?« Henry fuhr sich durch die blonden Locken und begann, aufgebracht in der Stallgasse auf- und abzugehen. Das war offenbar nicht die

Erklärung gewesen, die er sich gewünscht hatte. »Die ganze Zeit glaubte ich, ihr steht auf Englands Seite – *du* stündest auf meiner Seite, und jetzt muss ich feststellen, dass du mich die ganze Zeit betrogen hast?«

»Ich *stehe* auf deiner Seite – und auch auf Englands, irgendwie, aber ich bin vor allem Schotte.«

Ein zynischer Laut, halb Lachen, halb Wutschrei, entfuhr Henry. »Wie soll das gehen?! Entweder siegen wir *oder* die Schotten. Du kannst nicht auf beiden Seiten stehen!«

»Und ob ich das kann!«, fuhr Lucas heftig auf. »Wieso muss es überhaupt eine Schlacht geben? Eine Schlacht, in der Schotten *und* Engländer fallen werden? Wäre es nicht besser für *beide* Seiten, eine solche Schlacht würde vermieden? Warum können England und Schottland nicht Freunde sein, so wie wir Freunde sind? Wie sie es waren, zu Zeiten König Alexanders und König Heinrichs? Warum glaubt ihr Engländer plötzlich, über uns Schotten herfallen und uns unterdrücken zu müssen? Mit welchem Recht, Henry?!«

Der hatte Lucas' Einlassung mit zunehmend härter werdendem Gesichtsausdruck gelauscht.

»Wir sind keine Freunde«, gab er kalt zurück. »Und es ist das Recht des Stärkeren.«

Das war wie eine Ohrfeige, und jetzt war es Lucas, der einen Schritt zurückwich.

Er hatte eine unaussprechliche Angst, doch der Schmerz über ihre gerade zerbrechende Freundschaft war noch schlimmer.

»Das ist nicht wahr, Henry, und du weißt das. Ich bin dein Freund und war es immer gewesen. Nichts an meiner Freundschaft zu dir war je gelogen.«

Vielleicht weil dieser Satz aus tiefstem Herzen kam, drang er zu Henry durch, und die Wut in seinen Augen musste Schmerz Platz machen. Lucas erkannte seine Gelegenheit.

»Wenn das Recht des Stärkeren dich zum Herrn macht und mich zum Knecht, dann geh jetzt und lass mich verhaften. Bring mich vor deinen König und überantworte mich dem

Henker, der mich den Verrätertod sterben lassen wird.« Er sah Henry eindringlich an. »Aber ich schwöre dir: Ich habe England nie schaden wollen. Ich habe dir nie schaden wollen. Alles, was Bischof de Lamberton und ich versucht haben, ist, Frieden zwischen unseren Ländern zu stiften und Freundschaft.« Er ließ die Schultern sinken. »Doch wir haben kläglich versagt, und ich fürchte mich vor dem, was jetzt kommt. Ihr werdet mit eurer Übermacht das kleine Schottland zermalmen, und Tausende meiner Landsleute werden sterben.« Er suchte noch einmal Henrys Blick. »Aber ich kann nicht von eurer Seite aus zusehen, wenn das geschieht. Ich muss mich an ihre Seite stellen.«

Henry erwiderte seinen Blick starr. Es war schwer zu ergründen, was er fühlte.

»Heute ist der Tag meines Ritterschlages«, begann er langsam, fast benommen, »und das Erste, was du von mir verlangst, ist, dass ich meinen König verrate.«

Hilflos zuckte Lucas mit den Schultern. Was konnte er noch sagen?

Lange sahen sie sich an, bevor sich der junge Ritter zuletzt abrupt umdrehte.

»Verschwinde, Lucas«, zischte er und machte sich fluchtartig daran, den Stall zu verlassen. »Ich will dich nie wiedersehen«, setzte er noch hinzu, gerade als er die Tür durchschritt.

*

Regen fiel in gleichmäßigen Schnüren, durchnässte Lucas' Haare, das Gewand und mischte sich mit seinen Tränen, die unablässig rannen und die er so ungeniert weinen konnte.

Mit einem Blick hatte der Bischof Lucas' Gemütsverfassung erkannt, als der blass und verstört mit den Pferden zum verabredeten Treffpunkt gekommen war. Einen Herzschlag lang hatte er ihn an sich gedrückt, so wie ein Vater seinen Sohn trösten würde, dann war er aufgesessen und losgeritten. Seither bemühten sie sich grimmig, Abstand zu den Engländern und Berwick zu gewinnen.

Zunächst waren sie der Straße die Küste entlang nach Lamberton gefolgt, doch jetzt hatten sie die nordwestliche Richtung eingeschlagen – quer durch die Lammermuirs-Hügelkette –, um auf der kürzesten, wenn auch beschwerlichsten Route Edinburgh und von dort Queensferry zu erreichen. Sie hofften, eventuelle Verfolger würden das unwegsame Bergland scheuen. Eilig trieben sie ihre Pferde voran. Als die Wege so steil wurden, dass sie nur noch im Schritt reiten konnten, hörte der Regen auf, und ein lauer Wind trocknete Lucas' Kleider und sein Gesicht. Er war froh, dass das Gelände nun so tückisch wurde, dass es seine ganze Aufmerksamkeit forderte – so blieb es ihm erspart nachzudenken. Höher und höher wanden sich die immer schmaler werdenden Pfade und boten den beiden Flüchtenden nach jeder Kehre einen neuen, grandiosen Ausblick über die im Abendlicht badende Landschaft.

An den Hängen des Spartelton Hill schlugen sie ihr Lager auf. Trotz des mittäglichen Regens erwartete sie nun eine laue, fast windstille Nacht. Lucas häufte einige handliche Steine auf. Er wollte nicht gänzlich unbewaffnet sein, falls sich doch wilde Tiere ihrem Ruheplatz näherten, denn auf ein Feuer mussten sie verzichten. Meilenweit wäre sein Licht zu sehen gewesen.

Dann wickelte er sich in seine Satteldecke und lehnte sich an einen Felsen. Im Westen war noch ein letzter rötlicher Schimmer, doch über ihm wölbte sich schon der schwarzblaue, sternenübersäte Nachthimmel.

»Es tut mir leid, Lucas.« Der Bischof setzte sich seinem Schüler gegenüber und hielt ihm ein Stück Brot hin.

Lucas nahm es mit einem Schulterzucken und einem kläglichen Nicken entgegen.

»Ich hätte damit rechnen sollen, dass Henry sich bei all dem Trubel irgendwann in den Stall flüchtet.« Er begann, das Brot in Stücke zu reißen, ohne eines davon zu essen. Sein Magen war wie zugeschnürt. »Einen Moment lang stand alles auf Messers Schneide. Wenn Henry uns verraten hätte …«

»Er hat es aber nicht getan.«

»Nein. Er hat es nicht getan.«

»Du kannst stolz sein auf ihn. Es war eine wirklich schwere Entscheidung.«

Lucas seufzte – abgrundtief. »Sollten wir uns je wieder begegnen, werden wir Feinde sein.«

»Das kannst du nicht wissen, Lucas.«

Der wollte nicht weiter darüber nachdenken. »Ob sie uns schon verfolgen?«

»Wenn, dann nicht auf dieser Route. Wir hatten einen guten Überblick. Es waren keine Reiter auszumachen.«

»Sie könnten uns auch bei Edinburgh auflauern«, gab Lucas zu bedenken.

»Wir müssen uns vorsehen, wenn wir aus den Hügeln kommen«, stimmte de Lamberton zu.

Sie schwiegen eine Weile.

»Glaubt Ihr, es besteht auch nur die geringste Aussicht, dass König Robert diese Schlacht gewinnt?«, fragte Lucas dann ganz leise.

Der Bischof seufzte. »Ich weiß es nicht. So vieles spricht dagegen. Englands zahlenmäßige Überlegenheit ist erdrückend.« Er machte eine kleine Pause, und auch wenn Lucas sein Gesicht in der Dunkelheit nicht sehen konnte, hörte er doch, dass nun ein kleines Lächeln auf seinen Lippen lag, als er weitersprach: »Doch die schottische Armee hatte noch nie einen solchen Anführer. Außerdem werden die Engländer jetzt in einem Eilmarsch nach Stirling ziehen müssen, ohne genügend Proviant. Gloucester und Hereford sind zwar beide gute Strategen, aber sie sind sich spinnefeind.« Er hob ratlos die Schultern. »Wir können nicht vorhersehen, wie es ausgeht. Doch wir können unseren Teil beitragen, dass das schottische Heer bestgerüstet in diesen Kampf zieht. Wir werden König Robert unser Wissen zur Verfügung stellen, und ich bin mir sicher, dass er seinen Nutzen daraus zieht.«

»Dann solltet Ihr jetzt schlafen«, riet Lucas. Er wusste, er selbst würde keine Ruhe finden. »Ich übernehme die erste Wache.«

Es wurde sehr still und sehr dunkel auf diesem einsamen Hügel mitten im schottischen Nirgendwo. Wolken zogen wieder auf, verdeckten den Mond und die Sterne. Lucas blieb an seinen Felsen gelehnt sitzen, die Augen weit geöffnet, obwohl es rein gar nichts zu sehen gab, und lauschte mit bleischwerem Herzen in die Finsternis. In ihm war keine Hoffnung. Mochten Gloucester und Hereford auch Antipathien gegeneinander hegen: Henrys Vater war ein hervorragender Heerführer mit jahrelanger Erfahrung. Gloucester mochte ein Hitzkopf sein, aber er kämpfte seit seinem sechzehnten Lebensjahr gegen Schottland und hatte beachtliche Erfolge aufzuweisen. Mochte sich die englische Armee nun auch sputen müssen: Bis Berwick waren sie sehr gemütlich und wohlgefüttert marschiert. Und dann die schwere Kavallerie: über zweitausend gepanzerte Reiter auf monströsen Schlachtrössern. Wenn König Robert Glück hatte, umfasste seine ganze Armee vielleicht das Doppelte dieser Reiterei. Doch was sollten zwei Mann gegen eine solche Gewalt aus Stahl und Muskeln ausrichten?

Lucas weckte de Lamberton nicht. Er wachte die ganze Nacht.

Kapitel 39

Die Dunkelheit war schon lange hereingebrochen, als Finlay zur selben Zeit mit Ean, Alan und seinen Männern Blair Castle erreichte. Duncan öffnete ihnen das Tor und fragte, ob er noch nach einer Magd schicken solle, doch Finlay verneinte. Sie hatten bei Sonnenuntergang am Tay gerastet und gegessen.

Nur mit dem Licht einer einzelnen Kerze stieg Finlay die Stufen hinauf und löschte sie, bevor er die Tür zum Schlafgemach leise öffnete.

Das Zimmer lag in blauer Dunkelheit und atmete friedliche Stille. Durch die weit geöffneten Fensterläden strömte laue Sommerluft herein und bewegte sacht die zurückgezogenen Bettvorhänge. Raelyn lag auf der Seite, einen Arm unter dem Kopf, und der Mond beschien silbrig ihre Silhouette und den von der Schwangerschaft schon sanft gerundeten Bauch, während sich ihre Brust sacht im Takt ihrer ruhigen Atemzüge hob und senkte. Es war ein wundervolles und so friedliches Bild. Eine ganze Weile blieb Finlay einfach nur stehen und betrachtete seine Frau. Dann gab er sich einen Ruck, schlüpfte behutsam aus seinen Kleidern und zu ihr unter die Decke.

Das Bett duftete nach warmen Laken und Raelyns wunderbarer Haut. Behutsam küsste er sie auf die Schulter. Er wollte sie nicht wecken.

»Finlay …«

»Schlaf weiter«, flüsterte er und küsste sie zärtlich auf die Wange.

Doch sie ergriff seine Hand und zog seinen Arm um sich. »Ich habe dich vermisst.« Ihr niedliches Hinterteil rieb sich an ihm.

Finlay lächelte. »Ich dich auch.«

»Wie sehr?« Seine Hand wurde zu ihrer Brust geführt.

»Sehr«, schwor er und begann sie zu liebkosen. Er strich ihr Haar beiseite und küsste ihren Nacken, während seine Hand nicht von ihrer Brust wich. Verzückt lauschte er ihrem wonnigen Stöhnen.

Sie schlang die Arme um seinen Hals, als er zu ihr kam.

Ganz langsam glitt er in sie hinein und verlor sich in ihrer Nähe, während ihre Hände seinen Nacken streichelten und sich in seinen Haaren vergruben. Ihre warme Haut war wie Samt unter seinen Fingern, und ihr Duft hüllte ihn ein. Er beugte sich herab, küsste ihre Stirn, ihre Wangen, ihren Mund, und dann stützte er sich wieder auf seine Arme, um sie zu betrachten. Ihre halb geschlossenen Lider flatterten leicht, wenn er sich zurückzog und wieder eindrang. Ein genussvolles Lächeln lag auf ihren Lippen, während ihr Stöhnen rauer wurde. Sein Herz schien vor Zärtlichkeit für diese Frau zerspringen zu wollen, und es raubte ihm den Atem, wie sehr er sie liebte. Obwohl er ihr kaum näher sein konnte, breitete sich ein so schmerzhaftes Sehnen in seiner Brust aus, dass er nicht anders konnte, als sie ganz fest in die Arme zu nehmen. Sie schlang die Beine um ihn und wölbte ihm das Becken entgegen. Noch weiter glitt er in sie hinein. Ein Schluchzen saß irgendwo tief in seiner Kehle, Finlay beschleunigte seinen Rhythmus, um ihm zu entkommen. Sie umfasste sein Gesicht und küsste innig seinen Mund. Als seine letzten Stöße sie zum Höhepunkt trieben, rief sie seinen Namen.

»Und jetzt erzähle es mir.« Mit dem Rücken an ihn geschmiegt, hatte sie seinen Arm wieder um sich gezogen und ihre Hand mit der seinen verschränkt.

Finlay vergrub das Gesicht einen Moment an ihrem Hals.

»Am Tag vor Mittsommer sollen sich die Heere bei Torwood sammeln. Edward von England wird mit einer großen Armee erwartet. Er muss Stirling entsetzen oder wird es verlieren.« Er machte eine kleine Pause. »Es wird zur Schlacht kommen.«

Eine ganze Weile sagte Raelyn nichts, fuhr nur mit dem Daumen über seinen Handrücken.

»Wie viele Soldaten wird er nach Schottland führen?«

»Zehntausend?«

»Zehntausend … Und wie viele Männer werden an Roberts Seite stehen?«

»Vielleicht fünftausend.«

Stille und Dunkelheit hüllten sie ein. Sie sprachen nicht über das, was es bedeutete, nicht über das, was geschehen konnte. Sie sprachen gar nicht, hielten sich nur aneinander fest.

»Ich weiß, dass Gott auf Roberts Seite steht«, flüsterte Raelyn noch.

Irgendwann schlief sie ein, in seinem Arm. Doch er konnte nicht schlafen. Seine Lider wollten einfach nicht schwer werden. Behutsam stand er wieder auf, schlüpfte in Stiefel und Gewand und verließ seine Schlafkammer.

Die ganze Burg atmete friedliche Nachtruhe. Vertraut knarrten die Treppenstufen unter Finlays Füßen, als er zur Halle hinabstieg, während der Mond mit silbrigen Streifen seinen Weg durchkreuzte.

Als Finlay die Halle erreichte, sah er ganz an ihrem Ende ein kleines, flackerndes Schimmern.

»Hey.«

Finlay setzte sich an den Tisch.

»Wein?« Alan schob seinen Becher rüber. Finlay trank bedächtig.

»Hast du es Mary gesagt?«

Alan nickte.

»Und?«

»Sie ist eine tapfere und stolze schottische Ehefrau.«

Finlay lächelte, und sie schwiegen geraume Zeit; die einsame Kerze auf dem Tisch hüllte sie in eine Blase gelben Lichts.

»Ich habe das Gefühl, ich bin alt geworden in diesem letzten Jahr«, bekannte Alan unvermutet. »Deine Verhaftung, Rileys Verrat, die Gewissheit über Grahams Tod. Etwas in mir ist …«, er suchte nach einem passenden Wort, »… verknöchert? Grau geworden.«

»Es war ein hartes Jahr«, stimmte Finlay zu.

»Wirst du dich um meine Kinder kümmern, wenn ich falle?«

Finlay nickte.

»Ich hätte nichts dagegen, wenn Ean Agnes heiratet«, fuhr Alan fort. »Er ist ein guter Junge. Und für Maud …«

»… würde ich auch einen guten Ehemann finden.«

»Sie soll ihn mögen.«

»Das soll sie.«

»Der kleine Rob – er wird sich nicht an mich erinnern.« Marys jüngstes Kind war jetzt bald zwei Jahre alt.

»Ich würde ihm von dir erzählen.«

Alan schien erleichtert. Seine Schultern entspannten sich.

»Und du? Versprichst du mir dasselbe?«

Auch Alan nickte nur.

»Cadfan soll Blair Castle bekommen, wenn es dem König gefällt, und Gavin Sianar Daraich.«

»So würde es geschehen.«

»Vielleicht könnte Cadfan zu Thomas Randolf in die Ausbildung, wenn er alt genug ist. Ich schätze ihn sehr.«

»Er würde sicher zustimmen.«

Finlay trank noch einen Schluck. »Wenn das Kind, das Raelyn trägt, ein Mädchen wird, soll es Davina heißen.«

»Und ein Junge?«

»Graham.«

Schweigend teilten sie sich den Rest des Rotweins.

»Wir sollten all das aufschreiben.«

»Ich werde Colin morgen darum bitten.« Dann musste Finlay schmunzeln. »Agnes und Ean …«

Alan machte ein verdrießliches Gesicht. »Du kannst es dir vielleicht nicht vorstellen, weil du bisher nur Söhne hast, aber seine Tochter hergeben –« Er hob eine Braue, in spöttischem Tadel über sich selbst. »Niemand scheint gut genug.«

»Und Ean?«

»Macht es mir etwas leichter.«

»Was mache ich leichter?«

»Wenn man vom Teufel spricht …« Lächelnd lud Finlay Ean ein, neben ihm Platz zu nehmen.

Alan schenkte den Becher noch mal voll.

»Seltsame Nacht«, befand Ean dann.

Die beiden Älteren nickten.

»Worüber habt ihr gesprochen?«

»Unseren letzten Willen.« Es sollte scherzhaft klingen, doch der Scherz misslang.

Ean zog die Brauen in die Höhe. »Das scheint angebracht«, murmelte er.

»Was wünschst du dir?«, fragte Finlay.

»Wenn ich falle?« Er zuckte etwas hilflos mit den Schultern, bevor er recht nüchtern feststellte: »Ich bin ein Niemand und besitze nichts. Sicher, mein Vater ist alt, und ich bin sein Erbe. Doch noch erfreut er sich bester Gesundheit, ich glaube, er will hundert Jahre alt werden. Ich habe keine Frau, keine Kinder, keinen Titel …« Er lächelte ein wenig beschämt. »Es macht wohl nicht viel, wenn ich sterbe.«

»Doch, das würde es«, widersprach Finlay.

Energisch stellte Alan den Becher auf den Tisch. »Genug der trüben Gedanken! Es kann nicht angehen, dass ein junger Mann auf seine Zukunft verzichten soll.« Er zwinkerte Ean zu. »Noch dazu einer, den meine Tochter erwählt hat.« Der wurde rot bis unter die Haarwurzeln. »Ich für meinen Teil werde es den Engländern jedenfalls so schwer wie möglich machen!«

»Wohl gesprochen«, stimmte Finlay zu und hob die Hand. Die beiden anderen schlugen in den Pakt mit ein.

»Machen wir es den Engländern so schwer wie möglich!«

*

Finlay nutzte die letzten Tage, um die Männer des Landsturms zusammenzuziehen. Zuletzt waren es einhundertfünfzig Mann, die vor den Toren der Burg lagerten.

Noch im Heerlager des Königs hatten sie unermüdlich mit den Soldaten Blair Castles trainiert, jetzt erhielt auch der Landsturm zumindest eine Grundausbildung in

Marschformation, Befehlssprache und Kampftechnik. Sie bewaffneten alle Männer, so gut sie konnten, und sorgten für reichlich Verpflegung.

Ean schnitzte Cadfan ein kurzes Holzschwert, und der Viereinhalbjährige eiferte seinem Vater in unermüdlichen Scheingefechten nach, während Gavin, mit seinen zweieinhalb Jahren noch wackelig auf den Beinen, dem großen Bruder bewundernd mit tapsenden Schritten überall hin folgte.

Die Stimmung lud sich auf. Kampfeslust und der Wunsch, die Schmach von Falkirk und Methven auszuwetzen, machte sich vor allem unter den jungen Männern breit.

Dann überbrachte ein Bote eine Nachricht des Königs.

»Ealasaid. Da ist ein Brief für Euch.« Finlay war mit dem Schreiben nach oben gelaufen.

»Für mich?« Erstaunt betrachtete sie das königliche Siegel, bevor sie es aufbrach und zu lesen begann. »König Robert wünscht, mich im Tross zu wissen«, sagte sie langsam, bevor sie Finlay das Schreiben hinhielt. »Da, lest selbst.«

»An Schwester Ealasaid, Heilerin von Blair Castle. Von Robert, König von Schottland.

Als ich Euch einmal das Angebot machte, mein Leibarzt zu werden, lehntet Ihr ab, gabt mir jedoch Euer Versprechen, zu mir zu eilen, wann immer es nötig sein sollte. Nun, ich will ehrlich sein: Dank Eurer Fürsorge ist es augenblicklich nicht nötig, aber die Geschehnisse vom Februar diesen Jahres haben mir gezeigt, wie rasch sich mein Gesundheitszustand verschlechtern kann.

Jetzt steht uns eine große Schlacht bevor, in der Krankheit das Ende meines Königtums bedeuten würde.

Daher bitte ich Euch, den Tross zu begleiten. Um Eure Sicherheit seid unbesorgt, der Tross wird immer außerhalb der Kampfhandlungen sein, und ich werde fünf Männer als Eure persönliche Leibwache abstellen, die Euch in Sicherheit bringen, sollte dies doch notwendig werden.

Ihr rettetet zweimal mein Leben und schenktet mir den Sieg bei Old Meldrum. So erscheint mir Eure Anwesenheit auch als gutes Omen.

Gott wirkt auch durch Euch.

Möge der Höchste Euch schützen.«

Kapitel 40

– Blair Castle, am 20. Tag des Monats Juni im Jahre des Herrn 1314 –

»Schwester Ealasaid, dürfen wir reinkommen?« Bruder Calum lugte mit Agnes durch die Tür. »Wir dachten, Ihr könntet vielleicht Hilfe beim Packen gebrauchen.«

»Nur zu gern.« Ealasaid stand inmitten eines Sammelsuriums geöffneter Truhen, Taschen und Körbe. »Ihr kommt wie gerufen.«

»Also, was wollt Ihr mitnehmen?« Der wohlbeleibte Franziskanermönch sah sie fragend an.

»Lasst mich nachdenken … Nadeln, Pferdehaar, Darmsaiten, Silberdraht, Wundhaken …«

»Gefäßklemmen, Skalpelle, Pinzetten, Knochensägen?«, schlug Bruder Calum vor, und sie nickte. »Schienen für Brüche und Schlingen zum Einrichten ausgerenkter Glieder würde ich noch vorschlagen.«

»Hülsen zum Durchschlagen von Pfeilen und Brenneisen nicht zu vergessen«, setzte sie hinzu. »Mindestens sechs Krüge vom Lebenswasser, Opium …« Sie eilte zu einer kleinen Lade. »Ich muss sehen, wie weit meine Vorräte überhaupt reichen … Weidenrinde, Mädesüß, Arnika, Kamille, Fingerhut, Birkenblätter und natürlich Verbandsleinen.«

Sir Alans Tochter war bei der Aufzählung etwas blass geworden. Trotzdem nickte sie entschlossen, als Ealasaid sich jetzt an sie wandte: »Agnes, dort in der Truhe findest du zugeschnittenes Verbandsleinen und in der daneben ungeschnittenes. Pack das schon fertige in diese Tasche, und mach dich dann daran, das andere in verschieden breite Streifen zu schneiden.«

Sie sah Bruder Calum an: »Alle Instrumente findet Ihr in diesen Schubladen dort.«

»Ich sortiere sie in diese Truhe hier«, gab der Mönch zurück.

Sie selbst suchte die benötigten Kräutersäckchen zusammen. In Gedanken führte sie dabei einen Dialog mit Lachlan: Wie viel hiervon? Was noch? Richtig, Blutegel! Acht Phiolen von dem Opium? Ich habe nur noch zehn. Sie konnte seine Antwort ganz deutlich in ihrem Kopf hören – und legte neun Phiolen in das mit Stroh gepolsterte Kistchen. Zuletzt nahm sie das zylindrische Instrument aus seinem Kasten, mit dem sie nicht nur Finlays, sondern auch das Leben des Königs gerettet hatte, und wickelte es behutsam in ein schützendes Wollvlies.

»Ich bin sehr froh, dass Ihr den Tross begleiten werdet, Schwester Ealasaid«, bemerkte Agnes leise, während sie Leinen zuschnitt. Eine große Menge säuberlich gefalteter Streifen lag schon neben ihr aufgestapelt. Sie seufzte. »Wenn mein Vater verletzt würde oder Sir Finlay oder Ean …« Bei Letztgenanntem zitterte ihre Stimme ein wenig. »In Euren weiß ich sie nun doch wenigstens in den besten Händen.«

»Wir wollen beten, dass sie meiner Hilfe nicht bedürfen.« Sie nahm die Hand des Mädchens. »Wenn aber doch, verspreche ich dir, dass ich alles in meiner Macht Stehende tun werde.«

»Und dafür danke ich Euch schon jetzt.«

»Die Instrumente sind verpackt, was nun?« Bruder Calum stellte die schwere Truhe auf den Tisch.

»Dort oben auf dem Bord stehen die Krüge mit dem Lebenswasser. Verstaut so viele wie möglich in diesen Körben hier.«

Wieder klopfte es, und Ean steckte den Kopf zur Tür herein. »Kann ich schon etwas nach unten schaffen?«

»Dies hier.« Agnes hob die Taschen hoch und wollte sie Ean bringen, doch der kam eilig auf sie zu und nahm sie ihr ab.

»Lass mich das tragen.«

Ealasaid entging weder die sachte Berührung ihrer Hände noch der zarte rötliche Schimmer, der Agnes' Wangen überzog, als sie die Augen züchtig niederschlug.

»Und die Truhe hier«, fügte Bruder Calum schmunzelnd hinzu.

»Immer her damit.« Geschickt lud Ean sich die schwere Kiste auf die Schulter, bevor sein Blick nochmals den von Sir Alans Tochter suchte. »Deine Mutter schickt nach dir.«

Fragend sah sie zu Ealasaid. »Braucht Ihr mich noch?«

»Nein, geh nur. Du hast mir sehr geholfen.«

Galant ließ Ean ihr den Vortritt.

»Ich bete, dass sie meiner Hilfe nicht bedürfen …«, wiederholte Ealasaid leise, kaum dass sich die Tür hinter den beiden jungen Leuten geschlossen hatte.

Nachdenklich öffnete sie noch einmal das Kästchen mit den Opiumphiolen. Sonnenlicht ließ die kostbaren Glasgefäße funkeln.

»Ich kann vielleicht hundert Männern den Schmerz nehmen …«

»So sind es hundert weniger, die leiden müssen«, entgegnete Bruder Calum bedächtig.

»Wart Ihr schon einmal auf einem Schlachtfeld?«

»Ich war in Falkirk.«

»Dann wisst Ihr, wie es ist.«

»Ich weiß es. Dennoch werdet Ihr mit diesem Opium viel Leid lindern.«

Ealasaid nickte und schloss langsam das Kästchen. »Habe ich alles?«

Der Franziskaner sah sie an. »Geweihtes Öl?«

Natürlich. Sie würde nicht allen helfen können. Und die Priester hätten sicher alle Hände voll zu tun. Doch wenn keiner da war, durfte auch Ealasaid die Letzte Ölung spenden. Sie ging zu ihrem kleinen Altar und nahm das Fläschchen, das dort stets bereitstand, bevor sie ihre Tasche schloss.

»Bereit.«

*

Am Abend vor dem Abmarsch zog sich Finlay früh mit Raelyn zurück. Sie liebten sich lang und leidenschaftlich, dafür sprachen sie kaum, bevor sie umschlungen einschliefen.

Der Morgen brach strahlend an.

Die Soldaten machten sich abmarschbereit, Waffen und Zelte wurden auf Wagen geladen.

Cadfan tobte durch den Hof, in der einen Hand das Holzschwert, in der anderen sein geliebtes Holzpferdchen, und verwickelte jeden Soldaten, der ihm vor die Füße kam, in einen Schwertkampf. Die meisten spielten gutmütig mit.

Als alles bereit war, trat Raelyn mit Gavin auf dem Arm aus dem Palas, kerzengerade und den Kopf hoch erhoben.

Finlay nahm ihr Gavin ab und küsste ihn liebevoll auf den Schopf.

»Auf Wiedersehen, mein kleiner Sohn. Sei artig, bis ich wieder da bin.«

Der Kleine drückte sein Gesichtchen an seine Wange.

Dann rief Finlay Cadfan zu sich.

»Du wirst die Engländer schlagen, nicht wahr, Vater?« Cadfans Augen leuchteten.

»Das wollen wir doch hoffen«, sagte Finlay schmunzelnd und hob auch Cadfan hoch, um ihn zum Abschied zu küssen.

»Sei brav und gib auf deinen kleinen Bruder Acht.«

»Ich verspreche es, Vater«, sagte Cadfan feierlich.

Er stob wieder davon, kaum dass Finlay ihn abgesetzt hatte.

Zuletzt stand Finlay Raelyn gegenüber. Er nahm ihr Gesicht in seine Hände und küsste sie lang auf die Stirn.

»‹S tusa gràdh mo bheatha«, flüsterte er mit geschlossenen Augen. »Ich …«

Doch in diesem Augenblick gab es ein lautes Poltern, vermischt mit dem Geräusch splitternden Holzes, und Cadfan stimmte ein herzerweichendes Geheul an.

Erschrocken blickte Finlay auf und sah seinen Sohn blutend auf dem Boden liegen. Beide Knie und die Lippe waren aufgeschlagen, aber seine Blessuren schmerzten ihn vermutlich weniger als das zerbrochene Holzpferdchen, das in seiner Hand lag. Er weinte bitterlich.

»Schon gut, Cadfan.« Behutsam hob Finlay ihn auf und wischte seine Tränen ab. »Wenn ich zurück bin, borgen wir uns beim Zimmermann Leim und reparieren es.«

Cadfan schniefte. »Versprochen?«

»Versprochen. Und jetzt geh mit deiner Mutter, damit sie deine Knie versorgen kann.«

An Raelyns Hand trottete er in die Halle, das zerbrochene Pferd noch immer in der Hand.

*

Unendlich wölbte sich der Himmel über ihnen, und das Gras der Hügel wogte im Wind, als sie sich auf den Weg nach Torwood machten. Trommeln nahmen den Takt der Hufe auf, die Tritte der Stiefel und trieben sie voran, während sich der Klang der Dudelsäcke darüberlegte und Finlays Herz mit Wehmut und Tatendurst, mit Entschlossenheit und Demut füllte.

Aus den Highlands kamen die Clans herunter, aus den Lowlands schlossen sich die Familien an, und so wurden sie zu einem breiten Strom, der dem Ruf des Königs folgte.

Als die Schatten lang geworden waren, erreichten sie ihr Ziel: Ein Meer aus Zelten und Hütten erstreckte sich auf dem flachen Grasland.

»Wo sollen wir hier noch ein Plätzchen finden?« Ean sah sich suchend um.

»Der Quartiermeister wird uns eines zuweisen«, entgegnete Finlay.

»Es sind viele gekommen.« Zufrieden glitt Alans Blick über die Ebene. »Ich sehe MacCulians, Campbells, MacRuaridhs, Mackenzies, MacDonalds, Sutherlands, Camerons, de Mohauts, de la Hayes, Frasers, Setons, Kirkpatricks. Da ist Donald von Auchtergaven mit seinen Männern«, er wies nach rechts, »und da Henry Sinclair von Roslin.«

Ean fiel ein: »Dort hinten weht das Banner von Alexander de Pilche, und dort stehen die Zelte von Robert de Keith. Ich sehe Folkhards, Balcaskies, Lockhards. Männer aus Ross, Buchan, Elgin, Mar, Bute, Menteith, Lanark …«

»Viele Söhne Schottlands«, stimmte Finlay zu, während sie sich weiter einen Weg durch das Sammelsurium von Behausungen bahnten.

»Und hier ist Lucas von Rattray«, hörte Finlay plötzlich, und sein Kopf fuhr herum.

»Lucas!« Er sprang vom Pferd und schloss seinen ehemaligen Pagen in die Arme.

»Sir Finlay.«

»Ist der Bischof auch hier?«

Der junge Mann nickte, während ein kleiner Schatten über sein Gesicht huschte. »Wir haben unsere Wanderschaft aufgegeben«, bekannte er. »Ich habe auf Euch gewartet und soll Euch zum König und de Lamberton bringen. Will hier«, er nickte einem Knappen zu, »wird Euren Männern einen Lagerplatz zeigen. Und auch Schwester Ealasaid wird er zu ihrer Unterkunft geleiten.«

»Majestät.« Sie knieten vor Robert nieder.

»Sir Finlay, Sir Alan, Ean.« Der König bedeutete ihnen mit einem Wink, sich zu erheben. »Gut, Euch zu sehen.« In seinen Augen funkelte Entschlossenheit.

»Wir kommen mit einhundertfünfzig Mann. Und natürlich mit Schwester Ealasaid.«

Roberts Augen wanderten fragend zu Lucas. »Ist sie angemessen untergebracht?«

Der nickte. »Ein doppelt bewachtes Zelt ist zu ihrer Bequemlichkeit eingerichtet worden.«

»Nicht dass sie Bequemlichkeit erwarten würde …«, raunte jemand leise in Finlays Ohr. »Ich weiß noch, wie sie auf dem Weg nach Inverurie auf dem nackten Felsen schlief.«

»Neil!« Lachend begrüßten sie sich mit Handschlag.

»Trotzdem soll es ihr an nichts mangeln.« De Lamberton gesellte sich zu ihnen. »Sir Finlay, auch ich freue mich, Euch zu sehen.«

»Eure Exzellenz.« Finlay verbeugte sich vor dem Bischof. »Ihr bringt sicher wertvolle Neuigkeiten.«

»Ich hoffe, unsere Informationen werden von Nutzen sein.« Auch in den Augen des Bischofs konnte Finlay kurz einen Schatten ausmachen, aber de Lamberton verscheuchte ihn mit einem Lächeln.

»Da wir jetzt fast vollzählig sind«, Thomas Randolf trat ihren Kreis, »sollten wir mit der Lagebesprechung bald beginnen.«

»Sir Thomas.« Finlay wollte den Neffen des Königs mit einer Verbeugung begrüßen, doch der hob die Hand, und so schlug Finlay ein.

»Du hast recht, Thomas«, stimmte Robert zu. »Edward?«

Wie immer begann der Bruder des Königs die Lage zu erläutern.

»Wie unsere Späher berichten, hat die englische Armee vor drei Tagen Berwick verlassen. Sie haben Edinburgh besetzt, aber da wir die Burg zerstört haben, nützt ihnen das wenig.«

»Es schadet ihnen aber auch nicht«, brummte der König. »Zumindest, wenn sie auf ein wenig Bequemlichkeit verzichten können.«

»Doch ist es kein sicherer Rückzugsort«, befand James, der sich auch im Zelt befand und Finlay jetzt mit einem knappen Nicken begrüßte.

»Das ist allerdings wahr.«

»Und die Engländer verzichten derzeit vermutlich auf mehr als ein wenig Bequemlichkeit«, mischte sich de Lamberton ein. »Sie sind zu spät aufgebrochen, und es mangelt ihnen an Proviant.«

»Ein Vorteil«, stimmte Edward Bruce zu.

»Wie viele sind es?«, stellte Neil die Frage, die Finlay wie vermutlich auch allen anderen am meisten interessierte.

Edward und de Lamberton wechselten einen Blick.

»Etwa zwanzigtausend. Dazu zweitausend Reiter schwere Kavallerie.«

Stille folgte diesen Zahlen, bevor Edward Bruce sie mit Einzelheiten füllte:

»Lancaster und Warwick sind dem Feldzug ferngeblieben. Doch Gloucester, Hereford und unser alter Freund Aymer de

Valance begleiten den englischen König. Weiterhin Robert Clifford, Henry Beaumont, Pain Typtoft und John Segrave. Dazu kommen walisische Bogenschützen und irische Söldner, geschickt vom Grafen von Ulster.«

Hier brummte der König missfällig, sagte aber nichts.

»Und auch Schotten werden sich uns entgegenstellen«, fuhr Edward fort. »Robert de Umfraville, Sir Ingram de Umfraville, den wir ja schon bei Methven trafen, und John Comyn IV., Sohn und Erbe von John Comyn III.«

Ehe sich wirklich Unbehagen ausbreiten konnte, ergriff Robert mit ruhiger Stimme das Wort.

»Hört nun also meine Befehle. Wir werden unsere Armee in vier Divisionen aufteilen.« Er blickte nacheinander seine Kommandanten an.

»Thomas, du wirst die Soldaten aus Ross, Moray, Inverness, Elgin und Forres anführen.«

Randolf verbeugte sich.

»Edward, du führst die Männer aus Buchan, Mar, Graham, Strathearn, Menteith und Lennox.«

Edward nickte.

»James, Ihr werdet die Soldaten aus Lanark, Renfrew und Dumfries befehligen.«

James begann infernalisch zu grinsen.

»Sir Robert, Ihr führt Eurem Amt entsprechend die Reiterei.«

Auch Sir Robert Keith bedankte sich mit einem Nicken.

»Ich selbst werde die Verbände aus Kintyre, Bute, Cunningham, Kyle und Carrick leiten«, beschied der König, bevor er nochmals die Stimme erhob:

»Sir John Airth.«

Mit überraschtem Gesichtsausdruck trat ein Mann nach vorne, dessen Haupthaar und Bart schon vollständig ergraut waren, doch in dessen Augen noch immer ein starker Wille stand. Finlay erkannte in ihm einen Veteranen der Schlacht bei Falkirk, und er meinte, sich zu erinnern, dass Airth Castle nicht weit von diesem Schlachtfeld entfernt stand.

Robert schenkte dem alten Haudegen ein Zwinkern. »Ihr werdet dem Landsturm zu Disziplin verhelfen.«

Sir John fiel auf ein Knie. »Majestät.«

»Sir Finlay, Neil, Ihr kämpft mit Euren Männern an meiner Seite.« Dann sah der König wieder in die Runde. »Ihr alle sollt im Zweifelsfall unabhängig agieren, im Notfall auch unabhängig davon, wo ich stehe. Und Ihr werdet nicht mehr an der Spitze Eurer Verbände voran stürmen, sondern sie aus der zweiten Reihe befehligen. Das verschafft Euch mehr Übersicht, ohne dass Ihr zu weit vom Geschehen entfernt seid.«

Dann winkte er die Kommandanten zum Tisch.

Auf der Karte erläuterte er ihre Schlachtordnung.

»Thomas, du wirst mit deiner Division hier in Torwood bleiben und unseren Rücken decken, sollten die Engländer versuchen, uns an der Ostflanke zu umgehen. Edward, du und ich, wir werden hier eine breite Front bilden und den New Park nach Süden absichern. James, Ihr nehmt hinter uns Aufstellung und bildet unseren Nachschub. Sir Robert, Ihr werdet mit der Reiterei hier auf den Hängen des Coxet Hills warten. Wann immer es notwendig wird, werdet ihr den Engländern in schnellen Überraschungsangriffen zu Leibe rücken. Zuletzt Sir John, Ihr werdet mit dem Landsturm verborgen hinter dem Coxet Hill Stellung beziehen. Ich überlasse es Eurer Erfahrung, den Zeitpunkt Eures Eingreifens festzulegen.«

Auf den ersten Blick hätte man meinen können, Robert the Bruce habe in den Divisionen nur ohnehin benachbarte Regionen zusammengefasst, aber Finlay erkannte das Geniale an dieser Aufteilung. Sie löste das Sprachproblem. Jetzt waren die überwiegend gälischen Teile von den anglonormannisch sprechenden getrennt. Und die Scots gleichmäßig auf alle Divisionen verteilt.

»Heute Nacht sollen die Soldaten hier auf dem Vorfeld Löcher graben«, setzte der König seine Anweisungen fort. »Einen Fuß breit und so tief, dass ein Mann bis zum Knie versinkt. Die Löcher müssen mit Gras getarnt werden.« Er schaute grimmig auf die Karte. »Ihre Kavallerie soll ihnen nichts nützen.«

Kapitel 41

»Ist alles zu Eurer Zufriedenheit?«

Überrascht sah Ealasaid von ihrer kleinen Bibel auf und sank in eine tiefe Reverenz.

»Das ist es, Majestät. Wie überaus freundlich von Euch nachzufragen.«

Ihrer Unterkunft fehlte es wahrlich an keinerlei Komfort: Ein bequemes Bett und eine kostbare Truhe standen hinter einem Wandschirm für ihre persönlichen Habseligkeiten bereit, Tisch und Stühle luden zum Verweilen ein, Teppiche bedeckten den Boden, und die Zeltwände waren aus Seide.

»Ich möchte, dass es Euch an nichts mangelt.« Lächelnd trat Robert durch den Eingang und hob sie an der Hand auf. Er kam allein, seine Leibwache hatte vor dem Zelteingang Posten bezogen. »Ich bin sehr dankbar, dass Ihr gekommen seid.«

Ealasaid erwiderte das Lächeln. »Ich habe versprochen zu kommen, wann immer Ihr mich ruft.« Dann sah sie ihn fragend an. »Geht es Euch gut?«

Der König nickte. »Es geht mir gut. Hervorragend, um genau zu sein.« Er lächelte wieder. »Dank Euch.«

»Dank Gottes Willen und seiner heilkräftigen Kräuter.«

»Wie immer seid Ihr zu bescheiden.«

Ealasaid neigte den Kopf.

Sie setzten sich an den schön geschnitzten Tisch. Der König schien etwas auf dem Herzen zu haben, doch er schwieg. Gedankenverloren zog er sich die kleine Bibel heran und strich mit dem Finger behutsam über die Seiten. Verwundert wartete die Heilerin ab.

»Tatsächlich fühle ich mich so voller Kraft wie nie zuvor«, begann Robert dann zögernd. »Als wirke doch mehr in mir denn nur die Kräuter.«

»Ich bin mir sicher, dass Ihr Gottes Gunst besitzt. Er steht auf Eurer Seite, auf der Seite Schottlands. Auf Seiten der Unterdrückten.«

Robert sah zweifelnd auf. »Ich glaube auch, dass Gott auf *Schottlands* Seite steht. Ob auf meiner …?«

»Warum sollte er nicht?«

»Durch meine Schuld starb John Comyn auf heiligem Boden.«

Ealasaids Züge wurden weich. »Habt Ihr seitdem nicht genug gebüßt?«

»Ich weiß es nicht.« Er seufzte. »Wann ist eine solche Schuld getilgt?«

Er wirkte nicht wirklich gequält, doch demütig. So lange schon trug er die Konsequenzen seines Handelns.

»Schenktet Ihr deswegen Murdoch MacEwan das Leben?«

»Vielleicht …« Sein Blick glitt in die Ferne.

»Gnade ist Gott gewiss gefällig.«

»War es Gnade? Ein schneller Tod wäre gnädig gewesen, und den hatte er nicht verdient. Verbannung ist eine harte Strafe und David de Strathbogie sicher ein erbarmungsloser Verfolger.«

Das mochte stimmen. Dennoch: Es war ein höchst ungewöhnlicher Schritt gewesen.

»Ich nehme an, dass niemand anderes als Sir Finlay Euch darum hätte bitten dürfen.«

»Niemand.« Er runzelte in Erinnerung versunken die Stirn und flüsterte beinahe: »Ich kann noch heute den Zorn in meinen Ohren rauschen hören, der damals in Dumfries meine Hand geleitet hat. Es war nur ein einziger Schlag. Er hat mich hierhergeführt, meine Familie in die Gefangenschaft, meine Brüder in den Tod.« Zu ersten Mal sah er sie wieder an. »Ich wollte es … anders versuchen.«

»Die andere Wange hinhalten?«

»Gewissermaßen. Auch wenn es unvernünftig erscheint.«

»Der Friede des Herrn ist höher als alle Vernunft.«

Robert nickte. »Wer weiß, wie alles gekommen wäre, hätte ich mich damals in Dumfries beherrschen können. Vielleicht wäre Schottland schon lange frei, hätten wir uns nicht gegenseitig in diesem Bürgerkrieg abgeschlachtet. Hätte es keinen Verrat gegeben und keinen Mordanschlag.«

»Niemand weiß, wohin seine Taten führen, wie vordergründig richtig oder falsch sie auch sein mögen.« Sie sah den König ernst an. »Aber ich glaube fest daran, dass Barmherzigkeit und Gnade uns auf den richtigen Weg führen.«

»Ich hoffe, Ihr habt recht.«

Eine kleine Pause entstand, in der Ealasaid eine Frage durch den Sinn schoss. Sie war heraus, bevor sie sich auf die Zungen beißen konnte. »Es war nur ein einziger Schlag?«

Ein wenig verwirrt nickte Robert. »Nur ein Schlag.«

»Verzeiht, manchmal geht die Neugier mit mir durch.« Sie hatte kaum verlegen die Augen niedergeschlagen, da erhob schon sich eine zweite Frage. »Wo traft ihr John Comyn?«

Jetzt wirklich verwirrt, runzelte der König sie Stirn. »In der Franziskanerkirche zu Dumfries.«

»Nein, ich meine: Wo traf ihn Euer Schlag?«

»Warum interessiert Euch das?«

»Weil es höchst ungewöhnlich ist, einen gestandenen Mann mit nur einem Schlag zu töten.«

Nur halb verstehend hob er die Augenbrauen. »Ich traf ihn am Kinn.«

»Nicht an der Schläfe?«

Er schüttelte den Kopf. »Am Kinn.« Wieder glitt sein Blick in die Ferne. »John taumelte einen Schritt rückwärts. Er wurde rasend vor Zorn und ballte die Faust. Ich rechnete schon mit einem gewaltigen Gegenschlag. Doch dann krümmte er sich plötzlich. Sein linker Mundwinkel wurde schlaff, dort, wo ich ihn getroffen hatte, dann fiel sein linker Arm herab. Zuletzt knickte sein linkes Bein weg, und er brach leblos zusammen.« Robert zuckte in einer hilflosen Geste mit den Schultern.

Ealasaid nickte nachdenklich. »Ich glaube nicht, dass es Euer Schlag war, der ihn umgebracht hat.«

Erschüttert sah er sie an, während seine Hand, die noch immer auf der kleinen Bibel lag, zu zittern begann. »Nicht?«

Am liebsten hätte sie jetzt ihre Hand auf seine gelegt, doch das gehörte sich natürlich nicht. Also legte sie alle Behutsamkeit in ihre Stimme.

»So etwas kann auch ganz ohne äußeres Zutun geschehen, ich habe es selbst schon gesehen. Aus heiterem Himmel verliert eine Seite des Körpers seine Kraft, und der Betroffene bricht zusammen.«

Aufgewühlt von dieser neuen Erkenntnis, hielt es ihn nicht mehr auf dem Stuhl, und er machte ein paar Schritte vom Tisch weg. Den Rücken ihr zugewandt, stieß er einen verblüfften Laut aus.

»Ihr seid wahrlich eine außergewöhnliche Heilerin. Obwohl es nichts an den Geschehnissen der letzten Jahre ändert, habt Ihr eine Last von meinen Schultern genommen.«

»Dann hat allein das mein Kommen schon gelohnt.«

»Vielleicht …« Doch er sprach nicht aus, was ihm durch den Kopf ging, und Ealasaid wechselte das Thema: »Hat man David de Strathbogie schon aufspüren können?«

Robert schüttelte den Kopf. »Nein. Er ist verschwunden.«

»Kann er Euch schaden?«

»Jetzt? In der bevorstehenden Schlacht?« Der König zuckte mit den Schultern und kehrte zum Tisch zurück. »Kaum. Seine Männer kämpfen dennoch an unserer Seite, Strathbogies Verrat hat sie tief beschämt. Er ist allein und isoliert.«

»Wie viele Männer werdet Ihr in die Schlacht führen?«

»Etwa fünftausend ausgebildete Kämpfer, und noch mal zweitausend Bauern, Burschen und Handwerkssöhne.«

»Und die Engländer?«

»Über zwanzigtausend gut gerüstete Ritter und Soldaten.«

Obwohl es sich nicht gehörte, ergriff sie nun doch für einen winzigen Augenblick seine Hand. »Ich glaube fest daran, dass Ihr Gottes Gnade besitzt.«

*

Am nächsten Tag rückten sie weiter in den New Park vor. Sie befestigten ihre Stellungen und schlugen ihr Lager bei der Kirche von St. Ninian auf.

Der Abend fand sie an den Lagerfeuern.

Finlay legte den Kopf in den Nacken und betrachtete die Funken, die im dunklen Blau des Nachthimmels verglühten, während die Erwartung auf ihm lastete.

»Sonnenwende.« Roberts Stimme durchbrach die Stille. »Ich bete dafür, dass sie die Entscheidung bringen wird in diesem Krieg.«

Alle Versammelten sahen ihn an.

»Sonnenwende«, wiederholte der König noch einmal leise. »Wende in unserem Schicksal.« Dann erhob er die Stimme. »Und Wende auch in Eurem. James, Ean, geht in die Kirche, beichtet, wacht und betet. Morgen sollt Ihr Euren Ritterschlag empfangen.«

Die zwei wurden blass; Ean schluckte sichtlich. Dann holten sie ihre Schwerter und begaben sich zur Nachtwache in die Kirche. Bewegt sah Finlay Ean hinterher.

Edward Bruce holte sie anderntags aus dem kleinen Gotteshaus. Sichtlich aufgewühlt blinzelte Ean in die Helligkeit dieses strahlenden Sonntags.

»Du hast allen Grund, stolz zu sein«, raunte Alan. Sie standen Schulter an Schulter, in voller Rüstung und mit polierten Waffen, der Bedeutung und Feierlichkeit des Momentes angemessen.

»Das Verdienst ist mindestens ebenso deines wie meines«, gab Finlay gedämpft zurück.

Sein Blick glitt auch zu James. Kein Wort hatten sie bisher miteinander gewechselt, und Finlay erkannte, dass der Graben, der sie trennte, unüberbrückbar geworden war. Doch bevor er länger darüber nachgrübeln konnte, lenkte das Erscheinen des Königs Finlays Aufmerksamkeit wieder auf das Hier und Jetzt. Auch Robert trug volle Rüstung; matt glänzten Brustpanzer und Kettenringe im Morgenlicht. Ein roter Mantel, bestickt mit Schottlands Löwen, war an seinen Schultern befestigt, und auf dem Helm funkelte seine Krone: ein schmaler Ring aus Gold, besetzt mit Rubinen und Opalen.

James und Ean knieten – die Schwerter vor sich wie ein Kreuz aufgestellt – im taufeuchten Gras vor ihm nieder.

»James Douglas. Ean Belneaves. Ihr habt mutig und tapfer an meiner Seite gekämpft, viele Jahre lang. Ein großer Teil meines Erfolges beruht auf Eurem Einsatz.« Er erhob die Stimme, so dass alle Versammelten ihn auch sicher hören konnten: »Ihr habt Euch würdig erwiesen, Ritter des Königs zu sein.«

Entschlossen zog er sein Schwert aus der Scheide – der Stahl glänzte in der Morgensonne – und trat vor die beiden Knienden.

»So seid auch weiter treu, beständig und tapfer. Seid wohltätig zu den Armen und fliehet überall den Törichten. Vor allem aber: Liebet Gott und richtet weise nach seinem Gebot.« Er wandte sich James zu: »Hiermit schlage ich Euch zum Ritter.« Sacht streifte er mit dem Schwert dessen Schulter.

»Erhebt Euch, Sir James.«

James schien gewachsen zu sein, als er aufrecht vor dem König stand.

»Eure Ländereien wurden Euch lange vorenthalten. Doch wisset nun, dass sie Euch von heute an wieder als königliches Lehen übereignet sind.«

Dann stand Robert vor Ean. Finlay konnte in dessen Augen den Aufruhr sehen, der in ihm herrschte. Auch Robert bemerkte es und lächelte.

»Hiermit schlage ich Euch zum Ritter.« Sein Schwert berührte Ean.

»Erhebt Euch, Sir Ean.«

Ean blickte den König voller Dankbarkeit an, als er sich erhob.

»Ihr erhaltet die Ländereien und das Gut von Weem als königliches Lehen.«

Die beiden sanken zurück auf die Knie und sprachen gemeinsam:

»Ich gelobe Euch Treue, mein König. Von heute an und immerdar. Ich gelobe Euch Gehorsam und Pflichterfüllung. Ich gelobe, für unsere Freiheit und das Recht zu kämpfen. Ich gelobe, die Schwachen zu schützen. Ich gelobe, allen gegenüber freimütig und großzügig zu sein. Ich gelobe, immer zu meinem Wort zu stehen.«

Der König schritt von James zu Ean und ergriff das Heft ihrer Schwerter zum Zeichen, dass er den Schwur annahm. Als sie sich wieder erhoben hatten, gürtete Robert sie mit ihren Schwertgehenken, während Edward Bruce ihnen die Sporen anheftete.

Zum Abschluss stimmte Bischof de Lamberton das *Te Deum* an. Alle Versammelten fielen ein, und sie zogen singend in die Kirche – zur Messe und zur Beichte.

»Ich wünsche dir Ruhm und Ehre.« Finlay umarmte Ean fest.

Der war noch immer sprachlos. Verdächtig schimmerten seine Augen, als er die Umarmung erwiderte.

»*Sir* Ean ...« Alan knuffte Ean kräftig gegen den Oberarm.

Das half ihm offensichtlich, die Fassung wiederzuerlangen. »Was ich bin, verdanke ich euch beiden.«

»Was du bist, verdankst du dir selbst«, widersprach Finlay. »Und jetzt lasst uns etwas essen. Bevor die Engländer kommen.«

»Und wann wird das sein?«

»Die Späher berichten, Edwards Armee hat gestern bei Falkirk das Nachtlager aufgeschlagen«, erklärte Neil und gesellte sich zu ihnen. »Auch ich gratuliere Euch, Sir Ean.«

»Ich danke Euch, Sir Neil.« Die Erwähnung seines neuen Titels trieb ihm ein wenig Röte auf die Wangen.

»Weiß man, ob sie schon aufgebrochen sind?«, lenkte Finlay ab.

»Sie sind noch nicht aufgebrochen. Wie es scheint, gönnt Edward ihnen eine längere Rast, nachdem sie in einem ziemlichen Gewaltmarsch von Edinburgh hier heraufgezogen sind.«

»Nur keine unchristliche Hast«, frotzelte Alan.

»So können sie frühestens am Mittag hier sein.« Nachdenklich blickte Finlay nach Süden, als könne er die Engländer in ihrem Lager ausmachen.

Während sie zu ihren Zelten zurückkehrten, wandte er sich leise an Neil:

»Wo ist Malcolm?«

»Nicht hier«, entgegnete Neil betreten.

»Das sehe ich. Doch wo ist er?«

»Auf Balloch Castle.«

»Warum?«

Neil blieb stehen und ließ die anderen vorangehen, so dass sie allein zurückblieben.

»Ich weiß nichts Genaues. Doch ich glaube, dass es zu einem Zerwürfnis zwischen ihm und Robert kam. Nicht offiziell«, beeilte er sich hinzuzufügen. »Malcolm hat all seine Männer unter der Führung seines Kommandanten Sir Simon geschickt. Doch sich selbst hat er mit einem Jagdunfall entschuldigt.«

»Und glaubst du daran?«

»Nein.«

»Dann geht es um eine Frau?« Robert the Bruce war kein Kind von Traurigkeit – er hatte mehrere illegitime Kinder – und auch Malcolm stand ihm in dieser Hinsicht in nichts nach.

Neil hob die Augenbrauen und ersparte sich eine Antwort.

Die Sonne erreichte ihren höchsten Stand. Finlay spürte die Anspannung in sich wachsen wie eine Stahlfeder, die immer fester um einen Holzkeil gewickelt wird, und er wünschte sich, die Engländer würden bald kommen. Doch noch hieß es zu warten. Bedächtig schliff er sein Schwert, sah das Licht auf dem vom Schmiedehammer hundertfach gefalteten Metall und der polierten Inschrift funkeln. INNOMINEDOMINI –

»Im Namen des Herrn« – GICELINMEFECIT. Die Waffe seines Vaters und Großvaters, aus der Werkstatt des großen Gicelin. Ein mächtiges Schwert: siegreich in Stirling und doch vernichtend geschlagen bei Falkirk. Was würde heute werden?

»Es sind nicht die Schwerter, die uns den Sieg schenken.« Alan sah ihn von der Seite an.

»Nein.« Er schmunzelte. Wie immer gelang es Alan mühelos, seine Gedanken zu erraten.

»Wo sie wohl gestanden hat, die berühmte Schmiede des Meisters Gicelin?« Ean hockte sich zu ihnen.

Finlay zuckte mit der Schulter. »Mein Großvater brachte dieses Schwert von einer Reise zur Hanse nach Lübeck mit.« Er fuhr ein letztes Mal mit einem Tuch über die Inschrift. »Ob er es dort nur erworben hat oder selbst noch in Auftrag gab – ich weiß es nicht.«

Ean streckte die Hand nach der Waffe aus. »Es ist jedenfalls ein wunderbares Stück Handwerkskunst. So oft habe ich es schon in Händen gehalten – wenn ich es für dich schleifen musste.« Sein Blick war eine gutmütige, späte Beschwerde, während er es durch die Luft wirbeln ließ. »Es ist perfekt. Nicht zu schwer, nicht zu leicht. Genau richtig austariert. Und noch immer so scharf.« Mit dem Heft voran reichte er es Finlay zurück. »Du solltest dir einen neuen Knappen nehmen.« Er nickte dem Schwert zu. »Dann musst du es nicht selbst schleifen.«

»Ich schleife es ganz gern. Aber Ihr solltet Euch einen Knappen suchen, *Sir* Ean.«

Der zwinkerte. »Ich warte, bis Cadfan alt genug ist. Dann kann er deine Rechnung begleichen.«

»Ich weiß nicht, warum der König dich zum Ritter schlug«, spöttelte Finlay. »Es fehlt dir eindeutig noch die nötige Reife.«

In gespielter Entrüstung sprang Ean auf die Füße. »Sir Finlay! Wollt Ihr mich fordern?!«

»Jetzt und hier!« Auch Finlay stand auf und stemmte seine Brust gegen Eans. Eine Weile rangelten sie so.

»Oder vielleicht warten wir doch auf die Engländer«, beschied Ean, und lachend ließen sie sich wieder auf den Boden sinken. Doch das Lachen verklang schnell. Finlay steckte sein Schwert in die Scheide.

»Zeit, dass sie kommen.«

Gleichwohl näherte sich die Sonne noch ein gutes Stück dem westlichen Horizont, ehe der englische König Finlays Worte erhörte.

Als das Horn erscholl, das das Nahen des Feindes ankündigte und sie in Schlachtordnung rief, erhoben die drei Freunde sich beinahe gleichzeitig.

»Es ist so weit.« Hart schlug Finlays Herz hinter seinem Brustbein.

Einen Moment sahen sie sich in die Augen, bevor Alan als erster die Schultern straffte.

»Wohlan denn.«

Geordnet suchten sie ihre Stellung auf. Reihe um Reihe, Mann und Mann.

»Majestät.« Finlay, Alan und Ean fielen vor dem König auf die Knie.

»Seid Ihr bereit, Sirs?«

»Wir sind bereit.« Sie erhoben sich, und Finlay zog sein Schwert.

In Roberts Augen funkelte der Kampfeswille. »So soll es sein.«

Neil Campbell stand mit seinen Soldaten links vom König und hob grüßend seine Waffe.

Wieder begann die Zeit des Wartens.

»Nun, *Sir* Ean, könnt Ihr schon etwas sehen?«, fragte Finlay.

»Nein, Sir Finlay, Ihr?«, fragte Ean grinsend zurück.

»Leider nicht. Wie steht es mit Euch, *Sir* Alan?«

»Sirs, ihr seid albern«, befand der, als einer der Späher angeprescht kam. Er sprang vom Rücken des Pferdes und fiel vor dem König aufs Knie.

»Majestät, sie kommen, aber sie kommen nicht über die Straße. Sie haben *The Way* gewählt. Geschätzt siebenhundert gepanzerte Reiter bilden die Vorhut, angeführt von Gilbert de Clare, dem Earl of Gloucester. Sie werden hier sein, noch ehe Ihr einen halben Rosenkranz gebetet habt.«

»Verflucht!«, schimpfte Robert. »Warum nehmen sie diesen Trampelpfad? Auf der breiten Römerstraße hätten sie es doch viel bequemer. So laufen wir Gefahr, dass sie uns doch an der östlichen Flanke umgehen. Begleitet mich, Sir Finlay, ich muss mit meinem Bruder sprechen.«

Sie rannten hinter die Linien und saßen auf.

»Sie kommen über *The Way*«, sagte Robert, kaum dass er seinem Bruder gegenüberstand.

Edward nickte grimmig. »Nicht dumm. So viel taktisches Geschick hätte ich meinem Namensvetter gar nicht zugetraut.«

»Wir müssen ihnen den Weg abschneiden. Wenn sie uns in den Rücken fallen, sind wir verloren!«

»Und Randolf informieren«, setzte der Edward hinzu, bevor er Befehle erteilte, die Stellung seiner Männer ein Stück nach Osten zu versetzen. Seine Division hatte die veränderte Stellung gerade erst eingenommen, da kam die englische Vorhut auch schon in Sicht – oder genauer gesagt die Staubwolke, die die mächtigen Streitrösser aufwirbelten.

»Sie sind da.« Edward Bruce zog sein Schwert. »Macht Euch bereit, Männer!«

Robert stieg wieder in den Sattel. »Viel Glück!«, wünschte er seinem Bruder noch, dann wendete er sein Pferd.

Unterdessen schwenkte die englische Vorhut Richtung Westen. In drei breiten Linien formierten sie sich, nun, da ihnen Edwards Männer den Weg nach Norden versperrten. Doch ein Teil der Vorhut, etwa fünfzehn Reiter, setzte sich ab.

»Sie versuchen, Stirling Castle zu erreichen«, erkannte Finlay.

»Das darf ihnen nicht gelingen!« Sorgenvoll blickte der König dem Trupp hinterher. »Die Burg darf nicht entsetzt werden, sonst ist unsere Vereinbarung mit Mowbray hinfällig!« Er riss sein Pferd herum.

Herrje! Warum meinte der König, sich allein fünfzehn Angreifern stellen zu müssen? Wenn er jetzt fiel, war alles verloren. Finlay zog sein Schwert und setzte dem König nach.

Als die Engländer den einsamen Verfolger bemerkten, trieben sie ihre Pferde zunächst noch stärker an, doch dann rief einer von ihnen: »Es ist der Kapuzenkönig selbst!«, und die Gruppe schwenkte herum. An ihrer Spitze galoppierte ein Ritter in schwarzer Rüstung mit dem Wappen der Bohuns auf Schild und Waffenrock. Sein Pferd war ein gewaltiges Schlachtross, gepanzert an Kopf, Brust und Körper, neben dem sich der Schimmel des Königs klein wie ein Pony ausnahm. Davon unbeeindruckt hielt Robert genau auf ihn zu. Finlay stockte der Atem, als der schwarz gewandete Ritter seine Lanze hob und die tödliche Lanzenspitze genau auf Roberts Brust richtete.

»Schnapp ihn dir, Bohun!«, feuerten ihn seine Begleiter johlend an.

Der beugte sich noch etwas weiter vor, jetzt da ihn nur noch fünf Yards vom König trennten. Nur noch zwei. Schon meinte Finlay, das Splittern der Lanze zu hören, als Robert im letztmöglichen Moment eine Ausweichbewegung machte, und seine Axt mit solcher Gewalt auf den Schädel de Bohuns niederfahren ließ, dass die Axt am Stiel entzweibrach.

Mit gespaltenem Schädel stürzte der Ritter vom Pferd.

Fassungslos stoppten die anderen Angreifer, bevor sie kehrtmachten, während alle, die es gesehen hatten, auch Finlay, in Jubel ausbrachen.

»Ein Jammer um die schöne Axt«, beklagte sich Robert grinsend und warf den gesplitterten Stiel nachlässig ins Gras.

Finlay quittierte es mit einem erleichterten Lachen, bevor sie sich beeilten, zu ihrer Division zurückzukommen. Die Schwerter gezückt, schlossen der König und sein Ritter die Reihen und erwarteten die Engländer grimmig.

Die Erde bebte, als die Panzerreiter zum Angriff übergingen.

Erst im Trab, dann im Galopp preschte eine todbringende Lawine aus Fleisch, Stahl und gewaltigen Hufen auf sie zu; Finlay stellten sich die Nackenhaare auf, und sein Atem beschleunigte sich.

Doch sie erreichte sie nicht.

Als die Reiter den präparierten Wiesengrund erreichten, brach die Angriffswelle zusammen. Die gewaltigen Pferde traten in die Löcher, überschlugen sich, gingen zu Boden, scheuten und warfen ihre Reiter ab. Nicht wenige brachen sich die Vorderhand. Die Nachfolgenden stürzten über die Leiber der schon Gefallenen, und das absolute Chaos entstand. Die Luft war erfüllt vom Wiehern und Stöhnen der verletzten Tiere, von den Schreien der abstürzenden Männer und von ihrem eigenen Jubel.

»Zum Angriff!«, brüllte der König, und nun waren sie die Lawine, die den Engländern den Tod brachte.

Finlay rannte an der Seite des Königs. Behände sprang er über Stolperfallen, über Pferdeleiber und Leichen. Scheppernd klirrten die Schwerter aufeinander, als er seinen ersten Gegner erreichte. Mit schnellen Hieben setzte Finlay ihm zu, duckte sich und schlug ihm den Schwertarm ab. Blut sprudelte in einer Fontäne aus dem Stumpf, und der Mann ging zu Boden, während schon der nächste mit erhobener Streitaxt auf ihn zu rannte. Finlay riss seinen Schild hoch, Holz splitterte ab. Drei Schläge landeten auf seinem Schild, bevor die Axt stecken blieb. Mit einem Ruck entwaffnete Finlay den Angreifer und stieß ihm das Schwert zwischen die Platten des Brustpanzers. Noch zwei weitere Engländer tötete Finlay, bevor ihm die Gegner ausgingen. Schwer atmend sah er sich um.

Die gesamte Vorhut, siebenhundert schwer gepanzerte Reiter, war innerhalb kürzester Zeit aufgerieben worden.

Keine zehn Schritte von ihm entfernt stand Ean, zwar von oben bis unten mit Blut besudelt, doch scheinbar unverletzt, während zu seiner Linken Neil eben den Fuß auf den

Brustkorb eines Gefallenen stemmte, um sein Schwert zu befreien.

Alan – noch sichtlich außer Atem, doch ansonsten auch gesund und munter – stand auf sein Schwert gestützt und blickte in südöstlicher Richtung. Sein Gesichtsausdruck veranlasste Finlay, selbst dorthin zu blicken.

Wie ein Lindwurm näherte sich Edwards Hauptstreitmacht; die Kolonne geordnet marschierender Soldaten war so lang, dass kein Ende auszumachen war. Und vor den Fußsoldaten ritt die Kavallerie.

Eintausenddreihundert Pferde.

»So viele …« Ean war zu Finlay getreten und blickte gebannt auf den übermächtigen Feind. »Was wir eben geleistet haben, war nur ein Tropfen auf den heißen Stein.«

Er war erschüttert.

»Kein Tropfen auf den heißen Stein, Sir Ean.« Der König stand aufrecht neben ihnen, den Kopf hoch erhoben, bot er Edward die Stirn. »Es war ein Anfang.«

Ean sah ihn an und gewann seinen Mut zurück.

»Verzeiht mir, Majestät.«

»Es gibt nichts zu verzeihen. Ihr habt Euch tapfer geschlagen.«

Er zwinkerte Ean noch einmal zu, dann rief er: »Formiert Euch!«

Doch noch bevor sie ihre Schlachtordnung wieder einnehmen konnten, spaltete sich ein zweiter Verband, angeführt von Clifford und Beaumont, von der Hauptstreitmacht ab. In hohem Tempo jagten sie *The Way* nach Norden, nun nicht mehr von Edward Bruces Männern behindert. Jetzt war es an Randolf, den Weg nach Stirling Castle zu sichern. Gebannt verfolgten sie den Weg der Reiter, deren Banner im Wind flatterten.

»Was machst du, Thomas, greif an«, hörte Finlay Robert zwischen den Zähnen hervorpressen. »Bist du eingeschlafen?«

Endlich rückte seine Division aus dem Wald hervor und bildete die hundertmal geübte Phalanx. Die scharfen Lanzen nach außen gerichtet glichen sie selbst einer tödlichen Speerspitze und stellten sich den herangaloppierenden Reitern furchtlos entgegen.

Wie das Meer an einen Felsen brandete die Kavallerie gegen die Schiltrons, und obwohl es beinahe eine halbe Meile entfernt war, hörten sie das Splittern des Holzes und das panische Wiehern der getroffenen Pferde.

Finlay sah Gloucester stürzen.

Dann rückte Randolf mit seinen Männern vor und schlug die Angreifer in die Flucht.

Triumphierendes Gebrüll erhob sich, als die Hauptstreitmacht der Engländer nicht ins Kampfgeschehen eingriff, sondern sich ein Stück gen Osten zurückzog, um ein provisorisches Lager zu errichten. Auch Finlay reckte sein Schwert in die Luft und stimmte mit ein.

Kapitel 42

Versteckt zwischen Büschen und Bäumen lag Lucas auf der Kuppe des Coxet Hill und konnte den Blick nicht abwenden. Er war wie gelähmt; das Grauen hatte seine Glieder erstarren lassen. Obwohl die Schotten – seine Landsleute – einen ersten Sieg errungen hatten, konnte er sich nicht freuen.

Soeben war die Sonne hinter dem Horizont versunken, der Himmel glühte noch in feurigem Rot. Nicht so das Schlachtfeld. Obschon getränkt mit dem Blut Hunderter englischer Ritter, war der von Stiefeln und Pferdehufen aufgewühlte Wiesengrund eine Wüstenei aus braunem Morast, über die sich jetzt langsam der graue Schleier der Dämmerung senkte. Er senkte sich auf das Stöhnen. Er senkte sich auf aufgeschlitzte Leiber, auf verendende Pferde, abgetrennte Gliedmaßen, sterbende Männer und Leichen.

Mit der Dämmerung kamen die Krähen. Erst vereinzelt, dann in Scharen flatterten die gierig krächzenden schwarzen Kreaturen herbei. Und so bedeckte bald ein Leichentuch aus schwarzen Flügeln die Gefallenen am Bannockburn.

Von seinem Beobachtungsposten aus hatte Lucas den Hergang der Ereignisse mitverfolgt. Er hatte gesehen, wie de Bohun und Robert the Bruce aufeinandertrafen und der überhebliche Ritter von der Axt des Königs gefällt wurde. Er hatte Henrys Pferd erkannt und gesehen, wie sein Freund es zügelte, als sein Dienstherr fiel. Er hatte gesehen, wie sie kehrtmachten. Im Getümmel des Kampfes hatte er Henrys Spur dann verloren, doch jetzt zog ihn das Schlachtfeld magisch an. Mühsam kam er auf die Füße und stolperte mit steifen Gliedern den Coxet Hill hinunter. Ein bestialischer Gestank hing über der Ebene, Lucas musste sich die Hand vor Mund und Nase halten. Er war nicht der Erste, der gekommen war. Plündernd zogen Roberts Soldaten über das Feld, beraubten die Toten ihrer Rüstung, ihrer Waffen und Wertgegenstände. Dazwischen gingen Priester und erteilten den Sterbenden das letzte Sakrament, während Lucas im schwindenden Licht nach Henry suchte. Er wusste nicht, ob er gefallen war. Vielleicht war er unversehrt ins englische Heerlager zurückgekehrt, doch Lucas musste sich vergewissern.

Systematisch begann er das Feld Reihe um Reihe abzugehen. Manche Krähe hüpfte unwillig krächzend davon, wenn Lucas' Schritte sich näherten, viele ließen sich in ihrem Festmahl jedoch nicht stören.

Als es fast ganz dunkel geworden war, fand er ihn. Eingeklemmt unter einem Toten.

»Henry!«

Lucas hockte sich nieder und legte zitternd die Hand auf die Brust des Freundes. Schwach hob und senkte sich das Kettenhemd unter Lucas' Fingern. Seinen Helm hatte Henry verloren. Über Stirn und Wange zog sich eine furchtbare Schwertwunde, das ganze Gesicht war verschwollen und das blonde Haar blutverkrustet. Am rechten Arm klaffte eine weitere tiefe Wunde, aus der noch immer ein dünnes Rinnsal Blut auf den Boden tropfte.

Sanft schüttelte Lucas ihn. »Henry!«

Der stöhnte.

»Oh Gott sei Dank …« Eilig mühte sich Lucas, den Toten von seinem Freund herunterzuziehen, und kniete sich schließlich wieder zu ihm.

Flatternd öffnete Henry die Augen. »Lucas?«

»Ja, Henry, ich bin es.«

Verwirrt irrte der Blick des jungen Ritters umher, als suche er nach einer Erklärung für dieses Chaos, bevor er auf Lucas ruhte.

»Er hat ihm den Schädel gespalten«, flüsterte Henry, und sein malträtiertes Gesicht nahm einen ganz und gar erstaunten Ausdruck an. »Einfach so.«

»Ich weiß, Henry, ich habe es gesehen.«

Der schien die grausame Szene nochmals zu durchleben. Seine Augen füllten sich mit Schmerz und Tränen. »Insgeheim habe ich ihn schon immer bewundert, deinen König.« Eine der Tränen lief über seine Wange. »Weißt du noch, wie ich dir davon erzählt habe? Damals an unserem Badeplatz an der Themse?«

Lucas nickte.

»Ich habe auch Henry bewundert.«

»Warum hättest du das nicht tun sollen? Henry de Bohun war ein hervorragender Ritter.«

»Er war nicht gut genug.« Noch eine Träne rollte hinab.

Was sollte Lucas darauf sagen? Er nahm Henrys Hand und drückte sie sacht.

»Streng dich nicht so an. Ich werde dich jetzt von hier fortbringen. Zu jemand, der dir helfen wird.«

Ein Stöhnen entfuhr Henry, das halb ein Lachen war. »Fortunas Launen. Nun bin ich dein Gefangener. Du bist der Herr und ich der Knecht.«

Lucas umfasste seine Hand fester. »Ich bin dein Freund, Henry. Wie schon immer. Und du bist mein Freund. Du hast mich nicht verraten, du hast mich ziehen lassen.«

»Das ist wohl so.« Henry erwiderte den Händedruck. »Dann bin ich vielleicht schuld, dass ihr uns so schmachvoll besiegt habt. Hätte ich dich verhaften lassen …«

»Wir haben ein Scharmützel gewonnen, vom Sieg kann kaum die Rede sein«, entgegnete Lucas bitter. »Dort drüben hat das englische Heer sein Nachtlager aufgeschlagen: über eintausend Reiter und zwanzigtausend Fußsoldaten.«

»Es ist noch nicht vorbei?«

»Nein, es ist noch nicht vorbei.«

Henry schloss die Augen, bevor er flüsterte: »Ich will nicht mehr kämpfen.«

»Das musst du auch nicht. Du bist verletzt, wie schwer, kann ich noch gar nicht sagen.«

»Und nun?«

»Werden wir dir erst mal die schweren Rüstungsteile ausziehen.« Behände öffnete Lucas die Riemen des Brustpanzers, der Arm- und Beinschienen. Am liebsten hätte er Henry auch das Kettenhemd ausgezogen, doch er fürchtete, den Freund damit zu sehr zu quälen.

»Wo hast du Schmerzen?«

Henry versuchte eine Bestandsaufnahme. »Am Kopf, am Arm. Die linke Seite.«

Behutsam schob Lucas Kettenhemd und Gewand ein wenig nach oben und besah die beschriebene Stelle.

»Du bist wohl unter die Hufe eines eurer Schlachtrösser gekommen.« Henrys gesamte linke Seite war schwarzblau unterlaufen, von der Brust bis zum Bauch. Deutlich konnte man die Abdrücke von zwei riesigen Hufeisen erkennen.

»So fühlt es sich auch an.«

»Hier, trink etwas.« Lucas löste einen kleinen Weinschlauch von seinem Gürtel.

Zunächst vorsichtig, dann aber mit gierigen Schlucken trank Henry.

»Besser?«

»Besser.«

»Dann werde ich dir jetzt helfen aufzustehen.«

Der junge Ritter nickte, biss die Zähne zusammen und packte Lucas' Hand.

»Schön langsam ...«

Mit einem unterdrückten Stöhnen setzte Henry sich auf. Seine Lider flatterten, als wolle er gleich wieder das Bewusstsein verlieren, doch er zwang sich, tief durchzuatmen, und mit der Zeit gewann sein Gesicht zumindest etwas Farbe.

»Und jetzt hoch. Du kannst dich auf mich stützen.«

Ganz langsam kam Henry auf die Füße. Kaum dass er stand, schwankte er so sehr, dass Lucas fürchtete, er würde stürzen. Rasch legte er sich Henrys Arm um die Schultern und umfasste seine Hüfte.

Der Freund schloss die Augen, Schweiß bildete sich auf seiner Stirn.

»Geht es?«

Henry nickte nur mit zusammengepressten Kiefern.

Sie kamen nicht wirklich weit. An den Hängen des Coxet Hill verlor Henry wieder das Bewusstsein und wäre gefallen, hätte Lucas ihn nicht so festgehalten.

»Dann muss es eben so gehen«, entschied der seufzend und hievte sich den ohnmächtigen Freund auf die Schulter.

*

Zur selben Zeit rief Robert the Bruce zu einer erneuten Lagebesprechung.

Als Finlay mit Ean und Alan im Zelt des Königs ankam, war die Stimmung euphorisch. Thomas Randolf wurde mit Applaus begrüßt, nur der König bedachte ihn erst mit einem strafenden Blick, bevor er ihn lachend in die Arme schloss.

Dann erhob Robert die Stimme.

»Sirs, ich bin nur ungern der Spielverderber, aber freut Euch nicht zu früh. Das waren heute kleine Gefechte. Die Hauptstreitmacht liegt östlich von uns, und auch wenn wir ihre Kavallerie gut unter Kontrolle hatten, stehen uns noch immer zwanzigtausend Fußsoldaten gegenüber und über tausend Panzerreiter. Von ihren Bogenschützen ganz zu schweigen. Unsere Stolperfallen sind jetzt kein Geheimnis mehr, und Edward wird sich hüten, erneut von Süden anzugreifen. Eher wird er morgen dem Weg Cliffords folgen und versuchen, Stirling Castle zu erreichen, um dann von Norden über uns herzufallen.«

Der Jubel verstummte.

»Ich frage Euch also, was wollen wir tun: fliehen oder kämpfen?«

»Kämpfen!«, sagte James als Erster.

»Kämpfen oder untergehen!«, stimmten auch Edward Bruce und Thomas Randolf zu.

»Wir werden nicht weichen!«, schlossen sich Finlay, Alan und Ean an.

Und nacheinander folgten alle Männer, die sich im Zelt befanden.

»Dann lasst uns überlegen, wie wir vorgehen sollten.«

Sie waren gerade in die verschiedenen strategischen Möglichkeiten vertieft, als ein Soldat hereinstürmte.

»Majestät!« Er fiel vor Robert auf die Knie. »David de Strathbogie hat unserer Versorgungslager bei Cambuskenneth überfallen. Er ist mit den erbeuteten Lebensmitteln und Waffen zu den Engländern übergelaufen!«

»Seit Wochen suchen wir nach David de Strathbogie, und jetzt überfällt er so mir nichts, dir nichts unser Versorgungslager?« Robert war zornig.

Der Mann senkte betreten den Blick. »Er kam mit drei Männern. Die Wachen wurden hinterrücks überfallen, zwei meiner Kameraden getötet. Und auch Sir William. Er stellte sich Strathbogie in den Weg, um ihn zu verhaften. Strathbogie warf einen versteckten Dolch und tötete ihn auf die niederträchtigste Weise.«

Das löste entrüstetes Gemurmel aus. Ein Teil der Männer wäre wohl am liebsten sofort losgestürmt, die Verfolgung des Abtrünnigen aufzunehmen.

Finlays Blick wanderte zu Sir John Airth: Sir William war sein Bruder gewesen. Trauer verdüsterte das Gesicht des Veteranen.

»Spielt es augenblicklich denn wirklich eine Rolle?« Thomas Randolf lehnte mit verschränkten Armen an einer der Zeltstangen. Dann verbeugte er sich in Richtung von John Airth. »Verzeiht mir, Sir John, ich bedaure mit Euch diesen schweren Verlust.« Sein Blick kehrte zum König zurück. »Aber ich denke, wir haben andere Sorgen.«

»Thomas hat recht«, stimmte Edward zu. »Um David de Strathbogie kümmern wir uns, wenn die Engländer geschlagen sind.«

Robert nickte knapp. »Dann lasst uns dem Schlachtplan zuwenden.«

Doch er hatte kaum ausgesprochen, als sich wieder ein Tumult vor dem Zelt erhob.

»Jesus …«, beschwerte er sich.

Wachen brachten einen gefesselten Mann herein und drückten ihn vor dem König auf die Knie. Er trug ein Kettenhemd und darüber einen zerfetzten englischen Waffenrock. Blut rann aus einer Schnittwunde an der Stirn und tropfte ins Bodenstroh.

Robert hob fragend eine Augenbraue.

»Dieser Mann ist ein Deserteur des englischen Heeres, und er sagt, er habe Informationen für Euch, Majestät.«

»Es scheint ja ein eifriges Kommen und Gehen zwischen unseren Heeren zu herrschen«, spöttelte Ean leise.

Finlay hob einen Finger an seine Lippen. Er wollte unbedingt hören, was der Mann zu sagen hatte. Als der den Kopf hob, durchzuckte ihn schlagartig eine Erinnerung: Laub auf den Wegen, eine Senke im herbstlichen Wald, ein Pfeil in einem Oberschenkel.

»Mein Name ist Alexander Seton.«

Des Namens hätte es nicht bedurft, Finlay entsann sich genau.

Niemand kann sagen, wohin seine Taten schlussendlich führen …

»Ich bringe Euch einen Lagebericht aus dem englischen Heer.« Seton sprach ruhig und gefasst, es war ihm nicht anzumerken, ob er sich fürchtete. Ohne den König anzusehen, fuhr er fort: »Die Stimmung dort ist, mild gesprochen, panisch. Unter den Kommandanten Hereford und Gloucester herrscht dauernde Uneinigkeit. Der englische König ist nicht in der Lage, die eifersüchtigen Streitereien zu beenden. Die Soldaten sind erschöpft, da Edward sie zu schnell hat marschieren lassen, um rechtzeitig vor Ablauf des Ultimatums Stirling zu erreichen. Und Eure Erfolge von heute haben die Soldaten verängstigt.« Er blinzelte einmal. Blut war ihm ins Auge gelaufen, aber die gebundenen Hände erlaubten ihm nicht, es fortzuwischen. »König Edward hat nun auch noch das Lager in ungünstigem Terrain aufgeschlagen lassen. Wir … Sie sind praktisch eingekesselt vom Pearl Stream und dem Bannock.«

Und deshalb bist du fortgelaufen, erkannte Finlay.

»Wenn wir jetzt entschlossen vorrücken«, murmelte Robert, »sind sie gefangen und können auf dem begrenzten Raum praktisch nicht mehr agieren ...« Dann sah er Seton streng an: »Wer sagt mir, dass Ihr die Wahrheit sprecht?«

»Niemand, Majestät, aber ich schwöre es bei meinem Leben. Ich stand zu lange auf der falschen Seite, und so ist es nicht verwunderlich, dass Ihr mir keinen Glauben schenkt. Ich biete Euch meinen Kopf. Sollte ich Euch betrogen haben, schlagt ihn ab.« Er blickte unverwandt geradeaus. Immer noch sah er den König nicht an, aber er senkte den Blick auch nicht. Finlay bewunderte seinen Mut.

Robert ließ sich das Gehörte eine Weile durch den Kopf gehen. Schließlich gab er den Wachen einen Wink: »Schafft ihn fort, aber behandelt ihn anständig.«

Er ging einmal im Zelt auf und ab, bevor er sich wieder umdrehte.

»Nun, Sirs?«

»Wenn wir sie einkesseln, sitzen sie in der Falle«, stimmte sein Bruder zu.

»Trotzdem stehen uns dann zwanzigtausend Mann Aug' in Aug' gegenüber.«

»Da wir uns entschieden haben zu kämpfen und nicht zu fliehen, werden sie das ohnehin«, bemerkte James.

»Und Gott wird mit uns sein«, vernahmen sie plötzlich eine weitere Stimme vom Eingang des Zeltes. William de Lamberton stand dort. In den Händen das berühmte, aus Holz, Silber und Kupfer gefertigte Reliquiar, von dem Finlay wusste, dass es die Gebeine des heiligen St. Columban, des Beschützers aller Krieger, enthielt. Er ging auf den König zu und verneigte sich vor ihm.

»Majestät. Ich bringe Euch den Brecbennoch. Es wird dem Heer Kraft und nach Gottes Willen den Sieg schenken.«

Kapitel 43

»Was uns der morgige Tag wohl bringen wird?«, flüsterte Ean in die Dunkelheit.

Sie lagen in ihrem Zelt. Längst waren die Feuer verloschen, und sie hätten eigentlich versuchen sollen, noch ein wenig zu schlafen.

Aber sie konnten nicht.

»Stirling Castle, Sir Ean«, brummte Alan schläfrig.

Finlay musste lächeln.

»War es vor Falkirk genauso?«

Diesmal war es an Finlay zu antworten. »Nein. Es gab keine solche Nacht vor Falkirk. Wir nahmen am frühen Morgen unsere Stellungen ein und warteten. Dann erst zog Edwards Heer auf.«

»Die Hügel waren schwarz«, erinnerte sich Alan. »Es waren so viele. Man konnte kein Fleckchen Grün mehr zwischen ihnen erkennen. Ich sah es und wusste, wir haben verloren.«

»Morgen stehen uns kaum weniger Feinde entgegen«, sagte Ean beklommen.

»Trotzdem ist es anders«, sagte Alan ruhig. »In Falkirk haben wir uns in den Schiltrons eingeigelt und den Angriff der Engländer abgewartet. Wir haben nicht die Initiative ergriffen. Als uns dann noch die Kavallerie verließ, war unser Schicksal besiegelt. Aber morgen werden wir den ersten Schritt tun. Wenn die Engländer erwachen, werden wir vor ihnen stehen wie eine Wand. Und sie können weder vor noch zurück.«

Im ersten grauen Licht des Tages ließ Robert sein Heer wecken.

Nachdem William de Lamberton die Messe gelesen hatte, bildeten die Männer lange Schlangen vor den Priestern, um zu beichten.

Finlay sank vor William de Lamberton auf die Knie. »Im Namen des Vaters und des Sohnes und des Heiligen Geistes. Amen.«

»Gott, der unser Herz erleuchtet, schenke dir wahre Erkenntnis deiner Sünden und seiner Barmherzigkeit.« De Lambertons Stimme war warm und freundlich.

»Vater, vergebt mir, denn ich habe gesündigt«, begann Finlay, aber eigentlich wusste er nicht recht, was er beichten sollte. Er hatte erst gestern gebeichtet. Dann hatte er vier Engländer getötet, aber es fiel ihm schwer, das zu bereuen. Und erst recht fehlte es ihm am Vorsatz, nicht mehr zu töten, denn dafür war er ja hier. Hilflos schaute er de Lamberton an. Der lächelte ihm aufmunternd zu. Schließlich kürzte Finlay seine Beichte ab.

»Ich bereue, dass ich Böses getan und Gutes unterlassen habe.«

De Lamberton nickte.

»Gott, der barmherzige Vater, schenke dir Verzeihung und Frieden. Ich spreche dich los von deinen Sünden.« De Lamberton schlug das Kreuzzeichen über ihm. »Im Namen des Vaters und des Sohnes und des Heiligen Geistes. Amen.«

Als die Schlangen sich aufgelöst hatten, nahmen die Männer Schlachtordnung ein, und Abt Bernhard, des Königs Kanzler, umrundete sie mit dem Brecbennoch in den Händen.

Dann rückten sie, noch während die Engländer schliefen, leise vor. Gerade erst erhob sich die Sonne über den östlichen Horizont, die Welt war noch jung und frisch, und Tau benetzte Finlays Stiefel bei jedem Schritt.

Es war so still.

James marschierte mit seiner Division auf der linken Flanke, Edward Bruce auf der rechten. In der Mitte zwischen ihnen führte Thomas Randolf seine Männer in den Kampf.

Und hinter ihnen kam der König, mit Finlay wie gestern an seiner rechten Seite. Lautlos gingen sie in Stellung und warteten.

Etwa einhundert Yards trennten sie von den Linien der Engländer, die eben verschlafen aus ihren Zelten krochen. Edward hatte es nicht einmal für nötig befunden, Wachen aufzustellen. Eigentlich hätten sie angreifen und die Überraschung für sich nutzen können.

Aber nicht heute.

Im englischen Lager brach Hektik aus. Signalhörner erschollen, Befehle wurden gebrüllt, Zelte eilig eingerollt. Rüstungen wurden angelegt und Waffen ergriffen. Dann versuchten Gloucester und Hereford ihre Männer zu sammeln, doch auf dem beengten Raum des Heerlagers geriet dies zu einem ungeordneten Gewusel.

Die Schotten warteten.

Als es den englischen Soldaten endlich gelungen war, so etwas wie eine Schlachtordnung einzunehmen, erstreckte sich vor Finlay ein Meer aus Helmen. Die Engländer waren um Längen besser gerüstet. Kettenrüstungen und Brustpanzer, geschmiedete Arm- und Beinschienen glänzten im Licht der aufgehenden Sonne. Was mussten sie dagegen für einen erbärmlichen Eindruck erwecken. Die meisten der schottischen Soldaten wurden nur von einem einfachen Lederwams geschützt. Die wenigsten konnten den Schutz von Kettenhemd und Lentner für sich beanspruchen. Ihre Bewaffnung war bunt durcheinandergewürfelt, Äxte, Lanzen und Schwerter von höchst unterschiedlicher Güte.

Und doch spürte Finlay die Entschlossenheit, die von ihnen allen ausging. Sie mochten schlechter gerüstet sein, aber sie waren bereit. Nie war eine schottische Armee so gut auf eine Schlacht vorbereitet worden. Und noch nie hatte sie einen solchen Anführer gehabt.

Finlay blickte nach links und sah Robert the Bruce fünf Schritte entfernt mit erhabenem Blick den Engländern entgegenschauen.

An seiner linken Schulter spürte Finlay Alan. Er versuchte, sich zu erinnern, in wie vielen Kämpfen sie sich nun schon so, Schulter an Schulter, dem Gegner entgegengestellt hatten.

Siebzehn Jahre lang. Er konnte es nicht mehr zählen. Zu seiner Rechten stand Ean, den Blick entschlossen den englischen Truppen zugewandt.

»Sirs«, raunte Finlay seinen Freunden zu, »es ist mir eine Ehre, mit Euch bis hierher gegangen zu sein, und es ist mir eine Ehre, heute hier mit Euch zu kämpfen!«

Sie schauten sich einen Moment lang an, ihr Blick eine stumme Umarmung, bevor sie alle verlegen grinsten und wieder nach vorn blickten.

Unterdessen hatte Robert the Bruce sich auf sein Pferd geschwungen und ritt vor sein Heer.

»Männer Schottlands. Dies ist die Stunde!« Weit hallte seine Stimme über ihre Köpfe. »Wir haben unsere Brüder und unsere Freunde verloren. Etliche unserer Angehörigen befinden sich in englischer Gefangenschaft. So viele edle Männer dieses Landes sind dem Blutvergießen zum Opfer gefallen.«

Mit hoch erhobenem Haupt ritt er entlang ihrer Linien, den mächtigen Feind in seinem Rücken ignorierend, während auf seinem Helm die königliche Krone im Morgenlicht glänzte.

»Seht sie Euch an!« Mit seinem Schwert wies er auf die übermächtige Armee. »Seht sie Euch an, in ihren schimmernden Rüstungen! Der Glanz will Erhabenheit glauben machen, aber er ist nur Trug und billiger Schein.« Er wandte dem Feind wieder den Rücken zu. »Denn wofür kämpfen sie? Sie kämpfen, um uns zu unterdrücken. Sie kämpfen, um sich unrechtmäßig zu nehmen, was unser ist. Sie kämpfen, um uns zu zerstören. Aber heute wird es ein Ende finden. Heute werden wir uns widersetzen! Was William Wallace begonnen hat, führen wir heute zu Ende.

Für unsere Frauen und unsere Kinder!

Für unser Land und unsere Freiheit!

Sie mögen besser bewaffnet sein, sie mögen in der Überzahl sein, aber sie sind im Unrecht.

Gott kämpft auf unserer Seite, denn wir kämpfen für unser Recht zu überleben! Und darum werden wir heute, mit

Christus und allen Heiligen Schottlands, diese Schlacht schlagen und siegen!«

Alle Männer des schottischen Heeres, auch Finlay und seine Gefährten, begannen mit den Waffen auf ihre Schilde zu schlagen. Und im Rhythmus ihrer Schläge erscholl: »The Bruce!« aus fünftausend Kehlen. Der Ruf dröhnte dem Feind wie Hammerschläge entgegen, und nicht wenige der englischen Soldaten zogen die Köpfe ein.

Dann saß Robert the Bruce ab, drehte sich dem Feind entgegen, so dass er ganz allein vor seinen Soldaten dem Feind gegenüberstand, kniete sich nieder, und das ganze Heer kniete mit ihm, um das Paternoster zu beten.

Als sie sich erhoben hatten, kehrte der König zu seinem Platz zurück, zog sein Schwert und brüllte mit einer Macht, die Finlay eine Gänsehaut über den Rücken trieb:

»Für Schottland, zum Angriff!«

Wie ein Mann erhoben die Soldaten ihre Speere, und einem Dreizack gleich bildeten die Schiltrons von James, Randolf und Edward Bruce tödliche Spitzen, denen der König mit Finlay und Neil unmittelbar nachrückte. Auch ihre Soldaten hatten die Speere erhoben, während sie selbst, mit gezückten Schwertern, im Inneren der Schiltrons voran liefen.

Infernalisch schmetterten ihnen die englischen Trompeten das Angriffssignal entgegen – die Panzerreiter gingen zum Sturm über. Entschlossen umfassten die Schotten ihre Lanzen, nicht bereit zu weichen, während die angreifenden Schlachtrösser in einen donnernden Galopp fielen. Wieder mischte sich das Splittern von Holz mit dem Schreien der getroffenen Pferde, als die ersten Reiter die Schiltrons erreichten. James, Randolf und Edward Bruce hielten stand, doch die Frontlinie geriet ins Stocken. In ihrer Qual wurden die verwundeten Schlachtrösser zur tödlichen Gefahr; wieder und wieder bäumten sie sich auf, und nicht nur Engländer wurden unter ihren Hufen begraben. Dem stärksten Angriff sah sich James Douglas ausgesetzt. Immer mehr Reiter und Soldaten stürmten ihm entgegen, zersplitterten seine

Schiltrons und metzelten seine Männer nieder. Die Linie begann zu wanken.

»Nein, nein, nein!« Robert the Bruce sah es und reagierte sofort. »Mit mir!«, brüllte er, und schwenkte mit seiner Division nach Norden, um James' Verband zu verstärken.

Nun befand sich auch Finlay mitten im Getümmel. Es war unbeschreiblich laut. Das Klirren der Schwerter, die Schreie der Menschen, das Wiehern der Pferde und das Splittern von Holz dröhnten in seinen Ohren, während die Luft nach Blut, nach Angst, den Exkrementen der Tiere und nach Stahl stank. Finlay machte nieder, wer immer ihm vor das Schwert kam, und kämpfte sich verbissen Yard für Yard voran. Doch die eingekesselten englischen Soldaten leisteten verzweifelt Widerstand. Just sah er sich einem Gegner gegenüber, der in blinder Panik wieder und wieder mit der Lanze nach ihm stieß. Nur knapp konnte er zwei, dreimal ausweichen, bevor es ihm gelang, die Lanze mit seinem Schwert zu zerschlagen und den Mann niederzumachen. Doch Zeit zum Luftholen blieb ihm nicht, die Zahl der Feinde schien unermesslich. Fast schon mechanisch schlug er auf seine Gegner ein, unterlief Schwerter, wich Äxten aus, parierte, stach, hackte. Mehr und mehr kam ihm das Gefühl für Zeit und Raum abhanden, während seine Welt auf den schmalen Ausschnitt seines Helmes schrumpfte. Dann mischte sich ein unheilvolles Sirren in den ohrenbetäubenden Kanon. Getroffen von Pfeilen gingen um Finlay herum mehrere Soldaten zu Boden. Instinktiv riss er seinen Schild hoch und keinen Moment zu früh: Schon sausten vier Pfeile mit ungeheurer Wucht hinein und blieben mit zitterndem Schaft stecken.

»Verflucht!«, brüllte der König. »Dieser Hurensohn hat seine Bogenschützen jenseits des Pearl Streams in Stellung gebracht und nimmt unsere Flanke unter Beschuss!«

»Ja, Sire«, brüllte Finlay zurück, während er sein Schwert befreite, »aber Keith hat es auch gesehen. Seht, die Reiter greifen die Bogenschützen an!«

Von den Hügeln des Coxet Hill preschten die Pferde hinunter, Sir Robert Keith mit gezogenem Schwert an ihrer Spitze. Noch zwei tödliche Pfeilhagel gingen auf sie nieder, dann hatte die schottische Kavallerie die Bogenschützen erreicht und ritt sie nieder.

»Tapferer Sir Robert!«, frohlockte der König und rammte sein Schwert in einen englischen Brustkorb.

Trotz ihrer gewaltigen Überzahl gerieten die Engländer mehr und mehr in die Defensive. Im Bemühen, sich aus der Enge zwischen Pearl Stream und Bannock zu befreien, führte Gloucester selbst eine vierte Angriffswelle an. Doch die Schiltrons hielten noch immer stand und brachten sein Pferd zu Fall. In seiner schweren Rüstung gelang es ihm nicht, schnell genug aufzustehen – Roberts Männer stürzten sich auf ihn. Mit Entsetzen mussten die Engländer zusehen, wie nach und nach weitere große Namen von ihren Pferden gezogen und getötet wurden: Robert Clifford, Pain Typtoft, William Marshall. Jetzt begannen die Engländer zurückzuweichen und ihre Reihen sich zu lichten. Nachdem Finlay einen weiteren Engländer niedergestreckt hatte, blieb ihm die Zeit, sich kurz umzuschauen. Zu seiner Linken kämpften Neil und der König, zu seiner rechten Alan und Ean. Alle schienen wie durch ein Wunder unverletzt – Finlay gestattete sich erstmals die Hoffnung auf einen Sieg. Das befeuerte seinen Kampfeswillen, auch wenn er seine Arme mittlerweile schwer werden spürte. Der nächste Engländer, der ihm gegenüberstand, war beinahe noch ein Knabe mit verängstigtem Gesichtsausdruck. Finlay ersparte ihm einen langen Todeskampf, indem er ihn mit einer schnellen Drehung köpfte.

In diesem Moment hörte er Ean plötzlich schreien und wirbelte erschrocken herum. Doch Ean lachte über das ganze Gesicht, während er mit seinem blutbesudelten Schwert gen Osten wies. »Er flieht! Edward, dieser feige Hurensohn, sucht das Weite!«

Wie Kreiswellen in einem See breitete sich die Nachricht vom hasenfüßigen englischen König aus und beflügelte die Schotten, während die Engländer der Mut verließ. Etliche versuchten, es Edward nachzutun, doch viele versanken im sumpfigen Morast der Flussläufe und ertranken jämmerlich. Das Entsetzen auf den Gesichtern ihrer Gegner nahm noch zu, als Sir John Airth mit dem Landsturm den Coxet Hill herab marschierte. Die simple Grundausbildung machte sich bezahlt – sie sahen aus wie eine frische schottische Armee.

Finlay frohlockte. Immer schneller kämpften Ean und Alan sich voran und waren rasch zehn Yards vor ihm, während er weiter versuchte, den Kontakt zum König zu halten. Mittlerweile war sein Schwert schartig. Von der Klinge über das Heft bis zu den Unterarmen troff das Blut seiner Gegner, und in seinen Ohren dröhnte ein helles Piepen.

Aber auch wenn der Sieg nah schien, stellten sich Finlay wieder und wieder Gegner, getrieben vom Mut der Verzweiflung, entgegen. Als er zum ungezählten Male sein Schwert in einen Brustkorb gestoßen hatte, bekam er es nicht mehr frei. Schartig, wie es war, musste es sich an einem Knochen oder einem Teil der Panzerung verfangen haben. Finlay stemmte seinen Fuß gegen den Leichnam und zerrte mit aller Macht an seiner Waffe, aber sie rührte sich keinen Zoll.

Und dann schienen auf einmal alle Geräusche zu verstummen. Wie eine Glocke senkte sich eine gänzlich unnatürliche Stille auf ihn herab, die Finlay augenblicklich sämtliche Nackenhaare aufstellte. Unheil ahnend sah er über die Schulter und erfasste einen englischen Reiter, der sich mit hoher Geschwindigkeit näherte. Doch er hatte nicht Finlay im Visier – sondern den König.

»Robert!«

Es waren nur fünf Yards, die Finlay vom König trennten, doch sein Schrei blieb ungehört.

Der Engländer hob seine Lanze.

Verzweifelt ruckte Finlay an seinem Schwert, während der Engländer sich unaufhaltsam näherte. Finlay erkannte die Farben von Aymer de Valance. Für einen kurzen Augenblick kreuzten sich ihre Blicke, bevor der Earl of Pembroke seine Lanze mit aller Macht in Richtung des Königs schleuderte.

»Robert!«

Zitternd schoss die Lanze durch die Luft.

Und in diesem Augenblick, als Finlay gewahr wurde, dass er nur noch eine Wahl hatte, geschah etwas Merkwürdiges: Unnatürlich schien sich der Moment zu dehnen und ihm unendlich Zeit zu lassen, sie zu treffen.

Er hatte überhaupt keine Lust zu sterben.

Er dachte an Raelyn.

Er wollte ihre weichen Lippen spüren und in ihrem Duft versinken.

Er wollte seine Kinder wiedersehen.

Wollte sehen, wie sie aufwuchsen.

In Freiheit.

Dann entschied er sich.

Kapitel 44

Behutsam legte Ealasaid einen Verband um den Kopf eines Verwundeten.

Bisher war nur wenige zu ihnen gebracht worden, stattdessen war der Landsturm jubelnd aufgebrochen, als die Nachricht vom fliehenden englischen König bis zum Tross vorgedrungen war.

Der Mann stöhnte leise.

»Gleich vorbei«, beruhigte Ealasaid. Sie machte einen Knoten, tränkte ein Tuch in kühlem Wasser und legte es dem Soldaten auf die Stirn, der ihr ein dankbares Lächeln schenkte.

Als sie sich umwandte, wäre sie beinahe gegen Ean geprallt. Erschrocken blickte sie auf.

»Ihr müsst mitkommen.« Tränen rannen ungehemmt seine stoppeligen, blutverschmierten Wangen hinab.

Ealasaid sank das Herz.

Sie nahm ihre Tasche und folgte ihm raschen Schrittes. Draußen war ein Pferd angebunden. Ean stieg auf und zog sie hinter sich, bevor er lospreschte, den Coxet Hill hinab, um dann nach Süden zu schwenken.

Noch immer war das Schlachten in vollem Gange, obwohl Roberts Heer längst gesiegt hatte. Unbarmherzig hetzten die Schotten ihre Feinde über die Ebene und machten nieder, wen sie erreichen konnten. Doch hinter der Frontlinie, etwas abseits des grausigen Geschehens, hatte sich ein kleiner Kreis von Männern gebildet. Ealasaid erkannte Neil Campbell, Thomas Randolf und Alan. Auf diesen Kreis hielt Ean zu, bevor er zum Schritt durchparierte und anhielt. Ealasaid glitt vom Pferd.

In der Mitte des Kreises lag ein Mann auf dem Boden, und ein weiterer kniete neben ihm, doch verstellt durch die Beine der Umstehenden, konnte Ealasaid ihre Gesichter nicht erkennen.

Mit klopfendem Herzen umrundete sie den Kreis. Es wollte ihr schier brechen, als sie schließlich eine Lücke erreichte. Robert the Bruce kniete auf dem Boden und hielt Finlays Hand, in dessen Brust eine Wurflanze steckte, die ihn praktisch an den Boden pfählte. Doch noch lebte er. Unverkennbar hob und senkte sich sein Brustkorb in mühsamen Atemzügen. Sie stürzte auf ihn zu. Hoffnungsvoll blickte der König auf, als sie sich zu ihnen kniete, und setzte sie damit augenblicklich unter Druck.

Was soll ich tun?

Was soll ich denn tun?

Ihr Herz überschlug sich beinahe, während ihre Gedanken rasten. Hilflos sah sie sich um: Nach einer Trage, ihrer Tasche, irgendetwas, das ihr helfen konnte.

»Nicht.« Kraftlos drückte Finlay ihre Hand. Sein Gesicht war beinahe weiß und seine Hand eiskalt. »Nicht einmal Ihr könnt mich jetzt noch retten.«

Betroffen schloss Ealasaid die Augen – und wurde ruhig. Natürlich konnte sie das nicht. Zwei Tränen lösten sich unter ihrem Wimpernkranz und liefen über ihre Wangen.

Als sie die Augen wieder öffnete, war ihr Blick gefasst.

»Habt Ihr Schmerzen?«

»Nein. Nur keine Luft …«

Gequält blickte der König auf ihn herab.

Ealasaid wollte nach ihrer Tasche greifen, aber Finlay hielt ihre Hand fest und schüttelte kaum merklich den Kopf.

»Kein Opium«, erklärte sie. »Öl.«

Da ließ er sie gewähren.

Behutsam träufelte sie ein wenig davon auf seine Stirn und seine Hände. »Auch, wenn die Berge weichen und die Hügel hinfallen, wird meine Gnade nie von dir weichen und der Bund meines Friedens nicht wanken. So spricht Gott der Herr, der sich deiner erbarmt. Er vergibt dir all deine Sünden.« Sie konnte nicht verhindern, dass ihre Stimme zitterte.

»Amen.« Seine Züge entspannten sich etwas. »Sagt Raelyn, dass ich nicht anders konnte.« Sein Blick glitt zum König. »Alles wäre umsonst gewesen.«

Ealasaid nickte. »Sie wird es verstehen.«

»Ich bin mir nicht sicher …«

Er hustete, und Blut rann aus seinem Mund. Ealasaid beeilte sich, seinen Kopf zu stützen, während Finlay mühsam Luft holte. »Gebt meinen Kindern einen Kuss.«

Robert the Bruce räusperte sich und umfasste Finlays Linke fester. »Eure Kinder, Sir Finlay, werden von nun an immer unter meinem Schutz stehen. Es soll ihnen an nichts mangeln. Und ich verspreche Euch, dass ich dieses unglaubliche Geschenk, das Ihr mir heute machtet, nutzen werde. Eure Kinder sollen in Freiheit aufwachsen. Das schwöre ich bei meinem Leben.«

Finlay schloss dankbar die Augen, bevor er sich noch einen letzten Atemzug erkämpfte.

»Sagt Raelyn, dass ich sie liebe.«

Ealasaid drückte seine Hand und nickte. »Das werde ich.«

Sir Alan fiel mit aschgrauem Gesicht neben Ealasaid auf die Knie. »Sie wird nicht allein sein.«

Ean kniete sich dazu. »Wir werden ihr beistehen. Immer.«

»Gut …«

Mit diesem Wort wich das Leben aus Finlays Lungen. Sein Herz hörte auf zu schlagen, sein Blick wurde starr und seine Pupillen weit, als schaute er – voll Erstaunen – eine andere Herrlichkeit.

Sanft schloss Ealasaid seine Lider.

»Und der Friede des Herrn, der höher ist als alle Vernunft, sei mit dir, Finlay MacKinnoch.«

Epilog

– Abtei von Arbroath, am 5. Tag des Monats April im Jahre des Herrn 1320 –

Vorwurfsvoll starrte die leere Wachstafel Lucas an. Sie wartete darauf, mit Worten gefüllt zu werden – doch sein Kopf war wie ausgehöhlt.

Später würde sein Text, so er denn einen verfasst hätte, von Schreibern in akkuraten Buchstaben auf Pergament edelster Sorte übertragen werden. Doch jetzt hatte Abt Bernard alle Mönche aus dem Skriptorium verbannt, um Lucas Ruhe für seinen Auftrag zu verschaffen: Er sollte den Brief an den Papst schreiben.

Frustriert warf Lucas den Griffel auf das Pult. Er wusste nicht, wie beginnen.

Sechs Jahre waren nun schon seit der Schlacht von Bannockburn ins Land gezogen, doch Schottland noch immer nicht frei.

Sechs Jahre seit Finlays Tod vergangen.

Selbst der Himmel hatte geweint. Es hatte begonnen zu regnen und zwei Jahre lang nicht mehr aufgehört. England, viel abhängiger vom empfindlichen Weizen, hatte unter einer entsetzlichen Hungersnot gelitten. Eine gerechte Strafe?

Lucas fuhr sich mit den Händen über das Gesicht.

Finlays Fehlen würde wohl immer eine empfindliche Stelle auf seiner Seele bleiben. Als er sein Leben für König Robert opferte, hatte Lucas an Henrys Lager gesessen und dessen Hand gehalten. Noch heute wünschte er manchmal, er wäre mit Ealasaid gegangen. Doch er hatte kaum aufgeblickt, als Ean sie holte.

Unabänderlich.

Gedankenverloren nahm Lucas den Griffel wieder auf und ließ ihn durch die Finger wandern. So viel Zeit war vergangen, seit die schottische Armee mit Gottes Hilfe das übermächtige England am Ufer des Bannock schlug, so viel geschehen.

Und doch war Finlays Vermächtnis noch immer nicht erfüllt. Obwohl Thomas Randolf und James Douglas den Krieg immer tiefer in den Norden Englands trugen. Obwohl auch Berwick gefallen war und es den Engländern nicht gelang, es zurückzuerobern. Und obwohl König Edward weiter in Zwist und Hader mit seinen Lords lag, allen voran Thomas of Lancaster, und England so schwächte, weigerte er sich beharrlich, Schottlands Unabhängigkeit und Robert als König anzuerkennen.

Zu allem Überfluss hatte sich der neue Papst, Johannes XXII., der vor vier Jahren in sein Amt gewählt worden war, auf die Seite der Engländer gestellt – eine himmelschreiende Ungerechtigkeit. Statt den Unterdrückten zu Hilfe zu eilen, ermahnte er die Schotten, von ihrer Aufsässigkeit abzulassen und den englischen König als ihren Herrn zu akzeptieren.

Zwei Tage nach dem Dreikönigsfest diesen Jahres war nun ein päpstliches Schreiben in der königlichen Kanzlei eingetroffen, das Robert und die Bischöfe von St. Andrews, Dunkeld, Aberdeen und Moray nach Avignon zitierte.

Es wurde beschlossen, diesen Appell zu missachten, zumal Robert sich weigerte, jegliche Briefe auch nur zu öffnen, die ihn nicht als König adressierten, doch Klerus und Parlament hatten sich entschlossen, zumindest zu erwidern. Und nun war er auserwählt worden, den Text zu verfassen. Doch zum ersten Mal seit langem fühlte Lucas sich nicht gewachsen. Seit vier Jahren war er Mitglied der königlichen Kanzlei, war zur rechten Hand von Abt Bernard geworden, nicht zuletzt, da der sein diplomatisches Geschick und seine Wortgewandtheit schätzte, doch heute schien es ihm, als seien alle Worte aus seinem Kopf gefallen.

Rastlos erhob er sich. Viel zu lange hatte er schon auf die geglättete Wachsfläche gestarrt.

Ein lauer Frühlingswind strich durch die Fenster des Skriptoriums; Lucas sah hinaus und atmete tief durch.

Hinter ihm öffnete sich Tür des Skriptoriums, Schritte kamen näher.

»Nun, Lucas?« Es war nicht Abt Bernards Stimme, sondern die seines langjährigen Mentors.

»Exzellenz …«

William de Lamberton war grau geworden, etliche Fältchen umkränzten seine Augen. Doch er hielt sich noch immer tadellos aufrecht, und nichts entging seinem wachen Blick. Prüfend betrachtete er seinen ehemaligen Schützling.

»Ich bin wohl doch der Falsche für diese Aufgabe«, gestand Lucas und starrte missmutig in den Hof der Abtei.

»Das kann ich kaum glauben.«

Lucas seufzte. »Ich will nicht sagen, dass ich mich außer Stande sehe, eine simple Replik zu verfassen. Doch so vieles hängt von diesem Schreiben ab. Wenn es uns nicht gelingt, den Papst auf unsere Seite zu ziehen, ist Schottlands Sache verloren.«

»Und genau deshalb bist du der Richtige für diese Aufgabe.« De Lamberton lächelte.

Zweifelnd zog Lucas die Brauen nach oben.

»Es ist so ungerecht«, beschwerte er sich dann. »König Edward hat Robert nichts entgegenzusetzen, längst hätte er Friedensverhandlungen akzeptieren müssen, und doch wird Mal um Mal nur ein weiterer Waffenstillstand vereinbart. Und nun exkommuniziert der Papst Robert auch noch erneut und verhängt über Schottland das Interdikt.«

»Der Überfall auf die päpstlichen Legaten war ein schwerer Verstoß.«

»Der Überfall geschah in Nordengland. Niemand hat je bewiesen, dass er auf schottische Veranlassung geschah.«

De Lamberton legte seine Hand auf Lucas' Schulter. »Was beschwert dich so?«

»Ich weiß es nicht … Vermutlich ist es meine Ungeduld. Nach unserem Sieg damals bei Bannockburn war ich mir so sicher, dass es jetzt nicht mehr lange dauern würde, bis Schottland frei ist. Gott stand so eindeutig auf unserer Seite.

Doch nun? Die Zeit verstreicht, König Robert wird älter. Und kränker. Und obwohl Königin Elizabeth heimgekehrt ist, hat er noch immer keinen Erben.«

»Sein Enkel Robert würde ihm auf den Thron folgen. Das Parlament hat es gebilligt.«

»Robert Steward ist vier Jahre alt …«

»Du solltest nicht so schwarzsehen, Lucas. Die Schlacht um Stirling Castle war die Wende in diesem Krieg. Seither hat keine englische Armee mehr schottischen Boden betreten. Die Menschen leben in faktischem Frieden, auch wenn das endgültige Ziel noch nicht erreicht ist.«

Lucas brummte nicht zufrieden. »Wir hätten uns nicht nach Irland wenden sollen.«

»Die Zeichen standen günstig. Wäre es uns gelungen, ein irisch-schottisches Großreich zu bilden, wären wir längst frei.«

»Wir haben zu viel gewollt. Wir hätten uns auf *unsere* Heimat und England konzentrieren sollen. Der Preis war viel zu hoch.«

»Das war er.«

Edward Bruce war in Irland gefallen, König Roberts letzter Bruder. Eineinhalb Jahre waren seitdem vergangen.

»Ich habe das Gefühl, wir verspielen, was wir bei Bannockburn gewonnen haben«, setzte Lucas betrübt hinzu. »Indem die Zeit so ungenutzt verstreicht, scheint unser Erfolg mehr und mehr zu verblassen. Edward von England versinkt in seinen innenpolitischen Ränkespielen, und auch für den Papst sind wir nur ein lästiger Bittsteller am Rande der Welt.«

»Dann öffne sein Ohr und sein Herz für unsere Sorgen und Nöte.«

»Das will ich ja – allein: Ich weiß nicht, wie. Alle Sätze, die mir in den Sinn kommen, scheinen mir belanglos, nichtssagend, Floskeln, zu oft geschrieben, um noch aufrütteln zu können.«

William de Lamberton sagte nichts, verstärkte nur einen Moment den Druck seiner Hand auf Lucas' Schulter.

Unterdessen entstand Unruhe im Hof. Zwei Mönche eilten, das Tor der Abtei zu öffnen: Reiter näherten sich.

»Ingram de Umfraville.« Lucas erkannte seine Farben.

»Ja, Ingram de Umfraville. Sieh, Lucas, das gehört zu den guten Dingen, zu denen sich unser Schicksal seit der Schlacht von Bannockburn gewendet hat. Es ist Roberts Verdienst, dass auch einst erbitterte Feinde ihn nun unterstützen.«

»Es blieb ihnen ja auch nicht viel übrig. Sie wären enteignet worden, wären sie nicht in seinen Frieden gekommen.«

»Und doch haben einige diesen Weg gewählt, Edward Balliol zum Beispiel und etliche seiner Anhänger. Die, die zurückkamen, taten es, weil Robert die Engländer so überragend zurückgedrängt hat. Besonders seine Taten legitimieren einen König. Sie kamen, weil Robert ihnen die Möglichkeit gab, ihr Gesicht zu wahren, ihre Stellung und Titel zu behalten.« Er setzte sich auf den Fenstersims und sah Lucas eindringlich an. »Und nun kommen sie alle hierher, in diese Abtei, treue Anhänger der ersten Stunde und neue Unterstützer, und wollen ihren Zusammenhalt demonstrieren, ihren Freiheitswillen und ihr Recht auf ein unabhängiges Schottland, indem sie morgen den Brief siegeln, den du heute noch schreiben wirst.« Er zwinkerte ihm aufmunternd zu und schmunzelte. »Daher lasse ich dich nun besser allein.«

Lange noch blieb Lucas am Fenster stehen, während weitere Gäste kamen. Lucas sah Malcolm of Lennox und Robert Keith. William Oliphant erschien mit seinem Gefolge, Gilbert Hay mit seiner Familie. Es folgten John of Menteith, David Graham und James Douglas.

Wieder wurde das Tor geöffnet, und eine weitere Gruppe Reiter kam in den Hof. An ihrer Spitze ritt ein Junge von vielleicht elf Jahren mit schwarzem Haar auf einem schwarzgrauen Hengst, den Lucas noch unter Hunderten erkannt hätte. Sein Herz begann zu pochen – und geriet ins Stolpern, als er der Junge den Kopf hob und er ihm ins Gesicht sehen konnte: Es war, als wäre Sir Finlay zurückgekehrt.

Behände sprang Cadfan aus Faileas' Sattel und eilte zu seiner Mutter, um ihr beim Absteigen behilflich zu sein, dasselbe etwas spöttische Lächeln auf den Lippen, das sein Vater so oft gezeigt hatte. Jetzt erkannte Lucas auch Sir Alan und seine Frau Mary, Sir Ean, der Agnes vom Pferd half, und Maud. Auf einem weißen Pony, etwas scheu in die Runde blickend, saß Gavin.

Wie lange war er nicht mehr auf Blair Castle gewesen? Lucas versuchte nachzurechnen und kam auf drei Jahre. Zu sehr hatten ihn die Geschäfte des Königs in Anspruch genommen. Wie groß Finlays Söhne geworden waren ...

Cadfan trat in die Mitte des Hofes und sah sich interessiert um. Sein Blick schweifte über die Gebäude der Abtei und blieb schließlich am Fenster, in dem Lucas stand, hängen. Grüßend hob er die Hand.

Worte begannen in Lucas' Kopf zu sprudeln, formten sich zu Sätzen, zu Erklärungen, zu Forderungen.

Es war nicht wichtig, dass sie das Ziel noch nicht erreicht hatten. Es war nur wichtig, dass sie es nicht aus den Augen verloren. Schottland hatte jedes Recht, frei zu sein.

Entschlossen kehrte er zu seinem Pult zurück. Sein Griffel flog über das Wachs:

»Allerheiligster Vater und Herr in Christus, wir wissen und finden in den Chroniken, dass neben anderen berühmten Nationen auch unsere eigene, die schottische, mit weitreichender Anerkennung ausgezeichnet ist. Zwölfhundert Jahre, nachdem das Volk Israel durch das Rote Meer gezogen ist, kamen unsere Vorfahren in den Norden und nahmen Besitz von dieser Heimat. In ihrem Königreich regierten einhundertdreizehn Könige ihres eigenen königlichen Geschlechtes, ohne dass diese Reihe auch nur von einem einzigen Fremden unterbrochen worden wäre.

Allerheiligster Vater, Eure Vorgänger schenkten diesen Dingen höchste Aufmerksamkeit und zeigten diesem Königreich und seinem Volk viel Wohlwollen. So lebte denn unter ihrem Schutz unsere Nation in Freiheit und Friede bis zu jenen Tagen, da Edward, der

König der Engländer, in der Maske des Freundes und Verbündeten über uns kam, um uns als Feinde zu quälen.

Die Gräueltaten, die Plünderungen und Brandschatzungen, die Verhaftung der Geistlichen, das Niederbrennen der Klöster, Raub und Mord auch an Mönchen und Nonnen, die Edward gegen unser Volk beging und dabei weder Alter noch Geschlecht, Religion oder Stand verschonte, kann keiner beschreiben noch sich vorstellen, der es nicht mit eigenen Augen gesehen hat.«

Eine Erinnerung blitzte in Lucas' Gedächtnis auf, und er hielt einen Moment inne: Die Halle von Blair Castle nahm vor seinem inneren Auge Gestalt an, gefüllt mit den Männern des Clan Moray, die Robert the Bruce Treue schworen. Und Sir Finlay, wie er als Erster sein Schwert zog und niederkniete. *So bin ich Euer Mann …*

Der Griffel kehrte zum Wachs zurück:

»Aber von diesen zahllosen Übeln wurden wir mit Christi Hilfe befreit durch unseren König und Herrn, den Lord Robert. Er stellte sich Niederlagen und Strapazen, Hunger und Gefahr, um sein Volk aus den Klauen unserer Feinde zu befreien. Die göttliche Vorsehung, sein Recht auf Thronfolge entsprechend unseren Gesetzen und Gebräuchen und der gebührende Zuspruch von uns allen haben ihn zu unserem König gemacht. Ihm sind wir verpflichtet, unsere Freiheit zu erhalten, komme, was da wolle.«

Roberts Worte fielen Lucas wieder ein und Sir Finlays Antwort darauf, kurz bevor er seinen Treueschwur leistete. Entschlossen schrieb er weiter:

»Doch sollte er aufgeben, was er begonnen hat, und billigen, dass man uns den Engländern unterwirft, so würden wir sofort alles aufwenden, um ihn als unseren Feind zu vertreiben. Wir würden einen anderen Mann, der uns geeignet scheint, uns zu verteidigen, zu unserem König machen, denn niemals, solange auch nur einhundert von uns am Leben sind, wird man uns, zu welchen Bedingungen auch immer, unter englische Herrschaft zwingen. Wahrlich und wahrhaftig, wir kämpfen weder für Ruhm, Reichtum oder Ehre, wir kämpfen allein für die Freiheit – das Einzige, das ein ehrenhafter Mann nicht einmal um sein Leben willen aufgibt.

Darum, ehrwürdiger Vater und Herr, flehen wir Eure Heiligkeit mit unseren ernsthaftesten Gebeten und demütig bittenden Herzen an, mit den Augen eines Vaters auf die Sorgen und Nöte zu schauen, die von den Engländern auf uns und die Kirche Gottes kamen. Möge es Euch gefallen, den König der Engländer zu ermahnen und ihn zu ermuntern, mit dem zufrieden zu sein, was ihm seit Tagen gehört, da England genug für sieben und mehr Könige bot, dass er uns Schotten in Frieden lasse, begehren wir doch nichts anderes als dieses arme Land.«

Er fügte noch einige abschließende Sätze an sowie die üblichen Grußformeln, bevor sein Griffel aufs Pult zurückfiel, ohne dass er das Geschriebene auch nur noch ein einziges Mal las und stattdessen nach unten zu den Gästequartieren eilte.

»Cadfan.«

»Vater Lucas.«

»Wie schön, dich nach all der Zeit wiederzusehen.«

Verunsichert von der so herzlichen Begrüßung huschte Cadfans Blick kurz zu Sir Alan. »Ich freue mich auch, Euch zu sehen.«

Schmunzelnd kam der herüber. Etliche graue Strähnen zogen sich mittlerweile durch sein Haar, und er hatte sich einen Bart stehen lassen, der ihm ein würdiges Aussehen verlieh. »Es erschreckt mich auch immer wieder, wie ähnlich der Junge ihm sieht. Sei gegrüßt, Lucas.«

Cadfan schlug die Augen nieder. Sicher war es nicht leicht, ständig mit dem Vater verglichen zu werden.

»Wie wir hören, wird es dein Text sein, den wir morgen siegeln?« Grinsend gesellte auch Ean sich zu ihnen. Groß, breitschultrig und stattlich, trug er seine schwere Rüstung wie eine zweite Haut. »Was aus dem Knirps von damals geworden ist …« Er schlug Lucas anerkennend auf die Schulter. »Engster Berater des Königs Kanzler – wer hätte das gedacht?«

»Was soll es nützen, einen Brief zu schreiben?«, fragte Cadfan verdrossen in die Runde. »Wie könnten Worte auf einem Stück Pergament etwas bewirken, das die schottischen Schwerter nicht erreichten?«

»Eine berechtigte Frage«, stimmte Lucas zu und gestand: »Noch an diesem Morgen teilte ich deinen Zweifel, Cadfan. Edward würde uns nie anerkennen und der Papst uns kein Gehör schenken. Unser Streben nach Unabhängigkeit, fürchtete ich, sei am Ende.« Lächelnd sah er Cadfan an. »Doch dann sah ich dich und ich wusste: Es ist niemals zu spät, um seine Freiheit zu kämpfen. Worte können schärfer sein als so manches Schwert und tiefer dringen als jeder Pfeil.« Er legte dem Jungen die Hand auf die Schulter.

»Und heute beginnt es.«

Historische Anmerkungen

Die Deklaration von Arbroath verfehlte ihre Wirkung nicht. Dank der Vermittlung durch Papst Johannes XXII. kam es am 1. März 1328 mit dem Abkommen von Edinburgh und Northampton zu einem Friedensvertrag zwischen Schottland und England, in dem die englische Krone auf alle Forderungen gegenüber Schottland verzichtete (so lässt es sich bei Wikipedia nachlesen). Damit ist die Deklaration von Arbroath eine der ältesten, bekannten Unabhängigkeitserklärungen, deren Ausfertigung sich am 06. April diesen Jahres zum siebenhundertsten Mal jährt. Wer sie genau verfasste, ist unklar, doch da es in der Abtei von Arbroath geschah, liegt es nahe, dass es ein Mitglied der königlichen Kanzlei unter Abt Bernard war – natürlich gefiel es mir, Lucas zum Autor zu erklären.

Als ich Auszüge der Deklaration in meinen Epilog einarbeitete, bescheinigten mir die Lektoren, mit denen ich zum damaligen Zeitpunkt zusammenarbeitete (immerhin beide in mittelalterlicher Geschichte promoviert), dass ein solcher Text niemals so im Mittelalter verfasst worden wäre (der Originaltext war ihnen nicht bekannt). Ihre Reaktion war nicht unverständlich – die Erklärung von Arbroath ist ein für das Mittelalter nahezu unerhörter Text und enthält unglaubliche Provokationen. Es lohnt, sie im Ganzen zu lesen. Bis heute beschäftigt sie Wissenschaftler mit der Frage, ob Schottland schon im 14. Jahrhundert eine Nation bildete, und wird gleichzeitig von Nationalisten in diesem Sinne missbraucht. Wer sich näher mit dieser Thematik beschäftigen möchte, dem sei Andreas Kalckhoffs »*Nacio Scottorum*« anempfohlen.

Robert the Bruce starb ein gutes Jahr nach dem Friedensschluss mit England am 7. Juni 1329 im Alter von vierundfünfzig Jahren. Er starb in dem Bewusstsein, all seine Ziele erreicht zu haben: Schottland war frei, seine Herrschaft voll anerkannt, seine Exkommunikation aufgehoben. Sein Sohn David, geb. am 05. März 1324, zu diesem Zeitpunkt also fast fünf Jahre alt, würde seine Krone erben und bis dahin Thomas Randolf (mittlerweile Earl of Moray) als Regent Schottland führen.

Doch wer sich in der schottischen Geschichte ein wenig auskennt, weiß, dass dem ersten schottischen Unabhängigkeitskrieg der zweite folgte. Denn das Abkommen von Edinburgh und Northampton war in den Augen der meisten Engländer überaus schmachvoll, und Edward III. nur offiziell Unterzeichner. Ausgehandelt war es faktisch von seiner Mutter Königin Isabelle und ihrem Geliebten Roger Mortimer worden, denn 1328 war Edward III. gerade erst sechszehn Jahre alt. Doch nachdem er 1330 seine Mutter und ihren Geliebten gestürzt hatte, fühlte er sich nicht mehr wirklich an dieses Abkommen gebunden und begann, die sogenannten »Enterbten« um Edward Balliol (Sohn des unglücklichen Königs John Balliol) stillschweigend zu unterstützten. Als diese am 11. August 1332 in der Schlacht von Dupplin Moor die Schotten schlugen, begann erneut das Ringen um Schottlands Freiheit und sollte für weitere fünfundzwanzig Jahre andauern.

Doch davon wird uns Cadfan erzählen …